CW01665793

AVOCA

MICHAEL CONNELLY

AVOCATUL DIN LIMUZINĂ

RAO

Descrierea CIP a Bibliotecii Naţionale a României
CONNELLY, MICHAEL
Avocatul din limuzină / Michael Connelly. - Bucureşti : Editura RAO, 2017
ISBN 978-606-776-213-6

821.111

Editura RAO
Str. Bârgăului nr. 9–11, sector 1, Bucureşti
www.raobooks.com
www.rao.ro

Traducere din limba engleză
GRAAL SOFT

2017

ISBN 978-606-776-213-6

Pentru Daniel F. Daly și
Roger O. Mills

„Nu există niciun client atât de înfricoșător ca un om nevinovat."

J. Michael Haller, avocat specializat în drept penal,
Los Angeles, 1962

PARTEA ÎNTÂI

Înainte de proces

Luni, 7 martie

1

La sfârşitul iernii, în Mojave, aerul dimineţii este la fel de curat şi de proaspăt ca peste tot în comitatul Los Angeles. Are gustul speranţelor. Iar când începe să adie în felul ăsta, îmi place să ţin o fereastră deschisă în biroul meu. Există câţiva oameni care îmi cunosc acest tabiet, cum ar fi Fernando Valenzuela. Garantul, nu jucătorul de baseball. Mi-a spus că am fost chemat în Lancaster pentru un apel programat la ora nouă. Trebuie să fi auzit şuieratul vântului în telefonul meu mobil.

– Mick, a spus el, te-ai trezit cu faţa spre nord în dimineaţa asta?

– Stai o clipă, i-am zis în timp ce ridicam fereastra ca să-l aud mai bine. Ai găsit ceva?

– Da, am ceva. Cred că am un jucător-franciză[1] aici. Dar prima lui înfăţişare e la ora unsprezece. Poţi să ajungi la timp?

---

[1] *Franchise player* – cel mai bun jucător al echipei, în jurul căruia se construieşte aceasta şi strategia de joc. Aici, cu sensul de client cu bani mulţi. (n.t.)

Valenzuela are biroul pe partea cu magazinele de pe bulevardul Van Nuys, la un bloc distanţă de centrul civic, care include două tribunale şi închisoarea Van Nuys[1]. Afacerea lui se cheamă Liberty Bail Bonds[2]. Numărul lui de telefon, scris cu neon roşu pe acoperişul clădirii, poate fi văzut de la etajul trei al aripii principale a închisorii şi este scrijelit şi pe pereţii vopsiţi de lângă fiecare telefon public din toate celelalte secţii ale puşcăriei.

Ai putea spune şi că numele său este scrijelit permanent şi pe lista mea de Crăciun. La sfârşitul anului, le dau câte o cutie cu alune sărate tuturor celor de pe listă. Fiecare cutie e legată cu fundă. Dar nu conţine alune. Doar bani. Am o mulţime de garanţi de cauţiune pe lista mea de Crăciun. Mănânc alune din vase Tupperware[3] până la mijlocul primăverii. De la ultimul meu divorţ, uneori e tot ce am la cină.

Înainte de a răspunde la întrebarea lui Valenzuela, m-am gândit la programul de apeluri după care mă ghidam. Clientul meu este Harold Casey. Dacă registrul de procese era organizat în ordine alfabetică, puteam să am fără nicio problemă o audiere la ora unsprezece în Van Nuys. Dar judecătorul Orton Powell se afla la ultimul mandat. Se pensiona. Asta înseamnă că nu se va mai confrunta cu presiunile de campanie precum avocaţii din privat. Ca să-şi demonstreze independenţa – şi, eventual, ca o formă de a se răzbuna pe cei cărora li se îndatorase politic timp de doisprezece ani –, îi plăcea să amestece

---

[1] Van Nuys este un district din centrul regiunii San Fernando Valley a oraşului Los Angeles. (n.t.)

[2] Garanţii pentru Eliberare Condiţionată (n.t.)

[3] Marcă de produse pentru prepararea şi păstrarea alimentelor (n.t.)

lucrurile în sala lui de judecată. Uneori, programul apelurilor era făcut în ordine alfabetică, uneori, în ordine inversă, iar alteori, în funcţie de termene. Nu ştiai niciodată cum decurge apelul până nu ajungeai acolo. De multe ori, avocaţii făceau anticameră mai bine de o oră înainte de a intra în sala lui de judecată. Lui Powell îi plăcea asta.

– Cred că pot aranja pentru unsprezece, am spus fără să fiu sigur. Despre ce este vorba?

– Băiat de bani gata. Adresă din Beverly Hills. Avocatul familiei valsa pe aici la prima oră. Adevărul e, Mick, că l-au reţinut pentru o jumătate de milion şi avocatul mamei lui a venit aici azi, gata să semneze cauţiunea cu o proprietate din Malibu. Nici n-au cerut mai întâi o eventuală reducere. Cred că nu sunt prea îngrijoraţi că ar putea fugi.

– Reţinut pentru ce? am întrebat.

Mi-am păstrat tonul neutru. Mirosul banilor aruncaţi pe apa sâmbetei de multe ori hrăneşte fantezia, dar fusesem atent cu Valenzuela de suficiente ori de Crăciun ca să ştiu că-l am în cârligul meu. Puteam să fac pe indiferentul.

– Poliţiştii l-au reţinut pentru agresiune, vătămare corporală gravă şi tentativă de viol, a răspuns garantul. Din câte ştiu, procurorul nu a fixat încă primul termen.

Poliţia supralicitează de obicei taxa de eliberare condiţionată. Ceea ce conta era ce prezentaseră şi depuseseră procurorii la tribunal. Eu spun mereu: cazurile încep ca un leu şi se termină ca un miel. Un caz care porneşte ca tentativă de viol cu agravantă de vătămare corporală poate deveni cu uşurinţă un simplu act de violenţă. Nu m-ar surprinde şi n-ar prea fi un caz de franciză. Totuşi, dacă aş fi putut ajunge la client şi să semnăm un contract bazat pe acuzaţiile anunţate, aş fi putut ieşi bine atunci când, mai târziu, procurorul le-ar fi redus.

– Ai ceva detalii? am întrebat.

– A fost reţinut aseară. Sună ca un tonomat stricat... Avocatul familiei a spus că femeia o făcea pe bani. Dar ştii cum e când un avocat civil pledează într-o cauză penală. Eu nu sunt aşa de sigur. Din câte am auzit, a primit o bătaie zdravănă.

– Care-i numele avocatului?

– Aşteaptă o secundă. Am cartea lui de vizită pe-aici, pe undeva.

Mi-am aruncat privirea pe fereastră în timp ce aşteptam ca Valenzuela s-o găsească. Eram la două minute de tribunalul din Lancaster şi la douăsprezece minute de audiere. Aveam nevoie de cel puţin trei minute între cele două ca să discut cu clientul meu şi să-i dau vestea proastă.

– Gata, am găsit, a zis Valenzuela: numele tipului este Cecil C. Dobbs, Esquire. Din Century City. Vezi, ţi-am spus. Bani.

Valenzuela avea dreptate. Dar nu adresa avocatului era cea care făcea trimitere la bani. Ci numele lui. Îl ştiam pe C.C. Dobbs după reputaţie şi puteam să bag mâna în foc că pe lista lui de clienţi nu erau mai mult de unul sau doi care să nu aibă adresa în Bel Air sau în Holmby Hills. Genul lui de clienţi se întorc acasă în locurile în care stelele par să coboare în noapte pentru a-l atinge pe cel miruit.

– Dă-mi numele clientului, am spus.

– E vorba de Louis Ross Roulet.

Mi l-a dictat pe litere și l-am scris într-un carnețel.

– Aproape ca jocul de noroc, dar se pronunţă Ru-lei. Ai de gând să te duci, Mick?

Înainte de a replica, am adăugat numele C.C. Dobbs pe hârtie. Apoi i-am răspuns lui Valenzuela cu o întrebare:

– De ce tocmai eu? Am fost cerut? Sau ai sugerat tu numele meu?

Trebuia să fiu atent cu asta. Trebuia să am în vedere că Dobbs era genul de avocat care s-ar duce numaidecât la baroul din California dacă ar afla că un avocat penalist mituiește un garant ca să obțină referințe despre un client. De fapt, am început să mă întreb dacă nu s-ar putea ca totul să fie o capcană căreia Valenzuela să-i fi căzut victimă. Nu eram unul dintre băieții preferați ai instanței. Mai veniseră la mine și înainte. De mai multe ori.

– Știi, l-am întrebat pe Roulet dacă are un avocat. Un penalist. Și el a spus că nu are. I-am vorbit despre tine. Nu l-am forțat. Doar i-am precizat că ești bun. Ai auzit de promovarea subtilă?

– Asta a fost înainte sau după ce s-a implicat Dobbs?

– Înainte. Roulet m-a sunat în dimineața asta de la închisoare. Cred că l-au băgat la securitate maximă și el a înțeles semnalul. Dobbs a apărut după aceea. I-am spus că ești un tip implicat, i-am dat toate datele tale, iar el a fost de acord. Va fi la unsprezece acolo. O să-l vezi cum este.

N-am răspuns imediat. M-am întrebat cât de sincer e Valenzuela cu mine. Un tip ca Dobbs ar fi trebuit să aibă omul lui. În cazul în care nu era specialitatea lui, atunci ar fi trebuit să aibă un penalist în firmă sau cel puțin în standby. Dar povestea lui Valenzuela părea să contrazică acest lucru. Roulet venise la el cu mâinile goale. Asta îmi spunea că erau mai multe lucruri pe care nu le știam despre acest caz decât cele pe care le știam.

– Hei, Mick, ești acolo? m-a somat Valenzuela.

Am luat o decizie. Era o decizie care, în cele din urmă, mă întorcea la Jesus Menendez și mă putea face să regret în mai multe feluri. Dar, în momentul acela, era doar o alegere dictată de necesitate și rutină.

– Voi fi acolo, i-am răspuns. Ne vedem la unsprezece.

Tocmai voiam să închid telefonul când am auzit vocea lui Valenzuela revenind:

– Și vei avea grijă de mine pentru asta, corect, Mick? Adică, știi tu, dacă e o franciză.

Era prima dată când Valenzuela avea nevoie de asigurări că va vedea banii de la mine. Asta mi-a alimentat paranoia, așa că mi-am formulat cu atenție un răspuns care să-l satisfacă și pe el, și baroul, în caz că eram ascultați.

– Nu-ți face griji, Val. Ești pe lista mea de Crăciun.

Am închis telefonul înainte să mai poată adăuga ceva și i-am zis șoferului să mă lase la intrarea pentru angajații tribunalului. Coada la detectorul de metale era mai scurtă și mai rapidă acolo și oamenii de la securitate de obicei nu dau atenție avocaților – celor ai casei – care se strecoară ca să poată ajunge la timp în sala de ședințe.

Gândindu-mă la cazul Louis Ross Roulet, cu toate posibilele câștiguri și pericole la care mă puteam aștepta, am coborât fereastra din spate, ca să mă bucur de ultimul minut de aer curat și proaspăt al dimineții. Mai purta încă gustul promisiunii în el.

2

Când am ajuns, sala de judecată a Departamentului 2A era arhiplină cu avocaţii care negociau şi discutau. Ştiam că sesiunea urma să înceapă la timp pentru că l-am văzut pe aprod aşezat la biroul său. Acest lucru însemna că mai era puţin şi judecătorul avea să-şi ocupe locul.

În comitatul Los Angeles, aprozii sunt, de fapt, ajutoare de şerif, repartizaţi de direcţia penitenciarelor. M-am apropiat de ofiţer, al cărui birou era chiar lângă balustradă, astfel încât cetăţenii să poată veni să pună întrebări fără a încălca spaţiul alocat avocaţilor, inculpaţilor şi personalului sălii de judecată. Am văzut programarea pe clipboardul din faţa lui. Înainte de a-l întreba, am verificat ecusonul de pe uniforma lui, „R. Rodriguez".

– Roberto, e şi omul meu pe-acolo? Harold Casey?

Ofiţerul a urmărit cu degetul lista cu numele, de sus în jos, pe foaia de programări, dar s-a oprit repede. Asta însemna că aveam noroc.

– Da, Casey. E al doilea de sus.

– Alfabetică azi, bine. Am timp să mă-ntorc să-l văd?

– Nu, aduc primul grup acum. Tocmai i-am chemat. Vine judecătorul. O să ai probabil câteva minute să-ţi vezi clientul în boxă.

– Mulţumesc.

M-am îndreptat ascultător spre ieşire, dar a strigat după mine:

– Şi e Reynaldo, nu Roberto!

– Corect, corect. Îmi pare rău pentru asta, Reynaldo.

– Noi, ăştia, ofiţerii însărcinaţi cu ordinea, arătăm toţi la fel, nu?

Nu ştiam dacă fusese o încercare de a glumi sau o spusese ca să mă tachineze. N-am răspuns. Am zâmbit şi am trecut mai departe. Am înclinat din cap spre câţiva avocaţi pe care nu-i cunoşteam şi spre unii pe care-i cunoşteam. Unul m-a oprit să mă întrebe cât timp aveam de gând să stau în faţa judecătorului, fiindcă voia să ştie când să se întoarcă pentru apărarea propriului client. I-am spus că îmi propun să fiu scurt.

În timpul unei şedinţe de judecată, inculpaţii încarceraţi sunt aduşi în sală în grupuri de câte patru şi stau într-o împrejmuire din lemn şi sticlă, cunoscută drept ţarc. Acest lucru le permite să discute cu avocaţii lor despre orice aspect al procesului, chiar în momentele de dinainte de a fi chemaţi în faţa instanţei.

Am ajuns la ţarc exact când uşa de la celulele interioare a fost deschisă de către un gardian şi au intrat primii patru inculpaţi de pe listă. Ultimul dintre ei era Harold Casey, clientul meu. M-am aşezat cât mai aproape de perete, astfel încât să avem intimitate pe cel puţin o parte, şi i-am făcut semn.

Casey era înalt și solid, așa cum e tendința de recrutare în banda de motocicliști Sfinții Drumului – sau clubul, cum preferă membrii săi să fie cunoscuți. Cât stătuse în închisoarea Lancaster, își tăiase părul și se bărbierise, după cum îi cerusem, și arăta destul de prezentabil, cu excepția tatuajelor care îi acopereau ambele brațe și ajungeau până sub guler. Dar e tot ceea ce poți să faci. Nu știu mare lucru despre efectul tatuajelor asupra unui juriu, dar bănuiesc că nu e pozitiv, mai ales atunci când sunt implicate cranii rânjind. Știu însă că juraților, în general, nu le pasă de cozile de cal – ale inculpaților sau ale avocaților care îi reprezintă.

Casey sau Hard Case[1], după cum i se spunea în club, era acuzat de cultivare, posesie și vânzare de marijuana și de alte infracțiuni legate de droguri și arme. În urma unei descinderi matinale la ferma unde trăia și lucra, șeriful și oamenii lui au găsit un hambar și un complex de barăci din prefabricate Quonset[2] transformate în sere. Mai bine de 2 000 de plante, pe deplin mature, au fost confiscate împreună cu peste 28 de kilograme de marijuana recoltate și ambalate în pungi din plastic de diferite greutăți. În plus, au fost confiscate 300 de grame de metamfetamină cristalizată care urma să fie împrăștiată peste recoltă, ca să-i dea o tărie mai mare, și un mic arsenal de arme, despre multe dintre ele stabilindu-se mai târziu că fuseseră furate.

S-ar fi zis că Hard Case n-avea nicio șansă. Procuratura îl prinsese. Fusese găsit dormind pe o canapea în hambar, la un metru și jumătate de tejgheaua pe care se ambalau

---

[1] Caz Greu (n.t.)

[2] Structuri ușoare, cu secțiune de semicerc, din oțel galvanizat (n.t.)

drogurile. La asta se adăugau și două condamnări anterioare pentru diverse infracțiuni legate de droguri, el fiind încă sub eliberare condiționată după cea mai recentă sentință. Se zice că în California a treia oară e cu noroc. În termeni realiști, pe Casey îl așteptau cel puțin zece ani de închisoare, chiar și în cea mai optimistă variantă.

Dar ceea ce era neobișnuit era că Harold Casey aștepta cu nerăbdare procesul și chiar probabilitatea unei condamnări. Refuzase să renunțe la dreptul de a avea un proces rapid, iar acum, la mai puțin de trei luni de la arestarea sa, aștepta cu înfrigurare să-l invoce. Era nerăbdător pentru că părea că singura lui speranță era un apel la acea probabilă condamnare. Mulțumită avocatului său, Casey văzuse o licărire de speranță – acea mică, pâlpâitoare lumină pe care doar un avocat bun o poate aduce într-un caz atât de întunecat ca ăsta. Din această luminiță se născuse o strategie care putea fi și ultimul efort de a-l elibera pe Casey. Era un plan îndrăzneț și de durată, dar știa la fel de bine ca și mine că era singura șansă reală pe care o avea.

Nu putea fi pus la îndoială faptul că Harold Casey ar fi cultivat, ambalat și vândut marijuana. Demersul statului[1] era absolut corect și probele o dovedeau cu vârf și îndesat. Problema era modul în care statul ajunsese la aceste dovezi și faptul că acest caz se clătina, fiind construit pe o bază instabilă. Treaba mea era să probez această fisură în timpul procesului, s-o exploatez, să o înregistrez și apoi să conving Curtea de Apel de ceea ce nu fusesem în stare

---

[1] În termenii juridici americani, statul este Procuratura. (n.t.)

să-l conving pe judecătorul Orton Powell în timpul unei moţiuni preventive[1] ca să desfiinţez dovezile din acest caz.

Sământa urmăririi penale a lui Harold Casey fusese plantată într-o marţi pe la mijlocul lunii decembrie, când Casey intrase într-un magazin de bricolaj din Lancaster şi făcuse o serie de cumpărături banale, printre care şi trei becuri folosite în agricultura hidroponică[2]. S-a întâmplat ca la coada de la casă să se afle în spatele lui un ajutor de șerif, care, în timpul său liber, cumpăra instalaţii de lumini exterioare pentru Crăciun. Omul legii a recunoscut o parte din opera de artă de pe braţele lui Casey – mai ales craniul cu halou care este semnătura emblematică a bandei Sfinții Drumului – şi a pus totul cap la cap. Omul, deși nu era de serviciu, a urmărit conştiincios Harley-ul lui Casey în timp ce se îndrepta spre ferma din apropiatul orăşel Pearblossom. Această informaţie a fost raportată echipei de narcotice a șerifului, care a trimis un elicopter nemarcat să zboare deasupra fermei cu o cameră cu termoviziune. Fotografiile, care evidențiau surse de căldură atât în hambar, cât și în barăcile din prefabricate Quonset, împreună cu declarația ajutorului de șerif care îl văzuse pe Casey cumpărând becurile hidroponice au fost prezentate unui judecător într-o declarație pe propria răspundere. În dimineața următoare, Casey a fost trezit din somn de către ajutoarele de șerif, care veniseră cu un mandat de percheziție semnat.

La o audiere anterioară, susţinusem că toate probele împotriva lui Casey ar trebui să fie excluse, deoarece cauza probabilă pentru percheziție era o violare a

---

[1] În original, *pretrial*, o fază anterioară procesului propriu-zis (n.t.)

[2] Metodă de a creşte plante fără sol, în apă, cu soluţii nutritive. (n.t.)

dreptului la intimitate al lui Casey. Folosirea unor banale cumpărături dintr-un magazin obişnuit de bricolaj ca motiv pentru invazia vieţii private atât la sol, cât şi din aer, prin supraveghere videotermică, ar fi, cu siguranţă, privită ca excesivă de către Părinţii Constituţiei.

Judecătorul Powell a respins argumentul meu şi cazul a avansat în direcţia unui proces sau a unei dispoziţii bazate pe o rezoluţie agreată de ambele părţi. Între timp, ieşiseră la lumină informaţii noi care ar fi putut susţine apelul lui Casey în cazul unei condamnări. Analiza fotografiilor luate în timpul zborului deasupra casei, precum şi specificaţiile focale ale camerei termice utilizate de către poliţişti au indicat că elicopterul zbura la mai puţin de 60 de metri deasupra solului. Curtea Supremă de Justiţie a SUA a stabilit că un zbor de observare, în timpul aplicării legii, deasupra proprietăţii unui suspect nu încalcă dreptul unei persoane la viaţă privată atât timp cât aeronava se află în spaţiul aerian public. L-am pus pe investigatorul meu, Raul Levin, să verifice la Administraţia Federală a Aviaţiei. Ranch-ul lui Casey nu era în raza niciunui aeroport. Plafonul de zbor al spaţiului public de deasupra fermei era de 300 de metri. Ajutoarele de şerif invadaseră în mod clar viaţa privată a lui Casey în timp ce efectuau raidul de strângere a probelor.

Acum, treaba mea era să duc cazul în instanţă şi să obţin mărturii de la oamenii şerifului şi de la pilot cu privire la altitudinea de zbor pe care o aveau când se aflau deasupra fermei. Dacă spuneau adevărul, ai mei erau! Dacă minţeau, ai mei erau! Nu gust ideea de a-i pune pe poliţişti, în şedinţă publică, în situaţii jenante legate de aplicarea legii, dar speranţa mea era că vor minţi. Când un juriu vede că un poliţist minte în boxa martorilor, atunci cazul se poate închide foarte bine chiar acolo. Nu trebuie să faci apel la un verdict de nevinovăţie. Acuzarea nu are căi de atac la un asemenea verdict.

Oricum, eram foarte încrezător că aveam un câştigător. Hotărâsem deja să ajungem la proces şi exista un singur lucru care ne trăgea inapoi. Despre asta trebuia să vorbesc cu Harold Casey înainte ca judecătorul să intre în sală şi să înceapă cazul lui.

Clientul meu a trecut agale pe lângă colţul boxei, fără să salute. Nu l-am salutat nici eu. Ştia ce urmăream. Discutaserăm înainte.

– Harold, este ziua înfăţişării, am zis. E momentul când îi spun judecătorului dacă suntem gata de proces. Ştiu că statul e deja pregătit. Aşa că azi e rândul nostru.

– Şi?

– Şi avem o problemă. Ultima dată când am fost aici, mi-ai spus că vor veni nişte bani. Dar suntem aici, Harold, şi nu a venit niciun ban.

– Nu-ţi bate capul. Am banii tăi.

– De-aia sunt şi eu îngrijorat. Tu ai banii mei, dar eu nu-i am.

– Vin. Am vorbit ieri cu băieţii mei. Vin.

– Şi data trecută ai spus la fel. Nu lucrez pe gratis, Harold. Expertul pe care l-am angajat ca să analizeze fotografiile nu lucrează nici el pe gratis. Eşti foarte în urmă cu plata onorariului. Vreau nişte bani sau va trebui să-ţi cauţi alt avocat. Unul din oficiu.

– Nu avocat din oficiu, omule. Pe tine te vreau.

– Ei bine, am avut cheltuieli și a trebuit să mănânc. Știi cât trebuie să dau în fiecare săptămână doar pentru *Pagini Aurii?* Ia ghicește.

Casey nu a răspuns.

– O bătrână[1]. În medie, o bătrână pe săptămână doar pentru a-mi păstra anunțul acolo, și asta înainte de a mânca, de a plăti ipoteca sau pensia copilului sau de a pune benzină în Lincolnul meu. Eu nu fac asta pe o promisiune, Harold. Eu lucrez inspirat de verde[2].

Casey nu părea impresionat.

– M-am interesat pe-aici, a spus el. Nu poţi să renunţi, pur și simplu, la mine. Nu acum. Judecătorul nu te-ar lăsa.

Tăcerea s-a lăsat peste sala de ședinţă când judecătorul a ieşit din camera lui și a urcat cele două trepte până la locul lui. Aprodul a chemat la ordine publicul din sală. Începea spectacolul. M-am uitat lung la Casey și m-am îndepărtat. El avea o cunoaștere de amator a legilor și a felului în care funcţionează, dobândită în închisoare. Ştia mai mult decât majoritatea deţinuţilor. Dar îl aștepta o surpriză.

Mi-am găsit un loc în rândul din spatele mesei inculpaţilor. Primul caz s-a desfășurat rapid, fiind doar reevaluarea unei cauţiuni. Apoi grefierul a anunţat cauza California împotriva lui Casey și m-am îndreptat spre banca avocaţilor.

– Michael Haller, avocatul apărării, am spus.

Și procurorul și-a anunţat prezenţa. Era un tânăr pe nume Victor DeVries. Nu avea nicio idee despre ce îl aștepta când ajungeam la proces. Judecătorul

---

[1] O mie de dolari (n.t.)

[2] Aluzie la culoarea dolarilor (n.t.)

Orton Powell a pus întrebările obişnuite referitoare la posibilitatea unei înţelegeri de ultim moment, în cazul în care ar fi fost posibilă. Fiecare judecător avea o agendă supraaglomerată şi un mandat imperativ pentru a mai rezolva cazuri prin dispoziţii. Ultimul lucru pe care un judecător voia să-l audă era acela că nu exista nicio speranță de înțelegere și că procesul era inevitabil.

Dar Powell a primit bine vestea și ne-a întrebat pe mine și pe DeVries dacă eram gata să începem procesul săptămâna aceea. DeVries a spus da. Eu am spus nu.

– Onorată instanță, am zis, mi-aş dori să facem asta săptămâna viitoare, dacă este posibil.

– Care este cauza acestei amânări, domnule Haller? a întrebat judecătorul nerăbdător. Procuratura este pregătită și vreau să soluționez acest dosar.

– Și eu vreau asta, onorată instanță. Dar apărarea are unele probleme cu localizarea unui martor important. Un martor indispensabil, onorată instanță. Cred că o săptămână de căutări susţinute ar trebui să fie suficientă. Săptămâna viitoare vom fi gata să mergem înainte.

Cum era de aşteptat, DeVries a obiectat faţă de această întârziere.

– Onorată instanță, este prima dată când procurorii aud despre lipsa unui martor. Domnul Haller a avut aproape trei luni să-și localizeze martorii. El a dorit un proces rapid și acum tot el vrea să aştepte. Cred că aceasta este doar o tactică de tergiversare, pentru că se confruntă cu un caz care...

– Poţi să-ţi păstrezi pledoaria pentru juriu, domnule DeVries, l-a întrerupt judecătorul. Domnule Haller, credeţi că într-o săptămână veţi rezolva problema?

– Da, onorată instanță.

– Bine, ne vom vedea cu toții lunea viitoare și veți fi gata să-i dăm drumul. S-a înțeles?

– Da, onorată instanță. Vă mulțumesc.

Grefierul a strigat următoarea cauză, iar eu m-am îndepărtat de banca apărării. Am urmărit cum un polițist îl scotea pe clientul meu din țarc. Casey s-a întors spre mine cu o privire care exprima în egală măsură furie și confuzie. M-am dus la Reynaldo Rodriguez și l-am rugat să mă lase să merg în zona de detenție ca să discut cu clientul meu. Era un gest de curtoazie profesională permis celor mai mulți dintre obișnuiți. Rodriguez s-a ridicat, a descuiat o ușă din spatele biroului său și mi-a permis să trec. Când i-am mulțumit, am avut grijă să nu-i greșesc numele.

Casey era într-o celulă cu un alt inculpat, bărbatul al cărui caz fusese strigat înaintea lui în sala de judecată. Celula era mare și avea bănci de-a lungul celor trei laturi. Partea rea, când cauza e programată devreme la judecată, este că după audiere trebuie să stea în această cușcă până când se adună suficient de mulți oameni pentru a umple un autobuz care să-i ducă înapoi la închisoarea districtului. Casey a venit la gratii ca să-mi vorbească.

– Despre ce martor vorbeai acolo? a întrebat el.

– Domnul Verde. Domnul Verde este tot ceea ce avem nevoie pentru ca acest caz să meargă mai departe.

Chipul lui Casey s-a schimonosit de furie.

Am încercat să-l prind la înghesuială.

– Uite, Harold, știu că vrei ca lucrurile să se miște și să se ajungă la proces și apoi la apel. Dar trebuie să plătești cheltuielile de transport de-a lungul drumului.

Știu dintr-o experiență lungă și grea că nu-mi folosește la nimic să fugăresc oamenii pentru bani după ce calul este afară din grajd. Vrei să joci acum, plătești acum.

Am salutat din cap și tocmai voiam să mă întorc la ușa care ducea spre libertate. Dar i-am mai spus ceva:

– Și nu cred că judecătorul nu știa ce se-ntâmplă. Ai un procuror tânăr care-i umed în spatele urechilor și nu trebuie să-și facă griji legate de următorul salariu. Dar Orton Powell a fost mulți ani avocat pledant înainte să ajungă judecător. Știe totul despre căutarea martorilor indispensabili, precum domnul Verde, și, probabil, nu va privi cu ochi buni un inculpat care nu-și plătește avocatul. I-am făcut cu ochiul, Harold. Dacă vreau să renunț la caz, renunț. Dar aș prefera ca lunea viitoare să ne prezentăm în fața instanței și să spunem că am găsit martorul și suntem gata să mergem mai departe. Ai înțeles?

La început, Casey nu a zis nimic. S-a dus în spatele celulei și s-a așezat pe bancă. Când, în sfârșit, a început să vorbească, nu se uita în ochii mei.

– De îndată ce-ajung la un telefon, a spus el.

– Sună bine, Harold. O să-i spun unuia dintre polițiști că ai de dat un telefon. Sună, apoi stai liniștit, și ne vedem săptămâna viitoare. O s-o rezolvăm noi.

M-am îndreptat spre ușă cu pași repezi. Îmi displace să mă aflu într-o închisoare. Nu sunt sigur de ce. Poate pentru că uneori linia pare atât de subțire. Linia dintre un avocat criminalist și un criminal. Uneori, nu sunt sigur de care parte a barei mă aflu. Pentru mine este întotdeauna un miracol că reușesc să ies așa cum am intrat.

3

Pe hol, în afara sălii de judecată, mi-am redeschis telefonul mobil și mi-am sunat șoferul. Apoi mi-am verificat mesageria vocală și am găsit mesaje de la Lorna Taylor și de la Fernando Valenzuela. Am decis să aștept până când ajungeam în mașină pentru a-i suna. Earl Briggs, șoferul meu, aducea Lincolnul chiar în față. Earl nu cobora, nu deschidea portiera și nu făcea nimic altceva. Înțelegerea era doar să conducă, lucra în contul onorariului pe care mi-l datora pentru că îi obținusem eliberarea condiționată dintr-o condamnare într-un caz de vânzare de cocaină. Îi plăteam douăzeci de dolari pe oră, dar îi rețineam jumătate din sumă pentru onorariu. Nu era chiar cât câștiga făcând trafic de droguri, dar era mai sigur, era legal și era ceva care putea trece într-un CV. Earl susținea că vrea să ducă o viață cinstită, iar eu îl credeam.

Pe măsură ce mă apropiam, auzeam ritmul de hip-hop pulsând în spatele ferestrelor închise ale Town Carului[1]. Dar Earl a ucis sunetele în clipa în care am pus mâna

[1] Limuzină vândută de divizia Lincoln a Ford Motor Company din 1980 până în 2011. (n.t.)

pe mânerul de la portieră. Am alunecat pe bancheta din spate și i-am spus să se îndrepte spre Van Nuys.

– Ce ascultai? l-am întrebat.

– Ăăă, era *Three Six Mafia*.

– Dirty South[1]?

– Da, așa e.

De-a lungul anilor, am ajuns să cunosc diferenţele subtile dintre culturile regionale și generale, între rap și hip-hop. De partea cealaltă, cei mai mulţi dintre clienţii mei ascultau aceste genuri, construindu-și din ele strategiile de viaţă.

M-am aplecat și am ridicat cutia de pantofi plină cu casetele audio din cazul Boyleston, alegând una la întâmplare. Am notat numărul casetei și data într-un mic jurnal pe care-l păstram în cutie. I-am întins caseta peste scaun lui Earl și el a strecurat-o în radiocasetofonul stereo de bord. Nu trebuia să-i spun s-o pună la un volum atât de discret încât să depășească doar puţin zgomotul de fond. Earl lucra pentru mine de trei luni. Știa ce să facă.

Roger Boyleston era unul dintre puţinii mei clienţi repartizaţi de instanţă. Se confrunta cu mai multe acuzaţii federale privind traficul de droguri. Înregistrările interceptărilor DEA[2] ale telefoanelor lui Boyleston au dus la arestarea lui și la confiscarea a șase kilograme de cocaină pe care planificase să o distribuie printr-o reţea de intermediari. Existau numeroase înregistrări, peste cincizeci de ore de convorbiri telefonice. Boyleston vorbise cu mai multe persoane despre marfa care urma

---

[1] Stil de muzică hip-hop

[2] Drug Enforcement Administration, agenţie federală aflată în subordinea Departamentului de justiţie. (n.t.)

să ajungă și când să o aștepte. Cazul a fost un *slam dunk*[1] pentru guvern. Boyleston urma să stea departe pentru o lungă perioadă de timp și nu avusesem aproape nimic de făcut decât să negociez un târg în care clientul să coopereze pentru o sentință mai blândă. Dar asta nu mai conta. Ceea ce conta pentru mine erau casetele. Am luat cazul pentru casete. Guvernul federal mă plătea să ascult benzile pentru pregătirea apărării clientului meu. Asta însemna că obțineam un minimum de cincizeci de ore facturate de la Boyleston și de la guvern înainte să se fi stabilit ceva. Așa că, de fiecare dată când eram în Lincoln, mă asiguram că acele casete se învârteau la greu. Voiam să fiu sigur că, dacă vreodată ar fi trebuit să pun mâna pe Biblie și să jur că spun adevărul, o s-o fac cu conștiința împăcată că am ascultat fiecare dintre aceste casete plătite de Unchiul Zahăr[2].

Prima pe care am sunat-o a fost Lorna Taylor. Este asistenta mea. Numărul de telefon, care se întinde pe o jumătate de pagină în *Pagini Aurii* și pe treizeci și șase de bănci din stațiile de autobuz împrăștiate prin zone cu infracționalitate ridicată din sudul și estul districtului, duce direct la biroul/al doilea dormitor din apartamentul ei de pe Kings Road, în West Hollywood. Baroul californian și toți grefierii au adresa ei, nu pe a mea.

Lorna este legătura mea cu lumea. Pentru a ajunge la mine, începi cu ea. Numărul celularului meu ajunge la câțiva oameni, iar Lorna este paznicul. E dură, inteligentă, profesionistă și frumoasă. Deși în ultima vreme ajung să

---

[1] În baschet, coș marcat de sus; fig. lovitură. (n.t.)

[2] *Uncle Sugar*, parafrază la „Unchiul Sam", personificarea guvernului SUA; este vorba despre avocații din oficiu, plătiți de stat. (n.t.)

constat acest ultim atribut aproximativ o dată pe lună, atunci când o scot la prânz ca să semneze cecuri – căci e şi contabila mea.

– Cabinetul de avocatură, a spus ea când am sunat-o.

– Îmi pare rău, eram încă în instanţă, am zis, explicându-i de ce n-am răspuns. Care-i treaba?

– Ai vorbit cu Val, nu-i aşa?

– Da. Acum mă duc până în Van Nuys. E la unsprezece.

– A sunat aici ca să fie sigur. Părea nervos.

– E convins că tipul ăsta e gâsca de aur, vrea să se asigure că e călare pe situaţie. O să-l sun să-l liniştesc.

– L-am verificat puţin pe Louis Ross Roulet. Situaţia financiară este excelentă. În arhiva *Times* am găsit câteva informaţii. Toate sunt despre tranzacţii imobiliare. Se pare că lucrează pentru o firmă de imobiliare din Beverly Hills. Se numeşte Windsor Residential Estates. Se pare că ei se ocupau exclusiv cu „listări de nişă"[1] – nicidecum genul de proprietăţi unde se pune în faţă un anunţ că sunt scoase la vânzare.

– Asta e bine. Altceva?

– Nu despre asta. Iar la telefon doar lucruri obişnuite.

Ceea ce însemna că avusese de-a face cu numărul obişnuit de apeluri de la cei care îşi căutau un avocat şi găsiseră numărul pe scaunele din autobuz sau în *Pagini Aurii*. Înainte de-a intra în atenţia mea, apelanţii trebuiau s-o convingă pe Lorna că pot plăti pentru ceea ce voiau. Era un fel de asistentă medicală din spatele biroului de la Primiri Urgenţe. Trebuie s-o convingeţi că aveţi o asigurare valabilă înainte să vă vadă doctorul. Lângă

[1] În original *pocket listings*, o formă restrictivă de publicitate imobiliară (n.t.)

telefon, Lorna are o listă de tarife care încep cu o taxă fixă de 5 000 de dolari, cât e onorariul pentru un DUI[1], și continuă cu tarifele pe oră pentru infracțiunile mai grave. Ea se asigură că fiecare potențial client e unul bun-platnic și știe costurile infracțiunii de care a fost acuzat. E o vorbă: „Nu face crima dacă nu poţi plăti pentru ea“[2]. Dar Lornei îi place să spună că, în cazul meu, este: „Nu face crima dacă nu poţi plăti pentru timpul meu“[3]. Acceptă Master Card și Visa și obţine confirmarea plăţii înainte ca un client să ajungă prima dată la mine.

– Cineva cunoscut? am întrebat.

– Gloria Dayton a sunat din Twin Towers.

Am gemut. Twin Towers erau cel mai mare arest districtual, în centrul orașului. Într-unul dintre turnuri erau găzduite femeile, în celălalt, bărbații. Gloria Dayton era o prostituată de lux care avea nevoie din când în când de serviciile mele juridice. Prima dată o reprezentasem cu vreo zece ani în urmă, când era tânără, nu se droga și ochii încă îi mai erau plini de viață. Acum, era o clientă pro bono. Nu am taxat-o niciodată, doar am încercat s-o conving să renunțe la o astfel de viață.

– Când au săltat-o?

– Aseară. Sau, mai degrabă, în dimineața asta. Prima înfăţişare este după-amiază.

– Nu ştiu dacă o pot rezolva, ţinând cont de Van Nuys.

– A apărut o complicație. Posesie de cocaină, în plus faţă de cele obișnuite.

---

[1] *Driving Under the Influence*, conducere sub influența alcoolului (n.t.)

[2] În original, *Don't do the crime if you can't do the time*, joc de cuvinte. (n.t.)

[3] În original, *Don't do the crime if you can't pay for my time.* (n.t.)

Ştiam că Gloria lucra exclusiv pe baza contactelor prin internet, postări pe care le făcea chiar ea pe diferite site-uri gen Glory Days. Nu agăţa nici pe străzi şi nici prin baruri. De obicei, era prinsă doar când un ofiţer sub acoperire de la Moravuri reuşea să-i penetreze sistemul de siguranţă şi să obţină o întâlnire. Faptul că avea cocaină asupra ei la întâlnire părea fie o dovadă neobişnuită de prostie din partea ei, fie o înscenare din partea poliţistului.

– În regulă, dacă sună din nou, spune-i că voi încerca să fiu acolo, iar dacă nu ajung, o să trimit pe cineva s-o scoată. Suni tu la tribunal ca să confirmi audierea?

– Mă ocup. Dar, Mickey, când îi vei spune că este ultima dată?

– Nu știu. Poate azi. Altceva?

– Nu e destul pentru o zi?

– Destul, cred că da.

Am mai vorbit un pic despre programul meu de săptămâna aceea și mi-am deschis laptopul pe măsuţa pliantă ca să pot să-mi confrunt agenda cu a ei. Aveam câteva audieri stabilite în fiecare dimineață și un proces de o zi pentru joi. Erau chestiuni legate de droguri, obișnuite în sud. Pâinea mea de toate zilele. La sfârșitul discuţiei, i-am promis că o s-o sun după audierea de la Van Nuys ca să-i comunic dacă și cum va influenţa lucrurile cazul Roulet.

– Încă ceva, am mai zis. Spuneai că Roulet face aproape exclusiv afaceri imobiliare în stil mare, nu-i așa?

– Da. Fiecare afacere de care era legat numele în arhivă e de șapte cifre. Vreo două se ridicau chiar la opt. Holmby Hills, Bel Air, locuri de-astea.

Am clătinat din cap, gândindu-mă că poziţia lui Roulet ar fi putut stârni interesul mass-mediei.

– Atunci, de ce nu-l pui pe Stikcs pe urmele lui? am întrebat.

– Eşti sigur?

– Mda, am putea scoate ceva de-acolo.

– Se face.

– Vorbim mai târziu.

Când am închis telefonul, Earl intrase deja pe autostrada Antelope Valley, îndreptându-se spre sud. Mergeam bine şi părea că o să ajungem la timp la Van Nuys pentru prima înfăţişare a lui Roulet. L-am sunat pe Fernando Valenzuela.

– E foarte bine, a spus garantul. Aştept.

În timp ce vorbea, mă uitam după două motociclete care alunecau pe lângă fereastra mea. Fiecare motociclist purta o vestă din piele neagră, cu craniu şi cu nimburi din petice cusute pe spate.

– Altceva? am întrebat.

– Mda, un alt lucru pe care ar trebui, probabil, să ţi-l spun, a zis Valenzuela. Am verificat la tribunal şi am aflat că dosarul i-a fost atribuit lui Maggie McFierce. Nu ştiu dacă asta va fi sau nu o problemă pentru tine.

Maggie McFierce[1], de fapt Margaret McPherson, care se întâmpla să fie unul dintre cei mai dificili şi, da, mai aprigi procurori din Van Nuys. De asemenea, se întâmpla să fie şi prima mea fostă soţie.

– Nu va fi o problemă pentru mine, i-am zis fără ezitare. Ea e cea care va avea probleme.

---

[1] *Fierce* = feroce (n.t.)

Inculpatul are dreptul să-şi aleagă avocatul. Dacă există un conflict de interese între avocatul apărării şi procuror, atunci, procurorul este cel care trebuie să renunţe la caz. Ştiam că Maggie m-ar fi considerat responsabil pe mine pentru pierderea frâielor a ceea ce putea fi un caz important, dar nu aveam ce face. Se mai întâmplase. În laptop încă mai aveam cererea de descalificare de la ultimul caz în care ne intersectaserăm. Dacă va fi necesar, va trebui să schimb doar numele inculpatului şi să o printez. Îmi convenea să plece.

Cele două motociclete ajunseseră în faţa noastră. M-am întors şi m-am uitat pe fereastră. Mai erau încă trei Harley-uri în spatele nostru.

– Ştii ce înseamnă asta, cred, am zis.

– Nu, ce?

– Ea nu va accepta nicio cauţiune. Aşa face mereu în cazuri de violenţă împotriva femeilor.

– La naiba, poate să facă asta? Văd o uriaşă şi frumoasă grămadă de mărunţiş în chestia asta, omule.

– Nu ştiu. Ai spus că tipul are o familie şi pe C.C. Dobbs. Pot să scot ceva din asta. Om vedea.

– Rahat.

Valenzuela îşi vedea teancul de bani dispărând.

– Ne vedem acolo, Val.

Am închis telefonul şi m-am uitat peste scaun la Earl.

– De cât timp avem escorta? am întrebat.

– Tocmai au apărut, a zis Earl. Vreţi să fac ceva?

– Să vedem ce...

N-am apucat să termin propoziţia. Unul dintre motocicliştii din spate a venit în dreptul Lincolnului şi ne-a făcut semn către următoarea ieşire spre Parcul Districtual

Vasquez Rocks. L-am recunoscut pe Teddy Vogel, un fost client și cel mai important lider al găștii Sfinții Drumului în libertate. Era și cel mai solid „Sfânt", de asemenea. Avea pe puțin 160 de kilograme și dădea impresia unui copil gras călare pe bicicleta fratelui mai mic.

– Oprește, Earl, am spus. Să vedem ce vrea.

Am tras într-o parcare lângă o formațiune de stânci colțuroase ce purta numele unui nelegiuit care se ascunsese pe acolo cu un secol în urmă. Am văzut doi oameni la picnic pe marginea uneia dintre cele mai abrupte margini. Nu cred că m-aș fi simțit confortabil să mănânc un sandvici într-o poziție atât de periculos înclinată.

Am coborât fereastra în timp ce Teddy Vogel se apropia pe propriile picioare. Alți patru din gașcă își opriseră motoarele, dar rămăseseră pe motociclete. Vogel s-a aplecat pe fereastră și și-a pus unul dintre antebrațele sale gigantice pe pervaz. Am simțit cum se înclină mașina cu câțiva centimetri.

– Avocatule, cum merge? a întrebat el.

– Bine, mersi, Ted, i-am răspuns. Evident, nu voiam să-i zic Teddy Bear, poreclă pe care i-o dăduse gașca. Ce-i cu tine? Ce s-a întâmplat cu coada ta de cal?

– Unora nu le-a plăcut, așa că am tăiat-o.

– Un juriu, nu-i așa? Trebuie să fi fost o colecție de anchilozați. Care-i treaba, Ted?

– Am primit un telefon de la Hard Case de acolo, din penitenciarul Lancaster. A spus că aș putea să te prind în drum spre sud. A zis că tărăgănezi cazul până când obții niște verzișori. Corect, avocatule?

Părea o discuţie obişnuită. Nicio ameninţare în vocea sau cuvintele lui. Şi nu mă simţeam ameninţat. Cu doi ani în urmă, mă ocupasem de cazul deschis împotriva lui Vogel, în care era acuzat de răpire și atac deosebit de grav și în instanţă am răsturnat situaţia obţinând o condamnare pentru tulburarea liniştii publice. Conducea un club de striptease, proprietate a Sfinţilor, pe Sepulveda, în Van Nuys. Fusese arestat după ce aflase că una dintre cele mai productive dansatoare ale sale demisionase şi se mutase vizavi, la concurenţă. Vogel traversase strada după ea, o luase de pe scenă, dezbrăcată, şi o cărase înapoi în clubul lui. Un șofer aflat în trecere a sunat la poliție. Demolarea cazului a fost una dintre cele mai spectaculoase reușite ale mele şi Vogel ştia acest lucru. Avea o slăbiciune faţă de mine.

– Da, cam aşa e, i-am spus. Muncesc ca să trăiesc. Dacă vrea să lucrez pentru el, trebuie să mă plătească.

– Ţi-am dat cinci mii în decembrie, a zis Vogel.

– E mult de atunci, Ted. Mai mult de jumătate s-a dus la expertul care va pulveriza cazul. Restul mi-a rămas, dar deja am lucrat peste orele plătite. Dacă voi continua cu procesul în instanţă, am nevoie să-mi reumplu rezervorul.

– Mai vrei cinci mii?

– Nu, am nevoie de zece. I-am spus lui Hard Case de săptămâna trecută. E un proces de trei zile şi am nevoie să îl aduc pe expertul Kodak din New York. Trebuie să-l plătesc, iar el vrea zbor clasa I şi cazare la Chateau Marmont[1]. Speră să dea la bar peste staruri de

[1] Hotel exclusivist pe celebrul Sunset Boulevard, construit după modelul Castelului Amboise din Franţa. (n.t.)

cinema sau alte vedete. O cameră ieftină acolo este patru sute de dolari pe noapte.

– Mă omori, avocatule. Ce s-a întâmplat cu sloganul pe care îl aveai în *Pagini Aurii?* „Îndoială rezonabilă la un preţ rezonabil." Zece mii sună rezonabil?

– Îmi plăcea sloganul. Mi-a adus o mulţime de clienţi. Dar instanţa californiană nu a fost prea încântată şi m-a făcut să mă debarasez de el. Zece este preţul, şi este rezonabil, Ted. Dacă nu poţi sau nu vrei să-l plăteşti, completez formularul astăzi. Voi renunţa, iar el poate merge cu un avocat din oficiu. O să predau tot ce am autorităţilor. Dar avocatul, probabil, nu va avea buget pentru zborul expertului foto.

Vogel şi-a schimbat poziţia din geamul maşinii, care s-a clătinat sub greutatea lui.

– Nu, nu, noi pe tine te vrem. Hard Case e important pentru noi, ştii ce vreau să spun? Îl vreau liber şi întors la muncă.

M-am uitat cum duce la vestă o mână atât de groasă, încât încheieturile nu i se mai distingeau şi scoate un plic gros pe care mi l-a pasat mie.

– Sunt bani gheaţă? am întrebat.

– Corect. Ce e în neregulă cu banii gheaţă?

– Nimic. Dar eu trebuie să vă dau o chitanţă. Este o raportare cerută de IRS[1]. Sunt toţi zece?

– E totul acolo.

Am dat la o parte capacul unei cutii din carton pe care o ţin pe scaunul de lângă mine. Chitanţierul meu se afla în spatele dosarelor cu cazurile curente. Am început să completez chitanţa. Majoritatea avocaţilor care sunt

[1] Fiscul american

excluşi din barou o păţesc din cauza fraudelor financiare. False raportări sau delapidarea banilor obţinuţi din onorarii. Păstram şi înregistram meticulos chitanţele. N-aş fi lăsat vreodată baroul să mă poată da la o parte în felul ăsta.

– Deci, îi aveai pe toţi de la început, i-am spus în timp ce scriam. Ce se-ntâmpla dacă aş fi coborât până la cinci? Ce-ai fi făcut atunci?

Vogel a zâmbit. Îi lipsea unul dintre dinţii de jos, din faţă, trebuie să fi avut vreo luptă în club. S-a mângâiat peste cealaltă parte a vestei.

– Avocatule, îmi dăduseră şi un alt plic cu cinci mii, e chiar aici, a zis el. Eram pregătit pentru orice variantă.

– La naiba, mă simt fraier că te las cu bani în buzunar!

Am smuls exemplarul lui din chitanţier şi i l-am dat pe fereastră.

– Am scris-o pe numele lui Casey. El e clientul.

– E-n regulă.

A luat chitanţa şi şi-a ridicat braţul de pe geam. Maşina a revenit la înălţimea normală. Aş fi vrut să-l întreb de unde veneau banii, care dintre activităţile criminale ale Sfinţilor i-a câştigat, dacă o sută de fete au dansat o sută de ore pentru el ca să mă plătească, dar era o întrebare al cărei răspuns era mai bine să nu-l ştiu. L-am privit pe Vogel îndreptându-se alene spre Harley-ul lui, luptându-se să-şi balanseze piciorul gros ca un coş de gunoi peste şaua motocicletei. Pentru prima dată, am observat amortizoarele duble de pe roata din spate. I-am spus lui Earl să se întoarcă pe autostrada spre Van Nuys, unde trebuia să trec mai întâi pe la bancă, înainte de a merge să mă întâlnesc cu noul client.

Am deschis plicul şi am numărat banii, bancnote de douăzeci, cincizeci şi de o sută de dolari. Totul era acolo. Rezervorul se reîncărcase şi eram pregătit să continui să-l apăr pe Harold Casey. Puteam merge la proces să-i dau o lecţie tânărului procuror. Puteam câştiga, dacă nu în proces, cu siguranţă la recurs. Casey se va întoarce la familie şi la munca în slujba Sfinţilor Drumului. Nu consideram infracţiunea de care fusese acuzat altceva decât un bilet de depozit pentru contul de plăţi al clientului meu.

– Domnule Haller? a zis Earl după un timp.

– Ce e, Earl?

– I-aţi spus omului că o să vină de la New York un expert? Îl iau de la aeroport?

Am clătinat din cap.

– Nu vine niciun expert de la New York, Earl. Cei mai buni experţi în camere foto şi fotografii din lume sunt chiar aici, în Hollywood.

Earl a clătinat din cap şi ochii lui i-au ţintuit pe ai mei, pentru un moment, în oglinda retrovizoare. Apoi a privit din nou înainte.

– Înţeleg, a spus el dând din nou din cap.

Am clătinat şi eu din cap. Nicio şovăire în ceea ce făcusem sau spusesem. Ăsta era jobul meu. Aşa lucram. După cincisprezece ani de practică judiciară, ajunsesem să gândesc totul în termeni foarte simpli. Legea era o maşinărie mare şi ruginită care aspira vieţile şi banii oamenilor. Eu eram doar un mecanic. Devenisem expert în a intra în maşinărie şi a repara lucrurile, extrăgând, în schimb, din ea ceea ce aveam nevoie.

În afară de lege, nu era nimic la care să țin mai mult. Tot ce învățasem în facultate despre virtuțile sistemului contradictorialității, ale sistemului echilibrului bazat pe control, ale căutării adevărului s-a erodat în timp precum statuile altei civilizații. Legea nu era pentru adevăr. Era pentru negociere, ameliorare, manipulare. Nu era vorba despre vinovăție și inocență, pentru că toată lumea era vinovată de ceva. Dar nu conta, pentru că fiecare caz pe care îl luam era ca o casă construită pe o fundație turnată de muncitori suprasolicitați și prost plătiți. Ei folosesc minima rezistență. Fac greșeli și acoperă greșelile cu o vopsea de minciuni. Treaba mea era să îndepărtez coaja de vopsea, pentru a găsi fisuri. Să-mi bag degetele și uneltele în acele fisuri, ca să le măresc. Să le măresc într-atât, încât fie să se dărâme casa, fie clientul meu să alunece printre crăpături.

Mulți m-ar putea crede un fel de diavol, dar s-ar înșela. Eram un înger gras. Eram adevăratul sfânt al șoselelor. Era nevoie de mine și eram dorit. De ambele părți. Eram ca uleiul de la mașină. Puneam roțile în mișcare. Ajutam motorul să țină sistemul în funcțiune.

Dar toate astea se puteau schimba începând cu acest caz Roulet. Pentru mine. Pentru el. Și, desigur, pentru Jesus Menendez.

4

Louis Ross Roulet se afla într-o zonă de detenţie cu alţi şapte oameni care fuseseră aduşi cu autobuzul la tribunal de la închisoarea Van Nuys. Doi erau albi şi se aşezaseră unul lângă altul pe o bancă, în timp ce ceilalţi şase bărbaţi erau negri şi ocupaseră cealaltă parte a celulei. Era o formă de segregare darwinistă. Nu se cunoşteau între ei, dar unde-s mulţi puterea creşte.

Deoarece Roulet venea din prosperul Beverly Hills, când m-am uitat la cei doi bărbaţi albi, a fost uşor să aleg între ei. Unul era un ins slab ca un ţâr, cu ochii umezi şi disperaţi care priveau în gol. Celălalt părea proverbialul cerb în bătaia farurilor. L-am ales pe el.

– Domnul Roulet? am întrebat, pronunţând numele aşa cum îmi spusese Valenzuela.

Cerbul a încuviinţat din cap. I-am făcut semn printre bare, ca să putem vorbi în linişte.

– Numele meu este Michael Haller. Mi se spune Mickey. O să vă reprezint la prima înfăţişare de astăzi.

Ne aflam în zona de detenţie din spatele Curţii, acolo unde, în mod obişnuit, avocaţilor le este permis accesul pentru a se sfătui cu clienţii înainte de începerea şedinţei. Există o linie albastră pe podea în exteriorul celulelor.

Linia de un metru. A trebuit să păstrez distanța față de clientul meu.

Roulet apucase barele din fața mea. La fel ca și ceilalți din celulă, avea lanțuri la glezne, la încheieturile mâinilor și un lanț în jurul taliei. Nu aveau să-i fie scoase până nu era dus în sala de judecată. Avea până în treizeci de ani, cel puțin un metru optzeci și în jur de 80 de kilograme. Părea subțirel. Temnița te ajută în sensul ăsta. Avea ochii albaștri-deschis, și în ei se citea o panică așa cum rareori mi-a fost dat s-o văd atât de clar la cineva. De cele mai multe ori, clienții mei mai fuseseră arestați și aveau privirea de gheață a unui prădător. Este felul în care rezistă în închisoare.

Dar Roulet era diferit. Arăta ca o pradă. Era speriat și nu-i păsa cine vedea și cine înțelegea asta.

– E o-nscenare! a strigat el repede și tare. Trebuie să mă scoateți de aici! Am făcut o greșeală cu femeie aia, asta-i tot. Încearcă să-mi însceneze totul și...

Mi-am ridicat mâinile ca să-l opresc.

– Fiți atent ce spuneți aici, am rostit cu voce joasă. De fapt, aveți grijă ce spuneți până veți ieși de aici și vom putea vorbi în siguranță.

El s-a uitat în jur, aparent fără să înțeleagă.

– Nu știi niciodată cine te aude, am adăugat. Și nu se știe niciodată ce vor declara că v-au auzit spunând fără ca dumneavoastră să fi spus ceva. Cel mai bun lucru este să nu vorbiți nimic despre caz. Ați înțeles? Cel mai bun lucru este să nu vorbiți cu nimeni despre nimic, punct.

El a dat din cap și i-am făcut semn să se așeze pe banca de după gratii. Era o bancă pe peretele opus și m-am așezat și eu.

– Sunt aici doar ca să vă cunosc şi să vă spun cine sunt. Despre caz vorbim după ce vă scot. Am discutat deja cu avocatul familiei, domnul Dobbs, şi îi vom spune judecătorului că suntem pregătiţi să plătim cauţiunea. Credeţi că e totul în regulă aşa?

Am deschis o agendă cu coperte din piele şi tocmai voiam să scriu ceva în ea. Roulet a dat din cap. Începuse să înveţe.

– Bine, am spus. Vorbiţi-mi despre dumneavoastră. Ce vârstă aveţi, dacă sunteţi căsătorit, ce relaţii aveţi în comunitate.

– Hm, am treizeci şi doi de ani. Am trăit aici toată viaţa, chiar şi facultatea am făcut-o aici. UCLA[1]. Nu sunt căsătorit. Nu am copii. Lucrez...

– Divorţat?

– Nu, nu am fost căsătorit. Lucrez la Windsor Residential Estates, compania familiei mele. Poartă numele celui de-al doilea soţ al mamei mele. Sunt afaceri imobiliare. Vindem proprietăţi imobiliare.

Notam. Fără să-l privesc, l-am întrebat încet:

– Câţi bani aţi făcut anul trecut?

Când Roulet n-a răspuns, mi-am ridicat privirea spre el.

– De ce e nevoie să ştiţi asta? a întrebat el.

– Pentru că am de gând să vă scot azi de aici, până la apusul soarelui. Ca să fac asta, trebuie să ştiu totul despre poziţia dumneavoastră socială, inclusiv despre situaţia financiară.

– Nu ştiu exact cât am făcut. O mulţime de bani sunt în acţiuni în companie.

– Nu aţi plătit impozitele?

---

[1] Universitatea din California, Los Angeles (n.t.)

Roulet a privit peste umăr la ceilalţi din celulă şi apoi a răspuns în şoaptă:

– Ba da, le-am plătit. În privinţa asta, venitul meu a fost de un sfert de milion.

– Dar ceea ce spuneţi este că, cu tot cu acţiunile la companie, venitul a fost chiar mai mare.

– Corect.

Unul dintre colegii de celulă ai lui Roulet a venit lângă el, la gratii. Celălalt alb. Era agitat, îşi mişca mâinile tot timpul, şi le muta de la şolduri la buzunare şi înapoi, strângându-le cu disperare.

– Hei, omule, am şi eu nevoie de un avocat. Ai o carte de vizită?

– Nu pentru tine, amice. Afară sunt destui avocaţi pentru tine.

M-am uitat iar la Roulet şi am aşteptat un moment ca să se îndepărteze tipul. N-a făcut-o. M-am uitat din nou la el.

– Uite ce, e o discuţie particulară. Poţi să ne laşi în pace?

Tipul a dat iar din mâini şi a început să se târâie înapoi spre colţul de unde venise. M-am întors spre Roulet.

– Apropo, cum e cu organizaţiile de caritate? am întrebat.

– Ce vreţi să spuneţi? a zis Roulet.

– Sunteţi implicat în vreo acţiune de caritate? Faceţi acte de caritate?

– Da, firma e implicată. Facem donaţii prin Make a Wish[1] pentru un adăpost din Hollywood dedicat oamenilor străzii. Cred că se numeşte My Friend's Place[2] sau cam aşa ceva.

---

[1] Îndeplineşte o dorinţă. (n.t.)

[2] Casa prietenului meu (n.t.)

– Asta e bine.

– O să mă scoateţi?

– O să-ncerc. Acuzaţiile care vi se aduc sunt grave – am verificat înainte de a veni aici – şi am presimţirea că procurorul nu va accepta nicio cauţiune, dar nu contează. Mă descurc cu asta.

Am arătat spre notiţele mele.

– Fără cauţiune!? a strigat cu o voce panicată.

Ceilalţi bărbaţi din celulă s-au uitat în direcţia lui, pentru că rostise cuvintele care reprezentau coşmarul lor colectiv. „Fără cauţiune."

– Calmaţi-vă! Am spus că asta e ceea ce ar vrea ea să facă. N-am spus că o să reuşească. Când aţi fost ultima dată arestat?

Întotdeauna am aruncat întrebări din senin, ca să le pot urmări clienţilor mei privirea şi să văd dacă sunt surprinşi de o asemenea întrebare.

– Niciodată. N-am fost arestat niciodată. Toată chestia asta este...

– Ştiu, ştiu, dar nu vreau să vorbesc despre asta aici, reţineţi?

A dat din cap. M-am uitat la ceas. Şedinţa era pe cale să înceapă şi eu mai trebuia să vorbesc cu Maggie McFierce.

– Trebuie să plec acum, am spus. Ne întâlnim peste câteva minute şi vom vedea cum vă scot de aici. Când vom fi în sală, să nu spuneţi nimic până nu vă consultaţi cu mine. Şi dacă judecătorul vă întreabă cum vă simţiţi, vă consultaţi cu mine! Bine?

– Staţi aşa, nu răspund „nevinovat" la acuzaţiile care mi se aduc?

– Nu, nu o să vă întrebe chiar asta. Tot ceea ce vor face azi e să citească acuzaţiile, să se discute despre cauţiune şi să se stabilească o dată pentru trimiterea în judecată. Ăla e momentul când vă declarăm nevinovat. Aşa că astăzi să nu spuneţi nimic. Fără izbucniri, nimic. S-a-nţeles?

A dat din cap şi s-a încruntat.

– O să fiţi bine, Louis?

A dat din cap încruntat.

– Doar ca să ştiţi, i-am spus. Onorariul meu este de două mii cinci sute de dolari pentru prima înfăţişare şi audierea pentru stabilirea cauţiunii. Ar putea fi vreo problemă?

El a clătinat din cap. Mi-a plăcut că nu era vorbăreţ. Cei mai mulţi clienţi vorbesc prea mult. De obicei, vorbesc singuri chiar în închisoare.

– Bine. Putem discuta în particular despre toate celelalte după ce vă scot de aici.

Mi-am închis agenda din piele, sperând că o observă şi e impresionat, apoi ne-am ridicat.

– Un ultim lucru, am zis. De ce m-aţi ales pe mine? Există o mulţime de avocaţi, de ce eu?

Era o întrebare care nu conta pentru relaţia noastră, dar voiam să testez sinceritatea lui Valenzuela. Roulet a ridicat din umeri.

– Nu ştiu, a răspuns. Mi-am amintit numele dumneavoastră dintr-un ziar.

– Ce-aţi citit despre mine?

– Era un articol despre un caz în care dovezile mergeau clar împotriva unui tip. Cred că era vorba de droguri sau ceva asemănător. Aţi câştigat cazul, pentru că, până la urmă, ei nu aveau nicio dovadă.

– Cazul Hendricks?

Era singurul caz la care mă puteam gândi că a ajuns în presă în ultimele luni. Hendricks fusese un alt client de la Sfinţii Drumului. Agenţii şerifului îi puseseră un GPS cu detector pe Harley-ul lui pentru a-i urmări livrările. Cât se afla pe drumurile publice era în regulă, dar noaptea, când îşi parca motocicleta în bucătăria casei sale, detectorul constituia o intruziune ilegală a poliţiştilor. Cazul fusese desfiinţat de către un judecător în timpul audierilor preliminare. Povestea făcuse puţină senzaţie în *Times*.

– Nu-mi amintesc numele clientului, a spus Roulet. Mi-am amintit doar numele avocatului. Numele de familie, de fapt. Când am sunat azi la garantul pentru cauţiune, i-am spus numele de Haller şi i-am cerut să vă găsească şi să apeleze la dumneavoastră ca să-mi fiţi avocat. De ce?

– Fără niciun motiv. Eram doar curios. Apreciez că aţi apelat. Ne vedem în sala de judecată.

Am lăsat pentru o analiză ulterioară diferenţele dintre ceea ce aflasem de la Roulet despre angajarea mea şi ceea ce îmi spusese Valenzuela şi m-am îndreptat spre sala de judecată. Am văzut-o pe Maggie McFierce stând la un capăt al mesei acuzării. Era împreună cu alţi cinci procurori. Masa era mare şi în formă de L, aşa că mai mulţi procurori puteau să stea jos şi să fie totuşi cu faţa spre judecător. În fiecare zi era desemnat un procuror la sala de judecată care să se ocupe de cea mai mare parte a înfăţişărilor de rutină şi de trimiterile în judecată obişnuite. Dar cazurile speciale aduceau artileria grea a procurorului general, aflată în biroul de la al doilea etaj al tribunalului de alături. Precum şi camerele de televiziune.

De îndată ce am pășit în sală, am și văzut un om care fixa o cameră video pe un trepied chiar lângă pupitrul aprodului. Nu exista niciun însemn al canalului media nici pe aparat, nici pe hainele bărbatului. Era un freelancer căruia îi suflase cineva despre caz și urma să filmeze audierea, pe care apoi să încerce s-o vândă uneia dintre stațiile locale care avea nevoie de o poveste de 30 de secunde. Când verificasem mai devreme programarea lui Roulet, aprodul îmi spusese că judecătorul autorizase filmarea.

M-am dus în spatele fostei mele soții și m-am aplecat să-i șoptesc la ureche. Se uita la niște fotografii dintr-un dosar. Purta un costum bleumarin, cu o dungă subțire gri. Părul ei negru ca tăciunele era legat la spate cu o panglică gri asortată. Îmi plăcea părul ei atunci când era legat așa la spate.

– Dumneavoastră sunteți cea care s-a ocupat de cazul Louis Roulet?

A ridicat privirea, nerecunoscându-mi vocea șoptită. Involuntar, pe față i-a apărut un zâmbet, dar când m-a văzut, zâmbetul s-a transformat în încruntare. Știa exact ce am vrut să spun folosind verbul la timpul trecut și, tensionată, a bătut cu palma dosarul închis.

– Nu-mi spune! a zis ea.

– Îmi pare rău. I-a plăcut cum l-am rezolvat pe Hendricks și m-a sunat.

– Nenorocitule! Voiam cazul ăsta, Haller. E a doua oară când îmi faci asta.

– Cred că orașul ăsta nu e destul de mare pentru amândoi, i-am spus imitându-l pe Cagney[1].

– Bine, a spus cu un oftat, capitulând repede. O să fiu cuminte la audiere. În caz că n-o să obiectezi și la asta!

---

[1] James Francis Cagney, actor american (1899-1986) (n.t.)

– S-ar putea. Urmărești o reținere fără cauțiune?

– Corect. Dar asta nu se va schimba odată cu procurorul. E o directivă de la etajul doi.

Am încuviințat din cap. Asta însemna că un supervizor de caz ceruse reținerea fără cauțiune.

– E implicat în comunitate. Și n-a mai fost arestat.

I-am studiat reacția, nu avusesem timp să mă asigur dacă era adevărat că Roulet nu mai fusese arestat. Este întotdeauna uimitor să vezi cât de mulți clienți mint cu privire la implicări anterioare legate de mecanismul justiției, chiar și atunci când nu există nicio șansă să poată merge cu minciuna prea departe.

Dar Maggie nu mi-a dat niciun indiciu că ar fi știut altceva. Poate era adevărat. Poate că pentru prima dată aveam de-a face cu un client care era la prima infracțiune.

– Nu contează că nu a mai făcut ceva înainte, a răspuns Maggie. Tot ce contează e ce-a făcut noaptea trecută.

A deschis dosarul și a căutat repede printre fotografii până a văzut una care îi plăcea și a scos-o de acolo.

– Iată ce a făcut aseară stâlpul tău comunitar. Așa că nu-mi pasă deloc ce-a făcut înainte. Am de gând să mă asigur că nu va ieși ca să facă asta din nou.

În fotografie era gros-planul feței unei femei, pe 20×25 cm. Umflătura din jurul ochiului drept era atât de mare, încât ochiul era complet închis. Avea nasul spart și deplasat din centru. Tifoane îmbibate în sânge ieșeau din fiecare nară. Sprânceana dreaptă avea o tăietură profundă care fusese cusută cu nouă copci. Buza de jos îi era crăpată și foarte umflată. Partea cea mai rea cu fotografia era ochiul nevătămat. Femeia privea aparatul de fotografiat cu frică, durere și umilință, incontestabil exprimate de acel singur ochi în lacrimi.

– Dacă a făcut-o, am spus, pentru că asta era de așteptat să spun.

– Așa e, a zis Maggie. Sigur, dacă a făcut-o. A fost doar arestat în casa ei, cu sângele ei pe el, însă ai dreptate, asta este o întrebare valabilă.

– Îmi place când ești sarcastică. Ai raportul poliției acolo? Aș vrea și eu o copie a lui.

– Poți să-l iei de la cel care va prelua cazul. Fără favoruri, Haller. Nu de data asta.

Pândeam, mă așteptam la mai multă ironie, mai multă indignare, poate un alt foc de avertisment, dar asta a fost tot. Mi-am dat seama că nu avea rost să încerc să obțin mai multe informații despre caz. Am schimbat subiectul.

– Deci, am zis, ea cum e?

– E speriată de moarte și o doare ca naiba. Cum ar putea să fie altfel?

S-a uitat la mine și am văzut imediat din privirea ei că a înțeles și că mă judecă.

– Tu nici măcar n-ai întrebat despre victimă, nu-i așa?

Nu am răspuns. Nu am vrut să o mint.

– Fiica ta este bine, a spus ea. Îi plac lucrurile pe care i le-ai trimis, dar ar prefera mai degrabă să te arăți un pic mai des.

Ăsta n-a fost un foc de avertisment. Asta a fost o lovitură directă și meritată. Era ca și cum aș fi alergat mereu după cazuri, chiar și în weekenduri. În străfundul sufletului meu știam că ar trebui să încep să alerg mai des după fiica mea în curtea din spatele casei. Timpul pentru a face asta trecea.

– O s-o fac, am spus. Începând chiar de-acum. În acest weekend?

– Bine. Vrei să-i spun în seara asta?

– Ah, poate aşteptăm până mâine, ca să fiu sigur.

Ea a clătinat din cap, ca una care ştie despre ce e vorba. Mai trecuserăm prin asta.

– Grozav! Anunţă-mă mâine.

De data asta, nu am savurat sarcasmul.

– De ce are nevoie? am întrebat, încercând să echilibrez situaţia.

– Tocmai ţi-am spus de ce are nevoie. Mai mult din tine în viaţa ei.

– Bine, promit. O să fac asta!

N-a răspuns.

– Vorbesc serios, Maggie. Te sun mâine.

S-a uitat la mine de parcă i-ar fi venit să mă împuşte. Se mai întâmplase şi altă dată să-mi spună că tot ce fac de când am devenit tată e să vorbesc fără să fac nimic. Dar am fost salvat de începutul şedinţei. Judecătorul a intrat şi a urcat scările până la scaunul lui. Aprodul a făcut apel la linişte. Fără să-i mai spun ceva lui Maggie, am plecat de la masa acuzării şi m-am întors la unul dintre scaunele din primul rând.

Judecătorul l-a întrebat pe grefier dacă există vreun alt dosar de discutat înainte să fie aduşi inculpaţii. Nu era niciunul, aşa că judecătorul a cerut să fie adus primul grup. Ca şi în sala de judecată din Lancaster, exista o zonă mare special amenajată pentru inculpaţii aflaţi în custodie. M-am ridicat şi m-am îndreptat spre deschiderea boxei din sticlă. Când l-am văzut pe Roulet ieşind pe uşă, i-am făcut semn.

– O să fiţi primul, i-am şoptit. I-am cerut o favoare judecătorului, să vă ia în afara ordinii stabilite. Vreau să încerc să vă scot de aici.

Nu era adevărat. Nu îi cerusem nimic judecătorului, și, chiar dacă l-aş ruga, nu ar face aşa ceva ca o favoare pentru mine. Roulet era primul pentru că mass-media era prezentă în sala de judecată. Era o practică generală de a face înţelegeri cu presa pentru programarea la începutul şedinţelor a cazurilor de care erau interesaţi. Era un gest de curtuoazie faţă de cameramanii care se presupunea că au și alte evenimente la care trebuie să ajungă. Dar era, de asemenea, și ca să fie mai puţină tensiune în sala de judecată pentru avocați, inculpați și chiar judecător, ca aceştia să își poată desfăşura activitatea fără o cameră de televiziune pe ei.

– De ce e o cameră de filmat aici? a întrebat în șoaptă Roulet, care intrase în panică. E pentru mine?

– Da, e pentru dumneavoastră. Cineva le-a vândut pontul. Dacă nu vreți să fiți filmat, încercați să mă folosiți ca pe un paravan.

Roulet și-a schimbat poziția, astfel că blocam unghiul de filmare al camerei aflate pe diagonală în cealaltă parte a sălii de judecată. Acest lucru reducea șansele ca operatorul să mai poată vinde povestea și imaginile la un post local de știri. Asta era bine. Însemna, de asemenea, și că, dacă ar fi putut să-și vândă povestea, eu devenem punctul central al imaginilor care o ilustrau. Și asta era bine.

Cauza Roulet a fost strigată, numele lui fiind pronunţat greșit de către grefier. Maggie și-a anunțat prezența în calitate de procuror, iar eu, pe a mea. Maggie crescuse gravitatea acuzaţiilor. . Roulet se confrunta acum cu tentativă de omor adăugată la capul de acuzare de tentativă de viol. Așa îi era mai ușor să argumenteze pentru reţinere fără posibilitatea de a fi eliberat pe cauțiune.

Judecătorul l-a informat pe Roulet asupra drepturilor sale constituționale și a stabilit primul termen de judecată pentru 21 martie. Reprezentându-l pe Roulet, am cerut să mă adresez în privința reținerii fără cauțiune. Aceasta a pornit o dezbatere pro și contra între mine și Maggie, toate luările de poziție fiind arbitrate de către judecător, care știa că fuseserăm căsătoriți, pentru că participase la nunta noastră. În timp ce Maggie enumera atrocitățile comise asupra victimei, la rândul meu enumeram implicările lui Roulet în comunitate și eforturile caritabile și am arătat spre C.C. Dobbs în sală, oferindu-mă să-l aduc să depună mărturie despre buna reputație a lui Roulet. Dobbs era asul meu din mânecă. Statutul său printre juriști depășea nivelul lui Roulet și, cu siguranță, avea să aibă influență asupra judecătorului, care își menținea poziția profesională pe baza voturilor alegătorilor și a donațiilor contribuabililor.

– Ca o concluzie, domnule judecător, statul nu poate face din acest om un caz de risc social sau de pericol pentru comunitate, i-am spus în încheiere. Domnul Roulet este ancorat în această comunitate și intenționează să nu facă nimic altceva decât să atace puternic acuzațiile false care i-au fost aduse.

Am folosit intenționat cuvântul atac, în cazul în care declarația ajungea în eter și se-ntâmpla să fie urmărită de către femeia care formulase acuzațiile.

– Onorată instanță, a răspuns Maggie, să lăsăm deoparte toată această grandomanie, ceea ce nu trebuie uitat este faptul că victima din acest caz a fost brutalizată...

– Doamnă McPherson, a întrerupt-o judecătorul. Cred că am pedalat suficient înainte și înapoi pe acest subiect. Sunt conștient de leziunile victimei, precum și de poziția socială a domnului Roulet. De asemenea, am o agendă plină astăzi. Intenționez să stabilesc cauțiunea la un milion de dolari. De asemenea, am de gând să solicit ca domnul Roulet să fie supravegheat de către instanța de judecată prin verificări săptămânale. Dacă lipsește o singură dată, își pierde libertatea.

M-am uitat repede în sală, unde Dobbs se așezase alături de Fernando Valenzuela. Dobbs era un tip uscățiv care se răsese în cap pentru a-și ascunde calviția. Gabaritul lui Valenzuela îl făcea să pară și mai slab decât era. Am așteptat un semnal, dacă era cazul să accept cauțiunea stabilită de judecător sau să încerc să argumentez pentru o sumă mai mică. Uneori, când un judecător crede că îți oferă un cadou, poți folosi asta ca să-l presezi pentru mai mult – sau, în acest caz, mai puțin.

Dobbs stătea pe primul loc din primul rând. Pur și simplu, se ridicase și se îndrepta spre ușă ca să iasă din sala de judecată, lăsându-l în urmă pe Valenzuela. Gestul mi-a dat de înțeles că puteam să decid de unul singur și că familia Roulet putea asigura milionul. M-am întors spre judecător.

– Vă mulțumesc, onorată instanță, i-am spus.

Grefierul a anunțat imediat următorul caz. M-am uitat spre Maggie, căci pentru ea însemna închiderea dosarului, nu mai putea lucra în continuare la acest caz. S-a ridicat și a luat-o pe lângă balustradă, apoi pe culoarul central al sălii de judecată. N-a vorbit cu nimeni și nu s-a întors să se uite spre mine.

– Domnule Haller?

M-am întors la clientul meu. În spatele lui, am văzut venind un gardian pentru a-l duce înapoi în celulă. Avea să-l ducă înapoi cu autobuzul la închisoare și apoi, în funcţie de cât de repede se mişcau Dobbs şi Valenzuela, avea să fie eliberat.

– Împreună cu domnul Dobbs o să încercăm să vă scoatem, am spus. Apoi, ne vom aşeza să vorbim despre caz.

– Mulţumesc, a spus Roulet în timp ce era scos afară. Mulţumesc că aţi fost aici.

– Amintiţi-vă ce v-am spus. Nu vorbiţi cu străinii. Nu vorbiţi cu nimeni.

– Da, domnule.

După ce a plecat, am ieşit din sală. Valenzuela mă aştepta la uşă cu un zâmbet larg pe faţă. Cauţiunea lui Roulet era probabil cea mai mare pe care o garantase vreodată. Asta însemna că partea lui va fi cea mai mare pe care o primise vreodată. M-a bătut pe umăr când treceam prin uşă.

– Ce ţi-am spus? a zis el. Ne-am scos, şefule, avem o franciză.

– Vom vedea, Val, am spus. Vom vedea.

5

Orice avocat care lucrează în sistem are două feluri de onorarii. Lista A, cu onorariile pe care avocatul ar vrea să le obţină pentru unele servicii prestate. Şi o listă B, cu cele pe care acceptă să le încaseze pentru că atât este ceea ce-şi poate permite. Un client în franciză este un inculpat care este implicat într-un proces şi are bani pentru a plăti tarifele din lista A a avocatului său. De la prima înfăţişare, când se decide trimiterea în judecată, până la audierea preliminară, apoi la proces şi pe urmă la recurs, clientul în franciză înseamnă sute, dacă nu mii de ore facturabile. El poate umple rezervorul pentru doi, trei ani. Unde vânez eu sunt cele mai rare şi mai căutate fiare din junglă.

În fine, lucrurile începuseră să arate cum spusese Valenzuela, adică erau bani. Louis Roulet arăta din ce în ce mai mult ca un client în franciză. Venea după o perioadă de secetă. De aproape doi ani nu avusesem nimic care să se apropie măcar de un caz sau un client în franciză. Mă refer la un caz cu un câştig de şase cifre. Au fost mai mulţi care la început păreau că ar putea ajunge la acel nivel, dar niciodată nu rezistau pe tot parcursul.

Când am ieşit, C.C. Dobbs aştepta pe holul din faţa sălii de judecată. Stătea în picioare lângă peretele din sticlă, uitându-se în jos spre piaţa centrului civic. M-am îndreptat repede spre el. Aveam câteva secunde avantaj faţă de Valenzuela, care ieşea din sală. Voiam să vorbesc între patru ochi cu Dobbs.

– Iertare, a spus Dobbs înainte să deschid gura. Nu voiam să mai stau acolo niciun minut. Era atât de deprimant să-l văd pe băiat închis ca într-un staul și strigat ca o vită.

– Băiatul?

– Louis. Reprezint familia lui de douăzeci și cinci de ani. Cred că mă gândesc încă la el ca la un băieţel.

– Vă gândiți cum veți putea să-l scoateţi?

– Nu va fi o problemă. O sun pe mama lui Louis ca să văd cum vrea să procedeze, fie să folosească o proprietate, fie să folosească obligaţiuni.

A folosi o proprietate pentru a acoperi o cauţiune de un milion de dolari ar fi însemnat că un milion de dolari din valoarea proprietăţii, cel puţin, nu putea fi grevat de o ipotecă. În plus, instanța de judecată putea cere o evaluare actualizată a proprietăţii, care, de regulă, dura câteva zile, timp în care Roulet ar fi aşteptat în închisoare. În schimb, se putea cumpăra prin Valenzuela o obligaţiune pentru un bonus de zece la sută. Diferenţa era că aceşti zece la sută nu s-ar fi returnat niciodată. Îi rămâneau lui Valenzuela pentru riscuri și deranj și era motivul pentru zâmbetul lui larg în sala de judecată. După ce-şi plătea prima de asigurare pentru cauţiunea de un milion de dolari, ajungea la un profit de aproape nouăzeci de mii. Și era îngrijorat de grija mea pentru el.

– Pot să fac o sugestie? am întrebat.

– Vă rog.

– Louis arăta cam fragil când l-am văzut în spate, în arest. Dacă aş fi în locul dumneavoastră, l-aş scoate cât aş putea de repede de acolo. Pentru a face asta, ar trebui ca Valenzuela să scrie o garanţie. Aceasta va costa o sută de miare, dar băiatul va fi afară şi în siguranţă, înţelegeţi ce vreau să zic?

Dobbs s-a întors spre fereastră şi s-a sprijinit de balustrada care se întindea de-a lungul geamului. M-am uitat în jos şi am observat că piaţa se umplea de oamenii din clădirile guvernamentale, ieşiţi în pauza de prânz. Am văzut mai multe persoane cu ecusoane alb-roşii, cum ştiam că purtau juraţii.

– Înțeleg ce vreți să spuneţi.

– Celălalt lucru este că astfel de cazuri au tendința de a scoate șobolanii din pereți.

– Cum adică?

– Ideea e că vor fi deținuți care vor spune că au auzit pe cineva spunând ceva. Mai ales despre un caz care ajunge la știri sau în ziare. Iau informații de la televizor și le fac să pară spuse de tipul nostru.

– Asta e criminal! a zis Dobbs indignat. Așa ceva nu ar trebui să fie permis!

– Așa e, știu, dar se întâmplă. Și cu cât stă mai mult acolo, cu atât este mai mare riscul ca unul dintre tipii ăia să găsească un moment prielnic pentru așa ceva.

Fernando Valenzuela ni s-a alăturat lângă balustradă. N-a spus nimic.

– Vă sugerez să mergem cu obligațiunile, a zis Dobbs. Am sunat-o și era într-o ședință. Când o să mă sune, facem mișcarea.

Cuvintele lui m-au îngrijorat.

– Nu putea ieși ca să vorbească despre fiul ei aflat în pușcărie? Chiar m-am întrebat de ce nu a fost azi în sala de judecată dacă acest băiat, cum îi spuneți, e atât de neprihănit și integru.

Dobbs s-a uitat la mine ca și cum nu mai folosisem apă de gură de o lună.

– Doamna Windsor este o femeie foarte ocupată și puternică. Sunt sigur că, dacă aș fi declarat că e o situație de urgență în legătură cu fiul ei, ar fi venit imediat la telefon.

– Doamna Windsor?

– S-a recăsătorit după ce ea și tatăl lui Louis au divorțat. Asta a fost cu mult timp în urmă.

Am dat din cap, apoi am realizat că erau multe de discutat cu Dobbs, dar nu doream să vorbesc de față cu Valenzuela.

– Val, de ce nu te duci să verifici când se va întoarce Louis la închisoarea Van Nuys, astfel încât să-l putem scoate.

– Asta e ușor de știut, a spus Valenzuela. Va fi dus cu primul autobuz, imediat după prânz.

– Da, bine, du-te și mai verifică o dată, în timp ce eu termin cu domnul Dobbs.

Valenzuela a dat să protesteze că nu era nevoie să mai verifice, apoi a înțeles ce-i spuneam.

– Bine, a încuviințat el. Mă duc să văd.

După ce a plecat, l-am studiat pe Dobbs o clipă înainte de a deschide gura. Părea trecut de 55 de ani. Avea o atitudine respectuoasă, pe care o deprinsese probabil în cei treizeci de ani cât se ocupase de oameni bogați. Părerea mea era că nici după ce devenise el însuși bogat nu își schimbase comportamentul.

– Dacă vom lucra împreună, cred că ar trebui să vă întreb cum ați dori să vă spun. Cecil? C.C.? Domnul Dobbs?

– Cecil ar fi în regulă.

– Ei bine, prima mea întrebare, Cecil, ar fi dacă vom lucra împreună. Mă angajați?

– Domnul Roulet mi-a spus că te vrea pe tine la caz. Ca să fiu sincer, nu ai fi fost prima mea alegere. Nu puteai să ai vreo șansă pentru că, pur și simplu, nu auzisem de tine. Dar ești prima alegere a domnului Roulet și asta este rezonabil pentru mine. De fapt, m-am și gândit că te-ai achitat destul de bine în sala de judecată, în special ținând cont de ostilitatea procurorului față de domnul Roulet.

Am observat că „băiatul" devenise acum „domnul Roulet". Mă întrebam ce-o fi intervenit în viziunea lui Dobbs ca să-l avanseze.

– Da, ei bine, i se spune Maggie McFierce. E foarte dedicată meseriei.

– Mi s-a părut un pic exagerată. Crezi că există vreo șansă s-o scoatem din caz, poate găsim pe cineva mai puțin... competent?

– Nu știu. Încercarea de a cumpăra procurori poate fi foarte periculoasă. Dar dacă crezi că trebuie să plece, se poate aranja.

– Mă bucur să aud asta. Poate ar fi trebuit să te cunosc mai demult!

– Poate. Vrei să vorbim despre onorariu acum și să terminăm cu subiectul?

– Dacă vrei.

M-am uitat pe coridor ca să mă asigur că nu sunt alţi avocați prin apropiere ca să ne audă. Aveam de gând să merg pe varianta A de tarif.

– Iau două mii cinci sute pentru astăzi, iar Louis deja a aprobat asta. Dacă vreți să mă plătiți pe oră, de aici înainte tariful este de trei sute de dolari pe oră și sare la cinci sute pe durata procesului, pentru că eu din asta trăiesc. Dacă, mai degrabă, vreiți să mergeți cu o sumă fixă, atunci o să cer șaizeci de mii ca să-l preiau de aici până la audierea preliminară. Dacă se termină cu o înţelegere, voi lua încă douăsprezece mii. Dacă, în schimb, continuăm cu judecată, am nevoie de alţi șaizeci în ziua în care am decide asta și încă douăzeci și cinci când începem alegerea juriului. Procesul în acest caz nu pare că va dura mai mult de o săptămână, cu tot cu selecţia juriului, dar dacă durata lui depășește o săptămână, atunci vă mai iau douăzeci și cinci pe săptămână. Putem vorbi despre o cale de atac dacă și când devine necesar.

Am ezitat o clipă, ca să văd cum reacţionează Dobbs. N-a reacționat în niciun fel, așa că am continuat să presez:

– Voi avea nevoie de un avans de treizeci de mii și de încă zece pentru un anchetator, până la sfârșitul zilei. Nu vreau să irosesc timpul. Aș vrea să găsesc un anchetator din afară, înainte ca lucrurile astea să ajungă în mass-media și poate chiar înainte ca polițiștii să discute cu unii dintre oamenii implicați.

Dobbs a dat încet din cap.

– Onorariile tale sunt standard?

– Când le pot obține. Le merit. Dar tu cât taxezi familia, Cecil?

Eram sigur că n-ar fi ieșit flămând din această mică poveste.

– Asta e între mine și clientul meu. Dar nu-ți face griji. Voi include și onorariile tale în discuția mea cu doamna Windsor.

– Apreciez asta. Și nu uita că am nevoie de anchetator ca să încep de azi.

I-am dat o carte de vizită pe care am scos-o din buzunarul drept de la costum. Cele din buzunarul drept aveau numărul meu de mobil, iar cele din buzunarul stâng aveau numărul de telefon fix al Lornei Taylor.

– Mai am o audiere în centru, i-am zis. Sună-mă după ce-l scoți, ca să stabilim o întâlnire. S-o facem cât mai repede posibil. Sunt disponibil mai târziu în după-amiaza și seara asta.

– Perfect, a spus Dobbs, băgând cartea de vizită în buzunar fără să se uite la ea. Să venim la tine?

– Nu, vin eu la voi. Aș vrea să văd cum trăiește jumătatea mai răsărită din Century City[1].

Dobbs a zâmbit.

– Este evident după costumul tău că știi și respecți dictonul conform căruia un avocat pledant nu trebuie să se îmbrace prea bine. Vrei ca juriul să te placă, nu să fie gelos pe tine. Ei bine, Michael, un avocat din Century City nu poate să aibă un birou care este mai frumos

[1] Cartier comercial și rezidențial din vestul Los Angelesului (n.t.)

decât birourile clienţilor săi. Aşa că te asigur că birourile noastre sunt foarte modeste.

Am dat din cap în semn de acord. Dar, în acelaşi timp, m-am simţit insultat. Purtam cel mai bun costum al meu. Cum o făceam întotdeauna lunea.

– Asta e bine de ştiut, am spus.

Uşa sălii de judecată s-a deschis şi cameramanul a plecat, trăgând după el aparatul de filmat pe trepiedul pliat. Dobbs l-a văzut şi instantaneu s-a tensionat.

– Mass-media, a zis el. Cum putem controla asta? Doamna Windsor n-o să...

– Stai o secundă.

L-am strigat pe cameraman şi acesta s-a apropiat. I-am întins mâna şi el a trebuit să pună trepiedul jos ca s-o apuce.

– Sunt Michael Haller. Te-am văzut că ai filmat înfăţişarea clientului meu.

Folosirea numelui meu oficial era un semnal.

– Robert Gillen, s-a prezentat cameramanul. Mi se spune Sticks.

Gesticula cu tot cu trepied ca să poată explica. Utilizarea numelui întreg a fost un răspuns la codul meu. Mă lăsa să înţeleg că ştie că am jucat un rol aici.

– Freelancer sau angajat? am întrebat.

– Doar freelancer azi.

– De unde ai auzit despre cazul ăsta?

A ridicat din umeri, dând de înţeles că n-ar vrea să răspundă.

– O sursă. Un poliţist.

Am dat din cap. Gillen s-a prins în joc.

– Cât iei pe material dacă-l vinzi unui post de ştiri?

– Depinde. Iau șapte sute cincizeci pentru o exclusivitate și cinci sute fără.

Lipsa exclusivităţii însemna că orice director de ştiri care ar cumpăra înregistrarea ştia că el putea să vândă imaginile și la concurenţă. De fapt, Gillen dublase sumele pe care le-ar fi primit. Era o mişcare bună. În timp ce filma trebuie să fi ascultat ce se spunea în sala de judecată.

– Uite ce, am zis. Ce-ar fi să-ţi cumpărăm materialul chiar acum, ca pe o exclusivitate?

Pentru Gillen, preţul era perfect. Ezitase doar din cauza lipsei de etică pe care o implica oferta.

– Bine, a zis el. Ne-am înţeles.

În timp ce Gillen punea camera pe podea și scotea caseta din ea, eu am scos un teanc de bani din buzunar. Păstrasem o mie două sute de dolari din banii pe care Teddy Vogel mi-i dăduse pe drum încoace. M-am întors spre Dobbs.

– Pot să-i dau, nu?

– Categoric, a spus el înseninându-se.

Am schimbat banii cu caseta și i-am mulțumit lui Gillen. A băgat banii în buzunar, apoi a pornit fericit spre lifturi.

– A fost genial! a zis Dobbs. Trebuie să oprim asta. Ar putea distruge literalmente afacerea familiei în cazul în care... De fapt, cred că este unul dintre motivele pentru care doamna Windsor nu a fost azi aici. Nu a vrut să fie recunoscută.

– Ei bine, va trebui să vorbim despre asta în cazul în care lucrurile vor ajunge mai departe. Între timp, voi face tot posibilul să ţin totul ferit de ochii presei.

– Mulțumesc.

Un telefon mobil a început să cânte o piesă de Bach, Beethoven sau un alt tip mort, fără drepturi de autor, și Dobbs a căutat în haină, a scos aparatul și i-a verificat micul ecran.

– Ea e, a zis.

– Atunci, te las cu ea.

În timp ce mă îndepărtam, l-am auzit pe Dobbs că-i spune: „Mary, totul este sub control. Trebuie să ne concentrăm să îl scoatem. Vom avea nevoie de ceva bani..."

În timp ce liftul urca până la mine, mă gândeam că puteam să fiu sigur că bătusem palma cu un client și o familie pentru care „niște bani" însemnau mai mult decât tot ce văzusem eu vreodată. Mi-am amintit comentariul pe care Dobbs îl făcuse despre hainele mele. Încă mă durea. Adevărul e că nu aveam în dulapul meu un costum mai ieftin de șase sute de dolari și întotdeauna m-am simțit bine și încrezător în oricare dintre ele. Mă întrebam dacă a vrut să mă insulte sau dacă avusese altă intenție, poate că încerca să preia controlul asupra mea și a cazului din chiar această etapă timpurie a jocului. Am decis că trebuie să-mi apăr spatele. Îl voi ține pe Dobbs aproape, dar nu atât de aproape.

6

Traficul spre centru era strangulat în Cahuenga Pass. Îmi petreceam timpul lucrând pe telefon din mașină și încercând să nu mă gândesc la conversația pe care o avusesem cu Maggie McPherson despre calitățile mele de părinte. Fosta mea soție avea dreptate și asta mă durea. De multă vreme, pusesem activitatea mea juridică înaintea celei de părinte. Era ceva ce îmi promiteam din când în când că voi schimba. Aveam nevoie doar de timp și de bani pentru a o lăsa mai moale. Mă gândeam că poate Louis Roulet mi le va oferi pe amândouă.

Stând pe bancheta din spate a Lincolnului, l-am sunat întâi pe Raul Levin, anchetatorul meu, să-l alertez cu privire la o posibilă întâlnire cu Roulet. I-am cerut, în primul rând, să facă o cercetare preliminară, ca să vadă ce poate să afle. Levin se pensionase din LAPD, dar mai avea contacte și prieteni care îi făceau din când în când diverse favoruri. Avea, probabil, propria listă de Crăciun. I-am spus să nu piardă prea mult cu asta, până nu mă asiguram că Roulet nu poate scăpa fără să plătească. Nu conta ce-mi spusese C.C. Dobbs între patru ochi pe holul tribunalului. Nu consideram că am cazul până nu încasam primii bani.

Apoi am verificat alte câteva dosare și am sunat-o din nou pe Lorna Taylor. Știam că primise corespondența, ca de obicei, chiar înainte de prânz. Dar ea mi-a spus că nu sosise nimic important. Niciun cec și niciun plic care să necesite atenție imediată.

– Ai verificat trimiterea în judecată a Gloriei Dayton? am întrebat-o.

– Da. S-ar putea s-o țină până mâine pe tratament medical.

Am suspinat. Statul are patruzeci și opt de ore la dispoziție ca să formuleze acuzațiile și să aducă în fața judecătorului o persoană pe care a reținut-o. Întârzierea cu o zi a primei înfățișări a Gloriei Dayton pe motive medicale însemna probabil că suferea de pe urma drogurilor. Acest lucru putea explica și de ce avea cocaină asupra ei atunci când fusese arestată. Nu o mai văzusem și nici nu vorbisem cu ea de cel puțin șapte luni. Alunecarea ei trebuie să fi fost rapidă și abruptă. Trecuse linia subțire dintre controlul pe care-l avea ea asupra drogurilor și controlul pe care-l aveau drogurile asupra ei.

– Ai aflat cine a arestat-o? am întrebat.

– Leslie Faire, a spus ea.

Am suspinat din nou.

– Asta-i minunat. Bine, bine, o să mă duc până acolo să văd ce pot face. Nu am altceva de făcut până când nu primesc vești de la Roulet.

Leslie Faire era un procuror a cărui idee despre eliberarea sau beneficiul prezumției de nevinovăție pentru un inculpat însemna, de fapt, să-i ofere supraveghere condiționată pentru ultima parte a detenției.

– Mick, când o să te înveți minte cu femeia asta?

Lorna vorbea despre Gloria Dayton.

– Să mă-nvăț ce? am întrebat, deși știam exact ce vrea să spună.

– Te trage în jos de fiecare dată când ai de-a face cu ea. Femeia nu are de gând să iasă vreodată din viața ta, iar de acum poți paria că nu va mai avea decât probleme *două într-una* de fiecare dată când te va căuta, doar că tu nu o vei taxa niciodată.

Ce voia să spună cu probleme *două într-una* era că de-acum plângerile penale împotriva Gloriei Dayton ar putea să fie mult mai complicate și consumatoare de timp, deoarece probabil că acuzațiile legate de droguri vor însoți mereu acuzațiile de prostituție. Ce o deranja pe Lorna era că asta însemna mult mai multă muncă, dar niciun venit din acest proces.

– Ei bine, tribunalul cere ca toți avocații practicanți să susțină unele cauze pro bono, Lorna. Știi asta…

– Nu mă asculți, Mick! a spus ea cu lehamite. Ăsta e exact motivul pentru care nu am putut să rezistăm căsătoriți.

Am închis ochii. Ce zi! A trebuit să fac față furiei ambelor mele foste soții.

– Cu ce te are femeia asta la mână? a întrebat ea. De ce nu îi iei măcar onorariul de bază?

– Ascultă, nu mă are cu nimic, da? am spus. Putem să schimbăm subiectul acum?

Nu i-am spus că, în urmă cu mulți ani, m-am uitat peste niște dosare vechi și prăfuite care-i aparținuseră tatălui meu și am descoperit că avea o slăbiciune pentru așa-numitele *femei de noapte*. A apărat multe și a taxat puține. Poate doar continuam o tradiție de familie...

– Bine, a zis Lorna. Cum a mers cu Roulet?

– Vrei să mă întrebi dacă am primit slujba? Așa cred. Val, probabil, îl scoate chiar acum. Vom stabili o întâlnire după aceea. Deja i-am cerut lui Raul să adulmece în jurul cazului.

– Ai primit un cec?

– Nu încă.

– Obține cecul, Mick.

– Lucrez la asta.

– Cum arată cazul?

– Am văzut doar fotografiile și arată urât. Voi ști mai multe după ce văd cu ce vine Raul.

– Dar Roulet cum e?

Știam ce întreabă. Cum era el în calitate de client. Dacă ar ajunge în fața juriului, l-ar plăcea sau l-ar disprețui? Cazurile pot fi câștigate sau pierdute doar pe baza impresiei juraților față de inculpat.

– Arată ca un prunc în pădure.

– E un virgin?

– N-a mai fost niciodată după gratii.

– Ei bine, a făcut-o?

Punea întotdeauna întrebarea irelevantă. Nu conta, în strategia cazului, dacă inculpatul săvârșise sau nu infracțiunea de care era acuzat. Ceea ce conta erau dovezile împotriva lui – probele – și dacă și cum puteau fi ele neutralizate. Treaba mea era să îngrop dovezile, să le dau o nuanță de gri. Griul era culoarea prezumției de nevinovăție.

Dar problema dacă a făcut-o sau nu părea întotdeauna să conteze pentru ea.

– Cine știe, Lorna? Nu despre asta e vorba. Întrebarea e dacă este un client care plătește. Răspunsul este: cred că da.

– Ei bine, dă-mi un semn dacă ai nevoie de ajutor. Ah! ar mai fi ceva.

– Ce?

– Sticks a sunat și a spus că o să-ți dea cei patru sute de dolari pe care ți-i datorează data viitoare când vă vedeți.

– Da, trebuie să mi-i dea.

– Te descurci destul de bine azi.

– Nu mă plâng.

Ne-am luat la revedere într-o notă prietenoasă, disputa despre Gloria Dayton părea uitată pentru moment. Probabil faptul că știa că vor intra banii de la clientul bogat prins în plasă o făcea pe Lorna să se împace mai ușor cu ideea muncii pe gratis la unele cazuri. M-am întrebat însă dacă ar fi deranjat-o la fel de mult dacă aș fi apărat gratuit un traficant de droguri în loc de o prostituată. Eu și Lorna am avut un mariaj scurt și plăcut, amândoi descoperind că ne mișcaserăm prea repede după divorțurile anterioare. I-am pus capăt, am rămas prieteni, și ea a continuat să lucreze cu mine, nu pentru mine. Mă incomoda acest aranjament doar când se purta din nou ca o nevastă față de alegerea unui client și față de cine și ce taxez sau nu.

Mulțumit de felul cum m-am descurcat cu Lorna, am sunat la procuratura din Van Nuys. Am cerut-o pe Margaret McPherson și am prins-o mâncând la birou.

– Voiam doar să îţi spun că-mi pare rău pentru dimineaţa asta. Ştiu cât de mult îţi doreai cazul.

– Ei bine, probabil aveai nevoie de el mai mult decât mine. Trebuie să fie un client bun plătitor dacă îl are pe C.C. Dobbs să-i care rola după el.

Se referea la o rolă de hârtie igienică. Avocaţii de familie scumpi erau văzuţi, de obicei, de către procurori ca nimic mai mult decât nişte ştergători de funduri pentru cei bogaţi şi celebri.

– Da, mi-ar prinde bine unul ca el – un client care plăteşte, nu pe cel care-l şterge la fund. A trecut ceva timp de când nu am mai avut o franciză.

– Ei bine, nu mai eşti atât de norocos ca acum câteva minute, a şoptit ea în telefon. Cazul a fost preluat de Ted Minton.

– N-am auzit de el.

– Este unul dintre tinerii pistolari ai lui Smithson. Abia l-au adus din centru, unde se ocupa doar de completarea dosarelor în cazuri simple de posesie. Nu văzuse interiorul unei săli de judecată până când a venit aici.

John Smithson era un procuror ambiţios, adjunctul procurorului-şef din Van Nuys. Fusese mai bun ca politician decât ca procuror şi îşi folosise calităţile pentru o ascensiune rapidă, în faţa altor procurori mai experimentaţi, pentru a ajunge la conducerea Procuraturii. Maggie McPherson era unul dintre cei pe care îi depăşise. Odată ce trecuse peste obstacole, a început construirea unei echipe de tineri procurori care nu se simţeau neglijaţi şi îi erau loiali pentru că împărţea cazurile cu ei.

– Tipul ăsta n-a fost niciodată în instanța de judecată? am întrebat, pentru că nu înțelegeam cum a lupta într-un proces împotriva unui începător ar putea fi un ghinion, așa cum sugerase Maggie.

– A avut câteva încercări până acum, dar întotdeauna cu o dădacă. Roulet va fi primul lui zbor solo. Smithson crede că îi dă un *slam dunk*.

Mi-am imaginat-o în biroul ei, probabil nu foarte departe de locul unde stătea noul meu adversar.

– Tot nu înțeleg, Mags. În cazul în care tipul ăsta e crud, de ce nu mai sunt norocos?

– Pentru că tipii ăștia culeși de Smithson sunt făcuţi din același aluat. Sunt niște nemernici aroganţi. Cred că nu pot face nicio greșeală și în plus...

Coborî vocea și mai mult.

– ...nu joacă în mod corect. Iar Minton susţine că el este un trişor. Ai grijă de tine, Haller. Sau, și mai bine, ai grijă de el!

– Ei bine, mulţumesc că mi-ai atras atenţia.

Dar ea nu terminase.

– Mulți dintre acești oameni noi, pur și simplu, nu pricep nimic. Ei nu văd asta ca pe o înfăţişare înaintea instanţei. Pentru ei nu e vorba de justiţie. E doar un joc – ca o performanţă sexuală. Le place să ţină scorul și să vadă cât vor rezista pe poziţie faţă de cei din birou. De fapt, toţi sunt un fel de Smithson junior.

Un apel la morală. Pornirea ei pentru ceea ce însemna un apel la morală ne costase, în cele din urmă, chiar mariajul nostru. La nivel intelectual, se împăcase oarecum cu ideea de a fi căsătorită cu cineva care se afla de cealaltă parte a baricadei. Dar când se lovise la nivelul realităţii de ceea ce făceam, am fost norocoşi că am rezistat opt ani. „Iubitule, cum a fost ziua ta?“ „Oh, i-am obţinut şapte ani, făcând o înţelegere, unui tip care şi-a ucis colegul de cameră cu un spărgător de gheaţă. Şi tu?“ „Oh, l-am băgat pe unul la închisoare pentru cinci ani fiindcă a furat un casetofon de maşină ca să facă rost de droguri...“ Pur şi simplu, nu funcţiona. După patru ani, a apărut o fiică, dar, fără vina ei, doar ne-a făcut să continuăm încă patru ani.

Şi totuşi, nu regretam nicio secundă din perioada aia. Îmi iubeam fiica. Era singurul lucru cu adevărat bun din viaţa mea, de care puteam fi mândru. În adâncul sufletului meu, cred că motivul pentru care nu o vedeam destul de des, că alergam după cazuri în loc să alerg la ea, era acela că mă simțeam nedemn de ea. Mama ei era o eroină. Băga oamenii răi în închisoare. Ce puteam eu să-i spun bun și sfânt despre ceea ce făceam, când eu îmi pierdusem de mult rostul de a fi?

– Ei, Haller, eşti acolo?

– Da, Mags, sunt aici. Ce mănânci azi?

– Doar salată orientală de la parter. Nimic special. Unde eşti?

– Mă îndrept spre centru. Ascultă-mă, spune-i lui Hayley că ne vom vedea sâmbăta asta. Fac eu un plan. O să facem ceva special.

– Chiar eşti convins? Nu vreau să-și facă speranțe degeaba.

Am simțit că mă sufoc la ideea că fiica mea își făcea speranțe că ar putea să mă vadă. Singurul lucru pentru care Maggie nu mă tratase niciodată de sus faţă de

Hayley. Nu era genul care ar face așa ceva. Întotdeauna am admirat asta la ea.

– Da, sunt sigur, am zis.

– Minunat, o să-i spun. Anunță-mă când vii sau dacă pot s-o las eu la tine.

– Bine.

Am ezitat. Voiam să vorbesc mai mult cu ea, dar nu mai era nimic de adăugat. În cele din urmă, i-am spus la revedere și am închis telefonul. În câteva minute, am scăpat din ambuteiaj. M-am uitat pe fereastră și nu era niciun accident. Nu am văzut nicio pană de cauciuc și nicio patrulă de poliție. N-am văzut nimic care să explice de ce fusese traficul blocat. Deseori se întâmpla așa. Traficul pe autostradă în Los Angeles este la fel de misterios ca o căsătorie. Se mișcă și accelerează, apoi încetinește și se oprește fără niciun motiv lesne de înțeles.

Provin dintr-o familie de avocați. Tatăl meu, fratele meu vitreg, o nepoată și un nepot. Tatăl meu a fost un celebru avocat într-o perioadă în care nu exista nici televiziune prin cablu, nici Court TV. A fost decanul baroului din LA timp de aproape trei decenii. De la Mickey Cohen la fetele Manson, clienții săi au făcut totdeauna prima pagină a ziarelor. Am apărut după toate astea în viața lui, un vizitator-surpriză din a doua căsătorie cu o actriță de film de mâna a doua, cunoscută pentru frumusețea ei exotică de hispanică, și nu pentru talentul ei actoricesc. De la amestecul acesta mi se trage înfățișarea de irlandez oacheș. Tatăl meu era bătrân când am venit pe lume, așa că s-a dus înainte ca eu să fiu suficient de mare ca să-l cunosc cu adevărat sau să vorbesc cu el despre chemarea legii. Mi-a lăsat doar numele lui. Mickey Haller, avocatul legendar. Încă deschide ușile.

Dar fratele meu mai mare – fratele vitreg din prima căsătorie – mi-a spus că tata obișnuia să-i vorbească despre practica dreptului și despre apărarea penală. Obișnuia să spună că-l va apăra pe diavolul însuși atât timp cât el va putea să-i plătească onorariul. Singurul caz și client important pe care l-a refuzat vreodată a fost Sirhan Sirhan[1]. Îi mărturisise fratelui meu că-l iubise prea mult pe Bobby Kennedy ca să-i apere ucigașul, indiferent cât credea în idealul că acuzatul merită cea mai bună și cea mai serioasă apărare posibilă.

Când am crescut, am citit toate cărțile despre tatăl meu și cazurile lui. Am admirat priceperea, forța și strategiile pe care le-a adus în instanțe. A fost al naibii de bun și sunt mândru că-i port numele. Dar legile erau diferite acum. Erau mai gri. Idealurile fuseseră de mult retrogradate la noțiuni. Noțiunile erau opționale.

Mi-a sunat telefonul mobil și am citit numele apelantului pe ecran înainte de a răspunde.

– Care-i treaba, Val?

– Îl scoatem. L-au adus deja de la închisoare și îl pregătim de ieșire.

– Dobbs a venit cu obligațiuni pentru cauțiune?

– Te-ai prins.

Am simțit satisfacția în vocea lui.

– Nu te lăsa amețit. Ești sigur că nu e unul care dă bir cu fugiții?

---

[1] Sirhan Bishara Sirhan, palestinian cu cetățenie iordaniană, a fost condamnat la închisoare pe viață pentru asasinarea, în 1968, a senatorului Robert F. Kennedy. Se află și acum în închisoare. (n.t.)

– Niciodată nu sunt sigur. O să-l fac să poarte o brățară. Îl pierd pe el, îmi pierd casa.

Mi-am dat seama că ceea ce luasem drept satisfacție era, de fapt, nerăbdare legată de pleașca pe care un milion de dolari în obligațiuni i-o putea aduce lui Valenzuela. Omul era încordat ca un arc până când partea asta nu se finaliza într-un fel sau altul. Chiar dacă instanța nu i-ar fi cerut, Valenzuela tot avea de gând să pună pentru urmărire un dispozitiv electronic pe glezna lui Roulet. Nu voia să riște nimic.

– Unde-i Dobbs?

– Așteaptă la mine în birou. O să-l aduc pe Roulet imediat după ce-l scot. N-ar trebui să mai dureze prea mult.

– Maisy e acolo?

– Da, este.

– Bine, o s-o sun.

Am închis și am tastat combinația de apelare rapidă pentru Liberty Bail Bonds. Recepționera și asistenta lui Valenzuela mi-a răspuns.

– Maisy, sunt Mick. Poți să mi-l dai pe Dobbs la telefon?

– Sigur, Mick.

Câteva secunde mai târziu, Dobbs era la telefon. Nu părea în apele lui. Îți dădeai seama doar din modul în care a spus „Sunt Cecil Dobbs!"

– Aici e Mickey Haller. Cum merge acolo?

– Păi, dacă iei în considerare că mi-am lăsat baltă toate obligațiile față de clienții mei și, în timpul ăsta, stau aici și citesc reviste de anul trecut, nu prea bine.

– Nu folosești un telefon mobil pentru afaceri?

– Ba da. Dar nu asta e ideea. Clienții mei nu sunt genul care să-și rezolve treburile la telefonul mobil. Sunt genul care vor să fii prezent.

– Am înțeles. Ei bine, vestea bună este că am auzit că băiatul nostru e pe cale de a fi eliberat.

– Băiatul nostru?

– Domnul Roulet. Valenzuela ar trebui să-l scoată într-o oră. Acum mă duc să mă întâlnesc cu un client, dar, după cum ți-am mai spus, sunt liber după-amiază. Vrei să ne-ntâlnim ca să continuăm discuția despre cazul clientului nostru comun sau să preiau eu de aici?

– Nu, doamna Windsor a insistat ca eu să monitorizez totul îndeaproape. De fapt, e posibil să vrea să fie și ea acolo.

– Nu mă deranjează să o cunosc și să fac schimb de amabilități cu doamna Windsor, dar când ne așezăm pentru discuția pe cauză nu poate fi decât echipa de apărare. Care te poate include pe tine, dar nu pe mamă. Bine?

– Am înțeles. Să spunem ora patru la mine la birou. Louis va fi acolo.

– O să fiu și eu acolo.

– Firma mea are un detectiv. O să-i cer să ni se alăture.

– Nu va fi necesar, Cecil. Îl am pe-al meu și el deja se ocupă de caz. Ne vedem la patru.

Am închis telefonul înainte ca Dobbs să riposteze cu privire la ce detectiv să folosim. Trebuia să fiu atent ca Dobbs să nu controleze ancheta, pregătirea și strategia cazului. Monitorizarea era un lucru. Dar eu eram avocatul lui Louis Roulet acum. Nu el.

Când l-am sunat după aceea pe Raul Levin, mi-a spus că era deja în drum spre poliția din Van Nuys pentru a ridica o copie a raportului de arestare.

– Chiar așa? am întrebat.

– Nu, nu chiar așa. Într-un fel, ai putea spune că mi-a luat douăzeci de ani pentru a obține acest raport.

Am înțeles. Conexiunile lui Levin, făcute în timp și pe bază de experiență, tranzacționate pe încredere și favoruri, veniseră pe parcurs. Nu e de mirare că pretindea cinci sute de dolari pe zi, de vreme ce putea obține o astfel de copie. I-am spus despre întâlnirea de la patru și a promis că va fi acolo, gata să ne furnizeze punctul de vedere al poliției asupra cazului.

Lincolnul oprise la un stop când am închis telefonul. Eram în dreptul închisorii Twin Towers. Nu avea mai mult de zece ani, dar smogul dăduse o tentă de cenușiu apăsător zidurilor de culoarea nisipului. Era un loc trist și amenințător, în care îmi petrecusem prea mult timp. Am deschis portiera și mi-am îndreptat pașii ca să mai intru încă o dată.

7

Era liber la ghişeul unde se făcea verificarea avocaţilor, ceea ce mi-a permis să ocolesc coada lungă de vizitatori care aşteptau să intre ca să-i vadă pe cei dragi, închişi într-unul dintre turnuri. Când i-am zis angajatului de la ghişeu pe cine voiam să văd, a tastat numele în computer şi nu mi-a spus că Gloria Dayton ar fi internată şi indisponibilă. A printat un permis de vizitator, l-a strecurat într-un cadru din plastic care se termina cu o clamă şi m-a sfătuit să-l port prins de haină cât sunt în închisoare. Mi-a spus să mă dau la o parte din faţa ghişeului şi să aştept o escortă pentru avocaţi.

– Va fi aici în câteva minute, a precizat el.

Ştiam de dăţile trecute că telefonul meu nu are semnal în închisoare şi că, dacă ieşeam afară să-l folosesc, puteam rata escorta şi trebuia să trec din nou prin întregul proces. Aşa că am rămas pe loc uitându-mă la chipurile oamenilor veniţi să-i viziteze pe deţinuţi. Majoritatea erau negre şi maronii. Majoritatea păreau obişnuite cu locul. Şi cunoşteau mult mai bine decât mine cum merge treaba aici.

După douăzeci de minute, o femeie imensă, în uniformă de gardian, a intrat în sala de așteptare și m-a ridicat. Știam că nu putea să facă parte din echipa șerifului, ținând cont de dimensiunile ei. Avea cel puțin 50 de kilograme peste greutatea normală și părea că duce o luptă doar ca să se care pe sine. Dar știam, de asemenea, că, dacă cineva ajungea înăuntru, era foarte greu de scos. Cel mai bun lucru pe care ar fi putut să-l facă, dacă ar fi existat un atac în închisoare, ar fi fost să se sprijine de o ușă ca s-o țină închisă!

– Îmi pare rău că a durat atât de mult, mi-a spus în timp ce așteptam între ușile duble din oțel de la intrarea de siguranță a turnului de femei. A trebuit s-o caut, ca să mă asigur că încă e la noi.

Ea a semnalat că totul era în regulă spre o cameră video aflată deasupra următoarei uși și zăvorul s-a deschis cu zgomot.

– A fost internată pentru refacere, a spus ea.

– Refacere?

Nu știusem că închisoarea ar avea un program de dezintoxicare care include și recuperarea celor dependenți.

– Da, a fost rănită, a spus. Se cam lovise în timpul încăierării. O să vă povestească.

Am lăsat întrebările pentru atunci. Într-un fel, eram ușurat că întârzierea pe motive medicale nu era cauzată – nu în mod direct – de ingestia sau dependența de droguri.

Femeia-gardian m-a condus în camera pentru avocați, unde mai fusesem de multe ori înainte, cu mulți clienți foarte diferiți. Mulți dintre clienții mei fuseseră bărbați, dar nu pentru că făceam vreo discriminare; adevărul e că uram să reprezint femei încarcerate. De la prostituate la criminale – le-am apărat pe toate –, femeile aflate în închisoare trezeau cumva mila. Am descoperit că aproape întotdeauna crimele lor puteau fi puse în cârca unui bărbat. Cel care profitase de ele, le abuzase, le abandonase, le făcuse rău. Nu spun asta ca să le absolv de responsabilitatea pentru acțiunile lor sau că unele dintre ele nu meritau pedepsele pe care le primiseră. Erau prădători în rândul femeilor care puteau rivaliza cu ușurință cu bărbații. Dar, chiar și așa, femeile pe care le-am văzut în închisoare păreau extrem de diferite de bărbații din celălalt turn. Ei încă trăiau prin forță și înșelătorie. Femeile pierduseră totul din momentul în care se încuiase ușa în urma lor.

Vorbitorul era compus dintr-un șir de cabine în care fiecare avocat putea să stea de una dintre părți și să discute cu clienta lui, care se afla de cealaltă parte, separați de un perete de o jumătate de metru din plexiglas transparent. Un ofițer așezat într-o cabină din sticlă observa din spatele încăperii și se presupunea că nu ascultă. În cazul în care era necesar ca anumite acte să fie pasate clientei, atunci trebuia să te duci în cabina ofițerului, pentru ca acesta să le vadă și să aprobe.

Am fost condus la o cabină și escorta m-a părăsit. Am mai așteptat alte zece minute înainte ca ea să apară de cealaltă parte a peretului de plexiglas împreună cu Gloria Dayton. Am văzut că avea o umflătură în jurul ochiului stâng și o singură copcă pe o mică tăietură chiar la rădăcina părului de pe frunte. Gloria Dayton avea un păr negru-închis și piele măslinie. Cândva fusese frumoasă. Prima dată când am reprezentat-o, cu șapte sau opt ani în urmă, era frumoasă. Genul de frumusețe care te lasă stană de piatră la gândul că este de vânzare, că ea decisese că singura și cea mai bună opţiune pe care o avea era să-și vândă trupul unor străini. Acum, îmi părea dură. Liniile feţei erau întinse. Vizitase mai mulţi chirurgi, și nu dintre cei mai buni, și, oricum, nu era nimic ce ar fi putut să facă în legătură cu ochii care văzuseră prea multe.

– Mickey Mantle[1], a spus ea. Te vei bate din nou pentru mine?

Vorbise cu glăsciorul ei de fetiță de care cred că se bucuraseră și căruia îi răspunseseră clienţii ei obișnuiţi. Pur și simplu suna straniu pentru mine, venind de la acea gură bine desenată și de la acea faţă cu ochi la fel de duri și de lipsiți de viaţă ca o bucată de marmură.

Întotdeauna îmi spunea Mickey Mantle, chiar dacă ea se născuse la multă vreme după ce marele campion se retrăsese și, probabil, știa foarte puţin despre el sau despre jocul lui. Era doar un nume pentru ea. Cred că alternativa ar fi fost să îmi spună Mickey Mouse, și mie probabil că nu prea mi-ar fi plăcut.

– Am de gând să încerc, Gloria, i-am spus. Ce s-a-ntâmplat cu faţa ta? Cum te-ai rănit?

A făcut cu mâna un gest de respingere.

– A fost un mic dezacord cu unele dintre colegele de cameră.

– Pentru ce?

– Probleme de-ale fetelor.

– Vă drogaţi acolo?

Părea indignată, după care a încercat să adopte o expresie bosumflată.

---

[1] Unul dintre cei mai cunoscuți jucători de baseball din istoria sportului (n.t.)

– Nu.

Am studiat-o. Părea să spună adevărul. Poate că nu se droga și poate că bătaia nu fusese din cauza asta.

– Nu vreau să stau aici, Mickey, a spus ea pe o voce normală.

– Nu te condamn. Nici mie nu-mi place să fiu aici, și chiar o să plec.

Am regretat imediat ultima parte, îi aminteam astfel de situația ei. Nu a părut să observe.

– Crezi că m-ai putea ajuta să ajung la unul dintre programele acelea cumleoispune[1] preventive[2], prin care pot să mă pun la punct?

Mă gândeam că era interesant cum dependenții numesc atât obţinerea de droguri, cât și obţinerea dezintoxicării în același fel – pus la punct.

– Gloria, problema este că noi am ajuns la un program de intervenţie preventivă ultima dată, îți amintești? Și, evident, nu a funcţionat. Așa că, de data asta, nu știu. Ei nu au atât de multe spații de acest fel și judecătorilor și procurorilor nu le place să trimită oamenii înapoi dacă n-au profitat prima dată.

– Ce vrei să spui? a protestat ea. Am profitat. M-am dus în tot timpul ăla blestemat.

– Asta-i drept. Asta a fost bine. Dar pe urmă, după ce s-a terminat, te-ai apucat să faci ce făceai și înainte și, uite, suntem din nou aici. Ei n-ar numi asta un succes,

---

[1] *Whatchamacallits,* versiunea prescurtată de la *what you might call it.* (n.t.)

[2] *Pre Trial Intervention,* PTI, un program dedicat celor aflaţi la prima infracţiune, cărora li se oferă posibilitatea de a presta o muncă în folosul comunităţii în locul unui proces și al unei condamnări formale. (n.t.)

Gloria. Trebuie să fiu sincer cu tine. Nu cred că pot să-ți mai obțin un program. Cred că va trebui să fii pregătită, pentru că va fi mai greu de data asta.

– Nu mai pot trece prin asta, a spus ea cu o voce pierită, coborându-și privirea.

– Uite, au programe de dezintoxicare în închisoare. Te vei curăța chiar aici și vei ieși cu șansa de a o lua de la început fără droguri.

A scuturat din cap; arăta pierdută.

– Te droghezi de mult, Gloria, nu poți merge mai departe așa, i-am spus. Dacă aș fi în locul tău, m-aș gândi să plec de aici, adică din LA. Să mă duc undeva și s-o iau de la capăt.

M-a privit cu mânie.

– De la capăt, ca să fac ce? Uită-te la mine. Ce-aș avea de făcut? Să mă căsătoresc, să fac copii și să plantez flori?

Nici eu și nici ea nu aveam un răspuns.

– Hai să vorbim despre asta atunci când va fi momentul. Deocamdată, să ne facem griji legate de cazul tău. Spune-mi ce s-a-ntâmplat.

– Ce se-ntâmplă de obicei. Scanasem tipul și verificasem totul. Părea în regulă. Dar el era polițist și asta a fost tot.

– Te-ai dus cu el?

Ea a aprobat din cap.

– La Mondrian. Avea un apartament, ăsta era un alt detaliu. De regulă, polițiștii nu au apartamente, nu au buget pentru asta.

– Nu ți-am spus cât de stupid e să iei cu tine la lucru cocaină? Iar dacă un tip îți zice să aduci droguri, asta înseamnă că e polițist.

– Știu toate astea, iar el nu mi-a cerut să aduc ceva. Am uitat că o am la mine, bine? O luasem de la un tip cu care mă văzusem chiar înainte. Ce trebuia să fac, s-o las în mașină ca s-o ia valetul de la Mondrian?

– De la ce tip o luaseși?

– Un tip de la Travelodge, în Santa Monica. Fusesem cu el mai devreme și, știi, el mi-a oferit drogurile în loc de bani. Când am plecat de la el, mi-am verificat mesajele și aveam un apel de la tipul de la Mondrian. Așa că l-am sunat, am stabilit întâlnirea și m-am dus direct acolo. Am uitat de tot ce-aveam în geantă.

O aprobam din cap în timp ce mă aplecam în față. Văzusem o luminiță în povestea asta, o posibilitate.

– Cine e tipul ăsta de la Travelodge?

– Habar n-am, un tip care, pur și simplu, a văzut anunțul meu pe site.

Gloria își aranja legăturile prin intermediul unui site pe care erau postate fotografii, numere de telefon și adrese de e-mail ale escortelor.

– Ți-a spus de unde era?

– Nu. Era mexican sau cubanez, așa ceva. Era transpirat după ce consumase.

– Când ți-a dat cocaina, ai văzut dacă avea mai multă?

– Da, avea ceva. Sperasem să mă mai caute... dar nu cred că eram ce aștepta el.

Ultima dată când verificasem anunțul pe LA-Darlings.com ca să văd dacă mai era în viață, fotografiile de pe site erau vechi de cel puțin cinci ani, iar ea arăta cu zece mai puțin. Îmi imaginam că asta putea duce la unele dezamăgiri atunci când clienții ei deschideau ușile camerelor de hotel.

– Cât de multă avea?

– Nu știu. Mi-am dat seama că trebuia să aibă mai multă, pentru că, dacă aia ar fi fost tot ce avea, nu mi-o dădea pe toată mie.

Punctase bine. Luminița începuse să strălucească și mai tare.

– Îl scanaseși?

– Sigur.

– Ce i-ai verificat, permisul de conducere?

– Nu, pașaportul. Îmi spusese că nu are permis.

– Cum îl chema?

– Hector nu-știu-cum.

– Haide, Gloria, Hector cum? Încearcă să-ți amin…

– Hector, încă ceva, și Moya. Erau trei nume. Dar îmi amintesc Moya, pentru că i-am spus „Hector, dă-mi Moya“ atunci când a scos cocaina.

– Asta e bine.

– Crezi că e ceva ce poți folosi ca să mă ajuți?

– Poate, depinde de cine e tipul ăsta. Dacă e de profesie.

– Nu vreau să-l bag.

– Stai, ascultă, Gloria! O să mă duc să mă întâlnesc cu procurorul ca să văd la ce se gândește și să-mi dau seama ce pot să fac pentru tine. Te-au băgat aici și cauțiunea ți-au fixat-o la douăzeci și cinci de mii de dolari.

– Ce!?

– E mai mare ca de obicei, din cauza drogurilor. Nu ai douăzeci și cinci de mii în obligațiuni, nu-i așa?

A negat scuturând din cap. I-am văzut mușchii feței contractându-se. Știam ce urmează.

– Poţi să-mi faci rost de puţină cocaină, Mickey? Promit că a fost...

– Nu pot face asta, Gloria. E o regulă şi aş putea intra în bucluc dacă aş încălca-o. Vei rămâne aici peste noapte şi te vor duce mâine-dimineaţă în instanţă ca să te trimită în judecată.

– Nu... a spus ea mai mult gemând.

– Ştiu că o să fie greu, dar trebuie să fii tare ca o nucă. Trebuie să mergi drept, mâine în zori, când vei intra în sala de tribunal sau nu o să am nicio şansă să cer reducerea cauţiunii şi să te scot. Deci, fără niciun fel de negoţ cu droguri pe-aici. Ai înţeles?

Şi-a ridicat braţele deasupra capului, ca şi cum s-ar fi ferit să nu-i cadă tavanul în cap. Şi-a strâns pumnii de groază. O aştepta o noapte lungă.

– Trebuie să mă scoţi mâine.

– Voi face tot ce pot.

Am fluturat mâna spre ofiţerul aflat în cabina de observare. Eram gata să plec.

– Încă ceva, am adăugat. Îţi aminteşti în ce cameră era tipul de la Travelodge?

S-a gândit o clipă înainte de-a răspunde.

– Da, e un număr uşor de reţinut. 333.

– Bine, mulţumesc. Mă duc să văd ce pot face.

A rămas aşezată când m-am ridicat eu. Curând escorta s-a întors şi mi-a spus că trebuie să aştept s-o ducă întâi pe Gloria înapoi. M-am uitat la ceas. Era aproape două. Nu mâncasem şi mă încerca o durere de cap. În plus, aveam numai două ore ca să ajung la Leslie Faire la procuratură, să vorbesc despre Gloria, şi apoi în Century City, la întâlnirea cu Roulet şi Dobbs.

– Nu există altcineva care să mă poate scoate de aici? i-am spus iritat. Trebuie să ajung la tribunal.

– Îmi pare rău, domnule, dar așa funcționează sistemul.

– Ei bine, grăbește-te, te rog.

– Întotdeauna m-am grăbit.

Cincisprezece minute mai târziu mi-am dat seama că singurul rezultat al rugăminții mele era că o făcuse pe femeia-gardian să se asigure că mă va lăsa să aștept mai mult decât ar fi făcut-o dacă-mi țineam gura. Cam ca atunci când, într-un restaurant, un client ar trimite supa la bucătărie că e prea rece și i-ar veni înapoi după ce s-a scuipat în ea.

Conducând repede către clădirea Curții Penale, l-am sunat pe Raul Levin. Fusese la fostul lui birou din Glendale, unde se simțea ca acasă, să caute prin rapoartele poliției detalii despre arestarea și anchetarea lui Roulet. I-am cerut să le lase puțin, ca să dea niște telefoane. Voiam să văd ce-ar putea afla despre omul din camera 333 de la Travelodge de pe Santa Monica. I-am spus că aveam nevoie de informații ieri. Știam că sursele lui puteau să-l ajute să caute numele Hector Moya. Nu voiam să știu cine sau unde era. Mă interesa doar ceea ce avea.

Când Earl a oprit în fața CCB, i-am spus să dea o fugă până la Philippe ca să ia sandviciuri cu friptură de vită cât timp o să fiu eu înăuntru. Aveam să le mănânc în drum spre Century City. I-am strecurat peste scaun o hârtie de douăzeci de dolari și am coborât.

În timp ce așteptam liftul în holul aglomerat din CCB, am scos o pastilă de Tylenol din servietă și am sperat că mă durea capul din cauză că eram nemâncat. Mi-a luat zece minute ca să ajung la etajul nouă și încă cincisprezece am aşteptat-o pe Leslie Faire. Totuşi, lucrul acesta nu m-a deranjat, fiindcă Raul Levin m-a sunat exact atunci. Dacă Faire m-ar fi primit imediat, aş fi intrat fără muniţie.

Levin mi-a spus că bărbatul din camera 333 de la Travelodge se cazase sub numele de Gilberto Garcia. Motelul nu i-a cerut acte de identificare, deoarece plătise cu bani gheaţă, în avans, pentru o săptămână, și încă cincizeci de dolari pentru telefon. Levin făcuse săpături și în legătură cu numele pe care i-l dădusem și găsise un anume Hector Arrande Moya, un columbian pentru care se emisese mandat de arestare după ce fugise din San Diego, unde juriul federal îl acuzase de trafic de droguri. Toate astea erau argumente foarte bune şi plănuiam să le folosesc în faţa procurorului.

Faire avea un birou pe care îl împărțea cu alți trei procurori. Fiecare avea o masă de lucru în câte un colț. Doi lipseau, erau probabil în instanţă, dar unul dintre ei, pe care nu-l cunoşteam, stătea la un birou în colțul opus faţă de Faire. Trebuia să vorbesc cu ea, iar el putea să tragă cu urechea. Îmi displăcea acest lucru, pentru că întâlnisem procurori care, în timp ce ne străduiam să ajungem la o înţelegere, jucau, de multe ori, faţă de ceilalți, încercând să pară mai duri și mai experimentaţi, în detrimentul clientului meu.

Am tras un scaun de la unul dintre birourile goale și m-am aşezat pe el. Am sărit peste amabilități, fiindcă nu era cazul, și am trecut direct la subiect, fiindcă mi-era foame și nu aveam mult timp la dispoziţie.

– Ai lucrat la dosarul Gloriei Dayton în dimineața asta, i-am spus. E clienta mea. Vreau să vedem ce putem face în privinţa asta.

– Ei bine, putem pleda vinovat, iar ea poate face între unu şi trei ani la Frontera.

Faire spunea asta cu un zâmbet care, mai degrabă, era un rânjet.

– Mă gândeam la PTI.

– Eu mă gândeam că a gustat deja din programul ăsta şi l-a scuipat. Nici gând.

– Uite ce e, cât de multă cocaină avea asupra ei, câteva grame?

– Tot ilegal e, indiferent cât de multă avea la ea. Gloria Dayton a avut numeroase ocazii să se reabiliteze şi să evite închisoarea. Dar şi-a irosit toate şansele.

S-a întors la biroul ei şi a deschis un dosar, privind pagina de deasupra.

– Nouă arestări doar în ultimii cinci ani. Aceasta este a treia acuzaţie pentru droguri şi nu a petrecut niciodată mai mult de trei zile în închisoare. Uită de PTI. Odată şi-odată trebuia să-şi înveţe lecţia, şi acum a venit momentul. Nu sunt deschisă la discuţii pe această temă. Dacă-şi recunoaşte vinovăţia, voi cere între unu şi trei ani. Dacă nu, aşteptăm un verdict şi-şi încearcă şansele la condamnare cu o sentinţă judecătorească. Eu voi cere pedeapsa maximă.

Am dat din cap că am înţeles. Era aşa cum mă gândisem că vor merge lucrurile cu Faire. O sentinţă de unu până la trei ani însemna, probabil, nouă luni de detenţie. Ştiam că Gloria Dayton putea trece prin asta şi că, poate, chiar ar trebui s-o facă. Dar mai aveam încă o carte de jucat.

– Şi dacă ar avea ceva la schimb?

Faire a pufnit de parcă ar fi fost o glumă.

– Cum ar fi?

– Numărul unei camere de hotel în care un dealer important face afaceri.

– Sună cam vag.

Era vag, dar mi-am dat seama după schimbarea din vocea ei că era interesată. Oricărui procuror îi place să mărească miza.

– Cheamă-ţi oamenii de la Narcotice. Cere-le să caute în baza de date numele de Hector Arrande Moya. E columbian. Pot să aştept.

Ezita. În mod clar, nu-i plăcea să fie manipulată de avocatul apărării, mai ales când un alt procuror era de faţă. Dar nada fusese aruncată.

S-a întors din nou la biroul ei ca să dea un telefon. Auzeam doar o parte a conversaţiei, îi spunea cuiva să-l verifice pe Moya şi să-i dea informaţiile. A aşteptat un timp şi apoi a ascultat răspunsul. I-a mulţumit celui pe care-l sunase, cine o fi fost el, şi a închis telefonul. A tărăgănat un pic până s-a întors la mine.

– Bine, a zis. Ce vrea?

O aveam.

– Vrea s-o strecori într-un PTI. Toate acuzaţiile cad până la pledoaria finală. Nu depune mărturie împotriva tipului şi numele ei nu e pe niciun document. Pur şi simplu, spune numele hotelului şi numărul camerei, iar oamenii tăi se ocupă de rest.

– Ei au nevoie să construiască un caz. Trebuie să depună mărturie. Înţeleg că alea două grame pe care le avea la ea erau de la tipul respectiv. Trebuie să ne spună despre asta.

– Nu, nu trebuie. Persoana cu care tocmai ai vorbit ţi-a spus că există deja un mandat pe numele lui. Puteți să-l reţineţi în baza lui.

Ea a rumegat mai mult de câteva clipe, mişcându-și maxilarul înainte şi înapoi, ca şi cum ar fi gustat înţelegerea înainte de a decide dacă să înghită mai mult. Știam ce o făcea să șovăie. Tranzacţia era un schimb pentru o pradă mai mare, dar era un schimb într-un caz federal. Asta însemna că ar putea pune mâna pe tip, dar FBI-ul îl va prelua. Niciun pic de glorie pentru Leslie Faire – cu excepţia cazului în care plănuia să ajungă într-o zi direct la Parchetul SUA.

– Federalii te vor iubi pentru asta, i-am spus, încercând s-o conving. E un răufăcător care probabil o s-o șteargă în curând, iar șansa de-a pune mâna pe el se va pierde.

S-a uitat la mine ca la un gândac.

– Nu încerca de-astea cu mine, Haller.

– Iertare.

S-a întors la gândurile ei. Am încercat din nou.

– Din momentul în care ştii unde să îl găsești, poţi să-i înscenezi o cumpărare de droguri.

– Vrei să taci, te rog? Nu pot să mă gândesc.

Am ridicat mâinile în semn că mă predau şi am tăcut.

– Bine, a încuviințat ea în cele din urmă. Lasă-mă să vorbesc cu șeful meu. Dă-mi numărul tău de telefon și te sun mai târziu. Dar îți spun de-acum, dacă vom merge pe varianta asta, ea va trebui să urmeze un program cu regim închis. Undeva la County-USC[1]. Nu vom irosi un loc pentru cazarea ei.

Mă gândisem la asta şi am aprobat din cap. County-USC e un spital cu o aripă în regim de închisoare pentru deţinuţii răniţi, dependenţi sau bolnavi. Ce propunea ea era un program unde Gloria Dayton putea fi tratată pentru dependenţa de droguri până la eliberare. Nu trebuia să se confrunte cu niciun fel de acuzaţii sau să stea în vreun fel de detenţie.

– E în regulă, i-am spus.

M-am uitat la ceas. Trebuia să plec.

– Oferta noastră e valabilă până mâine-dimineaţă înainte de prima înfăţişare, am adăugat. După aceea, voi suna direct la Narcotice ca să văd dacă nu cumva vor ei să facă o înţelegere. Atunci, cazul îţi va fi luat.

Ea s-a uitat la mine indignată. Ştia că, dacă bat palma cu federalii, aceştia o vor strivi. Când se bat cap în cap, federalii întotdeauna înving. M-am ridicat să plec şi i-am pus o carte de vizită pe birou.

– Nu încerca să joci pe la spate, Haller, a spus ea. Dacă mergi pe alte căi, te scot din dosarul ăsta.

Nu am răspuns. Am împins scaunul împrumutat înapoi la locul lui. Ea a scăzut tonul ameninţător cu replica următoare:

– Oricum, sunt sigură că ne putem descurca în aşa fel încât toată lumea să fie mulţumită.

Din uşa biroului, m-am întors şi m-am uitat la ea.

– Toată lumea, cu excepţia lui Hector Moya, i-am răspuns.

[1] Criminal Courts Building, clădirea Curţii Penale din Los Angeles (n.t.)

8

Birourile avocaţilor Dobbs şi Delgado erau la etajul douăzeci şi nouă, într-unul dintre turnurile gemene care îşi puseseră semnătura pe orizontul din Century City. Am ajuns la timp, dar toată lumea era deja prezentă într-o sală de conferinţe cu o masă lungă din lemn lustruit şi un perete din sticlă, care oferea o panoramă vestică din Santa Monica până la Pacific şi la insulele din depărtare. Era o zi senină şi se vedeau Catalina şi Anacapa, acolo, foarte departe, la marginea lumii. Deoarece soarele apunea şi părea să fie aproape la nivelul ochilor, un stor subţire fusese coborât la ferestre. Era ca şi cum sala ar fi avut ochelari de soare.

Aşa cum avea şi clientul meu. Louis Roulet stătea în capul mesei cu o pereche de ochelari negri cu rame Ray-Ban. Acum, că scăpase de salopeta gri de închisoare, purta un costum maro-închis peste o cămaşă bej din mătase naturală. Arăta ca un tânăr director de imobiliare încrezător şi rece, nu mai avea nimic din băiatul speriat pe care îl văzusem în boxa acuzaţilor de la tribunal.

În stânga lui Roulet şedea Cecil Dobbs şi lângă el, o femeie care nu-şi arăta vârsta, parcă acum venită de la coafor, şi plină de bijuterii, despre care am presupus că era mama clientului. Am presupus, de asemenea, şi că Dobbs nu îi precizase că întâlnirea nu ar include-o şi pe ea.

La dreapta lui Roulet, primul loc era gol şi mă aştepta pe mine. În scaunul de alături, stătea detectivul meu, Raul Levin, având pe masă, în faţa lui, un dosar închis.

Dobbs mi-a prezentat-o pe Mary Alice Windsor. Ea mi-a scuturat mâna cu o strângere puternică. M-am aşezat, iar Dobbs mi-a explicat că ea va plăti pentru apărarea fiului ei şi că a fost de acord cu termenii pe care îi precizasem mai devreme. A lăsat să alunece pe masă un plic. M-am uitat înăuntru şi am văzut un cec de şaizeci de mii de dolari pe numele meu. Acesta era onorariul cerut, dar mă aşteptasem ca iniţial să îmi fie plătiţi doar jumătate din bani. Avusesem cazuri cu un câştig total mai generos, dar era totuşi cecul cu suma cea mai mare pe care o primisem vreodată.

Banii proveneau din contul lui Mary Alice Windsor. Banca era beton – First National din Beverly Hills. Am închis plicul şi l-am lăsat pe masă.

– Aş vrea ca banii să vină de la Louis, am spus, uitându-mă la doamna Windsor. Nu mă interesează dacă îi daţi banii lui, şi apoi el mi-i dă mie. Dar vreau să vină de la Louis cecul pe care îl primesc. Lucrez pentru el, şi asta trebuie să fie clar de la început.

Ştiam că acest lucru era diferit chiar faţă de ce făcusem în acea dimineaţă – acceptarea plăţii de la o terţă parte. Dar era o problemă de control. O privire peste masă către Mary Alice Windsor şi C.C. Dobbs şi am înţeles că trebuie să mă asigur că ei înţeleg că rezolvarea acestui caz înseamnă a câştiga sau a pierde.

Nu mi-am închipuit că se putea întâmpla, dar expresia lui Mary Windsor s-a înăsprit. Nu știu de ce, dar fața ei plată și pătrățoasă îmi amintea de un ceas vechi al bunicului meu.

– Mamă, a spus Roulet aprobând din cap. E în regulă. Îi voi scrie un cec. Pot să-l acopăr până îmi dai tu banii.

Mary Windsor s-a uitat la mine, apoi la fiul ei și apoi din nou la mine.

– Foarte bine, a zis ea.

– Doamnă Windsor, i-am spus, sprijinul pe care i-l dați fiului dumneavoastră este foarte important. Și nu mă refer doar la partea financiară a lucrurilor. Dacă nu vom avea succes în înlăturarea acestor acuzații și vom alege ca alternativă procesul, va fi foarte important ca dumneavoastră să-i arătați sprijinul în public.

– Nu fi prostuț, a zis ea. L-aș scoate și de pe fundul oceanului sau chiar din iad. Aceste acuzații ridicole trebuie eliminate, iar acea femeie... nu va vedea nici măcar un bănuț de la noi.

– Mulțumesc, mamă, a zis Roulet.

– Da, mulțumesc, i-am spus. Vreau să mă asigur că domnul Dobbs v-a informat unde și când este necesară prezența dumneavoastră. Este bine să știu că veți fi acolo pentru fiul dumneavoastră.

Nu am mai spus nimic altceva și am așteptat. N-a durat mult până să-și dea seama că fusese concediată.

– Deci, tu nu mă vrei aici acum, nu-i așa?

– E adevărat. Trebuie să discutăm cazul și cel mai bine și cel mai adecvat pentru Louis este să facem asta doar în prezența echipei de apărare. Relația avocat–client nu include pe nimeni altcineva. Aţi putea fi obligată să depuneţi mărturie împotriva fiului dumneavoastră.

– Dar dacă plec, cum va ajunge Louis acasă?

– Am un şofer. Îl voi aduce eu acasă.

S-a uitat la Dobbs, sperând că avea o autoritate mai mare şi putea să mă convingă. Dobbs a zâmbit şi s-a ridicat în picioare pentru a-i putea trage scaunul. În cele din urmă, s-a ridicat să plece.

– Foarte bine, a spus ea. Louis, ne vedem la cină.

Dobbs a condus-o afară din sala de conferinţe şi i-am observat schimbând câteva cuvinte pe hol. Nu am auzit ce-şi spuneau. Apoi ea a plecat, iar Dobbs s-a întors şi a închis uşa.

I-am făcut o introducere preliminară lui Roulet, spunându-i că ar trebui ca termenul de judecată să fie peste două săptămâni şi să depunem prima moţiune. Atunci va avea posibilitatea să notifice instanţa că nu renunţă la dreptul lui de a avea un proces rapid.

– Asta e prima alegere pe care trebuie să o facem. Dacă vrei să se tărăgăneze sau dacă vrei să se mişte rapid şi să punem presiune asupra statului.

– Care sunt opţiunile? a întrebat Dobbs.

M-am uitat la el, apoi la Roulet.

– Voi fi foarte sincer cu tine, i-am precizat. Când am un client care nu este încarcerat, tentaţia mea e de a trage de timp. Libertatea clientului este mai importantă – de ce să nu-i obţii cât mai multă înainte să cadă ciocanul.

– Vorbeşti despre un client vinovat, a intervenit Roulet.

– Pe de altă parte, am revenit eu, în cazul în care statul este slab, întârzierea lucrurilor le dă doar timpul să îşi consolideze poziţia. Vezi tu, timpul este singura noastră pârghie în acest moment. Dacă vom refuza să renunțăm la dreptul de a avea un proces rapid, asta va pune o presiune mare asupra procurorului.

– Eu nu am făcut ceea ce susțin ei că am făcut, a zis Roulet. Nu vreau să pierd niciun moment. Vreau să las rahatul ăsta în urma mea.

– Dacă refuzăm să amânăm, atunci, teoretic, trebuie să stabilească procesul în termen de șaizeci de zile de la trimiterea în judecată. Realitatea este că ei presează când stabilesc audierea preliminară. Atunci, judecătorul vede probele și decide dacă sunt suficiente pentru a justifica un proces. Este un proces la mâna judecătorului. Judecătorul va tot amâna, stabilind noi termene, iar ceasul va fi mereu resetat la șaizeci de zile.

– Nu pot să cred asta, a răspuns Roulet. O să dureze la nesfârșit.

– Am putea și să renunțăm cu totul la audierile preliminare. Asta chiar le-ar forța mâna. Cazul a fost dat unui procuror tânăr. Nu prea are experiență. Ar putea să fie o variantă care să meargă.

– Stai puțin, a zis Dobbs. Nu ar fi utilă o audiere preliminară ca să vedem ce dovezi are procuratura?

– Nu neapărat, i-am răspuns. Acum nu mai e. Legiuitorul a încercat să eficientizeze lucrurile cu ceva timp în urmă și au relaxat regulile, transformând preliminariile într-un proces lăsat la voia judecătorului și unde sunt aduse ca probe inclusiv zvonurile. Așa că, de regulă, e prezent doar polițistul care se ocupă de caz și care îi relatează judecătorului ce au spus martorii. De obicei, apărarea nu audiază niciun alt martor în afară de polițist. Dacă mă întrebi pe mine, cea mai bună strategie este să forţezi procurorii să accepte şi să înghită. Fă-i să se rezume la cele şaizeci zile de la prima trimitere în judecată.

– Îmi place ideea asta, a replicat Roulet. Vreau să se termine cât mai repede cu putinţă.

Am încuviinţat din cap. O spusese ca şi cum un verdict de nevinovăţie era concluzia subînţeleasă.

– Poate că nici măcar nu se va ajunge la un proces, a adăugat Dobbs. Dacă nu se adună suficiente probe...

– Procurorul n-o să lase să-i scape ceva, i-am retezat-o scurt. De obicei, poliţiştii supralicitează acuzaţiile şi apoi procurorul mai reduce din ele. Asta nu s-a întâmplat în cazul de faţă. Din contră, procurorul a agravat acuzaţiile. Ceea ce mi-a relevat două lucruri. Unul dintre ele este convingerea că au un caz solid şi, doi, au înmulţit acuzaţiile, astfel încât, atunci când vor începe negocierile, să pornească de la un nivel mai ridicat.

– Vorbeşti de un târg pledând vinovat? a întrebat Roulet.

– Da, o înţelegere.

– Las-o baltă, nici vorbă de recunoaşterea vinovăţiei! N-o să intru la puşcărie pentru ceva ce n-am făcut!

– Ar putea să nu însemne că vei merge la închisoare. Ai cazierul curat...

– Nu-mi pasă dacă înseamnă că aş putea scăpa. Nu voi pleda vinovat pentru ceva ce nu am făcut. Dacă, în ceea ce te priveşte, asta ar putea fi o problemă, atunci trebuie să ne despărţim chiar aici.

M-am uitat atent la el. Aproape toţi clienţii mei protestează cel puţin o dată faţă de acuzaţiile de vinovăţie. Mai ales când e primul caz la care lucrez cu ei.

Dar cuvintele lui Roulet aveau o fervoare și o sinceritate pe care nu le mai întâlnisem de o bună bucată de vreme. Mincinoșii ezită. Se uită în gol. Ochii lui Roulet mă fixau ca un magnet.

– Mai sunt de luat în considerare și răspunderile civile, a adăugat Dobbs. O acceptare a vinovăției i-ar permite acestei femei să...

– Înțeleg toate astea, i-am spus tăindu-i-o din nou. Cred că ne-am strâns cu toții aici ca să câștigăm împreună. Am vrut doar să îi creez lui Louis o imagine generală legată de modul în care se vor derula lucrurile. Nu avem de luat nicio decizie grea sau de făcut vreo mutare mai devreme de câteva săptămâni. Însă trebuie să știm cum vom juca la audiere.

– Louis a făcut un an de drept la UCLA, a zis Dobbs. Cred că are cunoștințele de bază ca să înțeleagă situația.

Roulet a aprobat din cap.

– Bine, bine, am spus. Atunci, hai să-i dăm drumul. Louis, să începem cu tine. Mama ta a spus că te așteaptă la cină. Locuiești acasă? Adică la ea acasă?

– Locuiesc în casa de oaspeți. Ea, în casa principală.

– Mai locuiește și altcineva cu voi?

– Menajera. În clădirea principală.

– Vreun frate sau soră, iubite, iubiți?

– Doar noi.

– Și lucrezi în firma mamei tale?

– Mai mult eu alerg pentru ea. Mama nu mai face mare lucru pe-acolo.

– Unde ai fost sâmbătă seara?

– Sâmbă... adică aseară, nu-i așa?

– Nu, vreau să spun sâmbătă seara. Începe cu asta.

– Sâmbătă seara nu am făcut nimic. Am stat acasă și m-am uitat la televizor.

– De unul singur?

– Da.

– La ce te-ai uitat?

– La un DVD. Un film vechi, *Conversația,* Coppola.

– Deci, nu era nimeni cu tine sau care să te fi văzut. Doar te-ai uitat la film și te-ai dus la culcare.

– Chiar așa.

– Chiar așa. Bine. Asta ne aduce la ziua de duminică dimineața. Ce ai făcut ieri?

– Am jucat golf la Riviera cu patru amici. Am început la zece și am terminat la patru. Am venit acasă, am făcut un duș, m-am schimbat și am cinat la mama... Vrei să știi ce am avut la masă?

– Asta nu va fi necesar. Dar mai târziu, probabil, voi avea nevoie de numele tipilor cu care ai jucat golf. Ce s-a mai întâmplat după cină?

– I-am spus mamei că o să mă duc la mine, dar, de fapt, am ieșit în oraș.

Am observat că Levin a început să ia notițe pe un carnețel pe care îl scosese dintr-un buzunar.

– Ce mașină ai?

– Am două, un Range Rover 4x4 pe care îl folosesc pentru a-i conduce pe clienți în împrejurimi și un Porsche Carrera pentru uz personal.

– Înseamnă că noaptea trecută ai folosit Porsche-ul?

– Exact.

– Unde te-ai dus?

– Am coborât în Valley.

A spus-o de parcă ar fi fost o mişcare riscantă pentru un băiat din Beverly Hills să coboare în cartierele muncitoreşti din San Fernando Valley.

– Unde te-ai dus? am întrebat.

– Bulevardul Ventura. Am băut ceva la Nat's North şi apoi m-am dus la Morgan's, unde am mai băut ceva.

– Astea sunt localuri de agăţat, nu-i aşa?

– Da. De aceea m-am dus acolo.

De fapt, despre asta era vorba şi i-am apreciat mult sinceritatea.

– Căutai pe cineva? O femeie? Pe cineva anume, o persoană pe care o cunoşteai?

– Nimeni special. Eram în căutarea unei partide de sex, pur şi simplu.

– Ce s-a întâmplat în barul Nat's North?

– Ce să se întâmple? Era o noapte liniştită, aşa că am plecat. Nici măcar nu mi-am terminat băutura.

– Te duci des acolo? Barmanii te ştiu?

– Da, mă cunosc. Aseară era de serviciu o fată, Paula.

– Bine, deci nu ai găsit nimic de făcut acolo şi ai plecat. Ai condus până la Morgan's. De ce Morgan's?

– E doar un alt loc unde mă duc.

– Cei de acolo te cunosc?

– Ar trebui. Am un bun renume acolo. Noaptea trecută, Denise şi Janice erau în spatele barului. Mă cunosc.

M-am întors spre Levin.

– Raul, cum o cheamă pe victimă?

Levin şi-a deschis dosarul ca să scoată raportul de la poliţie, dar a răspuns înainte de a fi nevoie să se uite în el.

– Regina Campo, prietenii îi spun Reggie. Douăzeci şi şase de ani. Le-a zis poliţiştilor că este actriţă şi că lucrează ca agent de vânzări prin telefon.

– Și speră să se pensioneze curând, a adăugat Dobbs.

L-am ignorat.

– Louis, o cunoşteai pe Reggie Campo mai demult? am întrebat.

Roulet a ridicat din umeri.

– Oarecum. O văzusem pe acolo, prin bar. Dar nu fusesem niciodată cu ea înainte. Nici măcar nu vorbisem vreodată cu ea.

– Ai încercat vreodată?

– Nu, nu aveam cum să ajung la ea. Niciodată nu era singură. Nu-mi place să mă amestec în mulţime, înţelegi? Îmi place să mă uit după tipe singure.

– Ce a fost diferit seara trecută?

– Aseară, a venit ea la mine, asta a fost diferenţa.

– Povesteşte-ne.

– Nu e nimic de povestit. Stăteam la bar, la Morgan's, gândindu-mă la ale mele, căutând o oportunitate, iar ea era în cealaltă parte a încăperii cu un tip. Așa că nu se afla în colimatorul meu, pentru că părea ocupată, înţelegi?

– Aha, și ce s-a întâmplat?

– Păi, după un timp, tipul cu care era s-a ridicat să se ducă la toaletă sau să iasă afară să tragă un fum și, de îndată ce a plecat el, femeia s-a ridicat și a plutit de-a lungul barului spre mine ca să mă întrebe dacă sunt interesat. I-am spus că eram, dar cum rămânea cu tipul care ieșise? Mi-a spus să nu-mi fac griji în legătură cu el, va pleca în jur de zece, iar ea va fi liberă restul nopţii.

Mi-a scris adresa și mi-a zis să merg la ea după zece. I-am spus că voi fi acolo.

– Pe ce ți-a scris adresa?

– Pe un șervețel, dar răspunsul la următoarea ta întrebare e nu, nu îl mai am. Am memorat adresa și am aruncat șervețelul. Lucrez în imobiliare. Rețin foarte ușor adrese.

– Pe la ce oră a fost asta?

– Nu știu.

– Păi, îți spusese să te duci la ea pe la ora zece. Nu te-ai uitat deloc la ceas, să vezi cât mai ai de așteptat până atunci?

– Cred că era între opt și nouă. De îndată ce s-a întors tipul, au plecat.

– Când ai părăsit barul?

– Am mai stat câteva minute și apoi am plecat. M-am oprit de câteva ori înainte să ajung la ea.

– Unde anume?

– Păi, ea locuiește într-un apartament în Tarzana, așa că m-am dus până la Lamplighter. Era în drum.

– De ce?

– Așa, ca să văd ce posibilități sunt acolo. Știi, voiam să văd dacă găsesc acolo ceva mai bun, ceva pentru care nu trebuia să aștept învârtindu-mă prin jur sau…

– Sau ce?

El încă nu-și terminase gândul.

– Să pierzi vremea?

A aprobat din cap.

– OK, deci cu cine ai vorbit la Lamplighter? Unde e barul ăsta, apropo?

Până acum era singurul loc de care nu auzisem.

– E pe Ventura, lângă White Oak. N-am prea socializat. Era aglomerat, dar nu era nimeni care să mă intereseze cu adevărat.

– Barmanii de acolo te cunosc?

– Nu, nu chiar. Nu mă duc prea des acolo.

– De obicei, ai noroc înainte de a folosi a treia opțiune?

– Nu, de obicei, renunț după două.

Am dat din cap doar ca să mai câștig puțin timp ca să mă gândesc ce să-l mai întreb înainte de a ajunge la ceea ce se întâmplase în casa victimei.

– Cât timp ai stat la Lamplighter?

– Aș spune cam o oră. Poate ceva mai puțin.

– La bar? Cât ai băut?

– Da, la bar, două pahare.

– Câte pahare ai băut noaptea trecută, înainte de a ajunge în apartamentul lui Reggie Campo?

– Hm, cel mult patru. În două ore, două ore și jumătate. Am lăsat o băutură neatinsă la Morgan's.

– Ce-ai băut?

– Martini. Gray Goose.

– Ai plătit pentru vreuna dintre aceste băuturi, în vreunul dintre aceste localuri, cu o carte de credit? a intervenit Levin, punând prima lui întrebare.

– Nu, a spus Roulet. Când ies seara, plătesc cu bani gheață.

I-am aruncat o privire lui Levin și am așteptat să văd dacă avea și altceva de întrebat. În momentul acela, știa mai multe despre caz decât știam eu. Voiam să-i dau frâu liber ca să întrebe tot ce voia. El s-a uitat la mine și mi-a făcut semn din cap. Puteam să continui.

– Bine, am spus. Ce oră era când ai ajuns la Reggie Campo acasă?

– Era zece fără douăsprezece minute. M-am uitat la ceas. Voiam să mă asigur că nu bat la ușa ei mai devreme.

– Și ce-ai făcut?

– Am așteptat în parcare. A spus zece, așa că am așteptat până la ora zece.

– L-ai văzut ieșind pe tipul cu care plecase de la Morgan's?

– Mda, l-am văzut. A ieșit, a plecat și eu am intrat.

– Ce mașină avea? a întrebat Levin.

– Un Corvette galben, a răspuns Roulet. Era o versiune din anii '90. Nu știu exact din ce an.

Levin a făcut semn din cap. Terminase. Știam că fusese doar o încercare de a obține o informație despre cel care fusese în apartamentul lui Campo înainte de Roulet. Am reluat interogatoriul.

– Deci, el pleacă și tu intri. Ce se întâmplă?

– Intru în clădire, iar apartamentul ei e la etajul doi. Urc, bat la ușă, ea îmi răspunde și eu intru.

– Stai o clipă. Nu vreau varianta prescurtată. Ai urcat. Cum? Scări, lift, ce? Dă-ne detalii.

– Lift.

– Mai era cineva în el? Te-a văzut cineva?

Roulet a negat din cap. I-am făcut semn să continue.

– Ea a crăpat puțin ușa, a văzut că eram eu și mi-a spus să intru. Era un fel de vestibul în fața ușii, așa că spațiul era foarte strâmt. M-am strecurat pe lângă ea, astfel încât să poată închide ușa. Așa se explică de ce a ajuns ea în spatele meu. Și că nu am văzut-o venind.

Ducea ceva. M-a lovit și am căzut. Numaidecât, am văzut negru în fața ochilor.

Am tăcut în timp ce mă gândeam la asta, încercând să-mi imaginez scena.

– Deci, înainte să se întâmple orice altceva, ea, pur și simplu, te-a pocnit? Nu a spus nimic, nu a scos niciun sunet, doar a venit din spate și zbang!

– Corect.

– OK, după care...? Ce-ți amintești că s-a întâmplat după aceea?

– Mi-e încă destul de neclar. Îmi amintesc că m-am trezit și doi tipi stăteau deasupra mea, țintuindu-mă la podea. Apoi a venit poliția. Și paramedicii. Eram așezat la perete, cu mâinile încătușate, și paramedicul punea amoniac sau ceva de genul ăsta sub nasul meu și abia atunci mi-am revenit cu adevărat.

– Erai încă în apartament?

– Da.

– Unde era Reggie Campo?

– Stătea pe canapea. Un alt paramedic se ocupa de fața ei, iar ea plângea și îi zicea celuilalt polițist că o atacasem. Numai minciuni! Că o surprinsesem la ușă, o pocnisem și îi spusesem că aveam de gând să o violez și apoi să o ucid, toate lucrurile astea pe care nu le-am făcut. Mi-am mișcat brațele astfel încât să îmi văd mâinile prinse la spate. Am văzut că aveam una dintre mâini învelită într-un fel de pungă din plastic și că era sânge pe ea. Atunci am știut că totul era o înscenare.

– Ce vrei să spui cu asta?

– Ea mi-a mânjit mâna cu sânge ca să arate că aș fi făcut-o eu. Dar era mâna stângă. Eu nu sunt stângaci.

Dacă aş fi tras un pumn cuiva, mi-aş fi folosit, desigur, mâna dreaptă.

A tras un pumn în aer cu mâna dreaptă pentru a-mi arăta, în cazul în care nu mă prinsesem. M-am ridicat de la locul meu şi m-am dus la fereastră. Soarele apunea, iar eu aveam impresia că sunt undeva deasupra lui. Mă îngrijora povestea lui Roulet. Părea atât de greu de crezut, încât putea fi, de fapt, adevărată. Şi asta mă deranja. Mereu am fost îngrijorat că s-ar putea să nu recunosc nevinovăţia. Posibilitatea de-a mă întâlni cu ea în munca mea era atât de mică, încât acţionam cu teama că nu voi fi pregătit când va apărea. Că aş putea-o rata.

– Bine, hai să discutăm o secundă despre asta, i-am spus, încă stând cu faţa spre soare. Spui că ea ţi-a pus sângele pe mână ca să-ţi însceneze ceva. Şi ţi-a pus pe stânga. Dar dacă ea avea de gând să-ţi însceneze ceva, nu ţi-ar fi pus sângele pe mâna dreaptă, din moment ce marea majoritate a oamenilor sunt dreptaci? N-ar fi ţinut cont de statistici?

M-am întors spre masă şi am observat privirile lipsite de expresie ale celor prezenţi.

– Ai spus că a crăpat uşa puţin şi apoi te-a lăsat să intri, i-am zis. I-ai văzut faţa?

– Nu pe toată.

– Ce-ai văzut?

– Ochiul. Ochiul stâng.

– Dar partea dreaptă a feţei i-ai văzut-o? De pildă, după ce ai intrat.

– Nu, era în spatele uşii.

– Asta e! a zis Levin agitat. Când a ajuns el acolo, ea avea deja rănile. Le-a ascuns de el, apoi s-a retras şi l-a pocnit. Era lovită pe partea dreaptă a feței și asta a făcut-o să-i mânjească de sânge mâna stângă.

Am aprobat din cap, gândindu-mă la logica celor spuse. Părea să aibă sens.

– Bine, am zis întorcându-mă spre fereastră. Cred că va merge. Acum, Louis, ne-ai spus că o văzuseși pe această femeie mai înainte în jurul scenei de la bar, dar că nu fuseseși niciodată cu ea. Deci, era o străină. De ce ar fi făcut asta, Louis? De ce ți-ar fi înscenat totul, după cum spui tu?

– Pentru bani.

Dar nu Roulet răspunsese, ci Dobbs. M-am întors de la fereastră și m-am uitat la el. Știa că vorbise peste rând, dar nu părea să-i pese.

– E evident, a continuat Dobbs. Vrea bani de la el, de la familia lui. Plângerea civilă a fost probabil depusă, în timp ce noi vorbim aici. Acuzațiile penale sunt doar preludiul la dosarul civil pentru despăgubiri în bani. Asta e ceea ce urmărește cu adevărat.

M-am așezat din nou și m-am uitat la Levin.

– Astăzi, la tribunal, am văzut o fotografie cu această femeie, am spus. Jumătate din fața ei era carne vie. Vrei să spui că asta este apărarea noastră, că și-a făcut singură rănile?

Levin a deschis dosarul și a scos o hârtie. Era o copie alb-negru a fotografiei pe care Maggie McPherson mi-o arătase în instanță. Fața tumefiată a lui Reggie Campo. Sursa lui Levin era bună, dar nu suficient de bună pentru a-i obține originalele. A lăsat fotocopia să alunece peste masă, la Dobbs și Roulet.

– Vom lua fotografiile originale să le analizăm, am spus. Ele arată mai rău, mult mai rău, iar dacă vom merge cu povestea ta, atunci juriul, în cazul în care ajungem în fața unui juriu, va trebui să înghită ideea că și-a făcut singură asta.

Îl urmăream pe Roulet în timp ce studia fotocopia. Dacă el ar fi fost cel care o atacase pe Reggie Campo, expresia lui nu ar fi comunicat nimic în timp ce studia ceea ce făcuse cu propriile mâini. El nu arăta nimic.

– Știi ce? am zis. Îmi place să cred că sunt un avocat bun și un foarte convingător pledant atunci când vine vorba despre jurii. Dar chiar am probleme cu povestea asta, crede-mă.

9

În sala de conferințe, îi venise rândul lui Raul Levin. Vorbiserăm în drum spre Century City în timp ce înfulecam sandviciuri cu carne de vită. Telefonul era pe speaker și-i spusesem şoferului să-şi pună căștile. Îi cumpărasem un iPod în prima lui săptămână de lucru. Levin îmi dăduse elementele de bază ale cazului, atât cât să pot să îmi formulez primele întrebări pentru clientul meu. Acum, Levin prelua comanda în încăpere, cu autoritatea pe care i-o dădea utilizarea rapoartelor poliției și a dovezilor, pentru a descompune în secvențe versiunea lui Louis Roulet asupra evenimentelor și pentru a ne arăta care este versiunea procuraturii. Cel puțin la început, voiam ca Levin să fie cel care face acest lucru, deoarece, în cazul în care urma să fim tipul bun și tipul rău, trebuia ca eu să fiu cel pe care îl va plăcea Roulet și în care să aibă încredere. Voiam să fiu băiatul bun.

Levin avea niște notițe în plus față de copiile rapoartelor poliției la care ajunsese prin sursa lui. Era tot materialul pe care apărarea avea, cu siguranță, dreptul să-l ceară pentru analiză în perspectiva unui proces, dar, de obicei, era nevoie de săptămâni pentru a-l obține de la instanţă faţă de câteva ore cât îi luase lui Levin. În timp ce vorbea, stătea cu ochii coborâţi în documentele acestea.

– „La zece şi unsprezece minute, noaptea trecută, la centrul de comunicaţii al LAPD s-a primit un apel de urgenţă, la 911, de la Regina Campo, de pe bulevardul White Oak numărul 176, apartamentul 211. Ea a raportat un intrus care a intrat în casa ei şi a atacat-o. Patrula de poliţie a răspuns şi primii ofiţeri au ajuns la faţa locului la zece şi şaptesprezece minute." O noapte liniştită, cred, pentru că a fost destul de rapid. Un timp mai bun decât într-un caz de împuşcături. Oricum, „ofiţerii de poliţie au întâlnit-o în parcare pe doamna Campo, care le-a declarat că a fugit din apartament după atac. Ea i-a informat pe poliţişti că doi vecini, care se numesc Edward Turner şi Ronald Atkins, erau în apartamentul ei, imobilizându-l pe intrus. Ofiţerul Santos s-a îndreptat spre apartament, unde l-a găsit pe intrusul suspect, identificat mai târziu ca fiind domnul Roulet, aşezat pe podea, sub puterea şi controlul lui Turner şi Atkins".

– Ei erau cei doi poponari care stăteau pe mine, a zis Roulet.

M-am uitat la Roulet şi am văzut străfulgerarea de furie pălind rapid.

– „Ofiţerii l-au luat în custodie pe suspect", a continuat Levin, ca şi cum nu ar fi fost întrerupt. „Dl Atkins..."

– Stai puţin, am spus. Unde a fost găsit pe podea? În ce cameră?

– Nu scrie.

M-am uitat la Roulet.

– Era în camera de zi. Nu era departe de uşa de la intrare. Nu am ajuns prea departe în interior.

Levin şi-a propus să nu uite acest detaliu, apoi a continuat:

– „Dl Atkins a prezentat un briceag cu lama deschisă, despre care a spus că fusese găsit pe podea lângă intrus. Ofiţerii l-au încătuşat pe suspect şi paramedicii au fost chemaţi pentru a-i trata atât pe Campo, cât şi pe Roulet, care avea o rană la cap şi o uşoară comoţie. Campo a fost transportată la Holy Cross Medical Center, pentru a continua tratamentul şi pentru a fi fotografiată de un tehnician specializat. Roulet a fost arestat. I s-a deschis dosar penal şi a fost dus la închisoarea Van Nuys. Întregul apartament al doamnei Campo a fost sigilat, pentru a se preleva probele de la locul infracţiunii, iar cazul a fost predat detectivului Martin Booker de la Biroul de Detectivi Valley."

Levin a răspândit pe masă mai multe copii ale fotografiilor făcute de poliţie cu rănile Reginei Campo. Erau fotografii din faţă şi din profil şi două prim-planuri ale vânătăii din jurul gâtului şi a tăieturii de sub maxilar. Calitatea copiilor era proastă şi ştiam că fotocopiile nu se pretau la o analiză serioasă. Dar am observat că toate leziunile faciale erau pe partea dreaptă a feţei lui Campo. Roulet avusese dreptate în privinţa asta. Ea fusese pocnită în mod repetat fie cu mâna stângă, fie, eventual, s-a lovit singură cu mâna dreaptă.

– Au fost făcute la spital, acolo unde doamna Campo a dat şi declaraţia în faţa detectivului Booker. Pe scurt, ea a spus că venise acasă pe la opt şi jumătate duminică seara şi a stat singură acasă până când, pe la zece, a bătut cineva la uşa ei. Domnul Roulet s-a prezentat ca fiind o persoană cunoscută doamnei Campo, aşa că ea a deschis ușa. Imediat după deschiderea ușii, a fost lovită cu pumnul de intrus și a fost condusă înapoi în apartament. Necunoscutul a intrat, a închis și a încuiat ușa. Doamna Campo a încercat să se apere, dar a mai fost lovită de cel puțin două ori cu pumnul și apoi trântită la podea.

– Totul nu e decât un rahat! a strigat Roulet.

A bătut puternic în masă și s-a ridicat în picioare, iar scaunul lui a alunecat în spate, lovindu-se de geam.

– Hei, mai ușor! a avertizat Dobbs. Spargi geamul și e ca într-un avion. Vom fi cu toții aspirați afară și ne vom prăbuși în gol.

Nimeni nu a zâmbit la încercarea lui de glumă.

– Louis, întoarce-te și stai jos, am zis calm. Astea sunt rapoartele poliției, atât și nimic mai mult. Nu înseamnă că reprezintă adevărul. Este punctul de vedere al unei singure părți asupra adevărului. Ceea ce facem aici este să aruncăm o primă privire asupra dosarului, ca să vedem cu ce trebuie să ne luptăm.

Roulet a împins scaunul înapoi la masă și s-a așezat fără alte proteste. I-am făcut semn din cap lui Levin să continue. Am observat că Roulet încetase de ceva vreme să se mai poarte ca o victimă docilă, cum îl văzusem mai devreme în arest.

– Doamna Campo a raportat că bărbatul care o atacase avea pumnul înfășurat într-o pânză albă atunci când o lovise.

M-am uitat peste masă la mâinile lui Roulet și nu am văzut niciun fel de umflături sau vânătăi pe degete sau la încheieturi. Înfășurarea pumnului l-ar fi ajutat să evite rănile, care ar fi fost un indiciu.

– A fost înregistrată ca probă? am întrebat.

– Da, a zis Levin. În raport este descris ca un șervet de masă din pânză, cu sânge pe el. Sângele și materialul au fost trimise la laborator.

Am clătinat din cap și m-am uitat la Roulet.

– Polițiștii s-au uitat la mâinile tale, le-au fotografiat?

Roulet a negat din cap.

– Detectivul s-a uitat la mâinile mele, dar nu le-a fotografiat nimeni.

I-am făcut semn și i-am spus lui Levin să continue.

– „Intrusul s-a urcat pe doamna Campo, care era întinsă pe podea, și i-a pus o mână în jurul gâtului. I-a spus doamnei Campo că are de gând să o violeze și că pentru el nu contează dacă o să fie vie sau moartă atunci când o s-o facă. Ea nu putea răspunde, fiindcă el o sufoca. Când a mai slăbit strânsoarea, ea i-a spus că va coopera."

Levin a lăsat să alunece altă fotocopie pe masă. Era poza unui briceag negru, cu lama scoasă din teacă și foarte ascuţit la vârf. Aceasta era explicaţia rănii de pe gâtul victimei, din fotografia anterioară.

Roulet a tras fotocopia ca să se uite la ea mai atent. A scuturat încet din cap.

– Ăsta nu e cuțitul meu, a zis el.

Nu am comentat, iar Levin a continuat:

– „Suspectul și victima s-au ridicat și el i-a spus să îi arate drumul spre dormitor. Suspectul rămăsese în spatele victimei și ţinea apăsat cuțitul în partea stângă a gâtului ei. Când dna Campo a intrat un holișorul care duce spre cele două dormitoare, ea s-a întors, în acel spațiu limitat, și l-a împins pe atacatorul ei într-un vas mare de pe podea. În timp ce el s-a împiedicat de vază, ea a avut timp să ajungă la ușa de la intrare. Dându-și seama că atacatorul putea să se redreseze și să o prindă la intrare, ea s-a ascuns în bucătărie și a înșfăcat o sticlă de votcă de pe tejghea. Când necunoscutul a trecut de bucătărie în drum spre ușa de la intrare ca să o prindă, doamna Campo a ieșit din ascunzătoare și l-a lovit în ceafă, doborându-l la podea. Doamna Campo a pășit peste omul căzut și a descuiat ușa din față. A fugit afară și a chemat poliția, de la primul etaj, din apartamentul comun al lui Turner și Atkins. Cei doi au venit în apartamentul ei, unde l-au găsit pe intrus inconștient și întins pe podea. Ei l-au ținut sub control din momentul în care a început să-și recapete cunoștința și au rămas în apartament până când a sosit poliția."

– E incredibil! a exclamat Roulet. Să stau aici și să ascult asta! Nu pot să cred ce mi s-a întâmplat! NU AM FĂCUT ASTA! Totul e ca un vis! Ea minte! Ea...

– Dacă toate astea sunt minciuni, atunci va fi cel mai ușor caz pe care l-am avut vreodată, am spus. Am s-o fac praf și o să îi arunc măruntaiele în mare. Dar trebuie să știm ce a turnat ea în dosar, înainte de a-i construi capcane și a începe urmărirea ei. Și dacă ți se pare greu să treci acum prin asta, așteaptă să ajungem la proces, care durează zile, nu doar minute. Trebuie să te controlezi, Louis. Trebuie să îți amintești că-ți va veni rândul. Apărării îi vine și ei întotdeauna rândul.

Dobbs s-a întins peste masă și l-a mângâiat pe Roulet pe mână, un gest părintesc delicat. Roulet și-a tras mâna.

– Poți să știi că o s-o ataci! a zis Roulet, arătând cu un deget peste masă spre pieptul meu. Vreau să o vânezi cu toate armele pe care le avem!

– Pentru asta și sunt aici, și îți promit că o voi face. Dă-mi voie acum să îi mai pun câteva întrebări asociatului meu înainte să încheiem discuția.

Așteptam să văd dacă Roulet mai are ceva de spus. Nu avea. Se lăsase pe spate în scaun și își încrucișase mâinile.

– Ai terminat, Raul? am întrebat.

– Deocamdată da. Lucrez încă la rapoarte. Ar trebui să obțin mâine transcrierea apelului de la 911 și voi intra și pe alte piste.

– Bun. Există vreun kit de analiză a violului?

– Nu, nu există. În raportul lui Booker se precizează că ea a refuzat, deoarece nu s-a ajuns la asta.

– Ce este un kit de analiză a violului? a întrebat Roulet.

– Este o procedură spitalicească, prin care fluidele corporale, părul și fibrele sunt colectate de la victima unui viol, a explicat Levin.

– Nu a fost niciun viol! a exclamat Roulet. Nu m-am atins...

– Noi știm asta, i-am spus. Nu de asta am întrebat. Caut scăpări în dosarul făcut de procurori. Victima spune că nu a fost violată, dar a fost raportată o infracțiune de certă natură sexuală. De regulă, poliția insistă pe un kit de viol, chiar și atunci când victima pretinde că nu a existat nicio agresiune sexuală. Ei fac acest lucru tocmai pentru că există victime care chiar au fost violate, dar li se pare prea umilitor să declare sau nu vor să arunce o astfel de acuzație asupra soțului sau a altui membru al familiei. Este o procedură standard și faptul că ea a reușit să o evite ar putea fi semnificativ pentru noi.

– N-a vrut ca ADN-ul primului tip să fie găsit în ea, a zis Dobbs.

– Poate, am spus. Asta ar putea duce la oricâte variante. Dar ar putea fi o fisură. Să trecem mai departe. Raul, nu există nicio mențiune nicăieri despre tipul ăsta cu care a văzut-o Louis?

– Nu, niciuna. Nu apare în dosar.

– Și la locul crimei ce s-a găsit?

– Nu am raportul, dar mi s-a spus că în timpul evaluării nicio dovadă cu o semnificaţie deosebită nu a fost găsită la locul infracţiunii din apartament.

– Asta e bine. Nu mă surprinde. Ce-i cu cuțitul?

– Sânge și amprente pe cuțit. Dar nimic în plus. Descoperirea proprietarului e puțin probabilă. Poţi cumpăra un astfel de briceag din orice magazin cu unelte de pescuit sau de camping.

– Eu vă spun că nu e cuțitul meu! a intervenit Roulet.

– Trebuie să admitem că amprentele vor fi ale celui care l-a folosit, am zis.

– Atkins, a răspuns Levin.

– Corect, Atkins, i-am spus întorcându-mă către Louis. Dar nu ar fi o surpriză să se găsească și amprentele tale. Nu există niciun indiciu care să ne spună ce s-a întâmplat cât timp ai fost inconștient. Dacă a pus sânge pe mâna ta, atunci probabil a pus și amprentele tale pe cuțit.

Roulet a dat aprobator din cap și tocmai voia să spună ceva, dar nu l-am mai aşteptat.

– A menționat ceva despre faptul că ar fi fost la Morgan's mai devreme? l-am întrebat pe Levin.

A scuturat din cap.

– Nu, interviul cu victima a fost la Urgenţe şi nu a fost oficial. Au fost doar întrebările de bază, şi nu despre ce s-a întâmplat în prima parte a serii. Ea nu l-a menționat pe tip și nu a pomenit despre Morgan's. A spus doar că a ajuns acasă la opt și jumătate. Au întrebat-o ce s-a întâmplat la zece. Nu au ajuns să vorbească şi despre ceea ce făcuse ea înainte. Sunt sigur că toate aspectele vor fi acoperite ulterior de anchetă.

– Bine, când și dacă revin la ea pentru interviul oficial, vreau să am transcrierea.

– Mă ocup de asta. Va fi un interviu video cu ea pe scaun.

– Și dacă se face un film la locul infracțiunii, îl vreau și pe ăla. Vreau să-i văd casa.

Levin a aprobat din cap. Știa că dădeam un spectacol pentru client și pentru Dobbs, oferindu-le sentimentul că deţin controlul asupra cazului și al gloanţelor care se trăgeau. Realitatea era că nu aveam nevoie să-i cer lui Raul Levin nimic din toate astea. El știa deja ce trebuia să facă și ce să-mi aducă.

– Bine, altceva? am întrebat. Ai vreo nelămurire, Cecil?

Dobbs a părut surprins de mutarea bruscă a atenţiei spre el. A scuturat repede din cap.

– Nu, nu, eu sunt bine. E totul bine. Facem progrese.

Nu aveam nicio idee ce voia să spună prin „progrese", dar am lăsat replica să treacă fără întrebări.

– Deci, tu ce crezi? a vrut să știe Roulet.

M-am uitat la el și am chibzuit înainte de a răspunde.

– Cred că statul are un caz solid împotriva ta. Polițiștii te-au găsit în casa ei, au găsit un cuțit și au constatat leziunile ei. Putem presupune că au găsit și sânge de-al ei pe mâinile tale. În plus, fotografiile sunt șocante. Și, desigur, vor avea și mărturia ei. Fără să o fi văzut sau să fi vorbit cu femeia, nu știu cât de puternică e impresia pe care o va lăsa.

M-am oprit ca să culeg efectul tăcerii, înainte de a continua:

– Dar există o mulțime de lucruri pe care nu le au – dovezi care lipsesc: ADN-ul de la suspect, un motiv sau chiar un suspect cu antecedente de acest fel sau legate de orice fel de infracțiune. Există o mulțime de motive – motive legitime – pentru ca tu să fi fost în acel apartament. În plus...

M-am uitat spre Roulet și Dobbs, apoi pe fereastră. Soarele coborâse în spatele insulei Anacapa și schimbase cerul în roz și violet. Depășea orice văzusem vreodată de la ferestrele biroului meu.

– În plus ce? a întrebat Roulet foarte nerăbdător.

– În plus, mă ai pe mine. Am scos-o pe Maggie McFierce din acest caz. Noul procuror este bun, dar e începător și nu s-a mai confruntat niciodată cu cineva ca mine.

– Care e următorul pas? a întrebat Roulet.

– Următorul pas este ca Raul să continue să-și facă treaba, să caute tot ce se poate despre această presupusă victimă și de ce minte că a fost singură. Trebuie să aflăm cine este ea și cine e acest om misterios, ca să vedem ce rol joacă în cazul nostru.

– Și ce vei face?

– Mă voi înțelege cu procurorul. Voi stabili ceva cu el, încercăm să vedem încotro se îndreaptă și putem alege calea pe care vom merge. Nu am nicio îndoială că voi fi în stare să merg la tribunal și să reduc toate astea până la ceva ce ai putea recunoaşte pledând vinovat şi care să poată fi suportat. Dar va fi nevoie de o concesie din partea ta. Tu...

– Ţi-am spus. Eu nu voi...

– Ştiu ce ai spus, dar trebuie să mă asculţi. Aş putea obţine o pledoarie incontestabilă, astfel încât să nu pronunţi, de fapt, niciodată cuvântul vinovat, dar nu văd statul renunţând la orice acuzaţie. Va trebui să cedezi acceptând unele acuzaţii. E posibil să eviţi puşcăria, dar probabil va trebui să faci ceva muncă în folosul comunităţii. Uite, am spus-o! Asta este prima trecere. Acolo va fi mai mult. Sunt obligat ca avocat să-ţi spun şi să mă asigur că ai înţeles opţiunile pe care le ai. Ştiu că nu e ceea ce îţi doreşti sau eşti dispus să faci, dar este de datoria mea să te instruiesc cu privire la alegerile pe care le ai. Bine?

– Bine. Bine.

– Desigur, după cum ştii, orice concesie din partea ta va asigura succesul oricărei acţiuni civile a doamnei Campo împotriva ta. Deci, după cum poţi să-ţi dai seama, eliminarea cât mai rapidă a cauzei penale va ajunge să te coste mai mult decât onorariul meu.

Roulet a scuturat din cap. Recunoaşterea vinovăţiei nu era o variantă.

– Îmi înţeleg opţiunile, a zis el. V-aţi îndeplinit datoria. Dar eu nu am de gând să-i plătesc ei vreun cent pentru ceva ce nu am făcut. Nu am de gând să pledez vinovat pentru ceva sau să nu contest ceva ce nu am făcut. Dacă mergem la proces, puteţi câştiga?

I-am susţinut privirea pentru o clipă înainte de a răspunde.

– Păi, aţi înţeles că nu ştiu ce va interveni ulterior, aşa că nu pot garanta nimic... dar, da, bazându-mă pe ceea ce am văzut acum, cred că pot câştiga acest caz. De fapt, sunt sigur de asta.

Am dat din cap spre Roulet şi cred că am văzut speranţă în privirea lui. Întrezărise o rază.

– Există o a treia opţiune, a spus Dobbs.

M-am uitat de la Roulet la Dobbs, întrebându-mă ce instrument era pe cale să arunce în maşinăria francizei mele.

– Și care ar fi asta? am întrebat.

– Investigăm la sânge cazul şi pe femeie. Poate îl ajutăm pe domnul Levin cu câţiva dintre oamenii noştri. De duminică, investigăm şase piste pentru a ne construi propria teorie bazată pe dovezi şi i-o prezentăm procurorului. Terminăm cu asta înainte să ajungem la proces. Îi arătăm acestui mucos de procuror unde va pierde, cu siguranţă, cazul și-l facem să renunțe la toate acuzațiile înainte să sufere o asemenea umilire profesională. Adaugă la acest lucru faptul că sunt convins că acest om lucrează pentru cel care conduce acel birou și este vulnerabil, ca să spunem aşa, la presiunile politice. Aplicăm asta până când lucrurile se întorc în favoarea noastră.

Simţeam nevoia să-l pocnesc pe Dobbs pe sub masă. Nu numai că planul său implica tăierea cu mai mult de jumătate a celui mai mare onorariu din viaţa mea, nu numai că partea leului din banii clientului urma să meargă la anchetatori, incluzându-i și pe ai lui, dar mai venea și de la un avocat care nu avusese niciun caz penal în întreaga sa carieră!

– E o idee, dar este foarte riscantă, am spus calm. Dacă te duci înainte de proces şi îi prinzi cu pantalonii în vine ca să le arăţi cum poţi spulbera cazul, în acelaşi timp le oferi pe tavă planul pentru ceea ce ar trebui să facă şi ce ar trebui să evite la proces. Nu mi-ar plăcea să fac asta.

Roulet a aprobat din cap, iar Dobbs s-a arătat puţin surprins. Am decis să las lucrurile aşa şi să discut cu Dobbs mai târziu, în absenţa clientului.

– Ce-i cu mass-media? a întrebat Levin printr-o bine-venită schimbare de subiect.

– Da, să vorbim, a zis Dobbs, nerăbdător să schimbe el subiectul acum. Secretara mi-a spus că am mesaje de la două ziare şi de la două posturi de televiziune.

– Probabil şi eu la fel, am spus.

Ceea ce nu am menţionat era că mesajele pentru Dobbs erau lăsate de Lorna Taylor, la sugestia mea. Cazul nu atrăsese atenţia mass-mediei încă, în afară de cameramanul independent care se arătase la prima înfăţişare. Dar am vrut ca Dobbs, Roulet şi mama lui să creadă că ar putea să se trezească împroşcaţi oricând cu articole în toate ziarele.

– Noi nu vrem publicitate pe acest subiect, a declarat Dobbs. Asta e cea mai rea publicitate pe care o poţi obţine.

Părea să fie adeptul truismelor.

– Toată mass-media trebuie să fie direcţionată către mine, i-am spus. Mă voi ocupa de presă şi cel mai bun mod de a face acest lucru este să o ignori.

– Dar ar trebui să spunem touşi ceva în apărarea lui, a zis Dobbs.

– Nu, noi nu trebuie să spunem ceva. Vorbind despre caz, îl legitimăm. Dacă intraţi în jocul dialogului cu media, păstraţi povestea vie. Informaţia înseamnă oxigen. Fără el, vor muri. În măsura în care sunt implicat, o voi lăsa să moară. Sau cel puțin așteptați până când jurnaliștii nu mai pot fi evitați. Dacă se va întâmpla asta, doar o singură persoană o să vorbească pentru Louis. Și acea persoană sunt eu.

Dobbs a aprobat din cap fără prea multă tragere de inimă. Am ridicat un deget spre Roulet.

– În niciun caz nu vei vorbi cu vreun reporter, nici chiar ca să negi acuzațiile. În cazul în care te contactează, îi trimiți la mine. Ai înțeles?

– Am înțeles.

Am decis că vorbisem suficient pentru o primă întâlnire. M-am ridicat.

– Louis, o să te duc acasă acum.

Dar Dobbs nu avea de gând să-și elibereze clientul din strânsoare atât de repede.

– De fapt, am fost invitat la cină de către mama lui Louis, a spus el. Pot să-l duc eu.

Am dat aprobator din cap. Avocații specializați în drept penal se pare că niciodată nu sunt invitați la cină.

– Bine, am spus. Dar ne vom întâlni acolo. Vreau ca Raul să vadă casa și Louis trebuie să-mi dea cecul despre care am vorbit mai devreme.

Dacă ei crezuseră că uitasem de bani, mai trebuiau să învețe o mulțime despre mine. Dobbs s-a uitat la Roulet și a primit un semn de aprobare. Apoi Dobbs a dat din cap spre mine.

– Pare a fi un plan, a zis el. Ne vom întâlni din nou acolo.

Cincisprezece minute mai târziu, eram cu Levin pe bancheta din spate a Lincolnului. Urmăream un Mercedes argintiu care îi ducea pe Dobbs și Roulet. Am vorbit cu Lorna la telefon. Singurul mesaj important venise de la Leslie Faire, procuroarea din cazul Gloriei Dayton. Mesajul era că puteam face înţelegerea.

– Deci, a întrebat Levin când am închis telefonul, tu ce crezi de fapt?

– Cred că există o mulţime de bani pentru rezolvarea acestui caz şi că suntem pe cale de a obţine prima tranşă. Îmi pare rău că te târăsc până acolo. N-am vrut să pară ca şi cum ar fi vorba doar despre cec.

Levin a dat din cap, fără să spună ceva. După câteva momente, am continuat:

– Nu ştiu ce să cred deocamdată. Ce s-a-ntâmplat în apartamentul ăla s-a petrecut foarte rapid. Asta e o breşă pentru noi. Niciun viol real, nici ADN. Asta ne dă o licărire de speranţă.

– Mi-aduce aminte de Jesus Menendez, doar că fără ADN. Ţi-l aminteşti?

– Da, deşi nu vreau să o fac.

Încercam să nu mă gândesc la clienţii care erau în închisoare, fără speranţa unui drept de apel sau orice altceva, cărora le-au rămas în faţă doar ani la rând în care să o ia razna. Eu fac tot ce pot la fiecare caz, dar uneori nu se poate face nimic. Cazul lui Jesus Menendez era unul dintre acestea.

– Cum stai cu timpul în perioada asta? l-am întrebat, ca să ne întoarcem la subiect.

– Am câteva treburi, dar pot să le fac printre picături.

– Va trebui să lucrezi şi nopţile la cazul ăsta. Am nevoie să te duci în barurile alea. Vreau să ştiu totul şi despre el, şi despre ea. În acest moment, cazul pare simplu. O dărâmăm pe ea şi demolăm cazul.

Levin a dat din cap. Avea o servietă pe genunchi.

– Ai aparatul la tine?

– Întotdeauna.

– Când vom ajunge acasă la Roulet, să-i faci nişte poze. Nu vreau să arăţi poza de la poliţie prin barurile alea. Ar altera răspunsurile. Poţi obţine o fotografie a femeii fără toate loviturile alea?

– Am fotografia ei de pe permisul de conducere. E recentă.

– Bine. Arat-o. Dacă găsim un martor care a văzut-o noaptea trecută în Morgan's, atunci suntem echipa de aur.

– De acolo mă gândisem şi eu să încep. Dă-mi cam o săptămână. Mă voi întoarce înainte de audiere.

Am aprobat din cap. Am mers în tăcere timp de câteva minute, gândindu-ne la caz. Treceam pe lângă clădirile de apartamente din Beverly Hills şi ne îndreptam spre cartierele celor care aveau cu adevărat bani.

– Şi ştii ce mai cred? am zis eu. Banii şi toate celelalte fac să existe o şansă ca el să nu mintă. Povestea lui este suficient de ciudată ca să poată fi adevărată.

Levin a fluierat uşor între dinţi.

– Crezi că e posibil să-l fi găsit pe omul nevinovat? a întrebat el.

– Ar fi o premieră, i-am răspuns. Dacă aş fi ştiut de azi-dimineaţă, i-aş fi cerut o primă de nevinovăţie. Dacă nu eşti vinovat, plăteşti mai mult, pentru că eşti mult mai al dracului de greu de apărat.

– Nu-i aşa?

Mă gândisem la ideea de a avea un client nevinovat şi la pericolele pe care le implică.

– Ştii ce spunea tatăl meu despre clienţii nevinovaţi?

– Credeam că tatăl tău a murit când tu aveai cam șase ani.

– Cinci. Nici măcar nu m-au luat la înmormântare.

– Și vorbea cu tine despre clienții nevinovați când tu aveai cinci ani?

– Nu, am citit într-o carte mult mai târziu după ce s-a dus. A spus: „Cel mai înfricoșător client pe care poate să-l aibă un avocat este un client nevinovat. Pentru că, dacă dai greș și el merge la închisoare, o să te bântuie toată viața".

– A spus el asta?

– Ceva în sensul ăsta. A zis că nu există nicio cale de mijloc cu un client nevinovat. Nicio negociere, nicio recunoaștere a vinovăției, nicio cale de mijloc. Există doar un singur verdict. Trebuie să pui un nevinovat pe tabela de marcaj. Nu există niciun alt verdict în afară de nevinovat.

Levin a dat gânditor din cap.

– În concluzie, tatăl meu a fost un avocat al naibii de bun și nu-i plăceau clienții nevinovați, am spus. Nici eu nu sunt sigur că-mi plac.

Joi, 17 martie

10

Primul anunţ pe care l-am publicat vreodată în *Pagini Aurii* spunea: „Orice caz, oricând, oriunde", dar l-am schimbat după câţiva ani. Nu pentru că baroul ar fi obiectat, ci pentru că eu însumi am făcut-o. Am vrut ceva mai special. Comitatul Los Angeles acoperă şase mii cinci sute de kilometri pătraţi între deşert şi Pacific. Mai bine de zece milioane de oameni se luptă pentru spaţiu pe suprafaţa aceasta şi un număr considerabil dintre ei au ales ca mod de viaţă să se implice în activităţi infracţionale. Cele mai recente statistici ale criminalităţii arată că aproape o sută de mii de infracţuni violente sunt raportate în fiecare an. Anul trecut au existat 140 000 de arestări în cazuri de crimă şi apoi un alt vârf de 50 000 de arestări pentru infracţiuni legate de droguri şi sex. La astea se adaugă şi condusul sub influenţa acoolului, aşa că în fiecare an ai putea umple două stadioane Rose Bowl cu potenţiali clienţi. Ceea ce e de reţinut e că nu-ţi doreşti clienţii de pe locurile ieftine. Îi vrei pe cei aşezaţi pe linia de cincizeci de yarzi. Cei cu bani în buzunarele lor.

Când infractorii sunt prinşi, ei sunt absorbiţi de un sistem de justiţie format din peste patruzeci de tribunale răspândite pe tot teritoriul comitatului, aşa cum e Burger Kings, gata să le ofere serviciile - servicii puse pe tavă. Aceste cetăţi din piatră sunt oazele unde leii justiţiei vin să vâneze şi să se adape. Şi vânătorul inteligent învaţă repede unde sunt zonele cele mai generoase, unde pasc clienţii cei mai bun-platnici. Vânătoarea poate fi înşelătoare. Clienţii de bază ai fiecărui tribunal nu reflectă în mod necesar structura socio-economică a împrejurimilor. Instanţele de judecată din Compton, Downey şi East Los Angeles îmi oferă o linie constantă de clienţi plătitori. Aceşti clienţi sunt, de obicei, acuzaţi de trafic de droguri, dar banii lor sunt la fel de verzi ca ai oricărui escroc din Beverly Hills.

În dimineaţa de 17 am fost la Tribunalul Compton ca să-l reprezint pe Darius McGinley la pronunţarea sentinţei lui. Clienţi recidivişti înseamnă consumatori recidivişti, iar McGinley le îmbina pe amândouă, la fel cum tind să facă majoritatea clienţilor mei. Pentru a şasea oară de când îl cunoşteam, fusese arestat şi acuzat de trafic de droguri, mai precis de cocaină. De data aceasta, a fost prins în Nickerson Gardens, un ansamblu de locuinţe cunoscut de majoritatea rezidenţilor săi ca Nixon Gardens. Nimeni dintre cei pe care i-am întrebat nu ştia dacă era o prescurtare de la numele real al locului sau fusese botezat în onoarea preşedintelui care avusese rezervat un spaţiu de birou, pe vremea când vastul complex de apartamente şi piaţa de droguri fuseseră construite. McGinley a fost arestat după ce vânduse direct, din mână în mână, o sacoşă imensă care conţinea o duzină de cristale de droguri unui ofițer sub acoperire de la Narcotice. În acel moment, era eliberat pe cauțiune după ce fusese arestat pentru aceeași infracțiune cu exact două luni înainte. Și mai avea în cazier alte patru condamnări anterioare pentru vânzare de droguri.

Lucrurile nu arătau deloc bine pentru McGinley, care avea numai 23 de ani. După ce jonglase cu sistemul de atâtea ori, sistemul ajunsese la limită cu răbdarea față de el. Ciocanul urma să cadă. Deși înainte McGinley fusese tratat cu indulgență, prin suspendarea pedepselor cu închisoarea, de data asta, procurorul convinsese instanța să-l condamne cu executare. Orice negociere pentru un acord cu recunoașterea vinovăției ar fi început și s-ar fi terminat cu o pedeapsă cu închisoarea. Altfel nu exista nicio înțelegere. Procurorul era bucuros să preia și cele două cazuri anterioare și să meargă la proces ca să obțină o condamnare și o sentință cu închisoare de peste zece ani.

Alegerea era grea, dar simplă. Statul avea toate cărțile. Îl voiau la închisoare atât pentru vânzare directă de droguri, cât și pentru cantitate. Realitatea era că un proces ar fi fost un exercițiu inutil. McGinley știa asta. Realitatea era că cei trei sute de dolari obținuți din vânzarea de cocaină cristalizată unui polițist urmau să-l coste cel puțin trei ani de viață.

Ca pentru mulți alți tineri clienți de-ai mei din sudul orașului, pentru McGinley închisoarea era ceva la care se putea aștepta în viața lui. Crescuse știind că asta urmează. Singurele întrebări erau când, pentru cât timp și dacă va trăi suficient de mult pentru a ajunge acolo. De-a lungul anilor, în numeroasele întâlniri pe care le-am avut cu el în închisoare, am descoperit că avea o filosofie proprie despre viață și moarte, inspirată de muzica rap a lui Tupac Shakur, poetul-asasin ale cărui versuri purtau în ele speranța și disperarea străzilor pustii cărora McGinley le spunea „acasă". Tupac și-a profețit cu exactitate propria moarte violentă. Sudul LA-ului era plin de tineri care purtau cu ei exact aceeași viziune.

McGinley era unul dintre ei. Îmi recita refrene lungi de pe CD-urile lui Tupac. Îmi traducea versurile ghetoului. Am apreciat asta ca o formă de educație, pentru că McGinley era singurul dintre numeroșii mei clienți cu care am împărtășit o credință comună într-un destin final care era „Thug Mansion", locul dintre rai și pământ, acolo unde sfârșesc toți gangsterii. Pentru McGinley, închisoarea era doar un rit de trecere pe drumul spre acel loc, iar el era pregătit pentru călătoria lui.

– O să mă ridic, devin mai puternic și mai inteligent, apoi mă voi întoarce, mi-a zis el.

Mi-a spus să continui și să fac o înțelegere. Îmi livrase cinci mii de dolari printr-un ordin de plată – nu l-am întrebat de unde proveneau acești bani – și m-am întors la procuror pentru a cumula cele două acuzații într-una singură, iar McGinley era de acord să pledeze vinovat. Singurul lucru pe care mi-a cerut să încerc să îl obțin pentru el era să fie trimis într-o închisoare apropiată, astfel încât mama lui și cei trei copii mici ai lui să nu aibă de mers prea mult ca să-l poată vizita.

Când instanța s-a întrunit, judecătorul Daniel Flynn și-a făcut apariția într-o robă verde smarald, care a adus zâmbete false pe fețele mai multor avocați și funcționari ai tribunalului. Se știa că purta roba verde de două ori pe an – de Sfântul Patrick[1] şi în vinerea de dinaintea zilei în care Notre Dame Fighting Irish bătuse Southern Cal Trojans pe terenul de fotbal.

Mai era cunoscut printre avocaţii care lucrau la Tribunalul Compton şi ca „Danny Boy“[2], la fel ca în „Danny Boy este un ticălos nesimţit, nu-i aşa?“

Grefierul a strigat cazul, iar eu am ieşit în faţă şi mi-am anunţat prezenţa.

McGinley a fost adus printr-o uşă laterală şi a stat lângă mine, într-o salopetă portocalie şi cu mâinile încătuşate legate de un lanţ prins de talie. Nu avea pe nimeni în sală care să-l vadă ducându-se-n jos. Nu avea pe nimeni în afară de mine.

– Cea mai bună dimineaţă pentru dumneavoastră[3], domnule McGinley, a rostit Flynn cu accentul lui irlandez. Ştiţi ce zi e azi?

Am coborât ochii în podea. McGinley şi-a mormăit răspunsul:

– Ziua când îmi primesc sentinţa.

– Da, şi asta. Dar eu vorbesc despre Ziua Sfântului Patrick, domnule McGinley. O zi de bucurie în tradiţia irlandeză.

McGinley s-a întors uşor şi s-a uitat la mine. Avea inteligenţa străzii, dar nu şi pe cea a vieţii. Nu înţelegea ce se întâmplă, dacă asta făcea parte din pronunţarea

---

[1] Ziua naţională a Irlandei

[2] Numele unei balade irlandeze, citată când vine vorba despre o comunitate de irlandezi.

[3] *Top o'the morning to you,* formulă de salut irlandeză, care se referă la prima parte a dimineţii şi la care ar trebui să se răspundă cu *and the balance of the day to you.*

sentinţei sau, pur şi simplu, era o formă de lipsă de respect din partea omului alb. Am vrut să-i spun că judecătorul era insensibil şi, probabil, rasist. În loc de asta, m-am aplecat şi i-am şoptit la ureche: „Doar fii indiferent. E un nemernic".

– Cunoşti originea numelui tău, domnule McGinley? a întrebat judecătorul.

– Nu, domnule.

– Te interesează?

– Nu chiar, domnule. Este un nume de la un proprietar de sclavi, cre' că. De ce mi-ar păsa ce căcănar o fi fost?

– Scuzați-mă, domnule judecător, am intervenit repede.

M-am aplecat spre McGinley din nou.

– Darius, calmează-te, am şoptit. Și ai grijă cum vorbeşti.

– Mă dispreţuieşte, a repetat el, un pic mai tare decât o şoaptă.

– Dar nu te-a condamnat încă. Vrei să arunci în aer înţelegerea?

McGinley s-a îndepărtat de mine și s-a uitat în sus la judecător.

– Îmi pare rău pentru cum am vorbit, onorată instanţă. Vin de pe stradă.

– Se vede, a spus Flynn. Ei bine, e o ruşine să simți astfel faţă de istoria ta. Dar dacă ţie nu îţi pasă de numele tău, atunci nici mie. Să mergem mai departe cu sentinţa și să te las să te duci la închisoare, nu?

Ultima parte a spus-o vesel, ca și cum îl trimitea cu mare încântare pe McGinley la Disneyland, cel mai fericit loc de pe pământ.

Condamnarea a venit repede după asta. Nu era nimic în raportul de investigație preliminar care să nu fi fost știut de toată lumea. Darius McGinley avusese o singură meserie de la unsprezece ani, traficant de droguri. Avea doar o singură familie adevărată, banda. Nu avusese niciodată permis de conducere, deși condusese un BMW. Nu fusese niciodată căsătorit, deși era tatăl a trei copii. Era aceeași veche poveste care se repeta de zeci de ori pe zi în sălile de judecată de-a lungul districtului. McGinley trăia într-o societate care intersecta America omului de rând doar în sălile de judecată. Era doar combustibil pentru mașină. Mașina trebuia să mănânce, și McGinley era pe tavă. Flynn l-a condamnat, ca urmare a recunoașterii vinovăției, la pedeapsa convenită, trei până la cinci ani cu executare, și a citit întreaga legislație implicată, în limbajul juridic standard. De amuzament – deși doar personalul din sala de judecată se amuza –, a citit toate șabloanele folosindu-și accentul irlandez. Și apoi, totul s-a terminat.

Știam că McGinley aducea moartea și distrugerea prin cocaina cristalizată și era probabil autorul unor violențe necunoscute și al altor infracțiuni de care nu fusese niciodată acuzat, dar mie totuși îmi părea rău pentru el. Era ca și cum el ar fi fost unul care nu avusese niciodată altă șansă decât să ducă o viață de gangster. Nu își cunoscuse tatăl și abandonase școala în clasa a șasea ca să învețe comerțul cu cristalele. Știa să calculeze corect banii într-o afacere cu droguri, dar nu avusese niciodată un depozit bancar. Nu fusese niciodată pe o plajă din comitat, nici vorbă de una în afara Los Angelesului. Și acum, prima lui călătorie avea să fie într-un autobuz cu gratii la ferestre.

Înainte de a fi dus înapoi în arest, pentru completarea documentelor şi transferul la închisoare, i-am strâns mâna, mişcarea lui fiind limitată de lanţul legat de talie, şi i-am urat noroc. E ceva ce fac foarte rar cu clienţii mei.

– Nicio problemă, mi-a spus. O să mă-ntorc.

Şi nu mă îndoiam. Într-un fel, Darius McGinley era la fel de mult un client în franciză ca şi Louis Roulet. Roulet era cel mai probabil omul unei singure înţelegeri. Dar, peste ani, aveam sentimentul că McGinley va fi unul dintre ceea ce numesc eu „abonaţii mei". El era darul pe care-l tot primeam – atât timp cât sfida soarta şi rămânea viu.

Am pus dosarul McGinley în servietă şi am ieşit chiar când era strigată următoarea cauză. Afară, în holul extrem de aglomerat al tribunalului, mă aştepta Raul Levin. Aveam programată o întâlnire pentru a trece în revistă ce mai descoperise în cazul Roulet. Fusese nevoit să vină la Compton, pentru că aveam un program încărcat.

– Cea mai bună dimineaţă, m-a salutat Levin cu un accent irlandez exagerat.

– Ah, ai văzut asta?

– Mi-am băgat capul. Tipul e un pic rasist, nu-i aşa?

– Şi poate ajunge departe, deoarece, încă de când au unificat instanţele într-una singură, pe tot districtul, numele său apare pe buletinele de vot de peste tot. Chiar dacă oamenii din Compton s-ar ridica ca un val să voteze împotriva lui, ar fi destui din Westsider care să le anuleze voturile. E total aiurea.

– Cum a ajuns prima dată la prezidiu?

– Hei, obţii o diplomă în drept şi contribui cu ce trebuie la oamenii potriviţi şi ai putea ajunge şi tu judecător. A fost numit de guvernator. Partea grea este câştigarea primelor alegeri. Le-a câştigat. Tu n-ai auzit povestea cu „să obţii repede ce-ţi doreşti la fel ca Flynn"?

– Nu.

– O să-ţi placă la nebunie. Cu vreo şase ani în urmă, Flynn e numit judecător de către guvernator. Era înainte de unificare. Atunci, judecătorii au fost aleşi de locuitorii din districtul în care erau ei preşedinţi de complet. Judecătorul supervizor pentru comitatul LA a verificat scrisorile de acreditare şi destul de repede şi-a dat seama că are în faţă un tip cu o mulţime de conexiuni politice, dar fără talent sau experienţă în instanţă pe care să se poată baza. Flynn era practic un avocat de birou. Probabil, nu a putut găsi un tribunal care să-i permită să-şi încerce forţele cu un caz nici dacă l-ar fi plătit. Singura şansă ca un astfel de gunoi să ajungă preşedinte de complet de judecată era doar aici, la Curtea Penală din Compton, unde regula este că trebuie să participi la alegeri la un an după numirea ta ca judecător. Presupune că Flynn va fi praf, îi va înfuria pe toţi şi va fi respins la vot. Un an şi gata.

– Mă doare capul deja!

– Exact. Numai că lucrurile nu au mers aşa. În prima oră din prima zi de depunere a dosarelor pentru alegerile din acel an, Frederica Brown intră în biroul grefierului şi-şi depune documentele ca să candideze împotriva lui Flynn. O ştii pe Freddie Brown?

– Nu personal. Am auzit de ea.

– La fel ca toată lumea de pe aici. Pe lângă faptul că este o avocată destul de bună, e de rasă negroidă, e femeie și este populară în comunitate. L-ar fi strivit pe Flynn cu cinci voturi la unu sau mai mult.

– Atunci, cum naiba și-a păstrat scaunul Flynn?

– Asta încerc să-ţi spun. Cu Freddie la concurenţă, nimeni altcineva nu avea șanse. De ce să te mai deranjezi, ea câștiga întotdeauna procesele – drept care era într-un fel curios de ce ar fi vrut să se facă judecătoare și să-și taie din câștiguri. În vremurile alea trebuie să fi avut în medie vreo șase cifre din ceea ce făcea.

– Și ce s-a-ntâmplat?

– S-a întâmplat că, doar câteva luni mai târziu, în ultima oră înainte de a se închide depunerile de dosare pentru alegeri, Freddie s-a întors în biroul grefierului și s-a retras din cursă.

Levin a dat din cap.

– Deci, Flynn a mers în alegeri fără opoziție și și-a păstrat scaunul, a zis el.

– Te-ai prins. Apoi a venit unificarea și n-o să mai poată să-l dea jos de acolo.

Levin m-a privit indignat.

– Ăsta-i un rahat. Ei au avut un fel de înţelegere și asta ar însemna un fel de încălcare a legilor electorale.

– Numai dacă ai putea dovedi că a fost o înţelegere. Freddie a susţinut întotdeauna că nu a fost plătită sau parte dintr-un plan pe care l-a copt Flynn ca să rămână judecător. Ea spune că doar s-a răzgândit și a renunţat pentru că și-a dat seama că nu și-ar putea menţine stilul de viaţă cu un salariu de judecător. Dar să-ţi spun un lucru, Freddie sigur pare să se descurce bine de fiecare dată când are de pledat un caz în fața lui Flynn...

– Și ei numesc asta un sistem de justiție!

– Da, așa-i zic.

– Deci, ce crezi despre Blake?

Trebuia să vină vorba. Nimeni nu discuta despre altceva. Robert Blake, actorul de film și televiziune, fusese achitat de Curtea Superioară din Van Nuys pentru uciderea soției sale, cu o zi în urmă. Procurorul și LAPD pierduseră un alt mare caz mediatic și nu puteai merge nicăieri fără ca acest subiect să nu fie numărul unu al discuţiilor. Mass-media și cei mai mulți oameni care trăiau și lucrau în afara sistemului nu înţelegeau. Întrebarea nu era dacă Blake a făcut-o, ci dacă erau suficient de multe dovezi prezentate în proces pentru a convinge că o făcuse. Erau două lucruri distincte, separate, dar discursul public care a urmat verdictului le-a încolăcit.

– Ce cred eu? am spus. Cred că admir juriul pentru că s-a bazat pe dovezi. Dacă nu existau, nu existau. Urăsc cazurile în care procurorul crede că poate merge la un verdict dat la bunul-simţ. Dacă nu era el, cine altcineva ar fi putut fi? Lasă-mă în pace cu asta! Vrei să condamni un om și să îl pui într-o cușcă pe viață, atunci găsește dracului dovezile! Nu spera că un juriu îţi va salva fundul.

– Ai vorbit ca un adevărat avocat al apărării.

– Hei, trăiești de pe urma avocaților apărării, amice! Trebuie să înveţi rap. Deci, uită de Blake. Sunt gelos și deja am obosit să tot aud despre asta. Ai spus la telefon că ai o veste bună pentru mine.

– Chiar am. Unde vrei să mergem să vorbim şi să ne uităm la ce am găsit?

M-am uitat la ceas. Aveam un apel programat pentru un caz la clădirea Curţii Penale din centru. Trebuia să fiu acolo până la unsprezece şi nu puteam lipsi, pentru că îl ratasem cu o zi înainte. După aceea se presupunea că trebuia să merg până la Van Nuys pentru a mă întâlni pentru prima dată cu Ted Minton, procurorul care preluase cazul Roulet de la Maggie McPherson.

– Nu am timp să merg nicăieri, am spus. Putem sta în maşina mea şi să luăm o cafea. Ai totul la tine?

Drept răspuns, Levin şi-a ridicat servieta şi a bătut cu degetele în ea.

– Dar cum faci cu şoferul?

– Nu-ţi face griji cu privire la el.

11

După ce ne-am urcat în Lincoln, i-am spus lui Earl să caute un Starbucks. Aveam nevoie de o cafea.

– Nu-i niciun Starbucks pe aici, a zis Earl.

Știam că era din zonă, dar nu cred că era posibil să te afli la mai puțin de un kilometru și jumătate de un Starbucks oriunde te-ai afla în district, poate chiar oriunde în lume. Dar nu l-am mai contrazis. Voiam doar o cafea.

– Bine, bine, condu până găsești un loc unde să aibă cafea. Doar să nu mergi prea departe de tribunal. Trebuie să ne întoarcem să-l lăsăm pe Raul după ce terminăm.

– 'Nțeles.

– Și, Earl... Pune-ți căștile în timp ce noi vorbim puțin aici, în spate, despre un caz.

Tânărul și-a conectat iPodul și și-a pus căștile. A luat-o pe Acacia în căutare de cafea. În timp ce Levin își deschidea servieta pe măsuța rabatabilă de pe spătarul scaunului șoferului, au început să se audă în surdină ritmuri de hip-hop.

– Bine, ce ai pentru mine? am întrebat. Mă văd azi cu procurorul și vreau să am mai mulți ași în mânecă decât el. În plus, audierea e luni.

– Cred că am destui aşi aici, a răspuns Levin.

A căutat în servietă şi a început prezentarea:

– Bine, a spus el, să începem cu clientul şi apoi vom continua cu Reggie Campo. Cu tipul tău sunt câteva lucruri care scârţâie. În afară de amenzile de parcare şi exces de viteză, pe care pare să evite să le plătească, n-am putut găsi nimic. E în mare măsură cetăţeanul ideal.

– Ce-i cu amenzile?

– De două ori în ultimii patru ani a lăsat mai multe amenzi de parcare ilegală şi două amenzi pentru exces de viteză să se adune fără să le plătească. De fiecare dată s-a emis mandat şi colegul tău C.C. Dobbs a intervenit pentru a plăti banii şi a calma lucrurile.

– Mă bucur că e bun la ceva C.C. Presupun că atunci când spui că a dat banii te referi la plătirea amenzilor, nu a judecătorilor!

– Să sperăm că despre asta era vorba. În plus, ar mai fi doar ceva.

– Ce anume?

– La prima întâlnire, atunci când i-ai făcut instructajul ca să ştie la ce să se aştepte şi toate celelalte, a venit vorba că el ar fi făcut un an de Drept la UCLA şi că ar cunoaşte sistemul. Ei bine, am verificat. Vezi, jumătate din ceea ce fac este să încerc să aflu cine doar minte şi cine este cel mai mare mincinos dintre toţi. Aşa că verific naibii aproape totul. Şi de cele mai multe ori e simplu, fiindcă totul se face prin computer.

– Aşa e, am înţeles. Deci, ce era cu şcoala de drept, a fost o minciună?

– Aşa pare. Am verificat la registratură şi nu a fost niciodată înscris la Facultatea de Drept de la UCLA.

Am reflectat la asta. Dobbs a fost cel care a pomenit de UCLA și Roulet doar a aprobat din cap. Era o minciună cam ciudată, fiindcă nu le aducea nimic. Mă făcea să mă gândesc la psihologia ascunsă în spatele ei. Avea legătură cu mine? Voiau să mă facă să mă gândesc la Roulet ca la un egal al meu?

– Deci, dacă au mințit despre ceva de genul asta... am spus gândind cu voce tare.

– Așa e, a zis Levin. Voiam să știi asta. Dar trebuie să-ţi spun că e tot ce am găsit negativ despre domnul Roulet până acum. S-ar putea să fi mințit în legătură cu Facultatea de Drept, dar se pare că nu a minţit când ne-a povestit ce s-a întâmplat în seara aceea, cel puțin din ce-am putut verifica până acum.

– Spune-mi.

– Ei bine, pista dată de el pentru noaptea aia se verifică. Am informaţii care-l situează la Nat's North, Morgan's și Lamplighter. Bing, bing, bing. A făcut exact ce ne-a spus. Numărul exact de Martini. Patru în total, dintre care cel puţin unul lăsat pe bar, neterminat.

– Și-l aminteau atât de bine? Își aminteau chiar și că nu-și terminase băutura?

Sunt mereu suspicios faţă de memoria perfectă, deoarece nu există așa ceva. Și am și obligaţia și priceperea pentru a găsi defecte în memoria martorilor. Ori de câte ori cineva își amintește prea mult, devin nervos – mai ales dacă martorul e al apărării.

– Nu, nu mă bazez doar pe memoria barmanului. Am ceva aici ce o să-ți placă, Mick. Și ar fi bine să mă placi și pe mine, pentru că m-a costat o mie.

De pe fundul servietei a scos o cutie căptușită care conținea un mic DVD-player. Văzusem înainte diverse persoane folosindu-le în avioane și-mi trecuse prin minte să-mi fac rost de unul pentru mașină. Șoferul îl putea folosi în timp ce mă aștepta să ies de la tribunal, iar eu probabil l-aș fi putut folosi din când în când în cazuri precum acesta.

Levin a apăsat butonul de start al DVD-ului. Dar, înainte să pornească aparatul, mașina oprise la un stop și m-am uitat în sus. Eram în fața unui local numit The Central Bean.

– Hai să bem o cafea și după aceea vedem ce ai acolo, am spus.

L-am întrebat pe Earl dacă vrea ceva, dar m-a refuzat.

Eu și Levin am coborât din mașină și am intrat în cafenea. Ne-am așezat la coadă. În timp ce așteptam, Levin mi-a spus despre DVD-ul pe care urma să îl vizionăm în mașină.

– Sunt în Morgan's și vreau să vorbesc cu barmanița Janice, dar ea spune că trebuie întâi să tratez cu managerul. Așa că l-am căutat la birou, iar el m-a întrebat ce anume vreau să aflu de la Janice. Era ceva în neregulă cu tipul ăsta. Mă întrebam de ce vrea să știe atât de mult, înțelegi? Apoi, a devenit limpede când mi-a făcut o ofertă. Mi-a spus că anul trecut au avut o problemă în spatele tejghelei, un furtișag de la casa de marcat. Au aproape o duzină de barmani care lucrează într-o săptămână și nu și-a putut da seama care avusese degetele lipicioase.

– A montat o cameră video.

– Te-ai prins. O cameră ascunsă. A prins hoțul și i-a tras un șut în fund. Dar fiindcă funcționase atât de bine, a păstrat camera. Sistemul înregistrează pe bandă între ora opt și două în fiecare noapte. E automată. Încap patru nopți pe o bandă. Dacă apare vreo problemă sau o lipsă, poate să dea înapoi și să verifice. Pentru că profitul și pierderile le verifică săptămânal, alternează două benzi, astfel că are mereu o săptămână întreagă pe film.

– Noaptea aceea era pe bandă?

– Da, era.

– Și a vrut o mie de dolari pentru film.

– Iar ai ghicit!

– Polițiștii nu știu despre asta?

– Nici măcar nu au ajuns la bar încă. O țin înainte cu povestea lui Reggie.

Am clătinat din cap. Nu era chiar atât de neobișnuit. Polițiștii aveau prea multe cazuri de investigat temeinic și complet. Multe erau deja prăfuite, oricum. Aveau o victimă martor ocular, un suspect prins în apartamentul ei, suspectul cu sângele victimei pe el și chiar și arma folosită. Pentru ei nu exista niciun motiv să continue.

– Dar suntem interesați de locurile de la bar, nu de casa de marcat, i-am zis.

– Știu. Dar casa de marcat este pe peretele opus celui din spatele barului. Camera este fixată deasupra, într-un mic detector de fum de pe tavan, iar peretele de la bar e acoperit de oglindă. M-am uitat cu atenție și mi-am dat seama că se vedea întreaga tejghea în oglindă. Doar că inversată. Am transferat imaginile de pe casetă pe un disc pentru că le putem manipula mai ușor. Mărirea și micșorarea imaginilor și alte chestii din astea.

Ne venise rândul la coadă. Am comandat o cafea mare cu frișcă și zahăr, iar Levin a cerut o sticlă cu apă. Ne-am luat cumpărăturile şi ne-am întors la maşină. I-am spus lui Earl să nu pornească până nu vedem DVD-ul. Pot să citesc în maşină, dar m-am gândit că s-ar putea să mi se facă rău dacă mă uit la micul ecran al playerului lui Levin în timp ce Lincolnul mă leagănă pe străzile din sudul comitatului.

Levin a pornit DVD-ul şi a început să-mi explice.

Pe ecranul mic a apărut o imagine luată de sus, a barului dreptunghiular din Morgan's. De serviciu erau două barmaniţe, ambele în blugi negri şi cămăşi albe înnodate deasupra taliei, pentru a le dezveli abdomenul plat, piercingul din buric şi tatuajele de deasupra beteliei. Aşa cum explicase Levin, camera era înclinată spre zona din spatele barului, unde se afla casa de marcat, dar oglinda care acoperea peretele din spatele tejghelei reflecta linia de clienţi care stăteau la bar. În unghiul mort al imaginii l-am văzut pe Louis Roulet, de unul singur, aşezat pe un scaun de la bar. Exista în colţul din stânga jos un cadru care afişa timpul şi data apărea în cel din dreapta. Acestea erau 8.11 p.m., 6 martie.

– Aici apare Louis, a spus Levin. Iar dincoace este Reggie Campo.

A apăsat butoanele aparatului astfel încât a îngheţat imaginea. Apoi a deplasat cadrul până când a adus imaginea din dreapta în centru. Pe latura scurtă din dreapta a tejghelei, o femeie şi un bărbat stăteau unul lângă altul. Levin a mărit imaginea lor.

– Eşti sigur? am întrebat.

Văzusem doar poze în care faţa femeii era vânătă şi umflată.

– Da, e ea. Şi ăsta e domnul X al nostru.

– Bine.

– Uită-te acum!

A repornit filmul și a adus cadrul la dimensiunea inițială. Apoi a derulat DVD-ul cu viteză rapidă.

– Louis își bea paharul cu Martini, vorbește cu barmanițele și nu se întâmplă mai nimic timp de o jumătate de oră, a explicat Levin.

A verificat într-o agendă unde își notase câteva indicații legate de numerele cadrelor. A readus derularea la viteza normală și a deplasat din nou cadrul, astfel încât Reggie Campo și domnul X au ajuns în centrul ecranului. Am observat că banda de timp avansase la ora 8.43.

Pe ecran s-a văzut cum domnul X a luat un pachet de țigări și o brichetă de la bar și s-a ridicat de pe scaun. Apoi a ieșit din raza vizuală a camerei video, prin dreapta.

– Se îndreaptă spre ușa din față, a zis Levin. Acolo au o terasă unde se fumează.

Pe ecran, Reggie Campo îl urmărește cu privirea pe domnul X până la ieșire, după care se ridică de pe scaun și începe să meargă pe lângă bar, chiar prin spatele scaunelor clienților. Când a ajuns la Roulet, a părut că-și trece degetele de la mâna stângă peste umerii lui, aproape ca un fel de gâdilat. Asta l-a făcut pe Roulet să se întoarcă și să se uite la ea, în timp ce femeia continua să meargă.

– A flirtat puțin acolo, a zis Levin. Se îndrepta spre baie.

– Asta nu e cum a zis Roulet, am spus. El a susținut că ea a venit la el și i-a dat…

– Ai răbdare, a zis Levin. O să se întoarcă de la budă.

Am așteptat și l-am urmărit pe Roulet la bar. Mi-am verificat ceasul. Stăteam bine cu timpul, pentru moment, dar nu puteam lipsi de la apelul programat la CCB.

Forţasem deja răbdarea judecătorului la maximum prin faptul că nu mă prezentasem cu o zi înainte.

– Uite-o că vine, a spus Levin.

Aplecându-mă mai mult spre ecran, am văzut-o pe Reggie Campo întorcându-se. De data asta, când a ajuns la Roulet, şi-a făcut loc la bar între el şi omul care stătea pe scaunul din dreapta lui. A trebuit să intre lateral în spaţiul respectiv, iar sânii ei în mod clar presau peste braţul drept al lui Roulet. Era o invitaţie cum nu mai văzusem vreodată. I-a şoptit ceva şi Roulet s-a aplecat mai aproape de buzele ei ca să audă. După câteva momente, el a dat din cap şi apoi am văzut-o că pune ceva ce semăna cu un şerveţel mototolit în mâna lui. Au mai avut un schimb de replici, apoi Reggie Campo l-a sărutat pe Louis Roulet pe obraz şi s-a retras de lângă bar. Apoi s-a dus la locul ei.

– Eşti minunat, Mish! i-am zis folosind numele pe care i-l dădusem după ce îmi spusese de amestecul originilor sale evreieşti şi mexicane.

– Şi spui că poliţiştii nu au văzut filmarea asta? am întrebat.

– Nu ştiau de ea săptămâna trecută, când am luat-o eu, şi încă am caseta. Deci, nu, nu au filmul şi probabil nici nu ştiu încă de el.

În conformitate cu legea privind dezvăluirea probelor, ar fi trebuit să-i predau filmul procurorului imediat după punerea sub urmărire a lui Roulet. Dar era loc de jucat cu asta. Tehnic, nu trebuia să dezvălui nimic înainte de a fi sigur că vreau să folosesc proba în proces. Asta îmi oferea destul timp şi flexibilitate.

Ştiam că era important ceea ce apărea pe DVD şi, fără îndoială, îl voi folosi la proces. Prin el însuşi era un motiv suficient de îndoială rezonabilă. Arăta o familiaritate între victimă şi presupusul atacator, care nu apărea în dosarul procurorului. Şi mai important era că surprindea victima într-o postură care denota un comportament ce putea fi interpretat ca fiind cel puţin parţial responsabil de conturarea acţiunii care a urmat. Asta nu însemna să sugerez că era acceptabil sau nu era greşit ceea ce urmase, dar juraţii sunt mereu interesaţi de relaţiile cauzale dintre actele infracţionale şi persoanele implicate. Ceea ce făcea filmul era să mute într-o zonă gri un act infracţional care altfel putea fi văzut printr-o prismă doar în alb și negru. Ca avocat al apărării, trăiam în zonele gri.

Reversul era că DVD-ul era atât de bun, încât putea fi prea bun. Contrazicea în mod flagrant declaraţia victimei dată poliţiei – că nu-l cunoştea pe omul care o atacase. O culpabiliza, arătând că minţise. Era nevoie doar de o minciună pentru a desfiinţa un caz. Înregistrarea era ceea ce eu numesc o „dovadă umblătoare". Ar fi pus capăt cazului chiar înainte de a se ajunge la proces. Clientul meu, pur și simplu, ar trece mai departe nestingherit.

Și cu el ar trece și ziua de plată a marii francize.

Levin derula din nou cu viteză imaginile.

– Acum, uită-te la asta, a zis el. Ea și domnul X s-au despărţit la nouă. Dar uită-te la ceas când se ridică el.

Levin a mutat cadrul ca să îi focuseze pe Campo și pe necunoscutul de lângă ea. Când afişajul a atins 8.59, a încetinit viteza de redare.

– Bine, sunt gata să plece, a spus el. Uită-te la mâinile tipului.

M-am uitat. Bărbatul își luase ultima înghițitură din băutură, înclinase capul mult pe spate ca să-și golească paharul. Apoi se ridicase de pe scaun, o ajutase și pe Campo să se dea jos de pe al ei și ieșiseră prin dreapta din cadrul camerei video.

– Ce-i? Ce-am pierdut? am întrebat.

Levin a dat imaginea înapoi până când a ajuns la momentul când necunoscutul și-a terminat băutura. Apoi a înghețat imaginea și a arătat spre ecran. Omul avea mâna stângă întinsă pe tejgheaua barului, pregătită să apuce din nou paharul.

– Necunoscutul bea cu mâna dreaptă, a spus Levin. Iar pe încheietura mâinii stângi poți vedea un ceas. Deci se pare că tipul e dreptaci, corect?

– Da, așa, și? Unde vrei să ajungi? Leziunile victimei au fost provocate de lovituri de stânga.

– Ia gândește-te la ce ți-am spus.

M-am gândit. După câteva clipe m-am și prins.

– Oglinda! Totul e pe invers. E stângaci.

Levin a dat din cap și a mimat o mișcare de lovire cu pumnul stâng.

– Tot cazul ar putea fi aici, am zis, nefiind sigur că ăsta era un lucru bun.

– La mulți ani de Sfântul Patrick, băiete! a spus Levin imitând din nou accentul irlandez, fără să-și dea seama că tocmai urmăream cum se îndepărta un profit gras.

Am sorbit lung din cafeaua fierbinte și am încercat să mă gândesc la o strategie pentru înregistrarea video. N-aveam nicio șansă s-o țin pentru proces. Polițiștii vor ajunge în cele din urmă, continuând investigațiile, să afle despre ea. Dacă aș păstra-o, mi-ar putea exploda în față.

– Nu ştiu încă în ce fel voi folosi filmul, am spus. Dar cred că îi vei face foarte fericiţi pe domnul Roulet, pe mama lui şi pe Cecil Dobbs.

– Spune-le că își pot exprima oricând mulţumirile lor, financiar.

– În regulă, mai e altceva aici?

Levin a început să deruleze cu viteză înregistrarea.

– Nu chiar. Roulet citeşte şerveţelul şi memorează adresa. Apoi se mai învârte încă douăzeci de minute și pleacă, lăsând paharul cu băutură pe bar.

A încetinit viteza, readucând-o la normal în punctul în care pleca Roulet. Acesta bea o gură de Martini, apoi pune paharul pe tejghea. Ia şerveţelul de la Reggie Campo, îl mototolește și apoi îl aruncă pe podea. Pleacă de la bar fără să-și termine băutura.

Levin a scos DVD-ul și l-a pus în carcasa din plastic. Apoi a oprit playerul pregătindu-se să-l pună la loc în servietă.

– Astea sunt imaginile pe care pot să ţi le arăt aici.

Ne îndepărtaserăm prea mult şi l-am bătut pe umăr pe Earl. Avea căştile puse. Și-a scos una și s-a întors spre mine.

– Să ne întoarcem la tribunal, am spus. Ţine-ţi căştile pe urechi.

Earl a făcut întocmai.

– Ce altceva? l-am întrebat pe Levin.

– Despre Reggie Campo, a zis el. Nu e Albă-ca-Zăpada.

– Ce-ai aflat?

– Nu e vorba neapărat despre ce am aflat. E ceea ce cred. Ai văzut-o cum se poartă pe casetă. Un tip iese și ea picură vorbe de dragoste în urechile altui tip singur de la bar. În plus, am făcut nişte verificări. E actriţă, dar acum nu lucrează ca actriţă. În afară de audiţii particulare, am putea spune.

Mi-a întins un colaj foto profesionist care o înfăţişa pe Reggie Campo în diferite ipostaze şi roluri. Genul de poze pe care le trimiţi la toţi directorii de casting din oraş. Când am văzut cea mai mare dintre fotografii a fost ca şi cum aş fi primit o lovitură în moalele capului. Era prima oară când îi vedeam faţa de aproape, fără umflături şi vânătăi urâte. Reggie Campo era o femeie foarte atrăgătoare şi mi se părea cunoscută, dar pe moment nu puteam să-mi dau seama de unde. M-am întrebat dacă o văzusem într-un serial de televiziune sau într-o reclamă. Am întors poza şi am citit ce scria pe verso. Era despre seriale la care nu mă uitasem niciodată şi despre reclame pe care nu mi le aminteam.

– În rapoartele poliţiei, ea menţionează ca angajator actual Topsail Telemarketing. Sunt peste tot în Marina. Preiau apelurile pentru o mulţime de prostii pe care le vând noaptea târziu la tv. Aparate de fitness şi chestii de genul ăsta. E o slujbă de zi. Singura problemă este că Reggie nu a lucrat nici măcar o oră acolo în ultimele cinci luni.

– Deci, vrei să-mi spui că a trişat?

– Am urmărit-o în ultimele trei nopţi şi...

– Ce-ai făcut?

M-am întors şi m-am uitat la el. Dacă un detectiv particular care lucrează pentru un inculpat era prins urmărind victima unei infracţiuni violente, costurile ar fi fost imense, iar eu aş fi fost cel care ar fi trebuit să le plătească. Tot ce ar avea de făcut procurorul ar fi să se ducă la judecător şi să reclame hărţuirea şi intimidarea şi aş ajunge să fiu dispreţuit mai repede decât trece vântul Santa Ana prin Sepulveda. Ca victimă a unui act violent, Reggie Campo era sacrosanctă până când ajungea să depună mărturie. Doar de atunci înainte ar fi fost a mea.

– Stai liniştit, stai liniştit, a zis Levin. A fost o urmărire foarte scurtă. Foarte scurtă. Şi mă bucur că am făcut-o. Vânătăile, umflăturile şi toate celelalte fie au dispărut, fie foloseşte o mulţime de machiaj, pentru că această doamnă primeşte o grămadă de vizitatori. Toţi bărbaţi, toţi singuri, toţi la ore diferite din noapte. Se pare că ea încearcă să aranjeze cel puţin două întâlniri pe agenda ei de noapte.

– Îi agaţă în baruri?

– Nu, n-a ieşit. Tipii ăştia trebuie să fie clienţi obişnuiţi sau ceva de genul ăsta, fiindcă nimereau singuri la uşa ei. Am nişte numere de plăcuţe de înmatriculare. Dacă e nevoie, pot să-i vizitez şi să încerc să obţin nişte răspunsuri. Am prins şi imagini video în infraroşu, dar nu am apucat să le transfer pe disc.

– Nu, hai să-i lăsăm pe tipii ăştia deocamdată. Ar putea să ajungă la urechile ei. Trebuie să fim foarte atenţi în ceea ce o priveşte. Nu-mi pasă dacă trişează sau nu.

Am mai băut nişte cafea şi am încercat să mă hotărăsc ce mutare să fac, ţinând cont de toate astea.

– Ai verificat-o, nu? Nu are cazier?

– Corect, e curată. Părerea mea este că asta se datorează faptului că e nouă în branşă. Cunoşti femeile astea care vor să devină actriţe, e o partitură grea. Te dărâmă. Ea, probabil, a început primind câte un pic de ajutor, de ici, de colo, de la tipii ăştia, apoi a devenit o afacere. A trecut de la amatoare la profesionistă.

– Și nimic din toate astea nu apare în rapoartele pe care le-ai primit?

– Nu. După cum ți-am spus, nu a existat prea mult interes din partea polițiștilor. Cel puțin până acum.

– În cazul în care ea a avansat de la amatori la profi, ar fi putut avansa și la o înscenare pentru un tip ca Roulet, care conduce o mașină frumoasă, poartă haine frumoase... I-ai văzut ceasul?

– Da, un Rolex. Dacă e autentic, atunci poartă zece mii pe încheietura mâinii. Ea ar fi putut observa asta. Poate de aceea l-a ales dintre toți ceilalți.

Ne întorseserăm la tribunal. Trebuia să mă îndrept spre centru. L-am întrebat pe Levin unde parcase, și el l-a îndrumat pe Earl într-acolo.

– În regulă, am spus. Dar asta înseamnă că Louis nu a mințit doar în legătură cu UCLA.

– Da, a fost Levin de acord. El știa că făcuse o înțelegere pe bani cu ea. Ar fi trebuit să-ți spună despre asta.

– Da, și acum am să vorbesc cu el despre asta.

Am tras pe dreapta lângă o parcare cu plată de pe Acacia. Levin a scos un dosar din servietă. Deasupra era o coală de hârtie prinsă cu un elastic. A îndreptat-o spre mine și am văzut că era o factură de aproape șase mii de dolari pentru opt zile de servicii de investigații și cheltuieli. Ținând cont de ceea ce aflasem și auzisem în ultima jumătate de oră, prețul era un chilipir.

– Acest dosar conține toate informațiile despre care am vorbit, plus o copie a înregistrării video de la Morgan's, a spus Levin.

Eram îndoit. Dacă luam dosarul, intram pe tărâmul dezvăluirilor. A nu-l lua și a-l lăsa la Levin îmi oferea o marjă de manevră în cazul în care procurorii ar fi intrat în posesia unor fragmente de dezvăluiri.

Am atins factura cu degetul.

– O voi suna pe Lorna în legătură cu asta și îți vom trimite un cec, am spus.

– Ce face Lorna? Mi-e dor de ea.

Când eram căsătoriți, Lorna obișnuia să mă însoțească în limuzină și să vină cu mine la tribunal. Uneori, când era puțin de mers, conducea ea. Levin o vedea des în perioada aia.

– O duce minunat. E tot Lorna.

Levin a crăpat puțin ușa, dar nu a coborât.

– Vrei să continui cu Reggie?

Asta era întrebarea. Dacă aprobam, pierdeam posibilitatea de a nega implicarea mea, în cazul în care ceva ieșea prost. Pentru că acum știam ce făcea el. Am ezitat, dar apoi am aprobat din cap.

– Fără presiuni. Și fără vreun ajutor. N-am încredere decât în tine.

– Nu-ți face griji. Mă descurc singur. Altceva?

– Bărbatul stângaci. Trebuie să aflăm cine este domnul X și dacă a jucat vreun rol în toată treaba asta sau a fost, pur și simplu, un client.

Levin a dat din cap și a împins din nou aerul cu pumnul stâng.

– Mă ocup de asta.

Și-a pus ochelarii de soare, a deschis portiera și a coborât. S-a întins după servietă și sticla cu apă nedesfăcută, apoi și-a luat la revedere și a închis ușa. L-am urmărit cum merge prin parcare căutându-și mașina. Ar fi trebuit să fiu în extaz după tot ceea ce auzisem și văzusem. Totul înclina în favoarea clientului meu. Dar tot era ceva ce mă deranja.

Earl oprise muzica şi aştepta indicaţii.

– Du-mă în centru, Earl, i-am zis.

– S-a făcut, a răspuns el. La CCB?

– Da şi, hei!, ce ascultai pe 'Pod? Am auzit câte ceva.

– Snoop. Tre' să-l asculţi tare.

Am aprobat din cap. Era din LA. Și un fost inculpat care s-a confruntat cu sistemul într-un caz de crimă și a scăpat. Nu exista nicio poveste mai bună care să inspire strada.

– Earl! l-am strigat. Ia-o pe 70th Street. Suntem în întârziere.

12

Sam Scales era un escroc de Hollywood. Se specializase în programe pe internet concepute pentru a afla numere de carduri de credit și parole, pe care apoi le vindea pe piața neagră. Prima oară când colaboraserăm, fusese arestat pentru vânzarea a șase sute de numere de carduri, parole, date de expirare, adrese, coduri numerice personale ale proprietarilor de drept către un ajutor de șerif sub acoperire.

Scale obținuse numerele și informațiile trimițând câte un e-mail la cinci mii de persoane care se regăseau pe lista de clienți ai unei companiii cu sediul în Delaware, care vindea pe internet un produs pentru slăbit numit TrimSlim6. Lista fusese furată din serverul companiei de către un hacker care lucrase ca freelancer pentru Scales. Folosind un calculator închiriat cu ora de la Kinko și o adresă de e-mail temporară, Scales a trimis ulterior mailuri tuturor celor pe listă. El s-a prezentat drept angajat al Administrației Federale pentru Alimente și Medicamente și le-a spus clienților că agenția va retrage de pe piață produsul TrimSlim6 și că le vor fi emise carduri de credit cu ajutorul cărora le va fi returnată întreaga sumă cheltuită pentru achiziția produsului. A mai precizat că la testarea produsului de către FDA[1], s-a constatat că acesta este ineficient în pierderea greutății. A mai spus că producătorii au fost de acord să ramburseze toți banii pentru a evita acuzațiile de fraudă. A încheiat e-mailul cu instrucțiuni privind modalitatea de returnare a banilor. Acestea includeau numărul cardului de asigurat, data de expirare și toate celelalte informații de identificare.

Din cei cinci mii de destinatari ai mesajului, șase sute au mușcat din momeală. Scales a stabilit niște contacte pe internet și a înscenat o vânzare directă, șase sute de numere de card de credit și informații vitale, pentru zece mii de dolari în numerar. Asta a însemnat că în numai câteva zile cardurile erau ștanțate, plastifiate și apoi date spre utilizare. Era o fraudă care putea ajunge la milioane de dolari pagubă.

Dar a fost oprită într-o cafenea din West Hollywood, unde Scales a predat o hârtie imprimată de el unui cumpărător și a primit în schimb un plic gros cu bani. Când a ieșit cu plicul și cu un latte decofeinizat, a dat nas în nas cu polițiștii. Vânduse numerele unui agent sub acoperire.

Scales mă angajase să obțin o înțelegere pentru el. Avea treizeci și trei de ani atunci și nu avea cazier, chiar dacă existau indicii și dovada că nu avusese vreodată un loc de muncă legal. Pentru că procurorul de caz s-a concentrat mai mult asupra furtului de numere de card decât asupra potențialei fraude, am reușit să-i obțin lui Scales o înțelegere convenabilă. A pledat vinovat pentru

[1] Food and Drug Administration

infracţiunea de furt de date de identitate şi a primit o pedeapsă cu suspendare de un an, şaizeci de zile la CalTrans şi patru ani de probaţiune.

Asta fusese prima dată. Se întâmpla cu trei ani în urmă. Sam Scales nu profitase de ocazia oferită prin sentinţa cu suspendare. Acum era din nou în arest şi îl apăram într-un caz de fraudă atât de condamnabil, încât era clar de la început că va fi dincolo de capacitatea mea de a-l putea ţine departe de închisoare.

La 28 decembrie anul trecut, Scales folosise o firmă-paravan ca să înregistreze un domeniu cu numele de SunamiHelp.com. Pe pagina de pornire a site-ului pusese fotografii cu distrugerile şi morţile provocate cu două zile în urmă de un tsunami din Oceanul Indian care devastase zone importante din Sri Lanka, Indonezia, India şi Thailanda. Pe site, vizitatorii erau rugaţi să facă o donaţie către SunamiHelp, care urma să le distribuie între numeroasele agenţii care se ocupau de urmările dezastrului. Pe site exista şi o fotografie a unui bărbat alb, chipeş, identificat drept reverendul Charles, care era implicat în propovăduirea creştinismului în Indonezia. Exista o notă personală a reverendului Charles, prin care vizitatorii site-ului erau îndemnaţi să dăruiască din inimă.

Scales era inteligent, dar nu chiar atât de inteligent. El nu voia să fure donaţiile. Voia să fure doar informaţiile legate de cardurile bancare utilizate pentru acele donaţii. Ancheta care a urmat arestării sale a arătat că toate contribuţiile făcute prin intermediul site-ului chiar au fost transmise Crucii Roşii Americane şi au contribuit la eforturile făcute pentru a ajuta victimele devastatorului tsunami.

Dar numerele și informațiile de pe cardurile bancare folosite pentru donații au fost și ele transmise către interlopii financiari. Scales fusese arestat atunci când detectivul Roy Wunderlich, de la Biroul Fraude al LAPD, a găsit site-ul și i-a făcut înscenarea. Știind că întotdeauna dezastrele scot turmele de șarlatani, Wunderlich a început tastarea unor posibile nume de site-uri în care cuvântul tsunami să fi fost scris greșit. Erau mai multe site-uri legitime în rețea, care invitau la donații pentru victimele tsunamiului, și atunci a început să scrie variații ale acestora, cu mici greșeli gramaticale. Se gândise că escrocii scriau greșit numele atunci când înființau site-uri, ca să păcălească și să atragă potențiale victime cu un nivel mai scăzut de educație. SunamiHelp.com se număra printre site-urile dubioase pe care le găsise detectivul. Pe cele mai multe dintre acestea le-a transmis unui grup de lucru al FBI care aborda problema la scară națională. Dar atunci când a verificat domeniul de înregistrare al SunamiHelp.com a găsit o căsuță poștală de la un oficiu din Los Angeles. Pentru care Wunderlich avea jurisdicție. Avea de lucru! A ținut SunamiHelp.com pentru sine.

Adresa căsuței poștale s-a dovedit a fi una falsă, dar Wunderlich nu s-a descurajat. A lansat un balon, adică o cumpărare controlată, sau, în acest caz, o donație controlată.

Numărul cardului de credit pe care l-a oferit detectivul pentru donația de douăzeci de dolari urma să fie monitorizat douăzeci și patru de ore pe zi de către brigada Fraude Visa și el să fie informat imediat cu privire la orice cumpărare efectuată din cont. În mai puţin de trei zile de la donaţie, cardul bancar a fost utilizat pentru plata unui prânz de unsprezece dolari la restaurantul Gumbo Pot în Farmers Market de la intersecţia Fairfax cu Third Street. Wunderlich și-a dat seama că era, pur și simplu, o plată de test, ceva mic și ușor care putea fi acoperit cu numerar în cazul în care utilizatorul cardului de credit contrafăcut ar fi întâmpinat vreo problemă la punctul de vânzare.

Tranzacţia de la restaurant a fost lăsată să treacă, iar Wunderlich și alţi patru detectivi din brigada Fraude au fost detașaţi la Farmers Market, un loc plin cu magazine și restaurante noi și vechi, mereu aglomerat și, prin urmare, perfect pentru escrocherii cu carduri de credit. Investigatorii s-au răspândit prin complex și au așteptat, în timp ce Wunderlich continua să monitorizeze prin telefon utilizarea cardului.

La două ore după prima tranzacţie, numărul de control a fost utilizat din nou pentru achiziţionarea unei haine din piele de șase sute de dolari, de la Nordstrom, din piaţă. Aprobarea tranzacţiei cu cardul de credit a fost amânată, dar nu oprită. Detectivii au intrat și au arestat o tânără în timp ce achita contravaloarea hainei. Din acel moment, cazul a devenit ceea ce se numește „lanţ de turnători“, poliţia trecând de la un suspect la altul pe măsură ce se dădeau în vileag unul pe altul și arestările urcau pe scara ierarhică.

În cele din urmă, au ajuns la omul așezat în vârful scării, Sam Scales. Când povestea a izbucnit în presă, Wunderlich a făcut referire la el ca la Tsunamiul Svengali, deoarece atât de multe victime ale înșelătoriei s-au dovedit a fi femei care voiau să-l ajute pe chipeșul pastor a cărui poză apărea pe site-ul web. Porecla l-a înfuriat tare pe Scales și, în discuțiile cu mine, se lua de detectivul care îl prinsese, zicându-i Wunder Boy.

Ajunsesem la Departamentul 124, la etajul treisprezece al CCB, la 10.45, dar sala de judecată era goală, cu excepția lui Marianne, grefiera. Am trecut prin portiță și m-am apropiat de scaunul ei.

– Încă mai lucrați la calendar? am întrebat.

– Tocmai te așteptam pe tine. Îi chem pe toți și o s-o anunț pe judecătoare.

– E supărată pe mine?

Marianne a ridicat din umeri. Nu răspundea ea pentru judecătoare. Mai ales în fața unui avocat al apărării. Dar, într-un fel, îmi spusese că judecătoarea nu era încântată.

– Scales e încă acolo?

– Ar trebui să fie. Nu știu unde a plecat Joe.

M-am întors, m-am dus la masa apărării, m-am așezat și am așteptat. În cele din urmă, ușa de la arest s-a deschis și Joe Frey, aprodul sălii de judecată, a ieșit.

– Mai e omul meu acolo?

– Pentru puțin timp. Credeam că iar nu apari. Vrei să mergi în spate?

Mi-a deschis ușa din oțel și am intrat într-o cămăruță de unde începea casa scărilor care duceau până la centrul de detenție al tribunalului de la etajul paisprezece și la cele două uși ale camerelor unde așteptau inculpații repartizați Departamentului 124 al Curții Penale. Una dintre uși avea o ferestruică. Încăperea era pentru întâlnirile avocat–client și l-am văzut pe Sam Scales stând singur la o masă în spatele geamului. Purta o salopetă portocalie şi avea cătuşe din oţel la încheieturi. Fusese reţinut fără cauţiune pentru că încălcase probaţiunea de la ultima arestare, din cazul TrimSlim6. Cea mai blândă înţelegere pe care i-o putusem obţine era pe cale să fie zădărnicită acum.

– În sfârşit! a zis Scales când am intrat.

– De parcă plecai undeva. Eşti gata pentru asta?

– Dacă nu am de ales.

M-am aşezat vizavi de el.

– Sam, întotdeauna poţi să alegi. Dar lasă-mă să-ţi explic încă o dată. Te-au băgat la răcoare, nu-i aşa? Ai fost prins furând de la cei care voiau să-i ajute pe oamenii surprinşi de unul dintre cele mai teribile dezastre naturale din istorie. Au trei turnători care au făcut înţelegeri ca să depună mărturie împotriva ta. Ei au lista cu numerele cardurilor găsite în posesia ta. Ce vreau să spun este că, la sfârşitul zilei, te vei bucura de tot atâta simpatie din partea judecătoarei şi a juriului – dacă se va ajunge la asta – de câtă s-ar bucura un violator de copii. Poate chiar de mai puţină.

– Ştiu toate astea, dar eu sunt folositor pentru societate. Aş putea educa oamenii. Du-mă într-o şcoală. Du-mă în cluburi de la ţară. Pune-mă pe o perioadă de probaţiune şi am să le explic oamenilor să fie atenţi la ceea ce e acolo, afară.

– Tu eşti cel la care trebuie să fie ei atenţi! Ţi-ai ratat ultima şansă şi instanţa a spus că asta e oferta finală. Dacă nu o accepţi, vor merge până la capăt. Iar eu nu îţi mai pot garanta decât un singur lucru, că vor fi fără milă.

Atât de mulți dintre clienții mei sunt ca Sam Scales. Ei cred iremediabil că există o luminiță dincolo de ușă. Iar eu sunt acela care trebuie să le spună că ușa este blocată și că oricum becul s-a ars cu mult timp în urmă.

– Atunci cred că sunt obligat să fac asta, a spus Scales, privindu-mă acuzator pentru că nu-i găsisem o portiță de scăpare.

– E alegerea ta. Vrei un proces, vom merge la proces. Pedeapsa va fi de zece ani, plus restul care ți-a rămas. Tu chiar i-ai înnebunit și ei pot, de asemenea, să te arunce peste bord la FBI, astfel încât federalii pot să te lege în lațul unei fraude interstatale dacă vor.

– Stai să te întreb ceva. Dacă mergem la proces, putem câștiga?

Aproape am izbucnit în râs, dar îmi mai rămăsese încă un pic de simpatie pentru el.

– Nu, Sam, nu putem câștiga. N-ai ascultat ceea ce ți-am spus de două luni încoace? Te-au prins. Nu poți câștiga. Dar sunt aici ca să fac ce vrei. Cum ți-am zis, dacă vrei proces, vom merge la proces. Dar trebuie să precizez că, dacă vom continua cu procesul, va trebui s-o rogi iarăși pe mama ta să mă plătească. Sunt plătit numai până azi.

– Cât ți-a dat până acum?

– Opt mii.

– Opt miare! Ăsta-i nenorocitul ei cont de pensionare!

– Cu un fiu ca tine, sunt surprins că mai are ceva în cont.

S-a uitat la mine urât.

– Îmi pare rău, Sam. N-ar fi trebuit să spun asta. Din ceea ce mi-a povestit, ești un fiu bun.

– Isuse Hristoase, ar fi trebui să mă duc dracului la Drept! Ești un escroc, deloc diferit de mine. Știi ce, Haller? Numai hârtia aia pe care ți-au dat-o îți permite să faci șmecherii legale, asta-i tot.

Întotdeauna, avocații au fost acuzați că iau bani. Ca și cum ar fi o crimă să vrei să fii plătit pentru o zi de muncă. Ceea ce tocmai îmi spusese Scales m-ar fi adus la o reacție aproape violentă pe vremea când eram în primul sau al doilea an de facultate. Dar auzisem această insultă de prea multe ori ca să mai fac altceva decât s-o accept.

– Ce pot să zic, Sam? Am mai avut această discuție.

El a clătinat din cap, dar n-a spus nimic. Am luat-o drept acceptare a ofertei procurorului. Patru ani în sistemul penal de stat, amendă de zece mii de dolari, plus cinci ani cu eliberare condiționată. Ar fi liber în doi ani și jumătate, dar eliberarea condiționată ar putea fi ucigătoare pentru un escroc înnăscut, obligându-l să nu se atingă de nimic. După câteva minute, m-am ridicat și am părăsit încăperea. Am bătut în ușă, iar ofițerul Frey m-a lăsat să mă întorc în sala de judecată.

– E gata să continue, am zis.

Mi-am ocupat locul la masa apărării și, în curând, Frey l-a dus pe Scales și l-a așezat lângă mine. Încă era încătușat. N-a vorbit cu mine. După alte câteva minute, Glenn Bernasconi, procurorul care lucra la 124, a coborât din biroul său de la etajul cincisprezece și l-am anunțat că eram gata să acceptăm dispoziția.

La ora 11, judecătoarea Judith Champagne a ieșit din birou și și-a ocupat locul, iar Frey a chemat sala la ordine. Judecătoarea era o minionă atrăgătoare, blondă și o fostă procuroare care era în branșă cam de când eram și eu. Era de școală veche, corectă, dar dură, sala de judecată fiind casa ei. Uneori, chiar își aducea câinele, un ciobănesc german, pe nume Justiție, ca să lucreze cu ea. Dacă judecătoarea ar fi avut vreo reținere privind acuzarea lui Sam Scales când apărea în fața ei, atunci el ar fi căzut rău. Asta era ceea ce făcusem pentru Sam, chiar dacă el realiza sau nu. Cu această înțelegere l-am salvat.

– Bună dimineața, a spus judecătoarea. Mă bucur că ai putut fi aici, azi, domnule Haller.

– Îmi cer scuze, onorată instanță. Am fost reținut în instanța judecătorului Flynn din Compton.

Asta a fost tot ce a trebuit să spun. Judecătoarea știa despre Flynn. Toată lumea știa.

– Și de ziua Sfântului Patrick, cu atât mai mult, a spus judecătoarea.

– Da, onorată instanță.

– Am înțeles că avem o dispoziție în cauza Tsunami Svengali. S-a uitat imediat spre grefieră. Michelle, nu scrie asta. S-a întors spre avocați. Am înțeles că avem o dispoziție în cauza Scales. Este corect?

– Așa este, am spus. Suntem gata să continuăm.

– Bine.

Bernasconi pe jumătate citea, pe jumătate repeta din memorie condițiile legale pentru ca un pârât să poată pleda vinovat. Scales a renunțat la drepturile sale și a pledat vinovat la toate acuzațiile. El nu a avut altceva de spus decât acel cuvânt. Judecătoarea a acceptat acordul de dispoziție și l-a condamnat în consecință.

– Ești un om norocos, domnule Scales, a spus după ce el a terminat. Cred că domnul Bernasconi a fost chiar generos. Eu n-aș fi fost.

– Nu mă simt prea norocos, doamnă judecătoare, a spus Scales.

Frey, aprodul care stătea în spatele lui, l-a bătut pe umăr. Scales s-a ridicat în picioare și s-a întors spre mine.

– Cred că asta e, a zis el.

– Noroc, Sam, am spus.

A fost condus prin ușa din oțel și am urmărit-o cum se închide în spatele lor. Nu îi strânsesem mâna.

13

Centrul Civic din Van Nuys e o piaţă lungă asfaltată, înconjurată de clădiri guvernamentale. La unul dintre capete este plasată clădirea LAPD din Van Nuys. De-a lungul pieţei, de o parte şi de alta, sunt două tribunale, vizavi de o bibliotecă publică şi de o clădire administrativă. La capătul pasajului din beton şi sticlă este administraţia federală şi un oficiu poştal. Îl aşteptam pe Louis Roulet pe una dintre băncile de beton de lângă bibliotecă. Piaţa era în mare parte pustie, în ciuda vremii extraordinare. Nu ca în ziua dinainte, când locul fusese invadat de televiziuni, media şi jurnalişti de investigaţii, toţi strânşi în jurul lui Robert Blake şi al avocaţilor săi, care nu încercaseră doar să obţină un verdict de nevinovăţie, ci şi să-l prezinte curat ca lacrima.

Era o după-amiază minunată, liniştită şi, ca întotdeauna, îmi plăcea să stau afară. Îmi desfăşor cea mai mare parte din activitate în săli de judecată fără ferestre sau pe bancheta din spate a limuzinei mele de lux, aşa că profit să stau afară ori de câte ori am ocazia. Dar, de data asta, nu simţeam briza şi nici nu băgam de seamă aerul proaspăt. Eram contrariat, fiindcă Louis Roulet întârzia, iar faptul că Sam Scales mă făcuse „escroc legal“ devenise în creierul meu la fel de devastator ca un cancer. Când, în sfârşit, l-am văzut pe Roulet că traversează piaţa spre mine, m-am ridicat să-i ies în întâmpinare.

– Unde ai fost? am zis destul de brutal.

– Ţi-am spus că ajung cât de repede pot. Când ai sunat eram în mijlocul unei vizionări.

– Hai să facem o plimbare.

Am luat-o spre clădirea federală pentru că era cea mai lungă porţiune pe care puteam merge înainte să fim obligaţi să ne întoarcem. Peste douăzeci şi cinci de minute aveam întâlnirea cu Minton, noul procuror care preluase cazul Roulet. Îmi dădeam seama că nu arătam ca un avocat şi un client discutând un caz. Poate ca un avocat şi un agent imobiliar discutând despre cumpărarea unui teren. Purtam haine de la Hugo Boss, iar Roulet avea un costum maro-deschis peste o helancă verde. Era încălţat cu mocasini cu mici catarame argintii.

– Nu va fi nicio defilare de modă în Pelican Bay, i-am zis.

– Ce vrei să spui? Unde-i asta?

– E un nume frumos pentru o închisoare de supermaximă securitate, unde sunt trimişi agresorii sexuali violenţi. Te-ai potrivi acolo destul de bine în helanca şi mocasinii tăi.

– Stai, ce s-a întâmplat? Despre ce-i vorba?

– E vorba despre un avocat care nu poate apăra un client care-l minte. În douăzeci de minute mă duc să mă întâlnesc cu tipul care vrea să te trimită la Pelican Bay. Am nevoie de toate lucrurile pe care pot pune mâna pentru a încerca să te ţin departe de locul ăla şi nu mă ajută atunci când aflu că mă minţi.

Roulet s-a oprit și s-a întors spre mine. Și-a ridicat mâinile cu palmele deschise.

– Nu te-am mințit! N-am făcut asta. Nu știu ce vrea femeia aia, dar eu...

– Lasă-mă să te întreb ceva, Louis. Tu și Dobbs ați spus că ai făcut un an de Drept la UCLA, nu? Nu te-au învățat nimic despre legătura bazată pe încredere dintre avocat și client?

– Nu știu. Nu-mi amintesc. Nu am stat suficient de mult acolo.

Am făcut un pas spre el, invadându-i spațiul.

– Vezi? Ești un mincinos nenorocit. Nu ai făcut la Drept, la UCLA, niciun an. Nu ai fost nici măcar o nenorocită de zi.

A lăsat mâinile în jos și le-a plesnit de picioare.

– Despre asta era vorba, Mickey?

– Da, chiar despre asta e vorba, și nu-mi mai spune Mickey de-acum înainte. Prietenii îmi spun așa. Nu clienții mincinoși.

– Ce legătură are cu acest caz dacă am fost sau nu la Drept cu zece ani în urmă!? Eu nu...

– Dacă m-ai mințit despre asta, atunci mă puteai minți despre orice, iar eu nu pot să te apăr, știind lucrul acesta.

Vorbisem prea tare. Am observat două femei așezate pe o bancă din apropiere, stând cu ochii pe noi. Aveau ecusoane de jurați pe bluzele lor.

– Haide. Pe-aici.

Am început să ne plimbăm pe cealaltă parte, luând-o înapoi spre secția de poliție.

– Uite, a zis Roulet cu o voce joasă. Am mințit din cauza mamei mele, bine?

– Nu, nu e bine! Explică-mi.

– Mama și Cecil cred că am urmat un an la Drept. Aș vrea ca ei să creadă în continuare acest lucru. El a adus vorba despre asta de față cu tine, iar eu, într-un fel, doar am aprobat. Dar a fost acum zece ani! Cât de rău poate să fie?

– Răul este că m-ai mințit, am spus. Poți să o minți pe mama ta, pe Dobbs, pe preotul tău și pe polițiști. Dar, când eu te întreb direct ceva, pe mine să nu mă minți. Am nevoie de fapte de la tine ca să te pot apăra. Fapte incontestabile. Așa că, atunci când îți pun o întrebare, spune-mi adevărul. În restul timpului poți spune ce vrei și ce te face să te simți bine.

– OK. OK.

– Dacă n-ai fost la Drept, unde ai fost?

Roulet a clătinat din cap.

– Nicăieri. Pur și simplu, nu am făcut nimic timp de un an. Am stat în apartamentul meu, care se afla în apropierea campusului, am citit și m-am gândit la ceea ce vreau să fac, cu adevărat, cu viața mea. Singurul lucru pe care îl știam era că nu voiam să devin avocat. Fără supărare.

– Nu-i nimic. Deci, ai stat acolo timp de un an și a apărut asta cu vânzările de proprietăți pentru bogați.

– Nu, asta a apărut mai târziu.

El a râs autoironic.

– De fapt, voiam să devin scriitor – am o diplomă de literatură engleză – și am încercat să scriu un roman. Nu mi-a luat mult timp să-mi dau seama că nu sunt în stare.

În cele din urmă, m-am dus să lucrez pentru mama. Ea asta voia de la mine.

M-am calmat. În cea mai mare parte, furia mea fusese de fațadă. Încercasem să-l înmoi pentru întrebările mai importante. Mă gândeam că e pregătit pentru asta.

– În fine, acum că ești curat și ai mărturisit totul, Louis, povestește-mi despre Reggie Campo.

– Ce-i cu ea?

– Urma să o plătești pentru sex, nu-i așa?

– Ce te face să spui…

I-am închis gura oprindu-l din nou și prinzându-l de unul dintre reverele lui scumpe. Era mai înalt și mai solid decât mine, dar am avut destulă forță în timpul conversației. L-am împins.

– Răspunde dracului la întrebare!

– Bine, da, aveam de gând să o plătesc. Dar cum de ți-ai dat seama de asta?

– Pentru că sunt un avocat al naibii de bun! De ce nu mi-ai spus acest lucru din prima zi? Nu vezi că asta poate schimba cazul?

– Mama mea. Nu voiam ca mama să știe că eu... înțelegi.

– Louis, hai să ne așezăm.

L-am condus la una dintre băncile din fața secției de poliție. Era foarte mult spațiu și nimeni care să ne poată auzi. M-am așezat la mijlocul băncii, iar el s-a așezat în dreapta mea.

– Mama ta nici măcar nu era în sală când am vorbit despre caz. Nu cred că era acolo nici când am vorbit despre Drept.

– Dar Cecil era, și el îi spune totul.

Am dat din cap și mi-am propus să-l scot complet, de-aici înainte, pe Cecil Dobbs din meandrele chestiunilor referitoare la caz.

– Bine, cred că am înțeles. Dar cât timp aveai de gând să lași să treacă fără să-mi spui? Nu vezi cum asta schimbă totul?

– Nu sunt avocat.

– Louis, dă-mi voie să-ţi spun câte ceva despre felul în care funcţionează lucrurile. Tu ştii ce sunt eu? Sunt un neutralizator. Jobul meu e să neutralizez dosarul procurorului. Iau fiecare bucăţică de probă sau de dovadă și caut o modalitate de a o elimina din dezbatere. Gândește-te la asta ca la animatorii pe care îi vezi pe maluri la Veneția. Ai fost vreodată acolo și i-ai remarcat pe tipii ăia învârtind toate farfuriile alea pe niște beţigașe subţiri?

– Cred că da. N-am mai fost de mult timp acolo.

– Nu contează. Tipul are aceste beţe subţiri și pune câte o farfurie pe fiecare și începe să învârtă farfuria astfel încât băţul să rămână echilibrat și în poziţie verticală. I se dau unul câte unul o mulţime de beţe pe care le face să meargă simultan și el se mută de la o farfurie la alta și de la un băţ la altul, asigurându-se că totul se învârte, e în echilibru și nu cade. Ai înţeles?

– Da. Am înțeles.

– Ei bine, ăsta e cazul statului, Louis. O grămadă de farfurii care se învârt. Și fiecare dintre aceste farfurii este o parte din dovezile împotriva ta. Treaba mea este să iau fiecare farfurie, să o opresc din învârtire și să dau cu ea de pământ atât de tare, încât să se spargă și să nu mai poată fi folosită. Dacă farfuria albastră conţine proba de pe mâinile tale mânjite de sângele victimei, atunci trebuie să găsesc o modalitate de a o sparge. Dacă cea galbenă conţine cuţitul cu amprentele tale însângerate pe el, atunci, din nou, am nevoie să o trântesc. S-o neutralizez. Mă urmăreşti?

– Da, te urmăresc. Eu…

– Acum, în mijlocul acestui vraf e una mare de tot. E un nenorocit de platou, Louis, şi dacă copilaşul ăsta cade, trage totul după el. Tot vraful de farfurii. Şi tot cazul se duce de râpă. Îţi dai seama care e platoul, Louis?

A scuturat din cap.

– Marele platou este victima, martorul-cheie. Dacă putem trânti platoul, atunci întreaga piesă e terminată, iar publicul se mută în altă parte.

Am aşteptat un moment să văd dacă reacţionează. N-a spus nimic.

– Louis, timp de aproape două săptămâni ai ascuns de mine detaliul prin care puteam să dărâm platoul cel mare. Asta ridică întrebarea: de ce? De ce un tip cu bani, cu un Rolex la încheietura mâinii, cu un Porsche în garaj şi cu adresa în Holmby Hills trebuie să aibă un cuţit asupra sa pentru a face sex cu o femeie care se vinde oricum? Când totul se reduce la această întrebare, cazul începe să colapseze, Louis, pentru că răspunsul e simplu. Nu ar avea de ce. Bunul-simţ îţi spune că nu ar fi avut de ce. Şi când ajungi la această concluzie, toate farfuriile se opresc. Vezi înscenarea, vezi capcana, iar de acum inculpatul începe să arate ca o victimă.

M-am uitat la el. A dat din cap.

– Îmi pare rău, a spus el.

– Chiar ar trebui. Cazul ar fi început să se destrame de acum două săptămâni și nu am mai fi stat aici, acum, dacă mi-ai fi spus totul încă de atunci.

În clipa aceea, am realizat de ce mă înfuriasem de fapt, și nu era pentru că Roulet nu-mi spusese sau mințise, și nici pentru că Sam Scales mă făcuse escroc legal. Era din cauză că vedeam franciza evaporându-se. Nu va fi niciun proces în acest caz, nicio sumă de șase cifre. Aveam noroc dacă puteam păstra aranjamentul inițial. Cazul avea să se apropie de final chiar astăzi, după ce intram în biroul procurorului și-i spuneam lui Ted Minton ce aflasem.

– Îmi pare rău, a rostit Roulet cu o voce plângăcioasă. Nu am vrut să amețesc lucrurile.

M-am uitat în jos, la picioarele mele. Fără să-l privesc, i-am pus mâna pe umăr.

– Îmi pare rău că am țipat la tine, Louis.

– Ce facem acum?

– Mai am câteva întrebări despre acea noapte, apoi am de gând să intru în clădirea de acolo, să mă-ntâlnesc cu procurorul și să-i dărâm toate farfuriile. Cred că, în momentul când voi ieși de acolo, totul se va termina și tu vei fi liber să te întorci să prezinți vile oamenilor bogați.

– Pur și simplu?

– Păi, oficial, procurorul ar putea să vrea să meargă în instanță și să ceară judecătorului respingerea cazului.

De uimire, Roulet a deschis gura.

– Domnule Haller, nu pot să-ți spun cât…

– Poți să-mi spui Mickey. Îmi pare rău pentru ce-a fost înainte.

– Nicio problemă. Mulțumesc. Ce întrebări vrei să-mi mai pui?

Am reflectat o clipă. Chiar nu mai aveam nevoie de nimic altceva ca să mă întâlnesc cu Minton. Aveam muniție. Aveam dovada umblătoare.

– Ce spunea în bilet? am întrebat.

– Ce bilet?

– Pe care ți l-a dat ea la bar, în Morgan's.

– Oh, era adresa ei și dedesubt scrisese patru sute de dolari și „Vino după zece".

– Păcat că nu l-ai păstrat. Dar cred că avem suficient.

Am dat din cap și m-am uitat la ceas. Mai erau cincisprezece minute până când începea întâlnirea, dar nu mai aveam treabă cu Roulet.

– Poți pleca acum, Louis. Te sun când termin.

– Ești sigur? Pot să aștept aici dacă vrei.

– Nu știu cât va dura. Am de gând să-i înșir totul. Va trebui, probabil, să-i spună șefului său. Ar putea dura destul de mult.

– În regulă, bine, cred că voi pleca. Dar te rog să mă suni, da?

– Da, o s-o fac. Probabil, vom merge în fața judecătorului luni sau marți, apoi totul se va termina.

Mi-a întins mâna și i-am scuturat-o.

– Mulțumesc, Mick. Ești cel mai bun. Știam că am cel mai bun avocat când te-am angajat.

L-am urmărit cum traversa piața și trecea printre cele două tribunale spre parcarea publică.

„Mda, sunt cel mai bun", mi-am spus.

Am simțit prezența cuiva și, când m-am răsucit, am văzut un om stând pe bancă lângă mine. S-a întors și s-a uitat și el la mine și ne-am recunoscut. Era Howard Kurlen, un detectiv criminalist de la procuratura din

Van Nuys. Ne confruntaserăm în câteva cazuri de-a lungul anilor.

– Ei, măi să fie! a spus Kurlen. Mândria instanţelor din California! Nu vorbeşti singur, nu?

– Poate.

– Ar putea fi cam rău pentru un avocat, mai ales dacă se află.

– Nu-mi fac griji. Ce mai faci, domnule detectiv?

Kurlen îşi desfăcea un sandvici, pe care îl scosese dintr-o pungă cafenie.

– O zi aglomerată. Un prânz târziu.

A scos din ambalaj un sandvici cu unt de arahide. Acesta mai avea un strat de ceva, în afară de unt de arahide, dar nu de jeleu. Nu l-am putut identifica. M-am uitat la ceas. Mai aveam câteva minute înainte de a trebui să mă aşez la coada de la detectorul de metale de la intrarea în tribunal, dar nu eram sigur că voiam să le petrec cu Kurlen şi sandviciul lui cu aspect oribil. Mi-a trecut prin minte să aduc vorba despre verdictul în cazul Blake, lipindu-l un pic de LAPD, dar Kurlen a deschis primul vorba.

– Ce mai face omul meu, Jesus? a întrebat detectivul.

Kurlen fusese un detectiv beton în cazul Jesus Menendez. El îl prinsese în laţ atât de strâns, încât nu a avut nicio şansă să pledeze vinovat şi să spere la o pedeapsă mai blândă. A fost condamnat pe viaţă.

– Nu ştiu, i-am răspuns. Nu mai vorbesc cu Jesus.

– Mda, cred că după ce se încheie pledoaria şi sunt duşi la răcoare nu prea mai au nevoie de tine. Niciun apel, nimic.

Am dat din cap. Fiecare poliţist priveşte cu părtinire atunci când vine vorba de avocaţii apărării. Ca şi cum ar crede că propriile acţiuni şi investigaţii nu pot fi puse sub semnul întrebării sau nu li se poate reproşa nimic. Ei nu cred într-un sistem de justiţie bazat pe control şi echilibru.

– La fel ca tine, cred, i-am spus. Până la următorul. Sper că ziua ta plină înseamnă că ai de lucru ca să-mi faci rost de un nou client.

– Nu văd lucrurile în felul ăsta. Dar mă întreb dacă dormi bine noaptea.

– Știi ce mă întreb eu? Cu ce naiba e sandviciul ăla?

El ținea la vedere ceea ce mai rămăsese din el.

– Unt de arahide și sardine. O mulțime de proteine ca să duc la bun sfârșit o altă zi printre ticăloși. Și să vorbesc cu ei. Nu mi-ai răspuns la întrebare.

– Dorm bine, domnule detectiv. Știi de ce? Pentru că joc un rol important în sistem. O parte de care e la fel de multă nevoie cât e nevoie de cea pe care joci tu. Atunci când cineva este acuzat de o infracțiune, există posibilitatea de testare a sistemului. În cazul în care vrei să faci asta, vii la mine. La asta se reduce cam totul. Atunci când ai înțeles asta, nu mai ai treabă cu somnul.

– Foarte bună povestea. Când închizi ochii, sper să și crezi asta.

– Dar tu, domnule detectiv? Ai pus vreodată capul pe pernă și să te întrebi dacă ai închis oameni nevinovați?

– Nu, a spus el repede, cu gura plină. Niciodată nu s-a întâmplat și niciodată nu o să se întâmple.

– Trebuie să fie plăcut să fii atât de sigur.

– Un tip mi-a spus odată că, atunci când ajungi la capătul drumului, trebuie să te uiţi la cei din comunitatea unde ai ajuns şi să te hotărăşti dacă te alături lor, acolo unde eşti, sau dacă iei de la ei doar ce-ţi convine. Ei bine, eu sunt genul care mă alătur comunităţii, Haller. Eu dorm bine noaptea. Însă mă-ntreb cum sunteţi tu şi cei ca tine. Voi, avocaţii, sunteţi cei care iau doar ce le convine.

– Mulţumesc pentru predică..

– Dacă nu ţi-a plăcut asta, atunci am o glumă pentru tine. Care este diferenţa între un somn de apă dulce şi un avocat?

– Hmm, nu ştiu, domnule detectiv.

– Unul este un fraier mâncător de gunoi, altul este un peşte.

A râs în hohote. M-am ridicat. Era timpul să plec.

– Sper că te speli pe dinţi după ce mănânci ceva de genul ăsta, am spus. Nu mi-ar plăcea să-ţi fiu partener dacă n-o faci.

Am plecat, gândindu-mă la ce spusese el despre comunităţi şi la cum mă făcuse Sam Scales escroc legal.

– Mulţumesc pentru sfat, a strigat Kurlen după mine.

14

Ted Minton aranjase în așa fel ca să discutăm cazul Roulet între patru ochi, programând întâlnirea pentru ora la care știa că procurorul districtual cu care împărțea biroul avea o audiere în instanță. Minton m-a întâmpinat în sala de așteptare și m-a condus înăuntru. Nu mi-a lăsat impresia să aibă mai mult de treizeci de ani, deși arăta multă siguranță de sine. Probabil aveam cu zece ani și o sută de procese mai mult decât el, totuși nu a arătat niciun semn de respect. Se purta de parcă întâlnirea era o neplăcere prin care trebuia să treacă. Era în regulă. Era ceva obișnuit. În plus, punea mai mult gaz peste focul meu.

Când am ajuns în micul său birou fără ferestre, mi-a oferit scaunul colegului lui și a închis ușa. Ne-am așezat și ne-am privit. L-am lăsat să înceapă.

– Bine, a spus el. În primul rând, voiam să vă văd. Sunt cam nou pe aici, prin Valley, și nu am întâlnit prea mulți avocați ai baroului de aici. Știu că sunteți unul dintre acei tipi care acoperă întreg comitatul, dar nu ne-am intersectat până acum.

– Poate pentru că nu ați lucrat la multe dosare.

A zâmbit şi a dat din cap ca şi cum aş fi marcat un punct de vreun fel.

– Ar putea fi din cauza asta, a încuviinţat el. Oricum, trebuie să vă spun că la Facultatea de Drept din California de Sud am citit o carte despre tatăl dumneavoastră şi despre cazurile lui. Cred că se numea Haller în apărare. Ceva de genul ăsta. Interesant personajul şi interesante şi vremurile.

Am aprobat din cap.

– A murit înainte ca eu să fi apucat să-l cunosc cu adevărat, dar am citit, chiar de mai multe ori, toate cărţile care s-au scris despre el. Ăsta e şi motivul, probabil, pentru care am ajuns să fac meseria asta.

– Trebuie să fi fost foarte greu să vă cunoaşteţi tatăl de prin cărţi.

Am ridicat din umeri. Nu cred că era nevoie ca Minton şi cu mine să ne cunoaştem atât de bine, mai ales în lumina a ceea ce urma să-i fac.

– Se mai întâmplă, cred, a spus el.

– Da.

El a bătut din palme într-un gest de „Hai să ne punem pe treabă!"

– Bine, suntem aici ca să vorbim despre Louis Roulet, nu-i aşa?

– Se pronunţă Ru-lei.

– Ruu-lei. M-am prins. Deci, să vedem, am ceva pentru dumneavoastră.

S-a rotit cu scaunul către birou. A apucat un dosar subţire şi s-a întors să mi-l întindă.

– Vreau să joc corect. Astea sunt probele la zi, pentru dumneavoastră. Ştiu că nu era nevoie să vi le dau înainte de punerea sub acuzare, dar, la naiba, hai să fim cordiali.

Din experiență, învățasem că, în clipa în care procurorii îți spun că joacă în mod corect sau chiar mai mult decât corect, atunci trebuie să-ți păzești spatele. Am răsfoit dosarul, dar fără să citesc ceva. Cel făcut de Levin era de cel puțin patru ori mai gros. Nu eram încântat că Minton avea atât de puțin. Suspectam că încerca să mă controleze. Cei mai mulți procurori te fac să muncești mult pentru obținerea probelor, trebuie să le ceri în mod repetat, ajungând până în punctul de a merge în instanță să te plângi judecătorului despre asta. Dar Minton, fără să se formalizeze, mi-a dat măcar o parte din probe. Ori avea mult mai mult de învățat despre urmărirea penală de cât îmi imaginasem, ori juca într-un anume fel.

– Asta-i tot? am întrebat.

– Tot ce am primit.

Asta era întotdeauna calea. În cazul în care procurorul nu avea proba, atunci bloca eliberarea ei către apărare. Știam, pentru că fusesem căsătorit cu un procuror, așa că nu era un lucru neobișnuit să le spună anchetatorilor poliției să nu se grăbească cu completarea hârtiilor. Apoi se putea duce la avocatul apărării spunându-i că vrea să joace corect și să-i predea, practic, nimic. Regulile de dezvăluire a probelor au fost adesea menționate de profesioniștii apărării ca regulile incorectitudinii. Asta, desigur, funcționa în ambele sensuri. Dezvăluirea probelor trebuia să fie o stradă cu două sensuri.

– Și aveți de gând să mergeți în proces cu astea?

Am fluturat dosarul în așa fel încât conținutul său subțire să sugereze că și cazul e la fel de subțire.

– Nu sunt îngrijorat. Dar dacă vreţi să vorbim despre o înţelegere, vă ascult.

– Nu, nicio înţelegere. Suntem bărbaţi. Renunţăm la audierile preliminarii şi mergem direct la proces. Fără întârzieri.

– Nu renunţaţi la procesul rapid?

– Nu. De luni aveţi şaizeci de zile ca să demonstraţi sau să tăceţi.

Minton şi-a ţuguiat buzele ca şi cum ceea ce tocmai îi spusesem era un inconvenient sau o surpriză minoră. Se prefăcea bine. Ştiam că îi dădusem o lovitură zdravănă.

– Ei bine, atunci cred că ar trebui să vorbim despre dezvăluirea probelor nu doar unilateral. Dumneavoastră ce aveţi?

Renunţase la tonul amabil.

– Încă pun probele cap la cap, am spus. O să le am luni, la înfăţişarea pentru punerea sub acuzare. Dar probabil că majoritatea dintre ele sunt deja în dosarul ăsta pe care mi l-aţi dat, nu credeţi?

– Cam aşa.

– E aici şi faptul că victima e o prostituată care l-a acostat pe clientul meu, nu? Şi că ea îşi continuă activitatea şi după presupusul incident, nu-i aşa?

Minton a deschis gura şi a închis-o la loc, dar fusese un mesaj subliminal suficient de bun. Trăsesem încă un glonţ eficient. Dar şi-a revenit repede.

– Adevărul e, a zis el, că am fost informat în legătură cu ocupaţia ei, dar ceea ce mă surprinde e că dumneavoastră ştiţi deja asta. Sper că nu aţi pus vreun detectiv pe urmele victimei, domnule Haller.

– Spune-mi Mickey. Iar ceea ce fac eu e cea mai mică dintre problemele tale. Mai bine ai arunca o privire serioasă pe acest caz, Ted. Știu că ești nou în secția de procurori criminaliști și nu vrei să debutezi ratând cazul ăsta. Mai ales după fiascoul cu Blake. Dar cazul ăsta e un câine și te va mușca de fund.

– Într-adevăr? Cum așa?

M-am uitat peste umărul lui Minton la computerul de pe birou.

– Chestia asta redă DVD-uri?

Minton s-a întors spre calculator. Părea vechi.

– Ar trebui. Ce ai?

Mi-am dat seama că arătându-i supravegherea video de la barul Morgan's îi dezvăluiam mai devreme cel mai mare as pe care îl aveam, dar eram convins că, odată ce-o s-o vadă, nu va mai fi nicio trimitere în judecată luni și niciun caz. Treaba mea era să neutralizez cazul și să-mi scap clientul. Ăsta era modul în care puteam s-o fac.

– N-am toate probele adunate la mine, dar am asta, i-am zis.

I-am dat lui Minton DVD-ul pe care-l primisem mai devreme de la Levin. Procurorul l-a pus în computerul lui.

– E din barul Morgan's, i-am spus în timp ce el încerca să-i dea drumul. Oamenii tăi n-au trecut deloc pe acolo, dar omul meu a fost. Asta este din seara presupusului atac.

– Iar ăsta ar putea să fie falsificat.

– Ar putea, dar n-a fost. Puteți să-l verificați. Detectivul meu are originalul și o să-i spun să-l pună la dispoziție după trimiterea în judecată.

După o scurtă luptă, Minton a reușit să pornească aparatul. A urmărit în tăcere în timp ce îi atrăgeam atenția asupra afişajului care indica ora şi asupra celorlalte detalii pe care mi le indicase Levin, inclusiv asupra domnului X şi a faptului că era stângaci. Minton a rulat înainte cu viteză după cum îl instruisem şi apoi a încetinit pentru a viziona momentul în care Reggie Campo l-a abordat pe clientul meu la bar. S-a încruntat de atâta concentrare. Când s-a terminat filmarea, a scos discul.

– Pot să-l păstrez până obţin originalul?

– Eşti invitatul meu.

Minton a pus discul înapoi în carcasă şi l-a aşezat deasupra vrafului de dosare de pe biroul său.

– Bine, ce altceva? a întrebat el.

Am rămas cu gura căscată.

– Ce vrei să spui, ce altceva? Nu e de-ajuns?

– De-ajuns pentru ce?

– Uite, Ted, nu terminăm cu prostiile?

– Te rog, termină.

– Despre ce vorbim aici? Discul ăsta aruncă în aer cazul. Să uităm de trimiterea în judecată şi de proces şi să vorbim despre cum mergem în instanţă săptămâna viitoare cu o propunere comună de respingere. Vreau să terminăm cu rahatul ăsta fără prejudicii, Ted. Nicio revenire la clientul meu dacă aici cineva se răzgândeşte.

Minton a zâmbit şi a clătinat din cap.

– Nu pot face asta, Mickey. Această femeie a fost rănită destul de rău. Ea a fost brutalizată de un animal şi nu am de gând să cer respingerea pentru orice…

– Destul de rău? A făcut şmecherii toată săptămâna! Tu…

– De unde ştii asta?

Am clătinat din cap.

– Omule, eu încerc să te ajut, să te salvez dintr-o situaţie jenantă, şi tot ce te îngrijorează pe tine este dacă am depăşit măsura faţă de victimă. Ei bine, am o veste pentru tine. Nu ea e victima. Nu vezi ce ai aici? În cazul în care acest lucru ajunge la un juriu și va vedea acest DVD, toate farfuriile cad, Ted. Cazul tău e închis și va trebui să te întorci și să-i explici lui Smithson, șeful tău, de ce nu ai prevăzut asta. Nu-l cunosc pe Smithson foarte bine, dar ştiu un lucru despre el. Nu-i place să piardă. Și, după ceea ce s-a întâmplat ieri, aş spune că e şi mai şucărit.

– Prostituatele pot fi și ele victime. Chiar şi amatoarele.

Am clătinat din cap. Am hotărât să-i arăt tot ce aveam în mânecă.

– I-a făcut o înscenare, am zis. Știa că are bani și i-a întins o capcană. Vrea să-l dea în judecată ca să-i ia banii. Fie s-a lovit singură, fie a făcut-o tipul stângaci de la bar. Niciun juriu din lume nu va cumpăra ceea ce vrei tu să vinzi. Sângele de pe mâini și degete sau amprentele de pe cuţit au fost aranjate după ce el a fost bătut.

Minton a dat din cap ca și cum ar fi urmărit logica, dar apoi a venit cu ceva colateral:

– Sunt îngrijorat că aţi putea încerca să intimidaţi victima urmărind-o și hărţuind-o.

– Ce?

– Cunoaşteţi legislaţia. Lăsaţi victima în pace sau data viitoare vom vorbi în faţa unui judecător.

Am clătinat din cap şi am deschis larg mâinile.

– Asculți ceva din ce spun aici?

– Da, am ascultat tot și nu schimbă cursul pe care l-am ales. Am o ofertă pentru tine și va fi valabilă doar până la punerea sub acuzare de luni. După aceea, toate înţelegerile sunt stopate. Clientul tău îşi încearcă şansele cu un judecător şi cu un juriu. Și nu mă intimidezi nici tu, nici cele şaizeci de zile. Voi fi pregătit şi o să te aştept.

Simţeam că mă scufund şi că tot ceea ce spusesem fusese închis în nişte bule, care erau deviate în toate direcţiile, cât mai departe. Oricine ar fi înţeles. Apoi am realizat că era ceva ce scăpasem din vedere. Ceva important. Nu conta cât de necopt era Minton, nu era prost, iar eu tocmai făcusem greşeala să cred că el acţionează ca un neghiob. Biroul procurorului districtual al comitatului LA angaja pe unii dintre cei mai buni absolvenţi ai Facultăţii de Drept. El menționase deja California de Sud și eu știam că era o școală de Drept de unde se dovedise că provin avocații de vârf. Era doar o chestiune de experiență. Se putea ca Minton să aibă puțină experiență, dar asta nu însemna că avea la fel de puține cunoştințe în materie de legi. Mi-am dat seama că trebuie să mă analizez pe mine, nu pe Minton, ca să înţeleg.

– Ce-am scăpat din vedere? am întrebat.

– Nu știu, a spus Minton. Tu ești marele apărător. Ce-ai fi putut să pierzi din vedere?

M-am uitat o clipă la el, apoi mi-am dat seama. Era un scurtcircuit în dezvăluirea probelor. Exista ceva în dosarul lui subțire care nu era în cel gros întocmit de Levin. Ceva care îi făcuse pe procurori să treacă peste faptul că Reggie Campo se vindea. Minton avea atât de mult, încât îmi spusese deja. Prostituatele pot fi și ele victime.

Am vrut să opresc totul şi să mă uit peste probele din dosarul acuzării, ca să le compar cu tot ce ştiam despre caz. Dar nu puteam s-o fac acum, în faţa lui.

– Bine, am spus. Care e oferta? El n-o va accepta, dar i-o voi prezenta.

– Păi, el are o sentinţă cu executare. Ăsta e un dat. Suntem dispuşi să cedăm până la atac cu armă mortală și tentativă de viol. Am merge pe linia de mijloc, care ar însemna o pedeapsă de aproximativ şapte ani.

Am dat din cap. Atac cu o armă mortală şi încercare de viol. O sentinţă de şapte ani ar însemna probabil cam patru ani. Nu era o ofertă rea, dar numai dacă Roulet ar fi comis infracţiunea. În cazul în care era nevinovat, atunci nicio ofertă nu era acceptabilă.

Am ridicat din umeri.

– O să-i spun, am zis.

– Nu uita, e doar până la audiere. Deci, dacă acceptă, sună-mă luni dimineaţă la prima oră.

– Bine.

Am închis servieta și m-am ridicat să plec. Mă gândeam că Roulet aştepta probabil un telefon de la mine ca să-i spun că se terminase coşmarul. În loc de asta, îl voi suna să vorbim despre o înţelegere pentru şapte ani de puşcărie!

Ne-am strâns mâinile, i-am spus că-l voi suna, apoi m-am îndreptat spre ieşire. În holul care ducea spre recepţie m-am ciocnit de Maggie McPherson.

– Hayley s-a distrat de minune sâmbătă, a zis ea referindu-se la fiica noastră. Încă mai vorbeşte despre asta. A zis că o să vă vedeţi şi în weekendul ăsta.

– Da, dacă e în regulă.

– Ești bine? Arăți cam năuc.

– Mă așteaptă o săptămână lungă. Noroc că mâine am agenda liberă. Ce-ar fi mai bine pentru Hayley, sâmbătă sau duminică?

– Oricând e bine. Tu tocmai ieși de la întâlnirea cu Ted pentru Roulet ăla?

– Da. Am primit oferta lui.

Am ridicat servieta ca să-i arăt că aveam oferta acuzării.

– Acum trebuie să încerc s-o vând, am adăugat. Asta va fi greu. Tipul zice că nu a făcut-o.

– Credeam că toți spun la fel.

– Nu cum o spune el.

– Păi, noroc, ce să zic.

– Mulțumesc.

Ne-am îndreptat în direcţii opuse ale holului și apoi, amintindu-mi ceva, am strigat-o.

– Hei, la mulţi ani de Sfântul Patrick!

– Oh!

S-a întors și a venit spre mine.

– Stacey o să stea câteva ore în plus cu Hayley și o parte dintre noi vom trece pe la Four Green Fields după program. Te-ar tenta o halbă cu bere?

Four Green Fields era un pub irlandez, nu departe de centrul civic. Era frecventat de juriștii ambelor părţi ale instanţei. Berea Guinness făcea ca animozitățile să se mai risipească.

– Nu știu, am spus. Cred că trebuie să trec dealul ca să mă întâlnesc cu clientul, dar nu se știe niciodată, poate mă întorc.

– Ei bine, stau doar până la opt, apoi trebuie să mă duc s-o eliberez pe Stacey.

– Bine.

Ne-am despărţit din nou şi eu am ieşit din tribunal. Banca pe care stătusem cu Roulet şi apoi cu detectivul Kurlen era goală. M-am aşezat, am deschis servieta şi am scos dosarul cu probele pe care mi-l dăduse Minton. Răsfoind rapoartele, am găsit aceleaşi lucruri ca în dosarul lui Levin. Nu părea să fie ceva nou până când am ajuns la un raport de analiză comparativă a amprentelor digitale, care confirma ceea ce bănuisem cu toţii de la început: amprentele cu sânge de pe cuţit îi aparţineau clientului meu.

Asta nu era încă suficient pentru a justifica comportamentul lui Minton. Am continuat să citesc şi am găsit ce căutam în raportul de analiză al armei. Raportul pe care îl aveam de la Levin era complet diferit, ca şi cum era de la un alt caz şi o altă armă. Pe măsură ce-l citeam cu mare viteză, simţeam transpiraţia năclăindu-mi părul. Fusesem tras pe sfoară. Mă făcusem de râs la întâlnirea cu Minton şi, mai rău decât atât, îi dezvăluisem prea devreme toate cărţile mele. Avea înregistrarea video de la Morgan's şi timpul necesar ca să se pregătească.

În cele din urmă, am plesnit coperta dosarului şi mi-am scos mobilul. Levin a răspuns după două apeluri.

– Cum a fost? a întrebat el. Bonusuri pentru toată lumea?

– Nu chiar. Ştii unde e biroul lui Roulet?

– Da, pe Canon în Beverly Hills. Am adresa exactă în dosar.

– Ne întâlnim acolo.

– Acum?

– Voi fi acolo în treizeci de minute.

Am apăsat butonul, încheind convorbirea fără alte discuții, apoi l-am sunat pe Earl. Trebuie să fi avut căştile de la iPod pe urechi, deoarece a răspuns abia după al şaptelea ţârâit.

– Vino să mă iei, am spus. Vom mergem dincolo de deal.

Am închis telefonul şi m-am ridicat de pe bancă. M-am plimbat de colo colo aşteptându-l pe Earl să vină. Eram furios. Pe Roulet, pe Levin, dar cel mai mult pe mine. Dar, de asemenea, eram conştient şi de partea pozitivă a acestei situaţii. Acum, singurul lucru cert era că franciza, marea zi a plăţii care venea odată cu ea, era din nou în joc. Era clar că ne îndreptam spre un proces dacă Roulet nu accepta oferta statului. Şi mă gândeam că şansele acestei variante erau aproximativ la fel de mari ca şansele să ningă în LA. Se putea întâmpla, dar nu aş fi crezut până nu vedeam.

15

Când bogații din Beverly Hills vor să arunce mici averi pe haine și bijuterii, se duc pe Rodeo Drive. Când vor să risipească averi mai mari pe case și clădiri, merg câteva străzi dincolo de Canon Drive, unde este cuibul companiilor imobiliare de vârf, care au în ferestrele lor, pe șevalete ornate cu aur, de parcă ar prezenta tablouri de Picasso și Van Gogh, fotografii cu ofertele lor de milioane de dolari. Acesta este locul unde am găsit Windsor Residential Estates și pe Louis Roulet, joi după-amiază.

Când am ajuns acolo, Raul Levin aștepta deja, și chiar că aștepta. Stătea în showroom cu o sticlă cu apă proaspătă, în timp ce Louis își muncea telefonul în biroul personal. Recepționera, o blondă prea bronzată și cu o tunsoare care îi atârna ca o coasă pe o parte a feței, mi-a spus că mai durează doar câteva minute și apoi vom putea intra. Am dat din cap și m-am îndepărtat.

– Vrei să-mi spui ce se întâmplă? a întrebat Levin.

– Da, atunci când vom ajunge la el.

Showroomul era mărginit pe ambele părți cu fire de oțel întinse din tavan până la podea și pe care erau atașate rame de 20×25 cm care conțineau fotografiile și „pedigriurile“ imobilelor oferite spre vânzare. Purtându-mă ca și când aş fi studiat rândurile de case pe care nu aş fi putut spera să mi le permit nici într-o sută de ani, m-am apropiat de holul din spate, care ducea spre birouri. Când am ajuns acolo, am observat o uşă deschisă şi i-am auzit vocea lui Louis Roulet. Părea că aranjează vizionarea unei vile de pe Mulholland Drive pentru un client despre al cărui nume îi spunea agentului imobiliar de la celălalt capăt al firului că voia să fie confidenţial. M-am întors spre Levin, care stătea în continuare aproape de intrarea în showroom.

– Asta e o porcărie, am zis, şi i-am făcut semn.

Am mers pe hol până în încăperea luxoasă a lui Roulet. Biroul era acoperit cu teancuri de documente, pliante şi cataloage groase. Dar Roulet nu era acolo. Era într-o zonă de relaxare în dreapta biroului, tolănit pe o canapea, cu o ţigară într-o mână şi cu telefonul în cealaltă. A fost şocat să mă vadă şi m-am gândit că probabil recepţionera nici măcar nu-i spusese că are vizitatori.

Levin a intrat în cameră în spatele meu, urmat de recepţioneră, cu coasa de păr bălăngănindu-i-se înainte şi înapoi din cauza grabei de a ne ajunge din urmă. Eram îngrijorat de faptul că lama ar fi putut să-i taie nasul.

– Domnule Roulet, îmi pare rău, aceşti oameni, pur şi simplu, au venit aici în spate!

– Lisa, trebuie să-nchid, a spus Roulet în telefon. Te sun eu mai târziu.

A pus telefonul în furcă pe măsuţa de cafea din sticlă.

– E în regulă, Robin, a spus el. Poţi să pleci acum.

I-a făcut un gest de concediere cu dosul palmei. Robin s-a uitat la mine de parcă eram un snop de grâu pe care ar fi vrut să-l taie cu lama aceea blondă şi apoi a părăsit sala. Am închis uşa şi m-am întors spre Roulet.

– Ce s-a întâmplat? a spus el. S-a terminat?

– Nici pe departe.

Adusesem dosarul cu probele procurorului. Raportul asupra armei era în prim-plan. Am făcut un pas în faţă şi i-am dat drumul pe măsuţa de cafea.

– Am reuşit doar să mă fac de râs în biroul procurorului. Plângerea împotriva ta stă încă în picioare şi vom merge, probabil, la proces.

Lui Roulet i-a căzut faţa.

– Nu-nţeleg, a zis el. Ai spus că ai de gând să-l faci praf pe dobitocul ăsta.

– A reieşit că singurul dobitoc de-acolo eram eu! Pentru că, din nou, n-ai colaborat cu mine. Apoi, întorcându-mă spre Levin, i-am spus: Şi pentru că tu ne-ai făcut să cădem într-o capcană!

Roulet a deschis dosarul. Pe prima pagină era o fotografie color a unui cuţit cu sânge pe mânerul negru şi pe vârful lamei. Nu era acelaşi cuţit care fusese fotocopiat în evidenţele primite de Levin de la sursele lui din poliţie şi pe care ni le arătase în timpul primei întâlniri din biroul lui Dobbs.

– Ce naiba e asta? a întrebat Levin, uitându-se la fotografie.

– E un cuţit. Cel real, cel pe care Roulet l-a avut asupra lui când s-a dus în apartamentul lui Reggie Campo. Cel cu sângele ei şi iniţialele lui pe el.

Levin s-a aşezat la celălalt capăt al canapelei pe care şedea Roulet. Eu am rămas în picioare şi amândoi se uitau în sus la mine. Am început cu Levin.

– M-am dus azi să-l văd pe procuror ca să-i trag un şut în fund şi am sfârşit trăgându-mi-l el mie. Cine a fost sursa ta, Raul? Pentru că ţi-a dat un pachet marcat.

– Stai puțin, stai puțin! Asta nu-i...

– Nu, tu să aștepți un minut! Raportul pe care îl aveai despre cuțit, în care nu se putea detecta cui aparține, era fals. Fusese pus acolo ca să ne distrugă. Ca să ne păcălească. Și a funcționat perfect, pentru că am dat buzna acolo gândindu-mă că nu pot pierde ziua de azi și nu am făcut decât să-i dau înregistrarea video de la Morgan's.

– A fost curierul, a spus Levin.

– Ce?

– Curierul. Tipul care transportă rapoartele între secția de poliție și biroul procurorului. I-am spus care sunt cazurile de care sunt interesat și el a făcut copii suplimentare pentru mine.

– Ei bine, ei au fost pe urmele lui și au lucrat perfect. Ai face bine să-l suni și să-i spui că, dacă are nevoie de un avocat bun, nu sunt disponibil.

Mi-am dat seama că mă fâțâiam prin fața lor, dar nu m-am oprit.

– Și tu! i-am spus lui Roulet. Primesc acum raportul adevăratei arme și aflu nu numai că este un cuțit făcut pe comandă, dar te indică direct pe tine, pentru că are inițialele tale nenorocite pe el! Din nou m-ai mințit!

– N-am mințit! a urlat Roulet. Am încercat să-ți spun! Am spus că nu era cuțitul meu! Am spus-o de două ori, dar nimeni nu m-a ascultat.

– Atunci ar fi trebuit să clarifici ce voiai să zici. Doar spunând că nu era cuțitul tău era ca și cum ai fi spus că n-ai făcut-o. Trebuia să spui: „Hei, Mick, ar putea exista o problemă cu cuțitul pentru că aveam un cuțit, dar nu e ăsta din poză". Ce credeai, că o să dispară pur și simplu?

– Te rog, poți să păstrezi tonul jos? a protestat Roulet. Ar putea fi clienți dincolo.

– Nu-mi pasă! Naiba să-i ia de clienți! Nu o să mai ai nevoie de niciun fel de client acolo unde te duci! Nu vezi că acest cuțit răstoarnă toate atuurile? Aveai o armă asupra ta la întâlnirea cu o prostituată. Cuțitul nu a fost plantat. Era al tău. Asta înseamnă că nu mai discutăm de nicio înscenare. Cum putem pretinde că ți-a înscenat totul dacă procurorul poate dovedi că ai avut cuțitul asupra ta atunci când ai intrat pe ușă?

N-a răspuns, dar nici nu i-am dat prea mult timp pentru asta.

– Ai făcut naibii chestia asta, și ei te-au prins! am spus arătând spre el. Nu e de mirare că nu s-au mai obosit cu nicio investigație ulterioară la bar. Nicio anchetă nu mai era necesară când aveau cuțitul și amprentele tale cu sângele ei pe el.

– N-am făcut-o! E o înscenare! ASTA-ȚI SPUN! A fost...

– Cine țipă acum? Știi ce, nu-mi pasă ce-mi spui tu mie. Nu pot să mă descurc cu un client care nu lucrează cu mine, care nu înțelege ce are de câștigat dacă-i spune avocatului său ce se-ntâmplă. Deci, procurorul ți-a făcut o ofertă, și eu zic că e mai bine să o accepți.

Roulet s-a ridicat și a apucat pachetul cu țigări de pe masă. A scos una și a aprins-o de la cea pe care o avea deja.

– Nu voi pleda vinovat pentru ceva ce n-am făcut, a spus el cu vocea calmată brusc, după ce a tras adânc din fumul proaspăt.

– Șapte ani. Vei ieși în patru. Valabilă până luni la ședința instanței și apoi dispare. Gândește-te și spune-mi că o accepți.

– Nu vreau. N-am făcut acest lucru și, dacă nu vrei să mergi mai departe la proces, atunci voi găsi pe altcineva s-o facă.

Levin ținea dosarul cu probele. M-am aplecat și l-am înșfăcat nepoliticos din mâinile lui ca să pot citi direct din raportul armei.

– Nu ai făcut-o? l-am întrebat pe Roulet. Bine, dacă nu ai făcut-o, atunci poți să-mi spui de ce te-ai dus să te vezi cu această prostituată având la tine un cuțit Ninja, negru, făcut la comandă, cu o lamă de 12 cm, cu inițialele tale gravate nu o dată, ci de două ori, pe ambele fețe ale lamei?

Terminând de citit din raport, i l-am aruncat înapoi lui Levin. I-a scăpat printre mâini și l-a lovit în piept.

– Pentru că îl port tot timpul!

Vehemența cu care a răspuns Roulet a făcut liniște în cameră. M-am dat doi pași înapoi și m-am holbat la el.

– Îl porți tot timpul... am zis, nu am întrebat.

– Da, asta e. Sunt agent imobiliar. Conduc mașini scumpe. Port bijuterii scumpe. Și mă întâlnesc des cu străini, singur, în case goale.

Din nou m-a lăsat fără replică. Disperat cum eram, tot mai puteam recunoaște o licărire atunci când o vedeam. Levin s-a aplecat în față și s-a uitat la Roulet și apoi la mine. O văzuse și el.

– Despre ce vorbești? am întrebat. Vinzi case pentru oameni bogați.

– De unde să știu că sunt bogați atunci când sună și spun că vor să vadă o proprietate?

Mi-am întins mâinile confuz.

– Trebuie să aveți un fel de sistem pentru a-i verifica, nu-i așa?

– Sigur, putem apela la un raport de credit și putem cere referințe. Dar durează până ne dau răspunsul, și acestui gen de oameni nu le place să aștepte. Când vor să vadă o proprietate, vor s-o vadă pe loc. Există o mulțime de agenții imobiliare pe piață. Dacă nu acționăm repede, va fi altcineva care o va face.

Am aprobat din cap. Luminița devenea tot mai puternică. Era ceva cu care m-aș fi putut descurca.

– Au fost crime, să știți, a zis Roulet. De-a lungul anilor. Toți agenții imobiliari știu că e periculos să te duci singur într-unele dintre aceste locuri. Într-o vreme a existat cineva numit Violatorul Imobiliar. El ataca și jefuia femei în case goale. Mama mea...

S-a oprit. Am așteptat. Nimic.

– Ce-i cu mama ta?

Roulet a ezitat înainte de a răspunde.

– Era o dată la o vizionare undeva în Bel Air. Era singură și crezuse că locul e sigur, că e în Bel Air. Bărbatul a violat-o. A lăsat-o legată. Văzând că nu vine înapoi la birou, m-am dus la casa respectivă. Am găsit-o.

Ochii lui Roulet priveau în gol.

– Când s-a întâmplat asta? am întrebat.

– Acum vreo patru ani. De-atunci nu s-a mai ocupat de vânzări. A stat doar în birou și nu a mai mers la nicio altă vizionare. Am făcut eu toate vânzările. Ăsta e motivul pentru care mi-am luat cuțitul. Îl am de patru ani și-l port cu mine peste tot, mai puțin în avion. Îl aveam în buzunar când am intrat în acel apartament. Și nu mă gândeam la nimic.

M-am aruncat pe scaunul aflat la masa din fața canapelei. Mintea mea lucra. Vedeam cum putea să meargă. Mai exista încă o formă de apărare, care se baza pe coincidență. Campo îi făcuse înscenarea lui Roulet și fusese ajutată de coincidență atunci când găsise la el cuțitul, după ce-l doborâse. Putea să funcționeze.

– A depus mama ta o plângere la poliție? a întrebat Levin. S-a făcut vreo anchetă?

Roulet a clătinat din cap și și-a stins țigara în scrumieră.

– Nu, a fost prea jenată. I-a fost teamă că ar putea ajunge în presă.

– Cine mai știe despre asta? am întrebat.

– Ah, eu... Sunt sigur că și Cecil știe. Probabil nimeni altcineva. Nu puteți folosi asta. Ea ar fi…

– N-aș folosi asta fără permisiunea ei, am spus. Dar ar putea fi important. Va trebui să vorbesc cu ea despre asta.

– Nu, n-aș vrea…

– Aici sunt în discuție viața și libertatea ta, Louis! Ești trimis la închisoare și nu ești dispus să te duci. Nu-ți face griji pentru mama ta. O mamă va face ceea ce trebuie să facă pentru a-și proteja copilul.

Roulet s-a uitat în jos și a clătinat din cap.

– Nu știu... a spus el.

Am expirat lung, încercând să elimin toată tensiunea odată cu aerul. Dezastrul putea fi evitat.

– Eu știu un singur lucru, am zis. Mă voi întoarce la procuror și o să îi zic „pas!“ pentru înțelegere. Vom merge la proces să ne încercăm șansele.

16

Loviturile continuau să vină. Deocamdată nu mai aveam nimic de făcut. Earl a coborât lângă parcarea navetiștilor, unde-și lăsa în fiecare dimineață mașina personală, iar eu am condus Lincolnul înapoi în Van Nuys, până la Four Green Fields. Era un pub în stil vagon pe bulevardul Victoria, poate că de-aia le plăcea avocaților - cu barul pe partea stângă și un rând de separeuri din lemn, cam șubrede, pe dreapta. Era aglomerat cum doar un local irlandez poate fi de Sfântul Patrick. Părerea mea era că se îngrămădiseră și mai mulți decât în anii precedenți datorită faptului că sărbătoarea băutorilor căzuse într-o joi și mulți petrecăreți punctau un weekend prelungit. Mă asigurasem că propria agendă era goală vineri. Întotdeauna îmi luam liber a doua zi după Sfântul Pat.

Așa că am început să-mi fac drum prin mulțime în căutarea lui Maggie McPherson, în timp ce solicitatul Danny Boy răsuna de la un tonomat de undeva din spate. Dar era o versiune punk rock de la începutul anilor '80 și ritmul lui îmi spulbera orice șansă de a auzi ceva când întâlneam chipuri familiare, le salutam și întrebam dacă o văzuseră pe fosta mea soție. Micile frânturi de conversație pe care le distingeam păreau să fie despre Robert Blake și uimitorul verdict dat cu o zi în urmă.

Prin mulțime m-am ciocnit de Robert Gillen. Cameramanul a băgat mâna în buzunar și a scos patru bancnote noi de o sută de dolari și mi le-a dat. Hârtiile erau, probabil, patru dintre cele zece inițiale pe care i le plătisem în urmă cu două săptămâni în tribunalul Van Nuys când încercam să-l impresionez pe Cecil Dobbs cu abilitățile mele de manipulare a presei. Îi cerusem deja mia lui Roulet. Cele patru sute erau profit.

– Mi-am închipuit că o să dau de tine aici, mi-a urlat el la ureche.

– Mulțumesc, Sticks, i-am răspuns. Mă duc înainte spre bar.

A râs. Am scrutat mulțimea în căutarea fostei mele soții.

– Oricând ai nevoie, omule, a zis el.

M-a bătut pe umăr în timp ce îl împingeam și mă strecuram pe lângă el. În fine, am găsit-o pe Maggie în ultimul separeu din spate. Acolo erau șase femei, toate procuroare sau secretare la biroul din Van Nuys. Pe cele mai multe le știam măcar din vedere, dar scena era jenantă, pentru că trebuia să stau în picioare și să strig ca să acopăr muzica și zgomotul mulțimii. În plus, ele erau procuroare și mă priveau ca pe unul din liga diavolului. Aveau două carafe cu Guinness pe masă și una era plină. Dar șansele mele de a trece printre oameni până la bar ca să-mi iau un pahar erau minime. Maggie și-a dat seama de asta și s-a oferit să-și împartă paharul cu mine.

– E-n regulă, a răcnit ea. Am făcut deja schimb de salivă.

Am zâmbit și am dedus că acele două carafe de pe masă nu erau primele două. Am luat o înghițitură lungă și avea un gust bun. Berea Guinness m-a ajutat întotdeauna să mă concentrez.

Maggie era în mijloc, pe partea stângă a separeului, între două procuroare tinere pe care știam că le luase sub aripa ei. În biroul din Van Nuys, multe dintre femeile mai tinere gravitau în jurul fostei mele soții pentru că șeful, Smithson, se înconjurase de procurori de felul lui Minton.

Stând încă în picioare într-o parte a separeului, am ridicat paharul în cinstea ei, dar ea n-a putut să-mi răspundă fiindcă paharul ei era la mine. S-a aplecat peste masă și a ridicat carafa.

– Noroc!

Nu a mers însă atât de departe încât să bea din ea. A pus-o jos și i-a șoptit ceva femeii de alături, care s-a ridicat ca s-o lase pe Maggie să iasă. Fosta mea soție s-a ridicat, m-a sărutat pe obraz și a spus:

– Este întotdeauna mai ușor pentru o doamnă să obțină un pahar în astfel de situații.

– Mai ales doamnele frumoase, am completat.

Mi-a aruncat una dintre privirile ei și s-a întors spre mulțimea densă care se înghesuia între noi și bar. A fluierat tare, atrăgându-i atenția unuia dintre irlandezii pursânge care lucrau la robinet și puteau desena în spuma de la bere, la gura halbei, o harpă, sau un înger, sau o femeie goală.

– Vreau un pahar de o jumătate de litru! a strigat ea.

Barmanul a trebuit să-i citească pe buze. Și, ca un adolescent trecut peste capetele mulțimii la un concert

Pearl Jam, un pahar curat din sticlă a ajuns la noi, fiind pasat din mână în mână. Ea l-a umplut din carafa plină de pe masa din separeu și apoi am ciocnit.

– Deci, a zis ea. Te simți un pic mai bine decât astăzi când ne-am văzut?

Am dat din cap.

– Un pic.

– Te-a chinuit Minton?

Am dat din cap din nou.

– Și el, și polițiștii.

– Cu tipul ăla, Corliss? Le-am spus că e plin de rahat. Toţi sunt.

N-am răspuns și am încercat să mă port ca și cum ceea ce tocmai îmi spusese nu era o noutate pentru mine și acest Corliss era un nume pe care îl știam deja. Am luat o înghiţitură lungă și lentă din pahar.

– Cred că nu trebuia să fi spus asta, a zis ea. Dar părerea mea nu contează. Dacă Minton e destul de prost să-l folosească, atunci îi vei lua capul tipului, sunt sigură.

Bănuiam că era vorba despre un martor. Dar nu văzusem niciun martor cu numele Corliss menţionat în prezentarea din dosarul cu probele. Faptul că era un martor în care ea nu avea încredere îmi întărea convingerea că acest Corliss era un turnător. Cel mai probabil un turnător din închisoare.

– Cum de știi de el? am întrebat în cele din urmă. Minton a vorbit cu tine despre el?

– Nu, eu sunt cea care l-a trimis la Minton. Nu conta ce credeam din ceea ce spunea el, era de datoria mea să-l trimit la procurorul de caz și era treaba lui Minton să-l evalueze.

– Vreau să zic, cum a ajuns la tine?

S-a încruntat spre mine pentru că răspunsul era atât de evident.

– Pentru că m-am ocupat de prima înfăţişare! El era acolo în boxă. Credea că încă mă ocup de caz.

Acum înţelesesem. Corliss era cu „C“. Roulet fusese strigat primul, neţinându-se cont de ordinea alfabetică. Corliss trebuie să fi fost în grupul de deţinuţi aduşi în sala de judecată odată cu el. Probabil ne văzuse pe mine şi pe Maggie discutând pe tema cauţiunii lui Roulet. Prin urmare, a crezut că Maggie încă se ocupă de acest caz. Trebuie să o fi căutat ca să-i toarne ceva.

– Când te-a chemat? am întrebat.

– Îţi spun prea mult, Haller. Eu nu sunt…

– Spune-mi doar când te-a căutat. Audierea a fost luni, deci a fost mai târziu în ziua aia?

Cazul nu apăruse în niciun ziar şi nici la vreo televiziune. Aşa că eram curios de unde avea Corliss informaţiile pe care încerca să le vândă procurorilor. Trebuia să-mi asum că ele nu veneau de la Roulet. Eram destul de sigur că îl speriasem suficient cât să-şi ţină gura. Fără o informaţie din mass-media, Corliss ar fi putut să îşi ia informaţiile doar din instanţă, atunci când fuseseră citite acuzaţiile, iar Maggie şi cu mine dezbătuserăm cauţiunea.

Am realizat că era de ajuns. Maggie fusese foarte precisă în detalierea leziunilor Reginei Campo, încercând să-l impresioneze pe judecător ca să-l reţină pe Roulet fără cauţiune. Dacă domnul Corliss fusese în sală, avusese acces la toate detaliile de care avea nevoie pentru a susţine că în închisoare clientul meu i-ar fi făcut o mărturisire. Adăugând asta la faptul că se aflase în preajma lui Roulet – se născuse un turnător de închisoare.

– Da, m-a sunat luni seară, a răspuns Maggie în cele din urmă.

– Deci, ce te-a făcut să te gândești că e un martor de rahat? A mai făcut asta și înainte, nu-i așa? Tipul e un turnător profesionist, corect?

O luasem pe ghicite și ea știa. A negat din cap.

– Sunt sigură că vei găsi toate răspunsurile în timpul anchetei. Putem să bem, pur și simplu, o halbă de Guinness ca între prieteni? Trebuie să plec cam într-o oră.

Am dat din cap, dar voiam să știu mai multe.

– Uite ce-ți propun, am spus. Ai băut destul Guinness pentru o zi de Sfântul Patrick. Ce-ar fi să plecăm de aici și să mergem să mâncăm ceva?

– De ce, ca să poți să continui să mă întrebi despre cazul tău?

– Nu, ca să putem vorbi despre fiica noastră.

Și-a mijit ochii.

– E ceva în neregulă? a întrebat ea.

– Nu, din câte știu eu. Dar vreau să vorbim despre ea.

– Unde mă duci la cină?

Am menționat un restaurant italian scump pe Ventura, în Sherman Oaks, și ochii ei s-au însuflețit. Era locul unde ne sărbătoriserăm aniversările și faptul că rămăsese însărcinată. Apartamentul nostru, pe care încă îl mai avea ea, se afla la câteva blocuri distanță, pe Dickens.

– Crezi că putem mânca acolo într-o oră? a întrebat Maggie.

– Dacă plecăm acum și comandăm fără să mai consultăm meniul.

– S-a făcut. Lasă-mă să-mi iau repede la revedere.

– Conduc eu.

A fost bine că am condus eu, pentru că ea nu se ţinea prea bine pe picioare. A trebuit să mergem lipiţi unul de altul până la Lincoln şi apoi am ajutat-o să urce.

Am luat-o la sud pe Van Nuys, spre Ventura. După câteva momente, Maggie a scos o carcasă de CD de sub picioare, care o deranja, fiindcă se aşezase pe ea. Era a lui Earl. Unul dintre CD-urile pe care le ascultase în maşină în timp ce eu eram la tribunal. Era Ludacris, un cântăreţ slobod la gură din sud.

– Nu e de mirare că mă simţeam atât de inconfortabil, a zis ea. Asta e ce asculţi tu între tribunale?

– Nu chiar. E a lui Earl. A condus el în ultima vreme. Ludacris nu e chiar genul meu. Sunt mai mult un tip de şcoală veche. Tupac şi Dre, cântăreţi din categoria asta.

A râs, crezând că glumesc. Câteva minute mai târziu am intrat pe aleea îngustă care ducea la uşa restaurantului. Un valet a luat maşina şi noi am intrat. Amfitrioana ne-a recunoscut şi a reacţionat de parcă trecuseră câteva săptămâni de când fuseserăm acolo ultima dată. Adevărul era că fuseserăm, probabil, acolo recent, dar fiecare cu alt partener.

Am cerut o sticlă de Singe Shiraz şi am comandat paste fără să consultăm meniul. Am sărit peste salate şi aperitive şi i-am spus chelnerului să nu întârzie cu mâncarea. După ce a plecat, m-am uitat la ceas şi am văzut că mai aveam patruzeci şi cinci minute. O mulţime de timp.

Berea Guinness o cam terminase pe Maggie. Zâmbea într-un fel care mă făcea să cred că era beată.

Beată într-un mod minunat. Nu făcea urât niciodată. Întotdeauna devenea dulce. Așa se explica probabil cum de ajunseserăm să avem un copil împreună.

– Poate că ar trebui să renunţi la vin, i-am spus. Sau o să te doară capul mâine.

– Nu-ţi face griji pentru mine. O să iau ce-o să vreau şi o să renunţ la ce-o să vreau.

Ne-am zâmbit reciproc.

– Deci, ce mai faci, Haller? Vreau să spun, cu adevărat.

– Bine. Dar tu? Şi vreau să spun cu adevărat.

– Mai bine ca niciodată. Ai trecut peste povestea cu Lorna?

– Da, suntem chiar prieteni.

– Dar noi ce suntem?

– Nu ştiu. Uneori, adversari, cred.

Ea a clătinat din cap.

– Nu putem fi adversari atât timp cât nu putem lucra la acelaşi caz împreună. În plus, eu am mereu grijă tine. Cum a fost şi cu gunoiul ăla, Corliss.

– Mulţumesc pentru încercare, dar a produs deja destule pagube.

– Nu am niciun pic de respect pentru un procuror care apelează la un puşcăriaş turnător. Nu contează dacă ai un client care e un nenorocit şi mai mare.

– El nu mi-ar spune exact ce-a zis Corliss că i-ar fi mărturisit tipul meu.

– Ce vrei să spui?

– Doar a spus că are un turnător. Nu şi ce-a spus el.

– Asta nu e corect.

– Tocmai asta am spus. Este o probă care ar trebui dezvăluită, dar nu vom ajunge la un judecător până luni, când are loc audierea. Deci nu mă pot plânge nimănui încă. Minton ştie asta. E cum m-ai avertizat: nu joacă în mod corect.

Obrajii i s-au îmbujorat. Apăsasem butonul care trebuia şi ea se înfuriase. Pentru Maggie a câştiga cinstit era singura modalitate de a câştiga. De-asta era un bun procuror.

Stăteam la capătul banchetei din spatele restaurantului. Eram pe ambele părţi ale unui colţ. Maggie s-a aplecat spre mine, dar a venit prea aproape şi ne-am lovit cap în cap. A râs, dar a încercat din nou. A zis în șoaptă:

– A spus că l-a întrebat pe clientul tău pentru ce a ajuns acolo, iar el i-a răspuns: „Căţeaua a primit exact ceea ce a meritat". A spus că tipul tău i-a zis că a lovit-o imediat după ce ea i-a deschis uşa.

S-a lăsat pe spate şi mi-am dat seama că se mişcase prea repede, venindu-i ameţeala.

– Te simţi bine?

– Da, dar putem schimba subiectul? Nu vreau să mai vorbesc despre serviciu. Sunt prea mulţi nemernici şi e prea frustrant.

– Sigur.

Imediat după aceea, chelnerul ne-a adus vinul şi mâncarea în același timp. Vinul era bun, iar mâncarea era ca la mama acasă. Am început să mâncăm în liniște. Apoi, ca din senin, Maggie mi-a zis-o direct în faţă:

– Nu știai nimic despre Corliss, nu? Nu până nu mi-am deschis gura mea mare.

– Știam că Minton ascunde ceva. M-am gândit că era un puşcăriaş...

– Prostii. M-ai îmbătat, așa că ai putut afla tot ce știam.

– Oh, cred că erai deja beată atunci când m-am cuplat cu tine în seara asta.

Ea a luat cu furculiţa un şir lung de spaghete cu sos pesto. Apoi a îndreptat furculiţa spre mine.

– Punct lovit. Deci, ce era cu fiica noastră?

Nu mă aşteptam să-şi amintească asta. Am ridicat din umeri.

– Ceea ce ai spus săptămâna trecută cred că e adevărat. Are nevoie mult mai mult de prezenţa tatălui ei.

– Şi?

– Şi vreau să joc un rol mai mare. Îmi place s-o privesc. Cum a fost sâmbătă, când am dus-o la film. Stăteam cumva lateral, așa că am putut s-o văd cum se uită la film. Mă uitam la ochii ei, ştii?

– Bine ai venit în club!

– Aşa că... nu ştiu. Mă gândeam că poate ar trebui să facem un program, înţelegi? Să fie regulat. Ar putea să rămână chiar peste noapte uneori. Dacă dorește, desigur.

– Eşti sigur de toate astea? E ceva nou pentru tine.

– Este nou fiindcă nu mi-am dat seama de asta înainte. Când era mai mică şi nu puteam comunica de-adevăratelea cu ea, chiar nu ştiam ce să fac. Mă simțeam ciudat. Acum, nu. Îmi place să-i vorbesc. Să fiu cu ea. Învăţ de la ea mai multe decât ea de la mine, asta e sigur.

Am simţit dintr-odată mâna ei pe piciorul meu, pe sub masă.

– Asta e minunat! Sunt atât de fericită să te aud spunând asta, dar hai să o luăm cu binișorul. N-ai fost de mult în preajma ei, mai mult de patru ani, şi n-am de gând s-o las să-și facă speranţe doar pentru ca apoi tu să joci rolul dispărutului.

– Înţeleg. O putem lua cum vrei tu. Vreau doar să-ţi spun că am de gând să fiu acolo. Promit.

Ea a zâmbit, dorindu-şi să mă creadă. Şi mi-am făcut şi mie aceeaşi promisiune pe care i-o făcusem lui Maggie.

– Ei bine, minunat, a spus ea. Mă bucur că vrei să faci asta. Hai să ne gândim la un program, să stabilim câteva date şi să vedem cum merge.

Şi-a dat mâna deoparte şi am continuat să mâncăm în tăcere până când amândoi aproape am terminat. Apoi, Maggie m-a surprins din nou.

– Nu cred că pot să şofez în seara asta, a spus ea.

Am dat din cap.

– Mă gândeam la acelaşi lucru.

– Tu pari în regulă. Ai băut doar o jumătate de pahar la…

– Nu, voiam să spun că mă gândisem la acelaşi lucru legat de tine. Dar nu-ţi face griji, te duc eu acasă.

– Mulţumesc. Apoi, peste masă, şi-a pus mâna pe încheietura mea. Şi mă vei duce înapoi ca să îmi recuperez maşina de dimineaţă?

Mi-a zâmbit dulce. M-am uitat la ea, încercând s-o citesc pe această femeie care îmi spusese acum patru ani s-o şterg. Femeia pe care nu am fost niciodată în stare s-o păstrez sau s-o îndepărtez, a cărei respingere m-a aruncat într-o relaţie despre care am ştiut de la început că nu putea avea şanse pe termen lung.

– Sigur, am spus. O să te duc.

17

De dimineață, m-am trezit și am văzut-o pe fiica mea de opt ani dormind între mine și fosta mea soție. Razele soarelui se strecurau printr-o fereastră mare cu vitraliu, sus pe perete. Când locuiam aici, fereastra mă deranja întotdeauna, deoarece dimineața lăsa să intre prea multă lumină. Uitându-mă la modelul pe care îl făcea lumina pe tavanul înclinat, am reflectat la ce se întâmplase noaptea trecută și mi-am adus aminte că la restaurant băusem toată sticla cu vin, mai puțin un pahar. Mi-am amintit că o condusesem pe Maggie acasă și o găsisem pe fiica noastră dormind în pătuțul ei.

După ce plecase bona, Maggie deschisese o altă sticlă cu vin. Când am terminat-o, m-a luat de mână și m-a condus în dormitorul pe care îl împărțiserăm timp de patru ani, dar nu de patru ani. Ce mă deranja acum era că memoria mea absorbise tot vinul și nu îmi mai aminteam dacă fusese o triumfătoare revenire în dormitor sau un eșec. Și, de asemenea, nu-mi puteam aminti ce cuvinte au fost spuse, ce promisiuni fuseseră, eventual, făcute.

– Asta nu este corect față de ea.

Am întors capul pe pernă. Maggie era trează. Se uita la chipul angelic al fiicei noastre adormite.

– Ce nu e corect?

– Să se trezească și să te găsească aici. Și-ar putea face speranțe sau, pur și simplu, o idee greșită.

– Cum a ajuns aici?

– Am adus-o eu. A avut un coșmar.

– Cât de des are coșmaruri?

– De obicei, când doarme singură. În camera ei.

– Deci, ea doarme aici tot timpul?

Ceva din tonul meu o deranjase.

– Nu începe. Nu ai idee cum este să crești singură un copil.

– Știu. Nu spun nimic. Deci, ce vrei să fac, să plec înainte ca ea să se trezească? Am putea să ne îmbrăcăm și să ne purtăm ca și cum am venit doar ca să te conduc la mașina ta.

– Nu știu. Îmbracă-te acum. Încearcă să nu o trezești.

M-am strecurat afară din pat, mi-am înșfăcat hainele și m-am dus jos în baia pentru musafiri. Eram confuz de cât de mult se schimbase comportamentul lui Maggie față de mine peste noapte. Alcoolul, mi-am zis. Sau poate ceva ce am făcut sau am spus după ce am ajuns înapoi în apartament. M-am îmbrăcat repede și m-am dus iarăși în holul de lângă dormitor și am tras cu ochiul.

Hayley încă dormea. Cu brațele întinse pe cele două perne, arăta ca un înger cu aripi. Maggie își punea un tricou peste o pereche veche de pantaloni pe care îi avea de pe vremea când eram căsătoriți. Am intrat și m-am dus spre ea.

– Am de gând să plec și să mă întorc, am șoptit.

– Ce? a întrebat ea supărată. Credeam că urma să mergem după mașină.

– Dar credeam că nu voiai să se trezească și să mă vadă. Așa că lasă-mă să plec, îmi iau o cafea sau ceva și mă întorc peste o oră. Putem merge împreună să-ți luăm mașina și apoi s-o duc pe Hayley la școală. Pot chiar să o iau mai târziu dacă vrei. Agenda mea de azi e goală.

– Așa, pur și simplu? Ai de gând să începi să o duci la școală?

– E fiica mea. Nu-ți mai amintești nimic din ce ți-am spus aseară?

Și-a încleștat maxilarul. Știam că asta însemna că iese la atac artileria grea. Îmi scăpa ceva. Maggie schimbase viteza.

– Ei bine, da, dar am crezut că ai spus-o doar așa... a zis Maggie.

– Ce vrei să spui?

– Am crezut că încercai să vezi ce știu despre cazul tău sau, pur și simplu, să mă aduci în pat. Nu știu.

Am râs și am clătinat din cap. Orice fantezii despre noi aș fi avut cu o seară înainte se risipiseră repede.

– Nu eu te-am condus spre dormitor, i-am amintit.

– Oh, așa că a fost vorba despre caz! Voiai să vezi ce știu despre cazul tău!

Am fixat-o un lung moment.

– Nu pot câștiga cu tine, nu-i așa?

– Nu când ești viclean, când acționezi ca un avocat al apărării.

Fusese întotdeauna mai bună decât mine când se ajungea la aruncări verbale de cuțit. De fapt, eram recunoscător că exista un inerent conflict de interese și nu va trebui să-i fac faţă la proces. De-a lungul anilor, unii oameni – mai ales avocaţii care suferiseră de pe urma ei – merseseră atât de departe, încât să pretindă că ăsta fusese motivul pentru care mă însurasem cu ea... Ca să evit o profesionistă.

– Uite ce, am spus. Mă întorc într-o oră. Dacă vrei să te duc la maşina pe care ai fost prea beată ca s-o conduci seara trecută, să fii gata şi să fie şi ea gata.

– E-n regulă. O să luăm un taxi.

– Vă duc eu!

– Nu, luăm un taxi. Şi vorbeşte mai încet!

M-am uitat la fiica mea, care continua să doarmă, în ciuda faptului că părinţii ei se ciorovăiau.

– Şi ea? Nu vrei s-o iau mâine sau duminică?

– Nu ştiu. Sună-mă mâine.

– Bine. La revedere.

Am lăsat-o acolo în dormitor. Ieşind din clădirea de apartamente, am mers pe Dickens Street până la Lincolnul parcat stângaci pe bordură. Pe parbriz era o amendă pentru parcare lângă un hidrant. Am urcat în maşină şi am aruncat hârtia pe bancheta din spate. Aveam să rezolv problema cât de curând. Nu precum Louis Roulet, care lăsa amenzile să se adune. Era un comitat plin de poliţişti cărora le-ar fi plăcut să mă salte cu un mandat.

Întotdeauna mi se făcea foame când mă certam şi mi-am dat seama că eram lihnit. Mi-am croit drum înapoi spre Ventura şi m-am îndreptat spre Studio City. Era devreme, în special pentru dimineaţa de după Ziua Sfântului Patrick, şi am ajuns la DuPar's de pe Laurel Canyon înainte să se aglomereze. M-am aşezat într-un separeu din spate și am cerut cafea și niște clătite. Am încercat să uit de Maggie McFierce deschizându-mi servieta și scoțând din ea un blocnotes și dosarele Roulet.

Înainte să mă afund în hârtii, l-am sunat pe Raul Levin, trezindu-l în casa lui din Glendale.

– Vreau să te rog să faci ceva, am spus.

– Nu poate aștepta până luni? Abia am ajuns acasă de câteva ore. Aveam de gând să încep weekendul de azi.

– Nu, nu poate să aștepte și-mi ești dator după ziua de ieri. De altfel, nici măcar nu ești irlandez. Am nevoie să investighezi pe cineva.

– Bine, așteaptă un minut.

Am auzit că a pus telefonul jos în timp ce, probabil, căuta un stilou și hârtie pentru a lua notițe.

– Bine, dă-i drumul.

– E un tip pe nume Corliss, care a fost acuzat imediat după Roulet. A fost adus în primul grup și a stat cu el în boxa acuzaților. Încearcă acum să-l toarne pe Roulet și vreau să știu tot ce este de știut despre tip ca să putem să dăm cu el de pământ.

– Ai un prenume?

– Nu.

– Știi pentru ce era acolo?

– Nu, și nici măcar nu știu dacă mai este închis.

– Mulțumesc pentru ajutor. Ce susține că i-a spus Roulet?

– Că a bătut o curvă care a meritat-o. Ceva în sensul ăsta.

– Bine, ce altceva mai ai?

– Altă chestie e că am primit un pont că e un turnător recidivist. Află pe cine a mai înfundat și poate vom găsi ceva acolo care să ne fie de folos. Scotocește în trecutul lui cât de mult poţi. Oamenii procurorului, de obicei, n-o fac. Se tem de ceea ce ar putea afla. Preferă să nu-şi bată capul.

– Bine, mă ocup de el.

– Anunţă-mă când ştii ceva.

Am închis telefonul exact când mi-au sosit clătitele. Le-am stropit din belşug cu sirop de arţar şi am început să mănânc în timp ce căutam prin dosarul care conţinea probele acuzării.

Raportul asupra armei rămânea singura surpriză. Tot ce mai era în dosar, cu excepţia fotografiilor color, se afla deja în dosarul lui Levin.

L-am deschis pe acesta. Cum era de aşteptat de la un investigator plătit, Levin împănase dosarul cu tot ceea ce pescuise în plasă. Avea chiar copii ale biletelor de parcare şi citările pentru exces de viteză pe care Roulet le acumulase şi nu le plătise în ultimii ani. Asta m-a cam deranjat la început, pentru că aveam foarte mult de eliminat până să ajung la ceea ce avea să fie relevant pentru apărarea lui.

Aproape terminasem când chelneriţa a venit în separeul meu cu un ibric de cafea, ca să-mi umple cana. A dat înapoi când a văzut faţa tumefiată a lui Reggie Campo într-una dintre fotografiile color pe care le pusesem lângă dosare.

– Îmi pare rău, am spus.

Am acoperit fotografia cu unul dintre dosare şi am chemat-o înapoi. A venit ezitând şi mi-a turnat cafeaua.

– E de la serviciu, am dat să-i explic. Nu am vrut să te sperii.

– Tot ce pot spune este că sper să-l prindeţi pe nenorocitul care i-a făcut asta femeii.

Am dat din cap. Credea că sunt polițist. Probabil pentru că nu mă bărbierisem de douăzeci şi patru de ore.

– Lucrez la asta, i-am spus.

Femeia a plecat, şi eu m-am întors la dosar. Când am scos fotografia lui Reggie Campo de dedesubt, am văzut întâi partea neafectată a feţei ei. Partea stângă. Ceva mi-a atras atenția şi am ţinut dosarul nemişcat, în aşa fel încât să văd doar jumătatea teafără a feței. Din nou mi s-a părut că o cunosc de undeva. Dar, din nou, nu mi-am putut da seama de unde. Ştiam că Reggie semăna cu o altă femeie pe care o cunoscusem sau cu care mă intersectasem. Dar cu cine?

Știam, de asemenea, că avea să mă obsedeze. Am reflectat o lungă perioadă de timp, sorbind din cafea şi bătând darabana cu degetele pe masă, apoi m-am hotărât să încerc ceva. Am luat poza lui Campo şi am îndoit-o pe lungime, de la mijloc, astfel încât o jumătate să arate partea dreaptă a feţei, desfigurată, şi cealaltă partea stângă, neatinsă. Apoi am strecurat fotografia pliată în buzunarul interior al hainei şi am ieşit din separeu.

Nu era nimeni în toaletă. M-am dus repede la chiuvetă şi am scos fotografia îndoită. M-am aplecat deasupra chiuvetei şi am apropiat fotografia de oglindă cu partea teafără a lui Reggie Campo la vedere. Oglinda reflecta imaginea, creând un chip întreg şi fără răni. M-am uitat la ea o vreme, apoi, în cele din urmă, mi-am dat seama de ce faţa îmi era familiară.

– Martha Renteria, am rostit.

Uşa de la baie s-a deschis brusc şi doi adolescenţi au dat buzna înăuntru, cu mâinile trăgând deja de fermoare. Am luat repede fotografia din faţa oglinzii și am băgat-o în haină. M-am întors și m-am îndreptat spre uşă. I-am auzit izbucnind în râs în timp ce plecam. Nu-mi puteam imagina ce credeau că făceam acolo.

Odată ajuns în separeu, am adunat hârtiile și fotografiile și le-am pus pe toate înapoi în servietă. Am lăsat pe masă o sumă de bani mai mult decât suficientă pentru consumaţie și bacşiş şi am plecat în grabă din restaurant. Mă simţeam ca şi cum aş fi avut o reacţie alergică de la mâncare. Faţa mi-o simţeam roşie şi mi-era cald sub guler. Aproape că-mi auzeam inima bătând sub cămaşă. Cincisprezece minute mai târziu parcam în faţa depozitului meu de pe Oxnard Avenue în North Hollywood. Am 140 de metri pătraţi în spatele unei uşi duble de garaj. Locul este deținut de un om pe al cărui fiu l-am apărat într-un caz de posesie de droguri, scăpându-l de închisoare și obținând intrarea într-un program de reabilitare. În loc de onorariu, tatăl mi-a închiriat gratuit depozitul pentru un an. Însă fiul său dependent de droguri a continuat să se bage în necazuri, iar eu am continuat să obţin mulți ani de gratuitate pentru folosirea depozitului.

Păstram în depozit cutiile cu dosarele cazurilor îngropate, precum și alte două Lincoln Town Cars. Anul trecut, când eram pe val, mi-am cumpărat patru Lincolnuri deodată, obținând o rată de flotă. Planul era să le folosesc pe fiecare până când atingeau 60 000 pe kilometraj și apoi să le vând unei firme de limuzine, să fie utilizate pentru transport de călători la și de la aeroport.

Planul funcţionase până atunci. Foloseam al doilea Lincoln şi în scurt timp urma al treilea.

După ce am ridicat una dintre uşile de garaj, m-am dus la zona de arhivă, unde cutiile cu dosare erau aranjate pe ani, în rafturi industriale. Am găsit secţiunea de rafturi pentru documente de acum doi ani şi am mers cu degetul în jos pe lista numelor de clienţi aflată pe partea laterală a fiecărei cutii, până când am găsit numele Jesus Menendez.

Am scos cutia de pe raft, m-am lăsat pe vine şi am deschis-o pe podea. Cazul Menendez a fost scurt. El acceptase oferta de a pleda „vinovat" înainte ca procurorul s-o retragă. Deci, erau doar patru dosare, în cea mai mare parte conţinând copii ale documentelor privind investigaţiile poliţiei. Am răsfoit dosarele şi, în cele din urmă, am găsit ceea ce căutam în al treilea.

Martha Renteria era femeia pentru a cărei ucidere Jesus Menendez pledase vinovat. Era o dansatoare în vârstă de douăzeci şi patru de ani, o brunetă frumoasă cu un zâmbet larg, care-i dezvăluia dinţii albi. Fusese găsită înjunghiată de moarte în apartamentul ei din Panorama City. Bătută înainte de a fi înjunghiată, cu leziuni pe partea stângă a feţei, invers decât la Reggie Campo. Am găsit prim-planul feţei ei ataşat la raportul de autopsie. Încă o dată, am pliat fotografia pe lungime, o parte desfigurată, o parte neatinsă.

Pe podea, am luat cele două jumătăţi de fotografie, una a lui Reggie şi una a Marthei, şi le-am apropiat. Lăsând la o parte faptul că o femeie murise şi una nu, cele două jumătăţi alăturate aproape că formau o imagine perfectă. Cele două femei semănau atât de mult, încât ar fi putut trece drept surori.

18

Jesus Menendez ispășea o sentință pe viață în San Quentin pentru că își ștersese penisul pe un prosop de baie. Nu contează cum priveai asta, dar așa se-ntâmplase. Acel prosop fusese cea mai mare greșeală a lui.

Stând cu picioarele pe podeaua de beton din depozitul meu, cu documentele din dosarele lui Menendez răspândite în jurul meu, mă puneam din nou în temă cu situația la care lucrasem cu doi ani în urmă. Menendez fusese condamnat pentru uciderea Marthei Renteria după ce-o urmărise până la apartamentul ei din Panorama City, de la un club de striptease din East Hollywood, numit Camera Cobra. O violase și apoi o înjunghiase de peste cincizeci de ori, făcând să se scurgă din corpul ei atât de mult sânge, încât se prelinsese de pe pat și formase o baltă pe podeaua din lemn de sub acesta. Peste o zi, se infiltrase prin fisurile din podea și începuse să picure din tavan în apartamentul de dedesubt. Acesta a fost momentul în care a fost chemată poliția.

Cazul împotriva lui Menendez a fost formidabil, dar circumstanțial. Și-a făcut rău și singur, admițând la poliție, înainte să ajung să-i fiu avocat, că a fost în apartamentul ei în noaptea crimei. Dar ADN-ul lui de pe prosopul roz, flaușat, al victimei a fost cel care l-a aruncat la închisoare până la urmă. N-a putut fi neutralizat. A fost placa turnantă care nu putea fi blocată. Apărătorii numesc o asemenea dovadă „aisberg", căci este dovada care scufundă nava.

Am luat cazul crimei lui Menendez drept ceea ce aş numi „lider de eşec". Menendez nu avea bani să plătească pentru timpul şi efortul necesar pentru a pune la punct o apărare temeinică, dar cazul fusese larg mediatizat şi am fost dispus să-mi comercializez timpul şi să lucrez gratuit de dragul publicităţii. Menendez venise la mine pentru că doar cu câteva luni înainte de arestarea lui îl apărasem cu succes pe fratele lui mai mare, Fernando, într-un caz de heroină. Cel puţin în opinia mea, fusese un succes. Obţinusem ca o acuzaţie de posesie şi vânzare să fie redusă doar la posesie. A primit condamnare cu suspendare, în loc de închisoare.

Acest rezultat l-a făcut pe Fernando să mă cheme în seara în care Jesus a fost arestat pentru uciderea Marthei Renteria. Jesus plecase de bunăvoie la secția din Van Nuys pentru a vorbi cu detectivii. Un desen cu fața lui fusese arătat pe fiecare canal de televiziune din oraș și intrase în „heavy rotation" în special pe canalele spaniole. El a spus familiei sale că merge la poliție ca să lămurească lucrurile și o să se întoarcă. Dar nu s-a mai întors, așa că fratele lui m-a chemat pe mine. I-am zis fratelui că lecția care trebuie învățată este să nu mergi niciodată la poliție ca să lămurești lucrurile până nu consulţi un avocat.

Văzusem deja numeroase știri de televiziune cu privire la asasinarea dansatoarei exotice, cum era etichetată Renteria, atunci când m-a sunat fratele lui Menendez. Rapoartele includeau portretul-robot al unui bărbat latino-american despre care se credea că a urmărit-o de la club. Știam că interesul mass-mediei în perioada de dinaintea arestării însemna că acest caz se va insinua probabil în conștiința publică și s-ar putea să mă aleg cu un profit bun din asta. Am fost de acord să preiau cazul pe ultima sută de metri. Gratuit. Pro bono. Pentru binele sistemului. În plus, cazurile de crimă sunt puține și rare. Le iau atunci când le pot obține. Menendez a fost al doisprezecelea acuzat de crimă pe care l-am apărat. Primii unsprezece erau încă în închisoare, dar niciunul dintre ei nu fusese condamnat la moarte. Consideram că e un record bun.

Când am ajuns la Menendez în celula de la secția de poliție Van Nuys, el dăduse deja o declarație care-l implica. Le spusese detectivilor Howard Kurlen și Don Crafton că n-o urmărise pe Renteria acasă, așa cum sugerau jurnalele de știri, ci fusese un oaspete invitat în apartamentul ei. Explicase că mai devreme în acea zi câștigase o mie o sută de dolari la loteria Californiei și era dispus să-i dea o parte din ei lui Renteria pentru a se bucura de atenția ei. Spusese că în apartamentul ei au făcut sex consensual – deși el nu a folosit aceste cuvinte – și că, atunci când a plecat, ea era în viață și mai bogată cu cinci sute de dolari în numerar.

Neadevărurile pe care Kurlen și Crafton le găsiseră în povestea lui Menendez erau multe. Mai întâi de toate, nu existase nicio tragere la loteria de stat în ziua crimei sau în cea anterioară, iar în preajma minimarketului în care el spunea că încasase biletul câștigător nu se înregistrase nicio plată pentru un câştig de 1 100 de dolari pentru Menendez sau pentru oricine altcineva. În plus, în apartamentul victimei nu se găsiseră mai mult de optzeci de dolari. Şi, în cele din urmă, raportul autopsiei indicase vânătăi şi alte traume în interiorul vaginului victimei, ceea ce excludea relaţiile sexuale consensuale. Medicul legist ajunsese la concluzia că ea fusese violată cu brutalitate.

Niciun altfel de amprente decât cele ale victimei nu fuseseră găsite în apartament. Locul fusese curăţat. Niciun material seminal nu a fost găsit în corpul victimei, indicând faptul că violatorul a folosit un prezervativ sau nu a ejaculat în timpul agresiunii. Dar în baia de lângă dormitorul în care fusese violată şi ucisă, un criminalist, folosind o lumină neagră, găsise o cantitate mică de material seminal pe un prosop roz agăţat pe un suport de lângă toaletă. Teoria care a intrat în joc a fost că, după viol şi ucidere, criminalul a intrat în baie, şi-a scos prezervativul şi l-a aruncat în WC. Şi-a şters apoi penisul cu prosopul din apropiere şi apoi l-a agăţat la loc. Când a făcut curat şi a şters suprafeţele pe care le-ar fi putut atinge, a uitat de prosop.

Investigatorii au păstrat secret descoperirea urmei de ADN şi teoria însoţitoare. Nu a ajuns în mass-media. Urma să fie atuul lui Kurlen şi Crafton.

Pe baza minciunilor lui Menendez şi a admiterii faptului că fusese în apartamentul victimei, a fost arestat sub suspiciunea de crimă şi reţinut fără cauţiune. Detectivii au primit un mandat de percheziţie, şi probe de salivă au fost colectate de la Menendez şi trimise la laborator pentru comparaţia cu ADN-ul recuperat de pe prosopul din baie.

Asta era situaţia când am preluat cazul. Aşa cum se spune în profesia mea, în momentul acela, Titanicul plecase deja din port. Aisbergul era undeva, acolo, aşteptând. Menendez îşi făcuse foarte mult rău vorbind cu detectivii şi minţindu-i. Totuşi, neştiind de compararea ADN-ului, care era în curs de desfăşurare, am văzut o licărire de lumină pentru Jesus Menendez. Era un caz care putea fi construit prin neutralizarea interviului cu detectivii - care, apropo, devenise o mărturisire complet înflorită când a apărut în mass-media. Menendez era născut în Mexic şi venise în această ţară la vârsta de opt ani. Familia sa vorbea numai spaniola acasă și el învăţase într-o şcoală cu predare în limba spaniolă până la vârsta de paisprezece ani, când renunțase la studii. Vorbea o engleză rudimentară, iar nivelul său de înţelegere a limbii mi s-a părut a fi chiar mai mic decât cel de exprimare. Kurlen şi Crafton nu se obosiseră să aducă un traducător şi, conform interviului înregistrat, nici măcar o dată nu l-au întrebat pe Menendez dacă vrea unul.

Aceasta era breşa prin care mi-aş fi putut croi drum. Interviul era temelia cazului împotriva lui Menendez. Era placa turnantă. Dacă aş fi putut s-o opresc, cele mai multe alte plăci s-ar fi oprit odată cu ea. Planul meu era să atac interviul ca fiind o încălcare a drepturilor lui Menendez, deoarece s-ar putea să nu fi înțeles Avertismentul Miranda care i-a fost citit de către Kurlen sau documentul în engleză cuprinzând aceste drepturi, pe care l-a semnat la cererea detectivului.

Aici se afla cazul, două săptămâni după arestarea lui Menendez, când s-au întors rezultatele de laborator de comparare a ADN-ului cu cel găsit pe prosopul din baia victimei. După care urmărirea penală nu a mai avut nevoie de interviu sau de mărturisire. ADN-ul îl plasa pe Menendez direct la locul unui viol brutal și al unei crime. Am fi putut încerca o apărare tip OJ – să atacăm credibilitatea potrivirii ADN-ului. Dar procurorii și oamenii de la laborator au învățat atât de mult din acel dezastru și în anii care au urmat, încât știam că era puțin probabil să am câștig de cauză cu un juriu. ADN-ul a fost un aisberg şi inerţia navei a făcut imposibilă ocolirea lui.

Însuși procurorul districtual a prezentat rezultatele testului ADN într-o conferință de presă și a anunțat că biroul său va cere pedeapsa cu moartea pentru Menendez. El a adăugat că detectivii au identificat, de asemenea, trei martori oculari care l-au văzut pe Menendez aruncând un cuțit în râul Los Angeles. Procurorul a spus că arma a fost căutată în râu, dar nu a fost recuperată. Cu toate acestea, el a caracterizat mărturiile ca solide – era vorba despre trei colegi de cameră ai lui Menendez.

Ţinând cont de cum fusese construit cazul acuzării și de amenințarea pedepsei cu moartea, am decis că o apărare OJ ar fi prea riscantă. Folosindu-l pe Fernando Menendez pe post de translator, m-am dus la închisoarea Van Nuys și i-am spus lui Jesus că singura lui speranță era pentru o înţelegere pe care procurorul i-o transmitea prin mine. Dacă pleda vinovat pentru crimă, puteam să-i obţin o sentință pe viață cu posibilitatea de eliberare condiționată. I-am spus că va fi liber în cincisprezece ani. I-am spus că era singura soluție.

A fost o discuție cu lacrimi. Ambii frați au strigat și m-au implorat să găsesc altă soluție. Jesus a insistat că nu el o omorâse pe Martha Renteria. A spus că îi mințise pe detectivi pentru a-l proteja pe Fernando, care-i dăduse banii după o lună care-i adusese un profit bun din vânzarea de heroină. Jesus crezuse că dezvăluirea generozităţii fratelui său ar fi dus la o altă anchetă asupra lui Fernando și la posibila sa arestare.

Frații m-au presat să investighez cazul. Jesus mi-a spus că Renteria avusese și alți pretendenți în acea noapte la The Cobra Room. Motivul pentru care-i plătise atâţia bani era că ea îl pusese să liciteze cu un alt bărbat dornic să se bucure de serviciile ei.

În cele din urmă, Jesus mi-a spus că era adevărat că a aruncat un cuțit în râu, dar a fost pentru că îi era frică. Nu era arma crimei. Era doar un cuțit pe care-l folosea când mai găsea o slujbă în Pacoima. Semăna cu cuţitul descris pe canalul spaniol și a scăpat de el înainte de a merge la poliție pentru a lămuri lucrurile.

Am ascultat și apoi le-am spus că niciuna dintre explicațiile lor nu conta. Singurul lucru care conta era ADN-ul. Jesus avea de făcut o alegere. Putea primi cincisprezece ani ori să meargă la proces și să riște pedeapsa cu moartea sau închisoarea pe viață fără posibilitatea de eliberare condiționată. I-am reamintit lui Jesus că era un om tânăr. Putea ieși înainte de a împlini patruzeci de ani. Putea încă să aibă o viață.

Când am plecat de la întâlnirea din pușcărie, aveam acordul lui Jesus Menendez pentru a accepta înțelegerea. L-am văzut doar încă o dată după aceea. La audiere pentru pledoarie și condamnare, atunci când am stat alături de el în fața judecătorului. A fost expediat inițial la Pelican Bay și apoi la San Quentin. Am auzit prin telefonul fără fir al tribunalului că fratele său a fost și el din nou băgat la răcoare, de data aceasta pentru uz de heroină. Dar nu mă sunase. A apelat la un alt avocat și n-am avut motive să mă mir.

Pe podeaua depozitului am deschis raportul privind autopsia Marthei Renteria. Căutam două lucruri anume, la care probabil nimeni nu se uitase atent înainte. Cazul fusese închis. Era un dosar mort. Nimănui nu-i mai păsa.

În primul rând, mă interesa acea parte a raportului care se ocupa de cele 53 de răni prin înjunghiere pe care Renteria le suferise în timpul atacului de pe patul ei. Sub rubrica „Profilul rănii", arma necunoscută era descrisă ca o lamă având în jur de 13 cm lungime și lățimea de 2,5 cm. Grosimea ei era evaluată la 32 mm. De asemenea, se menționa în raport existența unor crăpături zimțate în partea de sus a rănilor, asta indicând faptul că partea superioară a lamei avea o linie inegală, deci fusese concepută ca o armă care putea provoca daune și la intrare, și la ieșire. Scurtimea lamei sugera că arma ar putea fi un briceag.

Exista în raport un desen brut, care descria conturul lamei fără mâner. Mi se părea familiar. Am tras servieta și am deschis-o. Din dosarul de probe al acuzării am scos fotografia cuțitului cu inițialele lui Louis Roulet gravate pe lamă. L-am comparat cu lama desenată pe pagina din raportul de autopsie. Nu era o potrivire exactă, dar era al naibii de aproape.

Apoi am scos raportul cu privire la arma recuperată și am citit același paragraf pe care-l citisem în timpul întâlnirii din biroul lui Roulet, cu o zi înainte. Cuțitul era descris ca un Black Ninja confecționat la comandă, cu o lamă măsurând 12,7 cm lungime, 2,52 lățime și 32 mm grosime - aidoma cuțitului necunoscut folosit pentru a o ucide pe Martha Renteria. Cuțitul pe care Jesus Menendez se presupunea că îl aruncase în râul LA.

Știam că o lamă de 12,7 cm nu era unică. Nimic nu era concludent, dar intuiția îmi spunea că mă apropii de ceva. Am încercat să nu las arsura din piept și gât să mă distragă. Am încercat să rămân concentrat. Am mers mai departe. Aveam nevoie să verific o rană anume, dar nu voiam să mă uit la fotografiile de la sfârșitul raportului, cele care documentau rece corpul oribil mutilat al Marthei Renteria. În schimb, m-am dus la pagina care avea două profiluri generice de corp, alăturate, unul pentru față și unul pentru spate. Pe acestea, medicul legist marcase rănile și le numerotase. Numai profilul din față fusese utilizat. Puncte și numere de la 1 la 53. Arăta ca un joc macabru de „Uniţi punctele..." și nu mă îndoiesc că, în zilele de dinainte ca Menendez să intre pe ușă, fie Kurlen, fie alt detectiv în căutare de ceva le unise, sperând că ucigașul lăsase în urma sa inițialele lui sau un alt indiciu bizar.

Am studiat gâtul văzut din față și am observat două puncte pe fiecare parte a lui. Era numerotate 1 și 2. Am întors pagina și m-am uitat la lista de descrieri individuale ale rănilor. Descrierea pentru rana numărul 1 spunea: „Împunsătură superficială pe gât, în dreapta jos, cu un nivel de histamină ante-mortem, indicaţie de rană coercitivă".

Descrierea rănii numărul 2: „Împunsătură superficială pe gât, în stânga jos, cu un nivel de histamină antemortem, indicație de rană coercitivă. Această împunsătură este cu 1 cm mai mare decât rana 1".

Descrierile însemnau că rănile au fost cauzate în timp ce Martha Renteria era încă în viață. Și că acesta a fost probabil motivul pentru care erau primele enumerate și descrise. Examinatorul sugera ca probabil faptul că rănile rezultau de la un cuțit ținut la gâtul victimei într-un mod coercitiv. Aceasta fusese metoda criminalului de a o controla.

M-am întors la dosarul de probe al acuzării pentru cazul Campo. Am extras fotografiile lui Reggie Campo și raportul medical de la Holy Cross Medical Center. Campo avusese o mică împunsătură pe partea din stânga-jos a gâtului și nicio rană în dreapta. M-am uitat apoi peste declarația ei la poliție până când am găsit partea în care ea a descris cum a fost rănită. Ea susținea că atacatorul a tras-o în sus de pe podeaua din sufragerie și i-a spus să-l conducă spre dormitor. O controla din spate ținând-o cu mâna dreaptă de breteaua de la sutien și apăsându-i cuțitul în partea stângă a gâtului cu mâna stângă. Când ea i-a simțit pentru o clipă încheietura mâinii așezându-i-se pe umăr, a făcut o mișcare, rotindu-se brusc și împingând înapoi, lovindu-și atacatorul de o vază mare de pe podea și reușind astfel să se elibereze.

Înțelegeam acum de ce Reggie Campo a avut doar o singură rană pe gât, în comparație cu cele două cu care se alesese Martha Renteria. Dacă atacatorul lui Campo ar fi ajuns în dormitorul ei și ar fi pus-o pe pat, ar fi ajuns în fața ei atunci când se urca pe ea. În cazul în care ar fi ținut cuțitul în aceeași mână stângă, lama ar fi trecut de partea cealaltă a gâtului ei. Când ar fi găsit-o moartă în pat, ar fi avut înțepături coercitive pe ambele părți ale gâtului.

Am pus deoparte dosarele și m-am așezat turcește pe podea, fără să mă mișc o lungă perioadă de timp. Gândurile mele erau șoapte în întunericul interior. Îmi aminteam fața brăzdată de lacrimi a lui Jesus Menendez atunci când îmi spusese că este nevinovat - când mă implorase să-l cred –, iar eu îi zisesem că trebuie să pledeze vinovat. Îi oferisem mai mult decât consultanță juridică. El nu avea nici bani, nici apărare și nici vreo șansă, în această ordine, iar eu i-am spus că nu are de ales. Și, deși în cele din urmă a fost decizia lui și cu gura lui a rostit cuvântul „vinovat" în fața judecătorului, acum, mă simțeam ca și cum eu, propriul lui avocat, i-aș fi ținut cuțitul la gât și l-aș fi forțat să-l spună.

19

Am ieșit din noua și uriașa clădire pentru închirieri de mașini a aeroportului San Francisco International la ora unu și m-am îndreptat spre nord către oraș.

Lincolnul pe care mi-l dăduseră mirosea ca și când înainte fusese folosit de un fumător, poate cel care-l închiriase sau poate doar tipul care curățase mașina.

Nu știu cum să ajung în vreun loc din San Francisco. Știu doar să trec prin el. De trei sau patru ori pe an am nevoie s-o fac ca să mă duc la închisoarea din golf, San Quentin, ca să vorbesc cu clienți sau martori. Pot să vă spun cum să ajungeți acolo fără efort. Dar întrebați-mă cum se ajunge la Turnul Coit sau pe Cheiul Fisherman și avem o problemă.

Până când am traversat orașul și Golden Gate se făcuse aproape ora două. Eram în formă. Știam din experiențele anterioare că orele de vizită pentru avocați se încheie la patru.

San Quentin este vechi de peste un secol și arată ca și cum sufletul fiecărui deținut care a trăit sau a murit acolo este gravat pe zidurile sale întunecate. Este ca o cobe între închisorile pe care le-am vizitat vreodată, şi la un moment sau altul am fost la fiecare din California.

Mi-au percheziţionat servieta şi m-au pus să trec printr-un detector de metale. După care au trecut încă o baghetă peste mine pentru o verificare suplimentară. Chiar şi aşa, nu mi s-a permis un contact direct cu Menendez, deoarece nu-mi programasem oficial interviul cu avansul necesar de cinci zile. Aşa că am fost pus într-o cameră noncontact – un zid de plexiglas între noi, cu găuri de dimensiunile unui ban prin care să vorbim. I-am arătat gardianului pachetul de fotografii pe care voiam să i le dau lui Menendez şi el mi-a spus să i le arăt prin plexiglas. M-am aşezat, am pus fotografiile deoparte şi n-a trebuit să aştept mult până când l-au adus pe Menendez.

Cu doi ani în urmă, când fusese trimis la închisoare, Jesus Menendez era un bărbat tânăr. Acum, arăta ca şi când ar fi avut deja cei patruzeci de ani la care îi spusesem că ar putea scăpa dacă pledează vinovat. S-a uitat la mine cu ochii la fel de morţi ca pietrele de macadam din parcare. M-a văzut şi s-a aşezat fără tragere de inimă. Nu avusese prea mare folos de pe urma mea.

Nu ne-am deranjat cu saluturi şi eu am intrat direct în chestiune.

– Uite, Jesus, n-am nevoie să te întreb cum ţi-a fost. Ştiu. Dar a intervenit ceva care ar putea afecta cazul tău. Am nevoie să-ţi pun câteva întrebări. M-ai înţeles?

– De ce întrebări acum, omule? N-ai avut întrebări înainte.

Am dat din cap.

– Ai dreptate. Ar fi trebuit să-ţi pun mai multe întrebări atunci şi n-am făcut-o. Nu ştiam atunci ceea ce ştiu acum. Sau cel puţin ceea ce cred că ştiu acum. Încerc să îndrept lucrurile.

– Ce vrei?

– Vreau să-mi povesteşti despre acea noapte de la Cobra Room.

El a ridicat din umeri.

– Fata a fost acolo şi am vorbit. Mi-a spus s-o urmez acasă. A ridicat din nou din umeri. M-am dus la casa ei, omule, dar nu am ucis-o eu aşa.

– Revino la club. Mi-ai spus că trebuia să impresionezi fata, că a trebuit să-i arăţi banii şi ai cheltuit mai mult decât aveai de gând. Îţi aminteşti?

– Aşa este.

– Ai spus că era un alt tip care încerca să se cupleze cu ea. Îţi aminteşti asta?

– *Si*, era acolo vorbind. S-a dus la el, dar a venit înapoi pentru mine.

– A trebuit să-i plăteşti mai mult, corect?

– Aşa.

– Bine, ţi-l aminteşti pe tipul ăla? Dacă ai vedea o poză cu el, ţi l-ai aminti?

– Tipul care vorbea tare? Cred că mi-aş 'minti.

– Bine.

Am deschis servieta şi am scos evantaiul cu fotografii de infractori. Erau şase poze: fotografia lui Louis Ross Roulet şi încă cinci ale unor bărbaţi ale căror imagini le scosesem din arhivă. M-am ridicat şi am început să le arăt una câte una prin peretele transparent. Mă gândisem că, desfăcându-mi degetele, aş putea să le ţin pe toate şase lipite de geam. Menendez s-a ridicat în picioare să se uite atent la fotografii.

Aproape imediat o voce a explodat de la un difuzor de deasupra capului:

– Îndepărtaţi-vă de sticlă! Amândoi, îndepărtaţi-vă de sticlă şi rămâneţi aşezaţi sau interviul va fi suspendat!

Am clătinat din cap şi am blestemat. Am strâns la loc fotografiile şi m-am aşezat. Menendez s-a lăsat la loc jos, de asemenea.

– Gardian! am spus cu voce tare.

M-am uitat la Menendez şi am aşteptat. Paznicul nu a intrat cameră.

– Gardian! am strigat din nou mai tare.

În cele din urmă, uşa s-a deschis şi gardianul a intrat în partea mea din sala de interviu.

– Ai terminat?

– Nu. Am nevoie ca el să se uite la aceste fotografii.

Am ridicat teancul.

– Arată-i-le prin sticlă. Nu are voie să primească nimic de la tine.

– Dar am de gând să le iau înapoi.

– Nu contează. Nu-i poţi da nimic.

– Dar dacă nu-l laşi să se apropie, cum o să le vadă?

– Nu e problema mea.

Am făcut cu mâna în semn de predare.

– Bine, bine. Atunci, poţi să stai aici un minut?

– Pentru ce?

– Vreau să vezi asta. Am de gând să-i arăt fotografiile şi dacă identifică una, vreau să fii martor.

– Nu mă băgaţi în prostiile voastre!

A mers la uşă şi a plecat.

– La naiba! am spus.

M-am uitat la Menendez.

– Bine, Jesus, am de gând să ți le arăt oricum. Să vedem dacă recunoști pe cineva de unde te afli.

Una câte una, am ținut fotografiile la aproximativ 30 cm de sticlă. Menendez s-a aplecat în față. Pe măsură ce i-o arătam pe fiecare dintre primele cinci, el se uita, se gândea și apoi clătina din cap că nu. Dar la a șasea poză i-am văzut ochii aprinzându-se. Se pare că exista totuși viață în ei.

– Ăsta! a spus el. El este!

Am întors fotografia spre mine pentru a fi sigur. Era Louis Roulet.

– 'Mintesc, a declarat Menendez. El este.

– Ești sigur?

Menendez a dat din cap.

– Ce te face atât de sigur?

– Pentru că știu. Mă gândesc la seara aia tot timpul.

Am dat din cap.

– Cine este omul? a întrebat el.

– Nu pot să-ți spun chiar acum. Știu doar că încerc să te scot de-aici.

– Ce trebuie să fac?

– Ceea ce ai făcut și până acum. Stai liniștit, fii atent și rămâi în siguranță.

– Siguranță?

– Știu. Dar, de îndată ce am ceva, vei afla despre asta. Încerc să te scot de aici, Jesus, dar s-ar putea să dureze.

– Tu ai fost cel care mi-a zis să vin aici.

– La vremea aceea nu cred că aveai de ales.

– Cum se face că nu mă-ntrebi niciodată „ai omorât-o pe fata aia“? Tu, avocatul meu, omule. Nu ţi-a păsat. N-ai ascultat.

M-am ridicat şi am strigat tare după paznic. Apoi, i-am răspuns la întrebare:

– Ca să te apăr din punct de vedere legal, nu am nevoie să ştiu răspunsul la această întrebare. Dacă mi-aş întreba clienţii dacă se fac vinovaţi de crimele de care sunt acuzaţi, foarte puţini mi-ar spune adevărul. Şi dacă ar face-o, s-ar putea să nu fiu în stare să-i apăr la cea mai bună capacitate a mea.

Paznicul a deschis uşa şi s-a uitat la mine.

– Sunt gata de plecare, am spus.

M-am uitat la ceas şi mi-am dat seama că, dacă aveam noroc în trafic, puteam prinde legătura de ora cinci spre Burbank. Ora şase, cel târziu. Am aruncat fotografiile în servietă şi am închis-o. M-am uitat din nou la Menendez, care era încă în scaunul său privind de cealaltă parte a geamului.

– Pot să pun mâna pe sticlă? l-am întrebat pe gardian.

– Grăbeşte-te.

M-am aplecat peste tejghea şi mi-am pus mâna pe sticlă, cu degetele răsfirate. Am aşteptat ca Menendez să facă acelaşi lucru, creând o strângere de mână simbolică.

Menendez s-a ridicat, s-a aplecat şi a scuipat pe sticlă în dreptul mâinii mele.

– Niciodată nu mi-ai strâns mâna, a spus el. Eu n-o strâng pe a ta.

Am dat din cap. Cred că am înţeles exact de unde venea el.

Paznicul a zâmbit şi mi-a spus să ies. În zece minute, eram afară din închisoare şi scârţâiam pe pietriş către maşina mea închiriată.

Venisem de la 650 km pentru cinci minute, dar aceste minute fuseseră devastatoare. Cred că punctul cel mai jos din viaţa şi cariera mea profesională a venit o oră mai târziu, când eram în trenul rent-a-car, îndreptându-mă către terminalul Unite. Nemaifiind concentrat la şofat şi întorcându-mă cu mintea în timp, aveam doar cazul la care să mă gândesc. Cazurile, de fapt.

M-am aplecat, cu coatele pe genunchi şi cu faţa în mâini. Cea mai mare temere a mea se confirmase, se confirmase de doi ani, dar nu ştiusem. Nu până acum. Mi se înfăţişase nevinovăţia, dar eu n-o văzusem şi n-o simţisesm. În loc de asta, o aruncasem în fălcile sistemului ca pe orice altceva. Acum era o inocenţă rece, gri, la fel de moartă precum pietrişul, ascunsă într-o cetate de piatră şi oţel. Iar eu trebuia să trăiesc cu asta.

Nu exista nicio consolare în alternativă, ştiind că, dacă am fi dat cu zarul şi ne-am fi dus la proces, Jesus probabil ar fi fost acum condamnat la moarte. Nu putea fi nicio mângâiere în cunoaşterea faptului că soarta asta fusese evitată, pentru că ştiam, la fel de sigur cum ştiam orice altceva pe lume, că Jesus Menendez era nevinovat. Ceva la fel de rar ca un adevărat miracol – un om nevinovat – venise la mine şi eu nu-mi dădusem seama. Îl trimisesem în puşcărie.

– O zi proastă?

Mi-am ridicat privirea. În vagon, vizavi de mine, mai era un bărbat. Eram singurii în acea legătură. Arăta cu zece ani mai în vârstă decât mine şi părul rărit îi dădea un aer de înțelept. Poate că era chiar un avocat, dar nu mă interesa.

– Sunt bine, am spus. Doar obosit.

Am ridicat o mână, cu palma în afară, dându-i de înțeles că nu vreau să încep o conversație. De obicei, călătoresc cu un set de căști pe urechi, cum are și Earl. Mi le pun și bag firul într-un buzunar. Nu se conectează cu nimic, dar îi împiedică pe oameni să-mi vorbească. Fusesem însă mult prea grăbit în acea dimineață să mă gândesc la ele. Prea grăbit să ajung la acest punct dezolant.

Omul din tren a primit mesajul și n-a spus nimic altceva. Eu m-am întors la gândurile mele negre despre Jesus Menendez. Concluzia era că se părea că am un client vinovat de crima pentru care un alt client era condamnat pe viață. Nu-l puteam ajuta pe unul fără să-i dăunez celuilalt. Aveam nevoie de un răspuns. Aveam nevoie de un plan. Aveam nevoie de o dovadă. Dar, pentru moment, în tren, mă gândeam doar la ochii morți ai lui Jesus Menendez, pentru că știam că eu eram cel care ucisese lumina din ei.

20

De îndată ce am coborât din avion la Burbank, mi-am deschis mobilul. Nu aveam un plan, dar știam următorul pas, care începea cu un apel la Raul Levin. Telefonul a vibrat în mâna mea, ceea ce însemna că am mesaje. M-am hotărât să le citesc după ce-l puneam pe Levin în mișcare.

El a răspuns apelului meu și primul lucru pe care l-a întrebat a fost dacă am primit mesajul lui.

– Tocmai m-am dat jos din avion. L-am ratat.

– Din avion!? Unde-ai fost?

– În nord. Care era mesajul?

– Doar o actualizare referitoare la Corliss. Dacă n-ai sunat pentru asta, de ce-ai sunat?

– Ce faci în seara asta?

– Doar zac pe-aici. Nu-mi place să ies vinerea și sâmbăta. E ora amatorilor. Prea mulți bețivi pe drum.

– Ei bine, vreau să ne-ntâlnim. Trebuie să vorbesc cu cineva. Se-ntâmplă lucruri rele.

Se pare că Levin a simțit ceva în vocea mea, deoarece a schimbat imediat politica să-stai-acasă-vineri-seară și a fost de acord să ne întâlnim la Smoke House, lângă studiourile Warner. Nu era departe de unde mă aflam, nici de casa lui.

I-am dat tichetul unui valet într-un sacou roșu și apoi mi-am verificat mesajele, în timp ce așteptam Lincolnul.

Primisem trei mesaje în timpul zborului de o oră de la San Francisco. Primul era de la Maggie McPherson:

> Michael, am vrut doar să sun și să-mi cer scuze pentru cum m-am purtat azi-dimineață. Sincer, am fost supărată pe mine pentru unele dintre lucrurile pe care le-am spus aseară și alegerile pe care le-am făcut. Am dat vina pe tine și n-ar fi trebuit să fac asta. Dacă vrei să o iei pe Hayley la tine mâine sau duminică, ei i-ar plăcea și, cine știe, poate că aș putea veni și eu. Oricum, spune-mi.

Nu mi-a spus Michael prea des, nici măcar atunci când eram căsătoriți. E genul acela de femeie care poate folosi numele de familie ca pe o formă de alint. Așa era, dacă ea voia să fie. Mi-a spus întotdeauna Haller. Din ziua în care ne-am întâlnit la coadă ca să trecem printr-un detector de metale la CCB. Ea se îndrepta spre biroul procurorului, iar eu mergeam la Curtea de delicte minore să mă ocup de un DUI.

Am salvat mesajul pentru a-l asculta din nou cândva și am continuat cu altul. Mă așteptam să fie de la Levin, dar vocea automată a raportat că apelul venea de la un număr cu un cod de zonă 310. Următoarea voce pe care am auzit-o a fost cea a lui Louis Roulet:

Sunt eu, Louis. Voiam doar să verific. Mă întrebam doar, după ziua de ieri, cum stau lucrurile. Şi mai am ceva ce vreau să-ţi spun.

Am apăsat butonul de ştergere şi am trecut la al treilea şi ultimul mesaj. Acesta era al lui Levin:

Hei, şefule, dă-mi un telefon. Am nişte chestii despre Corliss. Oricum, numele este Dwayne Jeffery Corliss. E Dwayne cu D-W. Este un dependent de droguri şi a turnat de alte câteva ori aici, în LA. Ce-i nou, nu? Oricum, el a fost, de fapt, arestat pentru că a furat o bicicletă, probabil avea de gând s-o schimbe pentru un mic gudron mexican. A negociat să-l toarne pe Roulet contra a nouăzeci de zile în programul de la County-USC. Aşa că nu vom putea să ajungem şi să vorbim cu el decât dacă ai un judecător care să aranjeze asta. Mişcare destul de perspicace din partea procurorului. Oricum, eu sunt încă pe urmele lui. Mi-a venit ceva pe internet, din Phoenix, care arată destul de bine pentru noi dacă este vorba de acelaşi tip. Ceva care i-a explodat în faţă. Ar trebui să pot să-ţi confirm luni. Deci asta e tot pentru acum. Sună-mă în weekend. O să zac.

Am şters mesajul şi am închis telefonul.

„Nu mai spune nimic", mi-am zis.

După ce aflasem că Dwayne Corliss era dependent, n-aveam nevoie să ştiu nimic altceva. Am înţeles de ce Maggie n-a avut încredere în el. Dependenţii sunt cei mai disperaţi şi nesiguri oameni cu care ai putea avea de-a face în sistem. Dacă li se dă ocazia, şi-ar turna şi propria mamă pentru a obţine următoarea injecţie sau ca să intre în următorul program de metadonă. Fiecare dintre ei este un mincinos și fiecare dintre ei poate fi prezentat cu uşurinţă ca atare în instanţă.

Oare ce punea la cale procurorul? Numele Dwayne Corliss nu era în materialul de urmărire pe care mi-l dăduse Minton. Cu toate acestea, procurorul demarase procedurile pe care ar fi trebuit să le facă cu un martor. Îl blocase pe Corliss într-un program de nouăzeci de zile pentru a-l păstra în siguranţă. Procesul Roulet avea să-nceapă și să se termine în acest timp. Îl ascundea pe Corliss? Sau, pur și simplu, punea turnătorul pe un raft în dulap astfel încât să știe exact unde era dacă ar fi avut nevoie de mărturia lui. În mod evident, pleca de la convingerea că eu nu știam despre Corliss. Și nici n-aș fi știut dacă nu i-ar fi scăpat lui Maggie McPherson. Cu toate acestea, era încă un pas periculos. Judecătorii nu îi privesc cu bunăvoinţă pe procurorii care batjocoresc atât de flagrant regulile probelor.

Asta mi-a dat ideea unei posibile strategii pentru apărare. Dacă Minton era atât de prost încât să încerce să-l folosească pe Corliss în proces, aș putea să nici nu obiectez în conformitate cu normele de dezvăluire a probelor. Aș putea să-l las să-l aducă pe dependentul de heroină în boxă, căci aș avea șansa să-l fac bucăţi în faţa juriului. Totul depindea de informaţiile cu care venea Levin. Am plănuit să-i spun să continue să sape în direcţia lui Dwayne Jeffery Corliss. Să nu lase nimic deoparte.

De asemenea, am reflectat asupra faptului că acest Corliss era într-un program de detenţie la County-USC.

Levin greșea – ca și Minton – dacă își închipuia că nu puteam ajunge acolo la martor. Printr-o coincidență, clienta mea Gloria Dayton era plasată și ea într-un program de detenție la County-USC, după ce își turnase clientul dealer de droguri. Deși existau mai multe astfel de programe la County, era posibil să participe la aceleași ședințe de terapie de grup sau să se întâlnească la masă. Nu puteam să ajung direct la Corliss, dar, ca avocat al lui Dayton, puteam ajunge la ea, și ea, la rândul ei, putea să-i transmită un mesaj lui Corliss.

Lincolnul a fost adus și i-am dat omului în jachetă roșie câțiva dolari. Am ieșit din aeroport și am condus pe Hollywood Road spre Burbank, unde se află toate studiourile cinematografice. Am ajuns la Smoke House înaintea lui Levin și am comandat un Martini la bar.

La televizorul de deasupra era o știre cu privire la începutul turneului de baschet universitar. Florida învinsese Ohio în primul tur. Titlul din partea de jos a ecranului spunea „Nebunia din martie" și mi-am ridicat paharul pentru asta. Știam ce adevărată nebunie de martie începea să se simtă.

A venit Levin și a comandat o bere înainte de a ne așeza la masă. Încă era mahmur, după seara trecută. Trebuie să fi fost o noapte lungă. Poate că toată lumea se dusese la Four Green Fields.

– Cui pe cui se scoate, a spus el cu acel accent irlandez la care începuse să nu mai renunțe.

A sorbit din pahar, astfel încât să nu se verse, și am ieșit la recepție ca să mergem la o masă. Recepționera ne-a condus într-un separeu căptușit în roșu, în formă de U. Ne-am așezat față-n față și mi-am pus servieta lângă mine. Când chelnerița a venit pentru cocktail, am comandat totul: salate, fripturi și cartofi. Am cerut, de asemenea, pâinea casei cu usturoi și brânză.

– Bine că nu-ți place să ieși la sfârșit de săptămână, i-am spus lui Levin după ce a plecat chelnerița. Mănânci pâine cu brânză și respirația ucide, probabil, pe oricine intră după aceea în contact cu tine.

– Va trebui să-mi asum riscul.

Am tăcut mult timp după aceea. Votca mă făcea să mă simt și mai vinovat. Eram sigur că o să mai comand una atunci când vor veni salatele.

– Deci? a spus, în cele din urmă, Levin. Ai sunat adunarea.

Am dat din cap.

– Vreau să-ți spun o poveste. Nu toate detaliile sunt clare sau cunoscute. Dar o să ți-o spun așa cum cred că este și pe urmă să-mi zici ce părere ai și ce-ar trebui să fac. Bine?

– Îmi plac poveștile. Dă-i drumul!

– Presupun că n-o să-ți placă asta. Începe acum doi ani cu…

M-am oprit și am așteptat până când chelnerița ne-a pus în față salatele și pâinea cu brânză. Am cerut o altă Votcă Martini, chiar dacă nu băusem decât jumătate din prima. Voiam să mă asigur că nu e nicio pauză.

– Deci, i-am spus după ce femeia a plecat. Totul începe cu doi ani în urmă, cu Jesus Menendez. Ți-l amintești, nu?

– Da, l-am pomenit zilele trecute. ADN-ul. El este clientul despre care spui mereu că este în închisoare pentru că și-a șters scula pe un prosop roz flaușat.

A zâmbit, pentru că era adevărat că am redus de multe ori cazul lui Menendez la o astfel de frază absurd de vulgară. O folosisem de multe ori pentru a provoca râsul, când schimbam poveşti de război la Four Green Fields cu alţi avocaţi. Însă asta se întâmpla înainte să ştiu ce ştiam acum.

Nu i-am întors zâmbetul.

– Da. Păi, se pare că nu Jesus a făcut-o.

– Ce vrei să spui? Altcineva şi-a şters scula de prosop?

De data aceasta, Levin a râs.

– Nu, nu înţelegi. Spun că Jesus Menendez este nevinovat.

Levin a devenit serios. A dat din cap, făcând o legătură.

– E în San Quentin. Ai fost azi până la Q.

Am încuviinţat.

– Lasă-mă s-o iau de la început şi să spun povestea, i-am zis. Tu n-ai făcut mare lucru în cazul Menendez pentru că nu era nimic de făcut. Ei aveau ADN-ul, declaraţia lui incriminatoare şi trei martori care l-au văzut aruncând un cuţit în râu. Nu au găsit niciodată cuţitul, dar au avut martorii – colegii lui de cameră. A fost un caz fără speranţă. Adevărul este că l-am luat în considerare pentru valoarea de publicitate. Deci, practic, tot ce-am făcut a fost să-l duc până la o înţelegere. Nu i-a plăcut, a zis că nu e vinovat, dar nu a avut de ales. Procurorul voia pedeapsa cu moartea. Ar fi primit asta sau o condamnare pe viaţă fără posibilitatea de eliberare condiţionată. I-am obţinut condamnarea pe viaţă şi l-am făcut pe micul nenorocit să o accepte. L-am făcut.

M-am uitat în jos la salata mea neatinsă. Mi-am dat seama că nu aveam chef să mănânc. Aveam chef doar să beau și să scap de vinovăție.

Levin aştepta. Nu mânca nici el.

– Dacă-ţi aduci aminte, cazul era despre uciderea unei femei pe nume Martha Renteria. Era dansatoare la The Cobra Room pe East Sunset. Nu ai ajuns acolo. Nu-i aşa?

Levin a clătinat din cap.

– Nu au o scenă, am spus. Au un fel de groapă în centru și, la fiecare număr, acești tipi îmbrăcaţi ca Aladdin apar aducând un coş mare ca pentru o cobră, între două prăjini de bambus. Îl pun jos și începe muzica. Apoi, capacul coșului se ridică și fata apare dansând. După care își dă jos sutienul. O variantă nouă la dansatoarea care iese din tort.

– E Hollywood, *baby*, a spus Levin. Trebuie să ai un spectacol!

– Ei bine, lui Jesus Menendez i-a plăcut spectacolul. Avea o mie de dolari pe care i-i dăduse fratele lui, traficantul de droguri, și și-a făcut un capriciu cu Martha Renteria. Poate pentru că era singura dansatoare mai scundă decât el. Poate pentru că vorbea spaniola cu el. După ce ea și-a terminat numărul, au stat de vorbă și apoi ea a lipsit un pic, a revenit și destul de curând el a aflat că este în competiție cu un alt tip din club. L-a învins pe celălalt tip oferindu-i cinci sute dacă ea îl ducea acasă.

– Dar nu a ucis-o când a ajuns acolo?

– Nţ. El s-a luat după mașina ei. A fost acolo, a făcut sex, și-a aruncat prezervativul în closet și a tras apa, și-a șters scula pe prosop, apoi a plecat acasă. Povestea începe după ce el a plecat.

– Adevăratul criminal.

– Adevăratul criminal bate la ușă, poate se preface că este Jesus și a uitat ceva. Ea deschide. Sau poate a fost o întâlnire. Aștepta bătaia în ușă și a deschis.

– Tipul de la club? Cu care licitase Menendez?

Am dat din cap.

– Exact. Intră, o ia puțin la pumni ca s-o sperie, apoi scoate un cuțit și i-l pune la gât în timp ce intră în dormitor. Sună familiar? Numai că ea n-are norocul pe care avea să-l aibă Reggie Campo peste câțiva ani. O trântește pe pat, își pune un prezervativ și se urcă pe ea. Acum, cuțitul este pe partea cealaltă a gâtului ei și el îl ține acolo în timp ce o violează. Și după ce o face, o ucide. O înjunghie cu cuțitul încă și încă o dată. Dacă a existat vreodată un caz de ucidere excesivă, acesta este. Ceva se-ntâmplă în nenorocita lui de minte bolnavă în timp ce face asta.

Mi-a venit al doilea Martini și l-am luat chiar de la chelneriță din mână și l-am dat jumătate pe gât. Ea a întrebat dacă am terminat cu salatele și amândoi am făcut semn că poate să le ia, așa, neatinse.

– Fripturile dumneavoastră vor fi gata imediat. Sau ați vrea să le aruncăm direct la gunoi și să câștigăm timp?

M-am uitat la ea. Zâmbea, dar eram atât de prins de povestea pe care o relatam, că ratasem ce Dumnezeu spusese ea.

– Nu contează, a mai zis. O să fie gata imediat.

M-am întors la poveste. Levin nu a spus nimic.

– După ce moare, criminalul face curat. Nu se grăbește, căci care-i graba, ea nu pleacă nicăieri și nu așteaptă pe nimeni. Șterge peste tot, având grijă de amprentele pe care le-ar fi putut lăsa. În procesul ăsta, șterge și amprentele lui Menendez. Acest lucru va arăta rău pentru Menendez atunci când, mai târziu, se duce la poliție pentru a explica faptul că el este tipul din schițe, dar nu el a ucis-o pe Martha. Ei se vor uita la el și vor spune: „Atunci, de ce ai purtat mănuși când ai fost acolo?"

Levin a clătinat din cap.

– Oh, omule, dacă toate astea sunt adevărate...

– Nu-ți face griji, sunt adevărate. Menendez își ia un avocat care a făcut odată o treabă bună pentru fratele lui, dar acest avocat nu ar recunoaște un om nevinovat nici dacă l-ar lovi în boașe. Acest avocat este tot ce are. Nici măcar nu-l întreabă pe puști dacă a făcut-o. El doar presupune că a făcut-o, pentru că ei au nenorocitul lui de ADN care a ajuns pe prosop și martori care l-au văzut aruncând cuțitul. Avocatul se pune pe treabă și obține cel mai bun acord pe care l-ar fi putut obține. De fapt, el se simte destul de bine cu asta, deoarece l-a scăpat pe Menendez de condamnarea la moarte și i-a dat șansa unei eliberări condiționate într-o bună zi. Deci, se duce la Menendez și rezolvă problema. El îl face să accepte înțelegerea și să stea drept acolo în instanță spunând „Vinovat". Jesus intră apoi în închisoare și toată lumea e fericită. Statul este fericit, pentru că economisește bani pe un proces, și familia Marthei Renteria este fericită pentru că nu trebuie să se confrunte cu un proces cu toate acele fotografii de la autopsie, cu relatările despre dansul fiicei lor în pielea goală și despre luatul bărbaților acasă pentru bani. Și avocatul este fericit, deoarece a ajuns de cel puțin șase ori la televizor cu cazul, plus că a ținut un alt client departe de lista condamnaților la moarte.

Am dat pe gât restul de Martini și m-am uitat în jur după chelnerița noastră. Voiam altul.

– Când Jesus Menendez a intrat în închisoare era un om tânăr. Tocmai l-am văzut, are 26 de ani și arată de 40. E un tip mic. Știi ce se-ntâmplă acolo cu cei mici.

Mă uitam în jos, la spaţiul gol din faţa mea de pe masă, când a fost pus acolo un platou în formă de ou, cu o friptură sfârâind și cartofi. Am ridicat privirea la chelneriță și i-am cerut să-mi aducă un alt Martini. N-am spus „te rog".

– Mai bine ia-o ușor, a spus Levin după ce femeia a plecat. Probabil că nu există un polițist în acest district căruia nu i-ar plăcea să te tragă pe dreapta, să te ducă în arest și să-ți bage lampa-n ochi.

– Știu, știu. Ăsta e ultimul. Și dacă e prea mult, n-o să conduc. Au întotdeauna un taxi aici în față.

M-am gândit că mâncarea m-ar putea ajuta, așa că mi-am tăiat friptura și am molfăit o bucată. Am luat apoi o felie de pâine cu brânză din șervețelul în care fusese împăturită în coș, dar nu mai era caldă. I-am dat drumul în farfurie și am pus furculița jos.

– Uite, știu că te torturezi singur pentru asta, dar uiți ceva, a spus Levin.

– Da? Ce anume?

– Expunerea lui. El era într-o înfundătură, omule, iar cazul era pierdut. Nu l-am lucrat pentru tine, pentru că nu era nimic de lucrat. Ei îl aveau în mână și tu l-ai salvat din acea înfundătură. Asta era treaba ta și ți-ai făcut-o bine. Deci, acum crezi că știi ce s-a întâmplat cu adevărat. Nu te poți învinovăți pentru ceea ce nu știai atunci.

Am ridicat mâna ca să-l opresc.

– Tipul era nevinovat. Ar fi trebuit să văd asta. Ar fi trebuit să fac ceva pentru asta. În schimb, mi-am făcut doar treaba obişnuită şi am trecut cu ochii închişi prin propunerile de rezoluţie depuse.

– Prostii.

– Nu, nu-s prostii.

– Bine, întoarce-te la poveste. Cine a fost cel de-al doilea tip care a venit la uşa ei?

Mi-am deschis servieta şi am căutat în ea.

– M-am dus astăzi la San Quentin şi i-am arătat lui Menendez nişte poze. Toate cu mutre de-ale unor clienţi de-ai mei. Majoritatea, foşti clienţi. Menendez a ales una în mai puţin de zece secunde.

Am azvârlit pe masă poza cu mutra lui Louis Roulet. A aterizat cu faţa în jos. Levin a luat-o şi s-a uitat la ea câteva clipe, apoi a pus-o din nou cu faţa în jos pe masă.

– Lasă-mă să-ţi arăt ceva, am spus.

Mi-am vârât din nou mâna în servietă şi am scos cele două fotografii îndoite – Martha Renteria şi Reggie Campo. M-am uitat în jur ca să mă asigur că ospătăriţa nu e pe cale să-mi aducă băutura şi apoi i le-am întins peste masă.

– Este ca un puzzle. Pune-le alături şi o să vezi ce obţii.

Levin a pus cele două feţe una lângă alta şi a dat din cap, înţelegând ce voiam să spun. Criminalul – Roulet – avea o fixaţie pentru femeile care se potriveau unui model sau profil dorit de el. I-am arătat apoi arma desenată de către medicul legist care efectuase autopsia Marthei Renteria şi i-am citit descrierea celor două leziuni de pe gâtul ei.

– Știi înregistrarea video pe care o ai de la bar? am întrebat. Ceea ce arată este un criminal în acțiune. La fel ca tine, a remarcat că domnul X este stângaci. Când a atacat-o pe Reggie Campo, a lovit-o cu stânga și apoi a ținut cuțitul tot cu mâna stângă. Tipul ăsta știe ce face. A văzut o oportunitate și a profitat de ea. Reggie Campo este cea mai norocoasă femeie în viață.

– Crezi că mai sunt și altele? Alte crime, vreau să spun.

– Poate. Asta e ceea ce vreau să aflu. Verifică toate cazurile de femei ucise cu un cuțit în ultimii ani. Apoi fă rost de fotografiile victimelor și vezi dacă se potrivesc cu profilul fizic. Și nu te uita numai la cazuri nerezolvate. Martha Renteria făcea parte dintre cazurile presupus închise.

Levin s-a aplecat în față.

– Uite, omule, nu am de gând să arunc o plasă peste astea așa cum poate poliția s-o facă. Trebuie să implicăm poliția în asta. Sau du-te la FBI. Au specialiștii lor în criminali în serie.

Am clătinat din cap.

– Nu pot. E clientul meu.

– Și Menendez este clientul tău, și trebuie să-l scoatem.

– Lucrez la asta. Și de aceea am nevoie de tine, să faci acest lucru pentru mine, Mish.

Amândoi știam că-i spuneam Mish ori de câte ori aveam nevoie de ceva care depășea relația noastră profesională, implicând prietenia din spatele ei.

– Ce zici de un asasin profesionist? a întrebat Levin. Asta ne-ar rezolva problemele.

Am dat din cap, știind că e o glumă.

– Da, asta ar merge, am spus. Ar face lumea un loc mai bun. Dar, probabil, nu l-ar scoate pe Menendez.

Levin s-a aplecat din nou în față. Acum era serios.

– Voi face tot ce pot, Mick, dar nu cred că acesta este modul corect de a proceda. Poţi declara conflict de interese şi să scapi de Roulet. Apoi, să te lupţi să-l scapi pe Menendez din Q.

– Să-l scap cu ce?

– Fotografia. Asta a fost o chestie solidă. El nu-l știa pe Roulet dintr-o gaură în pământ și totuși l-a ales.

– Cine va crede asta? Sunt avocatul lui! Nimeni, de la polițiști la comitetul de clemență, n-o să creadă că nu am aranjat lucrurile. Asta este doar o teorie, Raul. Tu știi și eu știu că este adevărat, dar nu putem dovedi nimic.

– Bine, dar rănile? Ele ar putea lega cuțitul pe care-l au din cazul Campo cu rănile Marthei Renteria.

Am clătinat din cap.

– A fost incinerată. Tot ce mai au sunt descrierile și fotografiile de la autopsie, și nu ar fi concludent. Nu e de ajuns. În plus, nu pot fi văzut ca tipul care aruncă asta împotriva propriului client. Dacă mă întorc împotriva unui client, mă întorc împotriva tuturor clienților mei. Nu pot face asta sau îi voi pierde pe toţi. Trebuie să mă gândesc la altceva.

– Cred că te înșeli. Cred că…

– De-acum trebuie să acţionez ca și când n-aș ști nimic din toate astea, ai înțeles? Dar tu caută. Orice. Păstrează-l separat de Roulet, ca să nu am nicio problemă privind probele. Pune totul în dosarul Jesus Menendez și facturează-mă pe acest caz. Ai înțeles?

Înainte ca Levin să poată răspunde, chelnerița a adus cel de-al treilea Martini. L-am îndepărtat cu mâna.

– Nu-l mai vreau. Doar nota.

– Păi, nu-l pot turna înapoi în sticlă, a spus ea.

– Nu-ți face griji, îl plătesc. Doar că nu vreau să-l beau. Dă-i-l tipului care face pâinea cu brânză și adu-mi nota.

Ea s-a întors și a plecat, probabil supărată că nu i-am oferit ei băutura. M-am uitat din nou la Levin. Părea afectat de ceea ce-i dezvăluisem. Știam exact cum se simte.

– Ce mai franciză am primit, nu?

– Da. Cum o să reușești să te porți natural cu acest tip când va trebui să ai de-a face cu el, știind că, între timp, dezgropi acest rahat?

– Cu Roulet? Am de gând să-l văd cât mai puțin posibil. Numai atunci când este necesar. El mi-a lăsat un mesaj astăzi, are ceva să-mi spună. Dar nu-l sun înapoi.

– De ce te-a ales? Adică de ce l-ar alege exact pe avocatul care ar putea pune toate astea cap la cap?

– Nu știu. M-am gândit tot drumul cu avionul. Cred că a fost îngrijorat că aș putea auzi despre caz și să fac oricum legăturile. Dar dacă el este clientul meu, atunci știe că, din punct de vedere etic, sunt obligat să-l protejez. Cel puțin la început. Plus că este vorba de bani.

– Ce bani?

– Banii de la mama lui. Franciza. El știe cât de importantă este plata asta pentru mine. Cea mai mare plată a mea. Poate că el a crezut că aș închide ochii pentru a păstra banii.

Levin a dat din cap.

– Poate ar trebui, nu-i așa? am spus.

A fost o încercare de umor stimulat de votcă, dar Levin n-a zâmbit și apoi mi-am amintit chipul lui Jesus Menendez în spatele plexiglasului de la închisoare și n-am putut nici eu să zâmbesc.

– Ascultă, mai e ceva ce trebuie să faci. Vreau să-l cercetezi și pe el. Pe Roulet. Află tot ce se poate, fără să te apropii prea mult. Și verifică povestea asta cu mama lui, cum a fost violată într-o casă de vânzare în Bel Air.

Levin a dat din cap.

– Mă ocup de asta.

– Și n-o pasa altcuiva.

Asta era o glumă între noi. Ca și mine, Levin era un om bun la toate. N-avea cui s-o paseze.

– N-o voi face. Mă descurc singur.

Acesta era răspunsul lui obișnuit, dar de data asta îi lipsea falsa sinceritate și umorul pe care le avea de obicei. Răspunsese din reflex.

Chelnerița a venit la masă și a pus nota în jos cu un „mulțumesc". Am aruncat un card de credit pe ea fără măcar să mă uit la prejudiciu. Voiam doar să plec.

– Vrei să-ți împacheteze friptura? am întrebat.

– E-n regulă, a spus Levin. Mi-am cam pierdut pofta de mâncare acum.

– Ia-o pentru câinele de atac pe care-l ai acasă.

– Asta-i o idee. Am uitat de Bruno.

A privit în jur după chelneriță ca să-i ceară o cutie.

– Ia-o și pe a mea, am spus. Eu n-am câine.

21

În ciuda paharelor cu votcă, scap prin slalomul care este Laurel Canyon fără să-mi bușesc Lincolnul sau să fiu tras pe dreapta de vreun polițist. Casa mea este pe Fareholm Drive, o alee care urcă de la gura de sud a canionului. Toate casele sunt aliniate pe stradă și singura problemă când am ajuns a fost să constat că un idiot și-a parcat SUV-ul în fața garajului meu și nu pot intra. Parcarea pe străduța îngustă este întotdeauna dificilă, iar locul din fața ușii mele de la garaj era, de obicei, prea primitor, mai ales într-o seară de weekend, când invariabil cineva din vecini dădea o petrecere.

Am condus pe lângă casă și am găsit un spațiu suficient de mare pentru Lincoln la un cvartal și jumătate distanță. Cu cât mă îndepărtam de casă, cu atât mai furios eram pe SUV. Fantezia a crescut de la a scuipa pe parbriz până la a-i rupe oglinda laterală, a-i găuri anvelopele și a-i lovi caroseria laterală. În loc de toate astea, am scris un bilețel cuminte pe o foaie de hârtie: „Acesta nu este un spațiu de parcare! Data viitoare, mașina va fi remorcată". La urma urmei, nu știi niciodată cine conduce un SUV în

Los Angeles și, dacă ameninți pe cineva pentru parcare în fața garajului, el știe unde locuiești!

M-am întors și tocmai voiam să pun biletul sub un ștergător de parbriz când am observat că SUV-ul era un Range Rover. Am pus mâna pe capotă și era rece la atingere. M-am uitat în sus, deasupra garajului, la ferestrele pe care le puteam vedea de acolo, dar erau întunecate. Am vârât biletul îndoit sub ștergătorul de parbriz și am început să urc scările spre veranda din față. Oarecum mă așteptam să-l găsesc pe Louis Roulet așezat într-unul dintre scaunele înalte de regizor, admirând priveliștea orașului, dar nu era acolo.

Apoi m-am îndreptat spre un colț al verandei și m-am uitat spre oraș. Era imaginea care mă făcuse să cumpăr casa. Tot ce era în casă, după ce intrai pe ușă, era banal. Dar veranda din față și priveliștea deasupra bulevardului Hollywood puteau da naștere la un milion de visuri. Am folosit onorariul de la ultimul caz de franciză pentru avans. Dar odată ce am luat casa, nu a mai existat altă franciză, am luat diferența ipotecând-o a doua oară. Adevărul este că mă chinuiam în fiecare lună doar ca să plătesc ratele. Aveam nevoie să ies din asta, dar priveliștea de pe verandă mă paraliza. Probabil că m-aș uita pierdut la oraș dacă ar veni să ia cheia și să-mi blocheze accesul.

Știu întrebarea pe care casa mea o ridică. Chiar și cu strădaniile mele de a rămâne pe linia de plutire cu ea, cât de corect este că, atunci când un procuror și un avocat al apărării divorțează, avocatul ia casa de pe deal cu o priveliște de un milion de dolari, în timp ce procurorul și fiica obțin un apartament cu două dormitoare în Valley? Răspunsul este că Maggie McPherson își putea cumpăra casa pe care o voia și eu aș fi ajutat-o la capacitatea mea maximă. Dar ea a refuzat să se mute, așteptând să fie promovată în biroul din centrul orașului. Cumpărarea unei case în Sherman Oaks sau oriunde altundeva ar fi trimis un mesaj greșit, unul de mulțumire sedentară. Ea nu se mulțumea să fie Maggie McFierce din biroul Van Nuys. Nu se mulțumea să i-o ia înainte John Smithson sau oricare dintre pistolarii lui tineri. Era ambițioasă și voia să obțină centrul orașului, unde, se presupunea, cei mai buni și mai strălucitori instrumentau cele mai importante cazuri. Refuzase să accepte truismul simplu conform căruia cu cât ești mai bun, cu atât reprezinți o amenințare mai mare pentru cei din vârf, mai ales dacă sunt aleși politic. Știam că Maggie nu ar fi niciodată invitată în centru. Era al naibii de bună. Prea bună.

Din când în când, ceva s-ar fisura, apoi s-ar dezlănțui în moduri neașteptate. Fie ar face o remarcă tăioasă la o conferință de presă, fie ar refuza să coopereze cu un detectiv din centru. Sau ar dezvălui la beție ceva despre un caz unui avocat al apărării și ex-soț, ceva care n-ar trebui să-i fie spus.

Telefonul a început să sune din interiorul casei. M-am mutat la ușa din față și am bâjbâit cu cheile ca să intru și să ajung la timp. Numerele mele de telefon și cine le are ar putea forma o diagramă-piramidă. Numărul din *Pagini Aurii* îl avea sau l-ar fi putut avea toată lumea. Următorul nivel al piramidei era telefonul meu mobil, care fusese distribuit unor colegi, anchetatori, garanți, clienți și alte rotițe ale sistemului. Telefonul meu de acasă era partea de sus a piramidei. Foarte puțini aveau numărul. Nu clienți și nici alți avocați, cu excepția unuia singur.

Am intrat și am luat telefonul de pe peretele bucătăriei înainte de a intra robotul. Apelantul era acel avocat care avea numărul. Maggie McPherson.

– Ai primit mesajele mele?

– L-am primit pe cel de pe mobil. Ce s-a întâmplat?

– Nu s-a întâmplat nimic. Am lăsat un mesaj pe acest număr mult mai devreme.

– A! am fost plecat toată ziua. Tocmai am intrat!

– Unde-ai fost?

– Ei bine, am fost la San Francisco, apoi am luat cina cu Raul Levin. Cu tine e totul în regulă?

– Sunt doar curioasă: ce era în San Francisco?

– Un client.

– Deci, ceea ce vrei cu adevărat să spui este că ai fost până la San Quentin și înapoi.

– Mereu ai fost prea inteligentă pentru mine, Maggie. Nu pot să te păcălesc niciodată. Există un motiv pentru acest telefon?

– Am vrut doar să văd dacă ai primit scuzele mele și am vrut, de asemenea, să aflu dacă ai de gând să faci ceva cu Hayley mâine.

– Da și da. Dar, Maggie, nu e nevoie de scuze și tu ar trebui să știi asta. Îmi pare rău pentru cum am reacționat înainte de a pleca. Și dacă fiica mea vrea să fie cu mine mâine, atunci și eu vreau să fiu cu ea. Spune-i că putem să mergem la plimbare sau la un film dacă dorește. Orice vrea ea.

– Ei bine, de fapt, ea vrea să meargă la mall.

A spus-o de parcă ar fi pășit pe sticlă.

– La mall? Mallul este în regulă. O s-o iau eu. Ce-i în neregulă cu mallul? Vrea ceva în mod special?

Am simțit brusc un miros străin în casă. Miros de fum. În picioare, în mijlocul bucătăriei, am verificat cuptorul și aragazul. Erau oprite. Eram legat de bucătărie pentru că telefonul era cu fir. L-am întins până la ușă și am aprins lumina în sufragerie. Era goală și lumina ei s-a proiectat în încăperea de alături, camera de zi, prin care trecusem când am intrat. Părea goală de asemenea.

– Au un loc acolo unde poți să-ți faci propriul ursuleț din pluș, să-ți alegi stilul și caseta de voce și să pui o inimioară în umplutură. Este foarte drăguț.

Acum voiam să închid și să-mi explorez în continuare casa.

– Bine. O iau eu. La ce oră?

– Mă gândeam undeva pe la amiază. Poate am putea lua prânzul întâi.

– Noi?

– Te-ar deranja?

– Nu, Maggie, deloc! Ce-ar fi să ajung la amiază?

– Super.

– Ne vedem atunci.

Am închis telefonul înainte să-mi poată spune la revedere. Aveam un pistol, dar era o piesă de colecție cu care nu am tras în viața mea și care se afla într-o cutie în dulapul din dormitorul meu, în partea din spate a casei.

Așa că am deschis ușor un sertar din bucătărie și am luat un cuțit de friptură scurt, dar ascuțit. Apoi am trecut prin camera de zi spre holul care ducea în partea din spate a casei. Erau trei uși în hol. Ele duceau la dormitorul meu, la o baie și la un alt dormitor pe care îl transformasem în birou, singurul birou adevărat pe care-l aveam.

Lumina de pe masa de lucru era aprinsă. Nu era vizibilă din locul unde mă aflam pe hol, dar puteam spune că e aprinsă. Nu fusesem acasă de două zile, dar nu-mi aminteam s-o fi lăsat aprinsă. M-am apropiat încet de ușa deschisă spre cameră, conștient de faptul că este ceea ce poate se aștepta să fac: să mă concentrez pe lumina dintr-o singură cameră, în timp ce intrusul așteaptă în întunericul din dormitor sau din baie.

– Vino aici, Mick. Sunt doar eu.

Cunoșteam vocea, dar nu mă făcea să mă simt în largul meu. Louis Roulet aștepta în cameră. Am trecut pragul și m-am oprit. El stătea în scaunul de birou din piele neagră. S-a rotit astfel încât să fie cu fața la mine și și-a încrucișat picioarele. Pantalonii i s-au ridicat pe piciorul stâng și i-am văzut dispozitivul de urmărire pe care Fernando Valenzuela îl obligase să-l poarte. Știam că, dacă Roulet venise să mă omoare, cel puțin lăsase o urmă. Nu era foarte reconfortant, totuși... M-am rezemat de tocul ușii, astfel încât să țin cuțitul în spatele șoldului, fără ca asta să fie prea evident.

– Deci, aici îți faci tu minunata ta muncă de avocat? a întrebat Roulet.

– O parte din ea. Ce faci aici, Louis?

– Am venit să te văd. Nu mi-ai răspuns la telefon, așa că am vrut să mă asigur că suntem încă o echipă, știi?

– Am fost plecat din oraș. Tocmai m-am întors.

– Și cina cu Raul? Nu i-ai spus asta cui te-a sunat?

– E un prieten. Am luat cina pe drumul de întoarcere de la Aeroportul Burbank. Cum ai aflat unde locuiesc?

Louis și-a dres glasul și a zâmbit.

– Lucrez în domeniul imobiliar, Mick. Pot afla unde locuieşte oricine. De fapt, am fost cândva o sursă pentru *National Enquirer.* Știai asta? Puteam să le spun unde locuieşte fiecare celebritate, indiferent în spatele cărui alter ego și corporație și-a ascuns achizițiile. Dar am renunţat după o vreme. Banii erau în regulă, dar era așa... țipător. Știi ce vreau să spun, Mick? Oricum, m-am oprit. Dar pot încă să aflu unde locuieşte oricine. De asemenea, pot afla dacă și-a depășit valoarea ipotecară și inclusiv dacă-și plătește ratele la timp.

S-a uitat la mine zâmbind cu subînţeles. Ceea ce-mi spunea era că știa: casa era doar o bombă financiară, că nu aveam, de fapt, nimic și, ca de obicei, eram restant cu o lună la cele două credite ipotecare. Fernando Valenzuela, probabil, nici nu ar fi acceptat casa ca garanție pentru o obligațiune de 5 000 de dolari.

– Cum ai intrat? am întrebat.

– Ei bine, e ceva amuzant în asta! Se pare că aveam o cheie! Pe vremea când acest loc era de vânzare – ceea ce a fost, când?, cu aproximativ optsprezece luni în urmă? Oricum, am vrut să-l văd pentru că aveam un client care putea fi interesat datorită priveliștii. Așa că am venit și am luat cheia din setul agentului imobiliar. Am intrat și m-am uitat în jur și am știut imediat că nu era bună pentru clientul meu, el voia ceva mai frumos, așa că am plecat. Și am uitat să pun cheia înapoi. Am prostul obicei de a face asta. Nu este ciudat că, după atâta timp, avocatul meu locuiește în această casă? Și, apropo, văd că n-ai făcut nimic cu ea. Ai vederea, desigur, dar e nevoie de unele amenajări.

Mi-am dat seama atunci că-mi purta pică din cazul Menendez. Şi că, probabil, ştia că tocmai fusesem până la San Quentin să-l vizitez. M-am gândit la omul din tren. „O zi proastă?" L-am văzut mai târziu transferându-se la Burbank. Dacă mă urmărea? Lucra oare pentru Roulet? Era el detectivul pe care Cecil Dobbs încercase să-l folosească în caz? Nu aveam toate răspunsurile, dar eram conştient că singurul motiv pentru care Roulet mă aştepta acasă era că ştia ceea ce ştiam.

– Ce vrei de fapt, Louis? Încerci să mă sperii?

– Nu, nu, eu sunt cel care ar trebui să fie speriat. Presupun că ai o armă oarecare acolo la spate. Ce este, un pistol?

Am apucat cuţitul mai strâns, dar nu l-am arătat.

– Ce vrei? am repetat.

– Vreau să-ţi fac o ofertă. Nu din partea casei. Pe serviciile tale.

– Ai deja serviciile mele.

S-a rotit de câteva ori în scaun înainte de a răspunde. Ochii mei cercetau biroul, verificând dacă lipsea ceva. Am observat că folosise ca scrumieră o mică farfurie din ceramică pe care mi-o făcuse fiica mea. Era gândită ca suport pentru agrafe de birou.

– M-am gândit la aranjamentele noastre financiare şi la dificultăţile pe care le prezintă cazul, a spus el. Sincer, Mick, cred că eşti prost plătit. Aşa că aş vrea să creez o nouă schemă de onorariu. Vei primi suma convenită deja şi vei fi plătit integral înainte să înceapă procesul. Dar am de gând acum să adaug un bonus de performanţă. Când voi fi găsit nevinovat de această crimă urâtă de un juriu convenabil mie, taxa se dublează în mod automat.

Voi scrie cecul în Lincolnul tău în timp ce plecăm de la tribunal.

– Asta-i frumos, Louis, dar baroul California refuză să permită avocaţilor să accepte bonusuri bazate pe rezultate. Nu pot accepta. Este mai mult decât generos, dar nu pot.

– Dar baroul California nu este aici, Mick! Şi nu trebuie să-l tratăm ca pe un bonus de performanţă. Este doar o parte din schema de plată. Pentru că, la urma urmei, apărarea ta va fi una de succes, nu-i aşa?

S-a uitat cu atenţie la mine şi am văzut ameninţarea în ochii lui.

– Nu există garanţii în sala de judecată. Lucrurile pot întotdeauna să meargă prost. Dar eu încă mai cred că arată bine.

Faţa lui Roulet s-a deschis încet într-un zâmbet.

– Ce pot face ca să arate chiar mai bine?

M-am gândit la Reggie Campo. Încă în viaţă şi pregătită să meargă la proces. N-avea nicio idee împotriva cui urma să depună mărturie.

– Nimic, i-am răspuns. Stai liniştit şi aşteaptă să se termine. Nu intra la idei. Nu face nimic. Cazul îşi urmează drumul şi o să fie bine.

N-a răspuns. Voiam să-l scap de gândurile despre ameninţarea pe care o reprezenta Reggie Campo.

– Există totuşi un singur lucru nou care a apărut, i-am spus.

– Serios? Care-i ăsta?

– Nu am detalii. Ceea ce ştiu am aflat de la o sursă care nu-mi poate spune nimic mai mult. Dar se pare că procurorul are un informator din închisoare. Nu ai vorbit cu nimeni despre acest caz atunci când ai fost acolo, nu? Aminteşte-ţi, ţi-am spus să nu vorbeşti cu nimeni.

– Şi n-am făcut-o. Pe oricine ar avea, omul este un mincinos.

– Cei mai mulţi dintre ei sunt. Am vrut doar să fiu sigur. Mă descurc eu cu el dacă apare.

– Bine.

– Altceva: ai vorbit cu mama ta să depună mărturie în legătură cu atacul din casa goală? E nevoie de ea pentru a motiva de ce aveai asupra ta un cuţit.

Roulet şi-a ţuguiat buzele, dar nu a răspuns.

– Am nevoie de tine s-o convingi, i-am spus. Ar putea fi foarte important să stabilească asta în mod credibil pentru juriu. În plus, ar putea îndrepta simpatia spre tine.

Roulet a dat din cap. Văzuse lumina.

– Poţi s-o întrebi?

– O s-o fac. Dar îi va fi greu. N-a raportat atacul. N-a spus nimănui în afară de Cecil.

– Avem nevoie de mărturia ei, apoi îl putem aduce şi pe Cecil ca martor care să susţină povestea ei. Nu-i acelaşi lucru ca un raport al poliţiei, dar o să meargă. Avem nevoie de ea, Louis. Cred că, în cazul în care ea depune mărturie, poate convinge juriul. Doamnele în vârstă din juriu.

– Bine.

– Ţi-a spus vreodată cum arăta tipul sau ce vârstă avea, ceva de genul ăsta?

El a clătinat din cap.

– N-ar fi putut spune. Purta o mască de schi şi ochelari de protecţie. A sărit pe ea de îndată ce mama a intrat. Era ascuns în spatele ușii. A fost foarte rapid și foarte brutal.

Vocea îi tremura în timp ce povestea. Eram nedumerit.

– Am crezut că ai spus că atacatorul era un potențial cumpărător cu care trebuia să se întâlnească acolo. El era deja în casă?

Și-a întors ochii spre mine.

– Da. Cumva, ajunsese deja înăuntru și o aştepta. A fost groaznic.

Am dat din cap. Nu am vrut să merg mai departe pentru moment. Îl voiam afară din casa mea.

– Ascultă, îţi mulţumesc pentru ofertă, Louis. Acum, dacă poţi să mă scuzi, vreau să merg la culcare. Am avut o zi lungă.

Am făcut semn cu mâna liberă spre holul care ducea în partea din față a casei. Roulet s-a ridicat de pe scaun și a venit spre mine. M-am retras în hol și apoi în ușa deschisă a dormitorului meu. Țineam cuțitul la spate, pregătit. Dar Roulet a trecut fără vreun incident.

– Și mâine trebuie s-o distrezi pe fiica ta, a spus el.

Asta m-a înghețat. Ascultase convorbirea cu Maggie. N-am spus nimic.

– Nu știam că ai o fiică, Mick. Asta trebuie să fie frumos.

S-a uitat iar la mine, zâmbind, în timp ce mergea pe hol.

– E frumoasă, a adăugat.

Nu mai suportam. M-am luat după el, simțind cum crește furia în mine cu fiecare pas. Am strâns bine cuțitul.

– De unde știi cum arată? am întrebat.

S-a oprit și m-am oprit și eu. S-a uitat în jos, la cuțitul din mâna mea și apoi la fața mea. A vorbit calm:

– Fotografia ei e pe birou.

Uitasem de fotografie. O poză mică, înrămată, într-o ceașcă de ceai de la Disneyland.

– Oh, am spus.

El a zâmbit, știind la ce mă gândisem.

– Noapte bună, Mick. Bucură-te de fiica ta mâine. Probabil n-ajungi să o vezi suficient.

S-a întors, a traversat camera de zi și a deschis ușa din față. S-a uitat la mine înainte de a ieși.

– Ceea ce-ţi trebuie este un avocat bun, a spus el. Unul care să-ţi obţină custodia.

– Nu. Îi e mai bine cu mama ei.

– Noapte bună, Mick. Mulțumesc pentru conversație.

– Noapte bună, Louis.

Am făcut un pas înainte ca să închid ușa.

– Vedere ca la Nisa! a spus el afară, pe veranda din faţă.

– Da, i-am răspuns în timp ce închideam şi încuiam uşa.

Am stat acolo cu mâna pe clanţă, aşteptând să-i aud pașii coborând scările până în stradă. Dar câteva momente mai târziu, el a bătut la ușă. Am închis ochii, mi-am pregătit din nou cuțitul și am deschis. Afară, Roulet a ridicat mâna. Am făcut un pas înapoi.

– Cheia, a spus el. M-am gândit că ar trebui să-ţi rămână.

Am luat cheia din palma întinsă.

– Mulțumesc.

– Nu ai pentru ce.

Am închis ușa și am încuiat-o din nou.

Marți, 12 aprilie

22

A doua zi a început mai bine decât ar putea visa orice avocat. Nu aveam nicio înfățișare, nici vreun client de satisfăcut. Am dormit până târziu, mi-am petrecut dimineața citind ziarul din scoarță-n scoarță și am făcut rost de un bilet la deschiderea de acasă a sezonului de baseball al echipei Los Angeles Dodgers. Era o zi de joc și o tradiție ca avocații apărării să participe. Primisem biletul de la Raul Levin, care mai invitase cinci dintre avocații cu care colabora, ca un gest de mulțumire pentru că-i dăduseră de lucru. Ceilalți, eram sigur, aveau să se plângă la meci cu privire la modul în care îl monopolizasem pe Levin pentru pregătirea procesului Roulet. Dar nu aveam de gând să mă supăr.

Eram în perioada de dinaintea procesului, când mașinăria se mișcă din inerție. Procesul lui Louis Roulet era programat să înceapă peste o lună. Pe măsură ce se apropia, luam tot mai puțini clienți. Aveam nevoie de timp ca să mă pregătesc și să construiesc strategia. Deși mai erau câteva săptămâni până la proces, putea fi câștigat sau pierdut cu informațiile adunate până acum.

Aveam nevoie de timp suficient pentru asta. Luam cazuri doar de la clienți vechi și numai dacă banii erau în regulă și veneau înainte.

Un proces este ca o praștie. Cheia constă în pregătire. Pregătirea procesului este încărcarea praștiei cu piatra corespunzătoare și întinderea lentă a elasticului până la limită. În cele din urmă, la proces, lași elasticul liber și proiectilul țâșnește înainte, fără greș, către țintă. Ținta este achitarea. Nevinovat. Lovești ținta doar dacă ai ales în mod corespunzător piatra și ai tras-o înapoi cu grijă în praștie, întinzând-o atât cât este posibil.

Levin asigura cea mai mare parte din întindere. El continuase să sape în viața jucătorilor din ambele cazuri, Roulet și Menendez. Pusesem la cale o strategie și un plan pe care-l numiserăm „dublă praștie", pentru că avea două obiective. N-aveam nicio îndoială că, atunci când procesul avea să înceapă în luna mai, vom fi întinși înapoi până la limită și gata să țâșnim.

Acuzarea ne ajutase și ea să încărcăm praștia. În săptămânile de după punerea sub acuzare a lui Roulet, dosarul cu probele procurorilor se îngroșase grație rapoartelor științifice incluse, efectuării de investigații suplimentare de către poliție și noilor descoperiri.

Printre noile descoperiri pomenite se număra și identificarea domnului X, bărbatul stângaci care fusese cu Reggie Campo la Morgan's în seara atacului. Detectivi LAPD, utilizând înregistrarea video pe care le-o semnalasem procurorilor, au fost capabili să-l identifice arătând un cadru luat de pe video prostituatelor și escortelor cunoscute, atunci când au fost arestate de ofițeri de la Moravuri. Domnul X a fost identificat ca fiind Charles

Talbot. Era cunoscut de multe dintre furnizoarele de sex ca un client permanent. Unele au spus că deţinea sau lucra la un mic magazin de pe bulevardul Reseda.

Rapoartele care mi-au parvenit arătau faptul că detectivii care îl audiaseră pe Talbot aflaseră că în noaptea de 6 martie părăsise apartamentul lui Reggie Campo cu puţin înainte de zece şi se dusese la magazinul non-stop menţionat anterior. Talbot era proprietarul afacerii. A mers la magazin ca să verifice cum merg lucrurile şi să deschidă depozitul de ţigări de la care doar el avea cheia. Înregistrarea camerei de supraveghere din magazin a confirmat că fusese acolo de la 22.09 la 22.51, alimentând dulăpioarele de ţigări de sub tejgheaua din faţă. Sinteza investigatorului l-a exonerat pe Talbot de vreo legătură sau participare la evenimentele care au avut loc după ce a părăsit apartamentul lui Campo. Fusese doar unul dintre clienţii ei.

Nicăieri în dosarul de urmărire penală nu exista vreo menţiune despre Dwayne Jeffery Corliss, turnătorul din puşcărie care-i contactase pe procurori cu o poveste despre Louis Roulet. Minton intenţiona fie să nu-l folosească drept martor, fie să-l folosească doar dacă era strict necesar. Tindeam să cred că era vorba despre a doua variantă. Minton îl sechestrase în programul de reabilitare. Nu şi-ar fi bătut capul dacă nu ar fi vrut să-l păstreze pe Corliss în afara scenei, dar pregătit. Îmi convenea. Ce nu ştia Minton era că Dwayne Corliss era piatra pe care aveam de gând s-o pun în praştie.

Şi în timp ce dosarul acuzării conţinea puţine informaţii cu privire la victima infracţiunii, Raul Levin o urmărea viguros pe Reggie Campo. El localizase un site web numit PinkMink.com, pe care ea își promova serviciile. Important nu era neapărat că stabilea că se prostitua în continuare, ci că anunțul declara că ea este „foarte deschisă și-i place când lucrurile devin sălbatice" și că este „disponibilă pentru roluri S&M - mă bați sau te bat la fund". Era o muniție utilă. Genul de lucruri care puteau ajuta la portretizarea unei victime sau a unui martor în ochii unui juriu. Iar ea era și una, și alta.

Levin, de asemenea, săpase mai adânc și în viața și trecutul lui Louis Roulet și aflase că fusese un biet student care frecventase în tinerețe cinci școli private diferite din zona Beverly Hills. Frecventase, de asemenea, și absolvise UCLA, cu o licență în literatura engleză, dar Levin localizase colegi care spuneau că Roulet trecuse prin facultate cumpărând de la alți studenți lucrări finalizate, răspunsuri la teste și chiar o teză principală de 90 de pagini despre viața și activitatea lui John Fante.

Un profil mult mai întunecat era cel al lui Roulet ca adult. Levin găsise numeroase cunoștințe de sex feminin care spuneau că Roulet le maltratase fizic, sau psihic, sau ambele. Două femei care-l cunoscuseră pe Roulet în studenție i-au declarat lui Levin că suspectau că Roulet le pusese un drog în băuturi, la o petrecere de frăție, și apoi profitase sexual de ele. Niciuna nu raportase bănuielile lor autorităților, dar o femeie și-a făcut analize a doua zi după petrecere. Ea a spus că s-au găsit urme de clorhidrat de ketamină în sânge, un sedativ veterinar. Din fericire pentru apărare, niciuna dintre femei nu fusese până atunci localizată de anchetatorii acuzării.

Levin își aruncase, de asemenea, o privire la așa-numitele cazuri ale violatorului de agente imobiliare, petrecute cu cinci ani în urmă. Patru femei – toate agente imobiliare – au raportat că au fost atacate și violate de un om care le aștepta în interior atunci când intraseră în case despre care credeau că au fost eliberate de către proprietarii lor pentru a fi prezentate. Atacurile rămăseseră nerezolvate, dar se opriseră la unsprezece luni după ce fusese raportat primul. Levin a vorbit cu un expert în infracțiuni sexuale de la LAPD care investigase cazurile. El a afirmat că bănuia că violatorul nu era un outsider. Atacatorul părea să știe cum să intre în case și cum să atragă agentele singure. Anchetatorul era convins că violatorul lucra în comunitatea imobiliară, dar nu putuse să-și dovedească teoria.

Legat de acest aspect al anchetei sale, Levin putea găsi prea puține informații care să confirme că Mary Alice Windsor fusese una dintre victimele nedeclarate ale violatorului. Ea a stat de vorbă cu noi și a fost de acord să depună mărturie despre tragedia ei secretă, dar numai în cazul în care era absolut necesar. Data agresiunii se potrivea cu perioada în care acționase violatorul imobiliar și Windsor ne oferise o agendă cu întâlniri și alte documente care arătau că ea fusese într-adevăr agent imobiliar autorizat în Bel Air, unde spunea că fusese atacată. Dar, în cele din urmă, nu aveam decât cuvântul ei. Nu existau rapoarte medicale indicând un tratament pentru o agresiune sexuală. Și nicio plângere la poliție.

Cu toate acestea, atunci când Mary Windsor ne-a spus povestea ei, se potrivea în aproape toate detaliile cu ce relatase Roulet. După aceea, și Levin, și eu ne-am dat seama cât de ciudat era că Louis știa atât de multe despre atac. Dacă mama lui decisese să păstreze tăcerea și să nu declare violul la poliţie, atunci de ce i-ar fi împărtăşit fiului ei atât de multe amănunte despre calvarul ei? Această întrebare l-a dus pe Levin să postuleze o teorie care era pe cât de interesantă, pe atât de respingătoare.

– Cred că Roulet ştie toate detaliile pentru că a fost acolo, a spus Levin după discuţia cu Mary Windsor, când am rămas singuri.

– Vrei să spui că s-a uitat fără să facă nimic să-l împiedice pe agresor?

– Nu, vreau să spun că el era omul cu masca de schi şi ochelari de protecţie.

Am amuţit. Cred că la un nivel subliminal poate gândeam acelaşi lucru, dar ideea era prea ciudată pentru a erupe la suprafaţă.

– Oh, omule... i-am spus.

Levin, crezând că nu sunt de acord, a explicat:

– Este o femeie foarte puternică. A construit această firmă de la zero şi în domeniul imobiliar din acest oraş este o concurenţă acerbă. E o femeie dură şi nu-mi pot imagina cum să nu fi raportat acest lucru, să nu-şi dorească să fie prins făptaşul! Există două feluri de oameni: genul ochi pentru ochi sau întoarce şi obrazul celălalt. Ea e, cu siguranţă, genul ochi pentru ochi şi n-o pot vedea tăcând din gură decât dacă îl proteja pe agresor. Decât dacă era tipul nostru. Îţi spun eu, omule, Roulet este răul. Nu ştiu de unde i se trage sau cum de-a ajuns aşa, dar cu cât mă uit la el mai mult, cu atât mai mult îl văd pe diavol.

Toate acestea erau absolut secrete. În mod evident, nu era genul de fundal care ar fi putut fi adus în prim-plan ca mijloc de apărare. Trebuia să fie ascunse ca probe, aşa că prea puțin din ceea ce găsisem eu sau Levin a fost pus pe hârtie. Dar erau totuși informații pe care trebuia să le cunosc în momentul în care luam decizii și pregăteam procesul și strategia.

La 11.05 mi-a sunat telefonul de acasă în timp ce stăteam în picioare în fața unei oglinzi și-mi puneam o șapcă Dodgers pe cap. Am verificat identitatea apelantului înainte de a răspunde și am văzut că era Lorna Taylor.

– De ce ți-ai închis telefonul mobil? a întrebat ea.

– Pentru că plecam. Ți-am spus, fără telefoane azi. Mă duc la meciul de baseball cu Mish și trebuie să plec să mă întâlnesc cu el.

– Cine-i Mish?

– Vreau să zic Raul. De ce mă deranjezi?

I-am spus-o cu veselie.

– Pentru că eu cred că vrei să fii deranjat pentru asta. A venit poșta un pic mai devreme și ai primit o notificare de la A Doua.

A Doua Curte Districtuală de Apel analiza toate cazurile din comitatul LA. Era primul obstacol de apel în drum spre Curtea Supremă. Dar nu credeam că Lorna m-ar fi sunat să-mi spună că am pierdut un apel.

– Ce caz?

De obicei, am patru sau cinci cazuri în apel la A Doua.

– Unul dintre Sfinții Drumului. Harold Casey. Ai câștigat!

Am fost șocat. Nu că am câștigat, ci de moment. Încercasem să mă mișc repede cu apelul. Am scris scurt, înainte să se dea verdictul, și am plătit în plus pentru accelerarea transcrierii zilnice a procesului. Am depus cererea de apel a doua zi după verdict solicitând o revizuire de urgență. Chiar și așa, nu mă așteptam să mai aud ceva despre Casey încă două luni.

Am rugat-o pe Lorna să-mi citească înștiințarea, apoi am zâmbit larg. Rezumatul era literalmente o rescriere a textului meu. Completul de trei judecători fusese integral de acord cu mine că survolarea fermei lui Casey la înălțime mică de către elicopterul de supraveghere al șerifului a constituit o încălcare a vieții private. Instanța de judecată anulase condamnarea lui Casey, declarând ilegală căutarea care a condus la descoperirea fermei hidroponice.

Statul trebuia acum să decidă dacă să-l rejudece pe Casey și, realist vorbind, o nouă procedură de judecată ieșea din discuție. Statul n-ar avea nicio dovadă, din moment ce Curtea de Apel decisese că toate probele găsite la percheziție erau inadmisibile. Decizia luată de A Doua era în mod clar o victorie pentru apărare, și asta nu se întâmpla de prea multe ori.

– Mamă, ce zi!

– Unde este el, de fapt? a întrebat Lorna.

– Poate să mai fie încă în centrul de primire, dar voiam să-l mute la Corcoran. Uite ce urmează. Faci aproximativ zece copii ale deciziei și le pui într-un plic pe care i-l trimiți lui Casey la Corcoran. Ar trebui să ai adresa.

– Păi, n-o să-i dea drumul?

– Nu încă. Eliberarea condiționată a fost încălcată după arestarea lui și recursul nu afectează asta. Nu va ieși până când nu se duce la comisia de eliberare și susține viciul de procedură, că a fost afectat de o percheziție ilegală. Asta va dura, probabil, vreo șase săptămâni în total.

– Șase săptămâni? E de necrezut!

– Nu comite infracţiunea dacă nu poţi suporta timpul.

Am cântat replica aşa cum o făcea Sammy Davis într-un show vechi de televiziune.

– Te rog, nu-mi cânta, Mick!

– Îmi pare rău.

– De ce să-i trimit zece copii? Una nu e suficientă?

– Pentru că va păstra una pentru sine şi le va răspândi pe celelalte nouă în toată închisoarea, şi apoi telefonul va începe să sune. Un avocat care poate câştiga la apel este ca aurul în închisoare. Vor începe să sune, şi va trebui să-i selectezi şi să-i găseşti pe cei care au familie şi pot plăti.

– Ai întotdeauna o schemă, nu-i aşa?

– Încerc. Altceva ce se-ntâmplă?

– Ca de obicei. Telefoanele despre care mi-ai spus că nu vrei să auzi. Ai ajuns s-o vezi pe Glory Days ieri la County?

– Este Gloria Dayton şi, da, am ajuns s-o văd. Se pare că a trecut peste ce era mai rău. Mai are de stat mai bine de o lună.

Adevărul era că Gloria Dayton arăta mai bine decât te-ai fi aşteptat. Nu o mai văzusem de mulţi ani atât de ageră şi cu ochi atât de strălucitori. Mersesem cu un scop până la County-USC Medical Center, ca să vorbesc cu ea, dar s-o văd că începe să-şi revină a fost un bonus frumos.

Cum era de aşteptat, Lorna era cobe:

– Şi cât timp va dura această perioadă înainte să te sune din nou şi să spună: „Sunt în închisoare. Am nevoie de Mickey"?

A rostit ultima parte cu o imitaţie plângăcioasă, nazală, a Gloriei Dayton. A fost destul de exactă, dar m-a enervat oricum. Apoi, a acoperit-o cu un cântecel din desenul Disney clasic:

– M-I-C... ne revedem foarte curând. K-E-Y... de ce, pentru că niciodată nu mă taxezi! M-O-U-T-H. Mickey Mouth... Mickey Mouth, avocatul pe care fiecare…

– Te rog, nu-mi cânta, Lorna.

Ea a râs în telefon.

– Doar voiam să subliniez ceva.

Am zâmbit, dar am încercat să nu se simtă asta în vocea mea.

– Bine. M-am prins. Trebuie să plec acum.

– Păi, distracţie minunată... Mickey Mouth.

– Ai putea cânta acest cântec toată ziua, iar Dodgers ar putea pierde cu douăzeci la zero în faţa celor de la Giants şi tot m-aş distra de minune. După ce-am ascultat veştile de la tine, ce-ar putea merge prost?

După terminarea apelului, m-am dus în biroul meu de acasă şi am luat numărul de mobil al lui Teddy Vogel, liderul liber al Sfinților. I-am dat vestea bună și i-am sugerat că ar putea, probabil, să i-o transmită lui Hard Case mai repede decât mine. Există Sfinţi ai Drumului în fiecare închisoare. Ei au un sistem de comunicare din care CIA și FBI ar avea ce învăţa. Vogel a spus că se va descurca. Apoi, a declarat că acele zece mii pe care mi le-a dat cu o lună înainte, pe marginea drumului, în apropiere de Vasquez Rocks, au fost o bună investiție.

– Apreciez asta, Ted, am spus. Ţine-mă minte data viitoare când o să ai nevoie de un avocat.

– Aşa o să fac.

A închis și am închis și eu. Apoi mi-am luat mănușa de prima bază din dulapul de pe hol și am ieșit pe ușa din față.

Pentru că îi dădusem zi liberă lui Earl, am condus spre centrul orașului și Dodger Stadium. Traficul era rezonabil până m-am apropiat. Primul meci se joacă întotdeauna cu casa închisă, deși este o zi de meci într-o zi de lucru. Începutul sezonului de baseball este un ritual de primăvară, care atrage lucrătorii din centrul orașului cu miile. Este singurul eveniment sportiv din relaxatul LA în care vezi oameni la patru ace, cu cămăși albe apretate și cu cravate. Toți chiulesc. Nimic nu seamănă cu începutul unui sezon, înainte de toate alergările pierdute, loviturile cu efect eșuate și oportunitățile ratate. Înainte ca realitatea să se impună.

Am ajuns primul. Eram la trei rânduri de teren, pe locurile adăugate la stadion în extrasezon. Levin trebuie să fi reușit să cumpere bilete de la unul dintre brokerii locali. Erau probabil deductibile ca o cheltuială cu divertismentul de afaceri.

Planul fusese ca Levin să vină și el mai devreme. Mă sunase cu o seară înainte și-mi spusese că vrea să discutăm între patru ochi. În timp ce urmăream antrenamentele de bătaie și observam toate îmbunătățirile pe care noul proprietar le adusese stadionului, puteam să discutăm despre vizita pe care i-o făcusem Gloriei Dayton, iar Raul să mă pună la curent cu ultimele informații referitoare la Louis Roulet.

Dar Levin n-a mai ajuns la BP. Ceilalți patru avocați au apărut – trei dintre ei la cravată, venind de la tribunal – și am ratat șansa de a vorbi în particular.

Îi ştiam pe ceilalţi patru din nişte cazuri cu vapoare la care lucraserăm împreună. De fapt, tradiţia profesioniştilor din apărare de a merge împreună la meciurile echipei Dodger pornise de la cazurile cu vapoare: sub un mandat de amploare de a opri afluxul de droguri în Statele Unite ale Americii, Paza de Coastă începuse să oprească vasele suspecte oriunde pe ocean. Când dădeau peste aur – cocaină, adică –, confiscau vasele și reţineau echipajele. Multe dintre urmăririle penale au fost canalizate la Tribunalul Districtual din Los Angeles. Asta a dus uneori la urmărirea penală a doisprezece sau mai mulţi inculpaţi simultan. Fiecare inculpat avea propriul avocat, majoritatea numiţi de către instanţa de judecată și plătiţi de către Unchiul Zahăr. Cazurile erau profitabile și regulate și ne distram. Cineva a avut ideea să ne întâlnim pentru discuţii pe stadionul Dodger. Odată am pus mână de la mână și ne-am luat o lojă privată pentru un meci al celor de la Cubs. Am vorbit efectiv despre caz câteva minute în timpul pauzei din repriza a șaptea.

Ceremoniile de dinainte de meci începuseră și nu se vedea picior de Levin. Pe teren, sute de porumbei au fost eliberaţi din coșuri și s-au ridicat, înconjurând stadionul în aplauze furtunoase, și apoi au zburat sus și departe. La scurt timp după aceea, un bombardier Stealth B-2 a survolat stadionul, obţinând aplauze și mai puternice.

Jocul a început, și Levin tot nu-și făcuse apariţia. Mi-am scos telefonul mobil și am încercat să-l sun, chiar dacă era greu să aud ceva. Mulţimea era zgomotoasă și agitată, înflăcărată de speranţa unui sezon care nu se va termina din nou cu o dezamăgire. Apelul a intrat pe mesageria vocală:

– Mish, unde ești, omule? Suntem la meci și locurile sunt fantastice, dar avem unul gol. Te așteptăm.

Am închis telefonul, m-am uitat la ceilalți și am ridicat din umeri.

– Nu știu, am spus. N-a răspuns pe mobil.

Am lăsat telefonul deschis și l-am pus din nou la centură.

Înainte să se termine prima repriză am regretat ce-i spusesem Lornei, că n-o să ne pese dacă Giants câștigă cu douăzeci la zero. Conduceau cu cinci la zero înainte ca Dodgers măcar să fi dat primele lovituri ale sezonului, și mulțimea era deja frustrată. Am auzit oameni plângându-se de prețuri, de renovarea stadionului și de orientarea lui exagerat de comercială. Unul dintre avocați, Roger Mills, cercetase suprafețele stadionului și remarcase că locul era mai ticsit cu logouri corporatiste decât o mașină de curse NASCAR.

Dodgers au reușit să treacă la conducere, dar în repriza a patra au ridicat piciorul de pe accelerație și Giants l-au urmărit pe Jeff Weaver cu o lovitură de triplă alergare, aruncată peste parapetul de la centrul terenului. Am folosit pauza din timpul schimbării la bătaie ca să mă laud cât de repede am primit răspuns de la A Doua în cazul Casey. Ceilalți avocați au fost impresionați, deși unul dintre ei, Dan Daly, a sugerat că am primit rapida revizuire de apel doar pentru că toți trei judecătorii erau pe lista mea de Crăciun... I-am răspuns lui Daly că probabil a ratat adresa baroului cu privire la neîncrederea juriilor în avocații cu cozi de cal. A lui ajungea până la jumătatea spatelui.

Tot în această perioadă de acalmie a jocului mi-am auzit telefonul sunând. L-am luat de la şold şi l-am deschis fără să mă uit la ecran.

– Raul?

– Nu, domnule, sunt detectivul Lankford din Departamentul de Poliţie Glendale. Sunteţi Michael Haller?

– Da, am spus.

– Aveţi o clipă?

– Am o clipă, dar nu sunt sigur cât de bine o să vă aud. Sunt la meci, la Dodgers. Poate aştepta acest lucru până când vă sun înapoi?

– Nu, domnule, nu se poate. Ştiţi pe cineva cu numele Raul Aaron Levin? Este un…

– Da, îl cunosc. Ce s-a întâmplat?

– Mă tem că domnul Levin este mort, domnule. A fost victima unei crime, în casa lui.

Capul mi-a căzut atât de jos și așa de departe, că l-am lovit în spate pe omul așezat în fața mea. Apoi m-am tras înapoi, ţinându-mi o mână la o ureche și apăsând cu cealaltă telefonul. Totul dispăruse în jurul meu.

– Ce s-a întâmplat!?

– Nu știm, a spus Lankford. De aceea suntem aici. Se pare că lucra recent pentru dumneavoastră. Există vreo șansă să puteţi veni aici pentru a răspunde, eventual, la câteva întrebări și să ne ajutaţi?

Am expirat puternic și am încercat să-mi păstrez vocea calmă.

– Vin chiar acum, am spus.

23

Cadavrul lui Raul Levin era în camera din spate a bungalow-ului lui din apropierea bulevardului Brand. Camera fusese probabil concepută ca seră sau, poate, drept studio, dar Raul o transformase în birou. Ca și mine, n-avea nevoie de un spațiu comercial. Nu era o afacere de tip magazin. Nici măcar nu apărea în *Pagini Aurii.* Lucra pentru avocați și obținea joburi pe cale verbală. Cei cinci cu care trebuia să se întâlnească la meciul de baseball puteau depune mărturie despre competența și succesul lui.

Agenții în uniformă care mă chemaseră m-au făcut să aștept în livingul din față până când detectivii puteau veni să discute cu mine. Un ofițer stătea în hol pentru cazul în care mă decideam să mă reped în camera din spate sau la ușa din față. El era în măsură să se descurce în ambele cazuri. Am stat acolo așteptând și gândindu-mă la prietenul meu.

Pe drum, mi-am dat seama cine îl omorâse pe Raul Levin. Nu era nevoie să fiu dus în camera din spate ca să văd sau să aud care sunt dovezile, ca să știu cine era criminalul. În adâncul sufletului știam că Raul ajunsese prea aproape de Louis Roulet. Iar eu eram cel care-l trimisese. Nu-mi rămânea decât să văd ce era de făcut în legătură cu asta.

După douăzeci de minute, doi detectivi au venit din partea din spate a casei în camera de zi. M-am ridicat și am vorbit în picioare. Bărbatul s-a identificat ca Lankford, detectivul care mă sunase. El era mai în vârstă, veteranul. Partenera lui era o femeie pe nume Sobel. Nu părea să lucreze la Omucideri de prea mult timp.

Nu ne-am strâns mâinile. Purtau mănuși din cauciuc. Aveau, de asemenea, papuci din hârtie peste pantofi. Iar Lankford mesteca gumă.

– Bine, asta este ceea ce avem, a spus el morocănos. Levin lucra la birou. Scaunul era întors de la birou, deci era cu fața la intrus. A fost împușcat o dată în piept. Calibru mic, mie mi se pare un 22, dar vom aștepta medicul legist pentru asta.

Lankford s-a bătut peste piept. Am auzit sunetul plin al vestei antiglonț de sub cămașă.

L-am corectat. Pronunțase greșit numele, aici și la telefon mai devreme, ca și când ar fi fost „Levine".

– Levin, atunci, a spus el, pronunțând corect. Oricum, după ce-a fost împușcat, a încercat să se ridice sau, pur și simplu, a căzut pe podea. A murit cu fața în jos. Intrusul i-a jefuit biroul și încercăm să ne dăm seama ce căuta sau ce a luat.

– Cine l-a descoperit? am întrebat.

– Un vecin care i-a găsit câinele umblând liber. Intrusul trebuie să fi lăsat câinele să iasă înainte sau după crimă. Vecinul l-a văzut rătăcind prin jur, l-a recunoscut și l-a adus înapoi. Ușa de la intrare fiind deschisă, a intrat și a descoperit cadavrul. Nu prea arată a câine de pază, dacă mă-ntrebați pe mine. Este ca o minge de păr.

– Un shih tzu, am spus.

Văzusem câinele înainte și-l auzisem pe Levin vorbind despre el, dar nu-mi puteam aminti numele lui. Ceva de genul Rex sau Bronco – un nume care contrazicea statura mică a câinelui.

Înainte de a continua interogatoriul, Sobel a făcut referire la un carnețel pe care-l ținea în mână:

– Nu am găsit nimic care ne-ar putea duce la o rudă, a spus ea. Știți cumva dacă avea rude?

– Cred că mama lui locuiește în Est. E născut în Detroit. Poate că e acolo. Nu cred că erau apropiați.

Ea a dat din cap.

– I-am găsit agenda pe zile și ore. Numele dumneavoastră apare în aproape fiecare zi din ultima lună. Lucra la un anumit caz pentru dumneavoastră?

– La mai multe cazuri diferite. Unul în special.

– Vreți să ne vorbiți despre asta? a întrebat ea.

– Lucrez la un caz. Procesul trebuie să înceapă luna viitoare. Tentativă de viol și de omor. El se ocupa de dovezi și mă ajuta să mă pregătesc.

– Vreți să spuneți, ajutându-vă să faceți o anchetă paralelă, nu-i așa? a întrebat Lankford.

Am realizat atunci că politețea lui Lankford la telefon fusese doar pentru a mă ademeni să vin acolo. Se purta diferit acum. Părea chiar să mestece guma mai agresiv decât atunci când intrase în cameră.

– Oricum vreți să-i spuneți. Toată lumea are dreptul la apărare.

– Da, sigur, și sunt toţi nevinovaţi, doar că e vina părinților pentru că i-au înţărcat prea curând, a comentat Lankford. Oricum ar fi, acest tip Levine a fost poliţist înainte, corect?

Îi pronunţase din nou greşit numele.

– Da, a fost în LAPD. A fost detectiv în echipa Crime Împotriva Persoanelor, dar s-a retras după doisprezece ani. Cred că au fost doisprezece ani. Va trebui să verificați. Și e Levin.

– Corect. Cred că nu a putut găsi de lucru pentru băieţii buni, nu-i aşa?

– Depinde de unde priveşti, cred.

– Putem să ne întoarcem la cazul dumneavoastră? a întrebat Sobel. Care este numele inculpatului?

– Louis Ross Roulet. Procesul este la Curtea Superioară din Van Nuys și va fi prezidat de doamna judecătoare Fullbright.

– El e în stare de arest?

– Nu, el are un dispozitiv de monitorizare.

– Vreo animozitate între Roulet și domnul Levin?

– Nu, din câte știu eu.

Mă hotărâsem. Aveam de gând să mă ocup de Roulet aşa cum ştiam eu. Rămâneam la planul ticluit cu ajutorul lui Raul Levin. Să arunc o lovitură de adâncime în caz și să mă asigur că totul e clar. Simțeam că-i datorez asta prietenului meu Mish. El ar fi vrut să fac aşa. N-o s-o pasez. O să mă ocup personal.

– Ar putea să fie o chestie gay? a întrebat Lankford.

– Ce!? De ce spuneți asta?

– Căţel pufos şi apoi în toată casa are doar pozele câinelui și ale unor tipi. Peste tot. Pe pereţi, lângă pat, pe pian.

– Uitaţi-vă atent, domnule detectiv. E probabil un singur tip. Partenerul lui a murit în urmă cu câţiva ani. Nu cred că a mai fost cu cineva de atunci.

– A murit de SIDA, pun pariu.

Nu i-am confirmat. Doar am aşteptat. Pe de o parte, m-a deranjat abordarea lui Lankford. Pe de altă parte, m-am gândit că metoda lui de anchetă îl va împiedica să-l urmărească pe Roulet în povestea asta. Asta era bine pentru mine. Aveam nevoie să-l blochez doar pentru cinci sau şase săptămâni şi apoi nu mi-ar mai fi păsat dacă punea lucrurile cap la cap sau nu. Mi-aş fi terminat propriul joc atunci.

– Tipul ăsta frecventa grupuri gay? a întrebat Lankford.

Am ridicat din umeri.

– N-am nicio idee. Dar dacă a fost o crimă gay, de ce i-a fost jefuit doar biroul, şi nu restul casei?

Lankford a dat din cap. Părea să fie luat prin surprindere, pe moment, de logica din întrebarea mea. Dar apoi mi-a tras o lovitură surprinzătoare.

– Deci, unde aţi fost în această dimineaţă, domnule avocat?

– Ce?

– E doar rutină. Totul indică faptul că victima îşi cunoştea ucigaşul. L-a invitat pe făptaş direct în camera din spate. Aşa cum am spus mai înainte, stătea probabil în scaunul lui de birou atunci când a primit glonţul. Mi se pare că se simţea destul de confortabil cu ucigaşul lui. Avem de gând să-i verificăm toate cunoştinţele, profesionale şi sociale.

– Vreţi să spuneţi că sunt suspect?

– Nu, doar încerc să clarific lucrurile și să restrâng cercetările.

– Am fost acasă toată dimineața. Urma să mă întâlnesc cu Raul la stadionul Dodger. Am plecat la stadion pe la douăsprezece și eram acolo când m-ați sunat.

– Și înainte de asta?

– Cum am spus, am fost acasă. Am fost singur. Dar am primit un apel telefonic pe la unsprezece care mă va plasa în casa mea, și eu locuiesc la cel puțin o jumătate de oră de aici. În cazul în care a fost ucis după unsprezece, atunci sunt curat.

Lankford n-a mușcat momeala. Nu mi-a dat ora morții. Poate că era necunoscută în acest moment.

– Când ați vorbit ultima dată cu el? a întrebat.

– Seara trecută, la telefon.

– Cine a sunat pe cine și de ce?

– El m-a sunat și m-a întrebat dacă aș putea ajunge la meci mai devreme. I-am spus că aș putea.

– Cum așa?

– Îi place să... îi plăcea să se uite la antrenamentele de bătaie. A spus că am putea să discutăm puțin cazul Roulet. Nimic deosebit, dar nu mă pusese la curent de aproximativ o săptămână.

– Vă mulțumim pentru cooperare, a declarat Lankford cu un sarcasm evident în voce.

– Vă dați seama că tocmai am făcut ceea ce le spun clienților și oricui vrea să mă asculte să nu facă? Am vorbit cu dumneavoastră fără un avocat prezent și v-am dat alibiul meu. Trebuie să fiu nebun.

– Am spus mulțumesc.

– Mai e ceva ce ne puteţi spune, domnule Haller? a intervenit Sobel. Despre domnul Levin sau munca lui.

– Da, există un alt lucru. Ceva ce ar trebui, probabil, verificat. Dar vreau să rămână confidenţial.

M-am uitat pe lângă ei la ofiţerul în uniformă care încă stătea în hol. Sobel mi-a urmat privirea şi a înţeles că vreau intimitate.

– Ofiţer, puteţi aştepta în faţă, vă rog? a spus ea.

Ofiţerul a plecat, arătându-se deranjat, probabil pentru că fusese expediat de o femeie.

– Bine, a spus Lankford. Ce aveţi?

– Va trebui să verificaţi datele exacte, dar în urmă cu câteva săptămâni, în martie, Raul a lucrat pentru mine într-un alt caz care-l implica pe unul dintre clienţii mei, care l-a turnat pe un traficant de droguri. El a dat nişte telefoane, ajutându-mă să-l identific. Am auzit apoi că tipul este un columbian şi că este destul de bine conectat. El ar fi putut avea prieteni care...

I-am lăsat pe ei să umple golurile.

– Nu ştiu, a spus Lankford. Treaba asta a fost destul de curată. Nu prea arată ca o afacere de răzbunare. Nu i-au tăiat gâtul sau limba. O singură împuşcătură, plus că au jefuit biroul. Ce-ar fi putut căuta oamenii dealerului?

Am clătinat din cap.

– Poate că numele clientului meu. Înţelegerea pe care am făcut-o l-a ţinut departe de circulaţie.

Lankford a dat din cap gânditor.

– Care este numele clientului?

– Nu pot să vă spun. Confidenţialitatea avocat–client.

– Iar începem cu prostiile astea! Cum să investigăm acest lucru dacă noi nici măcar nu ştim numele clientului?

Nu vă pasă de prietenul dumneavoastră care zace acolo pe podea, cu o bucată de plumb în inimă?

– Ba da, îmi pasă. Sunt, evident, singurul de aici căruia îi pasă. Dar am și obligația de a respecta regulile și etica profesională.

– Clientul dumneavoastră ar putea fi în pericol.

– Clientul meu este în siguranță. Este în custodie.

– Este o femeie, nu-i așa? a spus Sobel. Tot spuneţi client în loc de el sau de ea.

– Nu vorbesc cu dumneavoastră despre clientul meu. Dacă doriți numele dealerului, e Hector Arrande Moya. E în custodie federală. Cred că acuzaţia iniţială a venit dintr-un caz DEA din San Diego. Asta e tot ce vă pot spune.

Sobel și-a notat totul. Am socotit că le-am dat acum suficiente motive să privească dincolo de Roulet și de unghiul gay.

– Domnule Haller, aţi fost vreodată în biroul domnului Levin? a întrebat Sobel.

– De puţine ori. Nu în ultimele luni, cel puțin.

– Vă supăraţi dacă mergeţi cu noi totuși? Poate veţi vedea ceva care nu e la locul lui sau observaţi ceva care lipsește.

– E încă acolo?

– Victima? Da, el e în continuare așa cum a fost găsit.

Am dat din cap. Nu eram sigur că voiam să văd cadavrul lui Raul Levin la locul crimei. Apoi mi-am dat dintr-odată seama că trebuie să-l văd și să nu uit imaginea. Voi avea nevoie de ea pentru a-mi alimenta hotărârea și planul.

– Bine, o să merg.

– Atunci, puneţi-vă astea şi nu atingeţi nimic în timp ce sunteţi acolo, a spus Lankford. Încă cercetăm locul.

A scos din buzunar o pereche de papuci din hârtie. M-am aşezat pe canapeaua lui Raul şi mi i-am pus. Apoi i-am urmat pe cei doi prin hol în camera morţii.

Corpul lui Raul Levin era in situ, aşa cum îl găsiseră. Era cu pieptul în jos pe podea, cu faţa întoarsă la dreapta, cu gura şi ochii deschişi. Trupul lui era într-o poziţie incomodă, cu un şold mai sus decât celălalt, cu braţele şi mâinile sub el. Părea clar că a căzut de pe scaunul din spatele lui.

Am regretat imediat decizia de a intra în încăpere. Mi-am dat seama brusc că această ultimă expresie de pe faţa lui Raul va alunga toate celelalte amintiri vizuale cu el. Voi fi obligat să încerc să-l uit, ca să nu trebuiască să-i văd din nou ochii în mintea mea.

La fel a fost cu tatăl meu. Singura mea amintire vizuală era un om într-un pat. Avea 45 de kilograme şi era măcinat de cancer. Toate celelalte imagini pe care le aveam cu el erau false. Veneau de la imagini din cărţile pe care le citisem.

Erau mulţi oameni care lucrau în cameră. Tehnicieni criminalişti şi angajaţi de la morgă. Faţa mea trebuie să fi exprimat groaza pe care o simţeam.

– Ştiţi de ce nu-l pot acoperi? m-a întrebat Lankford. Din cauza oamenilor ca dumneavoastră. Din cauza lui OJ. Este ceea ce ei numesc transfer de evidenţă. Ceva care avocaţilor le place să sară. Deci, gata cu cearşafurile pe cadavre. Nu până-l mută de aici.

N-am spus nimic. Am dat din cap. Avea dreptate.

– Puteţi să veniţi aici la birou şi să ne spuneţi dacă vedeţi ceva neobişnuit? a întrebat Sobel, care părea să aibă o anumită simpatie pentru mine.

Eram bucuros s-o fac, pentru că puteam să stau cu spatele la cadavru. M-am dus la birou, care era o îmbinare a trei mese de lucru formând o curbă în colţul camerei. Era un mobilier achiziţionat de la magazinul IKEA din apropiere de Burbank. Nimic pretenţios. Simplu şi util. Masa din centru avea un calculator pe ea şi un sertar extensibil pentru tastatură. Mesele laterale din fiecare parte arătau ca spaţii de lucru delimitate şi puteau să fi fost utilizate de către Levin pentru investigaţii separate, să nu se amestece.

Ochii mei au zăbovit pe computer în timp ce mă-ntrebam ce-ar fi stocat Levin în fişierele electronice cu privire la Roulet. Sobel a observat.

– Noi nu avem un expert în calculatoare, a spus ea. Departament prea mic. Avem un tip care vine de la biroul şerifului, dar mi se pare că hard diskul a fost scos.

A arătat cu creionul sub masă, unde unitatea PC era aşezată în poziţie verticală. O parte fusese îndepărtată.

– Probabil că nu va fi nimic acolo pentru noi, a spus ea. Ce ne puteţi spune despre birouri?

Mi-am plimbat privirea pe deasupra mesei, spre stânga computerului. Hârtii şi dosare erau aşezate într-un mod haotic. M-am uitat pe câteva etichete şi am recunoscut numele.

– Unii dintre aceştia sunt clienţii mei, dar sunt cazuri vechi. Nu e ceva activ.

– Probabil sunt scoase din dulap, a spus Sobel. Ucigaşul ar fi putut să le pună intenţionat aici pentru a ne deruta. Ca să ascundă ceea ce căuta cu adevărat sau ce a luat. Dar aici?

Ne-am dus la masa din dreapta computerului. Aici nu era la fel de multă dezordine. Era un calendar pe care în mod clar Levin își ținea socoteala orelor lucrate și pentru care avocat anume. Am scanat căsuțele și am văzut numele meu de multe ori în ultimele cinci săptămâni. Era cum îmi spuseseră ei – practic, lucra full-time pentru mine.

– Nu știu, am zis. Nu știu ce să caut. Nu observ nimic care ar putea fi de ajutor.

– Ei bine, majoritatea avocaților nu sunt atât de utili, a declarat Lankford din spatele meu.

Nu m-am deranjat să mă întorc și să mă apăr. Stătea lângă cadavru și nu voiam să văd ce face. Am dat să răsfoiesc Rolodexul de pe masă, ca să văd numele de pe cărțile de vizită.

– Nu atinge asta! a spus Sobel imediat.

Mi-am tras mâna.

– Îmi pare rău. Aveam de gând doar să mă uit peste nume. Eu nu fac...

N-am terminat. Eram năuc. Trebuia să plec și să beau ceva. Mă simțeam de parcă hotdogul care avusese un gust atât de bun pe stadionul Dodger era pe cale să iasă afară.

– Hei, fiți atenți! a spus Lankford.

M-am întors cu Sobel și am văzut că oamenii legistului întorceau încet corpul lui Levin. Sângele pătase partea din față a tricoului Dodgers pe care-l purta. Dar Lankford arăta spre mâinile mortului, care nu fuseseră vizibile pe sub corp. Inelarul și degetul mijlociu de la mâna stângă erau îndoite spre palmă, în timp ce arătătorul și degetul mic erau complet extinse.

– Tipul ăsta era fan Texas Longhorns sau ce? a întrebat Lankford.

Nimeni nu a râs.

– Ce crezi? m-a întrebat Sobel.

M-am uitat în jos la ultimul gest al prietenului meu și doar am clătinat din cap.

– Oh, m-am prins, a spus Lankford. E ca un semnal. Un cod. Ne spune că diavolul a făcut-o.

M-am gândit că Raul îl numise pe Roulet diavol, că avea dovada că el este Răul. Și am știut ce înseamnă ultimul mesaj al prietenului meu. Murind pe podeaua din biroul său, a încercat să-mi spună. A încercat să mă avertizeze.

24

M-am dus la Four Green Fields și am cerut o bere Guinness, dar am trecut repede la votcă cu gheață. Nu credeam că are vreun sens să amân lucrurile. Jocul celor de la Dodgers se terminase la televizorul de deasupra barului. Băieții în albastru reușiseră câteva lovituri bune în repriza a noua. Barmanul avea ochii lipiţi de ecran, dar mie nu-mi mai păsa de începerea unui nou sezon. Nu-mi păsa de reușitele din repriza a noua.

După al doilea pahar de votcă, mi-am scos telefonul mobil pe bar și am început să sun. În primul rând, i-am sunat pe ceilalţi patru cu care fusesem la meci. Plecaserăm cu toţii când aflaserăm vestea, dar ei se duseseră acasă știind doar că Levin murise, fără niciun detaliu. Apoi am sunat-o pe Lorna, și ea a început să plângă la telefon. Am vorbit cu ea o vreme și apoi a pus întrebarea pe care speram s-o evit:

– Asta e din pricina cazului tău? Din cauza lui Roulet?

– Nu știu, am mințit. Le-am spus polițiștilor despre asta, dar păreau mai interesaţi de faptul că era homosexual decât de altceva.

– Era homosexual?

Știam că va funcționa ca o deviere a atenției.

– N-a vrut să se știe.

– Știai și nu mi-ai spus?

– Nu era nimic de spus. Era viața lui. Dacă ar fi vrut să spună, le-ar fi spus tuturor, bănuiesc.

– Detectivii au spus că asta e ceea ce s-a întâmplat?

– Ce?

– Știi... că fiind homosexual, din cauza asta a fost omorât.

– Nu știu. M-au tot întrebat despre asta. Nu știu ce cred ei. O să verifice și sperăm că asta îi va duce la ceva.

S-a lăsat tăcerea. M-am uitat în sus la televizor exact când Dodgers câștigau și stadionul izbucnea în urale de bucurie. Barmanul chiui și folosi o telecomandă pentru a da mai tare sonorul. M-am uitat în altă parte și mi-am pus o mână pe urechea liberă.

– Te pune pe gânduri, nu? a zis Lorna.

– Ce anume?

– Ceea ce facem. Mickey, când o să-l prindă pe nenorocitul care a făcut acest lucru, s-ar putea să mă caute ca să te angajeze.

I-am atras barmanului atenția agitându-mi gheața din paharul gol. Voiam să mi-l umple din nou. Ceea ce nu voiam era să-i spun Lornei că socoteam că lucrez deja pentru nenorocitul care îl omorâse pe Raul.

– Lorna, ia-o ușor. Devii...

– S-ar putea întâmpla!

– Uite ce, Raul a fost colegul meu și a fost, de asemenea, prietenul meu, dar n-am de gând să schimb ceea ce fac sau ceea ce cred din cauză că...

– Poate ar trebui. Poate că toți ar trebui s-o facem. Asta e tot ce vreau să spun.

A început să plângă din nou. Barmanul mi-a adus băutura proaspătă și am dat o treime din ea pe gât dintr-o singură înghițitură.

– Lorna, vrei să vin acolo?

– Nu, nu vreau nimic. Nu știu ce vreau. Doar că totul este așa de îngrozitor!

– Pot să-ți spun ceva?

– Ce? Sigur că poți.

– Ți-l amintești pe Jesus Menendez? Clientul meu?

– Da, dar ce are el de-a face...

– Era nevinovat. Și Raul lucra la asta. Noi lucram la asta. Urma să dovedim că e nevinovat.

– De ce-mi spui asta?

– Îți spun pentru că nu putem să acceptăm ceea ce i s-a întâmplat lui Raul și să ne oprim din căutare. Ceea ce facem noi este important. Este necesar.

Cuvintele sunau goale pe măsură ce le rosteam. Ea nu răspunse. Probabil că o zăpăcisem, pentru că mă zăpăcisem și eu.

– OK? am întrebat.

– OK.

– Bine. Lorna, trebuie să mai dau niște telefoane.

– O să-mi spui când o să afli despre servicii?

– Da.

După ce-am închis telefonul, am decis să fac o pauză înainte de următorul apel. M-am gândit la ultima întrebare a Lornei și mi-am dat seama că eu aș putea fi cel care să organizeze serviciile despre care mă întrebase. Cu excepția cazului în care și-ar fi făcut apariția o bătrână din Detroit care-l renegase pe Raul Levin cu douăzeci și cinci de ani în urmă.

Mi-am împins paharul la marginea tejghelei barului și i-am spus barmanului:

– Dă-mi o Guinness și oferă-ți și ție una.

M-am decis că era timpul să o iau mai încet și o modalitate de a face asta era să beau Guinness, din moment ce dura atât de mult pentru a umple un pahar. Când barmanul mi-a adus-o în cele din urmă, am văzut că desenase o harpă în stratul de spumă. O harpă de înger. Am ridicat paharul înainte să beau din el.

– Dumnezeu să-i binecuvânteze pe cei morți, am spus.

– Dumnezeu să-i binecuvânteze pe cei morți, a zis barmanul.

Am băut la greu din pahar și berea densă a fost ca un mortar trimis în jos pentru a ține cărămizile împreună în interior. Dintr-odată, mi-a venit să plâng. Dar a sunat telefonul. L-am apucat fără să mă uit la ecran și am spus „Salut". Alcoolul mi-a îngroșat vocea, făcând-o aproape de nerecunoscut.

– Mick? a întrebat cineva.

– Da, cine-i acolo?

– Louis. Tocmai am auzit vestea despre Raul. Îmi pare rău, omule.

Am îndepărtat telefonul de ureche, ca și cum ar fi fost un șarpe gata să mă muște. Mi-am tras mâna înapoi, gata să-l arunc în oglinda din spatele barului, unde mi-am văzut propria reflexie. Apoi m-am oprit și am dus telefonul înapoi la ureche.

– Da, nenorocitule, cum de-ai...

M-am întrerupt și am început să râd, realizând cum îi spusesem și care era teoria lui Raul Levin despre Roulet.

– Scuză-mă, a zis Roulet. Ești beat?

– Ai dreptate, beau, am spus. Cum dracu' știi deja ce s-a întâmplat cu Mish?

– Dacă prin Mish vrei să spui domnul Levin, tocmai am primit un telefon de la poliţia din Glendale. Un detectiv a spus că vrea să-mi vorbească despre el.

Răspunsul ăsta a stors cel puțin două votci direct din ficatul meu. M-am îndreptat în scaun.

– Sobel? Ea a sunat?

– Da, cred că da. A spus că are numele meu de la tine. A zis că ar fi întrebări de rutină. Vine aici.

– Unde?

– La birou.

M-am gândit la asta pentru un moment, dar nu credeam că Sobel era în vreun pericol, chiar dacă se ducea fără Lankford. Roulet nu va încerca nimic cu o polițistă, mai ales în propriul birou. Teama mea cea mare era că, într-un fel, Sobel și Lankford se aflau deja pe urmele lui Roulet, iar eu eram lipsit de șansa de a-i răzbuna personal pe Raul Levin și pe Jesus Menendez. Lăsase oare Roulet în urma lui o amprentă? Îl văzuse vreun vecin intrând în casa lui Levin?

– Asta e tot ce-a spus?

– Da. A spus că au vorbit cu toți clienții lui recenți și eu sunt cel mai recent.

– Nu vorbi cu ei.

– Ești sigur?

– Nu în absența avocatului tău.

– Nu vor considera suspect dacă nu vorbesc cu ei, ca să le dau un alibi sau ceva?

– Nu contează. Ei nu vorbesc cu tine dacă nu le dau permisiunea mea. Și nu le-o dau.

Mi-am strâns mâna liberă într-un pumn. Nu puteam suporta ideea de a oferi consultanță juridică omului despre care eram sigur că îl omorâse pe prietenul meu chiar în acea dimineață.

– Bine, a spus Roulet. O s-o trimit la plimbare.

– Unde ai fost în dimineața asta?

– Eu? Am fost aici, la birou. De ce?

– Te-a văzut cineva?

– Păi, Robin a venit la zece. Nu înainte de asta.

Mi-am imaginat-o pe femeia cu părul tăiat ca o coasă. Nu știam ce să-i spun lui Roulet, pentru că nu știam care fusese ora morții. Și nu voiam să pomenesc despre brățara de urmărire pe care ar fi trebuit s-o poarte pe gleznă.

– Sună-mă după ce pleacă doamna detectiv Sobel. Și, ține minte, nu contează ceea ce ea sau partenerul ei o să-ți spună, nu vorbi cu ei. Pot să te mintă oricât doresc. Toți o fac. Consideră orice-ți spun ca fiind o minciună. Ei doar încearcă să te păcălească să vorbești cu ei. Dacă-ți spun că am fost de acord să vorbești cu ei, este o minciună. Ridică telefonul și sună-mă, o să le zic s-o șteargă.

– Bine, Mick. Așa voi juca. Mulțumiri.

El a pus capăt convorbirii. Am închis telefonul și l-am aruncat pe tejghea de parcă ar fi fost ceva murdar de care trebuia să scap.

– Mda, pentru puțin, am spus.

Am sorbit un sfert de halbă, apoi am ridicat din nou telefonul. Am apăsat butonul de apelare rapidă şi l-am sunat pe Fernando Valenzuela pe mobil. Era acasă, unde tocmai ajunsese de la meci. Asta însemna că plecase înainte de final, ca să scape de trafic. Un fan LA tipic.

– Roulet mai are brăţara?

– Da, o are.

– Cum funcţionează? Poţi şti unde a fost sau numai unde este la un moment dat?

– Este de poziţionare globală. Trimite un semnal. Poţi să vezi pe unde a umblat.

– Ai semnalul acolo sau la birou?

– E pe laptopul meu, omule. Care-i treaba?

– Vreau să văd unde a fost azi.

– Bine, lasă-mă să-l pornesc. Aşteaptă.

Am aşteptat, mi-am terminat berea Guinness şi l-am pus pe barman să-mi mai dea una înainte ca Valenzuela să-şi pornească laptopul.

– Unde eşti, Mick?

– Four Green Fields.

– S-a-ntâmplat ceva?

– Da, ceva e în neregulă. Nu-l ai sau ce?

– Ba da, mă uit chiar acum. De la ce oră vrei să-l verifici?

– Începe cu dimineaţa asta.

– Bine. Hm!... Nu a făcut multe astăzi. L-am urmărit de acasă la birou la opt. Se pare că a făcut o mică excursie în apropiere – câteva străzi, probabil pentru masa de prânz – şi apoi înapoi la birou. E încă acolo.

Am reflectat câteva momente. Barmanul mi-a livrat următoarea halbă.

– Val, cum îţi scoţi chestia aia de pe gleznă?

– Vrei să spui, dacă ai fi el? N-o scoţi. Nu se poate. Se prinde în şuruburi şi cheia pe care o foloseşti este unică. Și e la mine.

– Ești sigur de asta?

– Sunt sigur. O am chiar aici, omule, în legătura mea de chei.

– Nu există copii – cum ar fi de la producător?

– Nu trebuie să fie. În plus, nu contează. Dacă inelul este desfăcut – chiar dacă l-ar deschide –, mi-ar suna o alarmă pe sistem. Și are, de asemenea, ceea ce se numeşte detector de masă. După ce i-am pus drăgălășenia asta în jurul gleznei, aş primi o alarmă pe computer în momentul în care aş constata că nu este nimic acolo. Și asta nu s-a întâmplat, Mick. Deci, un fierăstrău e singura soluţie. Tai piciorul și lași brățara pe gleznă. Asta e singura cale.

Am băut spuma de la bere. Barmanul nu se deranjase de data asta cu nicio operă de artă.

– Dar bateria? Dacă i-a murit bateria, pierzi semnalul?

– Nu, Mick. Am asigurată şi situaţia asta. Are un încărcător și un adaptor pe brățară. La fiecare câteva zile, trebuie să-l conecteze câteva ore ca să-l încarce. Știi, în timp ce e la birou, sau undeva, sau trage un pui de somn. Dacă bateria scade sub douăzeci la sută, primesc o alarmă de pe computerul meu, îl sun și-i spun s-o bage-n priză. Dacă n-o face, atunci primesc o altă alarmă la cincisprezece la sută, și apoi, la zece la sută începe să-i piuie și nu are nicio modalitate s-o închidă ori s-o oprească. Nu e ceea ce-ți trebuie pentru a evada. Și, oricum, acești ultimi zece la sută tot îmi mai permit cinci ore de urmărire. Pot să-l găsesc în cinci ore fără efort.

– Bine, bine.

Am fost convins de tehnică.

– Ce se-ntâmplă?

I-am spus despre Levin și că poliția o să-l verifice pe Roulet mai mult ca sigur, iar o brățară de gleznă cu sistemul de urmărire va fi probabil alibiul clientului nostru. Valenzuela a fost uimit de veste. Nu fusese la fel de apropiat de Levin ca mine, dar îl cunoștea de tot atâta timp.

– Ce crezi că s-a întâmplat, Mick? m-a întrebat.

Știam că se-ntreba dacă eu credeam că Roulet era criminalul sau se afla cumva în spatele crimei. Valenzuela nu era în temă cu tot ceea ce știam și cu ceea ce aflase Levin.

– Nu știu ce să cred, am spus. Dar ar trebui să ai grijă cu tipul ăsta.

– Și tu să ai grijă.

– Sigur.

Am închis telefonul, întrebându-mă dacă nu era ceva ce Valenzuela nu știa. Dacă nu cumva Roulet găsise o modalitate de a-și scoate brățara de pe gleznă sau de a păcăli sistemul de urmărire. Fusesem convins de tehnica implicată, dar nu și de latura umană a chestiunii. Oamenilor întotdeauna le scapă ceva.

Barmanul s-a îndreptat agale spre locul meu la bar.

– Hei, amice, ți-ai pierdut cheile de la mașină? a întrebat el.

M-am uitat în jur să mă asigur că vorbește cu mine și apoi am scuturat din cap.

– Nu, am spus.

– Ești sigur? Cineva a găsit niște chei în parcare. Mai bine verifică.

Mi-am băgat mâna în buzunarul hainei de la costum, apoi am scos-o şi am deschis-o cu palma în sus. Legătura mea de chei era acolo.

– Vezi, ţi-am spu...

Printr-o mişcare rapidă şi neaşteptată, barmanul mi-a luat cheile din mână şi a zâmbit.

– Ai picat ceea ce trebuia să fie un test de luciditate în sine, a spus el. Oricum, amice, n-o să conduci. Nu pentru o vreme. Când vrei să pleci, o să-ţi chem un taxi.

S-a dat un pas în spate de la bar, în cazul în care aş fi reacţionat violent la şmecheria lui. M-am mulţumit însă să dau din cap.

– M-ai prins, am spus.

El a aruncat cheile în spatele tejghelei, acolo unde stăteau aliniate sticlele. M-am uitat la ceas. Nici măcar nu era ora cinci. Mă ardea stomacul din cauza alcoolului. Alesesem calea uşoară. Soluţia laşului: să te-mbeţi când te confrunţi cu o problemă dificilă.

– Poţi să-l iei, am zis, arătând spre paharul meu de Guinness.

Am luat telefonul şi am apăsat un număr de apelare rapidă. Maggie McPherson a răspuns imediat. Instanţele de judecată se închid de obicei până la patru şi jumătate. Procurorii sunt, de regulă, la birou în ultima oră sau două înainte de sfârşitul programului.

– Hei, e deja timpul de plecare?

– Haller?

– Mda.

– Ce se-ntâmplă? Eşti băut? Ai vocea schimbată.

– Cred că s-ar putea să am nevoie de tine ca să mă duci tu acasă de data asta.

– Unde eşti?

– La For Greedy Fucks.

– Ce?

– Four Green Fields. Sunt aici de ceva vreme.

– Michael, ce...

– Raul Levin este mort.

– Oh, Doamne, ce...

– Ucis. Deci, de data asta poţi să mă duci tu pe mine acasă? Am exagerat cu băutura.

– Lasă-mă s-o sun pe Stacey şi s-o rog să rămână până mai târziu cu Hayley, pe urmă vin spre tine. Nu încerca să pleci de acolo, bine? Numai nu pleca.

– Nu-ţi face griji, nu mă lasă barmanul.

25

După ce mi-am închis telefonul, i-am spus barmanului că m-am răzgândit și mai vreau o halbă în timp ce aștept mașina care o să mă ia. Am scos portofelul și am pus un card de credit pe tejghea. Barmanul mi-a pus întâi suportul de carton, apoi mi-a adus berea. I-a luat atât de mult să umple paharul, tot adunând spuma, ca să-mi dea cât mai multă, încât abia am apucat s-o gust când Maggie a ajuns acolo.

– A fost prea din scurt, am spus. Vrei ceva de băut?

– Nu, e prea devreme. Hai să te duc acasă.

– Bine.

M-am dat jos de pe scaun, mi-am amintit să-mi recuperez cartea de credit și telefonul și am plecat de la bar ținând-o de gât și cu sentimentul că am turnat mai mult Guinness și votcă pe apa sâmbetei decât pe gât.

– Sunt chiar în față, a spus Maggie. Four Greedy Fucks, cum ți-a venit asta!? Sunt patru proprietari?

– Nu, four ca în „pentru oameni“. Ca și în „Haller pentru apărare“. Nu numărul patru. Sex lacom ca la avocați.

– Mulțumesc.

– Nu tu. Tu nu ești avocată. Ești procuroare.

– Cât ai băut, Haller?

– Undeva între prea mult şi foarte mult.

– Nu vomita în maşina mea.

– Promit.

Am ajuns la maşină, unul dintre modelele ieftine de Jaguar. Fusese prima maşină cumpărată de ea vreodată fără să mă ţină de mână şi fără să mă implic în identificarea opţiunilor. Și-a luat Jaguarul pentru că o făcea să se simtă elegantă, dar oricine se pricepea la maşini ştia că e doar un Ford ceva mai spilcuit. Nu i-am stricat plăcerea. Orice o făcea fericită mă făcea şi pe mine la fel – cu excepţia momentului în care a crezut că, dacă divorţează de mine, o să-i fie mai bine. Asta nu m-a ajutat prea mult.

M-a ajutat să urc și apoi am plecat.

– Nu adormi, mi-a zis în timp ce scotea maşina din parcare. Nu ştiu drumul.

– Ia-o pe Laurel Canyon peste deal. După aceea, o faci la stânga până la capăt.

Deși trebuia să fie un drum contra curentului, a durat aproape patruzeci și cinci minute, în traficul de la sfârșitul zilei de lucru, ca să ajungem pe Fareholm Drive. Pe drum, i-am povestit despre Raul Levin și despre ce se întâmplase. Nu a reacţionat ca Lorna, pentru că nu-l cunoscuse pe Levin. Deși l-am cunoscut și l-am folosit ca anchetator mulți ani, nu mi-a devenit prieten decât după ce am divorțat. De fapt, Raul a fost cel care m-a condus acasă, nu doar într-o seară, de la Four Green Fields, spre sfârșitul căsniciei mele.

Telecomanda de la garaj era în Lincoln, rămas la bar, așa că i-am spus să parcheze în fața garajului. De asemenea, mi-am dat seama, cheia de la ușa din față era pe același inel cu cea de la Lincoln, pe care mi-o confiscase barmanul. A trebuit s-o luăm pe lângă casă, spre terasa din spate, să luăm cheia de rezervă - cea pe care mi-o dăduse Roulet - aflată sub o scrumieră pe masa de picnic. Am intrat pe ușa din spate, care duce direct la biroul meu. Asta era bine, căci chiar și în starea mea de ebrietate am fost mulțumit de faptul că am evitat să urcăm scările spre ușa din față. Nu numai că ar fi trebuit să mă care, dar ar fi văzut decorul și și-ar fi amintit de inechitatea dintre viaţa de procuror și cea de ticălos lacom.

– A! Ce drăguţ! a spus ea. Ceșcuţa noastră de ceai.

I-am urmărit privirea și am văzut că se uita la fotografia fiicei noastre, pe care o ţineam pe birou. M-a încântat ideea că am marcat fără să vreau un punct în faţa ei.

– Da, am spus, căutând o șansă de a valorifica avantajul.

– Unde e dormitorul? a întrebat ea.

– Nu se poate spune că nu ești directă! La dreapta.

– Îmi pare rău, Haller, nu stau mult. Stacey mi-a mai dat două ore și, ţinând cont de traficul ăsta, trebuie să plec în curând.

A intrat în dormitor și ne-am așezat unul lângă celălalt pe pat.

– Mulţumesc că faci asta, am spus.

– O faptă bună merită o alta, bănuiesc, a zis ea.

– Am crezut că mi-am primit răsplata în seara aceea când te-am dus acasă.

Ea și-a așezat mâna pe obrazul meu și mi-a întors faţa spre a ei. M-a sărutat. Am luat acest lucru drept o confirmare a faptului că făcuserăm într-adevăr dragoste în acea noapte. M-am simțit incredibil de pe dinafară pentru că nu-mi aminteam.

– Guinness, a rostit ea, lingându-și buzele.

– Și niște votcă.

– Bună combinație. O să-ți fie rău mâine-dimineață.

– Este atât de devreme, încât o să-mi fie rău în seara asta. Știi ce... de ce nu ne-am duce să luăm cina la Dan Tana's?

– Nu, Mick. Trebuie să merg acasă la Hayley, iar tu trebuie să te culci.

Am făcut un gest de predare.

– Bine, bine.

– Sună-mă dimineață. Vreau să vorbesc cu tine când ești treaz.

– OK.

– Vrei să te dezbrac și să te bag în pat?

– Nu, sunt în regulă. Eu doar...

M-am întins pe spate în pat și mi-am scos pantofii. Apoi m-am rostogolit peste margine și am deschis un sertar de la noptieră. Am luat un flacon de Tylenol și un CD pe care mi-l dăduse cândva un client pe nume Demetrius Folks. Era membru al unei bande din Norwalk, cunoscut pe stradă ca Lil' Demon. Mi-a spus odată că avusese o viziune într-o noapte și că știa că este sortit să moară tânăr, într-un mod violent. Mi-a dat CD-ul și mi-a spus să-l ascult după ce va muri. Și am făcut-o. Profeția lui Demetrius s-a adeverit. A fost ucis într-un drive-by, împușcat, cam la șase luni după ce mi-a dat discul. Scrisese pe el cu Magic Marker *Wreckrium pentru Demon Lil'*. Era o colecție de balade pe care le copiase de pe CD-urile cu muzica lui Tupac. Am pus CD-ul în playerul Bose de pe noptieră și, în curând, a început să se audă bătaia ritmică din *Dumnezeu îi binecuvântează pe cei morți*. A fost un salut pentru camarazii căzuți.

– Asculți chestii din astea? a întrebat Maggie, uitându-se cu ochii mijiți la mine, neîncrezătoare.

Am ridicat din umeri cât de bine puteam s-o fac sprijinit într-un cot.

– Uneori. Mă ajută să-mi înțeleg mai bine o mulțime de clienți.

– Aceștia sunt oamenii care ar trebui să fie în închisoare!

– Poate unii dintre ei. Dar sunt și dintre aceia care au ceva de spus. Unii sunt adevărați poeți și tipul ăsta a fost cel mai bun.

– A fost? Cine este? Cel care a fost împușcat în fața mașinii muzeului, pe Wilshire?

– Nu, ăla era Biggie Smalls. Acesta este răposatul Tupac Shakur cel mare.

– Nu pot să cred că asculți așa ceva.

– Ți-am spus. Mă ajută.

– Fă-mi o favoare. Nu asculta așa ceva în preajma lui Hayley.

– Nu-ți face griji, n-o voi face.

– Trebuie să plec.

– Mai stai un pic.

A acceptat, dar ședea țeapănă pe marginea patului. Aș putea spune că încerca să prindă versurile. Ai nevoie de o ureche formată și i-a luat ceva timp. Piesa următoare a fost *Life Goes On* și i-am văzut gâtul și umerii încordându-i-se ca dovadă că înțelegea unele cuvinte.

– Pot să plec acum? a întrebat.

– Maggie, stai doar câteva minute.

M-am aplecat și am dat un pic mai încet.

– Hei, îl opresc dacă-mi cânţi tu, cum o făceai cândva.

– Nu în seara asta, Haller.

– Nimeni nu o cunoaşte pe Maggie McFierce pe care o ştiu eu!

A zâmbit și m-am liniştit puţin, în timp ce-mi aminteam acele vremuri.

– Maggie, de ce stai cu mine?

– Ţi-am spus, nu pot să stau.

– Nu, nu vreau să spun în seara asta. Vorbesc despre cum rămâi în general cu mine, cum nu mă discreditezi în faţa lui Hayley şi cum eşti acolo atunci când am nevoie de tine. Ca în seara asta. Nu cunosc mulţi bărbaţi pe care fostele soţii încă să îi placă.

S-a gândit un pic înainte de a răspunde.

– Nu știu. Cred că văd un om bun și un tată bun acolo, așteptând să răbufnească într-o zi.

Am dat din cap, sperând că avea dreptate.

– Spune-mi ceva. Ce ai face dacă nu ai mai fi procuroare?

– Vorbești serios?

– Da, ce-ai face?

– Nu m-am gândit niciodată serios la asta. În momentul ăsta, fac ceea ce mi-am dorit întotdeauna să fac. Sunt norocoasă. De ce aș vrea să se schimbe ceva?

Am deschis flaconul de Tylenol și am înghițit două. Melodia următoare era *So Many Tears,* o altă baladă pentru cei pierduţi. Părea potrivită.

– Cred că aş fi profesoară, a spus ea în cele din urmă. Şcoală primară. Fetiţe ca Hayley.

Am zâmbit.

– Doamnă McFierce, doamnă McFierce, câinele meu mi-a mâncat temele!

M-a plesnit peste braţ.

– De fapt, asta e ceva frumos, am spus. Ai fi o bună profesoară... mai puţin când ai trimite copii în detenţie fără cauţiune.

– Amuzant. Dar tu?

Am clătinat din cap.

– N-aş fi un profesor bun.

– Vreau să spun, ce-ai face dacă n-ai fi avocat.

– Nu ştiu. Dar am trei Town Car. Cred că aş putea începe un serviciu de limuzină, să iau oameni de la aeroport.

A fost rândul ei să zâmbească.

– Te-aş angaja.

– Bine! Iată primul client. Dă-mi un dolar să-l bat în perete.

Dar gluma n-a funcţionat. M-am lăsat pe spate, mi-am pus palmele peste ochi şi am încercat să-mi scot din memorie imaginea lui Raul Levin pe podeaua casei lui, cu ochii holbaţi la un veşnic cer negru.

– Ştii de ce-mi era frică înainte? am întrebat.

– De ce?

– Că n-aş recunoaşte nevinovăția. Că ar fi acolo, chiar în fața mea, şi eu n-aş vedea-o. Nu vorbesc despre a fi sau nu vinovat. Vorbesc despre nevinovăție. Doar nevinovăție.

N-a spus nimic.

– Dar ştii de ce-ar fi trebuit să-mi fie frică?

– De ce, Haller?

– Răul. Răul pur.

– Ce vrei să spui?

– Vreau să spun, cei mai mulţi dintre oamenii pe care îi apăr nu sunt răul, Mags. Sunt vinovaţi, da, dar nu sunt răul. Știi ce vreau să spun? Există o diferență. Îi asculți și asculți cântecele astea și înțelegi de ce fac alegerile pe care le fac. Oamenii doar încearcă să răzbată, să trăiască doar cu ceea ce le e dat, iar unora dintre ei nu li se dă absolut nimic, de la bun început. Dar răul este cu totul altceva. Este diferit. E ca și cum... Nu știu. E acolo undeva și atunci când iese la rampă... Nu știu. Nu pot explica.

– Ești beat, de aceea.

– Tot ce știu e că ar fi trebuit să-mi fie frică de un singur lucru, dar m-am temut exact de opusul lui.

S-a întins și m-a mângâiat pe umăr. Ultima piesă, *to live and to die in l.a.*, era preferata mea de pe CD-ul ăsta. Am început să murmur încet și apoi am cântat refrenul, când i-a venit rândul în melodie.

să trăiești și să mori în l.a.
locul în care merită să fii
trebuie să fii acolo ca să-l cunoști
toată lumea vrea să-l vadă

Destul de curând m-am oprit din cântat și mi-am luat mâinile de pe față. Am adormit cu hainele pe mine. N-am auzit când femeia pe care am iubit-o mai mult decât pe oricine a părăsit casa. Avea să-mi spună mai târziu că ultimul lucru pe care l-am murmurat înainte de a cădea lat a fost „Nu mai pot face asta".

Nu vorbeam despre cântat.

Miercuri, 13 aprilie

26

Am dormit aproape zece ore, dar m-am trezit tot în întuneric. Combina Bose afișa ora 5.18. Am încercat să mă întorc la vis, dar ușa era închisă. Pe la 5.30 m-am dat jos din pat, m-am chinuit să-mi mențin echilibrul și m-am repezit la duș. Am stat sub jet până când apa caldă din rezervor s-a răcit. Apoi am ieșit și m-am îmbrăcat pentru o altă zi de luptă cu sistemul.

Era încă prea devreme ca s-o sun pe Lorna și să verific programul zilei, dar am pe biroul meu o agendă care este de obicei la zi. M-am dus în camera de lucru și primul lucru pe care l-am observat a fost o bancnotă de un dolar lipită pe peretele de deasupra biroului.

Un val de adrenalină m-a năpădit, în timp ce mintea mea galopa și am crezut că un intrus a lăsat banii pe perete ca un fel de amenințare sau mesaj. Apoi mi-am amintit.

– Maggie, am spus cu voce tare.

Am zâmbit și am lăsat bancnota pe perete.

Am scos calendarul din servietă și mi-am verificat programul. Reieșea că am liber dimineață, până la o audiere la Curtea superioară din San Fernando la ora unsprezece. O clientă acuzată de posesie de accesorii pentru droguri. Era o acuzaţie de rahat, nu merita timpul şi banii, dar Melissa Menkoff era eliberată condiţionat pentru diverse infracţiuni legate de droguri. În cazul în care ar fi pierdut chiar şi pentru ceva atât de minor ca accesoriile de droguri, s-ar fi aplicat pedeapsa pentru care fusese eliberată condiţionat şi ar fi ajuns în spatele unor uşi din oţel de la şase până la nouă luni.

Asta era tot ce aveam în program. După San Fernando, eram liber şi m-am felicitat pentru previziunea de a fi lăsat liberă a doua zi de după deschiderea sezonului de baseball. Desigur, nu ştiusem, când mi-am făcut programul, că moartea lui Raul Levin o să mă trimită la Four Green Fields, dar tot era o bună planificare.

Audierea în cazul Menkoff implica moţiunea prin care ceream să se ignore pipa găsită în vehiculul ei la o percheziţie, după o nesăbuită oprire în Northridge. Pipa a fost găsită în consola centrală, închisă, din maşina ei. Ea îmi spusese că nu le dăduse poliţiştilor permisiunea să caute în maşină, dar ei au făcut-o totuşi. Argumentul meu era acela că nu a existat niciun acord pentru a căuta şi niciun pretext de căutare. Dacă Menkoff a fost trasă pe dreapta de poliție pentru conducere haotică, atunci nu exista niciun motiv pentru a căuta în compartimentele închise ale maşinii.

Era un caz pierdut şi ştiam asta, dar tatăl lui Menkoff mă plătise bine ca să fac tot ce pot pentru răvăşita lui fiică. Şi era exact ceea ce aveam de gând să fac la ora unsprezece, în instanţa din San Fernando.

La micul dejun am luat două pastile de Tylenol, pe care le-am alungat cu ouă ochiuri, pâine prăjită şi cafea. Am stropit ouăle din belşug cu piper şi salsa. Totul a lovit exact unde trebuia şi mi-a dat carburantul necesar ca să pot duce mai departe bătălia. În timp ce mâncam, răsfoiam *Times,* căutând un articol despre uciderea lui Raul Levin. În mod inexplicabil, nu exista nicio relatare. La început nu am înţeles. De ce ar ţine Glendale secret acest lucru? Apoi mi-am amintit că *Times* scoate mai multe ediţii regionale ale ziarului în fiecare dimineaţă. Trăiam în Westside, şi Glendale este considerat parte din San Fernando Valley. O ştire despre o crimă din Valley putea fi considerată de editori neimportantă pentru cititorii din Westside, care aveau crimele din regiunea lor pentru care să-şi facă griji. N-am găsit nimic despre Levin.

Am decis că ar trebui să cumpăr un al doilea exemplar din *Times* de la un chioşc de ziare în drum spre tribunalul din San Fernando şi să verific din nou. Gândindu-mă la ce chioşc de ziare să-l trimit pe Earl Briggs, mi-am adus aminte că n-am maşină. Lincolnul era în parcarea de la Four Green Fields – dacă nu fusese furat peste noapte – şi nu puteam recupera cheile până nu se deschidea localul la unsprezece pentru masa de prânz. Aveam o problemă. Văzusem maşina lui Earl în mulţimea de navetişti de unde-l luam în fiecare dimineaţă. Era o Toyota tunată, cu garda la sol joasă şi jante cromate spiralate. Aş fi pariat că în interior mirosea a buruieni. Nu voiam să merg cu ea. În partea de nord a comitatului era o invitaţie să te oprească poliţia. În partea de sud era o invitaţie să fii împuşcat. De asemenea, nu voiam ca Earl să mă ia de acasă. Nu le permit niciodată şoferilor să afle unde locuiesc.

Ideea care mi-a venit a fost să iau un taxi până la depozitul meu din North Hollywood şi să folosesc una dintre noile Town Car. Oricum, Lincolnul de la Four Green Fields avea peste optzeci de kilometri la bord.

Poate că evadarea pe roţi noi m-ar fi ajutat să depăşesc depresia pricinuită de moartea lui Raul Levin.

După ce am spălat tigaia şi farfuria în chiuvetă, am hotărât că era suficient de târziu pentru a risca s-o trezesc pe Lorna cu un telefon ca să-mi confirme programul zilei. M-am întors în birou şi, când am ridicat telefonul fix, am auzit semnalul care-mi spunea că am cel puţin un mesaj neascultat. Am sunat la numărul de recuperare şi o voce electronică mi-a spus că am pierdut un apel de la 11.07, cu o zi înainte. Când vocea a recitat numărul de la care venise apelul pierdut, am îngheţat. Era numărul de mobil al lui Raul Levin. Ratasem ultimul lui apel.

„Hei, eu sunt. Probabil ai plecat deja la meci şi ai mobilul închis. Dacă nu asculţi mesajul ăsta, o să dau de tine acolo. Dar am un alt atu pentru tine. Cred că..."

S-a oprit o clipă la sunetul de fundal al unui câine lătrând.

„...ai putea spune că am găsit biletul de ieşire al lui Jesus din Q. Trebuie să plec, băieţaş."

Asta era tot. A închis fără un rămas-bun şi folosise la sfârşit acel accent stupid. Accentul m-a deranjat întotdeauna. Acum suna duios. Mi-era deja dor de el.

Am apăsat butonul pentru a asculta încă o dată mesajul şi apoi de încă trei ori înainte să-l salvez în cele din urmă şi să închid telefonul. Apoi am stat acolo în scaunul meu de la birou şi am încercat să leg mesajul de ceea ce ştiam. Primul puzzle viza ora apelului. Nu am plecat la meci mai devreme de 11.30 şi, cu toate astea, am ratat cumva apelul de la Levin, care venise cu mai mult de douăzeci de minute mai devreme.

N-avea niciun sens – până mi-am amintit telefonul de la Lorna. La 11.07 vorbeam la telefon cu Lorna.

Foloseam fixul atât de rar şi atât de puţine persoane îmi ştiau numărul, încât nu mă mai obosisem să-i instalez apel în aşteptare. Din cauza asta, ultimul apel al lui Levin intrase pe sistemul de mesagerie vocală, fără ca eu să ştiu despre el în timp ce vorbeam cu Lorna.

Asta explica însă circumstanțele apelului, nu și conținutul acestuia.

În mod evident, Levin găsise ceva. Nu era avocat, dar, în mod sigur, ştia să recunoască și să evalueze o dovadă. Găsise ceva care putea să mă ajute să-l scot pe Menendez din închisoare. Găsise scăparea lui Jesus.

Ultimul lucru pe care rămânea să-l interpretez era întreruperea provocată de lătratul câinelui, și asta a fost uşor. Fusesem acasă la Levin și ştiam că avea un câine exaltat și schelălăitor. De fiecare dată când a trebuit să merg acolo, am auzit câinele începând să latre chiar înainte să bat la ușă. Lătratul pe fundalul telefonului şi faptul că Levin încheiase în grabă convorbirea îmi spuneau că venise cineva la ușă. A avut un vizitator și s-ar putea foarte bine să fi fost ucigaşul.

Am reflectat la toate astea câteva clipe și am decis că ora apelului era ceva ce nu puteam să ţin ascuns, cu conştiinţa curată, faţă de poliţie. Conţinutul mesajului ar fi ridicat noi întrebări, la care s-ar fi putut să nu-mi fie uşor să răspund, dar ar fi fost compensat de valoarea momentului apelului. M-am dus în dormitor și am scormonit prin buzunarele blugilor pe care-i purtasem cu o zi înainte. Într-unul dintre buzunarele din spate am găsit cotorul biletului de la meci și cărțile de vizită pe care Lankford și Sobel mi le dăduseră la sfârșitul vizitei mele acasă la Levin. Am ales-o pe cea a lui Sobel și am observat că pe ea scria doar „Detectiv Sobel". Fără prenume. M-am întrebat de ce și am sunat. Poate că ea era ca mine, cu două cărți de vizită diferite în buzunare diferite. Una cu numele ei complet, alta oficială.

A răspuns imediat și am decis să văd ce pot obține de la ea înainte să-i ofer ce aveam eu.

– Ceva nou în anchetă? am întrebat.

– Nu prea. Nu prea multe noutăți pe care să le pot împărtăși cu dumneavoastră. Suntem oarecum în faza de a organiza probele pe care le avem. Avem niște rezultate balistice și...

– Au făcut deja autopsia!? am spus. Foarte repede!

– Nu, autopsia nu va fi gata până mâine.

– Atunci, cum de aveți deja balistica?

Nu mi-a răspuns, dar mi-am dat seama.

– Ați găsit un tub. A fost împușcat cu o armă automată care aruncă tuburile.

– Sunteți tare, domnule Haller! Da, am găsit un tub.

– Am făcut o mulțime de studii. Și spuneți-mi Mickey. E ciudat, criminalul a devalizat locul, dar nu a ridicat tubul.

– Poate pentru că s-a rostogolit pe podea și a căzut într-o gaură de aerisire. Criminalul ar fi avut nevoie de o șurubelniță și de o mulțime de timp.

Am dat din cap. A fost un noroc. Nu-i pot număra pe clienții care au pierdut deoarece polițiștii au prins o pistă norocoasă. Pe de altă parte, au existat o mulțime de clienți care au scăpat pentru că au prins-o ei. Totul se compensează în cele din urmă.

– Deci, a avut dreptate partenerul tău că a fost un 22?

A făcut o pauză înainte de a răspunde, hotărându-se dacă să treacă un anumit prag privind dezvăluirea de informaţii din dosar pentru mine, o parte implicată în caz, dar inamic – avocat – cu toate acestea.

– A avut dreptate. Și datorită urmelor de pe cartuş, ştim exact ce armă căutăm.

Ştiam de la anchetatori experţi în balistică şi de la examinatori de arme cu teste făcute de-a lungul anilor că urmele lăsate pe tuburile de gloanţe în timpul procesului de tragere pot identifica arma chiar şi fără s-o ai la dispoziţie. La un automat, cuiul percutor, închizătorul, ejectorul şi extractorul – toate lasă semnătură pe tub în fracţiunea de secundă în care se trage cu arma. Analizând cele patru marcaje, luate împreună, se pot identifica marca şi modelul armei.

– Se pare că domnul Levin a deţinut el însuşi un 22, a spus Sobel. Dar l-am găsit într-un seif din casă şi nu este marca Woodsman. Singurul lucru pe care nu l-am găsit este telefonul mobil. Știm că a avut unul, dar noi...

– Vorbea cu mine pe el chiar înainte de a fi ucis.

A urmat un moment de tăcere.

– Ne-aţi spus ieri că ultima dată când aţi vorbit cu el a fost vineri seară.

– Aşa este. Dar de aceea am sunat acum: Raul mi-a telefonat ieri-dimineaţă, la unsprezece şi şapte şi mi-a lăsat un mesaj. Nu m-am prins până astăzi, pentru că după ce m-am despărţit ieri de voi m-am dus şi m-am îmbătat. Apoi m-am dus la culcare şi nu mi-am dat seama până acum că aveam un mesaj de la el. A sunat în legătură cu unul dintre cazurile la care lucra pentru mine. Este vorba despre un apel în instanţă şi clientul e în închisoare. O treabă care nu-i urgentă. Oricum, conţinutul mesajului nu este important, dar apelul ajută la cronologie. Şi fiţi atentă la asta: în timp ce lasă mesajul, se aude cum câinele începe să latre. O făcea ori de câte ori era cineva la ușă. Știu asta pentru că am fost la el și câinele mă lătra de fiecare dată.

Din nou, s-a lăsat tăcerea înainte ca ea să răspundă.

– Nu înțeleg ceva, domnule Haller.

– Ce anume?

– Ne-ați spus ieri că ați fost acasă până pe la prânz, înainte de a pleca la meci. Și acum îmi spuneți că domnul Levin a lăsat un mesaj pentru dumneavoastră la 11 și 7 minute. De ce n-ați răspuns?

– Pentru că vorbeam la telefon și nu am apel în așteptare. Puteți verifica înregistrările mele, o să vedeți că am primit un telefon de la asistenta mea, Lorna Taylor. Vorbeam cu ea când a sunat Raul. Fără apel în așteptare, n-am știut. Și, desigur, el a crezut că am plecat deja la meci, așa că a lăsat doar un mesaj.

– Bine, am înțeles. Vom dori, probabil, permisiunea scrisă să verificăm înregistrările.

– Nicio problemă.

– Unde sunteți acum?

– Sunt acasă.

I-am dat adresa și a spus că o să vină cu partenerul ei.

– Veniți repede. Trebuie să plec în aproximativ o oră.

– Venim acum.

Am închis telefonul cu un sentiment de neliniște. Am apărat o duzină de criminali de-a lungul anilor și asta m-a adus în contact cu destui anchetatori de la Omucideri. Dar nu fusesem niciodată interogat eu însumi în legătură cu o crimă. Lankford și acum Sobel păreau să fie suspicioși în legătură cu fiecare răspuns pe care-l dădeam. Asta mă făcea să mă-ntreb ce știau ei și nu știam eu.

Am aranjat lucrurile de pe birou și mi-am închis servieta. Nu voiam să vadă nimic. Apoi m-am plimbat prin casă și am verificat fiecare cameră. Ultima oprire a fost în dormitor. Am făcut patul și am pus CD-ul *Wreckrium for Lil'* Demon înapoi în sertarul noptierei. Și brusc mi-a căzut fisa. M-am așezat pe pat amintindu-mi ceva ce-a spus Sobel. Îi scăpase ceva care mi-a trecut pe lângă ureche. Spusese că au găsit arma de calibru 22 a lui Raul Levin, dar nu era arma crimei. Că nu era un Woodsman. Din greșeală, îmi dezvăluise marca și modelul armei crimei. Știam că Woodsman era un pistol automat fabricat de Colt. Știam asta pentru că dețineam un Colt Woodsman, modelul sport. Îmi fusese lăsat moștenire, cu mulți ani în urmă, de tatăl meu. La moartea lui. După ce am devenit suficient de mare ca să-l folosesc, nici măcar nu l-am scos din cutia lui din lemn.

M-am ridicat de pe pat și m-am dus în debara. Mă mișcam ca printr-o ceață deasă. Pașii mei erau șovăielnici și mi-am pus mâna pe perete și apoi pe tocul ușii de parcă aș fi avut nevoie de sprijin. Cutia din lemn lustruit era pe raftul pe care trebuia să fie. Am reușit s-o dau jos cu ambele mâini și am plecat cu ea în dormitor.

Am pus-o pe pat și i-am deschis mecanismul din alamă cu o lovitură ușoară. Am ridicat capacul și acoperitoarea din plastic.

Arma dispăruse.

PARTEA A DOUA

O lume fără adevăr

Luni, 23 mai

27

Am încasat cecul lui Roulet. În prima zi de proces aveam în cont mai mulți bani decât am avut vreodată în viața mea.

Aş fi putut să cumpăr coperta a patra din *Pagini Aurii* în locul jumătăţii de pagină pe care o aveam în interior.

Mi-aş fi putut permite. Aveam, în sfârşit, un caz de franciză şi merita din plin. Ca bani, vorbesc. Moartea lui Raul Levin făcea pentru totdeauna din această franciză o afacere perdantă.

Trecuserăm prin trei zile de selecție a juriului și acum eram gata de spectacol. Ședința urma să dureze cel puţin încă trei zile: două pentru acuzare și una pentru apărare. I-am spus judecătorului că am avea nevoie de o zi pentru a prezenta cazul juriului, dar, de fapt, cea mai mare parte a apărării urma s-o susţin în timpul prezentării acuzării.

Există întotdeauna un sentiment electrizant la începutul unui proces. O nervozitate care atacă adânc în intestine. Atât de multe sunt în joc: reputația, libertatea, integritatea sistemului în sine. Ceva din faptul că doisprezece străini o să-ţi judece viaţa şi munca te afectează pe dinăuntru. Și mă refer la mine, la avocatul apărării – ce simte inculpatul este cu totul altceva!

Niciodată nu m-am obişnuit cu asta și adevărul e că nici nu vreau. Nu pot s-o compar decât cu anxietatea și tensiunea pe care le ai în biserică în ziua nunţii. Am avut această experiență de două ori și mi-am amintit de ea de fiecare dată când un judecător a deschis un proces.

Deşi experiența mea în materie de procese o surclasa pe cea a adversarului, nu a existat nicio îndoială cum mă simţeam: eram un om care se confrunta cu burta gigantică a sistemului. Fără îndoială, eram în inferioritate. Da, este adevărat că mă confruntam cu un procuror aflat la primul lui proces de infracţiune majoră. Dar acest avantaj era compensat cu vârf și-ndesat de puterea și măreţia statului. Procurorul avea sub comanda lui forţele întregului sistem de justiție. Și împotriva acestui tot eu mă aveam doar pe mine. Și un client vinovat.

M-am așezat lângă Louis Roulet la masa apărării. Eram singuri. Nu aveam în spatele meu niciun secundant, niciun investigator – dintr-o ciudată loialitate față de Raul Levin, nu angajasem un înlocuitor pentru el. De altfel, nu prea voiam unul. Levin îmi oferise tot ce aveam nevoie. Procesul, modul în care acesta urma să se desfășoare, putea servi ca un testament pentru abilitățile sale de anchetator.

În primul rând al sălii stăteau C.C. Dobbs și Mary Alice Windsor. În conformitate cu o decizie luată înainte de proces, judecătorul îi permisese mamei lui Roulet să fie în sala de judecată doar în timpul pledoariilor de deschidere. Pentru că era anunţată ca martor al apărării, nu i se putea permite să asculte niciuna dintre celelalte mărturii. Urma să rămână pe hol, alături de fidelul ei căţeluş Dobbs, până când o chemam.

Tot în primul rând, dar nu lângă ei, era secțiunea mea de sprijin: Lorna Taylor, fosta mea soție. Se îmbrăcase într-un costum bleumarin și o bluză albă. Arăta frumos și se putea amesteca ușor în falanga de avocați de sex feminin care coborau la tribunal în fiecare zi. Dar ea era acolo pentru mine și o iubeam pentru asta.

Restul galeriei era ocupat doar pe alocuri. Erau câţiva reporteri care aşteptau să prindă citate din pledoariile de deschidere, câţiva avocați și câţiva gură-cască. Nicio televiziune nu-și făcuse apariţia. Procesul nu atrăsese încă decât o atenție sumară din partea publicului, și asta era bine. Însemna că strategia noastră de a evita publicitatea funcţionase bine.

Roulet și cu mine stăteam liniștiţi, așteptând ca judecătorul să ia loc și să cheme juriul, ca să putem începe. Încercam să mă liniștesc, repetând ceea ce voiam să le spun juraţilor. Roulet se uita drept înainte, la emblema statului California, lipită pe partea din față a mesei judecătorului. Grefierul sălii de judecată a primit un apel telefonic, a spus câteva cuvinte și apoi a închis.

– Două minute, oameni buni, a anunţat el cu voce tare. Două minute.

Când se strigă adunarea, toată lumea trebuie să fie pe poziţii, gata să înceapă. Eram. M-am uitat spre Ted Minton, la masa acuzării, și am văzut că făcea același lucru pe care-l făceam eu. Se calma repetând. M-am aplecat în față și m-am uitat pe notițele din carneţelul din fața mea. Atunci, Roulet s-a aplecat și el pe neașteptate, aproape peste mine. A vorbit în șoaptă, chiar dacă încă nu era necesar:

– Asta este, Mick.

– Știu.

De la moartea lui Raul Levin, relația mea cu Roulet era una de răbdare distantă. Îl toleram pentru că trebuia. Dar m-am întâlnit cu el cât de puțin a fost posibil în zilele și săptămânile de dinainte de proces și am vorbit cu el cât mai puțin posibil odată ce acesta a început. Știam că slăbiciunea planului meu era propria mea slăbiciune. M-am temut că orice interacțiune cu Roulet ar putea să mă înfurie și să mă facă să-mi doresc să-l răzbun personal, fizic, pe prietenul meu. Cele trei zile de selecție a juriului au fost o tortură. Zi de zi, a trebuit să stau chiar lângă el și să ascult comentariile lui condescendente despre potențialii jurați. Singurul mod în care am putut trece prin asta a fost să-mi închipui că nu sunt acolo.

– Ești gata? m-a întrebat.

– Încerc să fiu, am spus. Tu ești?

– Eu sunt gata. Dar am vrut să-ți spun ceva înainte de a începe.

M-am uitat la el. Era prea aproape de mine. Ar fi fost invaziv și dacă l-aș fi plăcut, darămite așa. M-am lăsat ușor pe spate.

– Ce?

El mi-a urmat mișcarea, sprijinindu-se lângă mine.

– Ești avocatul meu, corect?

M-am aplecat în față, încercând să scap.

– Louis, ce-ai? Am fost împreună în asta mai mult de două luni și acum stăm aici cu un juriu ales și pregătit pentru proces. Mi-ai plătit mai mult de o sută cincizeci de mii și trebuie să întrebi dacă sunt avocatul tău!? Desigur, sunt avocatul tău. Ce-i? Ce este greșit?

– Nu s-a întâmplat nimic.

S-a aplecat în față și a continuat:

– Vreau să spun că, dacă ești avocatul meu, eu pot să-ți împărtășesc lucruri și tu să le ții secrete, chiar dacă e vorba despre o crimă. Mai mult decât o crimă. Asta e acoperit de relația avocat–client, corect?

Am simțit un huruit surd de supărare în stomac.

– Da, Louis, e corect, dacă nu ai de gând să-mi vorbești despre o crimă care urmează să fie comisă. În acest caz, pot fi exonerat de codul de etică și pot informa poliția, astfel încât să poată opri crima. De fapt, ar fi de datoria mea s-o informez. Un avocat este un ofițer al instanței de judecată. Deci, ce vrei să-mi spui? Tocmai ai auzit avertizarea de două minute. Suntem pe cale să începem, aici.

– Am ucis oameni, Mick.

M-am uitat la el pentru o clipă.

– Ce?

– M-ai auzit.

Avea dreptate. Îl auzisem. Și n-ar fi trebuit să fiu surprins. Știam deja că a ucis oameni. Raul Levin era printre ei și el a folosit chiar arma mea, deși nu-mi dădeam seama cum a învins brățara GPS de pe gleznă. Eram doar surprins că s-a hotărât să mi-o spună într-o astfel de manieră de fapt împlinit, cu două minute înainte de începerea procesului lui.

– De ce-mi spui asta? Încerc să te apăr și tu...

– Pentru că știu că deja ai aflat. Și pentru că știu care ți-e planul.

– Planul meu? Ce plan?

A zâmbit șiret spre mine.

– Hai, Mick. E simplu. Mă aperi în cazul ăsta. Faci tot ce știi mai bine, ești plătit la greu, tu câștigi și eu scap. Dar pe urmă, când totul se termină și ți-ai pus banii în bancă, te întorci împotriva mea, pentru că nu-ți mai sunt client. Mă dai pe mâna poliției, ca să-l poți elibera pe Jesus Menendez și să te răscumperi.

N-am răspuns.

– Ei bine, eu nu pot lăsa să se întâmple asta, a spus el liniștit. Acum, sunt al tău pentru totdeauna, Mick. Îți spun că am ucis oameni, și ghici ce? Martha Renteria a fost unul dintre ei. I-am dat exact ceea ce a meritat, și dacă te duci la poliție sau folosești împotriva mea ceea ce ți-am spus, atunci n-o să mai practici dreptul pentru foarte mult timp. Da, s-ar putea să reușești să-l învii pe Jesus din morți. Dar eu nu voi fi judecat, din cauza abaterii tale. Cred că se numește „fructe dintr-un copac otrăvitor" și tu ești copacul, Mick.

Încă nu puteam să răspund. Am dat din cap din nou. Roulet se gândise, cu siguranță, la toate. M-am întrebat cât de mult ajutor primise de la Cecil Dobbs. Avusese, evident, pe cineva care-l consiliase.

M-am aplecat spre el și am șoptit:

– Vino cu mine.

M-am ridicat și am ieșit repede prin portiță și m-am îndreptat spre ușa sălii de judecată. Din spate, am auzit vocea grefierului:

– Domnule Haller? Suntem pe cale să începem! Judecătoarea...

– Un minut, am strigat fără să mă întorc.

Am ridicat totodată un deget în sus. Apoi am ieşit în vestibulul slab luminat, conceput ca o zonă-tampon, pentru a ţine sunetele holului departe de sala de judecată. Un set de uşi duble, de partea cealaltă, ducea în hol. M-am dat la o parte şi am aşteptat ca Roulet să păşească în micul spaţiu.

De îndată ce a trecut prin uşă, l-am apucat şi l-am lipit de perete. L-am ţintuit de ea punându-i ambele mâini pe piept:

– Ce dracu' crezi că faci!?

– Ia-o-ncet, Mick. M-am gândit că ar trebui să ştim amândoi unde...

– Fiu de căţea ce eşti! L-ai ucis pe Raul şi tot ce făcea era să lucreze pentru tine! A încercat să te ajute!

Am vrut să-mi duc mâinile până la gât şi să-l sufoc pe loc.

– Ai dreptate în legătură cu un singur lucru: sunt un fiu de căţea. Dar greşeşti despre orice altceva, Mick. Levin nu a încercat să mă ajute. A încercat să mă îngroape şi a ajuns prea aproape. A primit ceea ce merita pentru asta.

M-am gândit la ultimul mesaj al lui Levin, pe telefonul meu acasă. „Am biletul de ieşire al lui Jesus din Q."

Ceea ce descoperise îl omorâse. Şi a ajuns să fie ucis înainte de a-mi putea livra informaţiile.

– Cum ai făcut-o? Dacă tot îmi faci mărturisiri complete, atunci vreau să ştiu cum ai făcut-o. Cum ai învins GPS-ul? Brăţara ta arăta că nu ai fost nici măcar aproape de Glendale.

Mi-a zâmbit ca un copil care are o jucărie pe care n-are de gând s-o împartă.

– Să spunem doar că sunt informaţii private şi las-o aşa! Nu se ştie niciodată, s-ar putea să am nevoie să fac din nou vechea scamatorie a lui Houdini!

În cuvintele sale am auzit ameninţarea și în zâmbetul lui am văzut răul de care îmi spusese Raul Levin.

– Să nu-ţi vină vreo idee, Mick, spuse el. După cum probabil ştii, am o poliţă de asigurare.

M-am apăsat asupra lui şi m-am apropiat şi mai mult.

– Ascultă, rahatule! Vreau arma înapoi. Acum! Crezi că ai rezolvat ceva cu chestia asta? Ai făcut un rahat. Eu am rezolvat-o. Și n-o să prinzi sfârşitul săptămânii ăsteia dacă nu-mi primesc arma înapoi! Ai înţeles!?

Roulet și-a ridicat mâinile încet, mi-a prins încheieturile mâinilor și le-a îndepărtat de pe pieptul lui. A început să-și îndrepte cămașa și cravata.

– Aş putea sugera un acord, a spus el calm. La sfârşitul acestui proces, ies din sală ca om liber. Continui să-mi menţin libertatea şi, în schimbul ei, arma nu ajunge pe, să spunem, mâini greşite.

Adică la Lankford și Sobel.

– Pentru că mi-ar plăcea cu adevărat să se întâmple asta, Mick. O mulţime de oameni depind de tine. O mulţime de clienţi. Şi tu, desigur, n-ai vrea să te duci unde se duc ei.

M-am dezlipit de el, folosindu-mi toată voința ca să nu-mi ridic pumnii și să-l atac. M-am adresat cu o voce în care se simţeau mânia şi ura:

– Îţi promit, i-am spus, că, dacă te pui cu mine, n-o să scapi niciodată liber de mine. Ne-am înţeles?

Roulet a început să zâmbească. Dar, înainte de a putea răspunde, ușa sălii de judecată s-a deschis și Meehan, aprodul, s-a uitat în vestibul.

– Doamna judecătoare este în ședință, a spus el cu asprime. Vă vrea acolo. Acum.

M-am uitat la Roulet.

– Ne-am înţeles?

– Da, Mick, a spus afabil. Ne-am înţeles perfect.

M-am îndepărtat de el și am intrat în sala de judecată cu pași mari. Judecătoarea Constance Fullbright s-a holbat la fiecare pas pe care-l făceam.

– Deci, frumos din partea dumneavoastră să vă decideţi să fiţi alături de noi în această dimineață, domnule Haller!

Unde mai auzisem eu asta?

– Îmi cer iertare, doamnă judecătoare, i-am spus. Am avut o situație de urgență cu clientul meu. Am avut o consultare.

– Consultările cu clienţii pot fi ţinute chiar la masa apărării, a răspuns ea.

– Da, onorată instanță.

– Nu cred că începem bine aici, domnule Haller. Când aprodul anunță că vom fi în sesiune în două minute, atunci m-aș aștepta ca toată lumea, inclusiv avocații și clienţii lor, să fie la locurile lor, pregătiți să înceapă.

– Îmi cer scuze, doamnă judecătoare.

– Asta nu e suficient, domnule Haller. Astăzi, înainte de sfârșitul ședinței, vreau să-i faceţi o vizită grefierului meu, cu carnetul de cecuri la dumneavoastră. Vă amendez cu cinci sute de dolari pentru sfidarea Curții.

Nu sunteţi dumneavoastră şeful acestei săli, domnule Haller. Eu sunt.

– Onorată instanţă...

– Acum, putem, vă rog, să avem un juriu? mi-a tăiat ea încercarea de protest.

Aprodul a deschis uşa camerei de juriu şi cei doisprezece juraţi, plus doi supleanţi, au început să-şi ocupe locurile. M-am aplecat spre Roulet, care tocmai se aşezase, şi i-am şoptit:

– Îmi datorezi cinci sute de dolari.

28

Pledoaria de deschidere a lui Ted Minton a fost un model ca la carte de urmărire penală nejustificată. În loc să le spună juraţilor ce dovezi va prezenta şi ce vor dovedi acestea, procurorul a încercat să le spună ce însemna totul. Mergea pe imaginea de ansamblu şi acest lucru este aproape întotdeauna o greşeală. Imaginea de ansamblu presupune interferenţe şi sugestii. Se extrapolează datele la nivel de suspiciuni. Orice procuror experimentat, cu o duzină sau mai multe procese în buzunar, o să vă spună să rămâneţi la un nivel mic. Vreţi să condamne, nu neapărat să înţeleagă.

– Acest caz este despre un animal de pradă, le-a spus el. Louis Ross Roulet este un om care în noaptea de 6 martie îşi urmărea prada. Şi, dacă nu ar fi fost determinarea puternică a unei femei ca să supravieţuiască, am judeca aici un caz de crimă.

Am observat de la început că Minton îşi alesese un „scorer". Aşa numesc eu un jurat care ia neîncetat notiţe în timpul procesului. O pledoarie de deschidere nu este o ofertă de dovezi şi judecătoarea Fullbright atenţionase în acest sens juriul, dar femeia de pe primul loc din primul rând scria de la începutul declarației lui Minton. Asta era bine. Îmi plac „scorerii", deoarece își notează exact ceea ce avocații spun că vor prezenta și vor dovedi în cursul procesului, iar la sfârșitul acestuia se întorc pentru a verifica. Țin scorul.

M-am uitat pe oglinda juriului, pe care o completasem cu o săptămână înainte, și am văzut că „scorer" era Linda Truluck, o casnică din Reseda. Era una dintre cele doar trei femei din juriu. Minton încercase din greu să mențină procentul de sex feminin la un nivel minim, deoarece, cred, se temea că, odată ce se stabilise în proces că Regina Campo oferea servicii sexuale pentru bani, s-ar putea pierde simpatia femeilor și, în cele din urmă, voturile lor cu privire la verdict. Cred că avea probabil dreptate în această presupunere și am lucrat la fel, cu sârguință, pentru a obține femei în juriu. Amândoi am ajuns să folosim toate cele douăzeci de respingeri și ăsta a fost, probabil, principalul motiv pentru care ne-au trebuit trei zile pentru a alege juriul. În cele din urmă, am obținut trei femei în grup și aș mai fi avut nevoie doar de una pentru a preîntâmpina o condamnare.

– Acum, o să auziți mărturii de la victima însăși, despre cum stilul ei de viață e unul pe care nu l-am ierta, spuse Minton juraților. Pe scurt, vindea sex la bărbați pe care îi invita la ea acasă. Dar vreau să vă amintiți că acest proces nu este despre ceea ce făcea victima pentru a trăi. Oricine poate fi o victimă a unei infracțiuni violente. Oricine. Indiferent de ceea ce face cineva pentru a supraviețui, legea nu permite ca acesta să fie bătut, să fie amenințat cu cuțitul sau să fie speriat pentru viața lui.

Nu contează ce face pentru bani. Se bucură de aceeași protecție ca noi toți.

Mi-a fost destul de clar că Minton nici măcar nu dorea să utilizeze cuvintele prostituție sau prostituată, de teamă că i-ar distruge cazul. Am scris cuvântul pe carnețelul pe care urma să-l iau cu mine la pupitru când îmi va veni rândul la pledoarie. Îmi propuneam să compensez omisiunea procurorului.

Minton a dat o imagine de ansamblu a probelor. A vorbit despre cuțitul cu inițialele inculpatului pe lamă. A vorbit despre sângele găsit pe mâna stângă. Și a avertizat jurații să nu se lase păcăliți de eforturile apărării de a confunda dovezile sau de a face din ele un talmeș-balmeș.

– Acesta este un caz foarte clar și simplu, a spus el în încheiere. Aveți un om care a atacat o femeie la ea acasă. Planul său era s-o violeze și s-o ucidă. Doar prin mila lui Dumnezeu ea va fi aici pentru a vă spune povestea.

După care le-a mulțumit pentru atenție și și-a ocupat scaunul la masa acuzării. Judecătoarea Fullbright s-a uitat la ceas și apoi la mine. Era 11.40 și probabil se gândea dacă să facem o pauză sau să continuăm cu deschiderea mea. Una dintre sarcinile principale ale judecătorului în timpul unui proces este managementul juriului. Este de datoria judecătorului să se asigure că juriul se simte confortabil și motivat. Răspunsul, deseori, poate fi o mulțime de pauze, pe termen scurt și lung.

O cunoșteam pe Connie Fullbright de cel puțin doisprezece ani, cu mult înainte de a fi judecător. Fusese atât procuror, cât și avocat al apărării. Cunoștea ambele părți. În afară de a se grăbi să dea amenzi de sfidare a

Curţii, era un judecător bun şi corect, până când se ajungea la condamnare. Te duceai în instanţă la Fullbright ştiind că vei fi pe picior de egalitate cu acuzarea. Dar dacă juriul îţi condamna clientul, era bine să fii pregătit pentru ce-i mai rău. Fullbright era unul dintre cei mai dificili judecători din comitat în materie de condamnare. Era ca și cum v-ar fi pedepsit, pe tine și pe clientul tău, pentru că o făceaţi să-și piardă timpul cu un proces. Dacă exista orice interval în limite de condamnare, ea mergea mereu la varianta maximă, indiferent dacă era închisoare sau eliberare condiţionată. Asta fusese de ajuns ca să-i atragă o poreclă printre avocaţii care trecuseră prin tribunalul Van Nuys.

Îi spuneau judecătoarea Fullbite.

– Domnule Haller, a spus ea, intenţionaţi să amânaţi pledoaria?

– Nu, doamnă judecătoare, dar am de gând să fiu scurt.

– Foarte bine, a spus ea. Atunci, vă ascultăm și luăm pe urmă pauza de prânz.

Adevărul era că nu știam cât avea să dureze. Minton folosise vreo patruzeci de minute și știam că o să-mi ia cam tot atât. Dar i-am spus judecătoarei că voi fi scurt, pur și simplu, pentru că nu-mi place ideea ca juriul să meargă la masa de prânz știind doar partea de poveste a procurorului, la care să se gândească în timp ce-și mestecă hamburgerii și salatele cu ton.

M-am ridicat și m-am dus la pupitrul aflat între acuzare și apărare. Sala de judecată era unul dintre spaţiile recent refăcute în vechiul tribunal. Avea boxe gemene pentru juriu, de fiecare parte a fotoliului judecătorului. Totul era lucrat dintr-un lemn galben, inclusiv peretele din spatele judecătorului. Ușa de la biroul judecătorului era aproape ascunsă în perete, fiind camuflată de lambriuri. Clanța era singurul indiciu.

Fullbright conducea procesele ca un judecător federal. Avocaţilor nu le era îngăduit să se apropie de martori fără permisiune și niciodată de boxa juriului. Erau obligaţi să vorbească numai de la pupitru.

Stând acum la pupitru, juriul era în boxa din dreapta mea și mai aproape de masa acuzării decât de cea a apărării. Asta era bine pentru mine. Nu voiam să-l poată vedea prea de aproape pe Roulet. Aș fi vrut să fie un pic de mister pentru ei.

– Doamnelor și domnilor din juriu, am început, numele meu este Michael Haller și îl reprezint pe domnul Roulet în acest proces. Sunt fericit să vă spun că acest proces va fi cel mai probabil unul rapid. Nu va dura decât câteva zile. În timp, veţi vedea probabil că ne-a luat mai mult ca să vă alegem pe dumneavoastră decât va dura pentru a vă prezenta ambele perspective asupra cazului. Procurorul, domnul Minton, părea să-și petreacă timpul în această dimineață vorbindu-vă despre ce crede el că reprezintă probele pentru dumneavoastră și despre cine este domnul Roulet cu adevărat. V-aș sfătui să staţi, pur și simplu, să ascultaţi dovezile și să lăsaţi bunul-simţ să vă spună ce înseamnă toate acestea și cine este domnul Louis Roulet.

Îmi treceam ochii de la un jurat la altul. Am privit rareori în jos la carnetul pe care îl pusesem pe pupitru. Voiam să creadă că vorbesc liber cu ei, din capul meu.

– De obicei, ceea ce îmi place să fac este să rezerv pledoaria mea de deschidere. Într-un proces penal, apărarea are întotdeauna opţiunea de a vorbi la început, la fel cum a făcut domnul Minton, sau exact înainte de a prezenta cazul acuzatului. În mod normal, aş fi urmat a doua opţiune. Aş aştepta şi aş face pledoaria înainte de a prezenta toţi martorii şi toate dovezile apărării. Dar acest caz este diferit. Este diferit, deoarece cazul acuzării va fi, în acelaşi timp, al apărării. Veţi auzi, cu siguranţă, suficient din partea unor martori ai apărării, dar inima şi sufletul din acest caz vor fi dovezile şi martorii acuzării şi modul în care o să vă decideţi să le interpretaţi. Vă garantez că o versiune a evenimentelor şi a probelor foarte diferită de ceea ce domnul Minton a încercat să sublinieze o să apară în această sală de judecată. Şi când va veni timpul pentru ca apărarea să-şi prezinte cazul, acesta, probabil, nu va fi cu adevărat necesar.

Am verificat şi am văzut creionul „scorerului" cum se deplasează pe pagina de blocnotes.

– Cred că urmează să descoperiţi aici, în această săptămână, faptul că întregul caz se va rezuma la acţiunile şi motivaţiile unei singure persoane. O prostituată care a văzut un om cu semne exterioare de bogăţie şi a ales să-l ia drept ţintă. Dovezile vor arăta acest lucru în mod clar, inclusiv martorii acuzării.

Minton s-a ridicat şi a obiectat, spunând că am depăşit limitele în încercarea de a discredita un martor principal al statului cu acuzaţii nefondate. Nu avea nicio bază legală pentru obiecţie. Era doar o încercare de amator de a trimite un mesaj juriului. Judecătoarea a răspuns invitându-ne să ne apropiem. Am mers la masa ei şi ea a apăsat un buton pentru a opri difuzorul, împiedicându-i pe juraţi să audă ce vorbim. Cu Minton, judecătoarea a fost rapidă ca un asasin:

– Domnule Minton, ştiu că sunteţi nou într-un proces de infracţiune gravă, aşa că o să trebuiască să vă şcolesc din mers. Dar nu aveți niciodată dreptul la obiecții în timpul unei pledoarii de deschidere în sala mea de judecată. El nu prezintă dovezi. Nu-mi pasă dacă el spune că propria dumneavoastră mamă e martorul care stabileşte alibiul acuzatului, nu obiectaţi în fața juriului meu!

– Doamnă judecă...

– Asta-i tot. Duceţi-vă înapoi.

Și-a reluat poziția și a pornit difuzorul. Minton și cu mine ne-am întors la locurile noastre, fără niciun alt cuvânt.

– Obiecţie respinsă, a spus judecătoarea. Continuați, domnule Haller, și permiteți-mi să vă reamintesc că aţi promis că veţi fi scurt.

– Mulţumesc, onorată instanță. Asta intenționez.

Mi-am aruncat o privire peste notiţe şi apoi m-am uitat din nou la juriu. Știind că Minton a fost redus la tăcere de către judecătoare, am decis să ridic retorica la un alt nivel: să merg mai departe fără notiţe şi să trec direct la încheiere.

– Doamnelor și domnilor, în esență, ceea ce se va decide aici este cine a fost cu adevărat prădătorul în acest caz. Domnul Roulet, un om de afaceri de succes, cu un trecut imaculat, sau o prostituată dovedită, cu o afacere de succes constând în a lua bani de la bărbaţi pentru sex. Veţi auzi că presupusa victimă din acest caz a fost implicată într-un act de prostituție cu un alt bărbat, cu numai câteva clipe înainte de presupusul atac. Și veți auzi că, la câteva zile după acest presupus atac care-i pusese în pericol viața, ea era din nou în afaceri, încă o dată, de tranzacționare de sex pentru bani.

M-am uitat la Minton și am văzut că ardea mocnit. Privea spre masa din fața lui și clătina încet din cap. M-am uitat în sus la judecătoare.

– Onorată instanță, puteți să instruiți procurorul să se abțină de la demonstrații în fața juriului? Eu n-am obiectat în niciun fel în timpul pledoariei sale de deschidere și n-am încercat să distrag atenția juriului!

– Domnule Minton, a intervenit judecătoarea, vă rugăm să stați liniștit și să oferiți apărării aceeași curtoazie cu care v-a tratat.

– Da, onorată instanță, a spus Minton împăciuitor.

Juriul l-a văzut acum pe procuror pălmuit de două ori și încă nu trecuserăm de deschidere! Am luat acest lucru ca pe un semn bun și am continuat. M-am uitat la juriu și am observat că „scorerul" încă scria.

– În cele din urmă, veți auzi mărturii de la mulți dintre martorii acuzării care vor oferi o explicație perfect acceptabilă pentru o mare parte din dovezile fizice din acest caz. Vorbesc despre sânge și despre cuțitul menționat al domnului Minton. Luate individual sau ca un întreg, toate acestea vă vor oferi cu asupra de măsură îndoiala rezonabilă cu privire la vinovăția clientului meu. Puteți nota în carnețele. Vă garantez că veți avea o singură opțiune la sfârșitul acestui caz. Și că aceasta este de a descoperi că domnul Roulet nu este vinovat de aceste acuzații. Vă mulțumesc.

În timp ce mă întorceam la locul meu, i-am făcut cu ochiul Lornei Taylor. Ea a dat din cap spre mine ca și cum mi-ar fi spus că m-am descurcat bine. Atenția mi-a fost atrasă de cele două personaje care stăteau la două rânduri în spatele ei. Lankford și Sobel. Se strecuraseră în sală după ce inspectasem publicul prima dată.

Mi-am reluat locul și am ignorat semnul victoriei pe care mi-l făcea clientul meu. Mă preocupa motivul pentru care cei doi detectivi din Glendale se aflau în sala de judecată. Mă supravegheau? Mă așteptau?

Judecătoarea a dat juriului pauză de prânz și toată lumea s-a ridicat și a rămas în picioare, în timp ce „scorerul" și colegii ei ieșeau. După ce au plecat, Minton a cerut judecătorului o altă consultare. Voia să încerce să-și explice obiecția și să recupereze pagubele, dar nu în ședință publică. Judecătoarea l-a refuzat.

– Mi-e foame, domnule Minton, și am trecut de asta acum. Duceți-vă la masa de prânz.

Ea a părăsit prezidiul și în sala de judecată, care fusese atât de tăcută, cu excepția vocilor avocaților, a izbucnit larma. Mi-am pus carnetul în servietă.

– A fost foarte bine, a spus Roulet. Cred că suntem deja la cârma jocului.

M-am uitat la el cu ochi morți.

– Nu este un joc.

– Știu asta. Este doar o expresie. Ascultă, eu iau prânzul cu Cecil și cu mama. N-ai dori să ni te alături?

Am clătinat din cap.

– Trebuie te apăr, Louis, dar n-am să mănânc cu tine.

Mi-am scos carnetul de cecuri din servietă și l-am lăsat pe Roulet acolo. Am ocolit masa și m-am îndreptat spre grefier, ca să-i scriu un cec de cinci sute de dolari. Nu amenda mă îngrijora, cât analiza baroului, care urmează oricărei citări pentru sfidarea Curţii.

Când am terminat, m-am întors şi am găsit-o pe Lorna aşteptându-mă zâmbind la poartă. Intenţionam să mergem să mâncăm de prânz şi apoi ea să se întoarcă acasă să răspundă la telefoane. În trei zile urma să fiu din nou în afaceri şi aveam nevoie de clienţi. În funcţie de ei, urma să-ncep completarea agendei.

– Se pare că mai bine îţi plătesc eu masa de prânz astăzi, a spus ea.

Am aruncat carnetul de cecuri în servietă şi am închis-o.

– Ar fi frumos, am zis.

Am trecut prin poartă şi am verificat banca unde îi văzusem pe Lankford şi Sobel cu câteva momente înainte.

Plecaseră.

29

Procuratura şi-a început prezentarea cazului către juriu în sesiunea de după-amiază şi imediat mi-am dat seama de strategia lui Ted Minton. Primii patru martori au fost un operator de la dispeceratul 911, ofiţerii de patrulare care răspunseseră la apelul Reginei Campo pentru ajutor şi paramedicul care o tratase înainte de a fi transportată la spital. Anticipând strategia de apărare, a fost clar că Minton voia să stabilească ferm că Regina Campo fusese brutal agresată şi era cu adevărat victimă. Nu era o strategie rea. În cele mai multe cazuri ar fi funcţionat.

Operatorul de la dispecerat a fost adus în principal pentru a prezenta înregistrarea apelului Reginei Campo la 911.

Transcrieri imprimate ale apelului au fost înmânate juraţilor, astfel încât aceştia să le poată citi în timp ce ascultau o înregistrare audio disonantă. Am obiectat, pe motiv că înregistrarea audio aducea prejudicii cazului, când transcrierea ar fi fost de ajuns, dar judecătoarea mi-a respins obiecţia atât de repede, încât Minton nici n-a apucat să contracareze. Înregistrarea a fost difuzată și nu exista nicio îndoială că Minton începuse în forță, pentru ca jurații să asculte absorbiți țipetele lui Campo cerând ajutor.

Vocea ei suna sinceră, înnebunită de durere și de frică. A fost exact ceea ce Minton a vrut ca jurații să audă, și ei, cu siguranță, au înghițit-o. N-am îndrăznit să-l chestionez și eu pe dispecer, pentru că știam că se putea să-i dau lui Minton posibilitatea să difuzeze din nou înregistrarea.

Cei doi ofițeri de patrulă care au urmat au oferit mărturii diferite pentru că făcuseră lucruri separate la sosirea în complexul rezidențial Tarzana ca răspuns la apelul la 911. Unul a rămas la început cu victima, în timp ce celălalt a mers în apartament și i-a pus cătușele bărbatului pe care-l imobilizaseră vecinii lui Campo – Louis Ross Roulet.

Ofițerul Vivian Maxwell a descris-o pe Campo ca fiind despletită, rănită și speriată. Ea a spus că Regina Campo tot întreba dacă este în siguranță și dacă intrusul a fost prins. Chiar și după ce a primit asigurări la ambele întrebări, a rămas speriată și supărată, la un moment dat spunându-i ofițerului să-și scoată arma și s-o țină pregătită pentru cazul în care atacatorul ar reuși să se elibereze. Când Minton a terminat cu acest martor, m-am ridicat pentru primul meu interogatoriu în acest proces.

– Doamnă ofițer Maxwell, ați întrebat-o pe doamna Campo ce i s-a întâmplat?

– Da, așa am făcut.

– Ce-ați întrebat-o exact?

– Am întrebat-o ce s-a întâmplat și cine i-a făcut acest lucru. Știți, cine a rănit-o.

– Ce v-a spus?

– A spus că la ușa ei a venit un bărbat și a ciocănit și, când ea a deschis, el a lovit-o. A spus că a lovit-o de mai multe ori și apoi a scos un cuțit.

– A spus că a scos cuțitul după ce a lovit-o?

– Așa a spus. Era supărată și rănită în acel moment.

– Am înțeles. V-a spus cine era bărbatul?

– Nu, a spus că nu-l cunoștea.

– Ați întrebat-o anume dacă-l cunoștea?

– Da. Și a negat.

– Deci, ea deschisese, pur și simplu, ușa, la ora zece seara, unui bărbat necunoscut.

– Nu s-a exprimat în acest fel.

– Dar ați declarat că v-a zis că nu-l cunoștea, nu?

– Corect. Exact așa s-a exprimat. Mi-a spus: „Nu știu cine este".

– Și ați scris asta în raport?

– Da.

Am prezentat raportul ca probă a apărării și am pus-o pe doamna ofițer Maxwell să citească fragmente din el pentru juriu. În acestea, Campo spunea că atacul a fost neprovocat și a fost făcut de un străin.

– „Victima nu-l cunoaște pe bărbatul care a atacat-o și nu știe de ce a fost atacată", a citit din raport.

Partenerul lui Maxwell, John Santos, a depus și el mărturie, spunându-le juraților că Regina Campo l-a îndrumat la apartamentul ei, unde a găsit un bărbat pe podea, aproape de intrare. Omul era semiconștient și era țintuit la podea de doi dintre vecinii lui Campo, Edward Turner și Ronald Atkins. Unul dintre bărbați era călare pe pieptul omului și celălalt stătea pe picioarele lui.

Santos l-a identificat pe bărbatul de pe podea ca fiind pârâtul, Louis Ross Roulet. L-a descris ca având sânge pe haine și pe mâna stângă. A spus că Roulet părea să fi suferit o comoție sau un fel de traumatism cranian și inițial nu a fost receptiv la comenzi. Santos l-a răsucit și l-a încătușat cu mâinile la spate. Ofițerul a pus apoi o pungă din plastic pentru dovezi, pe care o avea într-un compartiment de la centură, peste mâna însângerată a lui Roulet.

Santos a mai declarat că unul dintre bărbații care-l imobilizaseră pe Roulet îi predase un cuțit, care fusese deschis și avea sânge pe mâner și pe lamă. Santos le-a spus juraților că a pus acest articol într-o pungă, pe care i-a înmânat-o detectivului Martin Booker, de îndată ce acesta a ajuns la fața locului.

Când mi-a venit rândul, i-am pus lui John Santos doar două întrebări:

– Domnule ofițer, era sânge pe mâna dreaptă a inculpatului?

– Nu, nu era deloc sânge pe mâna dreaptă, aș fi învelit-o și pe aceasta în pungă dacă era.

– Înțeleg. Deci, avea sânge doar pe mâna stângă și s-a găsit un cuțit cu sânge pe mâner. Nu ar părea că, în cazul în care pârâtul ținuse cuțitul, atunci ar fi trebui să-l fi ținut în mâna stângă?

Minton a obiectat, susținând că Santos este ofițer de patrulare și că problema depășește sfera lui de competență. Am argumentat că întrebarea cere un răspuns de bun-simț, nu cel al unui expert.

Judecătoarea a respins obiecția și grefierul i-a citit din nou întrebarea martorului.

– Aşa mi s-ar părea, a răspuns Santos.

Următorul martor a fost Arthur Metz. Paramedicul le-a vorbit juraţilor despre comportamentul lui Campo şi despre gravitatea leziunilor ei când a tratat-o, la mai puţin de treizeci de minute după atac. A spus că părea să fi suferit cel puţin trei impacturi semnificative asupra feţei. A menţionat, de asemenea, o mică înțepătură la gât. A descris toate leziunile ca fiind superficiale, dar dureroase. O fotografie mărită a feţei lui Campo văzusem din prima zi a procesului, expusă pe un şevalet, în faţa juriului. Am obiectat, argumentând că fotografia este prejudiciabilă, deoarece fusese mărită peste dimensiunile naturale, dar am fost respins de judecătoarea Fullbright.

Apoi, când mi-a venit rândul să-l interoghez pe Metz, am folosit exact fotografia faţă de care obiectasem.

– Când ne spuneţi că se pare că ea a suferit cel puţin trei impacturi pe faţă, ce înțelegeți prin „impact“? am întrebat.

– A fost lovită cu ceva. Fie un pumn, fie cu un obiect contondent.

– Deci, practic, cineva a lovit-o de trei ori. Puteţi, vă rog, să folosiți acest laser pointer și să arătaţi juriului, pe fotografie, locurile în care s-au petrecut impacturile?

Din buzunarul de la cămaşă am desprins un laser pointer și l-am ţinut în sus pentru ca judecătoarea să-l vadă. Mi-a acordat permisiunea să i-l duc lui Metz. L-am deschis și i l-am dat. Apoi, el a pus punctul roşu al fasciculului laserului pe fotografie și a indicat prin cercuri trei zone în care considera că fusese lovită: a încercuit ochiul drept, obrazul drept și o zonă cuprinzând partea dreaptă a gurii și a nasului.

– Mulţumesc, am zis, luând laserul înapoi de la el şi revenind la pupitru. Deci, dacă ea a fost lovită de trei ori pe partea dreaptă a feţei, impactul a venit din partea stângă a atacatorului, corect?

Minton a obiectat încă o dată spunând că problema depăşeşte domeniul de competenţă al martorului. Încă o dată am invocat bunul-simţ şi încă o dată judecătorul a respins obiecţia procurorului.

– În cazul în care atacatorul se afla în faţa ei, ar fi lovit-o din stânga, doar dacă nu a fost un rever, a spus Metz. Atunci ar putea veni din dreapta.

A dat din cap şi a părut mulţumit de sine. Evident, credea că este de ajutor acuzării, dar efortul lui era atât de ipocrit, încât, de fapt, probabil ajuta apărarea.

– Sugeraţi că atacatorul doamnei Campo a lovit-o de trei ori cu reverul şi a provocat astfel de răni?

Am arătat spre fotografia expusă pe şevalet. Metz a ridicat din umeri, dându-şi probabil seama că nu-i fusese prea util procurorului.

– Orice este posibil, a spus el.

– „Orice este posibil", am repetat. Ei bine, nu există nicio altă posibilitate la care să vă puteţi gândi, care să explice aceste leziuni ca venind de la orice altceva decât de la o lovitură directă cu stânga?

Metz a ridicat iar din umeri. Nu era un martor care să impresioneze, mai ales după doi poliţişti şi un dispecer care fuseseră foarte exacţi în mărturiile lor.

– Dar dacă doamna Campo s-ar fi lovit singură? N-ar fi folosit oare pumnul drept...

Minton a sărit imediat şi a obiectat.

– Onorată instanță, acest lucru este scandalos! Să sugerezi că victima și-a făcut singură asta este nu numai un afront adus acestui tribunal, ci și tuturor victimelor infracţiunilor violente, de peste tot! Domnul Haller s-a coborât până la...

– Martorul a spus că orice este posibil, am argumentat, vrând să-i trag lui Minton preşul de sub picioare. Am încercat să explorez ceea ce...

– Se susține, a declarat Fullbright, trăgând linie. Domnule Haller, nu o luaţi pe calea aceasta decât dacă aveţi în vedere ceva mai mult decât o trecere în revistă a tuturor posibilităților.

– Da, onorată instanță, am spus. Nu mai am întrebări.

M-am aşezat jos, m-am uitat la jurați și mi-am dat seama că făcusem o greşeală. Transformasem un moment de răscruce pozitiv într-unul negativ. Demonstraţia pe care o făcusem despre un atacator stângaci era pierdută prin sugestia că leziunile de pe faţa victimei au fost autoprovocate. În mod special, cele trei femei din juriu arătau supărate pe mine.

Am încercat totuși să mă concentrez pe un aspect pozitiv. Era bine să știu acum care erau sentimentele juriului în această privinţă, înainte ca Regina Campo să vină în boxa martorilor și s-o întreb același lucru.

Roulet s-a aplecat spre mine și a șoptit:

– Ce naiba a fost asta!?

M-am întors cu spatele la el fără să-i răspund și m-am uitat prin sala de judecată. Era aproape goală. Lankford și Sobel nu se mai întorseseră și reporterii dispăruseră și ei. Rămăseseră doar câţiva spectatori. Păreau să fie o disparată colecție de pensionari, studenţi la Drept și avocaţi care se odihnesc până la începerea propriilor audieri în alte săli de judecată. Dar eram sigur că unul dintre aceşti spectatori este trimis de biroul procurorului. Ted Minton o fi evoluând el solo, dar presupunerea mea era că şeful lui îl ţinea sub observaţie, şi pe el, şi cazul. Iar eu evoluam atât pentru tipul infiltrat în public, cât şi pentru juriu. Până la sfârşitul procesului, trebuia să transmit la etajul unu o reacţie de panică şi aceasta să-i ajungă lui Minton la urechi. Aveam nevoie de asta pentru a-l împinge pe tânărul procuror să ia o măsură disperată.

După-amiaza se scurgea greu. Minton avea încă multe de învăţat despre ritm şi despre cum să menţii atenţia juriului, cunoştinţe care vin numai odată cu experienţa în sala de judecată. Nu scăpam din ochi boxa juriului – acolo unde se află adevăraţii judecători – şi am văzut cum creşte plictiseala juraţior în timp ce martor după martor ofereau mărturii care completau mici detalii în prezentarea liniară pe care o făcea procuratura evenimentelor din 6 martie. Eu puneam puţine întrebări şi încercam să-mi păstrez pe faţă o expresie care să o oglindească pe cea a juriului.

Minton, evident, intenţiona să-şi păstreze cele mai tari argumente pentru a doua zi. Era vorba despre investigatorul principal, detectivul Martin Booker, care urma să pună la un loc toate detaliile, iar apoi victima, Regina Campo, să le aducă pe toate juriului. Era o formulă „verificată" – care se încheie cu emoţii şi arătări de muşchi –, funcţionând în nouăzeci la sută din cazuri, dar asta însemna să faci să se mişte prima zi la fel ca un gheţar.

Lucrurile au început, în sfârşit, să se anime odată cu ultimul martor al zilei. Minton l-a adus pe Charles Talbot, omul care o luase pe Regina Campo de la Morgan's și plecase cu ea la apartamentul ei în seara de 6 martie. Ceea ce Talbot trebuia să ofere procurorului era neglijabil. El fusese, practic, târât acolo pentru a depune mărturie că Regina era într-o stare fizică bună, nevătămată, când plecase el. Asta era tot.

Dar ceea ce a făcut ca sosirea lui să salveze procesul de la plictiseală a fost faptul că Talbot ducea o autentică viață alternativă și jurații adoră întotdeauna să viziteze și fața nevăzută a Lunii.

Talbot era în vârstă de cincizeci și cinci de ani și avea un păr blond vopsit care nu putea păcăli pe nimeni. Își acoperise tatuajele de pe vremea Marinei de pe ambele antebrațe. Era divorțat de douăzeci de ani și deținea un mic magazin universal non-stop, numit Kwik Kwik. Afacerea îi oferise o viață și un stil de viață confortabile, cu un apartament în Warner Center, un model nou de Corvette și o viață de noapte care includea o largă paletă de furnizoare profesioniste de sex.

Minton a stabilit toate acestea în primele etape ale examinării directe. Aproape puteai auzi musca în sala de judecată în timp ce jurații erau conectați la Talbot. Apoi, procurorul l-a adus rapid la noaptea de 6 martie, iar Talbot a descris cum o agățase pe Reggie Campo la Morgan's, de pe bulevardul Ventura.

– O cunoșteați pe doamna Campo înainte de a o întâlni în barul de noapte?

– Nu, n-o știam.

– Cum s-a întâmplat să vă întâlniți acolo?

– Pur şi simplu am sunat-o şi i-am spus că vreau să ne întâlnim, iar ea a sugerat să ne vedem la Morgan's. Ştiam locul, aşa că am fost de acord.

– Şi cum aţi sunat-o?

– Cu telefonul.

Mai mulţi juraţi au râs.

– Îmi pare rău. Ştiu că aţi folosit un telefon să o sunaţi. Voiam să zic, de unde aţi ştiut cum s-o contactaţi?

– I-am văzut anunţul pe site şi mi-a plăcut ce am văzut şi aşa am decis s-o sun şi ne-am stabilit o întâlnire. Pur şi simplu. Numărul ei este pe site-ul de anunţuri.

– Şi v-aţi întâlnit la Morgan's.

– Da, mi-a spus că acolo îşi stabileşte întâlnirile. Aşa că m-am dus acolo, am băut câteva pahare, am vorbit, ne-am plăcut şi asta a fost tot. Am mers acasă la ea.

– Când v-aţi dus la apartamentul ei, v-aţi angajat în relaţii sexuale?

– Sigur că da. De-aia mă aflam acolo.

– Şi i-aţi plătit?

– Patru sute de dolari. A meritat.

L-am văzut pe unul dintre juraţi înroşindu-se şi am ştiut că îl alesesem bine în cadrul procedurii de selecţie a juriului. L-am vrut pentru că îşi adusese o Biblie cu el ca să citească în timp ce erau audiaţi ceilalţi membri ai juriului. Minton trecuse cu vederea, concentrându-se la candidaţi doar când erau chestionaţi. Dar eu îl văzusem cu Biblia şi îi pusesem puţine întrebări când îi venise rândul. Minton îl acceptase în juriu şi aşa făcusem şi eu, gândindu-mă că ar fi uşor să se întoarcă împotriva victimei, din cauza ocupaţiei ei. Faptul că se îmbujorase confirma acest lucru.

– La ce oră aţi plecat din apartamentul ei? a întrebat Minton.

– Pe la zece fără cinci, a răspuns Talbot.

– A spus că aştepta pe cineva?

– Nu, n-a spus nimic despre asta. De fapt, se purta de parcă și-ar fi încheiat programul pe seara aceea.

M-am ridicat și am obiectat:

– Nu cred că domnul Talbot este în măsură să interpreteze ceea ce avea de gând să facă doamna Campo.

– Se susţine, a spus judecătoarea înainte ca Minton să poată oferi un argument.

Procurorul s-a deplasat spre dreapta.

– Domnule Talbot, vă rugăm să descrieți starea fizică a doamnei Campo în momentul în care aţi părăsit-o, cu puțin înainte de ora zece seara, în data de 6 martie.

– Complet satisfăcută.

Audiența a izbucnit în râs, în timp ce Talbot radia de mândrie. M-am uitat la omul cu Biblia și se părea că avea maxilarele încleștate.

– Domnule Talbot... a spus Minton. Mă refer la starea ei fizică. Era rănită sau sângera când aţi plecat?

– Nu, era bine. Era bine. Când am plecat era acordată ca o vioară și știu asta pentru că tocmai cântasem la ea.

A zâmbit, mândru de limbajul lui. De data aceasta, n-a mai râs nimeni, iar judecătoarea s-a săturat, în sfârșit, de vorbele lui cu dublu înțeles. L-a sfătuit să se abțină de la astfel de remarci colorate.

– Îmi pare rău, doamnă judecătoare, a spus el.

– Domnule Talbot, a reluat Minton. Doamna Campo nu era rănită în niciun fel atunci când aţi plecat?

– Nu. În niciun fel.

– Nu sângera?

– Nu.

– Și n-ați lovit-o sau abuzat-o fizic în vreun fel?

– Nu, din nou. Ceea ce am făcut a fost consensual și plăcut. Nu durere.

– Mulțumesc, domnule Talbot.

M-am uitat puțin peste notițele mele înainte de-a mă ridica. Mi-aș fi dorit o pauză, pentru a marca în mod clar linia de demarcație dintre examinarea directă și cea încrucișată.

– Domnule Haller? m-a interpelat judecătoarea. Doriți să chestionați martorul?

M-am ridicat și m-am dus la pupitru.

– Da, onorată instanță, o s-o fac.

Mi-am pus jos carnetul și m-am uitat direct la Talbot. El îmi zâmbea amabil, dar știam că n-o să mă placă pentru mult timp.

– Domnule Talbot, sunteți dreptaci sau stângaci?

– Sunt stângaci.

– Stângaci, am repetat. Și nu este adevărat că în seara de 6, înainte de a părăsi apartamentul Reginei Campo, ea v-a cerut s-o loviți cu pumnul în față în mod repetat?

Minton s-a ridicat în picioare.

– Onorată instanță, nu există nicio bază pentru acest tip de interogatoriu! Domnul Haller, pur și simplu, încearcă să tulbure apele formulând afirmații scandaloase și transformându-le în întrebări!

Judecătoarea s-a uitat la mine și a așteptat un răspuns.

– Doamnă judecătoare, aceasta face parte din teoria apărării, așa cum am subliniat în pledoaria de deschidere.

– Am de gând să permit asta. Doar să fiți rapid pe partea asta, domnule Haller.

Întrebarea i-a fost citită lui Talbot, iar el a zâmbit şi şi-a scuturat capul.

– Acest lucru nu este adevărat. N-am rănit nicio femeie în viaţa mea.

– Aţi lovit-o cu pumnul de trei ori, nu-i aşa, domnule Talbot?

– Nu, n-am făcut asta. Este o minciună.

– Aţi spus că nu aţi rănit nicio femeie în viaţa dumneavoastră.

– Adevărat. Niciodată.

– Cunoaşteţi o prostituată pe nume Shaquilla Barton?

Talbot a trebuit să se gândească înainte de a răspunde:

– Nu-mi spune nimic.

– Pe site-ul unde îşi face reclamă pentru serviciile ei, foloseşte numele Shaquilla Shakeless. Asta vă sună cunoscut acum, domnule Talbot?

– Bine, da, cred că da.

– Aţi avut vreodată relaţii sexuale cu ea?

– La un moment dat, da.

– Când a fost asta?

– Trebuie să fie cu cel puţin un an în urmă. Poate mai mult, nu sunt sigur.

– Şi aţi rănit-o cu acea ocazie?

– Nu.

– Şi dacă ar veni în această sală şi ar spune că aţi rănit-o lovind-o cu mâna stângă, ar minţi?

– Al naibii de sigur că da! Am încercat şi nu-mi plac chestiile dure. Sunt adeptul poziţiei misionarului. Nu m-am atins de ea.

– Nu v-aţi atins de ea!?

– Vreau să spun că n-am lovit-o cu pumnul și n-am rănit-o în vreun fel.

– Mulțumesc, domnule Talbot.

M-am așezat. Minton nu s-a deranjat să reia interogatoriul. Lui Talbot i s-a permis să se retragă și Minton i-a spus judecătoarei că mai are doar doi martori care urmează să se prezinte în acest caz, dar că mărturia lor va dura mult. Judecătoarea Fullbright a verificat ora și a închis ședința din acea zi.

Doi martori rămași. Știam că trebuia să fie detectivul Booker și Reggie Campo. Din câte se părea, Minton avea de gând să meargă fără mărturia turnătorului din pușcărie pe care-l ascunsese în programul PTI de la County-USC. Numele lui Dwayne Corliss nu apăruse pe nicio listă de martori sau pe vreun alt document asociat cu urmărirea penală a cauzei. M-am gândit că poate Minton știa ce aflase Raul Levin despre Corliss înainte ca Raul să fie ucis. Oricum, părea evident că Dwayne Corliss fusese lăsat deoparte de către procuror. Și asta trebuia să încerc să schimb.

În timp ce-mi puneam hârtiile și documentele în servietă, m-am hotărât să discut cu Roulet. M-am uitat la el. Ședea acolo, așteptând să-i dau liber.

– Deci, ce crezi? l-am întrebat.

– Cred că te-ai descurcat foarte bine. Mai mult de câteva momente de îndoială rezonabilă.

Am pocnit cataramele servietei, închizându-le.

– Astăzi a fost doar plantarea semințelor. Mâine vor germina și miercuri vor înflori. N-ai văzut nimic încă!

M-am ridicat și mi-am luat servieta de pe masă. Era grea, cu toate documentele cazului și laptopul în ea.

– Ne vedem mâine.

Am ieşit pe poartă. Cecil Dobbs şi Mary Windsor îl aşteptau pe Roulet în hol, lângă uşa instanţei. Când m-au văzut, s-au întors spre mine să-mi vorbească, dar am trecut pe lângă ei.

– Ne vedem mâine, am spus.

– Stai puţin, stai puţin! a strigat Dobbs în spatele meu.

M-am întors.

– Noi suntem blocaţi aici, a spus el şi Windsor s-a apropiat de mine. Cum merg treburile acolo?

Am ridicat din umeri.

– Acum e faza acuzării, i-am răspuns. Tot ceea ce fac este să amestec lucrurile, încercând să protejez. Cred că mâine va fi rândul nostru. Şi miercuri vom încerca la knockout. Trebuie să mă pregătesc.

În timp ce mă îndreptam spre lift, am văzut câţiva membri ai juriului aşteptând să coboare. „Scorerul" era printre ei. Am intrat în toaleta de lângă lifturi, ca să nu fiu nevoit să merg cu ei. Mi-am pus servieta pe suportul dintre chiuvete şi m-am spălat pe faţă şi pe mâini. M-am holbat în oglindă, uitându-mă după semne de stres. Arătam rezonabil de normal şi de calm pentru un apărător profesionist care juca în acelaşi timp pentru clientul său şi pentru acuzare!

Apa rece mi-a făcut bine. Am ieşit revigorat din toaletă, sperând că juraţii nu mai erau acolo.

Într-adevăr, plecaseră. Dar în picioare, pe holul lifturilor, erau Lankford şi Sobel. Lankford ţinea într-o mână un teanc de documente împăturite.

– Iată-te! mi-a zis. Te-am căutat peste tot.

30

Documentul pe care Lankford mi l-a dat era un mandat de percheziție prin care i se acorda poliției autoritatea de a căuta în casa mea, în birou și în mașină un pistol Colt Woodsman de calibrul 22, model Sport, cu numărul de serie 656300081-52. Autorizația spunea că pistolul se presupune a fi arma crimei în cazul de omucidere, în 12 aprilie, a lui Raul A. Levin. Lankford mi-a predat mandatul cu un rânjet satisfăcut. M-am străduit cât am putut să reacționez ca și cum ar fi fost vorba despre o treabă banală, genul de lucruri pe care le rezolv o dată pe zi și vinerea de două ori. Dar adevărul e că mi se înmuiaseră genunchii.

– Cum ați obținut asta? am întrebat.

Era o replică lipsită de sens într-un moment lipsit de sens.

– Semnat, sigilat și livrat, a spus Lankford. Deci, de unde vreți să începem? Ai mașina aici, corect? Lincolnul ăla cu care te-nvârți ca o prostituată de lux.

Am verificat semnătura judecătorului de pe ultima pagină și am văzut că era un magistrat de care nu auzisem niciodată, de la tribunalul municipal din Glendale. Se duseseră la unul local, care probabil știa că o să aibă nevoie de susţinerea poliţiei la vremea alegerilor. Am început să recuperez din şoc. Poate că percheziţia era doar de faţadă.

– Asta este o prostie, am spus. Nu ai o cauză probabilă pentru chestia asta. Pot s-o anulez în zece minute.

– Judecătoarei Fullbright i s-a părut destul de bună, a spus Lankford.

– Fullbright!? Ce-are de-a face cu asta?

– Ei bine, ştiam că sunteți în proces, așa că ne-am gândit că ar trebui s-o întrebăm dacă e în regulă să-ţi dăm mandatul. N-ai vrea să enervezi așa o doamnă, știi? A spus că din partea ei e în regulă după încheierea ședinței de judecată și n-a pomenit nimic despre întrerupere sau altceva.

Trebuie să fi mers la Fullbright în pauza de prânz, chiar după ce i-am văzut în sala de judecată. După părerea mea, fusese ideea lui Sobel s-o consulte întâi pe judecătoare. Unui tip ca Lankford i-ar fi plăcut să mă tragă, pur și simplu, afară din instanță, întrerupând procesul.

A trebuit să mă gândesc repede. M-am uitat la Sobel, mai simpatică decât partenerul ei.

– Eu sunt în toiul unui proces de trei zile, am spus. Nu se poate să aşteptăm până joi?

– Vezi să nu, a răspuns Lankford înainte s-o poată face Sobel. Nu vă scăpăm din ochi până când nu facem precheziţia. N-o să vă dăm timp să aruncați arma. Deci, unde vă e mașina, domnule avocat cu limuzină?

Am verificat autorizarea mandatului. Acesta trebuie să fie foarte specific, și am avut noroc. Se referea la percheziţia unui Lincoln cu numărul de înmatriculare de

California NT GLTY. Mi-am dat seama că cineva notase numărul în ziua în care am fost chemat acasă la Raul Levin de la meciul echipei Dodgers. Pentru că în ziua aceea folosisem vechiul Lincoln.

– E acasă. Din moment ce sunt în proces, nu folosesc şoferul. Am venit cu clientul meu în această dimineață și aveam de gând să mă întorc tot cu el. Probabil mă aşteaptă jos.

Minţeam. Lincolnul pe care îl conduceam era în garajul tribunalului. Dar nu puteam lăsa poliția să caute în el, pentru că era un pistol într-un compartiment al cotierei de la bancheta din spate. Nu era arma pe care o căutau, dar era un înlocuitor. După ce Raul Levin a fost ucis și mi-am găsit cutia pistolului goală, i-am cerut lui Earl Briggs să-mi facă rost de o armă pentru protecție. Astfel, ştiam că nu trebuie să aştept zece zile. Dar nu cunoşteam istoria armei, nici dacă era înregistrată, și nu voiam să aflu toate astea prin intermediul poliției din Glendale.

Dar aveam noroc, deoarece Lincolnul cu arma în interior nu era cel descris în mandat. Se găsea în garajul meu de acasă, aşteptând cumpărătorul de la serviciul de limuzine să vină și să aruncăm o privire. Acesta era Lincolnul căutat.

Lankford a luat mandatul din mâna mea și l-a băgat într-un buzunar interior al hainei.

– Nu vă faceți griji cu privire la transport, a spus el. Noi suntem taxiul dumneavoastră. Haideți.

Când am ieșit din tribunal, nu am dat peste Roulet sau anturajul lui. Și în curând călătoream pe bancheta din spate a unui Grand Marquis, gândindu-mă că am făcut o alegere bună atunci când m-am fixat la Lincoln. Era mai mult spaţiu într-un Lincoln şi plimbarea mai lină.

Lankford era la volan şi m-am aşezat în spatele lui. Ferestrele erau închise şi-l puteam auzi mestecându-şi guma.

– Daţi-mi să văd din nou mandatul, i-am spus.

N-a făcut nicio mişcare.

– Nu vă las în casa mea până nu citesc cu atenţie mandatul. Putem s-o facem pe drum şi să economisim ceva timp. Sau...

Lankford s-a scotocit în interiorul hainei şi a scos mandatul. Mi l-a întins peste umăr. Ştiam de ce ezitase. Poliţiştii, în mod normal, trebuie să-şi descrie toată investigaţia în cererea de mandat ca să convingă un judecător că există o cauză probabilă. Nu le convenea s-o citească ţinta lor, pentru că le dezvăluia „bucătăria".

M-am uitat pe fereastră în timp ce depăşeam o mulţime de maşini pe bulevardul Van Nuys. Am văzut un model nou de Town Car pe un piedestal în faţa reprezentanţei Lincoln. M-am uitat la mandat, l-am deschis la secţiunea Rezumat şi am citit.

Lankford şi Sobel îşi începuseră temele bine. Trebuia să recunosc asta. Unul dintre ei – bănuiam că Sobel – făcuse o încercare: introdusese numele meu în Sistemul de Arme Automate al statului şi câştigase la loto. Computerul AFS spusese că sunt înregistrat ca proprietar al unui pistol de aceeaşi marcă şi model cu arma crimei.

Fusese o mişcare bună, dar insuficientă pentru a face o cauză probabilă. Colt producea modelul Woodsman de mai bine de şaizeci de ani. Asta însemna că existau, probabil, un milion de exemplare şi un milion de proprietari suspecţi.

Aveau deocamdată fumul. Au frecat apoi alte bețe ca să facă focul necesar. Rezumatul cererii susținea că le-am ascuns anchetatorilor faptul că dețineam arma în cauză. Mai spunea că mi-am fabricat un alibi când am fost intervievat inițial despre moartea lui Levin, apoi am încercat să derutez detectivii oferindu-le un indiciu fals despre traficantul de droguri Hector Arrande Moya.

Deși motivația nu era neapărat un subiect pentru obținerea unui mandat de percheziție, documentul făcea oricum aluzie la ea, afirmând că victima – Raul Levin – a stors misiuni de investigație de la mine și că am refuzat să-l plătesc până la finalizarea acestora.

Lăsând la o parte indignarea stârnită de o astfel de afirmație, fabricarea unui alibi era punctul-cheie al unei cauze probabile. Declarația susținea că le-aș fi spus detectivilor că eram acasă în momentul crimei, dar un mesaj pe telefonul meu de acasă s-a înregistrat chiar înainte de presupusa oră a morții și asta proba că nu eram acasă, distrugând astfel alibiul meu și dovedindu-mă un mincinos în același timp.

Am citit rar declarația PC de încă două ori, dar nu mi-a trecut furia. Am aruncat mandatul pe scaunul de lângă mine.

– Într-un fel chiar e păcat că nu sunt eu criminalul, am spus.

– Da? Și, mă rog, de ce? a zis Lankford.

– Pentru că acest mandat este o bucată de rahat și amândoi știți asta. Nu va rezista contestației. V-am spus că mesajul a venit în timp ce vorbeam la telefon, ceea ce poate fi verificat și dovedit, numai că ați fost prea leneși sau n-ați vrut să verificați, pentru că ar fi fost un pic dificil să obţineţi mandatul. Chiar şi de la judecătorul vostru de buzunar din Glendale. Aţi minţit prin omisiune şi prin misiune. Este un mandat de rea-credinţă.

Pentru că eram aşezat în spatele lui Lankford, aveam un unghi mai bun asupra lui Sobel. O urmăream să-i văd semnele de îndoială, pe măsură ce vorbeam.

– Iar sugestia că Raul mă extorca şi că nu i-aş fi plătit este o glumă. Ce a extorcat? Şi pentru ce nu l-am plătit? L-am plătit de fiecare dată când am avut o factură. Frate, eu vă spun, dacă ăsta este modul în care lucraţi la toate cazurile, trebuie să-mi deschid un birou în Glendale! O să înfig mandatul ăsta drept în fundul şefului vostru de poliţie.

– Aţi minţit în legătură cu arma, a zis Lankford. Şi îi datoraţi bani lui Levin. E scris acolo, în contabilitatea conturilor lui. Patru mii de dolari.

– N-am minţit despre nimic. Nu m-aţi întrebat dacă deţin o armă.

– Minciună prin omisiune. Exact acelaşi lucru.

– Pe dracu'!

– Patru mii.

– O! da, patru bătrâne – l-am omorât pentru că n-am vrut să-i plătesc patru mii, am spus cu tot sarcasmul pe care l-am putut aduna. M-ai prins, detective! Motivaţie! Dar pun pariu că nu v-a trecut prin cap să verificaţi dacă-mi facturase deja cele patru bătrâne sau să vedeţi că tocmai îi plătisem o factură de şase mii de dolari cu o săptămână înainte de a fi ucis.

Lankford era de neclintit. Dar am observat cum Sobel începe să se îndoiască.

– Nu contează cât de mult sau când l-ați plătit, a spus Lankford. Un șantajist nu este niciodată mulțumit. Niciodată nu te oprești din plătit până ajungi la punctul fără întoarcere. Despre asta e vorba. Punctul fără întoarcere.

Am clătinat din cap.

– Și ce anume avea el despre mine care m-a făcut să-i dau de lucru și să-i plătesc până când am ajuns la punctul fără întoarcere?

Lankford și Sobel au schimbat o privire și Lankford a încuviințat din cap. Sobel s-a aplecat până la o servietă de pe podea și a luat un dosar. Mi l-a întins peste speteaza scaunului.

– Uitați-vă, a spus Lankford. L-ați ratat când ați fost să-i cotrobăiți casa. Era ascuns într-un sertar de la birou.

Am deschis dosarul și am văzut că acesta conținea mai multe fotografii 8×10, color. Fuseseră luate de la distanță și eram în fiecare dintre ele. Fotograful îmi urmărise Lincolnul timp de mai multe zile. Fiecare imagine era un moment înghețat în timp, fotografiile mă surprindeau cu diverse persoane pe care le-am recunoscut cu ușurință ca fiindu-mi clienți. Erau prostituate, dealeri de stradă și membri ai găștii Sfinții Drumului. Fotografiile puteau fi interpretate ca suspecte, deoarece arătau câte o fracțiune de secundă. O prostituată de sex masculin în pantaloni scurți coborând de pe bancheta din spate a Lincolnului. Teddy Vogel înmânându-mi un sul gros de numerar prin fereastra din spate. Am închis dosarul și l-am aruncat înapoi peste scaun.

– Glumiți, nu? Vreți să spuneți că Raul a venit la mine cu asta? M-a șantajat cu asta!? Ăștia sunt clienții mei. Este o glumă sau îmi scapă mie ceva?

– Baroul din California s-ar putea să nu creadă că este o glumă, a zis Lankford. Am auzit că sunteți pe gheață subțire cu baroul. Levin știa. Lucra la asta.

Am clătinat din cap.

– Incredibil! am spus.

Știam că trebuie să tac. Tot ce făceam cu oamenii ăștia era greșit. Știam că ar fi trebuit să-mi țin gura și să merg mai departe. Dar simțeam o nevoie aproape copleșitoare de a-i convinge. Am început să înțeleg de ce atât de multe cazuri s-au creat în camerele de interviu ale secțiilor de poliție. Oamenii, pur și simplu, nu pot să tacă.

Am încercat să plasez în spațiu fotografiile din fișier. Vogel îmi oferise sulul de numerar în parcarea în aer liber de la clubul de striptease Saints' din Sepulveda. Asta se întâmplase după procesul Harold Casey și Vogel mă plătea pentru depunerea recursului. Bărbatul se numea Terry Jones și l-am apărat de o acuzație de acostare, în prima săptămână din aprilie. A trebuit să-l găsesc plimbându-se pe bulevardul Santa Monica, cu o noapte înainte de audiere, ca să mă asigur că avea de gând să apară.

A devenit clar că toate fotografiile au fost făcute între dimineața în care am primit cazul Roulet și a doua zi după ce Raul Levin a fost ucis. Fuseseră apoi plantate la locul crimei de către ucigaș – totul era parte din înscenarea pe care Roulet mi-o făcuse ca să poată să mă controleze.

Poliția deținea suficiente dovezi ca să-mi pună în cârcă uciderea lui Levin – cu excepția armei crimei. Cât timp Roulet avea arma, mă avea și pe mine.

Trebuia să-i admir planul și ingeniozitatea care mă făceau să simt o groază disperată. Am încercat să cobor fereastra, dar butonul nu funcționa. Am rugat-o pe Sobel să deschidă o fereastră. Aerul proaspăt a început să sufle în mașină.

După un timp, Lankford s-a uitat la mine în oglinda retrovizoare și a încercat să reia altfel conversația.

– Am citit istoricul pistolului Woodsman, a spus el. Știți cine l-a deținut cândva, nu-i așa?

– Mickey Cohen, am răspuns nonșalant, privind pe fereastră dealurile abrupte ale canionului Laurel.

– Cum v-ați ales cu pistolul lui Mickey Cohen?

I-am răspuns fără să mă întorc de la fereastră:

– Tatăl meu era avocat. Mickey Cohen i-a fost client.

Lankford a fluierat. Cohen a fost unul dintre cei mai faimoși gangsteri din Los Angeles. Era pe vremea când gangsterii concurau cu starurile de cinema pentru prima pagină a ziarelor de scandal.

– Și ce? I-a dat bătrânului doar o armă?

– Cohen a fost acuzat într-un caz de schimb de focuri, iar tatăl meu l-a apărat. A invocat autoapărarea. A fost un proces, iar tatăl meu a obținut verdictul de nevinovăție. Când i-a fost returnată arma lui Mickey, el i-a dat-o tatălui meu. Un fel de suvenir, s-ar putea spune.

– Bătrânul nu s-a întrebat vreodată câți oameni o fi omorât Mick cu ea?

– Nu știu. Nu l-am cunoscut cu adevărat pe tata.

– Dar Cohen? V-ați întâlnit vreodată cu el?

– Tata l-a reprezentat înainte să mă nasc. Arma mi-a rămas prin testament. Nu știu de ce mi-a lăsat-o mie. Aveam doar cinci ani când a murit.

– Și v-ați dorit să fiți avocat ca dragul, bătrânul tătic și, fiind un bun avocat, ați înregistrat arma.

– M-am gândit că, în cazul în care îmi va fi vreodată furată sau ceva, o să vreau să o recuperez. Întoarceți aici, pe Fareholm.

Lankford a făcut cum l-am instruit și am început să urcăm pe deal spre casa mea. Apoi le-am dat vestea proastă:

– Mulțumesc pentru plimbare, am spus. Puteți căuta în casa mea, și în biroul meu, și în mașina mea cât timp doriți, dar trebuie să vă spun că vă pierdeți timpul. Nu numai că nu sunt omul pe care-l căutați, dar n-o să găsiți arma.

Am văzut capul lui Lankford zgâlțâindu-se și el s-a uitat la mine în oglinda retrovizoare.

– De ce, domnule avocat? Ați scăpat deja de ea?

– Pentru că arma mi-a fost furată din casă și nu știu unde este.

Lankford a început să râdă. Am văzut bucuria din ochii lui.

– Ha-ha-ha! Furată! Cât de convenabil! Când s-a întâmplat?

– Greu de spus. Nu mi-am verificat arma de mulți ani.

– Ați raportat la poliție sau ați trimis o cerere de despăgubire la asigurare?

– Nu.

– Deci, cineva vine și vă fură arma lui Mickey Cohen și nu raportați! Chiar și după ce tocmai ne-ați spus c-ați înregistrat-o exact pentru genul ăsta de situație. Fiind avocat și toate alea, treaba asta nu vă sună un pic năstrușnic?

– Ba da, cu excepția faptului că știu cine a furat-o. Este un client. Mi-a spus că a luat-o și, dacă l-aș raporta, ar însemna să încalc încrederea clientului, deoarece raportul poliției va duce la arestarea lui. Un fel de paradox 22, domnule detectiv.

Sobel s-a întors și s-a uitat la mine. Cred că se gândea că am inventat totul pe loc, ceea ce și făcusem.

– Asta sună a jargon juridic și e un mare rahat, Haller, a spus Lankford.

– Dar e adevărul. Am ajuns. Parcați în fața garajului.

Lankford a tras mașina în spațiul din fața garajului meu și a oprit motorul. S-a întors să se uite la mine înainte de a coborî.

– Ce client v-a furat arma?

– V-am zis, nu pot să spun.

– Păi, numai Roulet e clientul dumneavoastră acum, nu-i așa?

– Am o mulțime de clienți. Dar v-am zis, nu pot să spun.

– Gândiți-vă că poate ar trebui să verificăm harta din brățara lui de la gleznă și să vedem dacă a fost aici în ultima vreme.

– Faceți ce vreți. De fapt, a fost aici. Am avut o dată o întâlnire aici. În biroul meu.

– Poate că atunci a luat-o.

– Eu nu spun că el a luat-o, domnule detectiv.

– Da, bine, oricum brățara îl scoate pe Roulet din povestea cu Levin. Am verificat GPS-ul. Deci, cred că asta vă lasă singur, domnule avocat.

– Asta vă ajută să vă pierdeți timpul.

Mi-am dat seama dintr-odată de ceva despre brățara de la glezna lui Roulet, dar m-am străduit să nu se vadă. Putea fi un traseu spre trapa ascunsă dintr-o scenă tip Houdini. Era ceva ce trebuia să verific mai târziu.

– O să stăm pur și simplu aici?

Lankford s-a întors și a coborât. Apoi, mi-a deschis ușa, dezactivând mânerul interior, pentru transportul de suspecți și persoane aflate în custodie. M-am uitat la cei doi detectivi.

– Vreți să vă arăt caseta în care păstram arma? Poate că, dacă o vedeți goală, puteți, pur și simplu, să plecați și să nu ne mai pierdem timpul.

– Nu chiar, domnule avocat, a spus Lankford. Verificăm peste tot. Eu mă ocup de mașină și detectivul Sobel va începe în casă.

Am clătinat din cap.

– Nu chiar, domnule detectiv. Nu merge așa. N-am încredere în voi. Mandatul este pentru amândoi, astfel încât, în ceea ce mă privește, sunteți împreună. Rămâneți împreună, ca să vă pot urmări pe amândoi, sau așteptăm până când pot aduce un al doilea observator aici. Asistenta mea ar putea ajunge în zece minute. Aș putea-o aduce aici pentru supraveghere și ați putea, în același timp, s-o întrebați despre telefonul pe care mi l-a dat în dimineața în care a fost ucis Raul Levin.

Lankford s-a întunecat la față din cauza insultelor și a furiei pe care părea că are probleme să și le controleze. Am decis să-l forțez. Mi-am scos telefonul mobil și l-am deschis.

– O să-l sun chiar acum pe judecătorul vostru, ca să văd dacă el...

– Bine, a spus Lankford. Începem cu mașina. Împreună. Și de-acolo mergem în casă.

Am închis telefonul și l-am pus înapoi în buzunar.

– Bine.

M-am dus la tastatura de pe peretele exterior al garajului. Am format combinația și ușa de la garaj a început să se ridice, dezvăluind Lincolnul bleumarin care aștepta inspecția. Pe plăcuța lui de înmatriculare se putea citi NT GLTY[1]. Lankford s-a uitat la ea și a clătinat din cap:

– Da, sigur.

A intrat în garaj, cu fața încă neagră de furie. M-am hotărât să-i ușurez lucrurile un pic.

– Hei, domnule detectiv, am spus, care este diferența dintre un somn și un avocat al apărării?

N-a răspuns. S-a uitat furios la plăcuța de înmatriculare a Lincolnului.

– Unul e un mâncător de rahat pe fundul apei, am spus. Și celălalt e un pește.

Pentru o clipă, chipul lui a rămas înghețat. Apoi un zâmbet a încrețit-o și a izbucnit într-un râs lung și zgomotos. Sobel intrase în garaj, nu auzise gluma.

– Ce? a întrebat ea.

– O să-ți spun mai târziu, a zis Lankford.

---

[1] Prescurtare de la *Not Guilty*, nevinovat

31

Le-a luat o jumătate de oră să caute în Lincoln, apoi s-au mutat în casă. Au început cu biroul. I-am urmărit și am vorbit doar când am oferit explicații cu privire la ceva care îi făcuse să se întrerupă. Ei nu au vorbit prea mult unul cu celălalt și îmi era din ce în ce mai clar că exista o ruptură între cei doi parteneri în legătură cu direcția pe care Lankford o imprimase anchetei.

La un moment dat, Lankford a fost sunat pe telefonul mobil și a ieșit pe verandă ca să vorbească nestânjenit. Eram într-o poziție convenabilă: stând în hol, puteam să-l văd și pe el și, dacă mă uitam în cealaltă parte, și pe Sobel în biroul meu.

– Nu ești încântată de chestia asta, nu? i-am spus lui Sobel când am fost sigur că partenerul ei nu ne poate auzi.

– Nu contează cum sunt eu. Vom investiga cazul și asta e tot.

– Așa e mereu partenerul tău sau doar cu avocații?

– Anul trecut a cheltuit cincizeci de mii de dolari pe un avocat, încercând să obțină custodia copiilor lui. N-a obținut-o. De curând, am pierdut un caz important – o crimă – pe motiv de viciu de procedură.

Am dat din cap.

– Și el a dat vina pe avocat. Dar cine a încălcat regulile?

N-a răspuns, ceea ce confirma că Lankford fusese cel care făcuse pasul greșit.

– Am înțeles, am spus.

L-am verificat din nou pe Lankford pe verandă. Gesticula nervos încercând să explice ceva unui cretin. Trebuie să fi fost avocatul lui. Am decis să schimb subiectul cu Sobel.

– Crezi că ești manipulată în vreun fel în acest caz?

– Ce vrei să spui?

– Fotografiile ascunse în bufet, cartușul într-o gaură de aerisire. Destul de convenabil, nu crezi?

– Ce vrei să spui?

– Nu spun nimic. Pun întrebări de care partenerul tău nu pare să fie interesat.

M-am uitat la Lankford. Forma un număr pe mobil, pentru un nou apel. M-am întors și am intrat pe ușa deschisă a biroului. Sobel se uita în spatele fișierelor dintr-un sertar. Negăsind niciun pistol, a închis sertarul și s-a îndreptat spre birou. Am vorbit în șoaptă:

– Dar mesajul lui Raul pentru mine? am spus. Despre găsirea biletului de ieșire al lui Jesus Menendez – ce crezi că a vrut să spună?

– Nu ne-am dat seama de asta încă.

– Păcat. Cred că e important.

– Totul e important până când nu mai este.

Am dat din cap, fără să înțeleg ce-a vrut să spună cu asta.

– Știi, cazul pe care îl reprezint în instanță este destul de interesant. Ar trebui să vii și să asiști. S-ar putea învăța ceva.

S-a uitat la mine. Privirile noastre s-au întâlnit. Apoi, ea și-a mijit ochii cu suspiciune, ca și cum încerca să-și dea seama dacă un suspect de crimă chiar îi făcea avansuri.

– Vorbeşti serios?

– Da, de ce nu?

– Păi, în primul rând, s-ar putea să nu poţi să ajungi în sala de judecată în cazul în care eşti în arest!

– Hei, nicio armă, niciun caz. De aceea eşti aici, nu?

Nu mi-a răspuns.

– În plus, asta e problema partenerului tău. Nu eşti de partea lui în chestia asta. Se vede.

– Avocat tipic. Crezi că ştii toate unghiurile.

– Nu, nu eu. Aflu că nu cunosc niciunul dintre ele!

Ea a schimbat subiectul:

– E fiica ta?

Arăta spre fotografia înrămată de pe birou.

– Da. Hayley.

– Drăguţă aliteraţie. Hayley Haller. Numele e după cometă?

– Oarecum. Scris diferit. Fosta mea soţie a avut ideea.

În acel moment s-a întors Lankford, vorbind cu voce tare cu Sobel despre telefonul pe care-l primise. Era de la un supervizor care-i spusese că sunt din nou în cărţi şi se vor ocupa de următoarea crimă din Glendale, indiferent dacă va mai fi sau nu în desfăşurare cazul Levin. N-a pomenit nimic despre telefonul pe care-l dăduse el. Sobel i-a zis că a terminat percheziţia în birou. Nicio armă.

– Îţi spun, nu e aici, am zis. Vă pierdeţi timpul. Şi pe al meu. Am proces mâine şi trebuie să mă pregătesc pentru martori.

– Hai să vedem dormitorul acum, a propus Lankford, ignorând protestul meu.

M-am întors în hol ca să le fac loc să iasă dintr-o cameră şi să meargă în cealaltă. S-au dus pe părţile laterale ale patului, unde aşteptau noptierele gemene.

Lankford a deschis sertarul de sus de la noptiera lui și a scos un CD.

– *Wreckrium for Lil' Demon,* a citit el. Faci naibii mișto de mine!

N-am răspuns. Sobel a deschis repede cele două sertare ale celeilalte noptiere și le-a găsit goale, cu excepția unui set de prezervative. M-am uitat în altă parte.

– Eu iau dressingul, a declarat Lankford după ce a terminat cu noptiera lui, lăsând sertarele deschise în stilul tipic de căutare al poliției.

A intrat în dressing și în curând vorbea din interiorul acestuia:

– Ia te uită!

A ieșit de acolo ținând în mână caseta din lemn a pistolului.

– Bingo, am spus. Ai găsit o cutie goală de pistol. Trebuie să fii un bun detectiv!

Lankford a scuturat cutia în mâini înainte de-a o pune pe pat. Ori încerca să se joace cu mine, ori caseta avea ceva solid în ea! Am simțit o mică greutate coborând pe ceafă când mi-am dat seama că Roulet putuse la fel de bine să se strecoare înapoi în casa mea și să pună la loc arma. Ar fi fost ascunzătoarea perfectă. Ultimul loc în care m-aș fi putut gândi să verific din nou, odată ce mă convinsesem că arma dispăruse. Mi-am amintit zâmbetul ciudat de pe fața lui Roulet când i-am spus că îmi vreau arma înapoi. Zâmbise oare fiindcă îmi dăduse deja arma înapoi?

Lankford a deschis mecanismul de blocare al casetei și a ridicat capacul. A tras acoperitoarea. Decupajul în plută în care fusese cândva arma lui Mickey Cohen era tot gol. Am expirat atât de tare, încât a sunat aproape ca un oftat.

– Ce v-am spus? am zis repede, încercând să nu se vadă ce ușurat mă simțeam.

– Da, ce ne-ați spus, a zis Lankford. Heidi, ai o pungă? Vom lua caseta.

M-am uitat la Sobel. Nu-mi părea genul Heidi. M-am întrebat dacă nu era un fel de poreclă din camera de adunare a echipei. Sau poate era motivul pentru care nu-și pusese numele întreg pe cartea de vizită. Nu prea suna a nume de polițist la Omucideri.

– În mașină, a zis ea.

– Du-te, a spus Lankford.

– Aveți de gând să luați o cutie de pistol goală? am întrebat. La ce vă folosește?

– Totul face parte din lanțul de probe, domnule avocat. Ar trebui să știți asta. În plus, ne va fi la îndemână, deoarece am sentimentul că nu vom găsi arma niciodată.

Am clătinat din cap.

– Poate că la îndemână în visele tale. Caseta nu dovedește nimic.

– Este o dovadă că ați avut arma lui Mickey Cohen. Scrie chiar pe această mică placă de alamă pe care a făcut-o tăticul dumitale sau altcineva.

– Și asta ce dracu' înseamnă?

– Ei bine, am dat un telefon în timp ce eram pe veranda din față, Haller. Vezi, avem pe cineva care cercetează cazul de autoapărare al lui Mickey Cohen. Se pare că acolo, în arhiva de dovezi LAPD, ei încă mai au toate dovezile balistice din acest caz. Asta-i o baftă colosală pentru noi, cazul având cam – cât? – cincizeci de ani?

Am înțeles imediat. Ei urmau să ia fragmentele de glonț și cartușele din cazul Cohen și să le compare cu aceleași dovezi recuperate în cazul Levin. Ar identifica arma care l-a ucis pe Levin cu cea a lui Mickey Cohen, pe care ar lega-o apoi la mine cu caseta armei și computerul AFS al statului. Mă-ndoiesc că Roulet se gândise cum ar putea poliția să construiască un caz fără măcar să aibă arma, atunci când concepuse schema prin care să mă controleze.

Am rămas acolo în tăcere. Sobel a părăsit încăperea fără să se uite la mine, iar Lankford și-a ridicat privirea de la casetă la mine cu un zâmbet criminal.

– Ce s-a-ntâmplat, domnule avocat? a întrebat el. V-au mâncat probele limba?

În fine, am fost în stare să vorbesc:

– Cât timp va dura balistica? am reușit să întreb.

– Hei, pentru dumneavoastră o să băgăm viteză. Deci, ieșiți în lume și bucurați-vă cât mai puteți. Dar nu părăsiți orașul.

A râs, mulțumit de sine.

– Omule, credeam că se spune asta doar în filme! Dar uite, tocmai ce-am spus-o! Aș fi vrut ca partenera mea să fi fost aici.

Sobel a revenit cu o pungă maro mare și cu o rolă de bandă roșie pentru dovezi. Am urmărit-o cum pune cutia armei în pungă și apoi o sigilează cu banda. M-am întrebat cât de mult timp am la dispoziție și dacă roțile tocmai deraiaseră pentru tot ceea ce pusesem în mișcare. Am început să mă simt la fel de gol ca și cutia din lemn pe care Sobel tocmai o sigilase în interiorul pungii maro de hârtie.

32

Fernando Valenzuela locuia în Valencia. De acasă de la mine făceam cel puţin o oră cu maşina, spre nord, din cauza traficului aglomerat. Valenzuela se mutase din Van Nuys cu câţiva ani în urmă, întrucât cele trei fiice ale sale se apropiau de vârsta liceului și se temea pentru siguranța și educația lor. S-a mutat într-un cartier plin de oameni care, de asemenea, fugiseră de la oraş şi drumul până la serviciul lui a ajuns de la cinci minute la patruzeci și cinci. Dar era fericit. Casa era mai frumoasă și copiii, mai în siguranţă. Locuia într-o comunitate organizată, într-o casă în stil spaniol, cu un acoperiş de ţiglă roșie, stil caracteristic acestei zone. Era mai mult decât ar fi putut visa vreodată să aibă un garant de cauțiune, dar venise odată cu un cost lunar ridicat.

Era aproape nouă când am ajuns acolo. Am tras până la garaj, care fusese lăsat deschis. Un loc era ocupat de o minifurgonetă, iar celălalt, de o camionetă. Pe podea, între camionetă și un banc de lucru complet utilat era o cutie mare din carton pe care scria SONY. Era lungă și subțire. M-am uitat mai de aproape și am văzut că era o cutie pentru un televizor de 127 cm cu plasmă. Am ieşit, m-am dus la uşa din faţă şi am bătut. Valenzuela a răspuns după o lungă aşteptare.

– Mick, ce faci aici?

– Ştii că uşa de la garaj este deschisă?

– Dumnezeule! Tocmai mi s-a livrat o plasmă!

M-a împins şi a fugit prin curte să se uite în garaj. Am închis uşa din faţă şi l-am urmat. Când am ajuns acolo, era în picioare lângă televizorul lui, zâmbind.

– Oh, omule, ştii că nu s-ar fi întâmplat niciodată în Van Nuys, a spus el. Chestia asta ar fi dispărut de mult! Haide, intrăm pe-aici.

S-a îndreptat spre o uşă care ducea din garaj în casă. A acţionat un comutator, iar uşa de la garaj a început să se închidă.

– Hei, Val, stai un minut, am spus. Hai să vorbim aici. Este mai privat.

– Dar Maria probabil vrea să te salute.

– Poate data viitoare.

S-a întors la mine, şi în ochi i se citea îngrijorarea.

– Care-i treaba, şefule?

– Treaba este că am petrecut ceva timp astăzi cu poliţiştii care anchetează moartea lui Raul. Au spus că l-au scos din vizor pe Roulet din cauza brăţării de la gleznă.

Valenzuela dădu din cap energic.

– Da, da, au venit să mă vadă la câteva zile după ce s-a întâmplat. Le-am arătat sistemul şi modul în care funcţionează şi am obţinut traseul lui Roulet pentru ziua aia. Au văzut că a fost la serviciu. Şi le-am arătat, de asemenea, cealaltă brăţară pe care am primit-o şi le-am explicat că nu poate fi falsificată. Are detector de masă. În concluzie, nu se poate scoate. Ar ști, și apoi aș ști și eu.

M-am sprijinit cu spatele de camionetă și mi-am încrucișat brațele.

– Deci, te-au întrebat acești doi polițiști unde ai fost și tu în sâmbăta aia?

Asta l-a lovit pe Valenzuela ca un pumn.

– Ce-ai spus, Mick?

Ochii mei au poposit pe cutia televizorului cu plasmă și apoi s-au întors la ai lui.

– Cumva, într-un fel oarecare, el l-a ucis pe Raul, Val. Acum, fundul meu este la bătaie și vreau să știu cum a făcut-o.

– Mick, ascultă-mă, e clar. Îți spun că brățara nu a ieșit de pe glezna lui. Aparatul nu minte.

– Da, știu, aparatul nu minte...

După o clipă, s-a prins.

– Ce vrei să spui, Mick?

A pășit în fața mea, într-o postură agresivă. M-am îndepărtat de camionetă și mi-am lăsat mâinile să atârne pe lângă corp.

– Întreb, Val, unde ai fost în acea dimineață?

– Fiu de cățea, cum poți să mă întrebi asta!?

A luat o poziție de luptă. Pe moment, am fost luat pe nepregătite și m-am gândit că îmi spusese cum îi spusesem eu lui Roulet mai devreme în acea zi.

Valenzuela s-a repezit la mine și m-a împins cu forță în camionetă. L-am împins înapoi mai tare și a dat cu spatele peste cutia televizorului, care s-a răsturnat cu un zgomot înfundat pe podea, iar el a căzut în fund pe ea.

– Oh, la naiba! a strigat el. Oh, la naiba! Mi-ai spart ecranul!

– M-ai împins, Val. Te-am împins înapoi.

– Oh, la dracu'!

S-a dat deoparte și a încercat s-o ridice la loc, dar era prea grea și masivă. M-am dus în partea cealaltă și l-am ajutat s-o îndrepte. În timp ce cutia ajungea în poziție verticală, am auzit în interiorul ei mici bucăți de material alunecând. Suna ca sticla.

– Dobitocule! a strigat Valenzuela.

Ușa care ducea în casă s-a deschis și soția sa, Maria, a privit afară.

– Bună, Mickey. Val, ce-i cu tot zgomotul ăsta?

– Du-te înăuntru! i-a ordonat soțul ei.

– Păi, ce este...

– Taci dracului din gură și du-te înăuntru!

Ea a împietrit o secundă, uitându-se la noi, apoi a închis ușa. Am auzit-o blocând-o. Se părea că Valenzuela va trebui să doarmă cu televizorul stricat în noaptea aia. M-am uitat din nou la el. Rămăsese cu gura căscată.

– A costat opt mii de dolari, a șoptit el.

– Se fac televizoare care costă opt mii de dolari!?

Eram șocat. Ce-a ajuns lumea asta?

– Ăsta a fost cu reducere.

– Val, de unde ai luat banii pentru un televizor de opt mii de dolari?

S-a uitat la mine și furia i-a revenit.

– De unde dracu' crezi? Afaceri, omule. Din cauza lui Roulet, am un an de coșmar. Dar să fiu al naibii, Mick, nu i-am tăiat brățara ca să poată merge să-l ucidă pe Raul! Îl știam pe Raul de când îl știai și tu. N-am făcut asta!

Nu mi-am pus eu brățara și n-am purtat-o ca el să poată merge să-l omoare pe Raul. Și nu m-am dus să-l ucid eu pe Raul pentru un nenorocit de televizor. Dacă nu poţi să crezi asta, atunci pleacă dracului de aici și din viața mea!

Spusese totul cu o disperare de animal rănit. Mi-a venit fulgerător în minte un gând legat de Jesus Menendez. Nu fusesem în stare să-mi dau seama că era nevinovat. Nu voiam să se mai întâmple asta vreodată.

– Bine, Val, am spus.

M-am dus la ușă și am apăsat butonul care ridica ușa de la garaj. Când m-am întors, am văzut că luase un cutter de pe bancul de lucru și tăia banda din partea de sus a cutiei. Se pare că încerca să-și confirme ceea ce deja știa despre plasmă. Am trecut pe lângă el și am ieșit din garaj.

– O s-o-mpart cu tine, Val, am spus. O s-o pun pe Lorna să-ţi trimită un cec mâine-dimineață.

– Nu te obosi. O să le spun că așa a fost livrată.

Am ajuns la ușa mașinii și m-am uitat înapoi la el.

– Atunci, dă-mi un telefon când o să te aresteze pentru fraudă. După ce-ţi plătești singur cauţiunea.

M-am urcat în Lincoln și am ieșit de pe alee. Când mi-am aruncat privirea înapoi, am văzut că Valenzuela renunțase pe moment să deschidă cutia și stătea în picioare, uitându-se la mine.

La întoarcere, traficul spre oraș a fost lejer. Tocmai ajunsesem la ușa din față când telefonul din casă a început să sune. M-am repezit în bucătărie și am ridicat receptorul, crezând că poate era Valenzuela care voia să-mi spună că intenționa să colaboreze cu un alt avocat profesionist. Pe moment, nu-mi păsa. Însă era Maggie McPherson.

– Totul e în regulă? am întrebat.

De obicei, nu suna atât de târziu.

– Da.

– Unde este Hayley?

– Doarme. Nu am vrut să te sun până când n-a adormit.

– Care-i treaba?

– A circulat azi un zvon ciudat despre tine.

– Cum că eu aş fi ucigaşul lui Raul Levin?

– Haller, este ceva serios?

Bucătăria era prea mică pentru o masă şi scaune. Nu puteam merge prea departe cu firul, aşa că m-am cocoţat pe tejghea. De la fereastra de deasupra chiuvetei se vedeau luminile din centru sclipind în depărtare şi o strălucire la orizont despre care ştiam că vine de la stadionul Dodger.

– Aş spune că da, situaţia este gravă. Vor să-mi pună în cârcă uciderea lui Raul.

– Doamne! Michael, cum este posibil acest lucru?

– O mulţime de ingrediente diferite – client rău, poliţist ranchiunos, avocat prost, se adaugă zahăr şi condimente şi totul iese frumos.

– Este Roulet? E el acela?

– Nu pot vorbi despre clienţii mei cu tine, Mags.

– Dar ce-ai de gând să faci?

– Nu-ţi face griji, am totul sub control. Voi fi bine.

– Şi Hayley?

Ştiam la ce se referă. Mă avertizase să ţin totul departe de Hayley. Nu voia să meargă la şcoală şi să-i audă pe copii vorbind despre cum tatăl ei era suspect de crimă sau să-i apară chipul şi numele la ştiri.

– Hayley va fi bine. Nu va afla niciodată. Nimeni nu va afla niciodată dacă joc bine.

N-a spus nimic și nu era nimic altceva ce aș fi putut face ca s-o liniștesc. Am schimbat subiectul. Am încercat să par încrezător, chiar vesel.

– Cum arăta tânărul Minton după ședința de astăzi?

La început n-a răspuns, probabil nemulțumiă de schimbarea subiectului.

– Nu știu. Arăta bine. Dar Smithson a trimis un observator în sală pentru că este prima lui apariție solo.

Am dat din cap. Contam pe faptul că Smithson, care conducea filiala din Van Nuys a biroului procurorului, a trimis pe cineva să-l supravegheze pe Minton.

– Vreun ecou?

– Nu, nu încă. Nimic care să-mi fi trecut pe la ureche. Uite, Haller, eu sunt într-adevăr îngrijorată de povestea asta. Zvonul a fost că ți-a fost înmânat în tribunal un mandat de percheziție. E adevărat?

– Da, dar nu-ți face griji. Îți spun, am lucrurile sub control. O să se rezolve totul cu bine. Promit.

Știam că nu am reușit să-i alung temerile. Se gândea la fiica noastră și la posibilul scandal. Se gândea probabil un pic și la ea și dacă faptul de a avea un fost soț exclus din barou sau acuzat de crimă ar influența șansele ei de avansare.

– În plus, în cazul în care totul merge ca naiba, tot o să fii prima mea clientă, corect?

– Ce vrei să spui?

– Serviciul de Limuzine al Avocatului cu Lincoln. Te bagi, nu?

– Haller, nu mi se pare că acesta este un moment pentru glume.

– Nu este o glumă, Maggie. M-am gândit să renunţ. Chiar înainte să fi apărut tot acest rahat. E cum ţi-am spus în seara aceea, nu mai pot să fac asta.

A urmat o perioadă lungă de tăcere înainte ca ea să răspundă.

– Orice ai vrea să faci, este în regulă pentru mine și pentru Hayley.

Am dat din cap.

– Nu știi cât de mult apreciez asta.

Ea a oftat în telefon.

– Nu știu cum o faci, Haller.

– Ce să fac?

– Ești un avocat lipsit de rușine cu două foste soţii și o fiică de opt ani. Și noi toate încă te iubim.

Era rândul meu să tac. În ciuda a tot, am zâmbit.

– Mulţumesc, Maggie McFierce, i-am spus în cele din urmă. Noapte bună.

Și am închis telefonul.

Marți, 24 mai

33

A doua zi de proces a început cu o întrevedere cu Minton și judecătoarea în cabinetul ei. Fullbright voia să vorbească doar cu mine, dar regulamentul nu îi permitea să se întâlnească în particular cu mine, în orice problemă, fără reprezentantul acuzării. Cabinetul era spațios, cu un birou și o zonă separată de relaxare, înconjurată cu trei ziduri de rafturi cu cărți de drept. Ne-a spus să ne așezăm pe scaunele din fața biroului ei.

– Domnule Minton, a început ea, nu pot să vă spun să nu ascultați, dar am de gând să port cu domnul Haller o conversație la care nu mă aștept să vă alăturați sau s-o întrerupeți. Nu vă privește și, din câte știu eu, nu are legătură cu cazul Roulet.

Minton, luat prin surprindere, nu prea știa cum să reacționeze.

Judecătoarea s-a răsucit cu scaunul spre mine, cu mâinile împreunate pe birou.

– Domnule Haller, există ceva ce ați simți nevoia să-mi aduceți la cunoștință? Luând în calcul faptul că vă aflați lângă un procuror.

– Nu, doamnă judecătoare, totul e bine. Îmi pare rău dacă ați fost deranjată ieri.

Am făcut tot ce-am putut ca să-mi pun pe față un zâmbet jalnic, ca și când un mandat de percheziție n-a fost nimic mai mult decât un inconvenient jenant.

– Nu i-aş zice deranj, domnul Haller. Am investit o mulțime de timp în acest caz. Juriul, procuratura, noi toți. Sper că aceasta nu va ajunge să fie pentru nimic. Nu vreau să fac asta din nou. Calendarul meu este foarte aglomerat.

– Scuzați-mă, doamnă judecătoare Fullbright, a spus Minton. Aș putea doar să întreb despre ce...

– Nu, nu puteți, i-a tăiat-o. Lucrul despre care vorbim nu se referă la proces altfel decât în ceea ce privește calendarul lui. În cazul în care domnul Haller mă asigură că nu avem o problemă, atunci eu îl voi crede pe cuvânt. Nu aveți nevoie de nicio altă explicație. S-a uitat fix la mine. Avem cuvântul dumneavoastră pentru asta, domnule Haller?

Am ezitat înainte de a confirma din cap. Ceea ce spunea ea era că mi-ar face viața un iad dacă mi-aș încălca promisiunea și ancheta din Glendale ar duce la întreruperea sau anularea procesului în cazul Roulet.

– Aveți cuvântul meu, am spus.

Ea s-a ridicat imediat și s-a întors spre cuierul din colț. Roba ei neagră atârna acolo pe un umeraș.

– Bine, atunci, domnilor, să trecem la treabă. Avem un juriu care ne așteaptă.

Eu și Minton am părăsit cabinetul și am intrat în sala de judecată. Roulet ședea la masa apărării și aștepta.

– Ce naiba a fost asta? mi-a șoptit Minton.

Făcea pe prostul. Trebuia să fi auzit aceleași zvonuri ca și fosta mea soție.

– Nimic, Ted. Doar unele rahaturi care implică un alt caz de-al meu. Ai de gând să închei azi?

– Depinde de tine. Cu cât te lungești tu, cu atât mă lungesc eu ca să curăț prostiile tale.

– Prostii, nu-i așa? Sângerezi de moarte și nici măcar nu știi.

El a zâmbit cu încredere.

– Nu cred.

– Spune-i moartea cu o mie de lame de ras, Ted. Una n-o face. Toate la un loc o fac. Bine ai venit în lumea dreptului penal.

M-am despărțit de el și m-am dus la masa apărării. De îndată ce m-am așezat, Roulet era la urechea mea.

– Ce-a fost asta cu judecătoarea? a șoptit el.

– Nimic. M-a avertizat doar cu privire la modul în care o să interoghez victima.

– Cine? Femeia? Chiar a numit-o victimă!?

– Louis, în primul rând, vorbește mai încet. Și, în al doilea rând, ea este victimă în chestia asta. Oi fi având tu abilitatea rară de a te autoconvinge de aproape orice, dar noi... eu încă mai trebuie să conving și juriul.

Mustrarea i-a intrat pe o ureche și i-a ieșit pe alta, așa că a trecut mai departe.

– Bine, și ce-a spus?

– A spus că nu are de gând să-mi permită prea multă libertate la examinarea încrucișată. Mi-a amintit că Regina Campo este o victimă.

– Mă bazez pe tine s-o rupi în bucăți, după cum te-ai exprimat în ziua când ne-am întâlnit.

– Da, bine, lucrurile sunt mult diferite față de ziua când ne-am întâlnit, nu-i așa? Și mica ta schemă cu arma mea este pe cale să-mi explodeze în față. Și îți spun chiar acum, n-o să cad pentru asta! Dacă va trebui să conduc oameni la aeroport pentru restul vieții mele, voi face asta și o s-o fac cu plăcere, dacă e singura mea cale de scăpare. Înțelegi, Louis?

– Înțeleg, Mick, a spus el volubil. Sunt sigur că o să găsești ceva. Ești un om deștept.

M-am întors și m-am uitat la el. Din fericire, nu a trebuit să mai fac nimic. Aprodul a anunțat începutul ședinței și Fullbright s-a așezat la prezidiu.

Primul martor al zilei chemat de Minton a fost detectivul LAPD Martin Booker. Era un martor solid pentru acuzare. O stâncă. Răspunsurile lui au fost clare și concise și le-a dat fără ezitare. Booker a prezentat piesa-cheie a dovezilor, cuțitul cu inițialele clientului meu pe el, și, răspunzând întrebărilor lui Minton, a arătat cum a investigat cazul Reginei Campo.

A povestit că, în noaptea de 6 martie, era de serviciu în tura de noapte la secția Valley din Van Nuys. A fost chemat la apartamentul Reginei Campo de către comandantul Diviziei West Valley, care a considerat, după ce a fost informat pe scurt de către ofițerii lui de patrulare, că atacul de acasă de la Campo merită atenție imediată din partea unui anchetator.

Cele șase birouri de detectivi din Valley, a explicat Booker, erau ocupate doar în timpul zilei. Detectiv de serviciu noaptea era o poziție de răspuns rapid și, de multe ori, i se alocau cazuri de natură presantă.

– Ce a făcut ca acest caz să fie de natură presantă, domnule detectiv? a întrebat Minton.

– Rănile victimei, arestarea unui suspect și părerea că o crimă mai gravă a fost probabil evitată, a răspuns detectivul Booker.

– Această crimă mai gravă fiind ce?

– Omor. Părea că tipul avea de gând să o omoare.

Aș fi putut să obiectez, dar aveam de gând să exploatez acest lucru la contrainterogatoriu, așa că l-am lăsat să continue.

Minton a parcurs împreună cu Booker pașii anchetei de la locul crimei și de mai târziu de la spital, unde Campo a primit îngrijiri medicale.

– Înainte de a ajunge la spital, ați fost informat de către ofițerii Maxwell și Santos asupra a ceea ce a raportat victima că s-a întâmplat, corect?

– Da, mi-au dat o imagine de ansamblu.

– V-au spus că victima își câștiga existența făcând sex cu bărbați?

– Nu, n-au făcut asta.

– Când ați aflat?

– Păi, mi-am dat seama de asta atunci când am fost la ea în apartament și am văzut o parte din lucrurile pe care le avea acolo.

– Ce lucruri?

– Lucruri pe care le-aș descrie ca jucării pentru sex, iar într-un dormitor exista un dulap plin cu neglijeuri și îmbrăcăminte provocatoare. Mai erau, de asemenea, un televizor și o colecție de casete pornografice. Mi s-a spus că nu avea o colegă de cameră, dar mi s-a părut că ambele încăperi erau utilizate în mod activ. Am început să cred că o cameră era ei, unde dormea când era singură, iar cealaltă era pentru activitățile sale profesionale.

– Casa unei prostituate?

– S-ar putea spune așa.

– V-a schimbat asta opinia despre ea ca victimă?

– Nu, nu s-a întâmplat asta.

– Și de ce nu?

– Pentru că oricine poate fi o victimă. Prostituată sau papă, în mod sigur. O victimă este o victimă.

Vorbea ca și când ar fi repetat, m-am gândit. Minton a bifat ceva pe foile sale și a mers mai departe.

– Când ați ajuns la spital, i-ați împărtășit victimei teoria dumneavoastră cu privire la dormitoare? Ați întrebat-o din ce trăia?

– Da.

– Ce v-a spus?

– Mi-a spus fără ocolișuri că este prostituată. Nu a încercat să ascundă asta.

– A fost vreun lucru, din ceea ce v-a spus, care să difere de informațiile despre atac pe care le culeseserăți deja la locul crimei?

– Nu, deloc. Mi-a spus că i-a deschis ușa pârâtului și el a lovit-o imediat în față și a împins-o înapoi în apartament. A agresat-o în continuare și a scos un cuțit. I-a spus că o s-o violeze și că apoi o s-o omoare.

Minton a continuat să ceară tot mai multe detalii, până la punctul în care a ajuns să plictisească juriul. Când nu scriam întrebări pe care să i le pun lui Booker în timpul examinării încrucișate, mă uitam la jurați, remarcând cât îi oboseau atât de multe informații.

În cele din urmă, după nouăzeci de minute de examinare directă, a venit rândul meu să discut cu detectivul de poliție. Scopul meu era să scap cu bine. Dacă Minton efectuase autopsia întregului caz, eu voiam doar să răzuiesc cartilajul genunchilor.

– Domnule detectiv Booker, a explicat Regina Campo de ce a mințit poliția?

– Ea nu m-a mințit!

– Poate că nu pe dumneavoastră, dar le-a spus ofițerilor ajunși la locul faptei, Maxwell și Santos, că nu știa de ce venise suspectul acasă la ea, nu-i așa?

– N-am fost de față atunci când au vorbit cu ea, deci nu pot depune mărturie pentru asta. Eu știu că la momentul primului interviu era speriată, pentru că tocmai fusese bătută și amenințată cu violul și cu moartea.

– Deci, spuneți că, în aceste condiții, era acceptabil să mintă poliția.

– Nu, n-am spus asta.

Mi-am verificat notițele și am mers mai departe. Nu intenționam să pun un set liniar de întrebări. Trăgeam în diverse direcții, încercând să-l dezorientez.

– Ați inventariat hainele pe care le-ați găsit în dormitor, cele despre care ați spus că doamna Campo le folosea pentru afacerea ei de prostituție?

– Nu, n-am făcut-o. A fost doar o observație pe care am făcut-o. Nu era important pentru caz.

– Vreuna dintre ținutele pe care le-ați văzut în dulap erau potrivite pentru activități sexuale sadomasochiste?

– N-am de unde să știu. Nu sunt expert în acest domeniu.

– Dar filmele pornografice? Ați notat titluri?

– Nu, n-am făcut-o. Din nou, nu am crezut că ar fi semnificativ pentru ancheta asupra celui care a atacat-o cu brutalitate pe această femeie.

– Vă amintiţi dacă subiectul oricăruia dintre filme implica sadomasochism sau ceva de această natură?

– Nu, nu-mi amintesc.

– Aţi instruit-o pe doamna Campo să scape de aceste casete şi de hainele din dulap înainte ca membrii echipei de apărare a domnului Roulet să poată vedea apartamentul?

– Sigur că nu!

Am bifat asta pe lista mea şi am mers mai departe.

– Aţi vorbit vreodată cu domnul Roulet despre ceea ce s-a întâmplat în apartamentul doamnei Campo în acea seară?

– Nu, chemase un avocat înainte să ajung la el.

– Vreţi să spuneţi că şi-a exercitat dreptul constituţional de a rămâne tăcut?

– Da, asta este exact ceea ce a făcut.

– Deci, din câte ştiţi, el nu a vorbit cu vreun poliţist despre ceea ce se întâmplase.

– Este corect.

– În opinia dumneavoastră, a fost doamna Campo lovită cu mare forţă?

– Aş spune că da. Faţa ei era tăiată foarte rău şi umflată.

– Atunci vă rog să vorbiţi juriului despre leziunile de impact pe care le-aţi găsit pe mâinile domnului Roulet.

– Îşi înfăşurase o bucată de material în jurul pumnului pentru a-l proteja. Nu avea leziuni vizibile pe mâini.

– Aţi înregistrat lipsa rănilor?

Booker m-a privit, nedumerit de întrebare.

– Nu, a spus el.

– Deci, aţi înregistrat leziunile doamnei Campo prin fotografii, dar n-aţi simţit nevoia să înregistraţi lipsa de leziuni de pe mâinile domnului Roulet, corect?

– Nu mi s-a părut necesar să fotografiez ceva ce nu era acolo.

– De unde ştiţi că şi-a înfăşurat pumnul într-o cârpă ca să-l protejeze?

– Doamna Campo mi-a spus că a observat că el avea mâna înfăşurată exact înainte s-o lovească în uşă.

– Aţi găsit această pânză în care se presupune că şi-a înfăşurat mâna?

– Da, era în apartament. Era un şervet de pânză, ca de restaurant. Avea sângele ei pe el.

– Avea pe el şi sângele domnului Roulet?

– Nu.

– L-aţi identificat ca aparţinându-i inculpatului?

– Nu.

– Deci, avem doar cuvântul doamnei Campo, nu?

– Aşa e.

Mi-am notat ceva pe carnet. Apoi l-am întrebat pe detectiv:

– Domnule detectiv, când aţi aflat că Louis Roulet neagă că ar fi agresat-o sau ameninţat-o pe doamna Campo şi că se va apăra hotărât împotriva acuzaţiilor?

– Asta a fost când v-a angajat, cred.

În sala de judecată s-a auzit un murmur.

– Aţi căutat alte explicaţii pentru leziunile doamnei Regina Campo?

– Nu, mi-a spus ce s-a întâmplat. Am crezut-o. El a bătut-o și avea de gând să...

– Mulțumesc, domnule detectiv Booker. Doar încercați să răspundeți la întrebare. Eu întreb.

– Asta făceam.

– Dacă nu ați căutat nicio altă explicație pentru că ați crezut-o pe cuvânt pe doamna Campo, e justificat să spun că tot acest caz se bazează pe cuvântul ei și ceea ce a spus că s-a întâmplat în apartamentul său în seara de 6 martie?

Booker a reflectat o clipă. Știa că îl conduceam într-o capcană creată chiar de cuvintele lui. După cum se spune, nu există nicio capcană atât de mortală precum cea pe care ți-o sapi singur.

– Nu e doar cuvântul ei, a declarat el crezând că întrezărește o cale de ieșire. Există dovezi fizice. Cuțitul. Leziunile ei. Mai mult decât cuvântul ei despre asta.

A dat din cap.

– Dar explicațiile procuraturii pentru rănile ei și celelalte dovezi nu încep cu ce-a povestit ea că s-a întâmplat?

– S-ar putea spune că da, a admis el fără tragere de inimă.

– Ea este copacul în care cresc toate aceste fructe, nu-i așa?

– Probabil n-aș folosi aceste cuvinte.

– Atunci, ce cuvinte ați folosi, domnule detectiv?

Îl încolțisem. Booker se foia în scaunul lui. Minton s-a ridicat în picioare și a obiectat, susținând că hărțuiam martorul. Trebuie să fi fost ceva ce văzuse la televizor sau într-un film. Judecătoarea l-a invitat să se așeze.

– Puteţi răspunde la întrebare, domnule detectiv, a spus Fullbright.

– Care a fost întrebarea? a întrebat Booker, încercând să câştige puţin timp.

– N-aţi fost de acord cu mine când am caracterizat-o pe doamna Campo drept un copac în care cresc toate probele din acest caz, am spus. Dacă eu greşesc, cum aţi descrie dumneavoastră poziţia ei în acest caz?

Booker a ridicat mâinile într-un gest rapid de predare.

– Ea e victima! Sigur că e importantă pentru că ne-a spus ce s-a întâmplat. Noi trebuie să ne bazăm pe ea pentru a stabili cursul anchetei.

– Vă bazaţi pe ea pentru destul de puţin, în acest caz, nu-i aşa? Victimă şi martor principal împotriva inculpatului, corect?

– Asta-i drept.

– Cine altcineva l-a văzut pe inculpat atacând-o pe doamna Campo?

– Nimeni altcineva.

Am dat din cap, pentru a sublinia răspunsul pentru juraţi. M-am uitat spre ei şi am schimbat priviri cu cei din rândul din faţă.

– Bine, domnule detectiv, am spus. Vreau să vă întreb acum despre Charles Talbot. Cum aţi aflat despre acest om?

– Ăă, procurorul, domnul Minton, mi-a spus să-l găsesc.

– Şi ştiţi cum a aflat domnul Minton despre existenţa lui?

– Cred că dumneavoastră aţi fost cel care l-a informat. Aţi avut o casetă video dintr-un bar, unde se afla împreună cu victima cu câteva ore înainte de atac.

Știam că acest lucru ar putea fi punctul de a introduce filmul, dar am preferat să amân asta. Voiam ca victima să fie de față când aveam să prezint înregistrarea juriului.

– Și până în acel moment nu ați considerat că ar fi important să-l găsiți pe acest om?

– Nu, pur și simplu, nu știam despre el.

– Deci, atunci când, în cele din urmă, ați aflat despre Talbot și l-ați localizat, i-ați examinat mâna stângă pentru a determina dacă nu avea vreo leziune care ar fi putut fi produsă în timp ce lovea pe cineva în mod repetat în față?

– Nu, n-am făcut-o.

– Asta pentru că ați fost sigur când l-ați ales pe domnul Roulet persoana care a lovit-o pe Regina Campo?

– Nu a fost o alegere. Aici a dus ancheta. Nu l-am localizat pe Charles Talbot până la mai mult de două săptămâni după ce a avut loc infracțiunea.

– Deci, ceea ce spuneți este că, dacă ar fi avut leziuni, s-ar fi vindecat până atunci, corect?

– Nu sunt expert în asta, dar, da, la asta m-am gândit.

– Deci, nu v-ați uitat deloc la mâna lui, nu?

– Nu în mod anume, nu.

– Ați întrebat vreun coleg de-al domnului Talbot cu privire la posibilitatea de a fi văzut echimoze sau alte leziuni la mâna lui în jurul momentului infracțiunii?

– Nu, n-am făcut-o.

– Deci, de fapt, nu v-ați uitat dincolo de domnul Roulet, așa este?

– Acest lucru este greșit. Eu vin la fiecare caz cu mintea deschisă. Dar Roulet era acolo și în stare de arest de la început. Victima l-a identificat ca fiind omul care o atacase. În mod evident, era o focalizare.

– Era o focalizare sau focalizarea, domnule detectiv Booker?

– Amândouă. La început, el a fost o focalizare și, mai târziu, după ce am găsit inițialele lui pe arma care fusese ținută la gâtul lui Reggie Campo, se poate spune că a devenit punctul central.

– De unde știți că acel cuțit a fost ținut la gâtul doamnei Campo?

– Pentru că ea ne-a spus asta și avea urma de înțepătură pe care ne-a arătat-o.

– Vreți să spuneți că s-au efectuat vreun fel de analize medico-legale care legau cuțitul de rana de pe gâtul ei?

– Nu, asta a fost imposibil.

– Deci, din nou, avem cuvântul doamnei Campo că acel cuțit i-a fost ținut la gât de către domnul Roulet.

– Nu am avut niciun motiv să mă îndoiesc atunci de ea. Nu am nici acum.

– Acum, fără nicio explicație pentru asta, cred că dumneavoastră considerați cuțitul cu inițialele inculpatului pe el ca fiind o foarte importantă piesă care-i dovedește vinovăția, nu-i așa?

– Da. Chiar și cu o explicație, aș spune. El a venit acolo cu cuțitul, având un singur scop în minte.

– Puteți citi în mintea oamenilor, nu-i așa, domnule detectiv?

– Nu, eu sunt detectiv. Doar spun ceea ce cred.

– Accent pe cred.

– Este ceea ce știu de la dovezile în acest caz.

– Mă bucur că sunteți așa de sigur, domnule. Nu am întrebări suplimentare în acest moment. Îmi rezerv dreptul de a-l rechema pe detectivul Booker ca martor al apărării.

Nu aveam nicio intenție să-l chem pe Booker înapoi în boxă, dar mă gândeam că amenințarea ar putea suna bine pentru juriu.

M-am întors la locul meu în timp ce Minton încerca să mai salveze ceva prin reexaminare. Prejudiciul era vizibil și nu putea face prea multe. Booker fusese doar un figurant pentru apărare. Prejudiciul real urma să vină mai târziu.

După ce Booker a plecat, judecătoarea a anunțat pauza de la mijlocul dimineții. Le-a spus juraților să se întoarcă în cincisprezece minute, dar știam că pauza va dura mai mult. Judecătoarea Fullbright era fumătoare și se confruntase deja cu foarte mediatizate amenzi administrative pentru că fuma pe ascuns în biroul ei. Asta înseamnă că, pentru a-și satisface obiceiul și ca să evite alte scandaluri, trebuia să ia liftul, să iasă din clădire și să stea în fața ușii de la intrare, unde veneau autobuzele de la închisoare. M-am gândit că am cel puțin o jumătate de oră.

Am ieșit în hol să vorbesc cu Mary Alice Windsor și să-mi pun la lucru telefonul mobil. Se părea că o să-mi chem martorii în sesiunea de după-amiază.

Am fost abordat de Roulet, care a vrut să vorbească despre interogatoriul pe care i-l făcusem lui Booker.

– Mi s-a părut că a mers foarte bine pentru noi, a spus Roulet.

– Noi?

– Știi ce vreau să spun.

– Nu se poate spune dacă a mers bine până când nu obții verdictul. Și acum lasă-mă-n pace, Louis. Trebuie să dau nişte telefoane. Şi unde este mama ta? Probabil o să am nevoie de ea în după-amiaza asta. Va fi aici?

– A avut o întâlnire în dimineaţa asta, dar va fi aici. Sună-l pe Cecil şi o s-o aducă.

După ce a plecat, detectivul Booker i-a luat locul, venind la mine şi ridicând un deget în faţa mea:

– N-o să ţină, Haller, a spus el.

– Ce n-o să ţină? am întrebat.

– Toată apărarea ta de rahat. O să se prăbuşească şi o să ardă.

– Vom vedea.

– Da, vom vedea. Ştii, ai ceva „bile“ ca să-ncerci să-l agăţi pe Talbot în asta. „Bile“ serioase. Trebuie să ai nevoie de o roabă ca să le transporţi pe-aici.

– Eu doar îmi fac treaba, domnule detectiv.

– Şi ce mai treabă! Să minţi ca să trăieşti. Păcălirea oamenilor, să nu vadă adevărul. Trăitul într-o lume fără adevăr. Dă-mi voie să te-ntreb ceva: ştii care e diferenţa dintre un somn şi un avocat?

– Nu, care este diferenţa?

– Unul e un mâncător de rahat pe fundul apei, a spus. Şi celălalt e un peşte.

– Bună poantă, domnule detectiv!

A plecat, iar eu am rămas acolo zâmbind. Nu de glumă sau pentru că înţelesesem că Lankford fusese, probabil, cel care ridicase insulta de la avocaţii apărării la întreg corpul avocaţilor, atunci când i-a spus gluma lui Booker. Zâmbeam pentru că gluma îmi confirma că Lankford şi Booker erau în legătură. Vorbeau între ei, şi asta însemna că lucrurile erau în mişcare şi în joc. Planul meu stătea încă în picioare. Încă aveam şansa mea.

34

Fiecare proces are un eveniment principal. Un martor sau o dovadă care devine punctul de sprijin ce înclină totul într-o parte sau alta. În acest caz, evenimentul principal era Regina Campo, victimă și acuzator, iar cazul părea să se bazeze pe prestaţia și mărturia ei. Dar un bun avocat al apărării are întotdeauna o dublură și eu o aveam pe a mea, un martor așteptând în secret, despre care speram să schimbe centrul de greutate al procesului.

Cu toate acestea, atunci când Minton a chemat-o pe Regina Campo în boxă, după pauză, puteai să spui fără să greșești că toţi ochii erau pe ea în timp ce era condusă înăuntru până la boxa martorilor. Era prima dată când cineva din juriu o vedea în persoană. Era, de asemenea, prima dată când o vedeam și eu. Am fost surprins, dar nu într-un mod plăcut. Era minionă, iar mersul ei ezitant și apariţia modestă dezminţeau imaginea de intrigantă mercantilă pe care i-o construisem în conștiința colectivă a juriului.

Cu siguranţă, Minton învăţa din mers. Cu Regina Campo, el părea să fi ajuns la concluzia că mai puţin înseamnă mai mult. A ghidat-o cu discreţie la examinarea directă. A început cu biografia ei înainte de a trece la evenimentele din 6 martie. Povestea Reginei Campo era, din păcate, banală şi exact pe asta conta Minton. Ea a spus povestea unei femei tinere și atractive care venise din Indiana la Hollywood cu un deceniu în urmă, cu speranțe de glorie în lumea filmului. Cariera a fost cu suişuri şi coborâşuri, apariţii ici-colo în show-uri TV. Era un chip proaspăt și au existat mereu oameni dispuși s-o distribuie în roluri neimportante. Dar atunci când a încetat să mai fie un chip proaspăt, a găsit de lucru într-o serie de filme transmise pe cablu, în care de multe ori trebuia să apară dezbrăcată. Și-a completat veniturile pozând nud și a alunecat ușor într-o lume în care se oferă sex pentru favoruri. În cele din urmă, a sărit gardul cu totul și a început să tranzacționeze sex pentru bani. Ceea ce, în cele din urmă, a dus la seara în care l-a întâlnit pe Louis Roulet.

Versiunea Reginei Campo cu privire la ceea ce se întâmplase în acea seară nu diferea de informaţiile oferite de către toţi martorii anteriori din proces. Dar diferenţa dramatică era în modul de prezentare. Campo, cu faţa încadrată de părul închis, ondulat, părea o fetiţă pierdută. Părea speriată și a lăcrimat în a doua jumătate a mărturiei ei. Buza de jos și degetul i-au tremurat de teamă când a arătat spre bărbatul pe care l-a identificat ca fiind atacatorul ei. Roulet a privit-o direct, cu o expresie goală pe faţă.

– El a fost! a spus ea cu o voce puternică. Este un animal care ar trebui să fie închis!

Am lăsat-o să vorbească fără să obiectez. Aveam să-mi încerc şansele cu ea cât de curând. Minton a continuat interogatoriul, cerându-i să explice cum a scăpat și întrebând-o de ce nu le spusese polițiștilor că-l cunoștea pe omul care o atacase și motivul pentru care el se afla acolo.

– M-am speriat, a recunoscut ea. Nu știam dacă o să mă mai creadă dacă le spuneam de ce se afla acolo. Am vrut să mă asigur că l-au arestat, pentru că mi-era foarte frică de el.

– Nu regretați această decizie acum?

– Ba da, pentru că știu că îl poate ajuta să scape și să facă acest lucru din nou cu altcineva.

Am obiectat că răspunsul este prejudiciabil pentru apărare și judecătoarea a acceptat. Minton i-a mai pus câteva întrebări martorei, dar părea că-și dăduse seama că trebuie să se oprească înainte să pună în umbră gestul cu degetul tremurător prin care martora îl identificase pe atacator.

Mărturia Reginei Campo durase mai puțin de o oră. Era aproape 11.30, dar judecătoarea nu a întrerupt ședința pentru masa de prânz, după cum mă așteptam. Ea le-a spus juraților că vrea să asculte cât mai mult din mărturie și că vor lua un prânz scurt mai târziu. Acest lucru m-a făcut să mă întreb dacă știa ceva ce nu știam eu. Oare detectivii din Glendale o sunaseră în timpul pauzei de dimineață s-o avertizeze de arestarea mea iminentă?

– Domnule Haller, martorul vă aparține, m-a atenționat.

M-am dus la tribună cu carnețelul și mi-am consultat notițele. Dacă eram angajat într-o apărare cu o mie de lame de ras, aveam de gând să folosesc cel puțin jumătate din ele pe acest martor. Eram pregătit.

– Doamnă Campo, v-aţi angajat un avocat pentru a-l da în judecată pe domnul Roulet în legătură cu presupusele evenimente din 6 martie?

Se aştepta la această întrebare, dar nu să fie prima.

– Nu, nu am făcut-o.

– Aţi vorbit cu un avocat despre acest caz?

– Nu am angajat pe nimeni. Deocamdată, tot ce mă interesează este să văd că dreptatea...

– Doamnă Campo, am întrerupt-o. N-am întrebat dacă aţi angajat un avocat sau ce interese aveţi. Am întrebat dacă aţi vorbit cu un avocat, orice avocat, cu privire la acest caz și un posibil proces împotriva domnului Roulet.

Se uita atentă la mine, încercând să-și dea seama ce intenţionam. Rostisem cuvintele cu siguranţa cuiva care știa ceva, care avea informaţiile incriminatoare cu care să formuleze o acuzaţie. Minton o școlise, probabil, în cel mai important aspect al unei mărturii: nu te lăsa prinsă într-o minciună.

– Am vorbit cu un avocat, da. Dar n-a fost nimic mai mult decât să vorbesc. Nu l-am angajat.

– Asta pentru că procurorul v-a spus să nu angajaţi pe nimeni până nu se termină procesul?

– Nu, n-a spus nimic despre asta.

– De ce aţi vorbit cu un avocat despre acest caz?

Ajunsese să ezite înainte de fiecare răspuns. Îmi convenea asta. Percepţia celor mai mulţi oameni este că ai nevoie de timp pentru a spune o minciună. Răspunsurile oneste vin cu ușurinţă.

– Am vorbit cu el pentru că am vrut să-mi cunosc drepturile și să mă asigur că sunt protejată.

– L-aţi întrebat dacă l-aţi putea da în judecată pe domnul Roulet pentru daune?

– Credeam că ceea ce-i spui avocatului este confidenţial.

– Dacă doriţi, puteţi spune juraţilor despre ce aţi vorbit cu avocatul.

A fost prima tăietură profundă cu lama de ras. Era într-o poziţie imposibilă: indiferent de modul în care răspundea, n-ar fi arătat bine.

– Cred că vreau să rămână confidenţial, a zis ea în cele din urmă.

– Bine, să ne întoarcem la 6 martie, dar eu vreau să merg un pic mai departe înapoi în timp decât domnul Minton. Să ne întoarcem la barul Morgan's, unde aţi vorbit prima dată cu inculpatul, domnul Roulet.

– Bine.

– Ce făceaţi la Morgan's în seara aceea?

– Am fost să mă întâlnesc cu cineva.

– Charles Talbot?

– Da.

– Vă întâlneaţi cu el acolo pentru a stabili dacă doreaţi să-l aduceţi acasă ca să faceți sex pe bani, corect?

Ea a ezitat, dar apoi a aprobat din cap.

– Vă rog să răspundeți verbal, i-a spus judecătoarea.

– Da.

– Aţi putea spune că acest sistem este o măsură de siguranţă?

– Da.

– O formă de sex în condiții de siguranță, nu?

– Cred că da.

– Pentru că în profesia dumneavoastră aveţi de-a face intim cu străini, aşa că trebuie să vă protejaţi, corect?

– Da, corect.

– În profesia dumneavoastră asta se numește „testarea ciudaților“, nu-i așa?

– Nu i-am spus niciodată așa.

– Dar este adevărat că vă cunoașteți clienții potențiali într-un loc public, precum Morgan's, ca să-i testați și să vă asigurați că nu sunt nebuni sau periculoși, înainte de a-i duce acasă la dumneavoastră. Nu este asta adevărat?

– S-ar putea spune așa. Dar adevărul este că niciodată nu poți fi sigur de cineva.

– Este adevărat. Deci, când ați fost la Morgan's, l-ați observat pe domnul Roulet?

– Da, era acolo.

– Și îl mai văzuseți vreodată?

– Da, îl văzusem înainte acolo și în alte câteva locuri.

– Ați vorbit vreodată cu el?

– Nu, n-am vorbit.

– Ați observat vreodată că purta un ceas Rolex?

– Nu.

– L-ați văzut vreodată venind sau plecând dintr-unul din aceste locuri într-un Porsche sau Range Rover?

– Nu, nu l-am văzut la volan.

– Dar l-ați văzut înainte în Morgan's și în alte locuri similare.

– Da.

– Dar niciodată n-ați vorbit cu el.

– Corect.

– Atunci, ce v-a făcut să vă apropiați de el?

– Am știut că era abordabil, asta-i tot.

– Ce vreți să spuneți cu „abordabil“?

– Vreau să spun că în celelalte dăţi când l-am văzut am putut să-mi dau seama că este un jucător. L-am văzut plecând cu fete care fac ceea ce fac și eu.

– L-aţi văzut plecând cu alte prostituate?

– Da.

– Plecând unde?

– Nu știu, părăsind incinta. Ducându-se la un hotel sau la apartamentul fetei. Asta nu știu.

– Ei, cum se face că știţi că părăseau incinta? Poate ieșeau la o ţigară.

– I-am văzut urcând în mașina lui și plecând.

– Doamnă Campo, aţi mărturisit în urmă cu un minut că n-aţi văzut niciodată mașinile domnului Roulet! Acum spuneţi că l-aţi văzut în mașina lui cu o femeie care este o prostituată ca și dumneavoastră. Cum e?

Și-a dat seama de pasul greșit și a îngheţat un moment înainte să răspundă.

– L-am văzut într-o mașină, dar nu știam ce marcă era.

– Nu observaţi lucruri de genul ăsta, nu-i așa?

– De obicei, nu.

– Știţi diferenţa dintre un Porsche și un Range Rover?

– Unul este mare și unul mic, cred.

– În ce fel de mașină l-aţi văzut pe domnul Roulet intrând?

– Nu-mi amintesc.

M-am oprit o clipă și am decis că am stors din contradicţia ei atât cât merita. M-am uitat la lista mea de întrebări și am continuat.

– Aceste femei pe care le-aţi zărit plecând cu domnul Roulet au mai fost văzute vreodată?

– Nu înţeleg.

– Au dispărut? Le-aţi mai văzut vreodată?

– Nu, le-am văzut.

– Fuseseră bătute sau rănite?

– Nu, din câte ştiu, dar nu am întrebat.

– Dar toate acestea v-au făcut să socotiţi că sunteţi în siguranţă dacă îl abordaţi, corect?

– N-aş zice siguranţă. Am ştiut că era, probabil, acolo în căutarea unei fete și bărbatul cu care eram îmi spusese deja că va pleca înainte de zece, deoarece trebuia să meargă la serviciu.

– Acum, puteţi să spuneţi juriului ce v-a făcut să nu zăboviţi cu domnul Roulet, aşa cum aţi făcut-o cu domnul Talbot, și să-l supuneţi „testului de ciudăţenie"?

Ochii ei au plutit în derivă spre Minton. Spera la o salvare, dar n-a venit niciuna.

– M-am gândit că era o persoană cunoscută, asta-i tot.

– Aţi crezut că eraţi în siguranţă.

– Cred că da. Nu ştiu. Aveam nevoie de bani și am făcut o greşeală cu el.

– V-aţi gândit că era bogat și ar putea rezolva nevoia de bani?

– Nu, nimic de genul ăsta. L-am văzut ca un posibil client care nu era nou în joc. Cineva care ştia ce face.

– Aţi mărturisit că în ocazii anterioare l-aţi fi văzut pe domnul Roulet cu alte femei care practică aceeaşi profesie ca dumneavoastră.

– Da.

– Sunt prostituate.

– Da.

– Nu le cunoaşteţi?

– Suntem cunoştinţe.

– Şi duceţi curtoazia profesională faţă de aceste femei până la a le alarma asupra clienţilor care ar putea fi periculoşi sau refuză să plătească?

– Uneori.

– Şi ele procedează la fel, nu?

– Da.

– Câte dintre ele v-au avertizat în legătură cu domnul Louis Roulet?

– Ei bine, nimeni nu a făcut-o, altfel nu m-aş fi dus la el.

Am dat din cap şi m-am uitat peste notiţele mele pentru un lung moment înainte de a continua. După care am recapitulat în detaliu evenimentele de la Morgan's şi am introdus caseta de supraveghere video de la camera de deasupra barului. Minton a obiectat să fie arătată juriului fără o pregătire corectă, dar obiecţia a fost respinsă. Un televizor aşezat pe un suport industrial, pe roţi, a fost adus în faţa juriului şi s-a pornit înregistrarea. Se putea vedea, prin atenţia maximă pe care i-au acordat-o, că le plăcea ideea de a urmări o prostituată la locul de muncă, precum şi de a-i vedea pe cei doi actori principali ai cazului în momente în care nu se ştiau priviţi.

– Ce scria în bileţelul pe care i l-aţi dat? am întrebat, după ce televizorul a fost scos din sala de judecată.

– Cred că doar i-am spus numele şi adresa mea.

– Nu i-aţi precizat un preţ pentru serviciile pe care urma să le prestaţi?

– S-ar putea. Nu-mi amintesc.

– Care este tariful pe care îl folosiţi?

– De obicei, iau patru sute de dolari.

– De obicei? Ce face diferenţa?

– Depinde de ceea ce doreşte clientul.

M-am uitat în boxa juriului și am văzut expresia crispată a omului cu Biblia.

– Nu v-ați angajat niciodată într-o relație de sclavie și dominație cu clienții dumneavoastră?

– Uneori. Sunt doar jocuri, totuși. Nimeni nu ajunge să fie vreodată rănit. E doar un joc.

– Vreți să spuneți că, înainte de seara de 6 martie, n-ați fost niciodată rănită de către un client?

– Da, asta e ceea ce spun. Acel om m-a rănit și a încercat să mă...

– Vă rog să răspundeți la întrebarea pe care o pun, doamnă Campo. Mulțumesc. Acum, să ne întoarcem la Morgan's. Da sau nu, în momentul în care i-ați dat domnului Roulet șervețelul cu adresa dumneavoastră și prețul, erați încrezătoare că nu va fi un pericol pentru dumneavoastră și că avea la el suficienți bani pentru a plăti cei patru sute de dolari pe care îi cereați pentru serviciile dumneavoastră?

– Da.

– Așadar, cum de domnul Roulet nu avea niciun ban la el atunci când poliția l-a percheziționat?

– Nu știu. Nu i-am luat eu.

– Știți cine a făcut-o?

– Nu.

Am tăcut un moment, apoi am schimbat subiectul.

– Acum, ăă, continuați să vă prostituați, corect? am întrebat.

Campo a ezitat înainte de a încuviința.

– Și sunteți mulțumită să lucrați ca prostituată? am continuat.

Minton s-a ridicat în picioare.

– Onorată instanță, ce are asta de-a face cu...

– Se susține, a spus judecătoarea.

– Bine, am spus. Atunci, nu este adevărat, doamnă Campo, că le-ați spus unora dintre clienții dumneavoastră că sperați să vă lăsați de afaceri?

– Da, e adevărat, a răspuns Campo pentru prima dată fără să ezite.

– Nu este, de asemenea, adevărat că întrevedeți potențialele aspecte financiare ale acestui caz ca un mijloc de a ieși din afaceri?

– Nu, asta nu e adevărat! a spus ea cu tărie și fără ezitare. Acest om m-a atacat. Avea de gând să mă omoare! Despre asta este vorba!

Am subliniat ceva pe carnetul meu, apoi am trecut mai departe.

– Charles Talbot era un client obișnuit? am întrebat.

– Nu, l-am întâlnit pentru prima dată în acea seară de la Morgan's.

– Și a trecut testul de siguranță.

– Da.

– Este Charles Talbot omul care v-a lovit pe 6 martie?

– Nu, n-a fost el, a răspuns ea repede.

– I-ați propus domnului Talbot să împărțiți profiturile pe care le-ați primi dintr-un proces împotriva domnului Roulet?

– Nu, n-am făcut-o. Asta-i o minciună!

M-am uitat la judecătoare.

– Onorată instanță, pot cere clientului meu să se ridice în acest moment?

– Sunteți invitatul meu, domnule Haller.

I-am făcut semn lui Roulet să se ridice în picioare, şi el s-a conformat. Am privit-o apoi pe Regina Campo.

– Acum, doamnă Campo, sunteţi sigură că acesta este omul care v-a lovit în noaptea de 6 martie?

– Da, el este.

– Ce greutate aveţi, doamnă Campo?

S-a lăsat pe spate de la microfon, considerând întrebarea indiscretă, chiar și după atât de multe altele referitoare la viaţa ei sexuală. Am observat că Roulet a dat să se aşeze la loc și i-am cerut să rămână în picioare.

– Nu sunt sigură, a spus Campo.

– În anunțul de pe site scrie că aveţi 48 de kilograme. Este corect?

– Cred că da.

– Deci, dacă juriul trebuie să creadă povestea dumneavoastră, atunci trebuie să creadă că aţi fost în stare să vă luptaţi și să scăpaţi de domnul Roulet.

I l-am arătat pe Roulet, care avea 1,82 m și cel puțin treizeci și cinci de kilograme în plus.

– Ei bine, asta e ceea ce am făcut.

– Și acest lucru s-a întâmplat în timp ce se presupune că el vă ținea un cuțit la gât.

– Am vrut să trăiesc. Poţi face unele lucruri uimitoare atunci când viaţa îţi este în pericol.

Își folosise ultimul atu. A început să plângă, ca și când întrebarea mea trezise oroarea de a fi ajuns atât de aproape de moarte.

– Puteţi să staţi jos, domnule Roulet. Deocamdată, nu mai am nicio întrebare pentru doamna Campo, onorată instanță.

M-am dus la loc lângă Roulet. Simţeam că examinarea încrucişată decursese bine. Lama mea deschisese o mulţime de răni. Cazul statului sângera.

Roulet s-a aplecat şi mi-a şoptit un singur cuvânt:

– Briliant!

Minton s-a întors la reaudiere, dar a fost doar un ţânţar învârtindu-se în jurul unei răni deschise. Nu exista cale de întoarcere pentru unele dintre răspunsuri pe care le dăduse martora lui vedetă şi nu a existat nicio modalitate de a schimba unele dintre imaginile pe care le-am plantat în mintea juraţilor.

În zece minute, terminasem şi am renunţat la o reexaminare, simţind că Minton a realizat prea puţin în timpul celui de-al doilea efort şi puteam să las lucrurile aşa. Judecătoarea l-a întrebat pe procuror dacă mai are martori şi Minton a spus că ar dori să se gândească la asta în timpul pauzei de prânz, înainte de a decide dacă acuzarea şi-a terminat cazul.

În mod normal, aş fi obiectat, pentru că aş fi vrut să ştiu dacă trebuie să aduc un martor la bară imediat după masa de prânz.

Minton a simţit presiunea şi ezita. Voiam să-l forţez să ia o decizie.

Judecătoarea a dat liber juriului pentru masa de prânz, oferindu-i doar o oră în loc de nouăzeci de minute. Avea de gând să menţină lucrurile în mişcare. A spus că şedinţa va reîncepe la 13.30 şi apoi şi-a părăsit brusc locul. Probabil avea nevoie de o ţigară, am presupus.

L-am întrebat pe Roulet dacă mama lui ne poate însoţi la masă ca să putem discuta. Avea să depună mărturie în acea după-amiază, dacă nu chiar imediat după prânz.

El a spus că va aranja și a sugerat să ne întâlnim la un restaurant francez pe bulevardul Ventura. I-am spus că avem mai puțin de o oră și că mama lui trebuia să vină la Four Green Fields. Nu-mi plăcea ideea să-i duc în sanctuarul meu, dar știam că de acolo ne puteam întoarce la timp la tribunal. Mâncarea, probabil, nu era la standardele bistroului franțuzesc de pe Ventura, dar nu-mi făceam griji pentru asta.

Când m-am ridicat de la masa apărării, am văzut că sala se golise. Toată lumea plecase la masa de prânz. Doar Minton mă aștepta la balustradă.

– Pot să vorbesc cu tine un minut? a întrebat el.

– Sigur.

Am așteptat până când Roulet a trecut prin portiță și a părăsit sala de judecată înainte ca vreunul dintre noi să vorbească. Știam ce va urma. Era ceva obișnuit ca procurorul să facă o ofertă la primul semn de necazuri. Minton știa că are probleme. Principalul lui martor nu făcuse cine știe ce impresie.

– Care-i treaba? am întrebat.

– M-am gândit la ce-ai spus despre cele o mie de lame.

– Și?

– Și, ei bine, vreau să-ți fac o ofertă.

– Ești nou în asta, puștiule. Nu ai nevoie de cineva care să aprobe o înțelegere?

– Am ceva autoritate.

– Bine, atunci dă-mi ceea ce ești autorizat să oferi.

– O să cobor la „atac deosebit de grav cu vătămare corporală gravă“.

– Și?

– O să scad la patru.

Oferta era o reducere substanţială, dar Roulet, în cazul în care acceptam, ar fi fost totuşi condamnat la patru ani de închisoare. Concesia principală era că dispărea acuzaţia de infracţiune de natură sexuală. Roulet nu ar fi trebuit să se înregistreze la autorităţile locale ca infractor sexual, după ce ar fi ieşit din închisoare.

M-am uitat la el ca şi cum tocmai ar fi insultat memoria mamei mele.

– Cred că este un pic cam mult, Ted, având în vedere felul cum a evoluat martora ta. L-ai văzut pe juratul care-şi ia mereu Biblia cu el? Arăta de parcă ar fi fost pe cale să-şi facă nevoile pe sfânta carte atunci când ea a depus mărturie.

Minton n-a răspuns. Puteam să pariez că nici măcar nu observase că un jurat are o Biblie.

– Nu ştiu, am spus. Este de datoria mea să prezint oferta clientului, şi asta voi face. Dar, de asemenea, o să-i spun că ar fi un prost să o accepte.

– Bine, atunci ce vrei?

– Într-un astfel de caz există doar un singur verdict, Ted. Am de gând să-i spun că ar trebui să fie liber. Cred că de-aici încolo putem fi liniştiţi. Poftă bună!

L-am lăsat acolo şi m-am îndreptat spre ieşire, aşteptându-mă să-mi facă o nouă ofertă. Dar Minton s-a ţinut tare.

– Această ofertă este valabilă doar până la 13.30, Haller! a strigat el după mine, pe un ton ciudat.

Am ridicat o mână şi i-am făcut semn fără să mă uit înapoi. În timp ce ieşeam pe uşă, eram sigur că vocea lui părea uşor disperată.

35

După ce ne-am întors în sala de judecată de la Four Green Fields, l-am ignorat intenţionat pe Minton. Am vrut să-l ţin în şah cât mai mult timp. Făcea parte din planul de a-l forţa s-o ia într-o anume direcţie. După ce ne-am aşezat la locurile noastre, aşteptând-o pe judecătoare, m-am uitat, în sfârşit, la el şi apoi am clătinat din cap. Nicio înţelegere. El a încuviinţat, încercând din răsputeri să se arate încrezător în cazul lui şi totodată nedumerit de decizia clientului meu. Un minut mai târziu, judecătoarea a luat loc, a chemat juriul, iar Minton n-a mai insistat.

– Domnule Minton, aveţi un alt martor? a întrebat judecătoarea.

– Onorată instanţă, în acest moment nu.

Fullbright a ezitat puţin. S-a uitat atent la Minton cu o secundă mai mult decât ar fi trebuit. Cred că a transmis juriului un mesaj de surpriză. Apoi s-a uitat la mine.

– Domnule Haller, sunteţi gata să continuaţi?

Procedura de rutină ar fi fost să-i cer judecătoarei un verdict direct de achitare la sfârşitul fazei acuzării. Dar nu am făcut-o, temându-mă că ar putea fi ocazia rară în care o asemenea cerere ar putea fi satisfăcută. Nu puteam lăsa să se termine totul. I-am spus că sunt pregătit.

Primul meu martor a fost Mary Alice Windsor. Ea a fost escortată în sala de judecată de către Cecil Dobbs, care a luat apoi loc în rândul din față al galeriei. Windsor purta un costum albastru pal cu o bluză din șifon. A trecut cu un aer maiestuos prin fața juriului și s-a așezat în boxa martorilor. Nimeni n-ar fi ghicit că mâncase la prânz o porție de plăcinta ciobanului. I-am pus foarte repede câteva întrebări de rutină și am stabilit relația ei, atât de sânge, cât și de afaceri, cu Louis Roulet. După care i-am cerut judecătoarei permisiunea de a arăta martorului cuțitul pe care acuzarea îl introdusese ca probă în acest caz.

Permisiunea fiind acordată, m-am dus la grefier pentru a lua arma, care se afla într-o pungă de dovezi din plastic transparent. Fusese împachetată în așa fel încât inițialele de pe lamă erau vizibile. Am dus-o la boxă și am așezat-o în fața martorei.

– Doamnă Windsor, recunoașteți acest cuțit?

Ea a luat punga de probe și a încercat să netezească plasticul peste lamă, astfel să poată vedea și citi inițialele.

– Da, a spus ea. Este cuțitul fiului meu.

– Și cum se face că puteți recunoaște un cuțit deținut de fiul dumneavoastră?

– Pentru că mi l-a arătat nu doar o dată. Știam că îl poartă mereu la el și, uneori, ne-a fost la îndemână la birou, când primeam pachete cu broșuri și aveam nevoie să tăiem ambalajul. Este foarte ascuțit.

– De când avea cuțitul?

– De patru ani.

– Păreți foarte exactă în privința asta.

– Sunt.

– Cum puteţi fi atât de sigură?

– Pentru că l-a luat pentru protecţie acum patru ani. Aproape exact.

– Protecţie împotriva a ce, doamnă Windsor?

– În activitatea noastră, de multe ori arătăm proprietăți imobiliare unor oameni complet străini. Uneori, suntem singuri în casă cu aceste persoane necunoscute. Au fost destule incidente în care un agent imobiliar a fost jefuit sau rănit... chiar ucis sau violat.

– După cunoștința dumneavoastră, a fost Louis vreodată victima unei astfel de agresiuni?

– Nu personal, nu. Dar știa pe cineva care s-a dus într-o casă și ce s-a întâmplat...

– Ce s-a întâmplat?

– A fost violată și jefuită de un om cu un cuțit. Louis a fost cel care a găsit-o după ce s-a terminat. Primul lucru pe care l-a făcut după aceea a fost să se ducă și să-și ia un cuțit pentru apărare.

– De ce un cuțit? De ce nu un pistol?

– Mi-a spus că la început a intenţionat să-și ia un pistol, dar voia ceva pe care să-l poată purta mereu la el și să nu fie vizibil. Deci, a luat un cuțit și mi-a luat și mie unul. De asta știu că a fost cu aproape exact patru ani în urmă. A ridicat punga în care se afla cuțitul. Al meu e exact la fel, doar inițialele sunt diferite. Amândoi le-am purtat de atunci.

– Deci, faptul că fiul dumneavoastră avea cuțitul la el în seara de 6 martie era un lucru perfect normal?

Minton a obiectat, spunând că nu am construit fundamentul adecvat pentru ca doamna Windsor să răspundă la întrebare, iar judecătoarea l-a susținut.

Mary Windsor, neşcolită în dreptul penal, a presupus că judecătoarea îi permisese să răspundă.

– Îl purta în fiecare zi, a spus ea. 6 martie n-avea de ce să fie alt...

– Doamnă Windsor! a explodat judecătoarea. Am susţinut obiecţia! Asta înseamnă să nu răspundeţi. Juriul nu va lua în considerare răspunsul.

– Îmi pare rău, a spus Windsor cu o voce slabă.

– Următoarea întrebare, domnule Haller, a cerut judecătoarea.

– Asta e tot ceea ce aveam, onorată instanţă. Vă mulţumesc, doamnă Windsor.

Mary Windsor a dat să se ridice, dar judecătoarea a admonestat-o din nou, spunându-i să rămână aşezată. M-am întors la locul meu în timp ce Minton se ridica de la al lui. Am scanat sala și nu am văzut alte fețe cunoscute, în afară de cea a lui C.C. Dobbs. El mi-a oferit un zâmbet încurajator, pe care l-am ignorat.

Mărturia directă a lui Mary Windsor fusese perfectă din punctul de vedere al respectării coregrafiei pe care o puseserăm la punct la masa de prânz. Ea livrase succint juriului explicaţia despre cuţit, dar, de asemenea, lăsase în mărturia ei un teren minat pe care Minton trebuia să-l traverseze. Mărturia ei directă acoperise nu mai mult decât îi furnizasem lui Minton într-un rezumat de dezvăluire. Dacă se abătea de la el, urma să audă rapid clicul mortal sub piciorul lui.

– Când a avut loc acest incident care l-a determinat pe fiul dumneavoastră să înceapă să poarte la el un cuţit de 12,7 cm?

– S-a întâmplat pe 9 iunie 2001.

– Sunteţi sigură?

– Absolut.

M-am rotit pe scaun, ca să pot vedea mai bine chipul lui Minton. Îl citeam. Credea că are ceva. Faptul că doamna Windsor își amintea cu precizie data era un indiciu evident de mărturie regizată. Era încântat. Se vedea.

– A existat un articol în ziar despre acest presupus atac asupra unei colege agent imobiliar?

– Nu, n-a fost.

– A existat o investigație a poliției?

– Nu, nu a fost.

– Și totuși, știți data exactă. Cum se explică asta, doamnă Windsor? Vi s-a furnizat această dată înainte de a depune mărturie?

– Nu, știu data deoarece nu voi uita niciodată ziua în care am fost atacată.

Ea a așteptat un moment. Am văzut cel puțin trei membri ai juriului deschizând gura de uimire. Minton a făcut la fel. Aproape că am putut auzi clicul.

– Nici fiul meu nu o va uita vreodată, a continuat Windsor. Când a venit să mă caute și m-a găsit în casă, eram legată și dezbrăcată. Era sânge. A fost traumatizant să mă vadă așa. Cred că a fost unul dintre motivele pentru care și-a luat un cuțit pe care să-l poarte la el. Cred că în unele privințe și-ar fi dorit să fi ajuns acolo mai devreme și să fie în măsură să împiedice ceea ce s-a întâmplat.

– Înțeleg, a spus Minton holbându-se la notițele lui.

Înghețase, nesigur cum să procedeze. Nu voia să ridice piciorul de teamă că mina va detona și-l va pulveriza.

– Domnule Minton, altceva? l-a întrebat judecătoarea cu o nu prea bine ascunsă notă de sarcasm în voce.

– Un moment, doamnă judecătoare, a spus Minton.

S-a adunat, și-a revizuit însemnările și a încercat să salveze situația.

– Doamnă Windsor, ați sunat la poliție, dumneavoastră sau fiul dumneavoastră, după ce v-a găsit?

– Nu, n-am făcut-o. Louis a vrut, dar eu, nu. M-am gândit că doar ar accentua trauma.

– Deci, nu avem niciun raport oficial al poliției asupra acestui eveniment, corect?

– Da, e corect.

Știam că Minton ar fi vrut să meargă mai departe și să întrebe dacă s-a dus la medic după atac. Dar, simțind o altă capcană, n-a pus întrebarea.

– Deci, ceea ce ne spuneți aici este că avem doar cuvântul dumneavoastră că această agresiune chiar a avut loc? Cuvântul dumneavoastră și al fiului dumneavoastră, dacă el alege să depună mărturie.

– A avut loc. Trăiesc cu asta în fiecare zi.

– Dar noi vă avem doar pe dumneavoastră care spuneți asta.

Ea s-a uitat la procuror cu o privire de gheață.

– E o întrebare?

– Doamnă Windsor, sunteți aici pentru a-l ajuta pe fiul dumneavoastră, corect?

– Dacă pot. Îl știu ca pe un om bun care n-ar fi comis acest act josnic.

– Ați fi dispusă să faceți orice și tot ce vă stă în putere pentru a vă salva fiul de condamnare și de posibila încarcerare, nu-i așa?

– Dar n-aș minți despre așa ceva! Cu sau fără jurământ, n-aș minți.

– Dar doriți să vă salvați fiul, nu-i așa?

– Da.

– Şi să-l salvaţi înseamnă să minţiţi pentru el, nu-i aşa?

– Nu. Nu înseamnă asta.

– Mulţumesc, doamnă Windsor.

Minton a revenit repede la locul lui. Am avut doar o întrebare de reexaminare:

– Doamnă Windsor, câţi ani aveaţi când a avut loc acest atac?

– Aveam cincizeci şi patru de ani.

M-am aşezat la loc. Minton n-a mai avut nimic de întrebat şi doamna Windsor a fost lăsată să se retragă. I-am cerut judecătoarei să-i permită să rămână în sală, acum că depusese mărturie. Fără obiecţie din partea lui Minton, cererea a fost satisfăcută.

Următorul meu martor a fost un detectiv de la LAPD, pe nume David Lambkin, care era expert naţional în crime sexuale şi lucrase în ancheta asupra „violatorului imobiliar". Într-un scurt interogatoriu, am stabilit faptele dosarului şi cele cinci cazuri raportate de viol care au fost investigate. Am ajuns repede la cele cinci întrebări-cheie de care aveam nevoie pentru a susţine mărturia lui Mary Windsor:

– Domnule detectiv Lambkin, care a fost intervalul de vârstă al victimelor cunoscute ale violatorului?

– Erau toate femei de carieră cu destul succes. Au tendinţa de a fi mai în vârstă decât victima violului mediu. Cea mai tânără cred că avea 29 de ani şi cea mai vârstnică, 59.

– Deci, o femeie de 54 de ani ar fi intrat în profilul-ţintă al violatorului, corect?

– Da.

– Puteţi să spuneţi juriului când a avut loc primul viol raportat şi când a fost ultimul?

– Da. Primul a fost în octombrie 2000 şi ultimul în 30 iulie 2001.

– Deci, 9 iunie 2001 se încadrează în intervalul în care acest violator le-a atacat pe femeile care lucrau în domeniul imobiliar, corect?

– Da, corect.

– În cursul anchetei, aţi ajuns la concluzia sau convingerea că au existat mai mult de cinci violuri comise de această persoană?

Minton a obiectat, spunând că întrebarea putea da naştere la speculaţii. Judecătoarea i-a susţinut obiecţia, dar nu mai conta. Întrebarea era importantă, iar bonusul venea din faptul că juriul văzuse că procurorul îi privase de răspuns.

Minton m-a surprins la examinarea încrucișată. A recuperat destul de mult din pasul greşit făcut cu doamna Windsor, lovindu-l pe Lambkin cu trei întrebări solide, cu răspunsuri favorabile acuzării.

– Domnule detectiv Lambkin, echipa care a investigat aceste violuri a emis vreun avertisment pentru femeile care lucrează în domeniul imobiliar?

– Da. Am trimis înştiinţări de două ori. Primul a fost pentru toate firmele imobiliare autorizate în zonă și următoarea dată pentru toţi brokerii imobiliari autorizaţi individual, bărbaţi și femei.

– Aceste mesaje conţineau informaţii despre violator și metodele lui?

– Da, conţineau.

– Deci, dacă cineva dorea să inventeze o poveste cum că a fost atacat de acest violator, mesajul i-ar fi furnizat toate informaţiile necesare, corect?

– Aceasta este o posibilitate, da.

– Nu mai am alte întrebări, onorată instanță.

Minton s-a așezat plin de sine, iar Lambkin a fost lăsat să plece după ce și eu am anunțat că nu mai am întrebări. I-am cerut judecătoarei câteva minute pentru a discuta cu clientul meu și apoi m-am apropiat de Roulet.

– Bine, asta este, i-am spus. Ești tot ce mi-a rămas. Exceptând cazul în care există ceva ce nu mi-ai spus, tu ești curat, și Minton nu prea are cu ce să te atace. Ar trebui să fii în siguranță în boxă, cu excepția cazului în care îl lași să ajungă la tine. Ești de acord?

Roulet spusese tot timpul că va depune mărturie și va nega acuzațiile. Își reiterase din nou dorința la masa de prânz. El ceruse asta. Am privit întotdeauna riscurile de a lăsa un client să depună mărturie ca fiind egal împărțite. Orice spune se poate întoarce să-l bântuie în cazul în care acuzarea îl poate folosi în favoarea statului. Dar știam, de asemenea, că, indiferent ce atenționări sunt făcute juriului cu privire la dreptul inculpatului de a nu vorbi, juriul dorește întotdeauna să-l audă pe inculpat spunând că n-a săvârșit infracțiunea. Dacă iei asta juriului, s-ar putea să-ți poarte pică.

– Vreau s-o fac, a șoptit Roulet. Mă descurc cu procurorul.

Am împins scaunul înapoi și m-am ridicat în picioare.

– Onorată instanță, apărarea îl cheamă pe Louis Ross Roulet.

36

Louis Roulet s-a îndreptat agil spre boxa martorilor, ca un jucător de baschet scos de pe banca rezervelor și trimis la masa arbitrilor ca să intre în joc. Părea nerăbdător să se apere. Știa că această postură nu va scăpa juriului.

După câteva chestiuni preliminare, am trecut direct la cazul în speță. Roulet a recunoscut deschis că se dusese la Morgan's în seara de 6 martie ca să caute companie feminină. A spus că nu căuta în mod special să recurgă la serviciile unei prostituate, dar nu exclusese această posibilitate.

– Am mai fost cu femei pe care a trebuit să le plătesc, a spus el. Așa că n-aș fi fost împotrivă.

A susținut că nu a avut niciun contact vizual conștient cu Regina Campo înainte ca ea să se apropie de el la bar. A spus că ea l-a abordat, dar în momentul acela nu l-a deranjat asta. A declarat că solicitarea a fost cu listă deschisă de opțiuni. Ea i-a spus ca va fi liberă după zece și că el poate merge la ea acasă dacă nu este ocupat cu altceva.

Roulet a descris eforturile depuse în decursul următoarei ore petrecute la Morgan's și apoi la Lamplighter ca să găsească o femeie pe care să nu o plătească, dar că nu a avut succes. Apoi s-a dus la adresa pe care i-o dăduse Campo și a bătut la ușă.

– Cine a răspuns?

– Ea. Ea a întredeschis ușa și s-a uitat la mine.

– Regina Campo? Femeia care a depus mărturie în această dimineață?

– Da, așa este.

– Puteaţi să-i vedeţi integral chipul prin crăpătura ușii?

– Nu. A deschis doar puţin și nu am putut să o văd. Numai ochiul ei stâng și un pic din această parte a feţei.

– Cum se deschide ușa? Crăpătura prin care aţi putut-o vedea era pe partea dreaptă sau pe stânga?

– Așa cum mă uitam la ușă, deschiderea era pe dreapta.

– Deci, să ne asigurăm că acest lucru este clar. Deschiderea era pe dreapta, corect?

– Corect.

– Deci, dacă ea era în picioare în spatele ușii și se uita prin deschidere, se uita la dumneavoastră cu ochiul stâng.

– Așa este.

– I-aţi văzut ochiul drept?

– Nu.

– Deci, dacă ea ar fi avut o vânătaie, sau o tăietură, sau orice rană pe partea dreaptă a feţei, aţi fi putut s-o vedeţi?

– Nu.

– Bine. Deci, ce s-a întâmplat mai departe?

– A văzut că sunt eu și mi-a spus să intru. A deschis ușa mai larg, dar cumva încă stătea în spatele ei.

– Nu o puteaţi vedea?

– Nu complet. Folosea muchia ușii ca un fel de obstrucţie.

– Ce s-a întâmplat mai departe?

– Păi, era un fel de hol la intrare, un vestibul, şi ea mi-a făcut semn spre o arcadă care dădea în camera de zi. M-am dus în direcţia în care mi-a arătat.

– Asta înseamnă că ea se afla atunci în spatele dumneavoastră?

– Da, când m-am îndreptat spre camera de zi, era în spatele meu.

– Închisese uşa?

– Cred că da. Am auzit-o închizând.

– Şi pe urmă?

– Ceva m-a lovit în partea din spate a capului şi am căzut. Am leşinat.

– Ştiţi cât de mult aţi fost inconştient?

– Nu. Cred că a fost ceva timp, dar nimeni din poliție sau oricine altcineva nu mi-a spus.

– Ce vă amintiţi de când v-aţi recăpătat cunoştinţa?

– Îmi amintesc că mi-era greu să respir și, când am deschis ochii, era cineva aşezat pe mine. Era în spatele meu, aşezat pe mine. Am încercat să mă mişc și atunci mi-am dat seama că și pe picioarele mele stătea cineva.

– Ce s-a întâmplat mai departe?

– Îmi spuneau pe rând să nu mă mişc şi unul dintre ei a spus că are cuţitul meu şi, dacă încerc să mă mişc sau să scap, îl va folosi.

– A venit un moment în care a venit poliția și v-a arestat?

– Da, câteva minute mai târziu, poliţia era acolo. M-au încătuşat şi m-au făcut să mă ridic în picioare. Atunci am văzut că aveam sânge pe sacou.

– Dar pe mână?

– N-am putut să văd, pentru că am fost încătușat la spate. Dar l-am auzit pe unul dintre oamenii care stătuseră pe mine spunându-i polițistului că e sânge pe mâna mea și atunci ofițerul a acoperit-o cu o pungă. Am simțit asta.

– Cum a ajuns sângele pe mână și pe sacou?

– Tot ce știu este că cineva l-a pus acolo, pentru că eu nu am făcut-o.

– Sunteţi stângaci?

– Nu, nu sunt.

– Nu aţi lovit-o pe doamna Campo cu pumnul stâng?

– Nu, n-am făcut asta.

– Aţi amenințat că o violaţi?

– Nu, n-am făcut asta.

– I-aţi spus că o s-o omorâţi dacă nu cooperează cu dumneavoastră?

– Nu, n-am făcut-o.

Sperasem la o parte din înflăcărarea pe care o văzusem în prima zi în biroul lui C.C. Dobbs, dar Roulet a fost calm și stăpân pe sine. M-am decis că, înainte de a termina cu el în examinarea directă, aveam nevoie să împing puţin lucrurile pentru a aduce înapoi o parte din furia lui. Îi spusesem la prânz că vreau s-o văd și acum nu eram sigur ce face sau încotro merge.

– Sunteţi supărat că sunteţi acuzat de atacarea doamnei Campo?

– Sigur că sunt.

– De ce?

A deschis gura, dar n-a vorbit. Părea indignat de faptul că-i pun o astfel de întrebare. În cele din urmă, a răspuns:

– Cum adică „de ce"!? Aţi fost vreodată acuzat de ceva ce n-aţi făcut și să nu puteţi face nimic în legătură cu asta, doar să așteptaţi? Doar să aștepţi săptămâni și luni, până când vei obține, în cele din urmă, o șansă de a merge în instanță și să spui că ți s-a înscenat. Dar atunci va trebui să aștepți chiar și mai mult, în timp ce procurorul aduce o grămadă de mincinoși și trebuie să asculți minciunile lor și să-ți aștepți șansa. Sigur că asta te supără! Eu sunt nevinovat! N-am făcut asta!

A fost perfect. La obiect și sensibilizând pe oricine a fost vreodată acuzat pe nedrept de orice. Era mai mult decât aș fi putut cere, dar mi-am amintit regula: intră și ieși. Mai puțin este întotdeauna mai mult. M-am așezat. Dacă aș fi ajuns la concluzia că am ratat ceva, puteam să recuperez la reexaminare.

M-am uitat la judecătoare.

– Nimic altceva, onorată instanță.

Minton s-a ridicat în picioare și se pregătea înainte ca eu să fi ajuns la locul meu. S-a dus la pupitru scrutându-l fără milă pe Roulet. Voia să arate juriului ce credea el despre acest om. Ochii lui erau ca două lasere traversând camera. A strâns marginile pupitrului atât de tare, încât degetele i s-au albit. Totul era un spectacol pentru juriu.

– Negați că ați atins-o pe doamna Campo, a spus el.

– Așa este, a replicat Roulet.

– După dumneavoastră, ea s-a lovit singură sau un om pe care nu-l mai întâlnise până în acea seară a lovit-o în față ca parte a acestei înscenări, este corect?

– Nu știu cine a făcut asta. Tot ceea ce știu este că nu am fost eu.

– Dar ceea ce spuneți este că această femeie, Regina Campo, minte. Ea a venit astăzi în această sală de judecată și a mințit-o în față pe judecătoare, și juriul, și pe toată lumea.

Minton a punctat fiecare cuvânt clătinând din cap cu dezgust.

– Tot ceea ce știu este că eu nu am făcut lucrurile pe care ea susține că le-am făcut. Singura explicație este că unul dintre noi minte. Nu sunt eu acela.

– Aceasta va trebui să decidă juriul, nu-i așa?

– Da.

– Și acest cuțit se presupune că vi l-ați luat pentru protecție. Ceea ce spuneți dumneavoastră juriului este că victima știa cumva că aveați un cuțit și l-a folosit ca parte a înscenării?

– Habar nu am ce știa. Nu i-am arătat niciodată cuțitul ei sau într-un bar în care să fi fost și ea. Deci, nu văd cum ar fi putut să știe despre el. Cred că, atunci când a căutat în buzunar după bani, a găsit cuțitul. Păstrez mereu cuțitul și banii în același buzunar.

– Oh, deci acum susțineți și că v-a furat banii din buzunar! Când se termină chestia asta, domnule Roulet?

– Am avut patru sute de dolari la mine. Când am fost arestat, dispăruseră. Cineva i-a luat.

În loc să încerce să-l întrebe pe Roulet despre bani, Minton a fost suficient de înțelept să știe că, indiferent cum ar fi acționat, s-ar fi confruntat în cel mai bun caz cu o situație de egalitate. Dacă ar fi încercat să demonstreze că Roulet nu avusese bani la el și că planul lui a fost de a o ataca și viola pe Campo, mai degrabă decât să-i plătească, atunci știa că o să galopez pe declarațiile fiscale ale lui Roulet, care ar arunca serioase îndoieli cu privire la ideea că nu-și putea permite să plătească o prostituată. Era o capcană, așa că în mod obișnuit s-a ținut departe. A trecut la încheiere.

În stil dramatic, Minton a ridicat proba fotografiei cu Regina Campo bătută și cu fața zdrobită.

– Deci, Regina Campo este o mincinoasă, a spus el.

– Da.

– Ea a aranjat să fie bătută sau poate chiar şi-a făcut singură rănile.

– Nu ştiu cine a făcut-o.

– Dar nu dumneavoastră.

– Nu, nu am fost eu. N-aş face aşa ceva unei femei. Nu aş răni o femeie.

Roulet a arătat spre fotografia pe care Minton continua să o ţină în sus.

– Nicio femeie nu merită asta, a spus el.

M-am aplecat în faţă şi am aşteptat. Roulet tocmai rostise replica pe care îi sugerasem să o strecoare într-unul dintre răspunsurile lui, în timpul mărturiei. „Nicio femeie nu merită asta." Depindea acum de Minton dacă muşca momeala. Era deştept. Trebuia să înţeleagă că Roulet doar deschisese o uşă.

– Ce vreţi să spuneţi prin „merită"? Credeţi că infracţiunile de violenţă sunt o problemă de genul dacă „victima primeşte ceea ce merită"?

– Nu. N-am spus-o în acest sens. Am spus-o în sensul că, indiferent de ceea ce face ea ca să trăiască, n-ar fi trebuit să fie bătută în acest fel. Nimeni nu merită să i se întâmple aşa ceva.

Minton şi-a coborât braţul cu care ţinea fotografia. S-a uitat o clipă el însuşi la imagine şi apoi din nou la Roulet.

– Domnule Roulet, nu mai am nicio întrebare pentru dumneavoastră.

37

Încă simţeam că am câştigat lupta. Făcusem tot posibilul pentru a-l aduce pe Minton într-o poziţie din care mai avea doar o alegere. Acum era timpul să văd dacă „a face tot ceea ce era posibil" fusese suficient. După ce tânărul procuror s-a aşezat, am ales să nu-i pun clientului meu o altă întrebare. Rezistase bine atacului lui Minton şi am simţit că vântul era în pânzele noastre. M-am ridicat şi am privit ceasul de pe peretele din spate, în partea de sus a sălii de judecată. Era doar 15.30. Apoi m-am uitat la judecătoare.

– Onorată instanţă, apărarea nu mai are întrebări.

Ea a încuviinţat din cap şi s-a uitat peste capul meu la ceas. A dat juriului o pauză. După ce juraţii au ieşit din sala de judecată, s-a uitat la masa acuzării, la care Minton scria, cu capul aplecat.

– Domnule Minton?

Procurorul şi-a ridicat privirea.

– Suntem încă în sesiune. Vă rog să fiţi atent. Aveţi ceva de spus?

Minton s-a ridicat.

– Onorată instanță, v-aș ruga să ne oprim astăzi aici, astfel încât statul să aibă timp să ia în considerare martori pentru contraargumente.

– Domnule Minton, avem încă cel puțin nouăzeci de minute pentru a continua astăzi. Am spus că vreau să fim eficienți azi. Unde vă sunt martorii?

– Sincer, onorată instanță, nu am anticipat că apărarea va încheia după numai trei martori și...

– A anunțat asta, în mod corect, în pledoaria de deschidere.

– Da, însă cazul s-a mișcat mai repede decât se anticipase. Suntem cu o jumătate de zi în avans. Aș cere indulgență instanței. Mi-ar fi foarte greu să aduc în fața instanței, înainte de ora șase, martorul pentru dovedirea netemeiniciei, pe care îl am în vedere ca fiind potrivit.

M-am întors și m-am uitat la Roulet, care revenise pe scaunul de lângă mine. Am dat din cap și i-am făcut semn cu ochiul stâng, astfel încât judecătoarea să nu poată vedea gestul. Se părea că Minton înghițise momeala. Acum trebuia să mă asigur că judecătoarea nu-l face s-o scuipe. M-am ridicat.

– Onorată instanță, apărarea nu are nicio obiecție la această întârziere. Am putea folosi timpul pentru a pregăti argumentele de închidere și instrucțiunile pentru juriu.

La început, judecătoarea s-a uitat la mine nedumerită. Era o raritate ca apărarea să nu obiecteze la alunecarea piciorului acuzării. Dar imediat sămânța pe care o plantasem a început să încolțească.

– S-ar putea să fie o idee, domnule Haller. Dacă vom suspenda lucrările astăzi devreme, aștept să trecem la pledoariile de închidere imediat după audierea martorului. Nicio întârziere suplimentară, exceptând instrucțiunile pentru juriu. S-a înțeles asta, domnule Minton?

– Da, onorată instanță, voi fi gata.

– Domnule Haller?

– A fost ideea mea, doamnă judecătoare. Voi fi gata.

– Foarte bine, atunci. Avem un plan. De îndată ce membrii juriului se vor întoarce, îi voi trimite acasă. Mâine, lucrurile vor merge atât de ușor și de repede, încât nu am nicio îndoială că o să delibereze în sesiunea de după-amiază.

S-a uitat la Minton și apoi la mine, ca și când ne-ar fi sfidat pe unul dintre noi să nu fim de acord cu ea. Cum n-am făcut-o, s-a ridicat și a plecat în grabă, probabil să fumeze o țigară.

Douăzeci de minute mai târziu, jurații se îndreptau spre casele lor, iar eu îmi strângeam lucrurile la masa apărării. Minton s-a apropiat de mine și m-a întrebat:

– Pot să vorbesc cu tine?

M-am uitat la Roulet și i-am spus s-o ia înainte cu mama lui și cu Dobbs și că o să-l sun dacă am nevoie de ceva.

– Dar vreau să vorbesc și eu cu tine, a zis el.

– Despre ce?

– Despre tot. Cum crezi că am fost acolo?

– Te-ai descurcat bine și totul merge bine. Cred că suntem pe drumul cel bun.

După care am arătat din cap spre masa acuzării, unde revenise Minton, și vocea mea a scăzut la o șoaptă:

– Și el știe asta. E pe cale să facă o altă ofertă.

– Ar trebui să rămân să aud despre ce e vorba?

Am clătinat din cap.

– Nu, nu contează despre ce e vorba. Există doar un singur verdict, corect?

– Asta-i drept.

Ridicându-se, m-a bătut pe umăr și a trebuit să fac un efort să nu mă feresc.

– Nu mă atinge, Louis, am spus. Dacă vrei să faci ceva pentru mine, atunci dă-mi arma înapoi.

El nu mi-a răspuns. Doar a zâmbit și s-a îndreptat spre portiță. După ce a plecat, m-am întors la Minton. Avea o sclipire disperată în ochi. Avea nevoie de o condamnare – orice condamnare – în cazul ăsta.

– Care-i treaba?

– Am o altă ofertă.

– Te ascult.

– O să reduc și mai mult. Scad până la asalt simplu. Șase luni într-o închisoare districtuală. Ţinând cont cum se golește locul ăla la sfârșitul fiecărei luni, probabil nu va face de fapt decât șaizeci de zile.

Am dat din cap. Vorbea despre mandatul federal destinat să oprească supraaglomerarea în sistemul penitenciar districtual. Nu conta ce se stabilise într-o sală de judecată; de nevoie, sentinţele erau de multe ori drastic reduse. Era o ofertă bună, dar nu am zis nimic. Știam că oferta trebuie să fi venit de la etajul întâi. Minton nu ar fi avut autoritatea să reducă atât de mult.

– Dacă acceptă asta, ea o să-l jefuiască la greu în civil, am spus. Mă îndoiesc că va fi de acord.

– Este o ofertă al naibii de bună! a spus Minton.

Se simţea furia în glasul lui. După părerea mea, raportul observatorului asupra lui Minton nu fusese unul bun, și acum avea ordin să închidă cazul cu o înţelegere de vinovăţie. La naiba cu procesul, şi cu judecătoarea, şi cu timpul juriului, doar scoate această înţelegere! Procuraturii din Van Nuys nu-i plăcea să piardă cazuri şi eram la numai două luni după eşecul cu Robert Blake. Asta îi motiva atunci când lucrurile mergeau prost. Minton putea să scadă oricât de mult avea nevoie să scadă, câtă vreme obţinea ceva. Roulet trebuia să cadă, chiar dacă ar fi fost doar pentru şaizeci de zile efective.

– Poate că din punctul tău de vedere este o ofertă al naibii de bună. Dar înseamnă totuşi că trebuie să conving un client să recunoască un lucru pe care el spune că nu l-a făcut. Apoi, pe deasupra, înţelegerea tot deschide uşa pentru răspunderea civilă. Deci, în timp ce el stă în închisoarea districtuală şi încearcă să-şi păzească fundul şaizeci de zile, Reggie Campo şi avocatul ei sunt jos aici, tapându-l de bani. Vezi? Nu e atât de bine atunci când priveşti din unghiul lui. Dacă ar fi după mine, aş lăsa procesul să meargă. Cred că o să câştigăm. Ştiu că-l avem pe tipul cu Biblia, aşa că avem cel puţin un cârlig. Dar cine ştie, poate că le avem pe toate douăsprezece.

Minton a lovit cu pumnul în masă.

– Ce dracu' vrei să spui? Ştii că a făcut asta, Haller! Şi şase luni – ca să nu mai vorbim de şaizeci de zile – pentru ceea ce i-a făcut acestei femei e o glumă. Este o parodie nenorocită de care nu-mi pasă, dar ei mă urmăresc şi cred că tu ai câştigat juriul, aşa că trebuie s-o fac.

Mi-am închis servieta cu zgomot puternic şi m-am ridicat în picioare.

– Atunci sper că ai un martor bun, Ted. Pentru că o să ţi se-mplinească dorinţa şi o să ai un verdict al juriului. Şi am să-ţi spun ceva, omule, arăţi tot mai mult ca un tip care a venit neînarmat la luptă. Mai bine ia-ţi mâinile de pe ouă şi bate-te!

Am trecut prin portiţă. La jumătatea drumului spre uşile din spatele sălii de judecată m-am oprit şi m-am uitat la el.

– Hei, ştii ceva? Dacă nu-ţi pasă de asta sau de oricare alt caz, atunci trebuie să renunţi la locul de muncă şi să te apuci de altceva. Pentru că n-o să reuşeşti, Ted.

Minton stătea la masa lui, holbându-se în faţă, la scaunul judecătorului. Nu mi-a răspuns. L-am lăsat acolo gândindu-se la asta. Am considerat că am jucat bine. Urma să aflu a doua zi de dimineaţă.

M-am întors la Four Green Fields ca să lucrez la pledoaria de închidere. Nu aveam nevoie de cele două ore pe care ni le dăduse judecătoarea. Am comandat o bere Guinness la bar şi m-am aşezat singur la una dintre mese. Servirea cinei nu începea decât la şase. Am schițat un plan de bază, dar ştiam instinctiv că în cea mai mare parte voi reacţiona la prezentarea acuzării. Înainte de începerea procesului, Minton ceruse deja şi primise de la judecătoarea Fullbright permisiunea de a folosi o prezentare PowerPoint pentru a ilustra cazul juriului. Ajunsesem să-i urăsc pe tinerii procurori care montau ecranul şi aruncau pe el prezentări grafice de pe calculator, ca şi când nu puteai avea încredere în juraţi că pot să gândească şi să facă singuri conexiuni. Trebuia să le fie livrate mură-n gură cum o făcea televiziunea.

Clienții mei rareori aveau bani să-mi plătească onorariul, ce să mai vorbim de prezentări PowerPoint. Roulet era o excepție. Prin intermediul mamei lui, îşi putea permite să-l angajeze pe Francis Ford Coppola ca să facă un PowerPoint al lui, dacă ar fi vrut. Dar nu l-aş fi prezentat niciodată. Eu sunt de şcoală veche. Îmi place să intru în ring pe cont propriu. Minton putea arunca tot ce voia pe marele ecran albastru. Când îmi venea rândul, doream ca juriul să se uite doar la mine. Dacă eu nu-i puteam convinge, nimic dintr-un calculator nu putea s-o facă.

La 17.30 am sunat-o pe Maggie McPherson la biroul ei.

– E ora de plecare, i-am spus.

– Poate pentru profesioniştii importanţi ai apărării. Noi, funcţionarii publici, trebuie să stăm la locul de muncă până după lăsarea întunericului.

– Ce-ar fi să iei o pauză și să ne întâlnim pentru o Guinness și o musaca, după care poţi să te întorci la serviciu și să termini ce-ai de făcut.

– Nu, Haller. Nu pot face asta. În plus, știu ce vrei.

Am râs. Nu exista vreodată un moment în care să nu creadă că știe ce vreau. De cele mai multe ori avea dreptate, dar nu de data aceasta.

– Da? Ce vreau?

– Ai de gând să încerci să mă corupi din nou și să afli ce are de gând Minton.

– Nicio șansă, Mags. Minton este o carte deschisă. Observatorul lui Smithson îi dă note proaste. Așa că Smithson i-a spus să se replieze, să obţină ceva și s-o șteargă. Dar Minton a muncit la PowerPointul lui de încheiere și vrea să joace până la capăt. În afară de asta, are în sânge o indignare autentică, așa că nu-i place ideea de repliere.

– Nici mie. Lui Smithson mereu îi e frică să nu piardă, mai ales după Blake. Întotdeauna vrea să vândă ieftin. Nu poţi să faci așa.

– Am spus întotdeauna că au pierdut cazul Blake în clipa în care te-au dat deoparte. Spune-le, Maggie!

– Dacă o să am vreodată ocazia.

– Într-o zi.

Nu-i plăcea să vorbească despre cariera ei care stagna. A schimbat subiectul.

– Deci, pari încântat, a spus ea. Ieri erai suspect de crimă. Astăzi l-ai pus la respect pe procuror. Ce s-a schimbat?

– Nimic. Este doar calmul dinaintea furtunii, cred. Hei, lasă-mă să te-ntreb ceva. Ai pus vreodată presiune pe balistică?

– Ce fel de balistică?

– Potrivire cartuş cu cartuş şi glonţ cu glonţ.

– Depinde cine face asta – care departament, vreau să spun. Dar în cazul în care se grăbesc cu adevărat, ar putea avea ceva în douăzeci şi patru de ore.

De spaimă, am simţit că mi se pune un nod în stomac. Ştiam că aş putea fi în criză de timp.

– De cele mai multe ori însă, nu se-ntâmplă asta, a continuat ea. Două sau trei zile durează graba de obicei. Şi dacă vrei întregul pachet – comparaţii de cartuşe şi de gloanţe –, ar putea dura mai mult, pentru că glonţul ar putea fi deteriorat şi greu de „citit". Trebuie să lucreze la el.

Am dat din cap. Nu credeam că m-ar putea ajuta ceva din toate astea. Ştiam că au recuperat un cartuş la locul crimei. Dacă Lankford şi Sobel aveau o potrivire cu un glonţ tras acum cincizeci de ani cu arma lui Mickey Cohen, vor veni după mine şi o să se ocupe mai târziu de restul.

– Mai eşti acolo? a întrebat Maggie.

– Da. Mă gândeam la ceva.

– Nu mai pari încântat. Vrei să vorbim despre asta, Michael?

– Nu, nu chiar acum. Dar dacă ajung să am nevoie de un avocat bun, ştiu pe cine să sun.

– Ar fi tare!

– Ai putea fi surprinsă.

Am păstrat o clipă de tăcere. Era reconfortant s-o știu la celălalt capăt al firului. Îmi făcea plăcere asta.

– Haller, ar trebui să mă întorc la treabă.

– Bine, Maggie, scoate-i din joc pe băieţii răi.

– Așa o să fac.

– Noapte bună.

Am închis telefonul și m-am gândit la toate preț de câteva momente, apoi l-am deschis din nou și am sunat la Universal Sheraton, să văd dacă au o cameră disponibilă. Mă hotărâsem, ca măsură de precauție, să nu merg acasă în seara aceea. Acolo s-ar fi putut să mă aștepte doi detectivi din Glendale.

Miercuri, 25 mai

38

După o noapte de nesomn într-un pat incomod de hotel, am ajuns la tribunal devreme miercuri dimineață și nu am găsit niciun comitet de întâmpinare, niciun detectiv din Glendale așteptându-mă zâmbitor, cu vreun mandat de arestare pe numele meu. În timp ce treceam prin detectorul de metale, am simțit că mi se ia o piatră de pe inimă. Aveam același costum pe care-l purtasem cu o zi înainte, dar speram că nu va observa nimeni. Cămașa și cravata îmi erau curate. Păstrez haine de schimb în portbagajul Lincolnului în zilele de vară când lucrez în deșert și aerul condiționat din mașină nu poate face față.

Când am intrat în sala de ședință a judecătoarei Fullbright, am fost surprins să constat că nu eram primul care ajunsese acolo. Minton era în sală, aranjând ecranul pentru prezentarea PowerPointului. Deoarece sala de judecată a fost construită înainte de era prezentărilor îmbunătățite pe calculator, nu exista un loc de unde juriul, judecătorul și avocații să vadă un ecran de patru metri. O bună parte din spațiul destinat prezidiului urma să fie ocupat de ecran, deci niciun spectator care ar sta în spatele lui nu ar vedea spectacolul.

– Strălucitor şi matinal, i-am spus lui Minton.

S-a uitat la mine şi a părut un pic surprins să vadă că şi eu eram matinal.

– Trebuie să rezolv logistica ăstuia. Este o pacoste.

– Ai putea încă s-o faci clasic, doar să te uiţi la juriu şi să vorbeşti direct cu ei.

– Nu, mulţumesc. Prefer aşa. Ai vorbit cu clientul tău despre ofertă?

– Mda, fără succes. Se pare că vom merge totuşi până la capăt.

Am pus servieta pe masa apărării şi m-am întrebat dacă faptul că Minton îşi pregătea pledoaria de închidere însemna că decisese să renunţe la ultimul martor. Un val puternic de panică m-a străbătut. M-am uitat la masa acuzării şi n-am văzut nimic care să-mi dea un indiciu despre ceea ce avea de gând să facă Minton. Ştiam că pot să-l întreb direct, dar nu doream să renunţ la aparenţa de siguranţă dezinteresată.

În schimb, m-am îndreptat agale spre biroul grefierului, să vorbesc cu Bill Meehan, ofiţerul care se ocupa de instanţa lui Fullbright. Am văzut pe biroul lui o mulţime de documente. Trebuia să fie acolo programul sălii de judecată, precum şi lista de persoane aflate în custodie, aduse cu autobuzul la tribunal în dimineaţa aceea.

– Bill, am de gând să iau o ceaşcă de cafea. Vrei ceva?

– Nu, omule, dar mersi. Mă feresc de cofeină. Pentru un timp, cel puţin.

Am zâmbit şi am dat din cap.

– Hei, asta e lista de custodii? Pot să arunc o privire și să văd dacă este pe ea vreunul dintre clienții mei?

– Sigur.

Meehan mi-a dat câteva pagini care erau capsate împreună. Era o listă alfabetică a tuturor deținuților care se aflau acum în celulele tribunalului. După nume, era sala de judecată în care fiecare deținut urma să fie condus. Purtându-mă cât se poate de nonșalant, am scanat lista și am găsit rapid pe ea numele Dwayne Corliss Jeffery. Turnătorul lui Minton se afla în clădire și avea să compară în sala judecătoarei Fullbright. Aproape am oftat de ușurare. Părea că Minton avea de gând să joace așa cum sperasem și planificasem.

– E ceva în neregulă? a întrebat Meehan.

M-am uitat la el și i-am dat lista înapoi.

– Nu, de ce?

– Nu știu. Arăți ca și când s-a întâmplat ceva, asta-i tot.

– Nimic nu s-a întâmplat încă, dar o să se-ntâmple.

Am plecat din sala de judecată și am coborât la cantină, la etajul întâi. În timp ce stăteam la coadă ca să-mi iau cafeaua, am văzut-o pe Maggie McPherson intrând și îndreptându-se direct către aparatele de cafea. După ce am plătit, m-am dus în spatele ei în timp ce amesteca în cafeaua ei praf dintr-un pachet roz.

– Dulce și slabă, am zis.

Fosta mea soție obișnuia să-mi spună că așa îi place. S-a întors și m-a văzut.

– Oprește-te, Haller.

Dar a zâmbit.

– Oprește-te, Haller, sau o să strig, i-am spus.

Și asta obișnuia să spună. Des.

– Ce faci? Nu ar trebui să fii sus, gata să scoţi din priză computerul cu PowerPointul lui Minton?

– Nu-mi fac griji. De fapt, ar trebui să vii să vezi. Şcoala veche versus şcoala nouă, o bătălie a generaţiilor.

– Nu prea. Apropo, nu este acelaşi costum pe care-l purtai ieri?

– Da, e costumul meu norocos. Dar cum se face că ştii ce purtam ieri?

– Oh, mi-am băgat capul în sală pentru câteva minute, ieri. Erai prea ocupat să-l chestionezi pe clientul tău ca să observi.

Am fost mulţumit în secret că observa chiar şi costumele mele. Ştiam că asta însemna ceva.

– Atunci, de ce nu-ţi bagi capul din nou, în această dimineaţă?

– Astăzi nu pot. Sunt prea ocupată.

– Ce ai?

– Preiau un omor cu premeditare pentru Andy Sevilla. A demisionat ca să meargă în privat şi ieri au împărţit cazurile lui. L-am primit pe cel mai tare.

– Frumos. Inculpatul are nevoie de un avocat?

– În niciun caz. Nu pierd încă unul pentru tine.

– Glumeam. Am mâinile pline.

A pus un capac pe paharul ei şi l-a luat de pe tejghea, folosind un strat de şerveţele ca să nu se ardă.

– La fel şi eu. Îţi doresc mult noroc azi, dar nu pot să vin, Haller.

– Da, ştiu. Trebuie să păstrezi linia firmei. Doar să-l înveseleşti pe Minton atunci când o să vină cu coada între picioare.

– O să-ncerc.

Ea a plecat din cantină și eu m-am așezat la o masă goală. Mai aveam cincisprezece minute până să înceapă procesul. Mi-am scos telefonul și am sunat-o pe a doua fosta mea soție.

– Lorna, eu sunt. Suntem în joc cu Corliss. Ești gata?

– Sunt gata.

– Bine, doar te verificam. Te sun eu.

– Mult noroc azi, Mickey.

– Mulțumesc. Am nevoie. Să fii gata la următorul apel.

Am închis telefonul și tocmai voiam să mă ridic, când l-am văzut pe detectivul LAPD Howard Kurlen venind spre mine. Omul care-l băgase pe Jesus Menendez în închisoare nu arăta că s-ar afla acolo pentru un sandvici cu unt de arahide și sardine. Avea în mână un document împăturit. Când a ajuns la masa mea, l-a lăsat să cadă în fața cănii mele de cafea.

– Ce e rahatul ăsta? a întrebat.

Am început să deschid documentul, chiar dacă știam ce este.

– Pare a fi o citație, domnule detectiv. Credeam că știți ce este.

– Știi ce vreau să spun, Haller. Care e jocul? Nu am nimic de-a face cu cazul ăsta de acum și nu vreau să mă implic în rahatul tău.

– Nu e un joc și nu e de rahat. Ai fost citat ca martor la combatere.

– Pentru a combate ce? Ți-am spus, și știi deja, nu am avut absolut nimic de-a face cu acest caz. E al lui Marty Booker, tocmai am vorbit cu el, și el a zis că trebuie să fie o greșeală.

Am dat din cap ca și cum înțelegeam.

– Știi ce? Du-te sus în sala de judecată și ia un loc. Dacă e o greșeală, o s-o-ndrept cât de repede pot. Nu cred că o să mai fii aici peste o oră. O să te scot de acolo și o să te-ntorci să-i urmărești pe băieţii răi.

– Ce zici de asta? Plec acum și o s-o-ndrepţi dracului când vrei!

– Nu pot face asta, domnule detectiv. Aceasta este o citaţie validă și legală și trebuie să apari în sala de judecată, cu excepţia cazului în care ești scutit. Ţi-am spus, voi face asta cât de repede pot. Acuzarea are un martor și apoi e rândul meu și o să am grijă de asta.

– E așa un rahat!

S-a răsucit și a pornit înapoi spre ușă. Din fericire, își lăsase citaţia la mine, pentru că era falsă. N-o înregistrasem la grefier și semnătura mâzgălită în partea de jos era a mea.

Rahat sau nu, mă-ndoiam că Howard Kurlen va părăsi tribunalul. Era un om care înţelegea datoria și legea. Trăia din ele. Contam pe asta. El avea să fie în sala de judecată cât va trebui. Sau până când va înţelege de ce îl chemasem acolo.

39

La ora 9.30, judecătoarea a chemat juriul în boxă și a început imediat cu ordinea de zi. M-am uitat în galerie și l-am zărit pe Kurlen în rândul din spate. Avea pe față o expresie meditativă, dacă nu cumva supărată. Era aproape de ușă și nu știam cât va rezista. Bănuiam că voi avea nevoie de întreaga oră despre care-i spusesem.

Am continuat să scrutez sala și am văzut că Lankford și Sobel se așezaseră pe o bancă de lângă biroul aprodului. Fețele lor nu trădau nimic, dar încă mă făceau să ezit. M-am întrebat dacă o să am parte de ora de care aveam nevoie.

– Domnule Minton, a început judecătoarea, are statul vreun martor?

Minton s-a ridicat în picioare, și-a aranjat haina și după aceea a părut să ezite și să-și adune puterile înainte de a răspunde:

– Da, onorată instanță, statul îl cheamă pe Dwayne Corliss Jeffery ca martor pentru...

M-am ridicat și am observat că, la dreapta mea, Meehan se ridicase și el. Avea de gând să meargă în arestul sălii de judecată ca să-l preia pe Corliss.

– Onorată instanță, am zis. Cine este Dwayne Jeffery Corliss și de ce nu mi s-a spus despre el până acum?

– Domnule aprod Meehan, stați un minut, a zis Fullbright.

Meehan a încremenit cu cheia de la ușa celulei în mână. Judecătoarea și-a cerut apoi scuze juriului, dar le-a spus că trebuie să se întoarcă în camera de deliberare până când vor fi rechemați. După ce au ieșit prin ușa din spatele boxei, judecătoarea s-a concentrat pe Minton.

– Domnule Minton, vreți să ne vorbiți despre martorul dumneavoastră?

– Dwayne Corliss este un martor cooperant, care a vorbit cu domnul Roulet când s-a aflat în custodie în urma arestării sale.

– Prostii! a strigat Roulet. Nu am vorbit cu...

– Liniște, domnule Roulet! a tunat judecătoarea. Domnule Haller, instruiți-l pe client asupra pericolului izbucnirilor în sala mea de judecată.

– Vă mulțumesc, doamnă judecătoare.

Eram încă în picioare. M-am aplecat să-i șoptesc lui Roulet la ureche:

– A fost perfect, i-am spus. Acum, fii băiat cuminte! Mă ocup eu.

El a dat din cap și s-a lăsat pe spate, încrucișându-și furios brațele peste piept.

– Îmi cer scuze, doamnă judecătoare, dar împărtășesc indignarea clientului meu asupra acestui ultim demers al acuzării. Este prima dată când aud despre domnul Corliss. Aș dori să știu când a apărut cu această presupusă conversație.

Minton rămăsese în picioare. M-am gândit că era prima dată în acel proces când stăteam unul lângă altul și argumentam în fața judecătoarei.

– Domnul Corliss m-a contactat mai întâi la birou, prin intermediul unui procuror care s-a ocupat de prima înfățișare a inculpatului, a spus Minton. Cu toate acestea, informațiile nu au ajuns la mine până ieri, când, într-o ședință a personalului, am fost întrebat de ce nu am acționat pe baza lor.

Era o minciună, dar nu am vrut să o expun. Dacă făceam asta, aș fi dezvăluit indiscreția lui Maggie McPherson din ziua Sfântului Patrick și mi-aș fi putut compromite planul. Trebuia să fiu atent. Trebuia să lupt vehement împotriva chemării lui Corliss la bară, dar, în același timp, trebuia să pierd lupta!

Am luat un aer indignat.

– Este incredibil, onorată instanță! Doar pentru că biroul procurorului are o problemă de comunicare, clientul meu trebuie să suporte consecințele de a nu fi fost informat că acuzarea are un martor împotriva lui!? În mod clar, acestui om nu ar trebui să i se permită să depună mărturie! E prea târziu să-l aducă acum!

– Onorată instanță, a sărit repede Minton, nu am avut timp să discut personal cu domnul Corliss sau să-i iau o depoziție. Pentru că îmi pregăteam încheierea, pur și simplu am făcut aranjamente pentru ca el să fie adus aici astăzi. Mărturia lui este esențială pentru acuzare, deoarece servește la combaterea declarațiilor pro domo ale domnului Roulet. A nu permite mărturia lui ar fi un serios deserviciu adus statului.

Am clătinat din cap și am zâmbit frustrat. Cu ultima sa replică, Minton o amenința pe judecătoare cu pierderea sprijinului procuraturii în cazul în care ar fi trebuit vreodată să se confrunte cu un contracandidat în alegeri.

– Domnul Haller? a întrebat ea. Mai aveţi ceva de spus înainte să decid?

– Vreau doar ca obiecția mea să apară în dosar.

– S-a notat. Dacă ar fi să vă dau timp pentru a-l investiga și intervieva pe domnul Corliss, de cât ați avea nevoie?

– O săptămână.

Era rândul lui Minton să afișeze un zâmbet fals și să clatine din cap.

– E ridicol, doamnă judecătoare!

– Vreţi să mergeţi în spate și să vorbiţi cu el? m-a întrebat judecătoarea. Voi permite asta.

– Nu, doamnă judecătoare. În ceea ce mă privește, toți informatorii din închisoare sunt mincinoşi. Nu mi-ar folosi la nimic să discut cu el, căci orice ar ieși din gura lui ar fi o minciună. Orice. În plus, nu este ceea ce are el de spus. Este ceea ce au de spus alţii despre el. Din cauza asta aș avea nevoie de timp.

– Atunci, o să mă pronunț că poate depune mărturie.

– Onorată instanță, am spus, dacă aveți de gând să-l îngăduiţi în această sală de judecată, aș putea cere o favoare pentru apărare?

– Care ar fi aceasta, domnule Haller?

– Aș dori să ies în hol și să dau un telefon unui anchetator. O să-mi ia mai puțin de un minut.

Judecătoarea s-a gândit o clipă, apoi a dat din cap.

– Daţi-i drumul. Între timp voi aduce juriul.

– Mulţumesc.

Am luat-o grăbit pe culoarul din mijlocul sălii. I-am întâlnit privirea lui Howard Kurlen, iar el mi-a oferit unul dintre cele mai reuşite rânjete ale sale.

În hol am apelat-o rapid pe Lorna Taylor şi ea a răspuns imediat.

– OK, cât de departe eşti?

– Aproximativ cincisprezece minute.

– Ţi-ai amintit să iei printul şi înregistrarea?

– Le am chiar aici.

M-am uitat la ceas. Era zece fără un sfert.

– Bine, e-n regulă, suntem în joc. Nu întârzia, dar vreau să aştepţi în hol. Pe urmă, la zece şi un sfert vino în sală şi dă-mi-le. Dacă examinez martorul, aşază-te în primul rând şi aşteaptă până când te observ.

– Am priceput.

Am închis telefonul şi m-am întors în sala de judecată. Juriul se aşezase şi Meehan conducea un om într-un costum gri prin uşa arestului. Dwayne Corliss era un tip subţire, cu păr sârmos care nu prea fusese spălat în cadrul programului de dezintoxicare de droguri de la County-USC. Purta pe încheietura mâinii o bandă de identificare din plastic albastru, aparţinând spitalului. L-am recunoscut. Era cel care-mi ceruse o carte de vizită atunci când îl intervievasem pe Roulet în celulă, când preluasem acest caz.

Corliss a fost condus de Meehan în boxa martorilor şi grefierul l-a pus să jure. Minton a preluat spectacolul de-acolo.

– Domnule Corliss, aţi fost arestat în ziua de 5 martie a acestui an?

– Da, poliția m-a arestat pentru spargere şi posesie de droguri.

– Sunteţi încarcerat acum?

Corliss s-a uitat în jur.

– Ăăă, nu, nu cred... Doar sunt în sala de judecată!

Am auzit în spatele meu râsul vulgar al lui Kurlen, dar nimeni nu i s-a alăturat.

– Nu, vreau să spun că în prezent sunteţi închis într-un penitenciar? Când nu sunteţi aici, în instanța de judecată.

– Urmez un program de dezintoxicare la LA County-USC Medical Center, în pavilionul pentru deținuți.

– Sunteţi dependent de droguri?

– Da. Sunt dependent de heroină, dar în acest moment sunt curat. N-am mai folosit de când am fost arestat.

– Mai mult de șaizeci de zile.

– Așa e.

– Îl recunoaşteţi pe inculpatul din acest caz?

Corliss s-a uitat la Roulet și a dat din cap.

– Da, îl ştiu.

– Cum așa?

– Pentru că l-am întâlnit în celulă după ce am fost arestat.

– Adică după ce aţi fost arestat, aţi ajuns în apropierea inculpatului, Louis Roulet?

– Da, a doua zi.

– Cum s-a întâmplat asta?

– Păi, am fost amândoi în închisoarea din Van Nuys, dar în locuri diferite. Apoi, când am fost aduși cu autobuzul pe aici, pe la instanțele de judecată, am fost împreună în primul rând în autobuz și apoi în celulă și pe urmă când am fost aduşi în sala de judecată pentru prima înfăţişare. Am fost împreună în tot timpul ăsta.

– Când spuneţi „împreună", la ce vă referiţi?

– Păi, ne-am cam ţinut aproape, pentru că eram singurii albi din grup.

– Aţi vorbit vreun pic în timp ce eraţi împreună?

Corliss a încuviinţat şi, în acelaşi timp, Roulet a scuturat din cap. Am atins braţul clientului meu, să-l avertizez să nu se manifeste în niciun fel.

– Da, am vorbit, a spus Corliss.

– Despre ce?

– Cel mai mult despre ţigări. Amândoi aveam nevoie de ele, dar nu te lasă să fumezi în închisoare.

Corliss a făcut cu ambele mâini un semn de „ce să-i faci?" şi câţiva dintre juraţi – probabil fumători – au zâmbit şi au dat din cap.

– A existat un moment în care l-aţi întrebat pe domnul Roulet de ce-a ajuns în închisoare?

– Da.

– Ce-a spus?

M-am ridicat repede şi am obiectat, dar la fel de repede obiecţia mi-a fost respinsă.

– Ce ţi-a spus, domnule Corliss? a reluat Minton.

– Păi, în primul rând, m-a întrebat el de ce eram acolo şi i-am spus. Apoi şi eu l-am întrebat de ce este acolo şi mi-a spus: „Pentru că i-am dat unei căţele exact ceea ce merita!"

– Acestea au fost cuvintele lui exacte?

– Da.

– A explicat mai pe larg ce-a vrut să spună cu asta?

– Nu, nu chiar. Nu despre asta.

M-am aplecat în față, așteptând ca Minton să pună următoarea întrebare care se impunea. Dar n-a făcut-o. A trecut mai departe.

– Acum, domnule Corliss, v-am promis eu sau altcineva din cadrul biroului procurorului ceva în schimbul mărturiei dumneavoastră?

– Nu. M-am gândit că este un lucru pe care trebuie să-l fac.

– Care este statutul dumneavoastră acum?

– Încă există acuzațiile împotriva mea, dar se pare că, dacă îmi duc programul până la capăt, o să pot să scap de ele. Drogurile, cel puțin. Nu știu încă despre spargere.

– Dar nu v-am făcut nicio promisiune de ajutor în această privință, corect?

– Nu, domnule, nu ați făcut.

– V-a făcut vreo promisiune cineva de la biroul procurorului districtual?

– Nu, domnule.

– Nu am alte întrebări.

Am rămas nemișcat, uitându-mă fix la Corliss. Arătam ca un om care e supărat, dar nu știe exact ce să facă.

În cele din urmă, judecătoarea m-a obligat să acționez.

– Domnule Haller, contrainterogatoriu?

– Da, onorată instanță.

M-am ridicat, m-am uitat spre ușă, ca și când aș fi sperat că un miracol ar putea să apară de acolo. Am verificat apoi ceasul mare de pe ușa din spate și am văzut că era zece și cinci minute. În timp ce mă întorceam spre martor, am observat că nu-l pierdusem pe Kurlen. Era încă în rândul din spate și avea în continuare același rânjet pe faţă. Mi-am dat seama că s-ar putea să fie aspectul lui natural.

M-am întors la martor.

– Domnule Corliss, câţi ani aveţi?

– Patruzeci şi trei.

– Numele dumneavoastră e Dwayne?

– Aşa e.

– Alte nume?

– Mi se spunea DJ când am crescut. Toată lumea îmi spunea aşa.

– Şi unde aţi crescut?

– Mesa, Arizona.

– Domnule Corliss, de câte ori aţi fost arestat?

Minton a obiectat, dar judecătoarea a respins obiecţia. Ştiam că avea de gând să-mi dea multă libertate cu acest martor, deoarece eram cel despre care se presupunea că a fost tras pe sfoară.

– De câte ori aţi fost arestat înainte, domnule Corliss? am întrebat din nou.

– Cred că de şapte.

– Deci, aţi fost în câteva închisori la viaţa dumneavoastră, nu?

– S-ar putea spune aşa.

– Toate în comitatul Los Angeles?

– Aproape. Dar am fost arestat şi în Phoenix înainte.

– Aşadar, ştiţi cum funcţionează sistemul, nu-i aşa?

– Am încercat doar să supravieţuiesc.

– Şi, uneori, supravieţuirea înseamnă să-ţi torni colegii deţinuţi, nu-i aşa?

– Onorată instanţă! a obiectat Minton în picioare.

– Luaţi loc, domnule Minton, a spus Fullbright. V-am dat o largă marjă de manevră aducând aici acest martor. Domnul Haller primeşte partea sa acum. Martorul va răspunde la întrebare.

Stenograful i-a citit întrebarea din nou lui Corliss.

– Cred că da.

– De câte ori aţi turnat un alt deţinut?

– Nu ştiu. De câteva ori.

– De câte ori aţi depus mărturie pentru acuzare?

– Asta include şi cazurile mele?

– Nu, domnule Corliss. Pentru procuratură. De câte ori aţi depus mărturie împotriva unui alt deţinut?

– Cred că acum este a patra oară.

M-am uitat surprins şi îngrozit, cu toate că nu eram nici una, nici alta.

– Deci, sunteţi un profesionist, nu-i aşa? Aproape că am putea spune că ocupaţia dumneavoastră este de puşcăriaş turnător, dependent de droguri.

– Eu spun doar adevărul. Dacă oamenii-mi spun lucruri care sunt rele, atunci mă simt obligat să raportez.

– Dar încercaţi să-i faceţi pe oameni să vi se destăinuie, nu-i aşa?

– Nu, nu chiar. Cred că sunt doar un tip prietenos.

– Un tip prietenos. Deci, ceea ce vă aşteptaţi să creadă acest juriu este că un om pe care nu-l cunoşteaţi a venit din senin şi i-a spus unui străin că i-a dat unei căţele exact ceea ce merita, aşa este?

– Este ceea ce-a spus el.

– Deci, el doar v-a pomenit asta, după care aţi vorbit din nou despre ţigări, nu-i aşa?

– Nu chiar.

– Nu chiar? Ce vreţi să spuneţi prin „nu chiar“?

– Mi-a spus, de asemenea, că o mai făcuse şi altă dată. Mi-a spus că a scăpat basma curată înainte şi o să scape şi acum. S-a lăudat cu asta, pentru că atunci a spus că a omorât-o pe curvă şi a scăpat.

Am îngheţat pentru o clipă. Apoi m-am uitat la Roulet, care stătea nemişcat ca o statuie, cu o expresie surprinsă pe faţă, şi pe urmă am revenit la martor.

– Dumneavoastră...

Am pornit şi m-am oprit, acţionând ca omul care, pe un teren minat, tocmai a auzit un „clic!“ sub picior. Cu coada ochiului, am observat cum Minton se încordează.

– Domnule Haller? a intervenit judecătoarea.

M-am holbat la Corliss, apoi m-am uitat la judecătoare.

– Onorată instanţă, nu am întrebări suplimentare în acest moment.

40

Minton s-a năpustit ca un boxer care țâșnește din colțul lui spre adversarul însângerat.

– Reexaminare, domnule Minton? a întrebat Fullbright.

Dar el era deja la pupitru.

– Absolut, doamnă judecătoare!

S-a uitat la juriu ca pentru a sublinia importanța viitorului schimb de replici, și apoi la Corliss.

– Ați spus că s-a lăudat, domnule Corliss. Cum așa?

– Păi, mi-a spus despre cum a ucis o fată și a scăpat nepedepsit.

M-am ridicat.

– Onorată instanță, acest lucru nu are nimic de-a face cu cazul de față și nu este o combatere a vreunei evidențe prezentate anterior de către apărare. Martorul nu poate...

– Onorată instanță, a întrerupt Minton, aceasta este o informație obținută de avocatul apărării! Acuzarea este în drept s-o urmărească.

– O să permit asta, a spus Fullbright.

M-am așezat și am părut abătut. Minton săpa mai departe. Făcea exact ceea ce doream să facă.

– Domnule Corliss, a oferit domnul Roulet orice fel de detalii ale acestui precedent incident în care spunea că a scăpat, deşi a ucis o femeie?

– A zis că fata era o dansatoare şerpoaică. Dansa într-o crâşmă care era ca o gaură de şarpe.

Am simţit degetele lui Roulet înşfăcându-mi bicepsul şi strângându-l. Respiraţia lui fierbinte a ajuns în urechea mea:

– Ce dracu' e asta? a şoptit.

M-am întors spre el.

– Nu ştiu. Ce naiba i-ai povestit tipului ăsta?

El a şoptit printre dinţi.

– Eu nu i-am spus nimic. Asta este o înscenare. Mi-ai făcut-o!

– Eu!? Ce vrei să spui? Ţi-am zis, n-am putut ajunge la tipul ăsta. Dacă nu i-ai spus tu chestia asta, atunci cineva a făcut-o. Gândeşte-te. Cine?

M-am întors şi m-am uitat în sus la Minton care, în picioare la pupitru, continua să-l interogheze pe Corliss.

– A spus domnul Roulet orice altceva despre dansatoarea despre care zicea că a ucis-o? a întrebat el.

– Nu, asta-i chiar tot ce mi-a spus.

Minton şi-a verificat notiţele pentru a vedea dacă nu era nimic altceva, apoi a dat nemulţumit din cap.

– Nimic mai mult, onorată instanţă.

Judecătoarea s-a uitat la mine. Aproape cu simpatie, aş putea zice.

– Vreo reexaminare a acestui martor din partea apărării?

Înainte de a apuca să răspund, s-a auzit un zgomot în partea din spate a sălii de judecată. M-am întors şi am văzut-o pe Lorna intrând şi venind repede spre mine.

– Onorată instanță, pot să discut un moment cu echipa mea?

– Grăbiți-vă, domnule Haller.

M-am întâlnit cu Lorna și am luat de la ea o casetă video cu o singură foaie de hârtie înfășurată în jurul ei, prinsă cu o bandă din cauciuc. Așa cum îi spusesem mai devreme să facă, mi-a șoptit ceva la ureche.

– Acum e momentul în care mă port ca și cum ți-aș șopti ceva foarte important la ureche, a spus Lorna. Ce mai faci?

Am dat din cap în timp ce scoteam banda din cauciuc de pe casetă și mă uitam la foaia de hârtie.

– Sincronizare perfectă, i-am șoptit la rândul meu. Totul este sub control.

– Pot să stau și să mă uit?

– Nu, vreau să ieși de aici. Vreau ca nimeni să nu poată vorbi cu tine despre asta.

Am dat din cap și a dat și ea din cap și pe urmă a plecat. M-am întors la pupitru.

– Fără reexaminarea martorului, doamnă judecătoare.

M-am așezat și am așteptat. Roulet m-a apucat de braț.

– Ce faci!?

L-am împins deoparte.

– Nu mă mai atinge. Avem informații noi pe care nu le putem aduce în reexaminare.

M-am concentrat asupra judecătoarei.

– Alți martori, domnule Minton? a întrebat ea.

– Nu, onorată instanță. Nu mai avem.

– Martorul e liber, a spus judecătoarea.

Meehan a început să traverseze sala de judecată spre Corliss. Judecătoarea s-a uitat la mine, iar eu m-am ridicat.

– Domnule Haller, replică la replică?

– Da, onorată instanță, apărarea ar dori să-l cheme înapoi în boxă pe D.J. Corliss.

Meehan s-a oprit în drum. Toți ochii erau pe mine. Am ridicat banda și hârtia pe care mi le adusese Lorna.

– Am informații noi despre domnul Corliss, onorată instanță. Nu le-am putut folosi în reexaminare.

– Prea bine. Continuaţi.

– Pot avea un moment?

– Unul scurt.

M-am apropiat de Roulet.

– Uite, nu știu ce se întâmplă, dar nu contează.

– Ce vrei să spui că nu contează!? Ești...

– Ascultă-mă. Nu contează, pentru că-l pot distruge. Nu contează dacă spune că ai ucis douăzeci de femei. Dacă este un mincinos, e un mincinos. Dacă-l distrug, nimic nu contează. Ai înțeles?

Roulet a aprobat din cap și părea că se calmează aflând asta.

– Atunci, distruge-l.

– O s-o fac. Dar eu trebuie să știu. Mai e ceva ce știi că ar putea ieși la iveală? E ceva de care trebuie să stau departe?

Roulet a șoptit încet, ca și cum îi explica unui copil:

– Nu știu, pentru că n-am vorbit cu el! Nu sunt atât de prost să port o discuție despre țigări și crime cu un nenorocit pe care nu-l cunosc deloc!

– Domnule Haller, m-a interpelat judecătoarea.

M-am uitat la ea.

– Da, onorată instanță.

Cu caseta și hârtia în mână, m-am ridicat și m-am dus înapoi la pupitru. Pe drum am aruncat o privire rapidă spre galerie și am văzut că Howard Kurlen plecase. N-aveam cum să știu cât timp rămăsese și ce auzise. Lankford plecase și el. Numai Sobel rămăsese și mi-a evitat privirea. Mi-am îndreptat atenția spre Corliss.

– Domnule Corliss, puteţi să spuneţi juriului exact unde eraţi când domnul Roulet v-a făcut presupusele dezvăluiri despre crimă și agresiune?

– Când am fost împreună.

– Împreună unde, domnule Corliss?

– Păi, în călătoria cu autobuzul nu am vorbit, pentru că nu stăteam pe locuri apropiate. Dar când am ajuns la tribunal, am fost în aceeași celulă cu aproximativ alţi șase bărbaţi și am stat împreună acolo și am vorbit.

– Și ceilalţi șase oameni au fost toţi martori ai discuţiei dintre dumneavoastră și domnul Roulet, corect?

– Musai să fi fost. Erau acolo.

– Deci, ceea ce spuneţi este că, dacă i-aș aduce aici unul câte unul și i-aș întreba dacă au asistat la discuţia dintre dumneavoastră și domnul Roulet, ar confirma asta?

– Păi, ar trebui. Dar...

– Dar ce, domnule Corliss?

– Vreau să zic doar că probabil nu ar vorbi, asta-i tot.

– Asta pentru că nimănui nu îi place un turnător, domnule Corliss?

A ridicat din umeri.

– Cred că da.

– Bine, haideţi să ne asigurăm că toate lucrurile sunt clare. Nu aţi discutat cu domnul Roulet în autobuz, dar aţi vorbit cu el atunci când eraţi împreună în celulă. Şi în altă parte?

– Da, am vorbit atunci când ne-au dus în sala de judecată. Te bagă în camera aia din sticlă și aștepți să fie strigat cazul tău. Am vorbit puțin și acolo, până a fost strigat cazul lui. El a plecat primul.

– Asta se întâmpla înainte de prima înfăţişare?

– Corect.

– Deci, aţi vorbit în tribunal și acolo domnul Roulet v-a mărturisit participarea lui la crimele pe care le-aţi descris.

– Corect.

– Vă amintiţi exact ce v-a spus atunci?

– Nu, nu chiar. Nu precis. Cred că a fost atunci când mi-a spus despre fata care a fost o dansatoare.

– Bine, domnule Corliss.

Am ţinut caseta video sus, am descris-o ca fiind înregistrarea video a primei înfăţişări a lui Louis Roulet și am cerut să fie introdusă ca probă a apărării. Minton a încercat s-o blocheze ca fiind ceva ce nu am prezentat la momentul necesar, însă judecătoarea l-a redus imediat la tăcere, fără să fie nevoie să-mi argumentez punctul de vedere. Atunci a obiectat din nou, invocând lipsa de autentificare a benzii.

– Nu fac decât să încerc să salvez instanţei ceva timp, am spus. Dacă este nevoie, îl pot aduce aici în aproximativ o oră pe omul care a filmat, pentru a autentifica înregistrarea. Dar cred că onorata instanţă va putea s-o valideze cu doar o privire.

– Am de gând să permit, a spus judecătoarea. După ce o vom vedea, acuzarea poate obiecta din nou, dacă așa socotește.

Televizorul și aparatul video pe care le folosisem anterior au fost aduse în sala de judecată și așezate într-un unghi de unde să poată fi urmărite de către Corliss, juriu și judecătoare. Minton a trebuit să se mute pe un scaun din lateralul boxei juriului ca să vadă bine. S-a pus caseta. A durat douăzeci de minute și îl arăta pe Roulet din momentul în care intrase în zona de custodie a sălii de judecată până când fusese condus afară după audierea pentru cauțiune. În niciun moment, Roulet nu a vorbit cu nimeni, în afară de mine. Când s-a terminat înregistrarea, am lăsat televizorul acolo, în caz că ar fi fost din nou nevoie de el. M-am adresat lui Corliss pe un ton indignat:

– Domnule Corliss, l-aţi văzut pe caseta aceasta pe domnul Roulet vorbind cu dumneavoastră?

– Ăăă, nu. Eu...

– Cu toate acestea, ați declarat sub jurământ că v-ar fi mărturisit infracțiuni în timp ce vă aflaţi în sala de judecată, nu-i așa?

– Știu că am spus asta, dar trebuie să fi greșit. Probabil că mi-a spus totul când eram în celulă.

– Aţi mințit juriul, nu-i așa?

– N-am vrut s-o fac! Așa-mi aduceam eu aminte, dar cred că m-am înșelat. În dimineața aia eram în sevraj după droguri. Lucrurile erau confuze...

– Așa se pare... Permiteți-mi să vă întreb, lucrurile erau confuze și atunci când ați depus mărturie împotriva lui Frederic Bentley, în anul 1989?

Corliss s-a încruntat încercând să se concentreze, dar n-a răspuns.

– Vă amintiţi de Frederic Bentley, nu-i aşa?

Minton s-a ridicat.

– Obiecţie! 1989!? Unde duce asta!?

– Onorată instanţă, am spus, asta duce la veridicitatea martorului. Ea este, cu siguranţă, în discuţie aici!

– Faceţi legăturile, domnule Haller, a ordonat judecătoarea. Repede!

– Da, onorată instanță.

Am luat foaia de hârtie şi am folosit-o ca sprijin în timpul întrebărilor finale pentru Corliss.

– În 1989, Frederic Bentley a fost condamnat, cu ajutorul dumneavoastră, pentru că ar fi violat o fată de șaisprezece ani, în patul ei, în Phoenix. Vă amintiți acum?

– Cu greu, a spus Corliss. Mă drogam la greu pe atunci.

– Aţi depus mărturie la procesul lui că v-ar fi mărturisit crima în timp ce eraţi împreună în arestul unei secţii de poliție. Este adevărat?

– Cum am spus, mi-e foarte greu să-mi amintesc ceva de atunci.

– Poliţia vă pusese în acea celulă pentru că știa că sunteţi dispus să turnaţi, chiar dacă ar fi trebuit să inventaţi, nu-i aşa?

Vocea mea era tot mai puternică cu fiecare întrebare.

– Nu-mi amintesc asta, a răspuns Corliss. Dar eu nu inventez!

– Apoi, opt ani mai târziu, omul despre care aţi declarat că v-a mărturisit a fost exonerat, atunci când un test ADN a stabilit că materialul seminal de la atacatorul fetei aparţinea altui bărbat. Nu este corect, domnule?

– Eu nu... Adică, vreau să spun... asta a fost cu mult timp în urmă.

– Vă amintiţi că aţi fost intervievat de către un reporter de la ziarul *Arizona Star* după ce Frederic Bentley a fost eliberat?

– Vag. Mi-aduc aminte că a sunat cineva, dar n-am spus nimic.

– El v-a comunicat că testele ADN l-au exonerat pe Bentley şi v-a întrebat dacă aţi fabricat mărturisirea lui Bentley, nu-i aşa?

– Nu ştiu.

Am întins spre masa judecătoarei hârtia pe care o ţineam în mână.

– Onorată instanţă, am aici un articol din arhiva ziarului *Arizona Star*. Este din data de 9 februarie 1997. Un membru al echipei mele a dat peste el atunci când a căutat pe Google numele D.J. Corliss, pe computerul de la birou. Solicit să fie înregistrat ca probă a apărării şi admis în evidenţă ca document istoric care dovedeşte o admitere tacită.

Cererea mea a pornit un conflict brutal cu Minton despre autenticitate şi temei. În cele din urmă, judecătoarea a decis în favoarea mea. Fullbright împărtăşea o parte din indignarea pe care o mimam eu, şi Minton n-a avut nicio şansă.

Aprodul i-a dus foaia printată lui Corliss şi judecătoarea l-a instruit să citească articolul.

– Nu citesc prea bine, doamnă judecătoare, a spus el.

– Încercaţi, domnule Corliss.

El a ridicat hârtia şi s-a aplecat ca s-o citească.

– Cu voce tare, vă rog! s-a răstit Fullbright.

Corliss şi-a dres glasul şi a citit cu o voce şovăitoare:

– „Un om condamnat pe nedrept de viol a fost eliberat sâmbătă din Arizona Correctional Institution şi a promis să caute dreptate pentru alţi deţinuti acuzaţi pe nedrept. Frederic Bentley, 34 de ani, a făcut aproape opt ani de închisoare pentru că ar fi atacat o fată în vârstă de 16 ani din Tempe. Victima atacului l-a identificat pe Bentley, un vecin, şi testul de sânge s-a potrivit tipului de material seminal recoltat de la victimă după atac. Cazul a fost susţinut în proces de mărturia unui informator care a spus că Bentley i-a mărturisit crima în timp ce se aflau împreună într-o celulă. Bentley şi-a afirmat întotdeauna nevinovăţia în timpul procesului şi chiar şi după condamnarea sa. După ce testarea ADN-ului a fost acceptată ca dovadă valabilă de către instanţele judecătoreşti ale statului, Bentley a angajat avocaţi ca să lupte pentru un asemenea test al materialului seminal colectat de la victima atacului. Un judecător a ordonat testarea la începutul acestui an, iar analiza efectuată a dovedit că nu Bentley a fost făptaşul. La o conferinţă de presă de ieri de la Arizona Biltmore, recent eliberatul Bentley s-a raliat împotriva informatorilor din închisoare şi a cerut o lege de stat care ar stabili reguli stricte pentru poliţiştii şi procurorii care au de gând să-i folosească. Informatorul care a pretins, într-o mărturie sub jurământ, că Bentley ar fi recunoscut violul a fost identificat ca fiind D.J. Corliss, din Mesa, arestat pentru infracţiuni legate de droguri. Când i s-a spus, sâmbătă, despre exonerarea lui Bentley şi a fost întrebat dacă a fabricat mărturia împotriva lui Bentley, Corliss a refuzat să comenteze. La conferinţa de presă, Bentley l-a acuzat pe Corliss că e foarte cunoscut la poliție ca turnător și a fost folosit în mai multe cazuri ca să se apropie de suspecți. Bentley a susținut că practica lui Corliss este de a inventa mărturisiri în cazul în care nu le poate obține de la suspecți. Cazul împotriva lui Bentley..."

– Bine, domnule Corliss, i-am spus. Cred că este de ajuns.

Corliss a pus hârtia jos și s-a uitat la mine ca un copil care a deschis ușa unui dulap aglomerat și vede cum totul se prăbușește peste el.

– Ați fost acuzat de sperjur în cazul Bentley? l-am întrebat.

– Nu, nu am fost, a spus el cu putere, ca și când acest fapt îl exonera de fărădelegi.

– Asta pentru că poliția a fost complicea dumneavoastră în înscenarea făcută domnului Bentley?

Minton a obiectat.

– Sunt sigur că domnul Corliss nu are nicio idee ce a determinat decizia de a fi sau nu acuzat de sperjur!

Fullbright l-a susținut, dar nu-mi păsa. Ajunsesem atât de departe cu acest martor, încât nu a existat nicio recuperare a decalajului. Am trecut la următoarea întrebare:

– V-a cerut vreun procuror sau ofițer de poliție să vă apropiați de domnul Roulet și să-l faceți să aibă încredere în dumneavoastră?

– Nu, a fost doar întâmplarea, cred.

– Nu vi s-a cerut să obțineți o mărturisire de la domnul Roulet?

– Nu.

M-am uitat dezgustat la el.

– Nu am alte întrebări.

M-am dus la locul meu prefăcându-mă furios și am trântit caseta video pe masă înainte de a mă așeza.

– Domnule Minton? l-a interpelat judecătorul.

– Nu am alte întrebări, a răspuns el cu glas slab.

– Bine, a spus Fullbright repede. Am de gând să eliberez juriul, pentru un prânz devansat. Aș dori să fiți toți înapoi aici la ora unu fix.

A afișat un zâmbet încordat, l-a dirijat spre membrii juriului și l-a păstrat acolo până când ei au ieșit din sala de judecată. Zâmbetul i-a dispărut de pe față în clipa în care ușa s-a închis.

– Vreau să văd avocații în biroul meu, a spus ea. Imediat!

Nu a așteptat niciun răspuns. A plecat atât de repede, încât roba îi flutura în spate ca rochia neagră a morții.

41

Judecătoarea Fullbright își aprinsese deja o țigară până ca eu și Minton să ne întoarcem în cabinetul ei. După ce a tras o dată lung, a stins-o pe un prespapier din sticlă și apoi a pus chiștocul într-o pungă Ziploc pe care a scos-o din geantă. A închis punga, a împăturit-o și a pus-o la loc în geantă. Nu lăsa nicio dovadă a abaterii ei pentru oamenii de serviciu de noapte sau pentru oricine altcineva. A expirat fumul spre o gură de aerisire din plafon și apoi și-a coborât ochii spre Minton. Judecând după privirea lui Fullbright, am fost bucuros că nu eram în locul lui.

– Domnule Minton, vreau să știu, ce dracu' ați făcut din procesul meu!?

– Ono...

– Tăceți și stați jos! Amândoi!

Ne-am conformat. Judecătoarea s-a adunat și s-a aplecat peste birou. Se uita în continuare la Minton.

– Cine a făcut cuvenita diligență cu privire la acest martor al dumneavoastră? a întrebat ea calm. Cine i-a cercetat antecedentele?

– Ăăă, e vorba de... de fapt, i-am cercetat antecedentele doar în comitatul LA. Nu au existat avertismente, nici semnale de alarmă. Eu i-am verificat numele pe calculator, dar nu am folosit inițialele...

– De câte ori a fost folosit ca informator în acest comitat, până azi?

– Doar o singură dată în instanță. Dar el a dat informații în alte trei cazuri pe care le-am găsit. N-am găsit nimic despre Arizona.

– Nimănui nu i-a dat prin cap să verifice pentru a vedea dacă acest tip a fost închis și în altă parte sau a folosit inițiale ale numelui lui?

– Cred că nu. Eu îl am de la procurorul inițial al cazului. Am presupus că l-a verificat.

– Pe naiba! am spus.

Judecătoarea și-a întors ochii spre mine. Aș fi putut să stau deoparte și să mă uit cum se prăbușește Minton, dar nu aveam de gând să-l las s-o tragă pe Maggie McPherson după el.

– Procurorul inițial a fost Maggie McPherson, am spus. A avut cazul aproximativ trei ore. Este fosta mea soție și știa, de îndată ce m-a văzut la prima înfățișare, că e pierdută. Și ai avut cazul în aceeași zi, Minton. Când ar fi putut să verifice martorul, mai ales că acest tip n-a ieșit de sub piatra lui decât după prima înfățișare? L-a dat mai departe și asta a fost tot.

Minton a deschis gura să spună ceva, dar judecătoarea l-a oprit.

– Nu contează cine ar fi trebuit s-o facă. Nu s-a făcut cum trebuie și, în ambele cazuri, chemarea omului ăstuia la bară a fost în opinia mea o gravă eroare a acuzării.

– Onorată instanță, a ridicat vocea Minton. Am făcut-o...

– Păstrează asta pentru şeful tău! Pe el va trebui să-l convingi. Care a fost ultima ofertă pe care statul i-a făcut-o domnului Roulet?

Minton părea îngheţat şi în imposibilitatea de a răspunde. Am făcut-o eu pentru el:

– Atac simplu, şase luni în comitat.

Judecătoarea a ridicat sprâncenele şi s-a uitat la mine.

– Și n-aţi acceptat?

Am clătinat din cap.

– Clientul meu nu va accepta o condamnare. L-ar distruge. El joacă pentru un verdict.

– Vreţi o invalidare? a întrebat ea.

Am clătinat din cap râzând:

– Nu, nu vreau o invalidare! Tot ceea ce ar face ar fi să dea acuzării timp să cureţe mizeria asta, să recupereze totul și apoi să revină în forţă.

– Atunci, ce vreţi? a întrebat ea.

– Ce vreau? Un verdict dirijat ar fi frumos. Ceva fără reveniri din partea statului. Fără asta, mergem până la capăt.

Judecătoarea a dat din cap și și-a împreunat mâinile pe birou.

– Un verdict dirijat ar fi ridicol, doamnă judecătoare, a spus Minton, regăsindu-şi, în cele din urmă, vocea. Suntem la sfârşitul procesului, oricum. Și noi am putea merge la fel de bine la un verdict! Juriul merită asta. Doar pentru că statul a făcut o greşeală, asta nu înseamnă că există vreun motiv pentru a submina întregul proces.

– Nu fiţi prost, domnule Minton, a spus sentenţios judecătoarea. Nu-i vorba ce merită juriul. Și, în ceea ce mă priveşte, o greşeală aşa cum aţi făcut este de-ajuns. Nu vreau ca A Doua Curte să întoarcă asta împotriva mea, și, cu siguranță, așa o să se-ntâmple! Atunci, eu o să fiu țapul ispășitor pentru greșea...

– Nu știam despre trecutul lui Corliss! a spus Minton cu putere. Jur pe Dumnezeu, nu am știut!

Intensitatea din cuvintele sale a adus o tăcere de moment în cabinetul judecătoarei. Dar în curând m-am strecurat în acest gol.

– Așa cum nu știai despre cuțit, Ted?

Fullbright s-a uitat de la Minton la mine și apoi din nou la Minton.

– Ce cuțit? a întrebat ea.

Minton n-a spus nimic.

– Spune-i, l-am îndemnat.

Minton a clătinat din cap.

– Nu știu despre ce vorbește, a zis el.

– Atunci, spuneți-mi dumneavoastră, a zis Fullbright.

– Doamnă judecătoare, dacă aștepți o probă din partea procuraturii, poți la fel de bine să renunți de la început. Martorii dispar, poveștile se schimbă, poți pierde un caz doar stând pe-aici și așteptând.

– Bine, ce-i cu acest cuțit?

– Trebuia să avansez în acest caz. Prin urmare, mi-am trimis investigatorul prin ușa din spate ca să obțină niște rapoarte. Este un joc cinstit. Dar ei se așteptau la asta și au falsificat un raport cu privire la cuțit, astfel încât eu să nu aflu despre inițiale. Nu am știut până când nu am primit pachetul formal al probelor.

Judecătoarea și-a strâns buzele într-o linie dură.

– Asta a fost poliția, nu biroul procurorului, a spus Minton repede.

– Acum treizeci de secunde aţi zis că nu ştiţi despre ce vorbeşte, a observat Fullbright. Acum, dintr-odată, ştiţi. Nu-mi pasă cine a făcut-o. Vreţi să spuneţi că acest lucru chiar s-a întâmplat?

Minton a dat din cap fără tragere de inimă.

– Da, onorată instanţă. Dar jur că n-am vrut să...

– Ştiţi ce-mi spune mie asta? i-a tăiat-o judecătoarea. Îmi spune că, de la început până la sfârșit, statul nu a jucat corect în acest caz. Nu contează cine ce a făcut sau dacă investigatorul domnului Haller poate a acţionat în mod necorespunzător. Statul trebuie să fie deasupra acestor lucruri. Și, după cum arată astăzi sala mea de judecată, statul a fost orice, numai asta nu.

– Onorată instanţă, nu e...

– Gata, domnule Minton! Cred că am auzit destul. Acum vreau să plecaţi amândoi. Într-o jumătate de oră o să mă-ntorc la prezidiu și o să anunț ce vom face în această situație. Încă nu sunt sigură ce va fi, dar indiferent de hotărâre, n-o să vă placă ceea ce am de spus, domnule Minton. Și vă cer să-l chemaţi pe șeful dumneavoastră, domnul Smithson, în sala de judecată ca să audă și dumnealui.

M-am ridicat. Minton nu s-a mișcat. El încă părea înghețat pe locul lui.

– Am spus că puteţi să plecaţi! s-a răstit judecătoarea.

42

Am trecut cu Minton prin biroul grefierului până în sala de judecată. Era goală, cu excepţia lui Meehan, care stătea la pupitrul aprodului. Mi-am luat servieta de pe masa apărării şi m-am îndreptat spre portiţă.

– Hei, Haller, aşteaptă o secundă, a spus Minton în timp ce aduna dosarele de pe masa acuzării.

M-am oprit la portiţă şi m-am uitat înapoi.

– Ce-i?

Minton s-a apropiat şi a arătat spre uşa din spate a sălii de judecată.

– Hai să ieşim de aici.

– Clientul meu mă aşteaptă.

– Vino aici.

S-a dus la uşă şi l-am urmat. În vestibul, locul unde mă confruntasem cu Roulet cu două zile în urmă, Minton s-a oprit să facă acelaşi lucru. Dar n-a spus nimic. Încerca să se adune. M-am decis să-l presez şi mai mult:

– Cât te duci tu să-l aduci pe Smithson, cred că eu o să trec pe la redacţia ziarului *Times* să mă asigur că reporterul de acolo ştie că peste o jumătate de oră vor fi nişte focuri de artificii pe-aici.

– Uite, a bolborosit Minton, noi trebuie să rezolvăm asta.

– Noi?

– Doar amână faza cu *Times,* bine? Dă-mi numărul tău de mobil și acordă-mi zece minute!

– Pentru ce?

– Lasă-mă să merg la biroul meu și să văd ce pot face.

– Nu am încredere în tine, Minton.

– Păi, dacă vrei ce e mai bine pentru clientul tău, în loc de un titlu ieftin de ziar, va trebui să ai încredere în mine timp de zece minute.

M-am uitat în altă parte ca și când luam în considerare oferta. În cele din urmă, m-am uitat din nou la el. Fețele noastre erau la o jumătate de metru distanță.

– Știi, Minton, aș putea să trec peste toate prostiile tale. Cuțitul, aroganța și orice altceva. Sunt un profesionist și trebuie să trăiesc cu rahatul ăsta de la procurori în fiecare zi din viața mea. Dar atunci când ai încercat acolo să-l pui pe Corliss în cârca lui Maggie McPherson, atunci am decis să nu-ți arăt nici pic de milă.

– Uite, nu am făcut intenționat ca să...

– Minton, uită-te-n jur. Nu e nimeni aici, doar noi. Fără camere de filmat, fără înregistrări, fără martori. Ai de gând să stai acolo și să-mi spui că n-ai auzit de Corliss până la ședința de ieri!?

A răspuns băgându-mi în față un deget nervos.

– Și tu ai de gând să stai acolo și să-mi spui că n-ai auzit de el până în dimineața asta!?

Ne-am uitat câteva clipe unul la altul.

– Oi fi necopt, dar nu sunt prost, a spus el. Toată strategia ta a fost să mă împingi să-l aduc pe Corliss ca martor. Ai ştiut tot timpul ce-ai putea face cu el. Şi, probabil, ai luat ideea de la fosta ta.

– Dacă poţi s-o dovedeşti, atunci dovedeşte-o, am spus.

– Oh, nu-ţi face griji, aş fi putut... dacă aş fi avut timp. Dar tot ce am este o jumătate de oră.

Mi-am ridicat încet braţul şi m-am uitat la ceas.

– Mai degrabă douăzeci și șase de minute.

– Dă-mi numărul tău de mobil.

Am făcut-o și apoi a dispărut. Am aşteptat în vestibul cincisprezece secunde înainte de a ieși pe ușă. Roulet stătea aproape de peretele din sticlă care dădea spre piaţeta de dedesubt. Mama lui și C.C. Dobbs se așezaseră pe o bancă de pe peretele opus. Mai departe pe hol era detectivul Sobel.

Roulet m-a observat și a venit spre mine. Curând, mama lui și Dobbs l-au urmat.

– Ce se întâmplă? a întrebat Roulet primul.

Înainte de a răspunde, am aşteptat până au ajuns toţi lângă mine.

– Cred că totul e pe cale să sară în aer.

– Ce vrei să spui? a întrebat Dobbs.

– Judecătoarea ia în calcul un verdict dirijat. Vom afla destul de curând.

– Ce este un verdict dirijat? a întrebat Mary Windsor.

– Este situaţia în care judecătorul scoate cazul din mâinile juriului și emite un verdict de achitare. E nervoasă, deoarece spune că Minton a comis o eroare cu Dwayne Corliss și cu alte lucruri.

– Poate face asta? Pur și simplu să-l achite?

– Este judecătoare. Poate face ce vrea.

– Oh, Doamne!

Windsor și-a dus o mână la gură și părea pe punctul de a izbucni în lacrimi.

– Am spus că ia în calcul, am avertizat. Nu înseamnă că se va și întâmpla. Dar mi-a oferit deja invalidarea procesului și am refuzat-o scurt.

– Ai refuzat-o!? a țipat Dobbs. De ce naiba ai făcut așa ceva!?

– Pentru că e lipsit de sens. Statul ar putea reveni imediat și să-l atace din nou pe Louis – de data asta cu un caz mai bun, deoarece acum știe mișcările noastre. Uitați de anularea procesului. N-o să învățăm noi acuzarea cum să-și facă treaba. Vrem ceva fără reveniri sau mergem cu acest juriu la un verdict astăzi. Chiar dacă va fi împotriva noastră, avem motive solide de recurs.

– Nu e o decizie pe care ar trebui s-o ia Louis? a întrebat Dobbs. La urma urmei, el...

– Cecil, taci! l-a oprit Windsor. Taci din gură și încetează să mai critici ceea ce face acest om pentru Louis. Are dreptate. N-o să trecem prin asta din nou!

Dobbs arăta ca și când ea l-ar fi pălmuit. Părea să se dezumfle. M-am uitat la Mary Windsor și am văzut-o într-o lumină diferită. Era o femeie care începuse o afacere de la zero și o transformase într-un succes. M-am uitat, de asemenea, cu alți ochi și la Dobbs, realizând că, probabil, îi susurase tot timpul în ureche dulci lucruri urâte despre mine.

I-am lăsat în pace și m-am concentrat asupra a ceea ce era iminent.

– Există doar un singur lucru pe care procuratura îl urăște mai mult decât pierderea unui caz, am spus. Să se simtă prost din cauza unui judecător care dă un verdict dirijat, mai ales după o constatare de conduită profesională inacceptabilă a acuzării. Minton s-a dus să discute cu șeful lui, care e un tip angajat politic și, de aceea, foarte atent cum bate vântul. S-ar putea să aflăm peste câteva minute.

Roulet era chiar în fața mea. M-am uitat peste umăr și am văzut că Sobel era tot în hol. Vorbea la telefonul mobil.

– Ascultați, am spus. Stați grupați. Dacă nu aflu nimic de la procuror, ne întoarcem în sală peste douăzeci de minute ca să vedem ce vrea să facă judecătoarea. Deci, rămâneți pe-aproape. Acum, mă scuzați, trebuie să merg la toaletă.

M-am îndepărtat de ei și am luat-o pe hol în direcția în care se afla Sobel. Dar Roulet a plecat de lângă mama lui și de lângă avocatul ei și m-a prins din urmă. M-a apucat de braț să mă oprească.

– Eu tot vreau să știu de unde a scos Corliss rahatul ăla, a spus el.

– Ce contează? Ne folosește nouă. Asta e ceea ce contează.

Roulet și-a apropiat fața de a mea.

– Tipul ăsta Corliss m-a făcut public criminal! Cum ne folosește asta!?

– Pentru că nimeni nu l-a crezut. Și de aceea judecătoarea este atât de supărată, pentru că a adus în boxă un mincinos profesionist ca să spună cele mai rele lucruri despre tine. Să faci asta în fața juriului și apoi să reiasă că tipul e un mincinos, asta este conduita inacceptabilă. Nu-nțelegi? A trebuit să ridic ștacheta. A fost singura modalitate de a o determina pe judecătoare să preseze acuzarea. Fac exact ceea ce ai vrut să fac, Louis. Te salvez.

L-am studiat în timp ce reflecta la asta.

– Deci, las-o așa, am spus. Du-te înapoi la mama ta și la Dobbs și lasă-mă să urinez.

El a clătinat din cap.

– Nu, n-am s-o las așa, Mick.

M-a împuns cu un deget în piept.

– Altceva se întâmplă aici, Mick, iar mie nu-mi place. Trebuie să-ţi amintesc ceva. Am arma. Și ai o fiică. Trebuie să...

I-am apucat mâna de pe pieptul meu și l-am împins.

– Să nu-mi mai ameninți niciodată familia, am spus cu o voce controlată, dar supărată. Vrei să te iei de mine, bine, ia-te de mine și hai s-o facem. Dar dacă îmi mai amenințí vreodată fiica, o să te-ngrop atât de adânc, încât n-o să mai fii niciodată găsit. M-ai înțeles, Louis?

A dat din cap încet și a zâmbit.

– Sigur, Mick. Doar să ne înțelegem unul pe celălalt.

I-am dat drumul la mână și l-am lăsat acolo. Am pornit spre capătul holului, unde se aflau toaletele și unde Sobel părea să aștepte în timp ce vorbea la telefon. Mergeam orbește, obsedat de gândul că-mi amenințase fiica. Dar, apropiindu-mă de Sobel, l-am lăsat deoparte. Poliţista și-a încheiat convorbirea chiar când am ajuns în dreptul ei.

– Doamnă detectiv Sobel!

– Domnule Haller.

– Pot să vă întreb de ce aţi venit? Aveţi de gând să mă arestaţi?

– Sunt aici pentru că m-aţi invitat, vă amintiţi?

– Nu, nu-mi aduc aminte.

Ea și-a mijit ochii.

– Mi-aţi spus că ar trebui să văd procesul.

Deodată mi-am dat seama că se referea la conversaţia jenantă din biroul meu, luni seară, în timp ce-mi percheziţionau casa.

– A, da! Am uitat de asta! Păi, mă bucur că m-aţi luat în serios. L-am văzut pe partenerul dumneavoastră mai devreme. Unde a plecat?

– A! E pe-aici.

Am încercat să descifrez mesajul ei. Nu răspunsese la întrebarea dacă are de gând să mă aresteze. Am făcut semn în spate, spre sala de judecată.

– Deci, ce credeţi?

– Interesant. Aş fi vrut să fi fost o muscă pe peretele din cabinetul judecătoarei...

– Ei bine, rămâneţi aproape. Nu s-a terminat încă.

– Poate o să rămân.

Telefonul meu mobil a început să vibreze. Mi-am strecurat mâna sub haină şi l-am scos de la şold. Am văzut că apelul era de la biroul procurorului.

– Trebuie să răspund, am spus.

– Sigur, a zis Sobel.

Am deschis telefonul şi am luat-o înapoi, spre locul unde se plimba Roulet.

– Alo?

– Mickey Haller, sunt Jack Smithson. Cum o duceţi?

– Am avut zile mai bune.

– Nu după ce o să auziţi ce mă ofer să fac pentru dumneavoastră!

– Vă ascult.

43

Judecătoarea nu a ieșit din cabinet decât la cincisprezece minute după cele treizeci promise. Toți o așteptam, Roulet și cu mine la masa apărării, mama lui și Dobbs în spatele nostru, în primul rând. La masa acuzării, Minton nu mai cânta singur. Alături de el stătea Jack Smithson. M-am gândit că era, probabil, prima dată în ultimul an când se afla într-o sală de judecată.

Minton arăta deprimat și învins. Stând lângă Smithson, l-ai fi putut lua drept un inculpat cu avocatul său. Arăta vinovat.

Detectivul Booker nu era în sala de judecată și m-am întrebat dacă avea ceva de lucru sau, pur și simplu, nimeni nu se deranjase să-i spună vestea proastă.

M-am întors să mă uit la ceasul mare de pe peretele din spate și pentru a scana galeria. Ecranul de prezentare PowerPoint al lui Minton dispăruse acum, un indiciu a ceea ce avea să urmeze. Am observat-o pe Sobel în rândul din spate, dar partenerul ei și Kurlen tot nu puteau fi văzuți nicăieri. Nu era nimeni altcineva în afară de Dobbs și Windsor, și ei nu contau. Locurile rezervate mass-mediei erau goale. Presa nu fusese alertată. Îmi respectasem partea mea din înţelegerea cu Smithson.

Aprodul Meehan a chemat sala la ordine şi judecătoarea Fullbright s-a aşezat făcând un gest larg. Am prins o undă de parfum de liliac. Am bănuit că fumase o ţigară sau două acolo, în cabinetul ei, şi se dăduse la greu cu parfum ca să acopere mirosul.

– În cauza statul împotriva lui Louis Ross Roulet, am înţeles de la grefier că avem o moţiune.

Minton s-a ridicat.

– Da, onorată instanţă.

N-a spus nimic mai mult, ca şi când n-ar fi fost în stare să vorbească.

– Ei bine, domnule Minton, intenţionaţi să mi-o transmiteţi telepatic?

– Nu, doamnă judecătoare.

Minton s-a uitat în jos la Smithson, care i-a făcut semn din cap să-i dea drumul.

– Statul revocă toate acuzaţiile împotriva lui Louis Ross Roulet.

Judecătoarea a dat din cap ca şi cum s-ar fi aşteptat la asta. Am auzit-o pe Mary Windsor trăgând adânc aer în piept. Ştiuse ce se va întâmpla, dar îşi ţinuse emoţiile în frâu până când auzise cu urechile ei, în sala de judecată.

– Cu sau fără prejudicii ? a întrebat judecătoarea.

– Revocare cu prejudicii.

– Sunteţi sigur de asta, domnule Minton? Asta înseamnă că nu vor exista reveniri din partea statului.

– Da, onorată instanţă, ştiu, a spus Minton oarecum deranjat că judecătoarea simte nevoia să-i explice legea.

Ea a scris ceva şi apoi s-a uitat din nou la Minton.

– Cred că, pentru înregistrare, statul trebuie să ofere o explicație oarecare pentru această moțiune. Am ales un juriu și a auzit mai mult de două zile de mărturii. De ce face statul acest lucru în această etapă, domnule Minton?

Smithson s-a ridicat. Era un bărbat înalt și subțire, cu un ten palid. Un arhetip al procurorului. Nimeni nu vrea un om gras ca procuror districtual și asta era exact ceea ce spera să devină într-o zi. Purta un costum gri cărbune cu ceea ce devenise marca lui: un papion maro asortat cu batista din buzunarul de la piept. Printre profesioniștii apărării se zvonea că un consilier politic îl învățase să înceapă să-și construiască o imagine media ușor de recunoscut pentru ca, atunci când va veni momentul să candideze, alegătorii să considere că-l cunosc deja. Aceasta era însă o situație în care n-ar fi vrut ca mass-media să-i prezinte imaginea alegătorilor.

– Dacă îmi permiteți, doamnă judecătoare, a spus el.

– Înregistrarea va nota apariția procurorului districtual adjunct John Smithson, șef al diviziei din Van Nuys. Bine ai venit, Jack. Dă-i drumul, te rog.

– Doamnă judecătoare Fullbright, am ajuns la concluzia că, în interesul justiției, trebuie să renunțăm la acuzațiile împotriva domnului Roulet.

A pronunțat greșit numele lui Roulet.

– Este asta singura explicație pe care ne-o poți oferi, Jack? a întrebat judecătoarea.

Smithson s-a gândit înainte de a răspunde. Deși nu erau de față reporteri, procesul-verbal al audierii urma să fie public și cuvintele lui puteau fi cunoscute mai târziu.

– Onorată instanță, mi s-a adus la cunoștință că au existat unele nereguli în investigarea și urmărirea penală ulterioară. Noi credem în sistemul nostru de justiție. Eu personal protejez corectitudinea în divizia Van Nuys și o iau foarte, foarte în serios. De aceea, este mai bine pentru noi să renunțăm la un caz decât să vedem justiția posibil compromisă în vreun fel.

– Vă mulțumesc, domnule Smithson. Este reconfortant să aud asta.

Judecătoarea a mai scris ceva, apoi s-a uitat la noi.

– Moţiunea statului este aprobată, a spus ea. Toate acuzațiile împotriva lui Louis Roulet sunt revocate cu prejudicii. Domnule Roulet, sunteţi descărcat de acuzaţii și liber să plecaţi.

– Vă mulțumesc, doamnă judecătoare, am zis.

– Avem totuși un juriu care se întoarce la ora unu, a spus Fullbright. O să le explic că acest caz a fost rezolvat. Dacă oricare dintre avocați dorește să vină atunci, sunt sigură că vor avea întrebări pentru dumneavoastră. Cu toate acestea, nu este obligatoriu să fiţi prezenţi.

Am dat din cap, dar n-am spus că mă voi întoarce. N-aveam de gând. Doisprezece oameni care au fost atât de importanţi pentru mine în ultima săptămână tocmai dispăruseră de pe radar. Pentru mine erau acum la fel de lipsiţi de sens ca șoferii care merg în direcţie opusă pe autostradă. Dispăruseră și terminasem cu ei.

Judecătoarea a plecat, iar Smithson a fost primul care a ieșit din sală. N-a avut nimic să ne spună mie sau lui Minton. Prioritatea lui era să se distanțeze de această catastrofă. M-am uitat la Minton și am văzut că fața lui își pierduse toată culoarea. Am presupus că îi voi vedea în curând numele în *Pagini Aurii*. Nu va rămâne în biroul procuraturii și va intra în rândurile profesioniștilor apărării, prima sa lecţie de practică penală fiind una costisitoare.

Roulet era la balustradă, aplecându-se să-și îmbrățișeze mama. Dobbs îi ţinea o mână pe umăr, într-un gest de felicitare, dar avocatul familiei nu-şi revenise după mustrarea aspră din hol a doamnei Windsor.

Când s-au terminat îmbrățișările, Roulet s-a întors spre mine și, cu ezitare, mi-a strâns mâna.

– Nu m-am înșelat în privința ta, a spus. Știam că ești numărul unu!

– Vreau pistolul, i-am spus rece, faţa mea neexprimând nicio bucurie pentru victoria abia înregistrată.

– Sigur că da.

S-a întors la mama lui. Am șovăit o clipă, pe urmă am revenit la masa apărării. Mi-am deschis servieta, să-mi bag dosarele în ea.

– Michael?

M-am întors. Dobbs mi-a întins mâna peste balustradă. I-am scuturat-o și am dat din cap.

– Te-ai descurcat bine, a declarat Dobbs, ca și când aveam nevoie s-o aud de la el. Noi toți apreciem foarte mult ce ai făcut pentru Louis.

– Mulţumesc pentru contribuţie. Știu că n-ai fost sigur de mine la început.

Am fost suficient de amabil să nu pomenesc despre izbucnirea doamnei Windsor în hol și ceea ce a spus despre el, că mă înjunghie pe la spate.

– Doar pentru că nu te cunoșteam, a zis Dobbs. Acum știu. Acum știu pe cine să recomand clienților mei!

– Mulțumesc. Dar sper ca genul tău de clienţi să nu aibă nevoie de mine.

A râs.

– Și eu!

Apoi a fost rândul lui Mary Windsor. Mi-a întins mâna peste balustradă.

– Domnule Haller, vă mulțumesc pentru fiul meu.

– Cu plăcere, i-am spus deschis. Aveţi grijă de el!

– Întotdeauna am avut.

Am dat din cap.

– De ce nu mergeţi toţi afară pe hol și vin și eu într-un minut. Trebuie să termin câteva lucruri aici, cu grefierul și cu domnul Minton.

M-am întors la masă. Apoi am înconjurat-o și m-am apropiat de grefieră.

– În cât timp pot obține o copie semnată a ordinului judecătoresc?

– O să ne ocupăm de asta după-amiază. Vă putem trimite o copie dacă nu vreţi să mai veniţi o dată.

– Asta ar fi grozav. Puteţi să-l trimiteţi și pe fax?

A spus că da și i-am dat numărul de fax de la apartamentul Lornei Taylor. Nu eram încă sigur de modul în care putea fi folosit, dar aveam motive să cred că un ordin de revocare m-ar putea ajuta într-un fel să fac rost de un client sau doi.

Când m-am întors să-mi iau servieta și să plec, am observat că Sobel părăsise sala de judecată. Numai Minton rămăsese. Era în picioare și își strângea lucrurile.

– Îmi pare rău că n-am avut ocazia să-ţi văd PowerPointul ăla, am spus.

El a dat din cap.

– Da, era destul de bun. Cred că i-ar fi câștigat.

Am dat și eu din cap.

– Ce-ai de gând să faci acum?

– Nu știu. Trebuie să văd dacă pot cumva să trec peste asta și să-mi păstrez slujba.

Și-a pus dosarele sub braț. Nu avea o servietă. Trebuia să meargă doar până jos, la etajul doi. S-a întors și mi-a aruncat o privire grea.

– Singurul lucru pe care îl știu este că nu vreau să trec de partea cealaltă. Nu vreau să devin ca tine, Haller. Cred că-mi place prea mult să dorm liniștit noaptea ca să pot face asta.

Cu asta a ieșit din sala de judecată. M-am uitat spre grefieră să văd dacă auzise. Se purta ca și cum nu auzise.

După câteva clipe l-am urmat și eu afară pe Minton. Mi-am luat servieta și m-am întors în timp ce împingeam portița. M-am uitat la locul gol al judecătorului și la stema statului de pe panoul frontal. Am dat din cap la nimic în special, apoi am plecat.

44

Roulet şi anturajul său mă aşteptau în hol. M-am uitat în ambele părţi şi am văzut-o pe Sobel lângă lifturi. Vorbea la telefonul mobil şi părea că aşteaptă liftul, dar acesta nu avea butonul de jos aprins.

– Michael, poţi să iei cu noi masa de prânz? a întrebat Dobbs văzându-mă. Sărbătorim!

Am observat că acum mă tutuia. Victoria îi făcuse pe toţi prietenoşi.

– Ăăăă... am bâiguit, încă uitându-mă după Sobel, nu cred că pot s-o fac.

– De ce nu? Evident, nu ai proces în după-amiaza aceasta!

M-am uitat, în sfârșit, la Dobbs. M-am simțit ca și cum aş fi spus că nu puteam mânca împreună, pentru că nu voiam să-i mai văd niciodată pe el, pe Mary Windsor sau pe Louis.

– Cred că o să rămân să vorbesc cu juraţii, când se întorc, la ora unu.

– De ce? a întrebat Roulet.

– Pentru că mă va ajuta să știu ce-au gândit și cum stăteam.

Dobbs m-a bătut pe umăr.

– Întotdeauna învăţând, întotdeauna obţinând ce-i mai bine pentru cazul următor! Nu pot să te condamn!

Părea încântat că nu merg cu ei. Avea şi de ce. Probabil mă voia dat deoparte acum, pentru a putea lucra la repararea relaţiei sale cu Mary Windsor. Voia contul ăsta de franciză numai pentru el, din nou.

Am auzit clinchetul slab al liftului şi m-am uitat din nou în lungul holului. Sobel era în picioare în faţa uşii deschise. Pleca.

Dar apoi Lankford, Kurlen şi Booker au ieşit din lift şi i s-au alăturat. S-au întors şi au pornit spre noi.

– Atunci, te lăsăm, a zis Dobbs, cu spatele la detectivii care se apropiau. Avem o rezervare la Orso şi mi-e teamă că o să întârziem.

– Bine, am spus, continuând să mă uit pe hol.

Dobbs, Windsor şi Roulet s-au întors să plece exact când cei patru detectivi au ajuns la noi.

– Louis Roulet, a anunţat Kurlen, eşti arestat! Întoarce-te, te rog, şi pune-ţi mâinile la spate!

– Nu! a ţipat Mary Windsor. Nu poţi să...

– Ce-i asta!? a strigat şi Dobbs.

Kurlen nu a răspuns, nici n-a aşteptat ca Roulet să se conformeze. A făcut un pas înainte şi l-a întors brutal pe Roulet. În timp ce se-ntorcea forţat, ochii lui Roulet i-au întâlnit pe ai mei.

– Care-i treaba, Mick? a spus el cu o voce calmă. Acest lucru n-ar trebui să se întâmple.

– Ia-ţi mâinile de pe fiul meu! a zis Mary Windsor, apropiindu-se de el.

L-a apucat pe Kurlen de spate, dar Booker și Lankford s-au mişcat rapid şi au tras-o cu blândeţe, dar ferm.

– Doamnă, daţi-vă înapoi! a poruncit Booker. Sau vă bag la închisoare.

Kurlen a început să-i recite lui Roulet Avertismentul Miranda. Windsor a rămas deoparte, dar n-a tăcut.

– Cum îndrăzneşti? Nu se poate aşa ceva!

S-a mişcat pe loc și arăta ca și cum mâini nevăzute o ţineau să nu se repeadă din nou la Kurlen.

– Mamă! a spus Roulet pe un ton mai autoritar și mai stăpân pe sine decât al oricăruia dintre detectivi.

Doamna Windsor s-a înmuiat. S-a dat bătută. Dar Dobbs, nu.

– Îl arestezi pentru ce? a întrebat el.

– Suspiciune de crimă, a declarat Kurlen. Uciderea Marthei Renteria.

– Asta-i imposibil! a strigat Dobbs. Tot ce-a spus acolo martorul ăla, Corliss, s-a dovedit a fi o minciună. Eşti nebun? Judecătoarea a respins cazul din cauza minciunilor lui!

Kurlen s-a întrerupt din recitarea drepturilor lui Roulet și s-a uitat la Dobbs.

– Dacă totul a fost o minciună, cum de știi că era vorba despre Martha Renteria?

Dobbs și-a realizat greșeala și a făcut un pas înapoi. Kurlen a zâmbit.

– Mă gândeam eu... a spus el.

L-a apucat pe Roulet de un cot și l-a întors.

– Să mergem.

– Mick? a zis Roulet.

– Domnule detectiv Kurlen, am spus, pot să vorbesc puțin cu clientul meu?

Kurlen s-a uitat la mine, părea să mă măsoare, pe urmă a încuviințat.

– Un minut. Spune-i să se comporte frumos și îi va fi mult mai ușor.

L-a împins pe Roulet spre mine. L-am luat de un braț și ne-am îndepărtat puțin de ceilalți, astfel încât să avem intimitate dacă ne păstram vocea scăzută. M-am apropiat de el și am început în șoaptă:

– Asta este, Louis. Ăsta este un adio. Te-am salvat. De-acum ești pe cont propriu. Ia-ți un avocat nou.

În ochii lui se citea uimirea. Apoi, fața i s-a întunecat de furie. Era furie pură și mi-am dat seama că era aceeași furie pe care trebuie s-o fi văzut Regina Campo și Martha Renteria.

– N-o să am nevoie de un avocat, mi-a spus. Crezi că pot face un caz din ceea ce cumva i-ai băgat tu în cap turnătorului ăluia? Ar fi bine să te mai gândești.

– Nu vor avea nevoie de turnător, Louis. Crede-mă, vor găsi mai mult. Probabil au deja mai mult.

– Ce-i cu tine, Mick? N-ai uitat ceva? Am...

– Știu. Dar nu mai contează. Ei nu au nevoie de arma mea. Au deja tot ce le trebuie. Dar indiferent ce se întâmplă cu mine, o să știu că te-am pus la pământ. La final, după proces și după toate apelurile, când o să-ți înfigă, în sfârșit, acul ăla în braț, o să fie mâna mea, Louis. Să-ți amintești asta. Am zâmbit fără veselie și m-am apropiat mai tare. Asta este pentru Raul Levin. Poate că n-o să cazi pentru el, dar să nu te-ndoiești: o să cazi.

Am lăsat pentru o clipă replica să i se întipărească în minte și apoi i-am făcut semn din cap lui Kurlen. El și Booker au venit și l-au luat pe Roulet de câte un braț.

– Tu mi-ai înscenat asta, a spus Roulet păstrându-și cumva calmul. Nu ești avocat. Lucrezi pentru ei!

– Să mergem, a zis Kurlen.

Au încercat să-l facă să se miște, dar a reușit să se întoarcă și să se uite furios la mine.

– Ăsta nu este sfârșitul, Mick, a spus el. Voi fi liber până mâine-dimineață. Ce vei face atunci? Gândește-te la asta. Ce ai tu de gând să faci atunci? Nu poți proteja pe toată lumea!

L-au apucat mai strâns și l-au întors brutal spre lifturi. De data aceasta, Roulet a plecat fără să se mai împotrivească. La jumătatea distanței până la lift, cu mama lui și Dobbs târându-se în spate, a întors capul să se uite peste umăr la mine. A zâmbit.

„Nu poți proteja pe toată lumea."

Un fior de spaimă mi-a cuprins pieptul.

Cineva aștepta liftul, care s-a deschis exact când grupul a ajuns acolo. Lankford i-a făcut semn persoanei să rămână și a intrat în lift. Roulet a fost îmbrâncit înăuntru. Dobbs și Windsor erau pe punctul de a-i urma, când au fost opriți de Lankford. Ușa liftului a început să se închidă și Dobbs, furios și neputincios, a apăsat butonul de lângă ea.

Sperasem că asta era ultima oară când îl vedeam pe Louis Roulet, dar teama s-a cuibărit în pieptul meu, fâlfâind ca un fluture de noapte în interiorul unui lampadar. M-am întors și aproape am dat peste Sobel. Nu observasem că ea rămăsese în urma celorlalți.

– Aveţi destul, nu-i aşa? Spuneţi-mi că nu v-aţi fi mişcat atât de repede dacă nu aţi fi avut suficiente probe ca să-l reţineţi!

S-a uitat la mine multă vreme înainte de a răspunde.

– Nu noi decidem asta, ci procurorul. Probabil depinde de ceea ce vor obţine de la el la interogatoriu. Dar până acum a avut un avocat destul de inteligent. Probabil că ştie că nu trebuie să ne spună niciun cuvânt.

– Atunci de ce nu aţi aşteptat!?

– Nu a fost decizia mea.

Am clătinat din cap. Am vrut să-i spun că s-au mişcat prea repede. Nu a făcut parte din plan. Eu am vrut să plantez sămânța, asta e tot. Am vrut ca ei să se mişte încet şi bine.

Fluturele se zbătea înăuntru şi m-am uitat în jos la podea. Refuzam să accept ideea că toate maşinaţiunile mele eşuaseră, lăsându-mă pe mine şi familia mea în centrul ţintei unui criminal. „Nu poţi proteja pe toată lumea."

Se părea că Sobel îmi citise gândurile.

– Dar vom încerca să-l ţinem, a spus ea. Avem ceea ce a declarat turnătorul în instanță şi biletul. Contăm pe martori şi pe cei de la criminalistică.

Am privit-o în ochi.

– Ce bilet?

O expresie nedumerită i-a apărut pe faţă.

– Credeam că v-aţi dat seama. Am făcut imediat legătura când turnătorul a pomenit de dansatoarea-şarpe.

– Da. Martha Renteria. Ştiu asta. Dar ce bilet? Despre ce vorbiţi?

Mă apropiasem prea mult de ea și Sobel a făcut un pas înapoi. Nu era vorba despre respirația mea. Era vorba despre disperarea din vocea mea.

– Nu știu dacă ar trebui să vă spun, Haller. Sunteți un avocat al apărării. Sunteți avocatul lui.

– Nu mai sunt. Tocmai am demisionat.

– Nu contează. El...

– Uite, tocmai l-ați săltat pe tipul ăla datorită mie. S-ar putea să fiu exclus din barou din cauza asta! S-ar putea chiar să merg la închisoare pentru o crimă pe care nu am comis-o! Despre ce bilet vorbiți?

A ezitat și am așteptat, dar, în cele din urmă, a zis:

– Ultimele cuvinte ale lui Raul Levin. A spus că a găsit biletul de ieșire al lui Jesus.

– Ceea ce înseamnă...?

– Chiar nu știți, nu-i așa?

– Uite, doar spuneți-mi. Vă rog.

– Am urmărit cele mai recente mișcări ale lui Levin, a cedat ea. Înainte de a fi ucis, a făcut cercetări despre amenzile de parcare ale lui Roulet. Chiar a făcut copii după ele. Am inventariat ceea ce avea la birou și, în cele din urmă, am comparat cu ceea ce avea în computer. Îi lipsea un bilet. O copie. Nu știam dacă ucigașul lui a luat-o în acea zi sau dacă, pur și simplu, a uitat s-o facă. Așa că ne-am dus și am făcut copia noi. Era un tichet de parcare eliberat în urmă cu doi ani, în noaptea de 8 aprilie. Era o amendă pentru parcare în fața unui hidrant, la blocul 60700 de pe Blythe Street din Panorama City.

Totul mi s-a limpezit, ca și când ultimul fir de nisip ar fi căzut prin mijlocul unei clepsidre. Raul Levin găsise într-adevăr calea spre mântuire a lui Jesus Menendez.

– Martha Renteria a fost ucisă acum doi ani, pe 8 aprilie, am spus. Și locuia pe Blythe Street în Panorama City.

– Da, dar noi nu știam asta. N-am văzut legătura. Ne-ați spus că Levin lucra la cazuri diferite. Jesus Menendez și Louis Roulet erau investigații separate. Levin le-a tratat separat.

– A fost o problemă de probe. A păstrat cazurile separate, ca să nu transfer la Roulet nimic din ce-ar fi găsit cu privire la Menendez.

– Unul dintre aspectele meseriei de avocat. Ei bine, asta ne-a împiedicat să facem legătura până când informatorul a pomenit despre dansatoarea-șarpe. Asta a conectat totul.

Am dat din cap.

– Deci, cine l-a ucis pe Raul Levin a luat copia?

– Așa credem.

– Ați verificat telefoanele lui Raul pentru o interceptare? Cumva, cineva a știut că a găsit biletul.

– Am făcut-o. Erau curate. Dispozitivele de interceptare puteau fi eliminate la momentul crimei. Sau poate că telefonul altcuiva a fost interceptat.

Adică al meu. Ceea ce înseamnă că așa s-ar putea explica de ce Roulet știa atât de multe despre mișcările mele și m-a așteptat convenabil la mine acasă în seara în care fusesem să-l văd pe Jesus Menendez.

– O să le dau la verificat. Toate astea înseamnă că sunt absolvit în legătură cu uciderea lui Raul?

– Nu neapărat, a spus Sobel. Vrem să vedem rezultatele de la balistică. Sperăm să le primim azi.

Am dat din cap. N-am știut cum să răspund. Sobel zăbovea, părând că vrea să-mi spună sau să-mi ceară ceva.

– Ce este?

– Nu știu. E ceva ce vreţi să-mi spuneţi?

– Nu știu. Nu e nimic de spus.

– Chiar aşa? În sala de judecată părea că vreţi să ne spuneţi multe.

Am tăcut o clipă, încercând să citesc printre rânduri.

– Ce vreţi de la mine, doamnă detectiv Sobel?

– Ştiţi ce vreau. Îl vreau pe ucigaşul lui Raul Levin.

– Ei bine, și eu la fel, dar nu vi l-aş fi putut da pe Roulet în cazul Levin, chiar dacă aş fi vrut. Nu ştiu cum a făcut-o. Și asta e neoficial.

– Deci, asta vă lasă în vizor...

S-a uitat spre lifturi, trimiterea ei fiind clară. Dacă balistica se potrivea, încă aş fi putut să am o problemă legată de Levin. M-ar fi folosit ca pârghie: să spun cum a făcut-o Roulet sau să plătesc chiar eu pentru crimă. Am schimbat subiectul.

– În cât timp credeți că iese Jesus Menendez? am întrebat.

A ridicat din umeri.

– Greu de spus. Depinde ce caz construiesc împotriva lui Roulet, dacă au un caz. Dar eu ştiu un singur lucru: nu-l pot urmări pe Roulet atât timp cât un alt bărbat este în închisoare pentru aceeaşi infracțiune.

M-am întors și am mers spre peretele din sticlă. Mi-am pus mâna liberă pe balustrada care se întindea de-a lungul sticlei. Simțeam un amestec de euforie și groază, iar fluturele încă mi se zbătea prin piept.

– Acesta e singurul lucru de care îmi pasă, am spus liniştit. Să-l scot afară. Asta şi Raul.

A venit lângă mine.

– Nu știu ce faceți, a spus ea. Dar lăsați restul pe seama noastră.

– Dacă fac asta, partenerul dumneavoastră probabil o să mă bage în închisoare pentru o crimă pe care nu am comis-o.

– Jucați un joc periculos, a zis ea. Renunțați.

M-am uitat la ea și apoi pe geam.

– Sigur, am spus. O să renunț.

După ce a auzit ceea ce voia să audă, a dat să plece.

– Baftă, a spus Sobel.

M-am uitat din nou la ea.

– La fel.

Ea a plecat, iar eu am rămas. M-am întors la fereastră și am privit jos în piață. I-am văzut pe Dobbs și pe Windsor traversând dalele de beton și îndreptându-se spre garaj. Mary Windsor se sprijinea de avocatul ei. Mă îndoiam că se mai duceau să ia masa de prânz la Orso.

45

Până seara, vestea a început să se răspândească. Detaliile secrete nu, dar povestea da. Cum am câştigat procesul, obţinând de la acuzare o revocare fără reveniri, doar pentru ca Roulet, clientul meu, să fie arestat pentru crimă, chiar pe hol, la ieşirea din sala de judecată în care tocmai îl scăpasem de acuzaţii. Am primit telefoane de la toţi avocaţii pe care-i ştiam. Apel după apel, până când telefonul meu mobil a murit în cele din urmă. Toţi colegii mei mă felicitau. În ochii lor, nu exista niciun dezavantaj. Roulet era franciza finală. Obţinusem comisionul maxim pentru un proces şi urma să primesc la fel pentru cel următor. Era o dublă lovitură la care cei mai mulţi apărători puteau doar să viseze. Și, desigur, atunci când le spuneam că nu intenţionam să iau noul caz, fiecare dintre ei întreba dacă l-aş putea prezenta lui Roulet.

Am primit un telefon şi pe numărul meu de fix de acasă, telefonul pe care mi-l dorisem cel mai mult. Era de la Maggie McPherson.

– Am aşteptat să mă suni toată seara, am spus.

Mă-nvârteam prin bucătărie, trăgând cablul telefonic după mine. Îmi verificasem telefoanele când am ajuns acasă și n-am găsit nicio urmă a vreunui dispozitiv de urmărire.

– Îmi pare rău, am fost în sala de conferințe, a spus ea.

– Am auzit că ți-a fost repartizat din nou cazul Roulet.

– Da, de asta te-am sunat. Au de gând să-i dea drumul!

– Ce vrei să spui? Îl lasă să plece!?

– Da. L-am avut timp de nouă ore într-o cameră și n-a cedat. Poate că l-ai învățat prea bine să nu vorbească, pentru că este ca o stâncă și nu au obținut nimic, iar asta înseamnă că nu au suficiente probe.

– Te înșeli. Au de ajuns. Au biletul de parcare și nu trebuie să fie martori care-l pot plasa la The Cobra Room. Chiar Menendez poate să-l identifice acolo.

– Știi la fel de bine ca și mine că Menendez este un zero. El ar identifica pe oricine ca să iasă. Și, dacă există alți indivizi din The Cobra Room, o să ia ceva timp pentru a-i audia. Biletul de parcare îl plasează în cartier, dar nu în apartamentul ei.

– Bine, dar cuțitul?

– Se lucrează la asta, dar e nevoie de timp, de asemenea. Uite ce e, vrem să facem bine lucrurile. A fost decizia lui Smithson și, crede-mă, a vrut și el să-l rețină. Asta ar face un pic mai suportabil fiascoul pe care l-ați creat azi în tribunal. Dar, pur și simplu, n-au ajuns acolo. Nu încă. Au de gând să-l facă pierdut și să efectueze teste criminalistice și să caute martori. Dacă Roulet e vinovat, atunci o să-l înfunde, iar celălalt client al tău va ieși. Nu trebuie să-ți faci griji. Dar trebuie s-o facem corect.

Am agitat un pumn neputincios prin aer.

– Au uitat arma! La naiba, n-ar fi trebuit să facă mișcarea azi!

– Bănuiesc că ei au crezut că nouă ore de interogatoriu vor rezolva treaba.

– Au fost proşti.

– Nimeni nu e perfect.

Mă deranja atitudinea ei, dar mi-am ţinut gura. Aveam nevoie de ea ca să rămân în joc.

– Când anume îi dau drumul? am întrebat.

– Nu ştiu. Kurlen şi Booker au venit aici să prezinte situaţia şi Smithson i-a trimis înapoi la secţie. Când se întorc, presupun că o să-i dea drumul.

– Ascultă-mă, Maggie. Roulet ştie despre Hayley!

A fost un moment de tăcere oribil de lung înainte să răspundă.

– Ce vrei să spui? Ai lăsat-o pe fiica noastră în...

– N-am lăsat nimic. El a intrat în casa mea şi a văzut poza. Asta nu înseamnă că ştie unde locuieşte sau care e numele ei. Dar ştie despre ea şi vrea să se răzbune pe mine. Deci, va trebui să mergi acasă chiar acum. Vreau să fii cu Hayley. Ia-o şi plecaţi din apartament. Asigură-i condiţii de siguranţă.

Ceva m-a făcut să nu spun totul, cum am simţit că Roulet, la tribunal, mi-a ameninţat în mod direct familia. „Nu poţi proteja pe toată lumea." Aş fi folosit asta numai dacă ea ar fi refuzat ceea ce îi cerusem.

– Plec acum. Şi venim la tine.

Ştiam că o să spună asta.

– Nu, nu veniţi la mine.

– De ce nu?

– Pentru că s-ar putea ca el să vină la mine.

– Asta e o nebunie. Ce-ai de gând să faci?

– Nu sunt sigur încă. Tu doar du-te cu Hayley într-un loc sigur. Apoi sună-mă pe mobil, dar nu-mi spune unde vă aflați. Va fi mai bine dacă nici măcar eu nu o să știu.

– Haller, sună la poliție. Ei pot...

– Și să le spun ce?

– Nu știu. Spune-le că ai fost amenințat.

– Un avocat al apărării care spune că se simte amenințat... Da, vor sări imediat. Probabil vor trimite o echipă SWAT...

– Ei bine, trebuie să faci ceva.

– Credeam că am făcut. Am crezut că o să fie în închisoare pentru tot restul vieţii lui. Dar voi, ăștia, v-aţi mişcat prea repede și acum va trebui să-i daţi drumul.

– Ți-am spus, n-a fost suficient. Chiar știind acum despre posibila amenințare la adresa lui Hayley, tot nu este suficient.

– Atunci du-te la fiica noastră și ai grijă de ea. Lasă restul în seama mea.

– Mă duc.

Dar n-a închis. Ca și cum voia să-mi dea ocazia să spun ceva mai mult.

– Vă iubesc, Mags. Pe amândouă. Ai grijă.

Am închis telefonul înainte ca ea să poată răspunde. Aproape imediat l-am deschis din nou și am format numărul de mobil al lui Fernando Valenzuela. A răspuns la al cincilea ţârâit.

– Val, sunt eu, Mick.

– La naiba. Dacă știam că ești tu, n-aș fi răspuns.

– Uite, am nevoie de ajutorul tău.

– Ajutorul meu? Îmi ceri ajutorul după ce m-ai întrebat seara trecută!? După ce m-ai acuzat!?

– Uite, Val, este un caz de urgenţă. Ceea ce am spus ieri-seară a fost aiurea şi-mi cer scuze. O să-ţi plătesc televizorul, o să fac tot ce vrei, dar am nevoie de ajutorul tău chiar acum.

Am aşteptat. După o pauză, a răspuns:

– Ce vrei să fac?

– Louis Roulet are încă brăţara de monitorizare la gleznă, da?

– Da. Ştiu ce s-a întâmplat în instanţă, dar nu am auzit de la el. Unul dintre oamenii mei din tribunal mi-a spus că poliţia l-a ridicat din nou, aşa că nu ştiu ce se întâmplă.

– L-au luat, dar este pe cale de a fi eliberat. Probabil o să te sune ca să-şi poată scoate brăţara.

– Sunt deja acasă, omule. Mă poate găsi mâine-dimineaţă.

– Asta e ceea ce vreau. Fă-l să aştepte.

– Asta nu este nicio favoare, omule.

– Ba este. Vreau să-ţi deschizi laptopul şi să-l urmăreşti. Când părăseşte arestul preventiv, vreau să ştiu unde se duce. Poţi să faci asta pentru mine?

– Vrei să spui... chiar acum?

– Da, chiar acum! E vreo problemă?

– Oarecum.

Eram pregătit pentru altă dispută. Dar am fost surprins.

– Ţi-am spus despre alarma care anunţă consumarea bateriei, corect?

– Da, îmi amintesc.

– Păi, am primit alarma de douăzeci la sută în urmă cu o oră.

– Deci, cât de mult mai poate să-l monitorizeze până când moare bateria?

– Probabil șase până la opt ore de urmărire activă înainte de a intra pe semnal scăzut. Pe urmă, câte un semnal la fiecare cincisprezece minute pentru alte cinci ore.

M-am gândit la toate astea. Aveam nevoie doar să treacă noaptea și să știu că Maggie și Hayley sunt în siguranță.

– Chestia e că atunci când intră pe semnal scăzut, emite bipuri, a spus Valenzuela. O să-l auzi venind. Sau el o să se plictisească de zgomot și o să-și încarce bateria.

Sau poate că va executa din nou magia Houdini, m-am gândit.

– Bine, am spus. Mi-ai zis că există și alte alarme pe care le poți seta în cadrul programului de urmărire.

– Așa este.

– Poți să setezi dispozitivul astfel încât să primești o alarmă în cazul în care el se apropie de o anumită țintă?

– Da, se poate seta o alarmă la fel ca și pentru cei care au molestat copii și se apropie de o școală. Chestii de genul ăsta. Trebuie să fie o țintă fixă.

– Bine.

I-am dat adresa apartamentului de pe Dickens, în Sherman Oaks, unde locuiau Maggie și fiica mea.

– Dacă ajunge la mai puțin de zece blocuri de acel loc, mă suni. Nu contează ora, mă suni. Asta e favoarea.

– Ce e cu adresa asta?

– Acolo locuiește fiica mea.

– Cu Maggie? Crezi că tipul ăsta o să meargă acolo? a zis Valenzuela după câteva clipe de tăcere.

– Nu știu. Sper că, atât timp cât are un dispozitiv de urmărire pe gleznă, n-o să fie prost s-o facă.

– Bine, Mick. Am înţeles.

– Mulțumesc, Val. Și sună-mă pe numărul de fix de acasă. Celularul e mort.

I-am dat numărul și apoi am tăcut un moment, întrebându-mă ce altceva aș putea spune pentru a compensa trădarea mea din urmă cu două seri. În cele din urmă, am renunţat. Trebuia să mă concentrez pe amenințarea curentă.

Am plecat din bucătărie și am traversat holul către biroul meu. Am căutat prin Rolodexul de pe birou până am găsit un număr și apoi am luat telefonul. Am sunat și am așteptat. M-am uitat pe fereastra din stânga biroului și am observat pentru prima dată că ploua. Părea că va turna cu găleata și m-am întrebat dacă vremea putea afecta urmărirea prin satelit a lui Roulet. Am renunţat la gând când la apelul meu a răspuns Teddy Vogel, liderul Sfinților Drumului.

– Dă-i drumul!

– Ted, sunt Mickey Haller.

– Dom' avocat, ce mai faci?

– Nu așa de bine în seara asta.

– Atunci mă bucur că ai sunat. Ce pot face pentru tine?

M-am uitat cum ploua, înainte de a răspunde. Nu prea voiam să rămân dator unor oameni cu al căror nume nu era bine să fiu asociat. Dar nu aveam de ales.

– Se întâmplă să ai pe cineva în apropiere de mine în seara asta? am întrebat.

Vogel a ezitat înainte să-mi răspundă. Știam că trebuie să fi fost curios să afle de ce-i ceream ajutorul. În mod evident, ceream un gen de ajutor care implica muşchi şi arme de foc.

– Am câţiva băieţi care au grijă de club. Care-i treaba?

Clubul era un bar de striptease pe Sepulveda, nu prea departe de Sherman Oaks. Contasem pe asta.

– Există o ameninţare pentru familia mea, Ted. Am nevoie de câteva persoane care să-i facă faţă, care să poată pune mâna pe un tip dacă este necesar.

– Înarmat şi periculos?

Am ezitat, dar nu prea mult.

– Da, înarmat şi periculos.

– Pare genul nostru de acţiune. Unde ai nevoie?

Era pregătit să acționeze imediat. Știa cât valorează să mă aibă pe mine la degetul mic în loc de onorariu. I-am dat adresa apartamentului de pe Dickens. De asemenea, i-am oferit o descriere a lui Roulet și a hainelor pe care le purtase în instanță în acea zi.

– În cazul în care apare la acel apartament, vreau să fie oprit. Și am nevoie ca oamenii tăi să meargă acum.

– Rezolvat, a spus Vogel.

– Mulțumesc, Ted.

– Nu, noi vă mulţumim. Suntem bucuroși să vă ajutăm, ţinând cont că ne-aţi ajutat atât de mult.

Da, sigur, m-am gândit. Am închis telefonul, știind că tocmai am depășit una dintre acele linii pe care speri să nu fii niciodată nevoit să le calci. M-am uitat din nou pe fereastră. Afară, ploaia cădea în valuri de pe acoperiș. Nu am jgheab în spate și cobora într-o perdea translucidă care estompa luminile de afară. Nimic în afară de ploaie în acest an, m-am gândit. Nimic în afară de ploaie.

Am plecat din birou și m-am întors în partea din față a casei. Pe masă era arma pe care mi-o dăduse Earl Briggs. Am studiat arma și am reflectat la toate mișcările pe care le făcusem. Concluzia era că mă aruncasem orbește în povestea asta și îi pusesem în pericol și pe alţii, nu doar pe mine.

Panica a început să se instaleze. Am luat telefonul de pe perete și am format numărul celularului lui Maggie. Mi-a răspuns imediat. Se auzea că era în mașină.

– Unde ești?

– Tocmai ajung acasă. O să adun niște lucruri și o să ieșim.

– Bine.

– Ce să-i spun lui Hayley, că tatăl ei i-a pus viața în pericol?

– Nu-i așa, Maggie. E el. Roulet. Nu l-am putut controla. Într-o seară am venit acasă și el mă aștepta înăuntru. E agent imobiliar. Știe cum să găsească locuri. A văzut poza ei pe biroul meu. Ce-aș fi putut...

– Putem vorbi despre asta mai târziu, Haller? Trebuie să mă duc acum s-o iau pe fiica mea.

Nu fiica noastră. Fiica mea.

– Sigur. Sună-mă când ajungi într-un loc sigur.

A închis fără alt cuvânt și am pus încet aparatul la loc. Mâna mea era încă pe telefon. M-am aplecat în față până când am atins cu fruntea peretele. Rămăsesem fără mutări. Puteam doar să-l aștept pe Roulet s-o facă pe următoarea.

Zbârnâitul telefonului m-a speriat și am tresărit. Receptorul a căzut pe podea și l-am tras în sus de fir. Era Valenzuela.

– Ai primit mesajul meu? Tocmai am sunat.

– Nu, vorbeam la telefon. Ce?

– Atunci mă bucur că am sunat din nou. El se mişcă.

– Unde?

Strigasem prea tare în telefon. Mă pierdeam.

– Se îndreaptă spre sud pe Van Nuys. M-a sunat şi mi-a spus că vrea să scape de brăţară. I-am spus că sunt deja acasă şi că mă poate suna mâine. Şi că mai bine ar încărca acumulatorul, să nu înceapă să sune în miez de noapte.

– Bine gândit. Unde e acum?

– E încă pe Van Nuys.

Am încercat să mi-l imaginez pe Roulet şofând. Dacă mergea spre sud pe Van Nuys, asta însemna că se îndrepta direct spre Sherman Oaks şi cartierul în care locuiau Maggie şi Hayley. Dar ar fi putut, de asemenea, să treacă prin Sherman Oaks în drum spre casa lui. Trebuia să aştept ca să fiu sigur.

– Cât de actuală este poziţia GPS pe chestia aia? am întrebat.

– Este în timp real, omule. Este acolo unde arată. Tocmai a trecut pe sub...! S-ar putea doar să meargă acasă, Mick.

– Ştiu, ştiu. Doar aşteaptă până când trece de Ventura. Strada vecină este Dickens. În cazul în care întoarce acolo, atunci el nu merge acasă.

M-am ridicat şi nu ştiam ce să fac. Am început să mă învârt ca un leu în cuşcă, cu telefonul lipit de ureche. Chiar dacă Teddy Vogel şi-ar fi pus imediat oamenii în mişcare, erau încă la câteva minute depărtare. Nu-mi erau de niciun folos acum.

– Dar ploaia? Nu afectează GPS-ul?

– N-ar trebui s-o facă.

– Asta e liniştitor.

– S-a oprit.

– Unde?

– Trebuie să fie un semafor. Cred că e Moorpark Avenue acolo.

Asta era la distanţă de un bloc înainte de Ventura şi la două înainte de Dickens. Am auzit un sunet în telefon.

– Ce-i asta?

– Alarma de zece blocuri pe care mi-ai cerut s-o setez.

Sunetul a încetat.

– L-am oprit.

– O să te sun înapoi.

N-am aşteptat un răspuns. Am închis şi am sunat-o pe Maggie. Mi-a răspuns imediat.

– Unde sunteţi?

– Mi-ai zis să nu-ți spun.

– Aţi ieșit din apartament?

– Nu, nu încă. Hayley își alege creioanele și cărțile de colorat pe care vrea să și le ia.

– La naiba, ieșiţi de acolo! Acum!

– Ne mișcăm cât de repe...

– Plecaţi!! Te sun eu înapoi. Să răspunzi.

Am închis telefonul şi l-am sunat din nou pe Valenzuela.

– Unde este?

– Acum este pe Ventura. Trebuie să fi prins un alt stop, pentru că nu este în mișcare.

– Ești sigur că e pe drum, și nu doar a parcat acolo?

– Nu, nu sunt sigur. Ar fi putut... nu mai contează, se mișcă! La naiba, a întors pe Ventura.

– Încotro?

Am început să mă plimb de colo colo, cu telefonul apăsat atât de tare pe ureche, încât mă durea.

– Dreapta – ăăă, vest. Merge spre vest.

Conducea acum paralel cu Dickens, la un bloc distanță, în direcția apartamentului fiicei mele.

– Tocmai s-a oprit din nou, a anunțat Valenzuela. Nu este o intersecție. Se pare că este la mijlocul blocului. Cred că a parcat.

Mi-am trecut repede mâna liberă prin păr, ca un om disperat.

– La naiba, trebuie să plec! Mobilul meu a murit. Sun-o pe Maggie și spune-i că se îndreaptă spre ea. Spune-i să se suie în mașină și să plece de acolo!

Am strigat numărul lui Maggie în telefon și am dat drumul la receptor în timp ce ieșeam din bucătărie. Știam că mi-ar lua cel puțin douăzeci de minute ca să ajung pe Dickens – și asta luând curbele pe Mulholland cu șaizeci pe oră în Lincoln, dar nu mai puteam să stau acolo strigând comenzi la telefon în timp ce familia mea era în pericol. Am înșfăcat pistolul de pe masă și m-am îndreptat spre ieșire. L-am băgat în buzunarul lateral de la haină în timp ce deschideam ușa.

Mary Windsor era acolo, cu părul ud de la ploaie.

– Mary, ce...

Ea a ridicat mâna. M-am uitat în jos tocmai la timp ca să văd sclipirea de metal a armei când a tras.

46

Sunetul a fost puternic și flama la fel de luminoasă ca blițul unui aparat de fotografiat. Impactul glonțului a fost așa cum îmi imaginez că se simte o lovitură provocată de un cal. Într-o fracțiune de secundă m-a doborât. Am lovit tare podeaua din lemn și am fost propulsat în peretele de lângă șemineul din camera de zi. Am încercat să-mi duc ambele mâini la gaura din burtă, dar mâna dreaptă mi-era în buzunarul de la haină. M-am ținut cu stânga și am încercat să mă ridic.

Mary Windsor a făcut un pas și a intrat în casă. A trebuit să mă uit la ea în sus. Prin ușa deschisă din spatele ei vedeam ploaia căzând. Ea a ridicat arma și a îndreptat-o spre fruntea mea. Numaidecât am văzut chipul fiicei mele și am știut că n-o s-o abandonez.

– Ai încercat să-l iei pe fiul meu de lângă mine! a strigat Windsor. Ți-ai imaginat că aș putea permite să faci asta și să pleci liniștit?

Și atunci am știut. Totul s-a limpezit. Am știut că îi spusese cuvinte similare lui Raul Levin înainte să-l ucidă. Și am știut că nu existase niciun viol într-o casă goală din Bel Air. Era o mamă care făcuse ceea ce trebuia să facă.

Mi-am amintit cuvintele lui Roulet: „Ai dreptate despre un singur lucru. Sunt un fiu de căţea".

Şi am ştiut, de asemenea, că ultimul gest al lui Raul Levin nu reprezenta niciun semn al diavolului, ci litera M sau W, în funcţie de cum te-ai fi uitat la ea.

Windsor a făcut încă un pas spre mine.

– Du-te dracului! a spus ea.

S-a străduit să-şi ţină mâna nemişcată ca să tragă.

Mi-am ridicat mâna dreaptă, încă prinsă în haină. Trebuie să fi crezut că este un gest defensiv, pentru că nu s-a grăbit. Savura momentul. Vedeam asta. Până când am tras.

Trupul lui Mary Windsor a fost aruncat înapoi şi ea a aterizat pe spate, în pragul uşii. Arma a zăngănit pe podea şi am auzit-o scoţând un scâncet strident. Apoi am auzit pe cineva urcând în fugă treptele de la intrare.

– Poliţia! a strigat o femeie. Puneţi armele jos!

M-am uitat spre uşă şi nu am văzut pe nimeni.

– Puneţi armele jos şi ieşiţi cu mâinile la vedere!

De data aceasta era un bărbat care a strigat şi am recunoscut vocea.

Am scos pistolul din buzunar şi l-am pus pe podea. L-am împins departe de mine.

– Arma e jos! am strigat cât de tare îmi permitea gaura din stomac. Dar sunt împuşcat. Nu pot să mă ridic. Suntem amândoi împuşcaţi.

Am văzut întâi ţeava unui pistol în cadrul uşii. Pe urmă o mână şi apoi o haină neagră de ploaie. Detectivul Lankford a intrat în casă şi a fost urmat rapid de partenera sa, detectivul Sobel. Numaidecât, Lankford a împins pistolul departe de Windsor, păstrându-și propria armă îndreptată spre mine.

– Mai e cineva în casă? a întrebat cu voce tare.

– Nu, am spus. Ascultă-mă.

Am încercat să mă ridic, însă durerea mi-a străbătut corpul și Lankford a țipat:

– Nu te mișca! Rămâi acolo!

– Ascultă-mă. Familia mea...

Sobel a strigat o comandă într-un emițător radio portabil, cerând paramedici și transport cu ambulanța pentru două persoane, cu răni de foc de armă.

– Un singur transport, a corectat-o Lankford. Ea s-a dus.

A arătat cu arma spre Windsor.

Sobel și-a băgat aparatul în buzunarul pelerinei de ploaie și a venit la mine. A îngenuncheat și mi-a tras mâna de pe rană. Mi-a scos cămașa din pantaloni, ca s-o poată ridica și să vadă rana. Mi-a apăsat apoi mâna înapoi pe gaura făcută de glonț.

– Apăsați cât de tare puteți. Aveți hemoragie. M-ați auzit? Țineți mâna strâns.

– Ascultați-mă, i-am spus din nou. Familia mea e în pericol. Trebuie să...

– Așteptați.

A căutat în haina de ploaie și a scos un telefon mobil de la centură. L-a deschis și a apăsat un buton de apelare rapidă. Cel pe care l-a sunat a răspuns imediat.

– Sunt Sobel. Ar fi bine să-l ridicați din nou. Mama lui a încercat să-l atace pe avocat. A doborât-o el primul. A ascultat pentru o clipă și a întrebat: Atunci, unde este?

A ascultat ceva mai mult și pe urmă a spus la revedere. M-am uitat la ea când a închis telefonul.

– O să-l ridice. Fiica dumneavoastră este în siguranță.

– Îl supravegheaţi?

A aprobat din cap.

– Am dublat planul dumneavoastră, Haller. Avem multe împotriva lui, dar speram la și mai mult. V-am spus, vrem să clarificăm cazul Levin. Am sperat că, dacă-i dăm drumul, ne va arăta trucul lui, o să ne arate cum a ajuns la Levin. Dar mama lui a rezolvat acest mister.

Am înțeles. Cu sângele și cu viața scurgându-se prin rana din burta mea, am fost în stare să pun lucrurile cap la cap. Eliberarea lui Roulet fusese o piesă de teatru. Au mizat pe faptul că Roulet va veni după mine, dezvăluind metoda folosită pentru a învinge brățara GPS de pe gleznă atunci când îl omorâse pe Raul Levin. Numai că nu el îl omorâse pe Raul. Ci mama lui.

– Maggie? am întrebat slab.

Sobel a dat din cap.

– E bine. A trebuit să joace și ea, pentru că nu știam dacă Roulet avea sau nu racord pe linie. Deci, nu putea să spună că ea și Hayley erau în siguranță.

Am închis ochii. Nu știam dacă să fiu recunoscător că ele erau bine sau să fiu supărat că Maggie îl folosise pe tatăl fiicei sale ca momeală pentru un criminal.

Am încercat să mă ridic.

– Vreau să o sun. Ea...

– Nu vă mișcați. Stați nemișcat.

Mi-am rezemat capul înapoi pe podea. Mi-era frig și aproape tremuram, dar mă simţeam, de asemenea, ca și cum aș fi transpirat. Simţeam cum îmi pierd puterile pe măsură ce respiraţia îmi devenea tot mai superficială.

Sobel a scos din nou aparatul din buzunar și a cerut trimiterea unei unități ETA cu paramedici. Dispecerul a raportat că ajutorul medical era la șase minute distanță.

– Rezistați, mi-a spus Sobel. O să fiți bine. În funcție de ce-a făcut glonțul în interior, ar trebui să fie în regulă.

– Gri...

Voiam să spun „Grozav!" cu tot sarcasmul cuvenit. Dar mă stingeam.

Lankford a venit lângă Sobel și s-a uitat la mine. Într-o mână înmănușată ținea pistolul cu care mă împușcase Mary Windsor. Am recunoscut mânerul de culoarea perlei. Arma lui Mickey Cohen. Arma mea. Arma cu care-l împușcase pe Raul.

Lankford a dat din cap și am luat-o ca pe un fel de semnal. Poate crescusem în ochii lui, știind că le-am făcut munca scoțând criminalul la lumină. Poate că era chiar un armistițiu și poate că nu mai ura avocații atât de mult după povestea asta.

Probabil că nu. Dar am dat din cap și această mică mișcare m-a făcut să tușesc. Am simțit un gust în gură și am știut că este sânge.

– Nu ne muri acum! a ordonat Lankford. Dacă vom ajunge să facem respirație gură la gură unui avocat al apărării, n-o să supraviețuim.

A zâmbit și i-am zâmbit și eu. Sau măcar am încercat. Apoi, întunericul a început să-mi tulbure vederea. Destul de curând pluteam în el.

PARTEA A TREIA

Carte poştală din Cuba

Marți, 4 octombrie

47

Au trecut cinci luni de când am fost într-o sală de judecată. Din acel moment, am suferit trei intervenţii chirurgicale, am fost dat în judecată de două ori în curtea civilă și am fost investigat atât de către departamentul poliției din Los Angeles, cât și de către Asociația Avocaţilor din California. Conturile mele bancare au sângerat de cheltuieli medicale, cheltuieli de întreținere, alocaţie pentru copil și, da, chiar cheltuieli pentru breaslă – avocați!

Dar am supraviețuit, iar astăzi este prima zi de când am fost împușcat de către Mary Alice Windsor când voi merge fără baston și fără să fiu amorţit de la analgezice. Pentru mine, acesta este primul pas adevărat spre revenire. Bastonul este un semn de slăbiciune. Nimeni nu vrea un avocat care pare slab. Trebuie să stau drept, să-mi întind mușchiul pe care chirurgul l-a tăiat ca să ajungă la glonț și să merg singur înainte să simt că pot intra din nou într-o sală de judecată.

Nu am mai fost într-o sală de judecată, dar asta nu înseamnă că nu pot fi subiectul unei proceduri judiciare.

Jesus Menendez şi Louis Roulet m-au dat amândoi în judecată şi cazurile probabil mă vor urmări mulţi ani. Sunt reclamaţii separate, dar amândoi foştii mei clienţi mă acuză de malpraxis şi de încălcare a eticii judiciare. În ciuda acuzaţiilor sale, Roulet nu a fost în măsură să arate cum se presupune că am ajuns la Dwayne Corliss Jeffery la County-USC şi l-aş fi alimentat cu informaţii privilegiate. Şi este puţin probabil că o va face vreodată. Gloria Dayton este de mult istorie. Şi-a terminat programul, a luat cei 25 000 dolari pe care i i-am dat şi s-a mutat în Hawaii pentru a începe o viaţă nouă. Iar Corliss, care probabil ştie mai bine decât oricine ce valoare are tăcerea, nu a divulgat nimic altceva decât ceea ce mărturisise în instanţă, insistând că, în timp ce era în arest, Roulet i-ar fi spus despre uciderea dansatoarei-şarpe. El a evitat acuzaţia de sperjur, deoarece urmărirea lui ar submina cazul împotriva lui Roulet şi ar fi un act de autodiscreditare din partea biroului procurorului. Avocatul mi-a spus că acţiunea lui Roulet împotriva mea este un efort de salvare a aparenţelor şi că o să dispară în cele din urmă. Probabil atunci când n-o să mai am bani să-i plătesc avocatului onorariile...

Dar Menendez nu va dispărea niciodată. El este cel care îmi va bântui serile, când stau pe verandă şi contemplu priveliştea de un milion de dolari din casa mea cu un credit ipotecar de un milion plus unul. El a fost graţiat de către guvernator şi eliberat din închisoarea San Quentin la două zile după ce Roulet a fost acuzat de uciderea Marthei Renteria. Dar tot ce-a făcut a fost să schimbe o sentinţă pe viaţă cu alta: a reieşit că a contractat HIV în închisoare şi guvernatorul nu poate grația și asta. Nimeni nu poate. Orice se întâmplă cu Jesus Menendez este din vina mea. Știu asta. Trăiesc cu asta în fiecare zi. Tatăl meu avea dreptate: nu există niciun client la fel de înspăimântat ca un om nevinovat. Și niciunul la fel de înspăimântător.

Menendez vrea să mă scuipe și să-mi ia banii ca pedeapsă pentru ceea ce am făcut sau nu am făcut. După părerea mea, are tot dreptul. Dar indiferent care au fost eșecurile mele de judecată și lapsusurile etice, știu că la sfârșit am reparat lucrurile încercând să fac ce era corect. Am schimbat răul pe nevinovăție. Roulet a intrat din cauza mea. Menendez a ieșit datorită mie. În ciuda eforturilor depuse de noii săi avocați – i-a angajat în parteneriat pe Dan Daly și Roger Mills pentru a mă înlocui –, Roulet nu va mai fi din nou liber. Din ceea ce am auzit de la Maggie McPherson, procurorii au construit un caz inatacabil împotriva lui pentru uciderea Marthei Renteria. Ei au urmat, de asemenea, pașii lui Raul Levin și l-au legat pe Roulet de o altă crimă: violarea și înjunghierea unei barmanițe dintr-un club din Hollywood, după ce o urmărise până acasă. Profilul medico-legal al cuțitului lui se potrivea cu rănile mortale provocate acestei femei. Pentru Roulet, știința va fi aisbergul reperat prea târziu. Nava lui va naufragia și se va duce la fund. Pentru el, acum, lupta se dă doar pentru a rămâne în viață. Avocații lui sunt angajați în negocieri de recunoaștere a vinovăției ca să-l țină departe de injecția letală.

Ei au în vedere alte crime și violuri pe care ar fi dispus să le clarifice în schimbul vieții lui. Oricare ar fi rezultatul, viu sau mort, el este, cu siguranță, plecat din această lume și asta este scăparea mea. Este ceea ce m-a vindecat mai bine decât orice chirurg.

Eu și Maggie McPherson încercăm să ne reparăm rănile. O aduce pe fiica mea să mă viziteze în fiecare weekend și de multe ori rămâne până a doua zi. Stăm pe verandă și vorbim. Amândoi știm că fiica noastră va fi cea care ne va salva. Eu nu mai pot să-i port pică pentru că m-a folosit ca momeală pentru un criminal. Și cred că Maggie nu-mi mai poartă pică pentru alegerile pe care le-am făcut.

Baroul California mi-a analizat toate acțiunile și m-a trimis în vacanță în Cuba. Asta e ceea ce profesioniștii apărării numesc a fi suspendat pentru purtare neregulamentară. CUBA. Am fost suspendat pentru nouăzeci de zile. A fost o soluție de rahat. N-au putut dovedi nicio încălcare specifică de etică în ceea ce-l privește pe Corliss, așa că m-au lovit pentru că am împrumutat o armă de la clientul meu Earl Briggs. Am avut noroc cu asta. Nu era o armă furată sau neînregistrată. Îi aparținea tatălui lui Earl, deci infracțiunea mea etică a fost minoră.

Nu m-am obosit să contest mustrarea baroului sau să fac apel. După ce am luat un glonț în intestin, nouăzeci de zile la cutie nu arată așa de rău pentru mine. Mi-am petrecut suspendarea la recuperare, cea mai mare parte într-un halat de baie, uitându-mă la Court TV.

Nici baroul și nici poliția nu au constatat încălcări etice sau penale din partea mea în ceea ce privește uciderea lui Mary Alice Windsor. Intrase în casa mea cu o armă furată. A tras prima și am împușcat-o după aceea. Din stradă, Lankford și Sobel o văzuseră trăgând prima din pragul ușii mele din față. Autoapărare, clar ca lumina zilei. Dar ceea ce nu este atât de clar sunt sentimentele pe care le am pentru ce am făcut. Am vrut să-mi răzbun prietenul, pe Raul Levin, dar nu am vrut să iasă cu sânge. Sunt un ucigaș acum. Faptul că sunt sancţionat de stat temperează doar puţin sentimentele care vin cu asta.

Lăsând deoparte toate investigațiile și concluziile oficiale, cred acum că în toată afacerea asta cu Menendez și Roulet am fost vinovat de conduită nepotrivită. Și pedeapsa pentru asta este mai dură decât oricare aș fi putut-o primi vreodată din partea statului sau a baroului. Nu contează. O să trăiesc cu ea și o să mă întorc la muncă. Munca mea. Îmi știu locul în această lume și în prima zi de lucru de anul viitor voi scoate Lincolnul din garaj, mă voi întoarce pe drum și voi pleca în căutarea unui client. Nu știu unde o să mă duc sau ce cazuri voi avea. Știu doar că voi fi vindecat și pregătit să stau din nou drept într-o lume fără adevăr.

MULȚUMIRI

Acest roman a fost inspirat de o întâlnire întâmplătoare și o conversație cu avocatul David Ogden, cu mulți ani în urmă, la un meci de baseball al echipei Los Angeles Dodgers. Pentru aceasta, autorul îi va fi mereu recunoscător. Deși caracterul și faptele lui Mickey Haller sunt fictive și în întregime plăsmuite de imaginația autorului, această poveste nu ar fi fost scrisă fără imensul ajutor și îndrumare din partea avocaților Daniel F. Daly și Roger O. Mills, care mi-au permis amândoi să le urmăresc munca și strategia cazurilor și au fost neobosiți în eforturile lor de a fi siguri că lumea dreptului penal este descrisă cu precizie în aceste pagini. Orice erori sau exagerări în legislația sau practica acesteia sunt exclusiv din vina autorului.

Judecătoarea Judith Champagne de la Curtea Superioară și personalul ei din Departamentul 124, în clădirea instanțelor penale din centrul orașului Los Angeles, au permis autorului accesul complet în sala de judecată, la biroul ei și în celulele de arest și au răspuns la orice întrebare care le-a fost adresată. Judecătoarei, lui Joe, Marianne și Michelle le datorez mulțumiri profunde.

De asemenea, de mare ajutor autorului și contributori la poveste au fost Asya Muchnick, Michael Pietsch, Jane Wood, Terrill Lee Lankford, Jerry Hooten, David Lambkin, Lucas Foster, Carolyn Chriss și Pamela Marshall.

Nu în ultimul rând, autorul dorește să le mulțumească lui Shannon Byrne, Mary Elizabeth Capps, Jane Davis, Joel Gotler, Philip Spitzer, Lukas Ortiz și Lindei Connelly pentru ajutorul și sprijinul lor în timpul scrierii acestei povești.

RAO
CARTE DE BUZUNAR – ADULȚI

OPERE XX / CLASICI CONTEMPORANI

H.E. Bates	*Ușor bătea vântul spre Franța*
Albert Camus	*Fața și reversul / Nunta / Mitul lui Sisif / Omul revoltat / Vara / Exilul și împărăția*
Rafael Chirbes	*Împușcăturile vânătorului*
Miguel Delibes	*Doamna în roșu pe fundal cenușiu • Cinci ore cu Mario*
Romain Gary	*Prima dragoste, ultima dragoste • Rădăcinile cerului*
Louis Guilloux	*Sângele negru*
Hermann Hesse	*Gertrud / Rosshalde / Ultima vară a lui Klingsor*
Franz Kafka	*Castelul • Jurnal • Procesul*
Andre Malraux	*Antimemorii, vol.1 – Oglinda limburilor • Condiția umană*
Henry de Montherlant	*Bestiarele • Demonul binelui • Fetele • Leproasele • Visul*
Josep Pla	*Noapte de primăvară • Strada Îngustă*
Juan Rulfo	*Câmpia în flăcări • Pedro Paramo*
Ernesto Sabato	*Înainte de tăcere*
Jean-Paul Sartre	*Muștele / Cu ușile închise / Morți fără îngropăciune / Diavolul și bunul Dumnezeu / Sechestrații din Altona*
Michel Tournier	*Fecioara și căpcăunul • Gaspar, Melhior & Baltazar • Picătura de aur • Regele Arinilor*
Virginia Woolf	*Anii • Camera lui Jacob • Doamna Dalloway • Eseuri alese / Arta lecturii • Eseuri alese / Portrete în oglindă • Între acte • Jurnalul unei scriitoare • Orlando • Schițe • Spre Far • Valurile*

RAO CONTEMPORAN

Antonio Alamo	*Incendierea paradisului*
Federico Andahazi	*Anatomistul • Cetatea ereticilor • Conchistadorul • Mironosițele • Secretul culorii pure*
Iuri Andruhovyci	*Douăsprezece inele*
Jean-Daniel Baltassat	*Tainele donei Isabel*
Julian Barnes	*Privind în soare*
Arturo Barea	*Copilăria unui răzvrătit*
Romano Battaglia	*O inimă curată*
Tonino Benacquista	*Alter ego*
Carmen Covito	*Urâțica*
Don DeLillo	*Mao II*
Nicolas Dickner	*Nikolski*
Dimitre Dinev	*O lumină deasupra capului*
E.L. Doctorow	*Labirintul apelor*
Margaret Drabble	*Drumul strălucitor*
Marguerite Duras	*Amanta engleză • Hiroshima, dragostea mea • India Song*
Dominique Fernandez	*Îngerul destinului*
Robert Finley	*Indiile accidentale*
Paolo Giordano	*Singurătatea numerelor prime*
Martin Gulich	*Bellinzona, noaptea • Îmbrățișarea*
Joseph Heller	*Catch-22 • Ora închiderii*
Kazuo Ishiguro	*Nemângâiații*
Luis Garcia Jambrina	*Vise paralele*
Regis Jauffret	*Case de nebuni*
Julia Kristeva	*Moarte la Bizanț • Samuraii*
Javier Marias	*Inima atât de albă*
Carlos Maria Dominguez	*Casa de hârtie*
Adolfo Puerta Martin	*Azucena noaptea*
Patrick Modiano	*Dora Bruder*
Rosa Montero	*În inima infernului • Povestea regelui străveziu • Stăpân iubit • Ziua inocenților • Instrucțiuni pentru salvarea lumii*
Juan Manuel de Prada	*Păsărici*
Adolf Muschg	*Pot merge și singur și alte povestiri de dragoste*

Yann Queffelec	*Nuntă nemiloasă*
Kenzaburo Oe	*Strigătul înăbuşit • O experienţă personală • O viaţă liniştită*
Felipe Benitez Reyes	*Caruselul iluziilor*
Antonio Soler	*Calea englezilor*
Juan Carlos Somoza	*Clara şi penumbra • Peştera ideilor*
Andrzej Stasiuk	*Călătorind spre Babadag • Fado • Nouă • Djermania*
Antonio Skarmeta	*Dansul victoriei • Neruda văzut de Skarmeta • Poştaşul lui Neruda*
Philippe Sollers	*Steaua amanţilor • Secretul*
Ali Smith	*Accidental*
Rose Tremain	*Restauraţia*
Angela Vallvey	*Micile neajunsuri ale fericirii*
Manuel Vazquez Montalban	*Pianistul*
Enrique Vila-Matas	*Asasina cultivată • Bartleby & Co • Parisul nu are sfârşit*
Sandro Veronesi	*Arde Troia • Forţa trecutului • Haos calm*
Banana Yoshimoto	*N.P.*
Richard Wagner	*Miss Bucureşti*

THRILLER, AVENTURI, ACŢIUNE, ROMANCE, DRAMĂ, SF

Lino Aldani	*Crucea de gheaţă*
Lawrence Alexander	*Rubicon*
Ted Allbeury	*De o parte şi de alta a frontierei*
Will Adams	*Codul lui Alexandru*
Karin Alvtegen	*Trădarea*
Karin Alvtegen	*Ruşinea*
Andreas Albes	*Comoara*
Kevin J. Anderson	*Anticorpii*
Jeffrey Archer	*În linie dreaptă • O chestiune de onoare*
Cristina Bajo	*Grădina otrăvurilor*
David Baldacci	*Putere absolută*
Toby Ball	*Arhivele*
Noel Barber	*Plâns şi râs*
Clive Barker	*Cabal • Everville*
Michael Baden & Linda Kenney	*Tăcerea*
James Becker	*Primul apostol*
Peter Behrens	*Legea viselor*
Raymond Benson	*Să nu mori azi*
Marco Bettini	*Culoarea sângelui*
Marcelo Birmajer	*Poveşti cu bărbaţi însuraţi*
William Peter Blatty	*Exorcistul*
Stephen Booth	*Câinele negru • Sălaşul morţii*
Gayle Brandeis	*Licitaţia lui Flan*
Andrew Britton	*Americanul*
Dan Brown	*Codul lui Da Vinci • Conspiraţia Dan Brown • Îngeri şi demoni • Fortăreaţa digitală*
John Brunner	*Reţelele infinitului*
D.W. Buffa	*Trandafirul negru*
Candace Bushnell	*Frumuseţe de vânzare • Totul despre sex*
Mark Burnell	*A treia femeie*
Jared Cade	*Răzbunare mortală*
Tom Cain	*Ţinta*
Ian Caldwell & Dustin Thomason	*Misterul manuscrisului*
Mireille Calmel	Seria *Femeia pirat – Slujitorii regelui • Jocul umbrelor* Seria *Jocul lupoaicelor – Camera blestemată • Răzbunarea lui Isabeau • Patul lui Alienor*
Isabel Camblor	*Nopţile Cenuşăresei*
Rino Cammilleri	*Justiţie divină*
Thomas Caplan	*Actorul care a devenit spion*
Martin Capparos	*Enigma Valfierno*
Andrea de Carlo	*O mare de adevăruri • Un om liber*
John Le Carre	*Cârtiţa • Casa Rusia • Chemare din tărâmul morţii • Managerul nopţii • Micuţa toboşăreasă • Oamenii lui Smiley • Omul nostru din Panama • Premiantul • Spionul care a ieşit din joc • Un spion desăvârşit*

Chris Carter	*Francezul • Gheena • Înfruntă viitorul*
John Case	*A opta zi • Codul genetic • Întâiul călăreț al Apocalipsei • Sindromul*
Lincoln Child	*Infernul de gheață • Inima furtunii*
Agatha Christie	*13 la cină • A treia fată • Asupritul și alte povestiri • Cadavrul din bibliotecă • Ceasurile • Cei patru mari • Cei cinci purceluși • Chiparosul trist • Cine l-a ucis pe Roger Ackroyd? • Conacul dintre dealuri • Cortina: Ultimul caz al lui Poirot • Crăciunul lui Poirot • Crima din Orient Express • Crimă în Mesopotamia • Crimă la vicariat • Crimă pe terenul de golf • Cu cărțile pe masă • Cum bate valul • Doamna McGinty a murit • După înmormântare • Elefanții nu uită • Hotel Bertram • Întâlnire cu moartea • Jocuri de oglinzi • Mâna ascunsă • Martorul mut • Misterioasa afacere de la Styles • Misterul crimei fără cadavru • Misterul din Caraibe • Misterul Trenului Albastru • Moarte în nori • Moarte pe Nil • Muncile lui Hercule • Nemesis • O crimă anunțată • O supradoză de moarte • Oglinda spartă • Pericol la End House • Petrecerea de Halloween • Pisica printre porumbei • Poirot investighează • Poirot: Primele cazuri • Răul sub soare • Tragedie în trei acte • Trenul de Paddington • Ucigașul abc • Ultimele cazuri ale lui Miss Marple • Vânătoarea de crime* ***TOP 10:*** *13 Probleme • Casa strâmbă • Către zero • Noapte nesfârșită • Vinovat fără vină • Zece negri mititei*
Tom Clancy	*Cardinalul de la Kremlin • Centrul de comandă V – Echilibru de forțe • Dezbină și cucerește • Linia de demarcație • Misiune de onoare • Rainbow six* (2 vol.) *• Stare de asediu • Vânătoarea lui Octombrie Roșu*
Stephen Clarke	*În ce merde te bagă dragostea*
Piero Colaprico	*Soția campionului*
Martina Cole	*Afacerea*
Didier Convard	*Cei cinci templieri ai lui Iisus • Triunghiul secret*
Robin Cook	*Criza • Marker • Răpirea • Risc asumat*
Michael Cordy	*Lucifer • Codul lui Isus*
Bernard Cornwell	*Eretic • Harlequin • Vagabond*
Clive Cussler	*Aurul incașilor • Vântul negru • Comoara Marelui Han*
Antoine B. Daniel	Seria *Inca – Aurul din Cuzco • Machu Picchu, Cetatea Secretă • Dansul zeilor • Lanțurile de aur*
Misha Defonseca	*Printre lupi*
Jeffery Deaver	*A douăsprezecea carte • Dansând cu moartea • Grădina fiarelor • Fereastra spartă • Maimuța de piatră • Scaunul gol • Moartea vine on-line*
Tessa DeLoo	*Gemenele*
Nelson DeMille	*Căderea nopții • Fabrica de spioni • Fiica generalului • Odiseea lui Talbot • Plum Island • Spencerville • Focul sălbatic*
William Diehl	*Domnie în iad • Eureka*
Markus C. Schulte von Drach	*Furor*
Richard Doetsch	*Hoții paradisului • Dincolo de credință*
Jessica Duchen	*Violonista*
Robert Dugoni	*Stăpânul juriului • Victimele puterii*
Marc Dugain	*Blestemul lui Edgar • O execuție obișnuită*
Susanne Dunlap	*Sărutul lui Liszt*
Dominick Dunne	*Un anotimp în purgatoriu*
Joe Dunthore	*Submarin*
David Anthony Durham	*Mândria Cartaginei*
Daniel Easterman	*Ziua mâniei*
Andreas Eschbach	*Premiul Nobel • Filmul Isus • Un bilion de dolari • Ultimul dintre ei*
Ben Elton	*Crimă în direct • Popcorn • Prima victimă*
Paul Erdman	*Panica din '89*
Veit Etzold	*Tăietura finală*
Barbara Ewing	*Rosetta*
Giorgio Faletti	*Cu ochii altuia • Dincolo de un destin evident • Eu ucid*

Roopa Farooki	*Dulciuri amare*
Sebastian Faulks	*Jocul cu diavolul*
Zoe Feraris	*În căutarea lui Nouf*
Robert Ferrigno	*Rugă pentru asasin*
Joseph Finder	*Instinct ucigaş • Jocul puterii*
Robert Finn	*Inițiatul*
Janet Fitch	*Leandrul alb • Paint it black. Destin în negru*
Ian Fleming	*Bărbatul cu pistolul de aur • Caracatița și alte povestiri • Doar pentru ochii tăi • Operațiunea Thunderball • Spionul care m-a iubit • Trăiești numai de două ori*
Ken Follett	*Alb infinit • O avere periculoasă • O misiune riscantă • Prin urechile acului • Zbor periculos • Un loc numit libertate*
Colin Forbes	*Fără cruțare • Înfruntarea • Pe muchie de cuțit • Rinocerul*
Frederick Forsyth	*Afganul • Al patrulea protocol • Alternativa diavolului • Dosarul Odessa • Fantoma din Manhattan • Ziua şacalului*
Katia Fox	*Semnul de aramă*
Laurence Gardner	*Stirpea Sfântului Graal*
Tom Gabbay	*Conspirația Berlin*
Max Gallo	Seria *Romanii – Spartacus – revolta sclavilor • Nero – domnia antihristului • Titus* Seria *Crucea Occidentului – Întru acest semn vei învinge • Parisul în rugăciune*
Ignacio Garcia – Valino	*Cele două morți ale lui Socrate*
Kathleen O'Neal Gear & W. Michael Gear	*Trădarea. Viața pierdută a lui Isus*
Tess Gerritsen	*Ucenicul*
Randa Ghazy	*Poate astăzi nu omor pe nimeni*
David Gibbins	*Atlantida*
William Gibson	*Chrome • Contele Zero*
Thomas Gifford	*Asasini • Puterea destinului*
Mark Gimenez	*Culoarea legii*
William C. Gordon	*Vasele chinezeşti*
Sue Grafton	*A de la alibi • B de la bandit • C de la cadavru • D de la datornic*
James Grady	*Câini turbați*
John Grisham	*... Şi vreme e ca să ucizi • Apelul • Camera morții • Campionul din Arkansas • Cazul pelican • Clientul • Firma • Fotbal şi pizza • Frăția • Juriul • Maestrul • Nevinovatul • Omul care aduce ploaia • Partenerul • Avocatul străzii • Testamentul • Ultimul jurat • Un altfel de Crăciun*
Claudia Gross	*Maestra runelor*
Luigi Guarnieri	*Mireasa evreică*
J.M. Guelbenzu	*Moartea vine de departe*
Francisco Munoz Guerrero	*Colinele Edenului*
Kevin Guilfoile	*Joc de umbre*
Diana Haeger	*Curtezana*
Thomas Harris	*Dragonul roşu • Hannibal*
Colin Harrison	*Recuperatorul*
Mo Hayder	*Omul-Pasăre • Tokyo • Tratamentul • Insula porcilor*
Terry Hayes	*Călătorul*
Luis de la Higuera	*Autopsia Satanei*
Matt Hilton	*Pulbere de oase*
Chuck Hogan	*Încercuirea*
Wolfgang Hohlbein	*Anubis*
Anthony Horowitz	*Un banc criminal*
Travis Holland	*Povestea arhivarului*
Mike Horn	*Luptând cu imposibilul*
Gregg Hurwitz	*Nu te încrede în nimeni*
Conn Iggulden	Seria *Împăratul – La porțile Romei • Moartea regilor*
Steve Jackson	*Mentorul*
Christian Jacq	Seria *Piatra luminii – Nefer cel Tăcut • Femeia Înțeleaptă • Paneb cel Zelos*

	• *Locașul adevărului*
	Seria *Misterele lui Osiris – Arborele vieții • Uneltirile răului • Calea de foc • Marele secret*
	• *Afacerea Tutankhamon • Ce dulce e viața la umbra palmierilor! • Din dragoste pentru Philae*
	Seria *Mozart – Marele magician • Fiul Luminii*
P.D. James	*Farul • Fiul omului • Gustul morții • Moartea unui expert • Moarte în Sfântul Ordin • O meserie nepotrivită pentru o femeie • Păcat originar • Sala crimelor*
Robert Jordan	Seria *Roata Timpului – Ochiul lumii • În căutarea Cornului • Dragonul renăscut • Umbra se întinde • Focurile cerului • Seniorul haosului*
Joseph Kanon	*Misterele Berlinului*
John Katzenbach	*Analistul • Omul din umbră • Omul nepotrivit • Povestea unui nebun • Războiul lui Hart • Ziua răfuielii*
Matthew Kneale	*Pe când eram la Roma*
Sue Monk Kidd	*Jilțul sirenei • Viața secretă a albinelor*
Natsuo Kirino	*Afară • Grotesc*
Bernard Knight	*Cadavrul meșterului făurar • Căutările coronerului John • Dincolo de liman • Înfricoșătoarea taină • Potirul otrăvit*
Tom Knox	*Secretul genezei*
Dean Koontz	*Unicul supraviețuitor • Soțul • Speranță de viață* Seria *Frankenstein – Fiul rătăcitor – cartea întâi • Orașul nopții – cartea a doua*
William Kotzwinkle	*E.T. Extraterestrul*
Chris Kuzneski	*Semnul crucii*
Jack Lance	*Pirofobia*
Tim LaHaye & Jerry B. Jenkins	Seria *Supraviețuitorii – Supraviețuitorii • Armata pătimirilor • Nicolae • Pecetluirea sfinților • Apollyon • Cavalerii Apocalipsei • Posedatul • Semnul*
Martin Langfield	*Cutia răului*
Michael Lawson	*Cercul interior*
Frederic Lenoir, Violette Cabesos	*Promisiunea îngerului*
Fredeic Lenoir	*Oracolul Lunei*
John Lescroart	*Al treisprezecelea jurat • Jurământul • Audierea • Justiție exemplară • Vinovăția*
Paul Levine	*Să-i omorâm pe toți avocații • Solomon vs. Lord • Un alibi în larg*
Franco Limardi	*Doar o lacrimă*
David Lindsey	*Chipul asasinului • Legile tăcerii*
Robert Lohr	*Automatul de șah*
Brian Lowry	*Nu vă încredeți*
Charles Maclean	*Chipul întunericului*
Esteban Martin	*Pictorul umbrelor*
Richard Matheson	*Sunt o legendă*
Daphne du Maurier	*Verișoara mea Rachel • Hanul Jamaica*
Peter Mayle	*Hotel Pastis • Hoțul de vinuri • Din nou în Marsilia • Din nou în Provence • Un an în Provence • Provence pentru totdeauna • Viață de câine • Provence de la A la Z*
Colum McCann	*Zoli • Dansatorul*
Andy McNab & Robert Rigby	*Îngerii morții*
Andy McNab	*Misiune specială*
Gerhard Meier	*Țărmul vânturilor*
Biba Merlo	*12 luni*
Walter M. Miller jr	*Cantica pentru Leibowitz*
Jorge Molist	*Întoarcerea catarilor • Regina ascunsă*
Christian Mork	*Dragul de Jim*
Marcia Muller	*Trofee și lucruri moarte*
Guillaume Musso	*Și după...*
David Morrell	*Cârtițe*
Katherine Neville	*Opt • Focul*
Bill Napier	*Tripticul*
John O'Farrell	*Perfect bărbătesc • Avertisment: poate să conțină urme de alune*
Serdar Ozkan	*Trandafirul dispărut*

George Pelecanos — *Grădinarul nopții*
Rosamunde Pilcher — *Căutătorii de scoici*
Tony Parsons — *Copil și bărbat* • *Lecții de viață* • *Soția mea favorită* • *Spiritul familiei*
Elizabeth Peters — *Mormântul păsării de aur*
James Patterson — *Primul pe lista morții* • *A 2-a șansă* • *Al 3-lea caz* • *4 iulie* • *Al 5-lea călăreț*
James Patterson & Maxine Paetro — *A 6-a țintă* • *Al 7-lea cer* • *Bikini* • *A 8-a mărturisire*
James Patterson — *Casa de pe plajă* • *De-a v-ați ascunselea* • *Detectivul Alex Cross*
James Patterson & Andrew Gross — *Salvamarul*
James Patterson & Howard Roughan — *Croaziera*
Marie Phillips — *Zeii puși pe rele*
Ralph Peters — *Flăcări din cer*
Terry Pratchett — Seria *Lumea disc – Stranii surate* • *Piramide* • *Gărzi, gărzi* • *Eric* • *Imagini mișcătoare* • *Domnul cu coasa* • *Prin cele străinătăți* • *Zei mărunți* • *Magie de ambe sexe* • *Lumina fantastică* • *Seniori și doamne*
Douglas Preston — *Codicele* • *Canionul Tiranozaurului*
Douglas Preston & Mario Spezi — *Monstrul din Florența*
Barbara Quick — *Fecioarele lui Vivaldi*
Christoph Ransmayr — *Ultima lume*
Kathy Reichs — *Oase încrucișate* • *Oase frânte*
Matthew Reilly — *Planul Majestic 12* • *Templul* • *Zona 7*
Anne Rice — *Plecarea din Egipt* • Seria *Cronicile vampirilor – Interviu cu un vampir* • *Regina damnaților* • *Povestea hoțului de trupuri* • *Vampirul Armand* • Seria *Cronicile vrăjitoarelor – Ora vrăjitoarelor* • *Lasher* • *Taltos* • *Vampirul Vittorio* • *Mumia*
Nerea Riesco — *Ars Magica*
Gianni Riotta — *Alborada* • *Prințul norilor*
Michael Robotham — *Suspectul*
Belinda Rodik — *Benvenuto Cellini*
James Rollins — *Furtuna de nisip* • *Harta oaselor* • *Ordinul negru* • *Virusul lui Iuda*
Philip Le Roy — *Ultima armă*
Emili Rosales — *Orașul invizibil*
Robert Rosenberg — *Camera de montaj*
Jack Ross — *Recviem*
Pino Roveredo — *Să-mi dai de știre*
Craig Russel — *Roșu pentru totdeauna*
Michael Sammaritano — *Conspirația Siciliană*
John Saul — *Creatura* • *Întuneric* • *Mâna dreaptă a diavolului* • *Prezența* • *Somnambulii*
Manda Scott — *Boudica (Visul vulturului)* • *Craniul de cristal*
Karin Slaughter — *Obsesia* • *Post mortem*
Scott Smith — *Ruinele* • *Un plan simplu*
Wilbur Smith — *Magul* • *Ultimul papirus* • *Căutarea* • *Festinul leilor* • *Sunetul tunetului* • *Sanctuarul* • *Țărmul în flăcări* • *Puterea sabiei* • *Furia* • *Vulpea aurie* • *Războinicii Nilului* • *Vremea morții*
Teresa Solana — *O crimă imperfectă* • *Scurtătură înspre Paradis*
Rowan Somerville — *Sfârșitul somnului*
Nicholas Sparks — *Accidentul* • *Miracolul* • *Mesaj de departe* • *Nopți în Rodanthe* • *Nunta* • *Refugiul* • *Talismanul norocos* • *Ultimul cântec* • *Cel mai de preț cadou*
Peter Spiegelman — *Pisica roșie*
Ben Stephenson — *O posibilă problemă de viață și de moarte*
Patricio Sturlese — *Taina inchizitorului*
Tess Stimson — *Clubul infidelilor*
Paul Sussman — *Armata lui Cambyses* • *Oaza ascunsă* • *Labirintul lui Osiris*
Valerie Tasso — *Insațiabilă*
Andrew Taylor — *Trilogia Roth: Jocul de-a destinul* • *Judecata străinilor*

Michael Teitelbaum	*Aventurile Omului-Păianjen • Bărbații în negru II*
Michael Tolkin	*Printre morți*
J.R.R. Tolkien	*Povești neterminate*
P.J. Tracy	*Operațiunea Monkeewrench • Momeala vie*
Scott Turow	*Eroi obișnuiți • Erori judiciare • Nevinovat • Prejudicii morale*
John Twelve Hawks	*Râul întunecat*
James Twining	*Soarele negru*
John Trenhaile	*Legile sângelui • Unealta răului*
Barbara Victor	*Coriander*
Philipp Vandenberg	*Pergamentul uitat • Dosarul Golgota*
A.E. Van Vogt	*Cartea lui Van Vogt*
Mara Volkers	*Mireasa magului*
Ernest Volkman	*Spionaj*
A.J. Zerries	*Taina lui Van Gogh*
Timothy Watts	*Marele jaf*
Wolfram zu Mondfeld & Barbara zu Wertheim	*Școala gladiatorilor*
Louise Welsh	*Tamerlan trebuie să moară*
Cameron West	*Pumnalul Medici*
Michael White	*Inelul familiei Borgia*
Andrew Wilson	*Minciuna*

ISTORIE, SOCIOLOGIE, FILOZOFIE, POLITICĂ, RELIGIE

Vartan Arachelian	*Toamna pătimirii noastre*
Carlos Castaneda	*Al doilea cerc de putere • Cealaltă realitate • Darul vulturului • Focul lăuntric • Învățăturile lui Don Juan • Pase magice • Povestiri despre putere*
DeVrye Catherine	*Ceai fierbinte cu miere și lămâie*
Guy Debord	*Comentarii asupra Societății spectacolului • Societatea spectacolului*
Jose Freches	*Eu, Buddha*
Enrique de Vicente	*Puterile oculte ale minții*
Marie-France Etchegoin & Frederic Lenoir	*Ancheta asupra Codului lui da Vinci*
J.F. Fogel, B. Rosenthal	*Sfârșit de secol la Havana*
Roland Jacquard	*În numele lui Usama bin Laden*
Lynn Picknet, Clive Prince	*Conspirația Stargate*
Alan Butler & Stephen Dafoe	Seria *Cavalerii Templieri – Misterul dezvăluit*
Maurizio Ferraris	*Alo? Unde ești?*
Fernando Savater	*Cele șapte păcate capitale • Cele zece porunci ale secolului al XXI-lea*

TOP SECRET

Thom Burnett	*Cine conduce, de fapt, lumea? • Cine a câștigat, de fapt, cursa spațială?*
Noam Friedlander	*Ce este Opus Dei?*
John Gibb	*Cine te urmărește?*
Lindsay Porter	*Cine sunt Illuminati?*
Andy Stern	*Cine a câștigat războiul petrolului?*

MEMORII, JURNALE, BIOGRAFII

Madeleine Albright	*Doamna secretar de stat*
Bill Clinton	*Viața mea*
Hillary Rodham Clinton	*Istorie trăită*
Zlata Filipovic	*Jurnalul Zlatei*
Regina Noor	*Regina Noor – Calea spre credință*
Ilie Nastase	*Mr. Năstase*
Marianne Pearl	*O inimă neînfricată*
Aung San Suu Kyi	*Vocea speranței*